Janet Mullany

Dirty Talk

Erotischer Roman

Aus dem Amerikanischen von
Jule Winter

MIRA®

MIRA® TASCHENBUCH
Band 35046
1. Auflage: Oktober 2012

MIRA® TASCHENBÜCHER
erscheinen in der Harlequin Enterprises GmbH,
Valentinskamp 24, 20354 Hamburg
Geschäftsführer: Thomas Beckmann

Deutsche Erstveröffentlichung

Titel der nordamerikanischen Originalausgabe:
Tell Me More

erschienen bei: SPICE Books, Toronto

Published by arrangement with
HARLEQUIN ENTERPRISES II B.V./S.àr.l.

Konzeption/Reihengestaltung: fredebold&partner gmbh, Köln
Umschlaggestaltung: pecher und soiron, Köln
Redaktion: Bettina Lahrs
Titelabbildung: iStock
Satz: GGP Media GmbH, Pößneck
Druck und Bindearbeiten: CPI – Ebner & Spiegel, Ulm
Printed in Germany
Dieses Buch wurde auf FSC®-zertifiziertem Papier gedruckt.
ISBN 978-3-86278-465-3

www.mira-taschenbuch.de

In Erinnerung an Macheath,
der mir immer verfallen war.

1. KAPITEL

„Ich will meine Skier abholen."

Ich sah auf. Er lümmelte im Türrahmen und hatte geklingelt. Ob das ein Akt der Höflichkeit oder Sinnlosigkeit gewesen war, wusste ich nicht so genau. Jedenfalls stand meine Haustür weit offen, um die warme Spätnachmittagssonne hereinzulassen. Hugh lümmelte ziemlich oft herum – und besonders gern in fremden Betten. Ich suchte nach einer schnippischen Antwort. „Wie geht's der Stabheuschrecke?"

„Flowyr geht's gut."

Flowyr. Ich war mit einer Frau namens Flowyr betrogen worden.

„Meine Skier, Jo."

Ich machte einen Schritt zurück. „Du weißt ja, wo sie sind."

Er richtete sich auf und schlenderte ins Haus. Dabei trug er ein paar gelbe Blätter mit herein. Ich versuchte, nicht hinzusehen. Irgendetwas war an ihm, sobald Hugh sich bewegte. Etwas, das immer noch eine verheerende Wirkung auf mich hatte. Ein Verlangen, das mich heiß durchströmte und meine Knie weich werden ließ. Mein Körper schien es nicht eilig zu haben, seine Gewohnheiten zu ändern.

Ich hörte, wie er in den Keller ging. „Kannst du nach den Mausefallen gucken, Hugh? Wenn du schon mal da unten bist?"

„Ich dachte, dafür hast du dir diese verfluchte Katze angeschafft." Von unten drang ein Poltern und Krachen herauf.

„Die kann aber keine Mausefallen leeren."

Nach einer Weile kam Hugh wieder nach oben. Er hatte seine Skiausrüstung dabei. „Nichts."

„War die Erdnussbutter noch in den Fallen?"

„Himmel, Jo! Ich weiß es nicht." Er warf die Skier, die Stöcke und die Stiefel mit lautem Getöse auf den Boden. „Ich habe nicht so genau geguckt, klar? Es ist dunkel da unten. Hast du meine Ken-Burns-DVDs noch?"

Ich zeigte Richtung Wohnzimmer. „Schau halt nach."

Trotzdem folgte ich ihm. Ich sagte mir, dass es mir nicht darum ging, seinen vom Skifahren und Tennisspielen gestählten Körper zu bewundern, als er sich vor dem DVD-Regal bückte. Ich musste aufpassen, damit er nicht meine *Stolz und Vorurteil*-DVD mit Colin Firth und Jennifer Ehle mitnahm. Er hatte eine Schwäche für Jennifer Ehle und ihre erstaunlich hoch geschnürten Brüste. Ich hingegen liebte all die frei schwingenden Penisse, die man in den Hosen der Männer sah.

„Es ist so", sagte er und drehte sich halb zu mir um. Mist! Jetzt hatte er mich beim Gaffen erwischt. „Flowyr und ich sind nicht mehr zusammen. Ich hab dir ja gesagt, es war nur eine einmalige Sache. Ein Unfall."

„Ein Unfall? Du bist ihr aus Versehen hinten draufgefahren oder was?"

„Jetzt hör doch auf, mich anzuschreien, Süße. Du willst doch nicht heute Nacht auf Sendung heiser …"

„Nenn mich nicht *Süße*!"

Er stand auf, ohne das Gleichgewicht zu verlieren. Himmel, war der Mann gut in Form! In den Händen hielt er einen Stapel DVDs. „Jo, ich …"

„*Shaun of the Dead* habe ich aber gekauft", unterbrach ich ihn.

„Um ihn mir zum Geburtstag zu schenken, also gehört er mir. Jo, es tut mir leid."

Es tut mir leid. Das sind Worte, die man von einem Mann nie erwartet. Aber entschuldigte er sich jetzt, weil er sich von Flowyr hatte überrennen lassen oder weil er mir einen meiner Lieblingsfilme wegnahm?

„Es tut mir leid", wiederholte er.

Ich sank auf die Couch. Jetzt war ich mit seinem Penis auf Augenhöhe, der ziemlich frei unter der Kakihose schwang.

Er hat sich entschuldigt.

Ach, könnte man einen Moment doch einfach so in Bronze gießen. Hugh ging in die Knie. Er legte die DVDs auf den Boden und kroch langsam näher. Seine Hände legten sich links und rechts neben mich auf die Couch. „Tut mir leid. Ich war so unglücklich, weißt du? Ich weiß, du warst es auch. Ich war so dumm! Ich ..."

Das war mir alles so vertraut ... Hugh, der sich einfach zur Verfügung stellte. Seine toffeebraunen Augen mit diesen unverschämt langen Wimpern, der hübsche Mund und der Bartschatten, der nach einem halben Tag sein Gesicht zierte – und das alles war nur eine Armlänge von mir entfernt. Alles, was ich an ihm so attraktiv fand. Und er hatte sich entschuldigt, obwohl ich befürchtete, dass das ziemlich bedeutungslos war. Hatte der Mann denn kein Schamgefühl? Wollte er wirklich *Shaun of the Dead* so unbedingt haben? Sollte ich ihn nicht endlich ein für alle Mal aus meinem Leben verjagen, ohne dass er irgendwann zurückkam?

Nun ja. Eigentlich schon.

Aber ...

Ich überlegte rasch. Wann würde ich denn das nächste Mal die Gelegenheit bekommen, unbedeutenden Sex mit jemandem zu haben, der genau wusste, was er tat und was mir gefiel? Sollte ich mir nicht für die lange Durststrecke, die zweifellos vor mir lag, einen Wintervorrat an guten Gefühlen anlegen?

Ein Hauch von Eau de Hugh wehte zu mir herüber und streifte meinen Verstand oder meinen Unterleib. Oder irgendwas dazwischen.

Eine seiner Hände wanderte nach oben und umfasste meine Hüfte.

Unsere Köpfe neigten sich zur Seite und näherten sich einander.

Seine Lippen waren etwas spröde. Ich war eben nicht mehr da gewesen, um ihn dran zu erinnern, seinen Bio-Lippenbalm mit Hanf zu benutzen. Anscheinend hatte diese Schlampe Flowyr *(Flowyr!)* sich zwar gerne von ihm durchficken lassen, aber wie es um seine Lippen stand, war ihr ziemlich egal. Oder sie mochte es rau. Raue Haut, genau. Raue Haut, die sie an bestimmten Stellen kratzte …

Oh mein Gott. Wir küssten uns, und für einen kurzen Moment war es herzergreifend und wunderschön. Aber dann wurde es anders. Immer noch schön, aber jetzt war es vor allem geil. Hände glitten unter Stoffschichten und schoben Kleidungsstücke beiseite, öffneten Knöpfe und Reißverschlüsse. Fingerspitzen drückten sich in die Haut und fuhren suchend darüber. Wir waren rasch wieder vertraut mit den Eigenheiten des anderen. Mein T-Shirt hing schon bald auf der Höhe des Schlüsselbeins, den BH hatte er geöffnet, seine Zunge steckte tief in meinem Mund, fuhr fordernd über meinen Hals. Ich musste ihn wegstoßen, um meine Klamotten auszuziehen. Als ich mich mit dem dunklen T-Shirt abquälte und meinen BH auszog, waren seine Hände zugleich damit beschäftigt, meine Jeans zu öffnen. Ich hob die Hüften, damit er sie mir ausziehen konnte.

„Oh! Der Weihnachtsmann kommt dieses Jahr aber früh“, bemerkte er belustigt, als er mein Höschen sah.

Na gut. Ich hatte es einfach nicht geschafft, Wäsche zu waschen. Ich beobachtete, wie er seine Hand auf den ausgewaschenen, lustigen Weihnachtself legte und die Finger spreizte. Die Fingerspitzen schlüpften unter das ausgeleierte Gummiband. Darunter war ich inzwischen ziemlich nass.

Ich griff nach seinem Hemd, knöpfte es auf und zog es ihm aus. „Zieh die Hose aus!“

Er stand auf und öffnete seine Kakihose. Sein Schwanz sprang hervor und wippte ein wenig, als wäre er gerade erst aufgewacht und schaute sich neugierig um. *Hm, schöner Tag heute. Angenehm warm ist es, und ich bin echt froh, nicht mehr in der engen Hose zu stecken. Ist das eine Muschi, die ich da direkt vor mir sehe?*

Ich berührte durch die Baumwolle meines Höschens meine Klit, während er die Hose und seine Boxershorts nach unten schob. Er streifte die Sneakers und die Socken von den Füßen. Das hatte ich ihm beigebracht. *Immer die Socken ausziehen, Hugh. Es gibt nichts Schlimmeres als einen Typen mit Erektion und Socken an den Füßen.*

Er beobachtete meinen Finger. Den Mittelfinger, mit dem ich mich immer massierte. „Böses Mädchen", sagte er leise. „Das ist ein ziemlich nasser Slip."

Ich spreizte die Beine etwas weiter. „Ich kann mir gar nicht erklären, wie das passieren konnte." Mein Finger schob sich unter das Gummiband, wo sein Finger mich vorhin schon gestreichelt und gereizt hatte. Meine Klitoris war hart. Ich wollte kommen. Ich wollte, dass er mir dabei zuschaute. Ich wollte ihn in mir spüren. Dieser schöne, glänzend rosige Schwengel sollte tief in mir stecken. Ich wollte von seiner Zunge und seinen Fingern an verbotenen Stellen verwöhnt werden.

„Ich will ...", fing ich an, aber ich kam nicht weiter, weil Hugh mir einfach seinen Schwanz in den Mund schob. Offenbar macht man das so mit einem bösen Mädchen, das vor deinen Augen an sich herumspielt und nicht so vorausschauend war, in hübschen Slips aus Seide oder Spitze herumzulaufen, sondern nur mit einem Weihnachtshöschen, das schon ziemlich ausgeblichen und ausgeleiert ist. Und dann auch noch zwei Monate vor Weihnachten! Außerdem hatte ich es ja geradezu herausgefordert, weil mein Kopf auf Höhe seines Schritts war und mein Mund halb offen stand, während ich darüber nachdachte, ob ich mir einen Orgasmus gönnen sollte, bevor er dran war.

Ich gab einen erstickten, überraschten Laut von mir. Doch mir gefiel, was er machte. Meine Hände umfassten seinen muskulösen Hintern und ich vergrub die Nase in seinem

Schamhaar. Meine Zunge umkreiste seinen Schaft. Ich wusste, wie sehr er das liebte. Er würde gleich anfangen zu stöhnen und seine Hände in meinem Haar vergraben. Er würde unbewusst eine ganze Tirade unanständiger Worte murmeln, während er sich in meinem Mund vor- und zurückbewegte.

„Oh Gott, ja. Oh Gott, Baby, das ist gut, oh ja, oh Gott, ja, ja, genau, mach so weiter. Oh Gott, Jo, Gott, Baby, lass mich endlich kommen, oh ja, lass mich in deinen Mund abspritzen, ja, ja …"

Und auch wenn er gerade ziemlich dämlich klang, machte es mich geil. Ich wand mich und versuchte, mich am nassen Schritt meines Weihnachtshöschens zu reiben. Ich stöhnte und musste mich zugleich ermahnen, dass er absolut kein Recht mehr hatte, in meinen Mund zu kommen. Nicht solange er noch was für mich tun musste. Meine Hände erkundeten ihn, ich streichelte seine Hoden und Oberschenkel, ich kniff ihn, kitzelte und massierte ihn. Hin und wieder rieb sich einer meiner Nippel an seinem Oberschenkel. Die harten Muskeln und die krausen Härchen an seinem Bein kitzelten mich, und ein heißer Schauer durchrann mich bis in die Klit. *Bereitmachen zum Abflug,* schien mein Körper zu denken, doch sosehr ich mich auch an dem Sofapolster rieb und wand, es passierte nicht, was ich so sehr erhoffte.

Ich zog den Kopf zurück. *Jetzt.* Wir waren so vertraut miteinander, dass ich es nicht aussprechen musste. Hugh bückte sich nach seiner Hose auf dem Boden und zog aus der Brieftasche ein Kondom. Es war wie ein perfekt choreografierter Sextanz.

Und in diesem Moment, während er die Verpackung aufriss, wurde ich von mehreren Gefühlen und Gedanken auf einmal überrollt.

Er hat ein Kondom dabei.

Was soll das, zum Teufel? Ich will ihn ja auch vögeln.

Aber er war darauf vorbereitet.

Sehr vorausschauend. So hat er die Stabheuschrecke bestimmt auch rumgekriegt.

Hat er die echt immer in der Brieftasche?

Ach, sieh nur, wie er sich das Kondom überstreift. Das sieht so sexy aus, wie er seinen Schwanz streichelt. Ich hätte ihn früher häufiger bitten sollen, das für mich zu tun.

Hatte er wirklich immer Kondome dabei? Auch als er noch mit mir zusammenlebte?

Aber er ist doch hergekommen, weil er mich ficken will. Oder er trägt sie dabei, weil er irgendwann irgendwen ficken will …?

„Hugh", sagte ich, und er begriff das als eine Aufforderung. In gewisser Weise war es das auch. Eine Aufforderung, mich vom Denken abzuhalten.

Das Weihnachtshöschen flog auf den Fußboden, und Hugh ragte jetzt über mir auf. Dann war er in mir, mein Hintern schwebte über der Sofakante, meine Beine ruhten auf seinen Schultern.

„Gefällt dir das?", keuchte er. „Ist das genehm für die kleine Dame?"

„Oh ja. Wunderbar." Die kleine Dame wurde ordentlich bedient. Sie wurde gevögelt und gefickt, aufgespießt und penetriert und alles, was sie sich nur wünschen konnte.

Es war so gut! Vertraut und ziemlich ungezogen, am helllichten Nachmittag bei offener Haustür Sex zu haben. Ich trug sogar noch die Socken (es handelte sich um eins von Hughs Sockenpaaren, aber ich glaubte nicht, dass er diese ausgefransten Dinger mit Loch in einer Ferse wiederhaben wollte).

Er beugte den Kopf herab und saugte erst an einer Brustwarze, dann an der anderen. Meine Erregung wuchs. Und wuchs, bis ich vergaß, über Socken und DVDs und Kondome nachzudenken, die er zufällig dabeihatte. Es gab nur noch Hughs Mund, seinen Schwanz und seine Finger, die auf meiner Klit kreisten.

Ich schraubte mich zum Höhepunkt hinauf. Etwas in mir zerschellte, und dann schlug die Welle über mir zusammen. Ich kam, und Hugh bemühte sich, mich möglichst lange auf dem Gipfel zu halten. Dann sammelte er sich ein letztes Mal und startete seinen Oh-mein-Gott-ich-komme-Zieleinlauf mit den kurzen heftigen Stößen, die es für mich nicht brachten. Stöhnend sank er auf mir zusammen und faltete mich wie eine Brezel unter sich.

„Hat's Spaß gemacht?" Ich streichelte seine schweißnasse Schulter.

Er grunzte.

„Ähm, das scheint wohl grad ein unpassender Zeitpunkt zu sein. Soll ich später noch mal vorbeikommen?"

Beim Klang der unbekannten Stimme mit irischem Akzent erstarrten wir beide.

Hugh sprang auf. „Wer zum Teufel sind Sie? Was haben Sie hier zu suchen?"

Ich griff nach Hughs Hemd, um mich zu bedecken. Mir fiel erst jetzt – viel zu spät! – der Termin ein, den ich heute Nachmittag noch hatte. „Patrick … Soundso?"

Dieser Patrick Soundso stand vor der Haustür. Er grinste und blinzelte durch seine stahlumrandete Brille.

„Ich lass euch lieber allein", sagte Patrick. Sein Blick fiel auf mein Höschen auf dem Fußboden. „Fröhliche Weihnachten."

„Himmel!", stieß Hugh hervor.

Ich versuchte, nicht über Hugh zu lachen, der völlig außer sich mit seinem langsam erschlaffenden und sanft wippenden Schwanz mitten im Wohnzimmer stand. Trotzdem entschlüpfte mir ein Kichern, als das Kondom mit einem leisen Klatschen auf den Boden fiel.

„Wer war dieser … dieser *irische Kobold*?"

„Er kann nichts dafür, dass er Ire ist. Er wollte sich die

Wohnung oben angucken."

„Warum?"

„Weil ich die Hypothek nicht allein aufbringen kann."

Für einen Wirtschaftswissenschaftler war Hugh manchmal ziemlich begriffsstutzig.

„Aber … aber du wirst doch nicht allein sein. Ich ziehe ja wieder bei dir ein." Er zögerte. „Das tue ich doch, oder? Ich meine … nach dem hier?"

„Hugh. Du bist hergekommen, weil du deine Skier und die DVDs holen wolltest. So ein Fick gibt dir wohl kaum das Recht, wieder bei mir einzuziehen." Ich sammelte Höschen, Jeans und T-Shirt auf und begann mich anzuziehen.

Hugh schien zu begreifen, dass ihm seine Nacktheit hier keinen Vorteil bot. Er raffte seine Sachen zusammen. „Jo … wir sollten wenigstens darüber reden. Ich meine, wir lieben uns doch. Es tut mir leid, was … du weißt schon. Alles."

„Nein."

Brady trabte mit erhobenem Schwanz ins Wohnzimmer und schnüffelte am Kondom, als gebe es da einen Leckerbissen zu entdecken.

„Du verfluchte Katze!", meinte Hugh, als Brady sich an seine Füße schmiegte und schnurrte. Schon früh hatte Brady sich Hugh als seinen besten Freund auserkoren und reagierte auf „verfluchte Katze", als handele es sich um seinen zweiten Vornamen.

„Wer wird denn in Zukunft die Mausefallen für dich überprüfen?", fragte Hugh selbstgefällig.

„Ich krieg das schon hin. In den letzten drei Wochen habe ich es ja auch geschafft."

Ich hob den Stapel DVDs auf und gab sie ihm. „Deine anderen Sachen werde ich zusammenpacken und sag dir Bescheid, wenn du vorbeikommen und sie holen kannst. Ich muss jetzt zur Arbeit, Hugh."

„Wir müssen darüber reden", sagte er. Stur und aufgebracht

stand er mitten im Raum. Vor seiner Affäre mit der Stabheuschrecke hätte er mein Herz zum Schmelzen gebracht.

„Nein, müssen wir nicht. Aber eins muss ich noch fragen, Hugh. Seit wann trägst du immer Kondome in der Brieftasche spazieren? Ich meine, lässt du sie bei Fakultätssitzungen zufällig rausfallen, um den Lehrstuhlinhaber zu beeindrucken oder so?"

Ich konnte mir geradezu bildlich vorstellen, wie die Leute an der wirtschaftswissenschaftlichen Fakultät darüber lachten und ihn abklatschten – *Letztes Wochenende Glück gehabt, Hugh? Bist schon ein echter Kerl!* – während der Professor, der aussah wie ein Doppelgänger von Alan Greenspan, ihn durch die Hornbrille beobachtete.

„Sei nicht albern." Hugh sammelte das Kondom auf und verließ das Zimmer.

„Nicht in die Toilette damit! Sie verstopft sonst."

Er blieb stehen und drehte sich zu mir um. Argwohn blitzte in seinen Augen auf. „Woher weißt du das?"

„Ich weiß es eben." Im Grunde blockierte so ziemlich alles das Gästeklo im Erdgeschoss. Es war für Männer und menstruierende Frauen tabu.

„Du Schlampe", sagte er. Zu meiner Überraschung wirkte er ehrlich verletzt. Er warf das Kondom in den Papierkorb in der Zimmerecke und war in Nullkommanichts verschwunden. Der Abgang wurde ihm aber nachhaltig versaut, weil er ein letztes Mal ins Haus stapfen und seine Skier holen musste. Ich saß derweil auf der Couch. Brady tretelte auf meinem Schoß, während ich lauschte. Er ließ den Motor seines Wagens aufheulen, setzte aus der Einfahrt zurück, und dann verklang das Brummen in der Ferne. Diesmal klang es sehr endgültig.

Ich weinte ein wenig und dachte darüber nach, wie leid ich es inzwischen war, ständig zu heulen. Aber man konnte eben drei Jahre seines Lebens nicht einfach hinter sich lassen, ohne zu trauern. Brady schnurrte und ließ sich von mir umarmen. Das ließ er eigentlich nur mit sich machen, wenn er Hunger hatte und auf baldige Fütterung hoffte.

Der helle Herbsttag ging inzwischen in die Dämmerung über. Aber bevor ich zur Arbeit musste, hatte ich noch etwas zu erledigen. Ich ging in die Küche und bewaffnete mich mit einem Messer, Erdnussbutter, einer Barbecuezange (sie gehörte Hugh – vielleicht vergaß ich ja danach, sie zu waschen), Gummihandschuhen und einer Taschenlampe. Ich stopfte die Jeans in die Socken. Nur für den Fall, dass da unten noch was lebte und in Panik geriet. (Oje!)

Ich brauchte doch keinen Mann! Hierfür nicht und sonst auch für keine Aufgabe, die mir das Leben stellte.

„Sie klingen wie die Frau aus dem Radio", sagte die Frau im Laden. „Wir haben eine ganz neue Bio-Erdnussbutter reinbekommen. Möchten Sie die mal probieren? Schmeckt echt gut."

Ich bin die Frau aus dem Radio. „Nein, das hier wird reichen. Danke."

Manchmal, wenn ich gerade geselliger Laune war, gab ich sogar zu, die Frau aus dem Radio zu sein. Aber dann erntete ich meist einen ungläubigen Blick und einen komischen Kommentar. *Ich dachte, Sie wären größer ... älter ... jünger ... blond. Ich hasse diese Werbung, damit man das Radio unterstützt. Warum spielen Sie so oft Tschaikowsky? Warum spielen Sie nie Tschaikowsky?*

Einmal bekam ich sogar zu hören – geradezu pikiert und für mich völlig unerklärlich: *Ich dachte, Sie wären schwarz.*

Ich packte meine Mausefallenerdnussbutter und mein Essen für heute Nacht – ein Sandwich, eine Suppe, ein Stück Obst – in meinen Rucksack und zog meine Radfahrersachen an: Handschuhe, eine Strickmütze, wie sie von Jägern und Vergewaltigern gerne getragen wurde, Helm und einen Schal, um die Lücke zwischen Strickmütze und meiner leichten Jacke zu schließen. Um mich herum waren hinter den Kassen andere mit Ähnlichem beschäftigt. Einige hatten riesige Rucksäcke auf dem Rücken, in denen die ganzen Biolebensmittel eines Wocheneinkaufs Platz hatten.

In dieser ursprünglichen Collegestadt im Herzen von Colorado wagte es niemand, zwei Meilen zur Arbeit *mit dem Auto* zu fahren. Ich fuhr mit dem Rad.

Natürlich würde es auch niemand wagen, Mäuse mit anderen Fallen zu fangen als denen, die vollkommen unbedenklich waren und die Mäuse lebend fingen, damit man sie in der überwältigenden Wildnis aussetzen konnte. Es war egal, dass ihnen dort nur wenige Minuten blieben, um ihre neue Heimat zu genießen, bevor sie von jemand anderem gefressen würden. Das war schließlich ganz *natürlich*. Es war mein böses, dunkles Geheimnis, dass ich die Mäuse ins Nirwana schickte. Aber ihnen blieb ja noch die Henkersmahlzeit in Form von Erdnussbutter (obwohl sie auf keinen Fall die Bio-Erdnussbutter bekamen; so weit ging mein Mitgefühl nun auch wieder nicht. Es ging mir darum, ihr kleines Nagetierdasein zu beenden, und nicht darum, es zu bereichern).

Der Herbst lag inzwischen in der Luft. Es war knackig kalt, und man roch die Holzfeuer. Es konnte jetzt jeden Tag das erste Mal schneien, und dann wollte ich querfeldein mit den Skiern zum Radio fahren. Es war schon lustig, aber irgendwie ging mir erst jetzt auf, dass man den Unterschied zwischen Hugh und mir durchaus daran festmachen konnte, wie wir die Winter verbrachten. Ihm war es am liebsten, mit dem Skilift auf einen Berg zu fahren und den kurzen, aufgeregten Adrenalinstoß zu genießen, den ihm eine rasend schnelle Abfahrt bot, die nach wenigen Minuten vorbei war. Ich liebte es, stundenlang mit Wachs herumzuexperimentieren (okay, ich gestehe: Ich habe sogar schon an Wachs-Workshops teilgenommen … ich bin wohl eine zertifizierte

Langlaufbesessene). Man kann doch viel besser gemächlich einen Berg hinaufstapfen und Mutter Natur genießen. Oder man strengt sich richtig an, je nachdem, wie man grad drauf ist. Auf jeden Fall genießt man die lange, gemächliche Abfahrt danach viel mehr.

Das hat jetzt nicht unbedingt etwas mit unserem Sex zu tun. Der war eigentlich immer ganz gut gewesen. Oder meistens. Ziemlich oft war mir nämlich auch eher nach der schnellen, heftigen Nummer auf der Küchenanrichte oder unter der Dusche oder … Ich rutschte auf meinem Fahrradsattel herum und fragte mich, ob es wohl möglich war, einen Orgasmus zu bekommen, weil man über holprige Streckenabschnitte eines Radwegs fuhr. Und wenn man es konnte, stellte sich die nächste Frage: War das sicher? Ich sah mich schon die Lokalnachrichten von einem Krankenbett aus hören.

Ein Unfall mit mehreren Fahrrädern auf dem Douglasien-Radweg forderte heute mehrere Verletzte. Die mutmaßliche Verursacherin des Unfalls, Jo Hutchinson, ist eine lokale Radiomoderatorin. Sie ist weder blond noch groß, zeigte allerdings im Krankenhaus Anzeichen einer erst kürzlich erfolgten sexuellen Erregung. Ein Sprecher der Polizei erklärte: „Dieses unverantwortliche Verhalten nehmen wir sehr ernst …“

Ich schloss die Hintertür zur Radiostation auf und schob mein Fahrrad rein. Andere Räder standen noch hier; heute Abend war ich früh dran. Die Nachrichten liefen gerade, und ich hörte kurz zu, während ich mich aus meinen Sachen schälte. Mir blieb noch eine Stunde Zeit, ehe ich auf Sendung ging. Später, in den frühen Morgenstunden, wollte ich mich einem anderen dunklen Geheimnis widmen. Einem, bei dem es nicht um das vorzeitige Dahinscheiden von Mäusen ging.

In gewisser Weise war ich Hugh genauso untreu gewesen wie er mir. Und das auch noch mit jemandem, dessen Namen ich gar nicht kannte.

2. KAPITEL

Ab genau sechs Minuten nach Mitternacht gehörte die Zeit wieder mir. Die letzten Nachrichten aus dem fernen Washington, D.C. waren verlesen, und ich plauderte noch kurz über das Wetter. Es war eine kalte Nacht, aber morgen war wieder ein perfekter Herbsttag zu erwarten. Die Wahrscheinlichkeit für Schnee stieg allmählich. Ich ließ die Musik im Studio laut laufen und überprüfte die Anzeigen meines Monitors. Alles war in bester Ordnung.

Als ich das Mikro ausschaltete, klingelte mein Telefon.

Er ist früh dran.

Ich fuhr die Lautstärke im Studio herunter und nahm die Kopfhörer ab. Mein Herz hämmerte, als ich ans Telefon ging.

„Hey Jo, Süße! Was hast du Freitagabend vor?"

„Kimberly!" Obwohl ich im ersten Moment zutiefst enttäuscht war, freute ich mich, von meiner besten Freundin zu hören. Sie war ein Texasblondchen, das hier oben völlig fehl am Platz war und für den Radiosender das Geld beschaffte. Sie war ein echter Workaholic mit aufregendem Privatleben. Und sie war oft zu merkwürdigen Tageszeiten wach – meinen Tageszeiten.

„Ich habe da jemanden, den du kennenlernen solltest. Einen Mann." *Ma-ann.* Ihre Stimme senkte sich verschwörerisch.

„Um Himmels willen! Ich will mich nicht mit irgendwelchen Männern treffen."

„Das solltest du aber, denn es wäre gut für die Umwelt. All diese elektronischen Geräte, die in deinem Schlafzimmer brummen und zur Klimaerwärmung beitragen. Du bist deine eigene, kleine braune Wolke."

Die Tür zum Studio ging auf. Jason, der stellvertretende Techniker vom Sender, stand in der Tür und verschloss seinen Fahrradhelm.

„Warte mal, Kim." Ich wandte mich ihm zu und lächelte. Er sah so unglaublich süß und schüchtern aus, und nach kurzem Zögern erwiderte er mein Lächeln strahlend. „Hi, Jason. Was ist los?"

„Hi, Jo. Ich wollte dir nur sagen, dass ich jetzt nach Hause fahre. Du bist ab sofort auf dich allein gestellt."

„Danke. Gute Nacht."

Er schloss die Tür.

„Ach, der reizende Jason", schnurrte Kimberly. „Du und er allein in diesem großen, alten Radiosender. Also, wenn ich an deiner Stelle wäre, würde ich ihn mit Haut und Haaren verschlingen."

„Du würdest ihn zu Tode ängstigen." Mir war die Idee auch schon gekommen. Der hübsche schlanke Jason war gerade mal einundzwanzig (das war jung, aber es war legal!), hatte einen Pferdeschwanz, trug ausgebleichte Jeans, Wanderstiefel, einen einzelnen Ohrring, war immer unrasiert ... oh Gott, er war *wirklich* ein wandelndes Klischee! Vor allem war er aber schüchtern und süß und durchaus ein Leckerbissen, wie Kimberly nicht müde wurde zu erwähnen.

„Du denkst doch nicht, dass er schwul ist, oder?", fragte Kimberly, als ginge sie gerade die Liste ihrer potenziellen Beischlafkandidaten durch.

„Nein, aber ich habe mich schon gefragt, ob er an irgendwelchen geheimen Stellen Piercings hat."

„Hab ich auch schon überlegt. Denke ich ständig drüber nach. Also dieser Mann, von dem ich gerade sprach, ist auch am Sender interessiert, weshalb ich zwei Fliegen mit einer Klappe schlagen könnte. Er ist wirklich sehr geeignet, Jo."

„Für mich oder für den Sender?"

„Beides. Süße, ich weiß, du kannst die Freitagsschicht auch an einen Volontär abgeben. Darum wirst du morgen früh eine Eintrittskarte für die Sinfonie in deinem Postfach finden."

Ich imitierte ihren gedehnten, texanischen Akzent. „Ich

liiiieeeebe Männer mit 'ner dicken Brieftasche."

„Ich auch, Süße." Aber die Spendensammlerin in Kimberly geriet jetzt voll in Fahrt. „Zusammen mit der Karte schicke ich dir eine Liste mit den Leuten, die wir da treffen. Präg dir ihre Namen ein, und stell dich darauf ein, einfach bezaubernd zu sein. Du kannst dir wieder meinen schwarzen Taftrock ausleihen."

„Und die Schuhe mit den Mörderabsätzen auch?", fragte ich hoffnungsvoll. Ich liebte den Rock, denn er raschelte so verheißungsvoll und war über den Knien gerafft. Kimberly besaß eine riesige Garderobe, die nur aus Designerstücken bestand. So stellte man sich die Garderobe einer einstigen Debütantin in Dallas vor, die später einen Ölmagnaten heiraten würde, zu Zeiten, als Ölmagnaten noch richtig viel Geld machten.

„Darauf kannst du wetten. Hey, vielleicht kannst du ihn ja einladen, sich zu dir zu setzen, während du auf Sendung bist."

Ich glaube nicht. „Vielleicht."

Wir plauderten noch ein bisschen. Wie so oft in den letzten Wochen musste ich ihr versichern, dass mein Leben ohne Hugh genauso rund lief, wie man es erwarten durfte. Erst nachdem ich aufgelegt hatte, fiel mir ein, dass ich ihr gar nicht von dem irischen Spannerkobold erzählt hatte. Wie schade! Sie hätte die lustige Seite der Geschichte zu würdigen gewusst. Andererseits hätte ich dann auch zugeben müssen, dass ich den schrecklichen Fehler begangen hatte, Hugh noch mal aus der Hose schlüpfen zu lassen.

Und das wiederum erinnerte mich daran, dass ich schon bald eine Entscheidung treffen musste, ob ich das Apartment vermieten wollte oder nicht.

Darum wollte ich mich später kümmern. Ich jagte noch eine E-Mail an die Personalplanerin raus mit der Frage, ob für Freitag ein Volontär als Ersatzsprecher zur Verfügung stand. Dann schaute ich auf die Uhr. Es war noch eine halbe

Stunde, bis *Scheherazade* zu Ende war.

Er rief hoffentlich bald an.

Ich ging durch die Räume des Senders und überprüfte, ob alle Lichter aus waren und die Tür nach draußen verschlossen war. Jason und alle anderen waren inzwischen gegangen. Ich kehrte in mein Studio zurück. Dieser stille kleine Raum mit den weißen Wänden und CD-Regalen, der glänzenden Konsole und den Monitoren war für die nächsten Stunden der Mittelpunkt meiner Welt.

Als das Telefon endlich klingelte und auf dem Bildschirm „Anrufer unbekannt“ aufblinkte, ließ ich es fünfmal läuten, obwohl ich den Radiosprechern immer einschärfte, sie müssten auf jeden Fall nach höchstens zweimal Klingeln drangehen; die einzig akzeptable Entschuldigung war natürlich, dass man gerade auf Sendung war.

Ich nahm den Hörer und meldete mich betont müde.

„Jo?“ Da war die Stimme. Tief und warm.

„Ja?“ Ich tat so, als wüsste ich nicht, wer am anderen Ende der Leitung ist. Mein Inneres schmolz bereits dahin, und meine Nippel drückten sich hart durch den Stoff meines T-Shirts.

„Das ist eine wundervolle Aufnahme.“

„Schön, dass sie dir gefällt.“ Ich fühlte mich irgendwie schüchtern, erregt und nervös. Dabei konnte ich sonst problemlos ganz entspannt zu Tausenden Zuhörern sprechen. Aber jetzt wünschte ich mir einfach, dass einer dieser Zuhörer mir versicherte, dass ich in seiner Gegenwart sicher und geliebt war.

Wir redeten eine Weile über die Musik. Als das silbrige Flötensolo mit seinem melodiösen Auf und Ab kam, schwiegen wir beide. Es war ein einfaches Motiv, das seine Magie niemals verfehlte. Danach diskutierten wir, ob dieser Part oder das Violinsolo, das für Scheherazades Stimme stand, uns mehr Schauer über den Rücken rinnen ließ.

„Hast du Tausendundeine Nacht gelesen?“, fragte er. „Nicht? Oh, die Geschichte ist einfach herrlich, Jo. Geschichten gewoben in Geschichten, die in weitere Geschichten gewoben sind. Es ist wie ein Irrgarten. Auch sehr erotisch, obwohl die früheren Übersetzer sie meist zensiert haben. Erst die letzten Übertragungen bleiben dicht am Original.“

Während er sprach, versuchte ich, seinen Akzent einzuordnen. Vielleicht Boston. Oder jemand, der lange in England gelebt hatte; er hatte diese knappe, präzise Sprache, und die Wortwahl ließ mich an ein Bostoner Blaublut denken ... zumindest manchmal.

Wir schwiegen, und ich hörte bei ihm eine Bewegung. „Tut mir leid. Ich musste noch einen Scheit aufs Feuer legen. Heute Nacht ist es ziemlich kalt.“

„Ich wette, von da oben sehen die Pappeln sehr schön aus.“

Er lachte leise. So leicht ließ er sich nicht überrumpeln. „Ja, ich glaube, du hast während der letzten Musikpause erwähnt, dass sie bald ihre Blätter abwerfen. Netter Versuch. Wie geht es dir? Ich hoffe, der Scheißkerl Hugh hat dir nicht wieder Kummer bereitet.“

Ich erzählte ihm die Story von Hughs Besuch und vom Einfall des irischen Kobolds. Ich ließ hier und da ein paar Details weg – ich behauptete, er habe uns *in flagranti* erwischt und hörte, wie er auflachte.

„Was glaubst du, wie lange hat er dagestanden und euch beobachtet?“

„Ich weiß es nicht. Er hätte theoretisch von Anfang an dort stehen können.“

„Hätte es dir gefallen, wenn er zugeschaut hätte?“

„Ich weiß nicht.“ Ich lehnte mich auf dem Stuhl zurück und beobachtete die Lämpchen der Lautstärkeregler, die auf und ab tanzten. Jetzt wagten wir uns auf neues Terrain vor. Wir hatten schon früher geflirtet, wir hatten auch über frühere Beziehungen gesprochen. Aber das hier ... nun ja, es wurde zunehmend anzüglich.

Ich räusperte mich und versuchte, möglichst unbeteiligt zu klingen. „Meinst du, ob es mir gefallen hätte, zu wissen, dass er uns beobachtet, oder ob es mir gefallen hätte, später herauszufinden, dass er uns die ganze Zeit zugesehen hat? Ach, verflixt! Mr D., ich muss wieder auf Sendung. Gib mir zwanzig Minuten."

Mr D. Nachdem ich einmal versucht hatte, mehr über ihn herauszufinden hatte er immerhin zugegeben, um einiges älter als ich („Dekaden, meine Liebe. Frag lieber nicht." Ich war nicht sicher, ob ich ihm glauben sollte!) und noch ein Verehrer der alten Schule zu sein. Mindestens die ersten Dutzend Anrufe nannte er mich beharrlich *Miss Hutchinson*. In meinen Ohren klang das irgendwie pervers. Als ließe ich mich von ihm fesseln und auspeitschen oder so was in der Art. Oder als trüge ich eine Dienstmädchenuniform. Oder beides? Aber mir gefiel dieses Förmliche, diese Zweideutigkeit, die mich an Mr Rochester und Miss Jane Eyre denken ließ. Ich wusste, er musste irgendwo im Einzugsgebiet des Senders leben, und er unterstützte den Sender mit einer regelmäßigen, großzügigen Spende durch eine Stiftung. Ich liebte seine Stimme und die Art, wie er über die Bücher redete, die er gelesen hatte. Oder über die Orte, zu denen er gereist war. Und mir gefiel die Freude, die er empfand, wenn wir entdeckten, dass wir einen gemeinsamen Lieblingsautor hatten. Wir teilten die Leidenschaft für die Berge und für hoch gelegene, einsame Orte.

In den letzten sechs Monaten, während Hugh und ich uns so schmerzlich voneinander entfernt hatten, war Mr D. eine Konstante in meinem Leben gewesen. Ein Freund. Jemand, dem ich alles erzählen konnte.

Es bestand durchaus die Möglichkeit, dass wir beide enttäuscht sein würden, wenn wir uns eines Tages trafen. Dass diese Beziehung nur auf die Distanz funktionierte, weil wir dann beide das Bild von uns auf Hochglanz brachten und vor allem so waren, wie wir gerne sein wollten. Trotzdem hatte er in mir die Sehnsucht nach Dingen geweckt, die ich nicht hatte. Ich wollte Abenteuer erleben und neue Erfahrungen machen. In mir war der Wunsch, ein moderner, ans Land gebundener Sindbad zu werden, der entdeckte, wie eine Episode zur nächsten führte und immer so weiter …

Als ich wieder auf Sendung ging, leuchtete das „On Air"-Schild draußen über dem Studio auf und tauchte den Raum durch das Glasfenster hindurch in ein warmes rotes Licht. Ich wiederholte die Informationen über die letzte Aufnahme und erzählte, was wir als Nächstes hören würden, ich nannte Temperatur und Uhrzeit … *Ich hoffe, Sie haben da draußen einen schönen Abend. Später hören wir Musik, mit der Bach einst seinem Kunden beim Einschlafen helfen wollte. Die* Goldberg-Variationen *bekommen Sie heute Nacht in voller Länge. Doch vorher gibt es noch ein kleines Stück von Stravinsky …*

Wenn das rote Licht das nächste Mal anging, wäre es schon früher Morgen. Dann würde ich die Morgennachrichten verlesen, und in dieser letzten Stunde meiner Schicht würde ich die kurzen Musikeinlagen mehrmals durch Lokalnachrichten und den Wetterbericht unterbrechen. Ich hoffte, dass diejenigen, die jetzt noch wach waren – einsame Liebende, Leute mit Schlafstörungen oder kleinen Babys oder Studenten, die für eine Prüfung lernten – in vier Stunden, wenn die Nachrichten begannen, schon schliefen.

Bach setzte ein. Musik, die einen in den Schlaf lullt. Aber ich will dabei immer aufspringen und tanzen.

Das Telefon klingelte genau in diesem Moment.

„Vierzig Minuten lang darf ich jetzt einem Genie und dir lauschen", sagte Mr D. „Wo waren wir? Ach ja. Ob er zugeguckt hat."

„Ich weiß nicht, ob er das so sexy gefunden hätte."

„Oh, aber natürlich hätte er das.“

„Magst du es, Leuten beim Sex zuzusehen?“ Schon waren wir wieder beim Sexthema. Diesmal war ich es, die damit anfing.

Mr D. wich der Frage gewohnt souverän aus. Er lachte leise. „Fröhliche Weihnachten …“ Er zögerte. „Ich vermute, du hast dir danach andere Unterwäsche angezogen. Erzähl mir, was hast du an?“

„Du willst, dass ich dir sage, was ich anhabe?“ Ich war überrascht. Das kam mir ein bisschen primitiv vor und entsprach nicht gerade dem, was ich von Mr D. erwartete. Ich fragte mich, ob er vielleicht sogar schon abgespritzt hatte und jetzt nach einem zweiten, schnellen Kick suchte. Ich war sogar fast entsetzt, obwohl die zunehmende Intimität, die Geheimnisse, die wir teilten, unsere Geschichten und die gemeinsame Reise der letzten Monate uns im Grunde zielsicher in diese Richtung getrieben hatten. Ich wusste außerdem, ohne dass einer von uns es aussprach, dass wir ohne Probleme das Thema wieder fallen lassen konnten. Wir konnten sofort wieder zu unseren freundschaftlichen Wortgefechten zurückkehren. Zurück in den vertrauten Hafen, als hätten wir uns nie auf diese Reise eingelassen.

„Ich glaube, so fängt man das normalerweise an“, sagte er leise.

So fängt man das normalerweise an. „So kann man es auch beschreiben.“

Er seufzte. Jetzt klang er irgendwie verhalten. „Ich habe so was noch nie gemacht. Ehrlich gesagt, geniere ich mich auch etwas.“

Mir ging es genauso. Ich war aber zugleich erregt, ich war wild und hatte ein bisschen Angst. Meine Hände waren kalt, meine Stirn leicht verschwitzt. Ich drückte den Freisprechknopf und legte das Telefon auf die Basis. „Okay. Ist schon in Ordnung. Ich trage ein schwarzes T-Shirt. Also, ich trug.

Ich habe es grad ausgezogen. Meine Haut sieht sehr blass aus, weil es beinahe dunkel ist hier drin. Jetzt meine Jeans. Hörst du den Reißverschluss? Ich trage im Studio nie Schuhe, weshalb ich die Jeans einfach nach unten schieben kann. Siehst du? Schon habe ich sie ausgezogen."

„Ich kann hören, wie der Jeansstoff raschelt. Aber eigentlich raschelt Jeansstoff nicht, oder? Mir fällt das richtige Wort nicht ein."

„Ich trage rote Spitzenunterwäsche."

„Sag mir die Wahrheit, Jo. Du sollst mich nicht bei Laune halten, indem du Lügen erzählst." Er klang sehr ernst und traurig. „Ich weiß schon, Männer sind alle gleich, aber bitte ... bitte sei ehrlich."

Tränen brannten in meinen Augen. „Ich sag dir doch die Wahrheit." Ich schluckte. Irgendwie klang ich wie ein gescholtenes Kind. „Ich ... ich trage immer besonders hübsche Unterwäsche für dich. Ich will, dass du mich willst."

„Immer?"

„Na ja, seit den ersten Malen, als wir geplaudert haben. Als mir bewusst wurde, dass du mir nie erzählen würdest, wer du bist. Das war alles, was ich dir geben konnte."

„Es tut mir leid. Danke. Das ist wirklich eine erstaunlich großzügige Geste." Seine Stimme klang noch tiefer und etwas schleppend. „Erzähl mir jetzt von der roten Spitzenunterwäsche."

„Der BH hat so Halbschalen. Meine Nippel sind hart. Ich streichle sie gerade." Ich zuckte zusammen. Ich wollte eigentlich nicht wie eine Hure klingen, aber ich wusste einfach nicht, was ich sonst sagen sollte.

„Sprich weiter."

„Der Slip ... Man nennt so was Jazzpants. Weißt du, wie die aussehen? Sie haben ein bisschen Bein und reichen fast hoch bis zum Bauchnabel. Trotzdem sieht man mein Schamhaar, das am Beinausschnitt herausguckt. Und durch den Spitzenstoff siehst du es auch, weil er so dünn ist."

„Dein Schamhaar muss dunkel sein. Ich habe dein Bild auf der Webseite des Senders gesehen."

Ich kicherte. „Aber das Foto zeigt doch nicht mein Schamhaar."

Er lachte auch, und für den Augenblick fühlten wir uns wieder wohl miteinander. „Ich habe es mir so vorgestellt. Du siehst so frisch und klug aus. Richtig lebendig. Und sinnlich ... Eine kleine, schlanke Frau, so stelle ich dich mir vor ... du bist bestimmt ziemlich sportlich, weil du überall mit dem Rad hinfährst. Welche Farbe haben deine Augen?"

„Ich zieh mich für dich aus, und du willst meine Augenfarbe wissen?"

„Ach ... bitte, ich will nicht betteln. Ich bin schon jetzt gedemütigt."

„Tut mir leid. Ich werde nervös, und wenn ich nervös bin, sage ich dumme Sachen. Meine Augen sind grau. Sie ändern die Farbe, je nachdem, was ich trage, weshalb sie manchmal blau oder grün wirken."

„Erzähl mir, wie deine Brüste aussehen. Bitte."

Ich saß auf meinem Stuhl und hatte die Beine inzwischen gespreizt. „Sie sind nicht besonders groß. Obwohl ich dunkelhaarig bin, ist meine Haut sehr hell und die Nippel sind rosig. Ich werde nicht so schnell braun. Meine Brüste sind sehr empfindlich, und die Nippel werden schnell hart. Ich mag es, wenn der Mann sie liebkost und küsst."

Ich lauschte seinem schweren Atem.

„Darf ich dich berühren?", fragte er.

„Ja. Wo?"

„Meine Hände umschließen deine Brüste und drücken sie zusammen. Deine Nippel drücken sich in meine Handflächen. Sie sind verdammt hart."

„Oh, das liebe ich. Darf ich dich jetzt ausziehen?" Ich war ziemlich sicher, dass er mit offener Hose am anderen Ende der Leitung saß und sich selbst berührte. Vermutlich hatte er die Hose etwas nach unten geschoben. Mein unbekannter Mann in der dunklen Hütte. Schaute er auf seinen Schwanz in seiner Hand? Oder hielt er die Augen geschlossen? Lächelte er, oder verzog er das Gesicht?

„Später. Zuerst möchte ich dir Lust schenken. Ich streichle dich, langsam wandern meine Hände an deinem Körper nach unten. Aha, hier ist dein Nabel, diese köstliche kleine Vertiefung. Zieh deinen BH aus … ja, gut. Ich halte deine Brüste, ich drücke sie und spüre ihr Gewicht. Ich möchte sie jetzt gern lecken."

Ich leckte meine Finger und kniff mich in einen Nippel. „Ich kann es bis in meine Klitoris spüren." *Oh Gott, bin ich vulgär.* Heiße Röte stieg mir ins Gesicht.

„Ich glaube, deine Klitoris braucht mehr Aufmerksamkeit, kann das sein? Bist du schon nass? Zieh doch mal dieses hübsche Höschen aus, Liebes. Ich küsse die Innenseite deiner Oberschenkel, wo die Haut ganz weich und seidig ist. Ich kann dich riechen. Oh ja, du bist nass. Tropfnass sogar. Du bist voller Verlangen angeschwollen. Deine Klitoris ist genauso hart wie deine Nippel."

Meine Haut schimmerte im Licht, und mein Schamhaar war wie ein dunkles Geheimnis. Die Hand tauchte ein und spielte mit meiner Klit.

„Schmeck dich." Seine Stimme war heiser, während im Hintergrund leise Bach spielte.

Ich schob die Finger in mich hinein, dann steckte ich sie in den Mund und schmeckte meine eigene Erregung. Mein salziges Aroma. Ich stellte mir vor, wie seine Hand an seinem Schwanz auf und ab glitt. Wie sich die Muskeln seines Unterarms anspannten, als er abspritzte.

„Ich wünschte, ich könnte meine Finger in deinen Mund stecken. Ich möchte spüren, wie du an ihnen saugst und sie ableckst. Und dann möchte ich dich lecken. Deine Lippen, die Brust, deinen Schwengel. Alles. Ich will dich zum Höhepunkt bringen."

„Ich will dich auch zum Höhepunkt bringen. Ich will diese köstlichen kleinen Geräusche hören, die du dann machst. Fass dir wieder zwischen die Beine, Liebes. Spiel an dir herum. Ich beschäftige mich mit deinen Nippeln. Ich kneife sie, meine Fingernägel graben sich hinein … Gefällt dir das?"

Meine Zehen krümmten sich um die Kante des Mischpults.

„Komm für mich", flüsterte er. „Komm schon, auch für dich. Tu es einfach."

Ich kam so heftig, dass es beinahe wehtat. Der Orgasmus riss mich fast vom Stuhl. Ich konnte nicht länger an meiner Brust herumspielen, sondern umklammerte verzweifelt die Armlehne. Einen Moment fürchtete ich, hinzufallen. Die Intensität meines Höhepunkts überrollte mich, doch ich wollte nicht, dass er endete. Ich sank zurück und rang schluchzend nach Luft.

„Wunderschön." Seine Stimme war nur ein Flüstern. War er gekommen?

„Hast du …" Ich hoffte, dass nicht. Ich wollte diesen Moment mit ihm teilen.

„Nein. Tut mir leid."

„Komm, ich helfe dir." Vielleicht war er immer noch schüchtern.

„Deine Lust reicht dir nicht?"

Ich konnte ihn mir vorstellen. Eine dunkle Gestalt, das Gesicht in Schatten getaucht, lag er ausgestreckt irgendwo im Sessel oder auf dem Sofa. Während ich meine Bedürfnisse befriedigt hatte, war seine Hand langsamer geworden, und seine Finger lagen locker um seinen Schwanz. Ein kleines bisschen Nässe rann über seine Finger.

„Also gut." Er räusperte sich. „Was passiert als Nächstes?"

3. KAPITEL

Am Ende einer Schicht ist es eigentlich üblich, für den Nächsten aufzuräumen, der auf Sendung geht.

Nachdem ich für diese Nacht fertig war – zwischen zwei und fünf Uhr morgens ist es dunkel im Sender –, vergewisserte ich mich noch einmal, dass keine peinlichen, feuchten Unterwäscheteile irgendwo herumlagen.

Ich räumte die CDs wieder ins Regal und zog für die Sprecherin der Morgenschicht schon die ersten neuen CDs raus.

Ich machte die letzten Nachrichten für diese Nacht.

Für die Morgennachrichten richtete ich den Satelliten aus. Ich kannte die Moderatorin der Morgenschicht gut. Gwen würde das ohnehin als Erstes tun, aber ich machte es immer aus Höflichkeit für sie.

Dann schaute ich noch mal nach meinen E-Mails. Zwei neue Nachrichten waren eingegangen. Eine kam von Julie, einer ernsthaften Musikstudentin, die sagte, sie könne die Schicht am Freitagabend übernehmen, allerdings wollte sie um Mitternacht zu Hause sein. Das war schon okay. Ich konnte danach noch für ein paar Stunden übernehmen.

Die andere Mail kam vom irischen Kobold, wie Hugh ihn genannt hatte. Auf mich hatte der Typ eigentlich einen ganz normalen Eindruck gemacht. Kein gedellter Hut und keine Schnallenschuhe weit und breit. Ich erinnerte mich vage an einen kleinen schlanken Mann mit wildem kupferfarbenem Haar, einer stahlumrandeten Brille und einem merkwürdigen Kinnbärtchen. An die Belustigung in seiner Stimme und an seinen Akzent.

Ich interessiere mich immer noch für das Apartment, falls es verfügbar ist. Bitten lassen Sie es mich wissen, wann ich es mir angucken kann.

Ein echter Gentleman. Kein Wort über Weihnachten oder Unterwäsche oder darüber, dass seine zukünftige Vermieterin sich auf dem Sofa hatte rammeln lassen wie ein Karnickel.

Ich schaltete alle Lichter aus, schlüpfte in meine Bikersachen und schaltete die Alarmanlage ein. Dann war ich draußen in der kalten Nacht. Über mir funkelten die Sterne.

Konnte Mr D. die Sterne von seiner Hütte aus sehen? Oder stand sie mitten im Wald? Ich war ziemlich sicher, dass er in einer Hütte oben in den Bergen wohnte. Allerdings besaßen die meisten Leute hier in der Stadt auch Holzfußboden und Holzöfen.

Ich fuhr los und raste den Berg hoch. Ich wollte mich richtig auspowern. Im Dunkeln Rad zu fahren machte mir nichts aus. Zu jeder Tages- und Nachtzeit waren in dieser umweltbewussten Stadt Leute mit dem Fahrrad unterwegs. Während ich durch den beißend kalten Wind sauste, dachte ich darüber nach, das Apartment zu vermieten. Und an die Mäuse im Keller ... häusliche Dinge eben.

Ich dachte über alles Mögliche nach, nur um nicht an das zu denken, was Mr D. vorgeschlagen hatte.

Nachdem ich Patrick zurückgeschrieben hatte, dass er am nächsten Tag nach drei Uhr jederzeit *kommen* könnte – was etwas verfänglich klang, weshalb ich es in *vorbeischauen* abänderte –, konnte ich nicht einschlafen. Ich wanderte durch das Haus, das ohne Hugh jetzt so leer war. Ich konnte es nicht länger vor mir herschieben, ich musste mich der brennenden Frage stellen, ob ich in Bezug auf Mr D. die richtige Entscheidung getroffen hatte.

Musste ich wohl. Schließlich gab es jetzt kein Zurück mehr.

Zu meiner Überraschung hatte dieser Mann, der seit so vielen Monaten in allen Belangen so unglaublich ausweichend gewesen war, vorgeschlagen, mich zu treffen. Ein Orgasmus – *mein* Orgasmus, wenn er die Wahrheit gesagt hatte, und ich wusste bis jetzt nicht, ob er auch gekommen war –, und er änderte sofort seine Meinung?

Außerdem war ich verwirrt und wütend. Ich hatte mich gestreichelt, hatte Verbalerotik betrieben und hemmungslos gestöhnt. Man könnte sagen, ich hatte gestern Nacht meine Telefonsex-Jungfräulichkeit verloren. Diesen ziemlich intimen Moment hatte ich mit jemandem geteilt, der nicht dasselbe getan hatte. Ich hatte ihm quasi eine Vorstellung geliefert. Wenn ich das gewusst hätte ... Danach war ich jedenfalls nicht in der richtigen Stimmung gewesen, mich zu etwas überreden zu lassen.

„Aber natürlich sollten wir uns treffen."

„Nein", hatte ich widersprochen.

„Ich war noch nie so intim mit einer Frau. Nicht mal während meiner Ehe ..."

„Du kennst mich nicht. Für dich bin ich nur eine Fantasie, und du bist für mich ebenfalls eine Fantasie. Das sollte besser so bleiben."

„Jo! Jetzt schubs mich doch nicht weg. Ich verstehe, dass du nach dem, was Hugh dir angetan hat, verletzt bist. Aber ..."

„Woher weißt du denn, dass nicht ich es war, die Hugh abserviert hat?" Jetzt war ich richtig wütend. „Außerdem geht es hier nicht um Hugh, sondern um dich und mich. Denk doch mal nach, Mr D. Ich kenne nicht mal deinen Namen. Du warst nicht gerade das, was man offen nennt, verstehst du?"

„Mein Name? Du willst also meinen Namen wissen? Er lautet ..."

„Hör auf!" Ich keuchte, als sei ich gerade mit dem Fahrrad einen Hügel hinaufgerast. „Sag ihn mir nicht!"

„Was genau willst du von mir, Jo?" Seine Stimme klang sanft und beinahe traurig.

Ich weiß es nicht. Dich. Vielleicht.

Und dann dachte ich an all die Männer, die ich irgendwann mal geliebt hatte. Männer, die behauptet hatten, meine Liebe zu erwidern. Ich dachte an all die Fehler und Seitensprünge. Wie man sich zurückzog und einander gleichgültig wurde.

Ich erinnerte mich, wie ich Hugh irgendwann im Bett weggeschoben hatte, weil seine Liebe mich erdrückte; ich erinnerte mich auch, wie ich die Hand nach ihm ausstreckte, wenn ich von Einsamkeit und Reue völlig zerfressen war. Sein ungeduldiges Schnauben, mit dem er meine Hand abschüttelte.

Passierte das in jeder Beziehung? Diesen allzu vertrauten Weg wollte ich nicht noch einmal beschreiten. Ich wollte mich nicht schon wieder darauf einlassen. Irgendwann würde ich wissen, dass ich das Risiko wieder eingehen konnte. Aber nicht jetzt, während ich von Hughs Seitensprung völlig desillusioniert und ziemlich mitgenommen war.

Ich atmete tief durch. „Ich glaube, das ist nicht das Richtige für mich. Tut mir leid. Wir sollten uns jetzt verabschieden."

Es war vorbei.

Seine letzten Worte hallten immer noch in meinem Kopf wider. „Also gut. Es tut mir leid, Jo."

Ein Klicken, dann Stille.

Ich hatte heute einen Freund verloren.

Patrick war inzwischen fest entschlossen, in das Apartment von Jo Hutchinson am Yale Drive einzuziehen, wenn sie es ihm anbot. Und vermutlich würde sie das. Es hatte sich nämlich herausgestellt, dass sie eine seiner Referenzen kannte. Das war ein gutes Zeichen, fand er.

Das Apartment war klein und lag über der Garage. Amerikaner hätten dazu Einzimmerwohnung gesagt. Er nannte es eher ein möbliertes Zimmer. Ein großer Raum mit einer winzigen Küchenzeile und einem Bad, mehr nicht. Von außen führte eine eigene Treppe in das Apartment. Jo hatte ihm angeboten, die Waschmaschine und den Trockner im Keller mitzubenutzen. Und sollte er mal was Größeres kochen wollen, durfte er dafür ihre Küche in Beschlag nehmen.

Er erzählte ihr, der moderne und schicke Backofen inspiriere ihn dazu, sofort mindestens ein halbes Dutzend Brote zu backen. Sie schaute ihn an, als wüsste sie nicht, ob er einen Scherz machte oder das ernst meinte.

Er mochte sie. Klar, sie war irgendwie exzentrisch, und er fühlte sich merkwürdig dabei, dass er sie schon mal nackt gesehen hatte.

Die ersten fünf Minuten starrte sie ständig auf sein Kinn, und dann erklärte sie ihm, es sei durchaus ein Fortschritt, dass er dieses komische Bärtchen abrasiert hatte. Wenn man bedachte, wobei er sie am Vortag erwischt hatte, sollte er sich wohl geschmeichelt fühlen, weil sie seine Gesichtsbehaarung bemerkt hatte. Er setzte zu einer langen Erklärung an, wie er beim Rasieren immer wieder an sein Bärtchen gekommen war, bis es ausgefranst und unsauber aussah. Was er aber eigentlich sagen wollte, war, dass er insgeheim wünschte, er hätte ihre Brüste besser sehen können, als sie gestern nackt auf dem Sofa lag.

Heute trug sie so ein blaues unförmiges, kleidähnliches Ding. Beine und Füße waren nackt. Wahrscheinlich war der Fummel aus Hanf oder Tofu oder Kompost wie alles in dieser Stadt. Ihm gefiel ihr schlanker Körper. Ihr kurzes dunkles Haar wirkte wild und zerzaust; dieser Style hatte entweder eine Menge Geld gekostet oder war versehentlich entstanden.

Sie sah nicht so aus, wie sie im Radio klang. Sie war jünger, als er gedacht hatte, ungefähr in seinem Alter. Ende zwanzig. Aber ihre Stimme war auch in echt sehr sexy, und er gestand ihr, dass ihm die Musik gefiel, die sie nachts spielte, auch wenn er sie nicht immer verstand.

„Magst du deinen Job als DJane?“, fragte er.

„Ich bin musikalische Leiterin. Ich wähle die Musik für das Programm aus. Die paar Stunden, die ich moderiere, machen nur einen Teil meiner Arbeit aus.“

Er hatte das Gefühl, von ihr zurechtgewiesen zu werden. Dafür, dass sie einen noch verrückteren Job hatte als er und aussah, als stamme sie aus einer anderen Welt, war sie ziemlich auf Zack, als er sie nach Versicherungen, Sicherheit und einem Kabelanschluss fragte.

Als sie wieder in der Küche standen, schenkte sie ihm einen Becher Kaffee ein und las seine Bewerbung noch mal durch. „Hier steht, du arbeitest als Webdesigner."

„Ja, ich werde von zu Hause aus arbeiten."

„Das ist okay. Wir werden uns nicht allzu oft über den Weg laufen. Ich schlafe meistens tagsüber." Sie schenkte ihm Kaffee nach. „Ich habe ein Mac-Notebook. Das mag ich sehr."

„Ich arbeite auch mit dem Mac. Ich hab drei und dazu sechs Bildschirme. Ich zeige dir gern meinen Aufbau." Er verstummte, weil es in seinen Ohren so großspurig klang. Als wedelte er mit seinem Schwanz vor ihrem Gesicht herum, um ihr zu beweisen, dass seiner größer war als der ihres Freundes. (War er tatsächlich.)

Er erzählte ihr von seiner Scheidung und beschränkte sich dabei auf die kalten, nüchternen Fakten. Dass er ausziehen wollte, bis seine zukünftige Exfrau ihren Master gemacht hatte, damit sie anschließend das Haus verkaufen konnten. Sie nickte mitfühlend, und er verspürte den unwiderstehlichen Drang, ihr zu gestehen, wie depressiv und wuschig er war. Stattdessen erzählte er ihr, er stehe finanziell auf sicheren Füßen und sei ein solventer Mieter und so weiter.

Es war ihm irgendwie peinlich, aber er versuchte, sich vorzustellen, wie er sie überredete, sich nach vorne zu beugen, damit er unter das blaue unförmige Ding von Kleid gucken konnte. Nicht zum ersten Mal fragte er sich, ob Frauen auch so viel Zeit und Energie darauf verschwendeten, Männern auf den Schritt zu starren oder ihre Beine prüfend zu mustern. Elise hatte ihm einmal erklärt, Männer seien von Natur aus wie Vögel, die sich aufplusterten, weshalb es bei warmen Temperaturen nicht besonders schwierig war, einen frei schwingenden Penis zu entdecken – oder zu ignorieren.

Während des Gesprächs stand Jo einmal auf einem Bein

und hatte den anderen Fuß gegen ihr Knie gedrückt – wie bei einer Yogastellung. In dieser Stadt musste man einfach Yoga, Pilates oder etwas Vergleichbares betreiben, wenn man nicht riskieren wollte, ausgegrenzt zu werden. Er machte nichts von alledem. Vermutlich gab es hier so was wie eine Einsatztruppe der Polizei, die bei unbescholtenen Bürgern die Türen eintrat und nachschaute, ob man auch den großen Zeh im Ohr stecken hatte.

Ihre tollen Beine konnte er kaum ignorieren.

Sie gaben sich zum Abschied die Hand, und sie versprach ihm, sich zu melden.

Als er wegfuhr, entschloss er sich, unbedingt zu vergessen, dass er sie nackt gesehen hatte. Und nicht mehr darüber nachzudenken, wie sie wohl unter diesem Sack von Kleid aussah (ziemlich gut, vermutete er). Das war wirklich ein Fehler gewesen. Er hatte das Stöhnen und Keuchen schon vorher gehört und gedacht, jemand leide unter Schmerzen. Als er durch die offene Haustür geschaut hatte, war ihm als Erstes der Weihnachtsmannslip auf dem Fußboden aufgefallen. Im Schritt war das Höschen nass gewesen.

Was danach kam, war ein noch viel schlimmerer Fehler gewesen. Er hatte bestimmt fünf Minuten einfach in der Tür gestanden und bei diesem unvorstellbar geilen Sex zugeschaut. Es hatte ihn verdammt erregt zu beobachten, wie der Schwanz von diesem Kerl sich in ihr rein und raus bewegte. Der Schwanz interessierte ihn überhaupt nicht. Aber er konnte sehen, wie er ihre Möse teilte und weit öffnete. Sie war ganz rosig und wunderhübsch und schimmerte feucht unterhalb ihres kleinen Nests aus schwarzem Schamhaar. Diese Möse war der aufgehende Stern in seinem nächtlichen Pornokopfkino.

Scheiße. Hier ging es um was Geschäftliches. Zumindest vorübergehend. Und er sollte doch eigentlich erleichtert sein, weil er jetzt eine Wohnung gefunden hatte. Aber er war vor allem traurig.

Er konnte es kaum erwarten, endlich nicht mehr mit Elise unter einem Dach zu leben. Aber ihm grauste vor dem tatsächlichen Auszug und dem Abschied. Denn von da an würden sich mit dieser Ehe nur noch die Anwälte beschäftigten.

Noch mehr Tränen. Seine, vielleicht sogar ihre.

Wie hatte das mit ihnen nur so schiefgehen können?

Donnerstagabend hatten wir im Sender eine Sitzung, an der alle Moderatoren teilnahmen. Ich war ebenso dabei wie zwei Vollzeitnachrichtensprecher und ein paar Volontäre und Springer. Ich berichtete, was es im Sender Neues gab, und lobte alle ausdrücklich für ihren schnellen Einsatz in der Vorwoche, als wir eine Eilmeldung hatten. Dann gab ich ein paar Informationen von unserem Programmdirektor Neil weiter. Er war mein Chef, und ich tat so, als würde ich nicht merken, dass alle permanent grinsten und die Augen verdrehten.

Manchmal tat Neil mir leid. Aber meistens nervte er einfach nur. Ursprünglich war er vom Fernsehen zu uns gekommen, und da wir in der Hinsicht echte Snobs waren, hatten Kimberly und ich uns von Anfang an über seine Vorliebe für teure Anzüge, exklusive Haarschnitte und vor allem seinen offensichtlichen Ehrgeiz lustig gemacht. Außerdem hatte er dummerweise nicht viel Ahnung von Musik und sprach die Namen der Komponisten ständig falsch aus, wenn er tatsächlich mal eine Sendung übernahm. Bei Mitarbeiterversammlungen redete er immer lang und breit über Talkshows im Radio oder darüber, mehr Nachrichten zu bringen.

Auf meinem Schreibtisch fand ich anschließend einen Kleidersack. Die Designerklamottenfee Kimberly war da gewesen und hatte mir den Rock, die Schuhe und einen Ordner hinterlassen, in dem jedes winzige Detail über das Innenleben unserer Opfer für die morgige Nacht verzeichnet war. Ich war mit Willis Scott III. verabredet, der zum hiesigen Geldadel gehörte. Er war ein Mittdreißiger und Besitzer einer Immobilienfirma. Ich gähnte, während ich rasch überflog, wo er zur Schule gegangen war, welche Hobbys er pflegte und wo er sich sonst noch als Wohltäter aufspielte.

Ganz oben auf dem Briefbogen hatte Kimberly in ihrer runden, verrückten und mädchenhaften Handschrift noch folgende Anweisungen vermerkt:

Lass dich wachsen. Geh zum Azure Sky Salon und erwähne dort meinen Namen.
Keinen Knoblauch.
Sag nicht zu oft das F-Wort.
Krittel nicht am Orchester herum.
Und bitte: Diesmal schneidest du dir die Haare nicht selbst.

Nur um mich zu ärgern, hatte sie über das *i* in Kimberly einen grinsenden Smiley gemalt.

Wachsen? Machte sie Witze? Ich hoffte, sie meinte bloß meine Beine und Achseln. Zu dieser Jahreszeit verdrängte ich gerne die Notwendigkeit von glatter Haut.

Ich sah noch rasch die restliche Post durch. Das meiste landete auf direktem Weg im Papierkorb.

Ein Briefumschlag musste persönlich beim Sender abgegeben worden sein. Vorne stand nur mein Name in engen Lettern aufgedruckt. Der Brief musste von Mr D. stammen. Ich wollte ihn so gerne öffnen. Aber nachdem wir einander so wehgetan hatten, fürchtete ich mich vor dem, was er schreiben könnte. Seine Vergebung machte es vielleicht noch schlimmer als jede Anschuldigung.

Im Umschlag war nur ein Blatt.

Ich vermisse dich schon jetzt.

Darunter standen eine Telefonnummer und eine E-Mail-Adresse.

Ich drehte das Blatt um, obwohl ich wusste, dass die andere Seite leer war. War diese Nachricht wirklich für mich? Zumindest stand mein Name auf dem Umschlag. Er war mit der gleichen schmalen Computerschriftart bedruckt wie der Brief. Er musste von Mr D. sein, oder? Wer sollte mir sonst so eine Nachricht schicken?

Ich konnte ihn anrufen. Ich konnte …

Das Blatt Papier baumelte zwischen meinen Fingerspitzen.

Dann gäbe es keine Privatsphäre mehr. Ich hatte zwar zu Hause eine Telefonnummer, die in keinem Telefonbuch auftauchte, aber meine Daten waren wie die aller Menschen in zahllosen Datenbanken verfügbar und konnten problemlos gefunden werden. Ich knüllte den Brief zusammen und warf ihn in den Papierkorb. Dann holte ich ihn wieder hervor, strich ihn mit der Handfläche glatt und wünschte, er hätte ihn von Hand geschrieben und nicht getippt. Es gab nur eine Möglichkeit, herauszufinden, ob dieser Brief wirklich von Mr D. kam. Ich konnte die Nummer anrufen, ganz einfach.

Aber nein, nicht jetzt. Ich faltete das Papier zusammen und legte es in die Schreibtischschublade. Aus den Augen, aus dem Sinn.

Schließlich konnte ich nicht sicher sein, dass der Brief von ihm kam. Ein Gutteil der männlichen Bevölkerung auf diesem Planeten glaubte, Frauen arbeiteten nur deshalb bei einem Radiosender, um einen Mann abzukriegen. Und viele Männer fühlten sich davon angesprochen. Sie schickten Fotos, manchmal mit ihren Katzen und Hunden. Manche, die wohl lieber anonym bleiben wollten, präsentierten stolz ihre Erektion, aber nicht ihr Gesicht. Sie schickten mir ihre Lebensläufe oder lange, ausschweifende Briefe, in denen sie mir erklärten, wir seien im England zur Zeit König Artus' bereits

Seelenverwandte gewesen. Wir zogen einen Haufen merkwürdiger Typen an. So war es, und so würde es immer sein.

„Du siehst gut aus. Warst du heute im *Azure Sky*? Hat alles geklappt?“ Kimberly beugte sich vor und überprüfte im Spiegel der Damentoilette ihren Lippenstift.

„Hm-hm.“ Einer der Einwegrasierer, die Hugh bei seinem Auszug dagelassen hatte, war ausreichend gewesen.

„Und jetzt sei bitte nett zu ihm.“

„Du klingst, als gehörte dir der beste und schönste Puff in Texas.“ Ich schob meine kleine silberne Handtasche unter einen Ellbogen, rückte meinen Shawl zurecht und zwang meine Nippel, sich zu benehmen. Unter dem grauen Neckholdertop aus Seide, das vom Flohmarkt stammte, hatte ich keinen BH an. Über meinen Knien bauschte sich der Taftrock. Um mein Outfit als glückliche Radiomoderatorin auf Geldgeberfang zu komplettieren, trug ich schwarze Nahtstrümpfe und lange baumelnde Ohrringe mit unechten Diamanten.

Kimberly umfasste meinen Ellbogen und führte mich aus der Damentoilette.

„Du hast das Recht zu schweigen. Du hast …“

„Klugscheißerin.“ Sie zog mich quer durchs Foyer, in dem sich während der Pause wohlhabende Zuschauer drängten. Unter ihnen waren auch ein paar alte Birkenstock-Hippies, sonst waren fast alle mittleren Alters. Die wenigen jungen Leute waren in Jeans, Wanderstiefeln und mit Weste gekommen. Die Sinfonie zog ein sehr gemischtes Publikum an.

Wir gesellten uns zu ein paar Leuten, die Champagner tranken. Unser Manager Bill stand ebenso dabei wie der Direktor der Sinfonie. Kimberly stellte uns einander vor und warf dabei affektiert ihre blonde Mähne nach hinten. So lernte ich Willis Scott III. kennen.

Er war der Typ Mann, auf den normalerweise Kimberly stand. Ich mochte ja eher die Typen in verwaschenen Jeans oder ausgebeulten Stoffhosen. Er hatte dunkles, leicht grau meliertes Haar und einen teuren Haarschnitt, trug Anzug und Rasierwasser, als gehörten sie zu ihm – und ja, er sah gut aus.

„Ich bin überrascht, dass Sie gerne in die Sinfonie gehen", sagte er.

„Warum?"

„Sie hören doch jeden Tag Musik."

„Ich höre eigentlich gar nicht so oft hin. Es gibt im Studio eine Menge zu tun, während die Musik spielt." Telefonsex, zum Beispiel.

„Klingt spannend."

Ich nickte und wusste nicht, was ich sagen sollte. „Erzählen Sie mir doch mal, was Sie so machen."

Das machte er sehr gerne. Er redete wie ein Wasserfall über den Leitzins und Eigenkapital und warum gerade jetzt der richtige Zeitpunkt war, um in Immobilien zu investieren.

Ich trank Champagner und gab mir Mühe, klug auszusehen.

„Ich habe da ein Neubauprojekt im Norden der Stadt", sagte er. „Großartige Architektur in richtig exklusiver, sehr beeindruckender Lage. Wir wollen die ursprüngliche Natur des Grundstücks erhalten; mit Bäumen und so. Das soll was Hochpreisiges werden, verstehen Sie, was ich meine? Zum Großteil Wochenendhäuser …"

„Wenn Sie sich so viel um die ursprüngliche Natur sorgen, wieso wollen Sie dann überhaupt da bauen? Ist ja nicht so, als wären die Häuser für Menschen, die unbedingt eins brauchen."

Er legte die glatte Stirn in Falten. „Es gibt eine Nachfrage, auch wenn Sie es vielleicht nicht glauben. Sie wissen doch, Jo, wenn es den Bedarf gibt …"

Ich vermute, so was passierte, wenn man Designerklamotten trug oder sich etwas verrucht gab. „Ich habe nicht vor …"

„Rufen Sie mich an." Er gab mir eine Visitenkarte.

„Okay."

Wie ein echter Gentleman hielt er mein Champagnerglas, während ich mein Täschchen öffnete und seine Karte einsteckte.

Er schob sich etwas näher und zog den Shawl wieder über meine Schulter. Seine manikürten Finger ruhten etwas zu lang auf meiner nackten Schulter. „Sie sind eine sehr attraktive Frau. Vielleicht können wir ja mal zusammen essen gehen?"

Ich machte einen Schritt zurück. „An den meisten Abenden arbeite ich, Willis."

„Dann zum Mittagessen. Wir können danach raus zum Neubaugebiet fahren. Ein bisschen Landluft schnuppern. Wie klingt das?"

„Ich melde mich bei Ihnen." Ich konnte es kaum erwarten, seine Visitenkarte wegzuschmeißen. Natürlich nur in den Papiermüll.

„Schöne Schuhe."

Ach genau. Das fehlte mir gerade noch – ein Schuhfetischist. Na ja, vielleicht versuchte er auch einfach nur, einfühlsam zu sein.

Zu meiner großen Erleichterung erklang jetzt der Gong, der zur zweiten Hälfte des Konzerts rief. Während wir langsam zurück in den Konzertsaal gingen, schob sich eine aus der Gruppe – eine Frau in den Vierzigern mit hellen Haaren – an meine Seite.

„Ich wollte Ihnen sagen, wie sehr ich Ihre Sendung mag."

„Danke."

„Sie klingen immer so aufgeschlossen. Ich glaube, viele Menschen lassen sich von klassischer Musik allzu leicht einschüchtern. Das ist eine Schande."

„Das ist es. Tut mir leid, aber ich habe Ihren Namen nicht präsent."

„Ich bin Liz Ferrar." Sie lächelte und berührte flüchtig meinen Arm. „Wenn Kimberly glaubt, Willis sei für den Sender ein aussichtsreicher Geldgeber", flüsterte sie mir verschwörerisch zu, „verschwendet sie ihre Zeit. Er ist ein echter Geizkragen. Das trifft auf die ganze Familie zu. Außerdem ist er ein Idiot."

„Stimmt, ja! Er hat mich grade so dreist angebaggert, das glaubt man nicht. Sind Sie nicht die Frau, die das Frauenhaus hier in der Stadt führt?" Sie war die Referenz, die Patrick mir genannt hatte. Diejenige, von der ich behauptet hatte, sie zu kennen. „Ich glaube, Sie sind mit Patrick Delaney bekannt."

„Ja, das bin ich. Ein netter Kerl. Er kümmert sich kostenlos um unsere Webseite. Woher kennen Sie ihn?"

„Er hat sich bei mir als Mieter beworben."

„Das ist gut. Ich bin froh, dass er Elise verlässt. Ich meine, normalerweise ist es schrecklich, wenn eine Beziehung auseinanderbricht. Aber wenn beide so unglücklich sind ..." Sie zuckte mit den Schultern.

„Kommen Sie doch mal vorbei und besuchen Sie uns – also mich und Patrick. Rufen Sie mich einfach beim Sender an." Wir tauschten Visitenkarten aus.

Ich war glücklich. Wenigstens eine neue Freundin hatte ich an diesem Abend gefunden. Als Kimberly etwas sagen wollte, brachte ich sie mit einem Pst! zum Schweigen und lauschte der Musik.

Kurz nach Ende des Konzerts erreichte ich den Sender mit einem Taxi und bereitete mich auf einen ruhigen Abend vor. Höchste Zeit, dass ich mal meinen Papierkram auf Stand brachte. Ich musste für den Newsletter einen Artikel schreiben und das Programm für die kommenden Monate festlegen.

Jedes Mal wenn das Telefon klingelte, zuckte ich zusammen.

Morgens um zwei hatte ich Feierabend. Ich fuhr meinen Computer runter, räumte das Mischpult auf und wollte gerade nach dem Telefon greifen, um mir ein Taxi zu rufen.

Es klingelte. *Anrufer unbekannt.*

Ich starrte das Telefon an. Ich war nicht verpflichtet, den Anruf anzunehmen, denn wir waren nicht mehr auf Sendung. Nach dem siebten Klingeln würde der Anrufer auf den Anrufbeantworter des Senders umgeleitet.

Aber ich ging trotzdem dran.

„Ich habe dich vermisst", sagte er.

„Ich habe dich auch vermisst."

„Es tut mir leid, Jo. Ich habe dich zu sehr bedrängt."

„Ist schon in Ordnung."

Er seufzte. „Ich wollte einfach nur, dass wir ehrlich zueinander sind. Es ist nun zwei Nächte her, und ich hatte eine Menge Zeit zum Nachdenken. Und …"

„Und?"

„Wir brauchen nicht diese Art Beziehung. Wir haben unglaublich viele Sachen, über die wir reden können. Also müssen wir nicht so weitermachen. Es sei denn, du willst es."

„Was willst *du* denn?"

Er lachte wieder. „Ich will das, was du bereit bist, mir zu geben. Liebes, es hat mir wirklich unheimlich viel Spaß gemacht. Aber ich liebe es, mit dir zu reden. Es ist also deine Entscheidung, wie es jetzt mit uns weitergeht. Du hast übrigens heute Abend im Konzerthaus einfach umwerfend ausgesehen."

Meine Stimme ging eine Oktave höher. „Oh mein Gott. Bitte sag mir jetzt nicht, dass du dieser verrückte Immobilienheini bist. Oder dass du ihn kennst. Nein, natürlich bist du's nicht. Deine Stimme ist ganz anders … tut mir leid, ich schweife ab. Du warst da?"

„Ich habe meine Quellen." Er zögerte. „Ich will damit nur sagen, dass du eine richtige Beziehung haben solltest, Jo. Ich wäre natürlich eifersüchtig. Aber ich will einfach nicht, dass du dich mir irgendwie verpflichtet fühlst."

„Du versuchst gerade, mich fallen zu lassen, stimmt's?"

„Irgendwie schon. Ich will dich nicht verlieren und hoffe, das wird nicht passieren. Ich hoffe, wir werden Freunde sein. Ich akzeptiere es, wenn du mich nicht persönlich kennenlernen willst. Was wir machen, liegt ganz allein bei dir."

Ich legte den Kopf in die freie Hand und stöhnte. „Ich weiß nicht, ob wir wieder zurückkönnen. Mir ist auch nicht ganz klar, worüber wir gerade streiten."

„Ich weiß nicht mal, ob wir streiten. Ich will einfach nicht, dass unsere … Affäre für dich schmerzhaft ist."

„Affäre. Du bist so altmodisch."

„Das bin ich. Wie würdest du unsere Beziehung denn sonst nennen?"

„Ich weiß nicht. Ist das denn wichtig? Es ist, wie es ist. Was auch immer das genau ist." Ich zögerte. „Und wenn ich jemanden vögle? Was passiert dann?"

„Du meinst, ob du mir davon erzählen sollst?"

„Ja."

„Wenn du das möchtest …"

„Soll ich es nur erzählen oder … beschreiben?"

„Wonach dir auch immer ist."

Er brachte den Ball immer wieder in mein Spielfeld. Ich hatte die volle Kontrolle. Oder ich sollte glauben, die Kontrolle zu haben.

„Ich bitte dich vielleicht, für mich dasselbe zu tun. Also mir von einem Date zu erzählen. Würdest du das auch tun?"

„Wenn du mich fragst, ja. Gerne."

Ich stand auf, schob meine Füße in die Schuhe und nahm meinen Shawl. „Ich muss darüber nachdenken. Und jetzt sollte ich nach Hause. Danke für deinen Anruf." Ich war irgendwie erschrocken. Wir hatten uns sehr schnell auf dieses erotische Spiel eingelassen, und was mich daran am meisten beunruhigte, war der Umstand, wie sehr es mich erregte. Kimberly hatte irgendwann mal gesagt, selbst ganz normale Leute hätten den verrücktesten Sex, und viel Sexspielzeug liege in ganz normalen Nachbarschaften bei ganz normalen Leuten rum. Ich hatte sie gefragt, welche Vorlieben sie denn wohl hätte, weil ich ihr irgendwie nicht glaubte und sie herausfordern wollte.

Sie hatte sich nach vorne gebeugt und mir ins Ohr geflüstert: „Wuff, wuff."

Dann waren wir in haltloses Gekicher ausgebrochen. Aber seitdem hatte ich mich all den Möglichkeiten, die da draußen warteten, geöffnet. Ich hatte mich gefragt, ob es stimmte. Meine Neugier war geweckt.

Und hier war nun meine Chance, auf meine eigene Entdeckungsreise zu gehen. Geschichten zu erzählen und zu hören. Die Vorstellung herrlich und beängstigend zugleich. Würde ich es irgendwann bereuen, mich nicht auf diese Reise begeben zu haben, wenn ich alt und grau war (obwohl Kimberly nicht müde wurde, mir zu versichern, dass alte Hippies die besten – oder schlimmsten – waren, je nachdem, aus welchem Blickwinkel man es betrachtete)? Hätte Sindbad es bereut, wenn er kein Seefahrer geworden wäre?

„Bevor du jetzt gehst …" Er räusperte sich. „Sehr hohe Absätze und Nahtstrümpfe, so hat es mir meine Quelle berichtet. Waren das echte Strümpfe?"

„Nein. Halterlose."

„Ach, schade. Kein Strumpfhalter."

Ich lächelte, weil ich das Bedauern in seiner Stimme hörte. „Aber kein Höschen", log ich und schob zugleich meine schlichte weiße Baumwollunterhose nach unten. Jetzt war es keine Lüge mehr.

„Du hast in der Sinfonie kein Höschen getragen?" Er lachte.

„Ich bin sicher, ich war nicht die Einzige. Das Orchester war heute Abend ziemlich gut. Ich weiß ja nicht, ob deine Quelle der Musik gelauscht hat. Vielleicht hat er ja den ganzen Abend damit verbracht, auf meine Beine zu starren."

„Meine Quelle hat auch deine Nippel erwähnt."
„Deine Quelle braucht wohl eine kalte Dusche."
„Jo?"
„Hm?" Die Luft fühlte sich jetzt anders an. Dabei konnte das nicht sein, im Studio war es angenehm warm und gemütlich. Meine Nippel waren trotzdem hart.
„Zeig sie mir."
„Was soll ich dir zeigen?"
„Zieh dein Oberteil aus."
Ich schaltete den Lautsprecher vom Telefon ein und öffnete die Knöpfchen im Nacken. Das Top glitt wie eine seidige Liebkosung an meinem Körper nach unten.
„Dieses Rascheln …"
„Mein Rock."
„Ach ja. Und deine Nippel …"
„Sie sind richtig hart und dunkelrosa wie Himbeeren. Ich kneife sie."
„Gut. Sitzt du oder stehst du?"
„Ich stehe."
„Spreiz deine Beine. Kannst du den leichten Luftzug an deiner Möse spüren?"
Das war das erste Mal, dass er dieses Wort benutzt hatte. Und zum ersten Mal gefiel es mir, wenn ein Mann dieses Wort sagte. Der Kontrast zwischen seiner kultivierten Stimme und diesem vulgären Wort ließ mich erschauern.
„Und jetzt heb deinen Rock. Zieh ihn nach oben und steck ihn fest, damit du beide Hände für deine Brüste frei hast. Ich will dich vor mir sehen. Ganz entblößt bist du jetzt, und die schwarzen Strümpfe heben sich von deiner hellen Haut ab. Das Rascheln ist übrigens äußerst erotisch."
„Sag es noch mal", flüsterte ich. Den Rock hatte ich nach oben geschoben.
„Was denn?"
„Sprich über meine Möse. Bitte."

„Deine Möse." Ich konnte das Lächeln in seiner Stimme hören. So sagen wir in unserem Geschäft, wenn man auf Sendung ist und fröhlich klingen soll. *Leg ein Lächeln in deine Stimme.*

„Deine Möse", wiederholte er. „Ich stelle mir dein Haar vor, das sehr dunkel ist zwischen dem Weiß deiner Beine. Ziemlich viel Schamhaar sogar. Du bist nicht gerade der Typ Frau, der sich rasiert oder wachst. Ist deine Möse nass, Jo?"

„Ja. Ich möchte mich berühren."

„Noch nicht. Kannst du kommen, wenn du nur deine Brüste berührst?"

Ich stöhnte. Mein Becken bewegte sich unwillkürlich. Ich dachte an die rosige Nässe zwischen meinen Beinen. Meine Klit war inzwischen ein Knoten aus vibrierenden Nervenenden. Ich legte meinen Mittelfinger auf meinen Nippel und rieb ihn, als wäre er meine Klit.

„Genau so, Liebes. Bring dich zum Höhepunkt."

„Sprich mit mir", keuchte ich. „Ich komme, wenn du mit mir sprichst."

Die Studiotür wurde aufgerissen. Ich blinzelte, weil der Raum plötzlich mit Licht geflutet wurde.

Jason stand in der Tür. Er starrte mich mit offenem Mund an.

Einen Moment war ich wie betäubt. Es war entsetzlich. Meine Finger verharrten mitten in der Bewegung. Dann schnellte ich vor und unterbrach die Verbindung. Ich zerrte an meinem Top, um es wieder hochzuziehen, und versuchte zugleich, den Rock nach unten zu schieben.

„Tut mir leid …", murmelte Jason. Er hatte eine Erektion; ich konnte sie deutlich unter seiner Jeans sehen.

„Nein, mir tut's leid. Oh, Scheiße." Dafür könnten sie mich feuern.

„Ich war … hm, ich dachte, du wärst nicht mehr hier."

„Ich wusste nicht mal, dass noch irgendwer hier war."

Meine Finger zitterten, während ich den Neckholder wieder verschloss. „Ich gehe jetzt."

Ich griff nach dem Shawl und der Handtasche. Es war entsetzlich peinlich, aber ich musste mich auch noch vor seinen Augen bücken, um meinen Slip vom Boden aufzuheben. Ich würde schon ein anderes Telefon finden und mir ein Taxi rufen. Ich konnte draußen darauf warten und den eisigen Temperaturen trotzen. Das war allemal besser, als noch länger bei Jason zu bleiben, der mich beim Telefonsex erwischt hatte.

„Tut mir leid", wiederholte ich und ging zur Tür. Ich musste an ihm vorbei, und es war fast unmöglich, in diesen Schuhen ohne verführerischen Hüftschwung zu gehen.

„Ach, ist schon okay. Das war echt heiß." Jason wurde knallrot. Er wich einen Schritt zurück. „Du bist heiß."

Ich blieb stehen. Ich brauchte einen richtigen Mann, einen aus Fleisch und Blut. Wenigstens heute Nacht.

Und danach kann ich Mr D. davon erzählen.

Ich glaube, ich war bereit, diese Reise endlich anzutreten.

„Jason, kannst du mich nach Hause fahren?"

Er stotterte eine Antwort – klar, ja, natürlich – und ließ seine Schlüssel so am Ring um den Finger kreisen, wie Männer es nun mal taten. Besonders junge, aufgedrehte Männer. Er ging voran. Wir stellten uns bei der Alarmanlage und dem Türschloss ziemlich ungeschickt an, und als wir uns zufällig berührten, zuckten wir beide zurück.

Ich hoffte, Jason war genauso nervös, wie ich mich fühlte.

Sobald wir draußen waren, traf die frische Luft meine nackte und überempfindliche Muschi. Kalt brannte der Wind zwischen meinen Schenkeln, und ich kniff die Beine zusammen. Der nächste eisige Hauch erwischte mich, als ich auf den Beifahrersitz von Jasons Pick-up kletterte. Danach wand ich mich, weil das kalte Vinyl des Sitzes meine nackten Oberschenkel berührte.

„Alles in Ordnung bei dir?" Besorgt blickte Jason mich an.

„Ja. Mir ist nur kalt."

„Ich dreh die Heizung auf, sobald der Motor ein bisschen warmgelaufen ist."

„Danke."

Wir fuhren los. Ich spürte jede Unebenheit der Straße, und jede Bodenwelle schien meine Klitoris daran zu erinnern, was ich vorhatte. Als wir uns dem 24-Stunden-Drugstore in der Innenstadt näherten, bremste Jason ab.

„Hast du, also, ähm, weißt du, ich dachte, soll ich …" Er wirkte verunsichert. Schließlich hatte ich nicht ausgesprochen, was ich von ihm wollte. Vielleicht dachte er, er sollte wirklich nur die verschrobene, laut kreischende und masturbierende Radiomoderatorin nach Hause bringen, wo wir uns dann brav voneinander verabschiedeten, bevor er nach Hause fuhr. Dort müsste er sich dann fröhlich einen runterholen.

Ich würde lieber seinen Schwanz ordentlich blasen, so viel stand mal fest.

„Nein, ist schon in Ordnung. Ich hab zu Hause, du weißt schon“, antwortete ich rasch. Oder wollte er sich eine Zahnbürste kaufen? Da hatte ich bestimmt auch noch eine unbenutzte im Schrank. „Danke, dass du fragst“, fügte ich hinzu.

Wir kamen bei mir zu Hause an, ohne dass es im Innern des Wagens auch nur annähernd hätte warm werden können. Ich rutschte von meinem Sitz und war erleichtert, dass meine Haut sich nicht mit einem lauten, furzenden Geräusch vom Plastikbezug löste. Erneut wurde mein Schritt von der eisigen Luft überrascht, und ich trippelte zur Haustür. Jason folgte mir.

Er stand direkt hinter mir, als ich den Schlüssel ins Schloss steckte. Er berührte mich zwar nicht, aber er war mir nah, und das wäre vermutlich ziemlich sexy gewesen, wenn ich nicht ausgerechnet heute eine Daunenjacke getragen hätte. Vielleicht berührte er mich sogar, ich kann es nicht genau sagen. Irgendwie gelang es mir, die Tür aufzuschließen, und ich schaltete das Licht und den Thermostat ein.

Brady tauchte auf, maunzte und warf sich vor Jason auf den Boden.

„Geht es deiner Katze gut? Sie ist grad umgefallen.“

„Ja, alles in Ordnung. Das macht er bei allen Leuten, die er mag.“

„Cool.“ Jason bückte sich, um den Kater zu streicheln.

„Komm, ich nehm dir deine Jacke ab“, sagte ich. Jetzt war ich ganz die perfekte Gastgeberin und erleichterte Jason um seine Jacke, nachdem er sorgfältig die Handschuhe in die Jackentaschen gestopft hatte. Wie süß! Dann hängte er seine Messengerbag neben die Jacke an die Garderobe und zog sein Handy heraus.

„Ich muss nur noch …“

„Ja, natürlich.“ Ich ließ ihn allein, damit er in Ruhe telefonieren konnte. Wen er um diese Zeit wohl noch anrief? Hoffentlich keine Freundin. Oder seine Mutter – die Vorstellung fand ich sogar noch schlimmer. Ich ging in die Küche, um Brady zu füttern, der seine Zuneigung von unserem Gast auf mich übertrug. Er strich mir um die Beine, während ich Trockenfutter in seine Schüssel kippte.

Jason kam zurück in die Küche. Er lieferte mir keine Erklärung für den Anruf. Es ging mich ja im Grunde auch nichts an. Neugierig schaute er sich um. „Nett hier."

„Danke." Die perfekte, asexuelle Gastgeberin in mir mischte sich an dieser Stelle ein, und ich fragte ihn, ob er etwas essen wollte. Ich schwöre, die Worte purzelten einfach so aus meinem Mund! In meinem Hinterkopf kreischte zugleich die Schlampengastgeberin: *Los, nimm ihn schon mit nach oben! Erinner ihn daran, dass du kein Höschen anhast! Mach seine Hose auf!*

„Ähm, nein. Danke, aber ich brauch nichts."

Mein Blick richtete sich auf die Banane in der Obstschale, die auf dem Küchentisch stand. Freud hätte heute wirklich seine Freude an mir gehabt. Ich ermahnte mich, dass ich mich auf die vor mir liegende Aufgabe konzentrieren sollte. Während ich noch über meinen nächsten Schritt nachdachte, nahm ich den Karton mit Katzenfutter und stellte ihn zurück in den Schrank.

Und dann bewies wenigstens er, dass er wusste, was wir hier taten. Er trat hinter mich. Ich konnte seine Wärme spüren und seine Erektion, die sich gegen meinen Hintern drückte. Seine Hände glitten an meinen Flanken nach oben. „Du bist so heiß", flüsterte er.

Ich hielt mich an der Arbeitsplatte fest. Meine Knie wurden weich, während sein Mund warm und kitzelnd über meinen Hals glitt. Ich drehte meinen Kopf, um ihn zu küssen, und seufzte leise, als seine Hände meine Brüste umfassten. Sein Mund war hübsch. Er küsste mich zärtlich und angenehm.

Ich drehte mich in seinen Armen um. „Lass uns nach oben

gehen." Die schlampige Gastgeberin hatte die Oberhand gewonnen.

Ich führte ihn nach oben und genoss, wie der Taftrock um meine Beine wisperte und die High Heels auf den Holzstufen klackerten. Wir gingen in mein Schlafzimmer.

Er war direkt hinter mir, und ich hörte seinen schnellen Atem. Ich fragte mich, ob er auf der Treppe unter meinen Rock gucken konnte, und beschloss, mich so schnell wie möglich vor ihm nach vorne zu beugen oder „zufällig" die Beine zu öffnen.

„Also gut, Jason." Ich drehte mich um und wäre fast mit ihm zusammengestoßen. „Du darfst dich jetzt ausziehen."

Er grinste, und kurz dachte ich, dass ich vielleicht wie eine dominante Nutte klang. Das lag nun nicht in meiner Absicht. „Klar." Er zog sein Hemd aus. Eine schöne Brust, ein paar Haare – nicht austrainiert, aber doch ein hübscher Anblick.

Ich legte mich aufs Bett, das eine Bein ausgestreckt, das andere aufgestellt. Mein Handgelenk ruhte auf dem Knie. Ich wollte sehen, ob er wohl versuchen würde, unter meinen Rock zu plieren.

Er tat es, aber erst, nachdem er betont gelassen sein Hemd auf die Holztruhe am Fußende des Betts gelegt hatte. Die Beule in seiner Jeans, die mehr oder weniger dauerhaft sichtbar war – zumindest in den letzten zwanzig Minuten seit unserer ersten Begegnung im Sender –, schien jetzt noch größer zu sein. Er bückte sich und schnürte seine Stiefel auf, die er zusammen mit den Socken auszog. Dann legte er eine Hand auf seine Gürtelschnalle.

Angeber. Oh, was für ein wunderbarer Angeber!

Er schnippte den Knopf seiner Levi's auf und zog den Reißverschluss nach unten. Die Jeans glitt an seinen Beinen hinab, und er trat sie beiseite. Darunter trug er graue Boxershorts, die so eng waren, dass man jede Kontur deutlich erkennen konnte. Sehr beeindruckend.

Er schob den Daumen unter den Taillenbund und schaute mich an. Dann glitt sein Blick wieder unter meinen Rock, und er schluckte.

Ich rutschte vom Bett und zog den Rock aus. Jetzt stand ich nur noch mit Pumps, halterlosen Strümpfen und dem Neckholder vor ihm. Aus der Nachttischschublade nahm ich ein Kondom und ging zu ihm hinüber. Erneut war ich mir ziemlich deutlich bewusst, wie erotisch meine Hüften sich bewegten, wenn ich auf so hohen Absätzen lief. Mein Finger strich über die Unterseite seines Schwanzes. Ich erkundete ihn durch den engen Baumwollstoff.

Er stöhnte verhalten.

Ich zog die Boxershorts nach unten, und er stieg heraus. Sein Schwanz hüpfte leicht auf und ab. Es war ein herrlicher Schwanz, hart und aufwärts gebogen, und ein Lusttröpfchen glitzerte auf der Spitze.

Er lächelte, doch seine Atmung hatte sich beschleunigt. „Können wir …"

„Klar." Ich drückte ihn auf die Truhe am Fußende des Betts. Die Truhe war gepolstert, das war schonend für die Knie. Ich kannte mich damit aus. Und so wollte ich ihn jetzt. Ich stand direkt vor ihm, seine Beine zwischen meinen Knien, und ich küsste ihn. Nicht so zärtlich und behutsam, wie er es vorhin mit mir gemacht hatte, sondern innig und hungrig und nass. Seine Hände glitten derweil über meine Brüste, die Oberschenkel und den Hintern. Eine Hand schlüpfte zwischen meine Beine, und sein Atem stockte, als er bemerkte, wie nass ich schon war. Jetzt war ich diejenige, die stöhnte. Er ließ den Finger um meine Klit kreisen.

Ich streifte ihm das Kondom über und stützte ein Knie auf die Truhe neben ihn. Er packte meine Hüften. „Mach langsam!", warnte er mich. Dann schaute er peinlich berührt zu mir auf. „Ich meinte nur … also, nicht dass es zu schnell vorbei ist. Ich möchte, dass es für dich auch gut ist."

„Schon okay." Ich war meinem Höhepunkt sowieso sehr nah. Ein bisschen kam ich mir vor wie ein Schnellkochtopf, in dem das Wasser schon kurz vor dem Siedepunkt gewesen war, als Jason mich im Studio überrascht hatte. Inzwischen war ich vollständig erhitzt. Mein Körper hatte die Peinlichkeit und den großen Schrecken überwunden, und jetzt wollte er an dem Punkt weitermachen, wo ich aufgehört hatte. Aber jetzt war Jason in mir mit diesem unerwarteten, herrlichen Schwanz, der sich in mir leicht nach oben bog und zuckte, als ich mich bewegte … Ich wollte diesen Moment festhalten und mich auf das wunderbare Gefühl von Rein und Raus konzentrieren, während wir vögelten.

Er öffnete den Neckholder und ließ ihn einfach fallen, hob eine Brust an seinen Mund und saugte am Nippel. Das Gefühl durchschoss mich bis in die Klit. „Mach das noch mal. Härter."

Ich rammte ihn tief in mich hinein und kam mit so großer Wucht, dass es wehtat.

„Himmel! Das habe ich gespürt!" Und er hob sich mir entgegen, während meine Möse ihn umklammerte. Seine Augen waren dunkel und groß, und dann schloss er sie und kam mit einem gewaltigen Zittern.

Ich brach an seiner Schulter zusammen. Es dauerte einen Moment, bis ich wieder im Hier und Jetzt ankam. Ich spürte wieder meinen Atem, seine Atmung und seinen hämmernden Puls, den Geruch von Schweiß und unseren Körpern. Er seufzte und schmiegte sich an mich. „Jo, ich sollte wohl lieber …"

Das Kondom. Natürlich. Er hob den Kopf und küsste mich auf die Lippen. Eine freundliche Geste, die ich zu würdigen wusste. Ich löste mich aus seiner Umarmung und kroch aufs Bett. Die Schuhe streifte ich ab und die Strümpfe zog ich auch aus. Ich widerstand dem Impuls, ihn zu fragen, was er jetzt tun wollte. Nachher schlug er noch vor, MTV zu gucken, oder er wollte schlafen! Ich war immer noch hellwach und wollte ihn gleich ein zweites Mal.

„War das in Ordnung?“, fragte er und setzte sich neben mich aufs Bett.

„Mehr als in Ordnung.“ Ich fragte mich erst jetzt, wie erfahren er wohl war.

„Cool.“ Er grinste. „Das wollte ich machen, seit ich dich das erste Mal gesehen habe.“

„Das ist wohl ein Scherz!“

„Nein. Nein, kein Scherz.“ Er berührte meine Brust und umkreiste in immer engeren Spiralen meinen Nippel. Er gab einen zufriedenen Laut von sich, weil der Nippel sich aufstellte und dunkler wurde. „Du bist großartig. Sexy. Ich kann nicht glauben, dass ich mit dir hier bin.“

Sein Schwanz regte sich wieder. Ich nahm ihn in die Hand und drückte vorsichtig zu. Dann setzte ich mich auf und ließ meine Hände über seinen Körper wandern. Ich erkundete seine Haut und die Konturen seiner Muskeln. Er wand sich unter mir, als ich seine Brustwarze küsste, aber dann lehnte er sich zurück und seufzte. Ich küsste seinen Bauch und die Oberschenkel. Ignorierte absichtlich seine Erektion, während er meine Brüste und Schultern streichelte.

„Sag mir, was du willst“, sagte er atemlos, nachdem wir uns eine Weile geküsst hatten.

Ich nahm ein neues Kondom.

„Willst du nicht mehr Vorspiel?“, fragte er ernst. Es klang, als passte ich nicht in das Bild, das er sich dank eines Sachbuchs über das typisch weibliche Verhalten beim Sex gemacht hatte.

„Manchmal mag ich stundenlanges Vorspiel. Im Moment will ich eigentlich nur gevögelt werden.“

„Einverstanden!“ Er nahm das Kondom und streifte es sich über. Dann legte er mich auf den Rücken. Er wollte mir wohl zeigen, was er so draufhatte. Und als Lehrstück in Sachen Stehvermögen war es wirklich nicht schlecht. Viele verschwitzte, harte Stöße und viel Muskelspiel und Stöhnen auf beiden Seiten.

„Bist du schon gekommen?", fragte er nach einer Weile.

„So komme ich nicht." Mit dem Fuß rieb ich seinen Rücken.

„Scheiße. Warum sagst du denn nichts?"

„Ich habe nicht behauptet, dass es mir nicht gefällt. Das tut es nämlich."

„Was soll ich anders machen?"

„Mach einfach so weiter."

„Aber ich …" Er bewegte sich wieder. „Ich will, dass du …"

„Jason, halt einfach die Klappe und fick mich, okay?"

Er hielt schockiert inne. Dann musste er grinsen. „Bist du sicher?"

„Ja."

„Cool."

Ich machte mir ein wenig Sorgen um seinen beschränkten Wortschatz. Aber nur ein paar Sekunden, denn dann begann er wieder, mich richtig durchzuvögeln. Er eilte seinem Orgasmus entgegen und sank dann über mir zusammen.

„Das war … also, das war echt toll", sagte er und stützte sich auf die Ellbogen. „Was soll ich jetzt machen?"

Meine Gedanken wanderten in eine ziemlich extreme Richtung. Ich hatte mal was über Dominas gelesen, die ihre Sklaven dazu brachten, ihre Wäsche zu waschen oder das Badezimmer zu putzen. Aber das käme mir im Moment wie Verschwendung guter Manneskraft vor. Ich hatte diesen tollen, unermüdlichen jungen Mann in mein Bett mitgenommen, der wie ein tapsiger Welpe eifrig darum bemüht war, alles richtig zu machen, und …

„Jason? Ich hoffe, du hast nicht das Gefühl, dass ich dich benutze."

Er blickte von meinen Nippeln auf. Wie einfallsreich, während ich noch über eine Antwort nachdachte, hatte er schon die Initiative ergriffen und begonnen, mich zu küssen. „Nein. Ich mag dich. Ich glaube, du bist …"

Oh bitte! Jetzt sag nicht schon wieder, dass ich heiß bin. Das ist schmeichelhaft, keine Frage, aber …

„Du bist nett. Wie damals, als wir diese dritte Klasse zu Besuch im Sender hatten und du sie herumgeführt hast. Du warst wirklich cool. Sie mochten dich."

„Oh, danke. Ich mag dich auch. Und das … also, das fühlt sich gut an." Vielleicht schrumpfte jedermanns Vokabular, wenn der Sex nur gut genug war. Jason knabberte und leckte meine Oberschenkel und meine Klit, und ich kam unter seiner biegsamen, energischen Zunge. Es überraschte mich, aber mir gefiel, wie ich mich unter ihm wand.

„Ich bin wieder hart", sagte er beinahe entschuldigend. Ich hatte nicht gewusst, dass er überhaupt schlaff geworden war, und ich hatte das unangenehme Gefühl, früher oder später das benutzte Kondom zwischen den Bettdecken zu finden.

„Dann sollten wir etwas dagegen tun." Ich gab ihm ein Kondom und sah zu, wie er es sich überstreifte, bevor er sich über mich kniete. „Und diesmal bin ich oben."

„Kommst du dann?"

„Auf jeden Fall." Irgendwie war's ja süß, wie besorgt er um meine Orgasmen war. Dabei konnte ich und jede andere Frau ihn oder jeden anderen Mann bis in alle Ewigkeit mit der Menge unserer Orgasmen übertreffen.

Und das tat ich. Zumindest so lange, bis mein neuer Mieter kam.

„Ich glaube, das war's dann", sagte Patrick.

Elise lehnte ihren Kopf an seine Schulter. „Du warst zuletzt immer so großartig."

„Hey, lass das. Als Nächstes lädst du mich ein, wieder bei

dir einzuziehen, und es fängt wieder von vorne an."

„Du hast recht." Sie löste sich aus seinen Armen, und er hatte das Gefühl, als zerreiße sie ihn damit. Es war eine körperliche Reaktion auf sie, ein merkwürdiges Kribbeln, das seine Arme hinabrann. Vielleicht Adrenalin oder ein Herzinfarkt. Er wartete. Sollte er wirklich auf der Schwelle des Hauses seiner baldigen Exfrau – genau genommen war es auch sein Haus – tot zusammenbrechen?

Verflucht, die Lebensversicherung lief noch auf ihren Namen. Dann wäre sie die glückliche Witwe.

„Ja, hm. Okay." Er nahm die Brille ab und kniff sich heftig in die Nasenwurzel, um die Tränen zurückzudrängen. „Ich konnte die Bohrmaschine nicht finden, sie muss noch irgendwo im Haus sein. Ist aber egal. Ich kauf mir 'ne neue. Du brauchst doch auch eine."

„Tue ich das?"

In Elises Leben gab es immer einen Mann mit Bohrmaschine. Einen, der auf sie aufpasste, sie beschützte und für sie Sachen erledigte. Ihn, ihren Vater, ihre Brüder, sogar Patricks Freunde. Himmel, wenn er sich vorstellte, wie einer seiner Freunde sie vögelte oder sich nur wünschte, sie zu vögeln … Oder wie einer seiner Freunde mit seinem großen Bohrer um die Ecke kam, um ihr zu Diensten zu sein … Er würde jeden einzelnen umbringen. Aber die Jungs wären verrückt, wenn sie Elise nicht ficken wollten …

„Patrick. Geh jetzt, bitte." Sie wirkte wie eine Heimatlose. Ein zerbrechliches Wesen, wie sie da in der Haustür stand und sich an den Türrahmen klammerte. Sie war ungefähr so zäh wie alte Stiefel.

„Ich habe noch den Backofenfilter ausgewechselt. Das brauchst du nicht mehr zu machen."

Er nickte ein letztes Mal und trottete zu dem Lastwagen, den er für den Umzug gemietet hatte. Er fuhr um die nächste Ecke, parkte dort und weinte für etwa zwei Minuten. Na ja, dachte er und putzte sich die Nase. Wenigstens hatte er nicht vor ihren Augen geheult.

Sie hatte auch nicht vor seinen Augen geheult. Scheiße, er hätte lieber das Haus auseinandernehmen sollen, um diese verfluchte Bohrmaschine zu finden. Paare, die sich nach der Trennung in tödliche, kostspielige Kämpfe um Haushaltsgegenstände wie Fernseher oder Lieblingsmöbel verstrickten, hatte er immer gehasst. Aber inzwischen verstand er dieses irrationale Verhalten. Er wollte nicht mal daran denken, wie es wohl wäre, wenn man sich um ein Haustier oder ein Kind stritt. Seine Ehe hatte nichts dergleichen mit sich gebracht; ein Gedanke, der ihn auch nicht sonderlich aufheiterte.

Er setzte die Brille wieder auf und schaltete in den Fahrmodus. Während der Fahrt stampfte er mit dem linken Fuß, wie jedes Mal, wenn er am Steuer eines Automatikwagens saß, und fuhr zu seiner neuen Wohnung.

Er musste mehrmals klingeln, ehe Jo schließlich die Tür öffnete. Sie trug einen Trainingsanzug und pinkfarbene Schlappen, und ihr Haar stand in alle Richtungen ab. Sie sah verschlafen, zerzaust und sehr sexy aus. Und er hatte noch vor zehn Minuten wegen einer anderen Frau geweint …

„Tut mir leid, wenn ich dich geweckt habe“, sagte er.

„Nein, ist schon in Ordnung. Komm rein.“

Er wollte nicht ins Haus kommen, aber er tat es trotzdem, weil er höflich sein wollte. Sie überreichte ihm einen Satz Schlüssel.

„Ich fahr eben den Pick-up aus dem Weg“, sagte sie.

Das war irgendwie lustig, er hätte nicht gedacht, dass sie eine Frau war, die gerne einen Pick-up fuhr. Und das war sie auch nicht. Ein Typ schlich sich an ihnen vorbei nach draußen. An seinem Gesicht konnte man dick und fett ein seliges „Zum Schuss gekommen“ ablesen. Himmel, war der jung! Er parkte den Pick-up um und stellte sich ihm anschließend als Jason vor. Er fragte, wie Patrick seinen Kaffee mochte, und verschwand wieder im Haus. Als Patrick den Laster rückwärts in die Einfahrt steuerte, kam er wieder heraus.

„Sie sagt, ich soll dir helfen."

„Danke." Wie viele Liebhaber hatte Jo eigentlich?

Sie kam wieder nach draußen und brachte ihnen Kaffee. Patrick erhielt seinen Becher zusammen mit einem flüchtigen, zufriedenen Lächeln. Jetzt, da er genauer hinschaute, konnte er auch bei ihr dieses glückselige Strahlen sehen. Aber irgendwie fand er es durchaus liebenswert. Dann ging sie wieder ins Haus und überließ ihn und Jason der Arbeit.

„Wie cool, IKEA!", rief Jason, als sie die flachen Kartons aus dem Lastwagen hoben. „Brauchst du Hilfe beim Zusammenbauen?"

„Und was ist dann passiert?", fragte Mr D., als ich ihm bei der Arbeit die ganze Geschichte erzählte.

„Jetzt sag mir nicht, du denkst da an einen hübschen Dreier zwischen IKEA-Kartons."

Er lachte. „Nein, eigentlich nicht. Aber wie bist du Jason losgeworden?"

„Er meinte, er müsse noch was arbeiten. Es war also leichter als gedacht."

„Und glaubst du, du wirst es wieder tun?"

Ich klemmte das Telefon unter mein Kinn, während ich CDs zurück ins Regal sortierte. „Wir arbeiten zusammen. Könnte irgendwann kompliziert werden. Ich hatte viel Spaß, aber es war auch ein bisschen so, als habe man sich einen braven Welpen angeschafft. Er war so eifrig und einfach nur glücklich damit, mir zu gefallen. Als ich ihm sagte, er könne ruhig grob oder selbstsüchtig sein – und das habe ich, wir erinnern uns –, hat er das gleich wieder zunichtegemacht, indem er gehorchte. Das war vermutlich unbewusst, aber … ich glaube, er hat mich nicht an die Leine genommen."

„Noch so eine Hundemetapher?"

„Oder eine Schlampenmetapher, aber du bist vermutlich zu höflich, um es laut zu sagen. Ich vermute, darum habe ich eine Katze. Man weiß nie, was sie denken, obwohl die Antwort wohl nicht so einfach ist. Aber zurück zu Jason. Ich habe immer gedacht, Sex mit einem heißen jungen Hengst, der die ganze Nacht kann, muss ich doch genießen. Aber seine Erektion war die ganze Zeit da, und irgendwann wurde es einfach langweilig. Ich wollte Abwechslung. Etwas, das mein Interesse wachhält."

„Hast du an mich gedacht, als du ihn gevögelt hast?"

„Nein." Ich legte die letzte CD ins Regal. „Ich dachte daran, wie ich dir davon erzähle. Als er seine Zunge um meine Klitoris kreisen ließ und die Finger in mich hineinschob, dachte ich, Mr D. wird das gefallen. Habe ich dir erzählt, wie ich ihn küsste und mich auf seinen Lippen schmeckte?"

„Sprich weiter." Seine Stimme klang verträumt, fast ein bisschen heiser.

„Bist du hart?"

„Gott, und wie. Erzähl mir mehr."

Und das tat ich. Ich hörte ihn seufzen und stöhnen und leise lachen.

5. KAPITEL

„Bring ihn doch zu Bills Geburtstagsfeier mit“, schlug Kimberly vor.

„Wen?“

„Den irischen Kobold. Ich könnte seine Lückenbüßerin sein.“ Sie legte ihre Füße auf den Schreibtisch und nahm einen Schluck Kaffee. Heute war Mittwoch, und eigentlich diente dieses Treffen dazu, den Newsletter vom Sender ein letztes Mal Korrektur zu lesen und die Feinheiten der Geburtstagsparty unseres Senderchefs zu besprechen. Sie schaute auf die Papiere, die über ihren Schreibtisch verstreut lagen. „Soll das da wirklich Erotica Sinfonie heißen?“

„Was? Nein! Nein, die heißt *Eroica*, das ist italienisch für heldenhaft. Bitte sag mir, dass da kein T in der Mitte ist.“

„Kleiner Scherz.“

„Und das mit Patrick kannst du doch nicht ernst meinen! Er ist erst seit einer Woche getrennt. Weniger als eine Woche.“

Sie schüttelte den Kopf. „Meine Quellen haben mir berichtet, dass sie sich schon vor sechs Monaten getrennt haben. Er ist so weit.“ Sie klopfte mit dem Bleistift auf ihren Schreibtisch. „Und wann wirst du wieder anfangen, dich mit jemandem zu treffen?“

„Mir ist einfach noch nicht danach.“ Kurz überlegte ich, ob ich ihr von Jason erzählen sollte.

„Wonach? Nach Dates oder danach, mir davon zu erzählen?“

In diesem Moment klingelte das Telefon. „Ja, sie ist hier.“ Kimberly zwinkerte mir zu, während sie den Hörer an ihr Ohr drückte.

„Was ist los?“

„Warte, Süße“, hauchte Kimberly. „Warts doch einfach ab.“

Die Tür zu ihrem Büro wurde geöffnet, und ein riesiger

Blumenstrauß quoll herein. Man konnte nur die Beine von der Empfangsdame des Senders sehen.

„Oh, von wem sind die denn?“, quietschten Kimberly und die Empfangsdame neugierig. Ich fischte das Kärtchen aus den blumigen Tiefen.

Bitte, lass es Mr D. sein. Aber das war absolut nicht sein Stil. Ich hoffte das zumindest. Außerdem waren die Blumen viel zu teuer, um von Jason zu kommen. Ich klappte das Kärtchen auf.

„Sie sind von Willis Scott.“ Ungläubig und irgendwie auch entsetzt starrte ich auf dieses phallisch aufragende Blumenarrangement vor mir. Kimberly und die Empfangsdame gaben aufgeregte, kichernde Kommentare ab.

„Was schreibt er?“ Kimberly entwand mir das Kärtchen. „‚Schulde dir noch ein Lunch. Schöne Grüße, Willis.‘ Wie süß!“

„Findest du?“ Fasziniert und voller Abscheu starrte ich die Blumen an. Bei einigen war ich mir ziemlich sicher, dass sie von einem Wissenschaftler mit schmutziger Fantasie genetisch optimiert worden waren. Die Natur konnte doch unmöglich so krass sein, oder?

„Natürlich. Er ist reif.“

„Du meinst, wie ein Käse?“

„Reif, um eine dicke Spende abzudrücken.“ Kimberly zog ihren Rolodex heran, suchte eine Karte heraus und begann zu tippen. „Ich schicke dir seine Nummer per E-Mail. Und seine Handynummer. Der ist mal was anderes als die bärtigen, klugen Langweiler, mit denen du sonst immer ausgehst …“

„Hugh hatte keinen …“

„Oder diese muskelbepackten Kerle, die Berge hinaufkraxeln …“

„Das war nur ein Mal, vier Jahre, bevor ich Hugh kennengelernt habe …“

„Oder diese hübschen Tänzer, die nicht entscheiden konnten, ob sie nun bisexuell sind oder nicht ..."

„Das waren andere Zeiten. Damals habe ich viel Zeit mit meinen Kommilitonen verbracht. Und es war nur einer, der ..."

„Aber jetzt kannst du mal mit einem Erwachsenen ausgehen", sagte Kimberly abschließend. „Und wenn du mir die Mail-Adresse vom irischen Kobold gibst, lade ich ihn zu Bills Party ein."

Ich kritzelte die Mail-Adresse auf ein Post-it. „Ich weiß nicht so genau, wieso ich das mache. Erst lasse ich mich für den Sender verkuppeln, und jetzt verdirbst du auch noch meinen neuen Mieter."

„Ich bin sicher, wir werden uns beide höchst professionell verhalten." Ungerührt reichte sie mir eine Papierserviette, weil ich prustend den Kaffee über ihren Schreibtisch verteilte.

Nach sechs Monaten, in denen er die Häuser anderer Leute gehütet, auf den Sofas von Freunden übernachtet und im größten Notfall auch mal für ein paar Tage wieder bei Elise untergeschlüpft war – in einem Haus, das sich nicht länger wie sein Zuhause anfühlte –, dachte Patrick, er müsste doch eigentlich erleichtert sein, endlich wieder eine eigene Wohnung zu haben. Wenn es bloß so einfach gewesen wäre. Er hatte das Gefühl, nicht in dieses enge Apartment zu gehören. Er und sein halbes Dutzend summender Computer und die Stille, die ihn umgab. Jo war eine bemerkenswert ruhige Nachbarin. Er vermutete, dass sie tagsüber meist schlief. Eines Nachmittags, als es draußen angenehm sonnig und warm war, traf er sie im Vorgarten, wo sie Blumenzwiebeln setzte.

„Narzissen", erklärte sie. „Die Eichhörnchen fressen alle anderen Blumenzwiebeln auf."

„Stimmt", sagte er.

„Kommst du auch zu Bills Party?"

Er zögerte. „Vielleicht."

„Wird bestimmt lustig", sagte sie und zog ihre Gartenhandschuhe aus. „Liz Ferrar kommt auch, und vielleicht ein paar andere Leute, die du kennst. Ist mit der Wohnung alles in Ordnung?"

„Ja, alles bestens. Danke." Er klang geradezu enthusiastisch. Vielleicht sollte er wirklich mehr vor die Tür gehen. Seine Stimme hallte in ihm nach, und er überlegte, dass man mit so viel Enthusiasmus auch eine wilde Orgie hätte kommentieren können.

Am späten Nachmittag brach sie meistens zur Arbeit auf. Aus purer Neugier und weil er seine Wäsche machen musste, betrat er später an diesem Tag ihren Teil des Hauses. Die Tür zum Apartment öffnete sich in den oberen Flur des Hauses. Polierte Holzdielen, weiße Wände. Alles wirkte sehr asketisch. Fast wie in einem Nonnenkloster.

Das Badezimmer hingegen war eine Überraschung. Er spähte durch die halb offene Tür und sah den Wäscheständer über der Badewanne, auf dem die teure Unterwäsche ausgebreitet war. Lieber Himmel! Trug sie so was, wenn sie im Garten arbeitete? Es gab auch ganz klassische Sachen. Aber alles war sexy und aus Seide ... sogar Strümpfe sah er. Das war etwas völlig anderes als dieser ausgeleierte Weihnachtsmannschlüpfer. So viel exotische Seide und Satin. Unterwäsche, die gezeigt werden wollte. Die man langsam auszog (oder gar nicht), die über das Gesicht eines Mannes glitt, damit er ihren Geruch erhaschen konnte.

Grimmig klammerte Patrick sich an seinen Wäschekorb. Auf keinen Fall würde er ihre Unterwäsche berühren. Das kam absolut nicht infrage. Nur weil er sie ein Mal nackt gesehen und ihre Beine bewundert hatte, nur weil er ihre Stimme im Radio liebte, hieß das noch lange nicht, dass er ... Nein, er durfte nichts anfassen, redete er sich ein. Das waren doch nur irgendwelche Stofffetzen. Wenn sie – oder eine andere Frau – das trug, das wäre viel interessanter. Wenn sich ein Nippel gegen die kühle Seide drückte, wenn lockiges Haar sich feucht an Satin schmiegte oder ... Er versuchte, sein gutes, irisch-katholisches schlechtes Gewissen heraufzubeschwören, doch das misslang gründlich.

Etwas streifte sein Bein. Fast hätte er den Korb fallen lassen. Natürlich, die blöde Katze. Sie blickte ihn aus ernsten Augen vorwurfsvoll an.

„Schon gut, ich habe verstanden." Patrick hievte den Korb weiter nach oben. „Verrat ihr nichts, hörst du?"

Von unten erscholl ein Schrei, der ihm das Blut in den Adern gefrieren ließ. Was zum Teufel ... Er stellte den Wäschekorb ab und rannte nach unten. Die Kellertür stand offen.

Zuerst erkannte er sie nicht und schrie seinerseits panisch auf, weil ein gesichtsloser Fremder schreiend im Dunkel des Kellers stand. Sie trug ein Paar Stiefel mit hohem Schaft, in die sie sorgfältig die Hosenbeine ihrer Jeans gestopft hatte. Außerdem ein Langarmshirt und Gummihandschuhe. Über das Gesicht hatte sie sich etwas gezogen, das er ungläubig als Fechtmaske identifizierte. In der Hand hielt sie eine Grillzange.

„Was ist hier los?", schrie er. Zum Glück war es nur Jo und kein Einbrecher ...

„Nimm es von meinem Fuß!"

„Was denn?"

„Da, es hat sich bewegt!"

„Warum treibst du dich denn hier im Dunkeln herum?"

„Ich will ihre Augen nicht sehen."

Er fand den Lichtschalter und betätigte ihn. „Wessen Augen?"

Sie zeigte auf ihre Füße. Die Katze trabte heran und schnupperte an ihrem Zeh.

Patrick kniff die Augen zusammen, um den kleinen Fellklumpen besser zu erkennen, der auf ihrem Fuß lag. „Ist schon in Ordnung. Die ist hinüber.“ Erst jetzt entdeckte er die Mausefalle auf dem Fußboden. „Wieso wirfst du nicht die Maus samt Falle weg?“

„Das ist Verschwendung.“ Sie sagte es geradezu vorwurfsvoll. Dann schrie sie ihn an: „Nimm sie nicht mit der Hand! Nachher wirst du krank!“

Er nahm ihr die Zange ab und hob die Maus hoch. „An welchem Wochentag holt die städtische Müllabfuhr noch mal die toten Nager ab?“

„Ich werfe sie in den Garten.“

„Okay.“ Er öffnete die Hintertür und warf den Tagesfang nach draußen. „Wirklich, Jo. Wenn du so viel Angst davor hast, kann ich die Mäuse auch für dich entsorgen.“

Sie nahm die Fechtmaske ab. „Das würdest du tun?“

„Klar. Wieso fängt die Katze keine Mäuse?“

„Manchmal macht er das. Ich fürchte aber, in ihm steckt kein großer Jäger. Das ist wirklich nett von dir, Patrick. Aber du darfst keine Klebefallen benutzen, und sie haben ihre eigene Erdnussbutter …“

„Betrachte es einfach als Teil meiner Miete. Warum trägst du bei der Mäusejagd eine Fechtmaske?“

„Einmal war eine Maus noch nicht tot, und als Hugh sie fand, ließ er sie laufen. Sie rannte an seinem Bein hoch und biss ihn ins Knie.“

„In der Hose?“

„Nein, er trug keine … also, es war Sommer. Er trug Shorts.“ Sie lächelte. „Ich bin dir wirklich dankbar. Ich habe da drüben eine zweite Falle aufgestellt. Da brauchst du eine Taschenlampe, in der Ecke ist es ziemlich dunkel. Ich hoffe bloß, sie mögen Erdnussbutter. Sie ist nicht Bio, aber trotzdem ziemlich gut.“

„Natürlich.“ Er fand einen weiteren kleinen Mäuseleichnam. Auf dem winzigen Gesichtchen glaubte er, einen überraschten Ausdruck zu erkennen. Unter ihrer Anleitung gab er neue Erdnussbutter in die Fallen und machte sie wieder scharf.

Und die ganze Zeit fragte er sich, was sie wohl unter der Jeans und dem Sweatshirt trug.

„Danke für die Blumen", sagte ich zu Willis.

„Ich hatte gehofft, dass Sie mich anrufen." Er schnappte sich zwei Gläser Wein vom Tablett eines Kellners und reichte mir eins. Um uns war die Party in vollem Gange. Wir feierten in dem großen Foyer des Radiosenders. Das Gebäude war früher eine kleine Gemeindeschule gewesen, und der heutige Eingangsbereich war der Versammlungsraum gewesen. Ich hatte Patrick aus den Augen verloren, der sofort von Liz Ferrar mit Beschlag belegt worden war.

Ich zuckte die Schultern. Ich hatte Willis eine höfliche E-Mail geschickt und mich für die Blumen bedankt. Auf keinen Fall wollte ich mich für irgendwas entschuldigen. Ich nahm einen kleinen Schluck Wein – lieber nicht zu viel. In zehn Minuten musste ich auf Sendung.

„Lunch also", sagte er, als habe ich ihn durch meine Antwort irgendwie ermutigt.

„Ich fühle mich sehr geschmeichelt, Willis. Aber Sie sind wirklich nicht so mein Typ."

Er grinste. „Sie sind sehr direkt. Das gefällt mir."

Ach, Scheiße. Ich konnte bei diesem Typ einfach nicht gewinnen. So viel also zum Thema Ehrlichkeit. „Oh, ich glaube, Bill schneidet jetzt den Kuchen an. Ich sollte wohl lieber …"

„Nein, das dauert noch ein bisschen. Und wie wär's jetzt mit Lunch? Morgen zum Beispiel? Ich hole Sie um zwölf ab."

Ehe ich die Standardentschuldigung vorbringen konnte, dass ich erst in meinen Terminkalender gucken müsste, packte er meine Hand. „Sehen Sie, ich weiß, was Sie denken. Sie halten mich vermutlich für einen unzuverlässigen Windhund, nur weil ich ein paar Bäume fällen lasse. Wir haben eben verschiedene Einstellungen. Sie sind eher ein Hippie ...“

„Nein, das bin ich nicht. Meine Mutter ist ein Hippie. Nur weil ich beim Radio arbeite, heißt das nicht ...“

„Wie auch immer. Ich mache Geld. Ich liebe Geld! Und ich liebe es, Geld für Mädchen auszugeben.“

„Himmel, Willis! Sie sollten sich mal reden hören. Ich bin kein Mädchen.“

„Dann eben Frauen.“

„Und mir gefällt der Gedanke nicht, für jemanden nur ein Geldgrab zu sein. Was ist denn für Sie drin?“ Ich hoffte irgendwie, er würde *ein ordentlicher Fick* sagen, aber so geschmacklos war selbst er nicht.

„Jo.“ Sein Daumen streichelte meinen Handrücken, und zu meiner Überraschung fühlte es sich ... hm. Es war so, wie es sich vermutlich hätte anfühlen sollen, als ich mit Jason, der wandelnden Erektion, die Nacht verbrachte. „Ich habe Interesse an Ihnen. Ich weiß, Sie werden jetzt behaupten, dass ich Sie gar nicht kenne. Aber ich würde Sie gerne kennenlernen. Wir haben verschiedene Einstellungen zum Leben. Und? Das ist doch gerade das Spannende. Ich habe Geld, und ich vermute, Sie haben keins. Lassen Sie uns doch einfach unsere Ressourcen bündeln.“

„Und was kann ich in diese spannende Beziehung einbringen?“

„Willis! Ich bin ja so froh, dass Sie kommen konnten!“ Kimberly stürzte sich auf uns. Rasch ordnete sie ihr Weinglas, den Teller, die Handtasche und die Serviette so geschickt um, dass sie Willis auf die Wange küssen konnte, ohne Zinfandel auf seine Hose zu kippen. „Jo hat erst kürzlich über Sie gespr...“

„Nein, hab ich nicht“, unterbrach ich sie, ehe Kimberly ihn noch mehr ermuntern konnte.

„Wir reden später, okay?“ Und schon war sie wieder weg und tauchte in einer Wolke aus Feenstaub in der Menge unter, mit dem sie die Leute dazu brachte, sich köstlich zu amüsieren. Ich war stinkwütend, und Willis hielt meine Hand noch immer in seiner.

„Wir hätten viel Spaß“, sagte er.

Meine instinktive Antwort darauf wäre eigentlich, ihm zu erklären, dass ich kein Interesse an Spaß hatte. Aber ich zögerte. Vielleicht wäre ein bisschen Spaß gar nicht schlecht. Ich hatte einen sehr ernsthaften Job, bei dem ich zu merkwürdigen Stunden arbeitete. Mein Sexleben war noch merkwürdiger. Ich könnte Willis verführen und Mr D. davon erzählen. Erneut schaute ich auf die Wanduhr.

„Die Zeit fliegt, hm?“, meinte er.

„Ich muss gleich noch ins Studio. Es gehört darum zu meinem Job, die Uhr im Auge zu behalten. Also gut, ja. Einverstanden.“

„Mit Lunch einverstanden?“ Sein Gesicht verzog sich zu einem breiten Grinsen.

„Klar. Sie können mich hier beim Sender abholen.“ Auf keinen Fall würde ich ihn wissen lassen, wo ich wohnte.

Ich schaffte es ins Studio, wo unsere Abendmoderatorin gerade ihre Arbeit beendete. Noch ein paar CDs aus den Regalfächern gezogen, und schon ging’s los. Nur schade, dass ich den Kuchen verpasste. Ich ging online, um den neuesten Wetterbericht und die Lokalnachrichten abzurufen, und schloss die Studiotür. Das Licht ließ ich an. Dies war eine der seltenen Gelegenheiten, bei denen Neil oder Bill Gäste durch den Sender führte. Ich wollte ihnen nicht den Spaß verderben, mich durch das Fenster zu beobachten.

Zu Beginn kündigte ich ein kurzes Stück an und blickte flüchtig zum Telefon. Es war noch zu früh für seinen Anruf, aber … Ich war mir nicht sicher, ob es ihm recht wäre, wenn ich mit Willis ausging. Das warf ein paar unbequeme Fragen auf. Brauchte ich seine Erlaubnis? Benutzte ich Willis so, wie ich es mit Jason getan hatte? (Obwohl das ja vollkommen spontan gewesen war. Oder?) Wir waren danach im Guten auseinandergegangen, und keiner hatte irgendwelche Erwartungen an den anderen formuliert. Willis war absolut untypisch für mich; ich ging nie mit Männern wie ihm aus. Wenn ich Kimberly richtig verstand, fand sie ohnehin, dass ich in der Hinsicht eher schlechte Entscheidungen traf. Ich zog mein Handy aus der Tasche und schrieb ihr eine SMS, damit sie mir ein Stück Kuchen aufhob. Dann beobachtete ich den Countdown der Musik, die gerade gespielt wurde.

Kuchen war etwas Feines. Unkompliziert und lecker und nicht von der Sorge um die eigene Moral belastet. Solange man sich keine Sorgen ums Gewicht machte oder Möchtegerntänzerin und davon besessen war, rank und schlank zu bleiben (und ohnehin überlegte, ihn nach dem Verzehr wieder hochzuwürgen), war Kuchen ein Vergnügen. Ein reines, unkompliziertes Vergnügen.

Die Musik verstummte, und ich ging auf Sendung. Zunächst machte ich nur eine kurze Anmoderation. Meine Philosophie war es, die Moderatoren nicht als Persönlichkeit in den Vordergrund treten zu lassen; wichtig war nur ein geschmeidiger Übergang von Musik und Moderation. Und wenn die Zuhörer merkten, dass sie eine andere Stimme hörten, war das in Ordnung. Es war aber vor allem die Musik, die sie das Radio einschalten ließ.

Als ich das Mikro ausschaltete, klopfte jemand an die Tür, und ich stand auf, um zu öffnen. Zu meiner Überraschung war es Patrick mit einem Kuchenteller.

„Kimberly meinte, ich sollte dir den hier bringen."

„Wunderbar. Möchtest du reinkommen?"

„Klar." Er trat ein und schaute sich um. „Wie funktioniert das alles?"

Ich erklärte es ihm auf meine routinierte, halbwissende Art und bot ihm einen Platz an. „Wenn du magst, kannst du bleiben, während ich moderiere. Aber versuch, nicht zu niesen."

„Das werde ich nicht."

„Du wärst überrascht, wie viele meiner Besucher plötzlich einen Hustenreiz verspüren." Ich nahm einen Happen Kuchen und setzte die Kopfhörer wieder auf.

Dieses Mal redete ich etwas länger. Ich gab einen Ausblick aufs Wetter und kündigte die Stücke an, die ich später noch spielen würde. Ich wusste, damit sprach ich indirekt auch eine Einladung an Mr D. aus. *Dann können wir reden.*

Dann drückte ich den Knopf für die nächste CD, schaltete das Mikro aus und nahm die Kopfhörer ab.

„Bist du nervös, ehe du auf Sendung gehst?", fragte Patrick.

„Nein. Manche Moderatoren stellen sich vor, sie reden mit einer bestimmten Person oder mit ihrem Haustier. Ich mache so was nicht. Wenn man erst daran denkt, wie viele Leute da draußen zuhören, wird es unwirklich und schüchtert mich ein. Darum rede ich einfach nur."

„Und du magst es, noch spät in der Nacht hier zu sein?"

Oh ja. „Ich bin nicht immer so lange hier. Ich kann auch eine Sendung vorbereiten, indem ich die Musik und meine Moderationen zusammenschneide. Das mache ich immer, wenn ich abends früher heim will. Dann kommt ein Praktikant vorbei und schaut nach, ob alles funktioniert. Und ich kann vom anderen Studio aus senden, falls was schiefläuft. Aber meistens arbeite ich live." Ich schaufelte mehr Kuchen in den Mund. „Danke für den Kuchen, den hatte ich echt nötig."

„Gern geschehen." Er räusperte sich. So wie Männer sich räuspern, ehe sie etwas sehr Persönliches ansprechen. „Kimberly scheint nett zu sein."

„Das ist sie."

„Sie sagt, ihr seid schon lange befreundet."

Mit anderen Worten: Er wollte von mir ein Leumundszeugnis. Ich fand, ich könnte ihn ein bisschen anstacheln. „Sie würde sich bestimmt freuen, wenn ihr jemand anbietet, sie nach Hause zu bringen, falls du mit dem Auto da bist."

„Gut zu wissen." Er nickte. „Dann lasse ich dich mal wieder in Ruhe. Es sei denn, du möchtest noch mehr Kuchen?"

Ich versicherte ihm, dass es mir gut ginge, und er ließ mich mit der Stille des Studios allein. Hin und wieder kamen Partygäste in kleinen Grüppchen vorbei, und ich setzte mein Kopfhörer auf und tat so, als säße ich sehr konzentriert und beschäftigt am Mischpult, obwohl ich das gar nicht war.

Ich behielt die Uhr im Auge. Ich wartete auf den Zeitpunkt, wenn alle gegangen waren und meine Zeit mit Mr D. begann.

„Ich fürchte, ich verwandele mich gerade in so ein Fickhäschenmonster", erklärte ich Mr D., bevor er überhaupt die Chance hatte, Hallo zu sagen. „Es ist, als würde ich jeden Typen, den ich sehe, dahingehend abchecken, ob er als potenzieller Sexpartner taugt."

„Jeden Einzelnen?" Er schien ehrlich bemüht, nicht zu lachen.

„Na ja, nicht jeden. Gerard Morgan zum Beispiel nicht. Er ist einer unserer größten Spender, und ich glaube, er muss so um die achtzig sein. Ich bekäme vermutlich seine Frau Marilyn noch gratis obendrauf, denn sie hält ihn an der kurzen Leine. Obwohl … Sie ist eine attraktive Frau Mitte siebzig. Wenn ich es mir recht überlege, sind die beiden schon ziemlich rege. Siehst du, was du mit mir anrichtest?"

„Ich bin nicht sicher, ob die Leute das nicht ständig machen. Einander als potenzielle Sexpartner abchecken, meine ich. Vielleicht bist du einfach nur ehrlicher als die meisten von uns."

„Ich habe heute einem Date mit einem Mann zugestimmt, den ich einfach nur verabscheuungswürdig finde."

„Warum?"

„Meine Freundin Kimberly – ich habe dir bestimmt schon von ihr erzählt – hat mich davon überzeugt, dass es eine gute

Idee ist. Sie versucht, ihn zu einer Spende für den Sender zu überreden. Sie glaubt außerdem, ich würde nicht die richtigen Männer daten."

„Ich glaube, sie hat recht."

Ich zwirbelte die Telefonschnur um den Finger. „Und ich hab seine Einladung angenommen. Nur um ihn zu ficken und dir danach davon zu erzählen. Nein, ich weiß schon, was du jetzt sagen willst. Es ist meine Entscheidung und so. Ich muss ihn nicht ficken und wir können auch über was anderes reden. Ich weiß. Also, warum tue ich mir das an?"

Stille. „Es muss irgendwas an ihm geben, das dir gefällt."

„Er ist attraktiv, keine Frage. Nicht mein Typ, aber er sieht gut aus. Und irgendwas ist an ihm … Er ist rücksichtslos und schrecklich materialistisch, aber er tut nicht so, als wäre er das nicht. Dafür bewundere ich ihn. Nein, der wahre Grund, warum ich ihn attraktiv finde, ist folgender: Ich will mit ihm Sex haben und dir danach davon erzählen, Mr D."

„Und wie fühlst du dich deshalb? Schuldig? Traurig?"

„Bist du im richtigen Leben etwa Psychiater?" Ich grinste. „Nein, ich bin sehr aufgeregt deswegen. Ich fühle mich mächtig und sexy, und das gefällt mir. Aber zugleich mache ich mir auch Sorgen."

„Ich will einfach nicht, dass du dich mir gegenüber verpflichtet fühlst. Ich liebe es so sehr, mit dir zu reden. Wir können über alles reden, und du musst mir nicht von deinen neuesten Eroberungen erzählen. Es sei denn, du willst es."

„Aber ich will es ja."

„Dann werden wir genau das tun. Wie lange haben wir noch?"

„Ungefähr fünfzehn Minuten."

„Ich möchte dich gerne mal im Radio hören, kurz bevor du kommst. Ich möchte diese Derbheit in deiner Stimme hören und wissen, dass du gerade zu mir sprichst. Es wäre etwas, das du und ich teilen könnten. Wirst du das für mich tun, Jo?"

Ich zögerte. Meine nächste Einspielung war bereit, und die Notizen, die ich für meine nächste Moderation gemacht hatte, lagen schon auf dem Mischpult. Ich konnte es also machen. Aber was würde er als Nächstes von mir verlangen? „Was, wenn ich das tue? Fragst du mich dann als Nächstes, ob ich für dich on air komme?"

„Nein. Der Moment ist nur für mich reserviert. Ich möchte ihn nicht mit anderen teilen."

Ich presste meine Oberschenkel zusammen. Ich war allein im Sendegebäude – davon hatte ich mich vorhin überzeugt –, aber ich fragte mich jetzt, ob er absichtlich so spät angerufen hatte, um mich darum zu bitten. Und in dem Fall wollte ich ihn auch in Verlegenheit bringen.

„Mach deine Hose auf", sagte ich und stellte das Telefon auf Lautsprecher. Ich hörte ein Rascheln, dann das Sirren eines Reißverschlusses. „Bist du hart?"

Er lachte leise. Ein sexy Lachen. „Was glaubst du denn?"

„Beschreib mir deinen Schwanz."

In gewisser Weise war es ein Test. Ich wollte nicht irgendwelchen Quatsch über seine stahlharten fünfundzwanzig Zentimeter hören. Meiner Erfahrung nach waren fünfundzwanzig Zentimeter etwas, das nur in der Fantasie der Männer existierte. Und wer wollte schon einen Schwanz von der Größe eines Baseballschlägers in sich haben?

„Es ist schwer ... also, schwer zu beschreiben. Ich hab ihn schon so oft gesehen. Er ist leicht nach rechts gebogen – vermutlich weil ich Rechtshänder bin. Mein Schamhaar ist dunkelbraun mit ein paar grauen Haaren, und es ist ziemlich kraus. Mein Schwanz ist braun, dunkler als meine Haut. Die Spitze ist dunkelrot. Er fühlt sich sehr glatt an. Ich fahre mit den Fingerspitzen an der Unterseite auf und ab. Ich spiele an mir herum."

„Mach weiter!" Ich ließ die Finger über meine Brüste tanzen. Meine Nippel waren sofort hart.

„Jetzt umschließe ich meine Hoden mit der anderen Hand. Sie fühlen sich warm und schwer an. Sie zucken in meiner Hand."

Ich lauschte seinem heftigen Atem. Seiner wachsenden Erregung.

„Jo? Ich berühre jetzt die Spitze meines Schwanzes mit Daumen und Zeigefinger. Ich drücke ihn zusammen. Da ist jetzt ein Lusttropfen an der Spitze."

Ich umkreiste meine Nippel und spreizte die Beine. Für die Party hatte ich einen Rock angezogen, und darunter fühlte sich meine Möse schwer und üppig an. „Erzähl mir mehr. Sag mir, wie dein Schwanz jetzt aussieht."

„Dunkler. Feucht. Ich benutze Gleitgel." Ein Keuchen. „Die Spitze schwillt an. Wird immer empfindlicher. Ich benutze meine ganze Hand und massiere ihn von oben bis unten."

Ich schob eine Hand unter meinen Rock und in mein Höschen. Über meinem Kopf hörte ich den zweiten Zeiger der Uhr ticken. „Warte!"

Er stöhnte.

Ich legte seinen Anruf in die Warteschleife, rutschte zum Mischpult hinüber und setzte die Kopfhörer auf. Die letzten Takte der Musik verklangen, und ich schob die Überblendregler in Position. Ganz langsam und vorsichtig.

Meine Stimme klang in den Kopfhörern ruhig und besänftigend. Ich erklärte, was wir gerade gehört hatten und was als Nächstes kam. Ein paar Worte übers Wetter und eine Erwähnung des Sponsors, dem wir die nächste Stunde Musik zu verdanken hatten. Es war das örtliche Theater, und ich erzählte von der nächsten Vorstellung. „Ich bin Jo Hutchinson, und es ist mir ein Vergnügen, die nächsten Stunden bei Ihnen zu sein."

Oh ja, es war auf jeden Fall ein Vergnügen. Mikro aus, Musik aufdrehen, den Telefonanruf wieder annehmen. Ich umklammerte das Mischpult und presste mein Schambein dagegen. Mit Wucht. Der Orgasmus durchfuhr mich mit einem Brüllen.

Ich sank völlig außer Atem in den Stuhl.

„Jo? Alles in Ordnung bei dir?"

„Klar. Ich fühle mich, als wäre ich eine Meile gerannt."

„Ich auch. Also, wie du *Vergnügen* gesagt hast … das hat's bei mir gebracht. Da hast du nur mit mir gesprochen, das habe ich gespürt." Er lachte. „Himmel, bei dir fühle ich mich wieder wie ein notgeiler Teenager. Ich habe mir sogar heute bei der Arbeit einen runtergeholt, weil ich an dich denken musste."

„Das hast du gemacht? Wo?"

„An meinem Schreibtisch. Ich habe meiner Assistentin gesagt, ich wolle nicht gestört werden und … nun ja. Den Rest kannst du dir wohl vorstellen."

Das konnte ich, aber ich wünschte mir auch, er hätte auf mich gewartet, bis ich nicht mehr auf Sendung war und hören konnte, wie er für mich kam.

„Bist du jetzt enttäuscht?"

„Weshalb?"

„Weil ich das mit dir mache."

Ich zuckte die Schultern. Aber weil er das nicht sehen konnte, sagte ich: „Ich finde nicht, dass es irgendwas mit uns zu tun hat. Eigentlich fühle ich mich sogar eher geschmeichelt, weil ich deine Fantasien beherrsche."

„Wir haben nur so wenig voneinander", sagte er. „Ich will das, was wir haben, nicht gefährden. Jedenfalls nicht, solange du nicht mehr von mir willst."

„Du kennst meine Antwort."

Er seufzte. Ich hörte Stoff rascheln und seinen Reißverschluss. „Und wie war die Party heute Abend?"

„Du wusstest davon?"

„Ja, ich habe eine Einladung bekommen."

Ich setzte mich etwas aufrechter hin. „Warst du hier? Hast du darum erst so spät angerufen?“

„Du weißt doch, ich übe mich in Zurückhaltung.“

„Ich kann immer noch auf die Gästeliste gucken“, wandte ich ein. Obwohl ich genau wusste, dass ich das nicht tun würde. Ich wollte das Geheimnis bewahren. „Mir gefällt die Vorstellung, wie du mich vom anderen Ende des Raums aus beobachtest. Wie hat es sich für dich angefühlt, als du mich beim Flirten mit einem anderen Mann beobachtet hast?“

Er lachte. „Wenn ich da gewesen wäre, hätte ich dich liebend gerne beobachtet. Und wenn du mit anderen Männern geflirtet hättest … nun, das hätte mich mit Hoffnung erfüllt. Und mit Erregung. Weil ich gewusst hätte, dass ich das größte und herrlichste Vergnügen mit dir teilen dürfte, weil ich derjenige bin, dem du alles erzählen wirst.“

„Wenn ich diesen Typen morgen also nicht verführe, bist du enttäuscht?“

„Nein. Du kannst mich niemals enttäuschen.“

6. KAPITEL

Ich träumte, irgendwas klingelte und hörte nicht auf damit. Ich streckte die Hand zum Nachttisch aus und nahm den Telefonhörer ab.

Ein quietschendes Kichern drang in mein Ohr. Ich blinzelte auf die Anzeige meines Digitalweckers. Drei Uhr morgens. Ich hatte noch nicht mal eine Stunde geschlafen.

„Was?"

Dieses Mal erkannte ich die Stimme.

„Kimberly? Geht es dir gut?"

Noch mehr haltloses Kichern.

Schließlich fand ich heraus, was die zwei Silben zu bedeuten hatten, die sie ständig wiederholte. „Du hast mich geweckt, um mir zu sagen, dass er eine Vorhaut hat?"

„Scheiße, tut mir leid. Ich dachte, du wärst noch wach." Noch mehr Kichern. „Ist echt verrückt."

„Er ist Ire. Da scheint das normal zu sein."

„Ich wusste aber nicht, was ich damit tun sollte."

„Wo bist du?"

„Bei mir. Im Badezimmer. Er schläft."

„Oh, das ist gut. Er könnte es sonst deprimierend finden, dass du mit einer Freundin am Telefon über seinen Schwanz lachst."

„Vor ihm würde ich doch kein Wort darüber verlieren. Das wäre schlechtes Benehmen."

„Das ist es auch, wenn du mich mitten in der Nacht weckst."

„Tut mir leid. Ich musste einfach jemandem davon erzählen."

Ich gähnte. „Ich bin mir ziemlich sicher, dass es aus diesem Grund die Anrufersendungen auf der Mittelwelle gibt. Bist du sicher, dass es dir gut geht? Oder bist du vom Vorhautsex mit deinem irischen Kobold völlig überwältigt?"

„Er ist süß. Nett und sexy. Wir hatten echt viel Spaß.“

„Toll. Warum gehst du jetzt nicht schlafen? Gute Nacht.“

„Bist du aus irgendeinem anderen Grund so grummelig, außer dass ich dich geweckt habe?“

„Nein, mir geht's bestens. Tschüss.“ Ich legte auf und drehte mich auf die andere Seite. Damit verdrängte ich Brady, der auf seine doppelte Größe angewachsen war und sich beunruhigend warm anfühlte. Wie alle Katzen, wenn sie schliefen. Kurz erlaubte ich mir, mich in Selbstmitleid zu ergehen. Kimberly hatte einen Mann in ihrem Bett. Ich hatte nur ein überhitztes Fellknäuel und irgendwo auf dem Fußboden einen Vibrator. Ich kroch zur Bettkante und tastete eher halbherzig danach, denn jetzt fielen mir die Wollmäuse wieder ein, die sich bestimmt am Vibrator angesammelt hatten. Irgendwie schien es mir gesünder, einfach wieder einzuschlafen.

„Ich dachte, wir machen vielleicht ein Picknick.“ Willis grinste mich anerkennend an. Ich glaube zumindest, dass es anerkennend war. Könnte auch selbstzufrieden gewesen sein. Andererseits sah mein Outfit, das aus Cowboystiefeln und einem knielangen schwarzen Rock mit weißen Punkten bestand, wirklich gut aus. „Ist das in Ordnung?“

„Klingt super.“ Heute war einer der ungewöhnlich warmen Tage für diese Jahreszeit, an denen die halbe Stadt offensichtlich in kurzen Hosen herumlief, um ein letztes Mal ein paar Sonnenstrahlen zu erhaschen, ehe nach Sonnenuntergang die Temperatur empfindlich schnell fiel.

Er trug Jeans und eine abgewetzte Lederjacke. Jetzt sah er viel menschlicher aus als in seinen teuren Anzügen und Krawatten. Zumindest sah er jetzt aus wie ein Mann, mit dem ich ausgehen würde. Er führte mich nach draußen zu seinem Wagen. Ein jeepähnliches Gefährt, bei dem ich mir einen bissigen Kommentar über den Spritverbrauch verkneifen musste. Das war nicht die Art Auto, die für ihre gute

Energiebilanz bekannt war.

„Gefällt er Ihnen?", fragte er, weil er mein Interesse fehlinterpretierte.

„Tut mir leid, ich hab überhaupt keine Ahnung von Autos."

Zu meiner Erleichterung begriff er dies nicht als Einladung, mich zu belehren, sondern öffnete nur die Wagentür. Sobald wir saßen, machte er ein ziemliches Gewese um die Auswahl der richtigen Musik, die Einstellung der Temperatur und so weiter. Dann erst fuhr er quer durch die Stadt Richtung Westen zu den Gebirgsausläufern.

Er redete unterwegs nicht viel. Ich fragte mich, ob er einfach nur schüchtern war oder ob er glaubte, einen Fehler gemacht zu haben.

„Treffen Sie sich sonst noch mit anderen Männern?", fragte er schließlich.

„Nein. Und Sie? Gibt's da andere Frauen?"

„Nein. Sie haben so merkwürdig reagiert, als ich fragte, ob Sie mit mir ausgehen. Darum habe ich gedacht …"

„Ich war ziemlich lange in einer ernsten Beziehung. Und ich bin nicht gerade die große Datingkönigin. Wie sieht's bei Ihnen aus?" Ich hatte es inzwischen aufgegeben, ihm zu erklären, dass er nicht mein Typ war. Er konnte oder wollte es einfach nicht glauben.

„Geschieden. Im Moment bin ich noch nicht bereit für eine neue Beziehung. Ich steh auf erotische, abenteuerlustige Frauen wie Sie."

„Was meinen Sie denn mit abenteuerlustig? Ich bin mal mit einem fanatischen Gebirgskletterer ausgegangen. Ein paarmal habe ich ihn begleitet, aber ich habe mich zu Tode geängstigt."

Er warf mir einen Blick zu. „Sie sehen sportlich aus. Und wirken sehr ausgeglichen."

„Ich fahre viel Rad. Aber macht das nicht jeder?" Ich

schaute nach vorne auf die Straße, die sich durch Kiefernhaine nach oben wand. „Hier könnte man bestimmt gut Rad fahren. Mögen Sie Sport?“

Ich hatte ja danach fragen müssen ... Was nun folgte, war ein ausführlicher Bericht über das lokale Footballteam. Schließlich verstummte er. „Ich nehme an, Sie stehen nicht so auf Football?“

„Nein. Ich meinte eher, ob Sie klettern oder laufen. Sie sehen aus, als würden Sie Sport treiben.“

„Ich arbeite mit Gewichten und gehe ein paarmal pro Woche ins Fitnessstudio. Im Winter fahre ich Ski. Und spiele im Sommer ein wenig Golf.“

Oh mein Gott! Bitte sprich jetzt nicht über Golf, und fang bloß nicht an, Breckenridge mit Aspen zu vergleichen.

Er tat nichts dergleichen. Inzwischen hatten wir die Straße verlassen und fuhren auf einer Schotterpiste weiter. Wahrscheinlich ein alter Holztransportweg. Im Innern des Wagens wurde es dank des hellen Sonnenlichts, das durch die Baumkronen funkelte, immer wärmer. Es widerstrebte mir, das zuzugeben, aber ich genoss den Ledersitz und die bequeme Fahrt. Es war schon ein toller Luxus, in so einem teuren Auto herumzufahren.

„Ich hoffe, es ist nicht zu früh am Tag für Sie“, sagte er. „Ich habe einen Brunch mitgebracht.“

„Das ist aber sehr rücksichtsvoll.“

Er lenkte den Jeep auf eine sonnige Wiese und hielt an. Wir waren nicht besonders weit entfernt vom Stadtzentrum. Trotzdem war ich überrascht über die Stille, als ich die Tür öffnete und ausstieg. „Ist es das? Das Grundstück, von dem Sie erzählt haben?“

Er nickte. „Das Baugebiet ist noch in der Planungsphase. Vielleicht wird auch gar nichts daraus.“

„Und wenn daraus nichts wird? Verlieren Sie dann kein Geld?“

„Ich habe dann immer noch das Land. Vielleicht kommt es in einem Jahr dazu oder in zehn Jahren. Man kann nie wissen, was kommt." Vom Rücksitz des Jeeps holte er einen Picknickkorb und eine Kühlbox. Dann führte er mich zu einer Felszunge, die die Sonnenwärme speicherte. Er war ein aufmerksamer Gastgeber, der sich sehr besorgt um mein leibliches Wohl zeigte. Er hatte sogar eine Decke mitgebracht, die er auf dem Felsen ausbreitete. Der Picknickkorb war eines dieser schicken Modelle mit Porzellantellern und richtigem Besteck. Er hatte Bagels mit Lachs und Frischkäse mitgebracht, und in der Kühlbox wartete eine Flasche Champagner mit Gläsern.

Wer verführte hier eigentlich wen?

„Das ist aber hübsch", sagte ich und hoffte, man konnte die Überraschung nicht heraushören. „Tolle Bagels."

Er ließ den Champagnerkorken knallen. Ohne großes Tamtam, sondern ganz dezent. Aus dem Flaschenhals stieg ein wenig Schaum auf, ehe Willis den Champagner in zwei Gläser goss. Der Champagner war hell und sprudelnd. Das alles waren gute Zeichen, und zum ersten Mal fragte ich mich, wie er wohl als Liebhaber war.

„Sie sind das erste Mädchen – ich meine, die erste Frau, die ich herbringe", sagte er.

„Echt? Dabei scheinen Sie doch alles richtig zu machen." Ich stieß mit ihm an.

Er lächelte und schraubte den Deckel von einer Flasche Mineralwasser. „Ich muss leider fahren, aber Sie dürfen es sich schmecken lassen."

Ich streckte mein Gesicht der Sonne entgegen. Vielleicht lag es am Champagner, vielleicht war es einfach die Gesellschaft eines attraktiven Mannes, der sich nicht als völliger Idiot erwies, der nur über sich reden wollte. Irgendwas bescherte mir jedenfalls dieses extrem friedliche und entspannte Gefühl.

Ich aß meinen Bagel auf und fragte mich, ob es zu gierig war, wenn ich ihn bat, für später noch einen mitnehmen zu dürfen. Ich befand, dass sich das nicht gehörte. Stattdessen genehmigte ich mir eine Orange. Es war eine von diesen dicken, teuren Orangen, die ich mir nur selten kaufte. Die Schale ließ sich ganz leicht abschälen, und um uns verbreitete sich ein wunderbarer Duft.

„Du bist eine sehr sinnliche Frau“, sagte Willis plötzlich.

„Ist das nur eine höfliche Umschreibung für gierig?“

„Nein. Du genießt die Dinge. Und du zeigst es.“ Er füllte mein Champagnerglas wieder auf.

„Das alles ist einfach perfekt“, sagte ich und zeigte auf unser Picknick. „So ganz anders als deine Sehnsucht danach, Bäume zu fällen und hässliche Häuser auf die freie Fläche zu setzen.“

„Herrje. Sie werden nicht hässlich. Ich arbeite mit einem grünen Architekten zusammen.“

„Ist er grün und hat spitze Ohren?“ Ich legte mich auf die Decke und schloss die Augen. Im Stillen gluckste ich, weil mir mein Witz gefiel und weil der Champagner und die Sonne mich ein bisschen beschwipst machten.

„Du bist ein lustiges Mädchen.“

„Frau.“

Er rückte näher. Ach, es war so verflixt einfach … zu einfach. Ohne meine Augen zu öffnen, löste ich einen Orangenschnitz und steckte ihn in den Mund. Sein Gesicht schwebte über meinem, während ich kaute und schluckte. Ich spürte seinen Atem auf meinen Lippen. Dann war er ganz nah und leckte den Saft von meinem Kinn. Ich war ehrlich beeindruckt. Eine kauende Frau war nicht gerade besonders erregend. Zumindest hatte ich das bisher gedacht. Ihm gelang es aber irgendwie, diesem Moment die Komik zu nehmen und ihm eine gewisse Erotik zu verleihen. Und das allein mit der leichten Berührung seiner Zunge.

Seine Zunge strich über meine Lippen, und er griff nach der Orange in meiner Hand. Er bog meine Finger auf, damit ich die letzten Stückchen Orange losließ, die noch übrig waren. Dann fütterte er mich damit und leckte anschließend den Saft von meiner Handfläche.

„Lecker", murmelte er.

Meine Hand umschloss sein Kinn, das ganz glatt war. Vermutlich hatte er sich erst kurz vorher rasiert. Er roch dezent nach Zitrone, einem raffinierten und teuren Duft. Vom aufdringlichen Willis, den ich zuerst getroffen hatte, hätte ich das nicht erwartet.

„Mehr Orange? Oder Champagner?"

Ich öffnete die Augen. „Ich will dich."

Er schaute mich überrascht an. Vielleicht hatte er erwartet, er müsste mich verführen. Oder vielleicht hatte er nicht mit so viel Direktheit gerechnet. Aber er dachte nicht lange nach, vor allem nicht, als ich mich aufsetzte und mein Langarmshirt auszog. Ich zupfte an den Knöpfen seines Hemds. Seine Hände umfassten meine Brüste; ich trug einen pinkfarbenen Baumwoll-BH mit ein bisschen Spitze. Ich hatte gedacht, für eine mittägliche Verführung sei er angemessen.

Willis griff in den Picknickkorb. Oh, wie vorausschauend: Zum Nachtisch gab es Kondome. Meinen BH warf er achtlos beiseite, und er vergrub sein Gesicht zwischen meinen Brüsten. Er küsste sie, während ich das Hemd aus seiner Jeans zog.

Er hatte genug Muskeln und Haare auf der Brust, um nicht wie ein hübscher kleiner Junge auszusehen. Aber ich bemerkte immerhin, wie er sich unwillkürlich anspannte, als wollte er mir seine Bauchmuskeln präsentieren. Ich vermute, das war das männliche Äquivalent zum Baucheinziehen, das man von Frauen kennt.

„Ich mag deine Brust", bot ich ihm etwas Bewunderung an. Das war wohl der richtige Moment, um ihn für seine Fitness zu loben. Darum streichelte ich auch seinen Bizeps, doch mein Blick glitt bereits nach unten, wo sich seine Erektion gegen den Jeansstoff drängte.

Er schob eine Hand unter meinen Rock. Ich stützte mich auf die Ellbogen und beobachtete seinen Mund auf meinen Brüsten und seine Hand, die zwischen meinen geöffneten Schenkeln beschäftigt war. Mein Rock bauschte sich um die Taille. Mir gefiel, wie er mit meiner Unterwäsche spielte. Er schob die Finger unter den Gummizug und streichelte den feuchten Stoff im Schritt mit dem Daumen. Er nahm sich Zeit. Als er einen Finger in mich hineinschob, zog ich mich heftig um ihn zusammen. Ich rang nach Atem.

Er hob den Kopf, und ich fragte mich kurz, ob ich mir in der Sonne einen Sonnenbrand holte. „Mache ich zu schnell, Süße?"

„Nein. Das ist großartig."

Ich tastete nach dem Knopf seiner Levi's und zog den Reißverschluss nach unten. Eine weiße Unterhose. Nicht gerade mein Favorit (gab es überhaupt ein schlimmeres Stück Unterwäsche auf der Welt?), aber ich hatte auch nicht vor, mir die länger als unbedingt nötig anzusehen. Ich schob seine Jeans und die Unterhose nach unten, und sein Schwanz sprang mir geradezu in die Hand.

Jetzt verlor er sein eigenes Ziel aus dem Blick. Seine Hand auf meiner Klit wurde langsamer, weshalb ich meine Hüften an ihm rieb. Wie um alles in der Welt sollten wir mit den Cowboystiefeln umgehen? Ich würde meine wohl anbehalten, wenn ich das richtig sah. Er löste seinen Blick von seinem Schwengel und öffnete meinen Rock, um ihn mitsamt dem Slip hinunterzuziehen. Dann kniete er sich hin und streifte das Kondom über seinen Penis. Er sah ihn schon wieder so verzückt an, während Jeans und Unterhose sich um seine Waden ballten. Ich war erregt, aber irgendwie fühlte ich mich auch wie eine Beobachterin, die sich für später Notizen machte.

Dann legte er sich auf mich. Aha. Das wurde also wieder so ein klassisches Missionarsding. Und ja, die Stiefel behielt er auch an.

„Du bist unbeschreiblich“, sagte er und betrachtete mich. Ich war bis auf die Cowboystiefel nackt. Meine Nippel hatten inzwischen eine dunkle Farbe angenommen. „Ich will dich so gerne vögeln.“

Jetzt verlor Willis für einen Moment seine Coolness. Aber das gefiel mir. Sein Mund stand halb offen, die Lippen waren feucht und seine Augen glänzten. Seine Hand streichelte wieder seinen Schwanz. Ein beständiges Auf und Ab, von dem ich vermutete, dass er sich dessen gar nicht bewusst war. Aber als ich nach unten griff und meine Klit berührte, riss er die Augen auf.

„Jetzt“, sagte ich.

Mir gefiel der Anblick, als sein Schwanz in mich hineinglitt. Die feuchten, unanständigen Laute unseres Liebesspiels und die wärmende Sonne auf meiner Haut. Der Geruch seines zitronigen Rasierwassers vermischte sich mit dem Duft nach Schweiß, Orangen und Champagner. Neben meinem Kopf spannten sich seine Arme an, als er in mich stieß, sich zurückzog und wieder hineinstieß. Ich hob ihm die Hüfte entgegen. Er flüsterte mir ins Ohr, wie gut sich das anfühlte, wie nass und heiß meine Möse war, dass er nicht mehr lange konnte. Aber er hatte mich längst verloren. Ich versuchte, in meinen eigenen Rhythmus zu finden, aber irgendwie war es, als beobachtete ich ihn, wie er vor mir weglief. Auch wenn sich sonst alles ganz angenehm anfühlte, konnte ich ihn einfach nicht einholen.

Willis war mir weit voraus und verlor sich ganz in seiner eigenen Erregung. Schweiß brach auf Stirn und Brust aus, und dann sank er außer Atem über mir zusammen.

„Wow“, sagte er. „Das war toll.“

Er rollte sich von mir herunter und nahm sich eine Papierserviette. Nachdem er sich des Kondoms entledigt hatte, wandte er sich wieder mir zu. „Alles in Ordnung, Süße?“

Es schien die beste Antwort zu sein, wenn ich einfach seine Hand nahm und auf meine Klitoris legte.

„Du willst mehr?“, fragte er und grinste. Dann fuhr er peinlich berührt fort: „Ach so. Ich dachte, du wärst ... du weißt schon, es sah so aus, als wärst du dem Höhepunkt ziemlich nah.“

„Nah, aber noch nicht dort“, fügte ich hinzu. „So funktioniere ich nun mal. Du warst echt toll, aber beim ersten Mal und mit einem neuen Partner ist es nicht immer so leicht, herauszufinden, was sie wollen. Bitte sei deswegen nicht beleidigt.“ *Reib einfach meine Klit, du Torfkopf.*

„Nein, nein, ich bin nicht beleidigt.“ Er schüttelte so heftig den Kopf, dass ich ihm nicht glaubte. „Ist nur so, dass die Mä... Frauen gewöhnlich ganz leicht bei mir kommen.“

„Das werde ich auch.“

Ich drückte die Hand des großartigen Liebhabers mit etwas mehr Nachdruck dorthin, wo er noch vor wenigen Minuten so ausdauernd und geschickt herumgefingert hatte. Er schien sich von meinem Kompliment geschmeichelt zu fühlen, aber er zog die Hose wieder hoch und knöpfte sie zu, als wollte er damit signalisieren, dass der Spaß für heute vorbei war und sein Schwanz Zeit brauchte, um sich von diesen harten Worten zu erholen.

Danach brachte er mich zum Orgasmus. Es bedurfte nur wenig Aufwand seinerseits, wie ich es vorher schon geahnt hatte, und ich keuchte und schrie ziemlich laut. Irgendwie wurde ich das Gefühl nicht los, dass es für ihn nur der Trostpreis war, den er an ein Mädchen überreichte, das die Vorzüge des Penis' von Willis Scott III. nicht zu würdigen wusste.

Danach drehte ich mich von ihm weg und kam auf die Füße. „Ich muss pinkeln.“

Er blickte blinzelnd zu mir auf, und kurz kam mir der Gedanke, ich hätte ihn vielleicht für seine raffinierte Technik loben sollen. Aber meine Blase stand kurz vorm Platzen.

Nachdem ich mich hinter einer nahen Virginia-Eiche hingehockt und gepinkelt hatte, trat ich wieder auf die Wiese. Das Sonnenlicht durchströmte und wärmte mich. Es war wie eine Liebkosung, und das lange Gras streifte mit einem leise raschelnden Laut meine Cowboystiefel. Eine zarte Brise strich über meine harten Nippel. Ich streckte die Arme aus und machte eine Drehung, der ein paar Tanzschritte folgten. Ich spürte die vertraute, alte Dehnung, und mein Körper streckte sich und gewann sofort seine mühsam antrainierte Spannung.

Willis beobachtete mich. Er hatte die Arme auf die Knie gestützt verschränkt. Ich hatte vergessen, wie es sich anfühlte, Publikum zu haben und im Blick eines Zuschauers Bewunderung und Neugier zu sehen. Ich legte den Kopf in den Nacken, streckte mit geschlossenen Augen mein Gesicht der Sonne entgegen und sah hinter den geschlossenen Lidern rote, gelbe und orange Funken tanzen.

„Ich möchte es irgendwie schaffen, dass du meinetwegen so aussiehst." Ich hörte das Gras gegen Willis' Jeans rascheln, als er sich mir näherte.

„Wie sehe ich denn aus?"

„Ekstatisch." Er beugte sich hinab und küsste meine Nippel. Seine Hände glitten an meinen Seiten hinab zu meinen Hüften und weiter zum Hintern. Er kniete sich vor mich und küsste meine Scham.

Er brauchte mir nicht zu sagen, dass ich die Beine für ihn öffnen sollte. Er hielt mich fest. Seine starken, vom Training gestählten Arme umfassten meine Knie, und seine Zunge drang in mich ein. Er leckte und saugte an mir, und gelegentlich spürte ich sogar seine Zähne. Ich krallte mich in seine Schultern. Meine Beine zitterten, und ich kam sehr heftig, während hinter meinen geschlossenen Lidern die Farben der Sonne tanzten.

„Gut?“, fragte er und blickte schmunzelnd zu mir auf, als ich die Augen öffnete.

„Ekstatisch“, sagte ich und versuchte, wieder zu Atem zu kommen.

Er stand auf und nahm meine Hand, um sie gegen seinen Schritt zu drücken. „Ich habe noch nie eine Frau erlebt, die sich nackt so wohlgefühlt hat. Die sich gerne beobachten lässt.“

„Ich habe früher Tanz studiert.“

„Ah ja. Du hast auch tolle definierte Muskeln.“ Er stöhnte leise, weil ich seine Erektion drückte. Dann legte er die andere Hand auf meine Hüfte und streichelte mich beinahe nachdenklich.

„Was soll ich jetzt für dich machen?“

Er blinzelte, und sein Blick heftete sich auf meinen Mund. „Ähm …“

Ich sank vor ihm auf die Knie und öffnete seine Jeans, um seinen Schwanz herauszuholen. Meine Zunge schnellte vor und fing den Lusttropfen auf, der aus dem winzigen Schlitz quoll. Er stöhnte erneut und legte die Hände auf meinen Kopf. Ich atmete seinen Duft ein und nahm ihn dann so tief in den Mund, wie ich konnte. Seine Finger gruben sich in meine Schultern und umfassten dann wieder meinen Kopf, um mich zu führen. Dieses Mal war er es, dessen Beine danach zitterten. Der laut aufschrie, als er die Hüften nach vorne stieß und warm und salzig in meinen Mund kam.

Ich ließ von ihm ab und wischte mir einen Tropfen vom Kinn.

„Wow“, sagte er. „Unter freiem Himmel ist es toll.“

„Wie Salamibrote“, sagte ich, während wir zurück zur Decke gingen.

„Wie bitte?“

„Wenn man in großer Höhe ist – höher als hier, auf einem

Berggipfel beispielsweise – schmeckt schrecklich ungesundes Essen herrlich. Salami auf Weißbrot zum Beispiel."

„Du bist ein lustiges Mädchen. Frau." Er hob die Flasche Mineralwasser auf und gab sie mir. Das war vermutlich pure Höflichkeit, weil er wohl glaubte, ich wollte mir den Mund ausspülen. Aber ich nahm einen großen Schluck und unterdrückte einen Rülpser.

„War das besser als Salamibrote?", fragte ich.

„Ich habe dabei eigentlich nicht an irgendein Sandwich gedacht", sagte er. „Keinen Augenblick."

Eine leichte Brise kam auf, und ich fröstelte. „Vielleicht sollte ich mich wieder anziehen."

Er beobachtete mich wohlwollend, während er seine Jeans wieder zuknöpfte. „Du sollst dich auch nicht erkälten. Obwohl es eine Schande ist. Ich schaue dich gerne an. Und ich glaube, dir gefällt das auch."

Ich gab ein Geräusch von mir, das alles bedeuten konnte, während ich mich wieder anzog. In seiner Stimme schwang etwas Vorsichtiges, Tastendes mit, und ich fragte mich, was er vorschlagen wollte. Eine Stripshow bei der nächsten Sitzung der ortsansässigen Immobilienmakler vielleicht? Ich hatte inzwischen schon häufig die Erfahrung gemacht, dass die Typen auf merkwürdige Gedanken kamen, wenn ich zugab, dass ich mal Tanz studiert hatte. Zunächst kam oft die Frage, ob ich meinen Fuß hinter mein Ohr schieben konnte (ein Kinderspiel!), dicht gefolgt von der, was ich wohl mit einer Tanzstange anfangen konnte (nichts Außergewöhnliches).

Willis wirkte nachdenklich, als er den Picknickkorb packte. Er warf mir die letzte Orange zu, die ich etwas ungeschickt auffing und für später in meine Tasche steckte. Dann trank ich noch den Champagner aus. Ich brauchte echt bald ein Schläfchen, denn die Sonne, der gute Sex und das gute Essen hatten mich müde gemacht.

„Es ist so", fing er gespielt beiläufig an, als wir zurück zum

Jeep liefen. „Ich habe mich gefragt, ob du Samstag schon was vorhast oder was Besonderes mit mir unternehmen willst."

„Er hat *was* vorgeschlagen?" Mr D. klang, gelinde gesagt, entsetzt.

„Ist denn nicht viel interessanter, was ich darauf geantwortet habe?" Ich programmierte gerade die nächste CD. „Ich glaube, du bist mir ziemlich ähnlich. Du hast viel Sex, aber es war bisher ziemlich gewöhnlich. Was man so Vanilla nennt, nichts Abartiges. Und eins habe ich erkannt, seit ich dich kennengelernt habe. Mir stehen alle Möglichkeiten offen, und vielleicht ist jetzt der richtige Zeitpunkt, um auf Entdeckungsreise zu gehen. Ich will damit nicht sagen, dass ich mich nie wieder verlieben werde, denn das ist eine ziemlich dumme Vorstellung. Aber ich bin Single, und es ist eine gute Gelegenheit, um ein wenig zu experimentieren. Hast du mir nicht mal gesagt, dass das hier so ziemlich das Abgefahrenste ist, was du bisher getan hast? Ich bin sicher, du hast auch andere Sachen gemacht."

„Na ja, als ich jünger war …"

„Ja? Ich glaube, du schuldest mir eine Geschichte."

„Wir wissen nicht, ob der König Scheherazade irgendwelche Geschichten erzählt hat."

„Wenn ich darüber nachdenke, bin ich doch ziemlich sicher, dass er's getan hat. Er hat bewiesen, dass er im Recht ist, und sie hätte es irgendwann von ihm verlangt. Drei Jahre Geschichten erzählen, ohne in Mutterschutz zu gehen? Sie hat bestimmt eine Geschichte und eine Fußmassage von ihm verlangt, wenn sie mal einen richtig harten Tag mit den Kindern hinter sich hatte."

„Ich verspreche dir, irgendwann erzähle ich dir auch eine Geschichte." Er zögerte. „Und was hast du auf sein Angebot geantwortet?"

„Was glaubst du denn?"

„Du musst mir alles darüber erzählen", sagte Kimberly. „Hast du diesen Kaffee gekocht? Er ist gotterbärmlich."

„Er ist netter, als ich dachte."

„Ich will Details, Süße!" Sie klopfte mir mit dem Plastiklöffel auf die Hand.

„Keine Vorhaut. Wie läuft's denn so mit deiner?"

„Es ist nicht meine Vorhaut, und ich bin eine gestandene Frau, die damit umgehen kann. Komm, wir gehen in mein Büro. Ich will jedes schmutzige Detail hören." Sie ging vor und wackelte auf ihren Cowboystiefeln durch die Gänge. Ihre Stiefel waren viel schöner als meine. Knallrotes Leder mit schwarzer Stickerei.

„Nein, ich will deine schmutzigen Details hören." Ich schloss die Bürotür hinter mir und setzte mich auf meinen Stammplatz. Ihr Büro war das einzige im ganzen Sender, bei dem das Chaos irgendwie hübsch wirkte.

„Patrick ist echt süß", erzählte sie. „Hätte nie gedacht, dass ich mal auf einen süßen Typen stehe, aber er ist genau das. Und die Vorhaut ist sogar richtig nützlich. Er ist dicker. Das ist nie verkehrt. Also, er müsste eigentlich nicht dicker sein, aber es ist quasi ein hübscher kleiner Bonus. Und er ist lustig."

„Ich habe immer gedacht, er sei deprimiert. Aber ich sehe ihn in letzter Zeit kaum."

„Man kann ja auch lustig und deprimiert zugleich sein. Das sind viele Leute. Hat Willis dich gestern hübsch ausgeführt?"

„Wir haben ein Picknick gemacht."

„Ein Picknick?" Entgeistert starrte sie mich an. „Das klingt ganz und gar nicht nach ihm. Triffst du ihn noch mal?"

Ich zuckte die Schultern. „Vielleicht."

Sie warf mir einen prüfenden Blick zu. „Also, was ist los mit dir, Jo?"

Ich widerstand dem Drang, auf meinem Stuhl herumzurutschen. „Nichts. Außer dass ich deinen Rat beherzigt habe und versuche, das richtige Daten zu lernen."

„Du bist in den letzten Tagen irgendwie anders. So geheimniskrämerisch. Ich will ja keine pikanten Details hören. Aber du wirkst abgelenkt. Geht es dir gut?“

„Mir geht's super.“

Sie runzelte die Stirn. „Vielleicht war das zu früh. Du warst schließlich ziemlich lange mit Hugh zusammen.“

„Nein, der Zeitpunkt passt schon“, versicherte ich ihr hastig. „Ich weiß, zuerst war ich gar nicht davon überzeugt, aber ich glaube, du hattest recht.“

Sie beugte sich vor und tätschelte meine Hand. „Ich sage das ja, weil ich deine Freundin bin, Süße. Ich habe einfach den Eindruck, du verbirgst etwas vor mir. Und ich will nicht, dass dich jemand verletzt. Wenn du reden willst, bin ich immer für dich da, hörst du?“

„Danke. Du bist eine tolle Freundin.“ Ich war gerührt, weil sie sich um mich sorgte. Aber ich würde ihr auf keinen Fall von Mr D. erzählen oder davon, was Willis und ich dieses Wochenende vorhatten.

„Ich habe eine Idee“, sagte sie. „Wir könnten ein Doppeldate machen. Patrick nimmt mich Samstagabend mit in den Shamrock Club. Das ist so ein irisches Pub, in dem es traditionelle Musik und Guinness gibt. Warum kommst du nicht mit Willis zusammen mit?“

„Ich frage ihn. Aber wir haben wahrscheinlich abends schon was vor, und ich weiß nicht, wie lange das dauert.“

„Viel Spaß dabei.“

Damit war die Gelegenheit verstrichen, Kimberly zu erzählen, was genau ich vorhatte. Dabei brauchte ich dringend ihren modischen Rat. *Kimberly, was soll ich denn zu einer Orgie bloß anziehen?*

7. KAPITEL

Ja, was zog man wohl zu einer Orgie an? Obwohl Willis mir wiederholt versichert hatte, es handele sich nicht um eine Orgie, nein, nein, nein. Nur Sex unter Freunden.

Seine Freunde. Ein anderes Pärchen. Tolle Leute. Ich werde sie bestimmt mögen, irgendwie.

Die Cowboystiefel waren mit Willis ein echter Treffer gewesen, aber sie waren völlig ungeeignet, um sie schnell abzustreifen. Natürlich musste ich sie nicht zwingend ausziehen. Ich entschied mich schließlich für Pfennigabsätze zur Jeans. Die Hose stand mir gut, und ich wollte nicht so aussehen, als hätte ich mich für eine Orgie angemessen gekleidet, obwohl ich genau das getan hatte. Jeans und Cowboystiefel waren kaum das richtige Outfit für spontanen Sex, das hatte Willis hinreichend bewiesen. Und ich wollte mir nicht vorstellen, wie ich auf dem Fußboden saß und an meinen Stiefeln zerrte, während meine Jeans um die Knie hing und um mich das Orgienleben tobte. („Ich bin gleich so weit!")

Vielleicht war es ohnehin so ein Haus, in dem man seine Schuhe schon im Flur auszog. Oder, was noch wahrscheinlicher war, das Höschen.

Ich ergänzte die Jeans mit einem schwarzen T-Shirt mit Rundhalsausschnitt, und unter all dem trug ich meine gute Unterwäsche. Ich war sicher, Mr D. wäre sehr zufrieden mit mir. Einen Moment spielte ich noch mit dem Gedanken, meine Schamregion sauber auszurasieren, aber wieso eigentlich? Ich glaubte nicht, dass ich das Höschen lange anbehielt, wenn alles nach Plan A verlief. Falls es eher auf Plan B hinauslief – „Du kannst auch zusehen, wenn du willst. Du musst nichts machen, was du nicht machen willst", hatte er mir versichert – wäre es ohnehin egal.

Glitzernde Ohrringe, genau. Parfüm musste auch sein; ich hoffte, von unseren Gastgebern hatte keiner eine Allergie.

Willis beäugte kritisch mein Wohnzimmer, als ich meine schwarze Wildlederjacke und eine kleine Clutch nahm. „Sehr hübsch. Und mit dem Apartment hast du gleich noch jeden Monat einen Geldeingang. Tolle Nachbarschaft. Wie hoch ist die Hypothek? Hast du schon mal darüber nachgedacht …"

Mit einem Kuss auf den Mund brachte ich ihn zum Schweigen. „Hör auf, dich wie ein Immobilienmakler zu benehmen."

Seine Hände umschlossen meinen Hintern. „Du hast recht. Jetzt ist es Zeit zu spielen. Lass uns gehen."

Wenn ich sein überdrehtes Verhalten und den leichten Bartschatten am Kinn richtig deutete, hatte er den ganzen Tag gearbeitet und war direkt zu mir gekommen. Seine Krawatte saß locker, und die Hemdsärmel waren nach oben gekrempelt, obwohl es heute Abend ziemlich kalt war. Als wir seinen Wagen erreichten – heute Abend war es ein glänzender BMW –, sah ich seine Anzugjacke säuberlich gefaltet auf dem Rücksitz liegen.

Das Haus, zu dem wir fuhren, lag in einem Vorort. Hier versuchten zu viele Leute, den Traum vom Eigenheim in den Bergen zu leben. Auch wenn in den Gärten Kiefern standen, konnte man doch die Lichter der Nachbarn sehen und ihre Hunde bellen hören.

Willis schob den Automatikschalter in die Parkposition und wandte sich mir zu. „Du brauchst nicht nervös zu sein, Baby."

„Ich bin nicht nervös."

„Das bist du. Deine Körpersprache verrät dich. Ich bin da Experte." Er beugte sich herüber und küsste mich. Ich rutschte im Sitz etwas tiefer und wünschte, der Moment könnte länger andauern. Sein Mund schmeckte süß, und sogar das Kratzen seiner Bartstoppeln war angenehm.

„Also gut." Ganz der geschäftige Mann, zog er die Krawatte aus, faltete sie und legte sie zu der Jacke auf den Rücksitz. „Auf geht's. Entspann dich einfach. Sie sind großartig. Du wirst dich sofort heimisch fühlen."

Die Frau, die uns öffnete, trug eine Jeans und ein T-Shirt wie ich. Ihre Brüste waren aber mindestens doppelt so groß wie meine. „Willis, mein Lieber! Schön, dich zu sehen. Wir haben uns riesig auf heute Abend gefreut. Haben wir doch, oder Jake? Jake?", rief sie über die Schulter und zog einen Schmollmund. „Er schaut sich grad das Spiel an. Ich bin Cathy. Darf ich dir die Jacke abnehmen?"

Zu meiner Erleichterung erkannte sie meine Stimme nicht. Sie führte uns in den Keller, wo ein riesiger Flachbildfernseher und teuer wirkende Ledermöbel standen.

„Hey, Willis. Wir sind grad in die Verlängerung gegangen", sagte der Kerl, der vor dem Fernseher hing, ohne sich zu uns umzudrehen. Willis setzte sich sofort neben ihn auf die Couch.

Cathy zog in meine Richtung ein lustiges Gesicht. Die Frauen wurden wieder mal dank Sportübertragung ausgeschlossen. Aber dann versorgte sie die Jungs mit frischem Bier aus der Bar am anderen Ende des Kellers. Mir schenkte sie ein Glas Wein ein.

„Ihr habt ein schönes Haus", sagte ich. Wir schienen in einem Vorortttraum gefangen zu sein, und irgendwelche nackten und verschwitzten Aktivitäten schienen mir gerade ziemlich fern.

Natürlich strahlte sie sofort und bot an, mir den Rest des Hauses zu zeigen. Ich bewunderte gebührend das große Badezimmer mit den zwei Waschbecken und hörte mir die Geschichte an, wie der marmorne Waschtisch mit einem Riss geliefert worden war und wie viele Scherereien es gemacht hatte, einen heilen zu bekommen. Im Schlafzimmer stand ein riesiges Bett mit Samtüberwurf. Cathy schoss kichernd vor und riss etwas vom Nachttisch, das sie mit derselben Bewegung in die Schublade warf. Gut möglich, dass es sich um einen Vibrator handelte, aber ich war nicht sicher.

„Wo stehen eure Bücher?“, fragte ich.

„Bücher? Ach, ein paar sind da vorne“, sie zeigte auf eine verglaste Vitrine, in der Nippes und ein paar Bände standen, „und der Rest im Arbeitszimmer.“ Sie schaute mich merkwürdig an.

Einige Zimmer später – nachdem ich weitere Schlafzimmer, Bäder, ein Arbeitszimmer (in dem grad mal ein halbes Dutzend Bücher stand, dafür aber umso mehr Sportpokale), das Familienzimmer und das Esszimmer gesehen hatte – erreichten wir schließlich die Küche. Sie war ein Meisterwerk aus Granitarbeitsplatten, Edelstahlarmaturen und einem wunderschönen, auf Hochglanz polierten Holzfußboden. Das war ein Raum, um den ich sie ehrlich beneidete. Sie bückte sich und holte ein Tablett mit Rohkost aus dem Kühlschrank. Dabei gewährte sie mir einen tiefen Einblick in ihr Dekolleté.

Als sie sich wieder aufrichtete, erwischte sie mich beim Starren und schmunzelte. „Sind die nicht großartig? Das war Jakes Geburtstagsgeschenk für mich. Ich finde ja, sie sind eher ein Geschenk für ihn.“

Worüber redete sie bloß? Sie kicherte albern und stellte das Tablett auf die Anrichte. „Meine Brustvergrößerung“, erklärte sie und hob ihr T-Shirt.

Ich starrte ihre Brüste an. Sie waren rund und hart, und die Nippel waren rosig und groß. Ich hatte gedacht, sie würde einen BH tragen, aber diese Brüste waren wirklich ein Meisterwerk des Chirurgen, denn sie brauchten keine Stützung.

„Toll“, sagte ich. „Waren sie vorher denn so klein?“

„Ungefähr deine Größe“, sagte sie. „Willis steht echt total auf Brüste. Er wird bestimmt irgendwann vorschlagen, dass du deine auch machen lässt.“

„Wir kennen uns noch nicht so lange“, erwiderte ich und unterdrückte den Impuls, beschützend die Arme vor meinen unberührten und kleinen Brüsten zu verschränken.

„Dabei ist es das echt wert! Jake liebt sie, und ich fühle mich damit so sexy." Sie zog ihr Oberteil wieder über die Brüste und klappte den Geschirrspüler auf. Erst jetzt ging mir auf, dass das hier wirklich kein Kindergeburtstag war. Sie räumte eine Handvoll knallbunter Dildos und Analstöpsel in eine Plastikschüssel. Ich war irgendwie beruhigt, weil sonst nichts im Geschirrspüler gewesen war. Wenigstens musste ich jetzt nicht mein Weinglas irgendwo stehen lassen und auf Bier aus der Flasche umsteigen.

„Kann ich irgendwie helfen?", bot ich mich an. Sofort bereute ich meine Frage. Was sollte ich nur machen, wenn sie mich bat, ihr mit einem Dildo „behilflich" zu sein?

Zum Glück nahm sie mein Angebot nicht wörtlich und wies mich an, auf einem anderen Tablett Chips in Schüsseln zu füllen, während sie verschiedene Dips in Schälchen gab. Dann brachten wir die Snacks nach unten in den Keller. Bisher war es abgesehen von den nackten Brüsten und den Dildos, die in einer Plastikschüssel auf Cathys Tablett herumklapperten, ein ganz normaler Samstagnachmittag in der Vorstadt.

„Oh, das ist doch eklig, Jungs", sagte Cathy.

Das Spiel war inzwischen zu Ende, und die Männer hatten sich auf der Couch ausgestreckt. Jeder hatte eine Flasche Bier in der Hand, während auf dem Bildschirm eine Blonde mit Brüsten, die sogar noch größer und praller als die von Cathy waren, sich ihre Zeit damit vertrieb, gleichzeitig einen riesigen Schwanz zu lutschen und mit der Kamera zu flirten. Der Besitzer des Penis' war ein großer, haariger Typ mit einem kleinen Bierbauch.

„Das ist so unrealistisch", fügte Cathy hinzu. Sie entrang Jake die Fernbedienung und schaltete den Fernseher aus. „Jake, das ist Jo. Ich hab ihr meine Brüste gezeigt."

„Hi", sagte ich.

Jake war wie eine massivere Version von Willis. Ein adretter Mittelklassetyp. Er sprang auf und grinste mich anzüglich an. „Hallo, kleine Lady. Hat meine Frau großartige Titten, oder was?"

Ich war so sprachlos, weil er mich „kleine Lady" nannte, dass ich nur irgendwas murmeln konnte. „Ja, hat sie wohl", rang ich mir ab, ehe ich mich mit einem großen Schluck Wein für das Kommende wappnete.

Willis schlenderte zu mir herüber und legte den Arm um meine Schultern. Seine Finger berührten meine Brust. „Jos sind übrigens auch sehr hübsch. Auch wenn sie etwas klein sind."

„Na los, Süße. Zeig uns deine Titten!", forderte Jake mich auf.

„Wie lautet das Zauberwort?", fauchte ich ihn an und schüttelte zugleich Willis' Arm ab.

Jake starrte mich an.

„Ach, Süßer. Du bist so ein böser, böser Junge!", gurrte Cathy und legte eine Hand auf den Arm ihres Ehemanns. „Wo sind denn nur deine Manieren?"

Jake grinste. Das sollte wohl besonders unwiderstehlich und jungenhaft wirken, verfehlte aber seine Wirkung bei mir. Er murmelte eine Entschuldigung. Dann steckte er einfach von oben die Hand in den Ausschnitt seiner Frau.

Ich trat an die Bar und schenkte mir noch ein Glas Wein ein. Ich fühlte mich, als wäre ich sehr verklemmt und anständig und nicht so freizügig und wagemutig, wie es in dieser Runde anscheinend verlangt wurde. Das gefiel mir nicht. Jetzt aber erkannte ich, wie der Raum für das, was nun folgen sollte, vorbereitet war. Auf dem Beistelltisch neben dem Fernseher stand eine Schüssel mit Kondomen und eine zweite neben der Schüssel mit den Dildos auf dem Bartresen. Es gab einen Stapel saubere Handtücher und ein paar Tuben Gleitgel. Außer dem robusten Sofa gab es noch einige Ottomanen, die dazu einluden, die verschiedensten Stellungen auszuprobieren.

Willis folgte mir zur Bar. „Geht's dir gut, Jo?"

„Ja, alles okay." So viel stand für mich schon jetzt fest: Ich würde nicht im Mittelpunkt dieser Party stehen. Ich blickte zum Sofa hinüber, wo Jake und Cathy dicht nebeneinandersaßen. Jake hatte sein Gesicht zwischen ihren Brüsten vergraben, und ihr T-Shirt hatte sie bis zum Hals gerafft. Sie schenkte mir ein aufmunterndes Lächeln. Ich fragte mich, ob Jake vielleicht schon mal daran gedacht hatte, dass ihre Brüste zusammenklatschten und seine Nase einklemmten, wenn er sich nicht schnell genug zurückzog.

„Hey", sagte Willis leise zu mir. Er küsste mich. Es war ein zärtlicher, feuchter Kuss. „Du musst das nicht machen. Wie ich schon sagte, du hast auf mich den Eindruck gemacht, eine abenteuerlustige Frau zu sein. Du hast so viel Selbstbewusstsein, und ich dachte, das hier könnte dir gefallen. Mach dir keinen Stress. Wenn du dich nicht wohlfühlst, nun ja …" Er verstummte und starrte auf Cathys Brüste.

„Du Trottel", sagte ich halb im Scherz, halb ernst. Ich zog mein T-Shirt aus.

Sofort richtete Willis seine ganze Aufmerksamkeit auf meine Brüste. Genau das hatte ich mit dieser Aktion beabsichtigt. Er betrachtete eingehend den BH aus schwarzer Spitze und rotem Satin – einer meiner nuttigeren BHs –, aber wenn ich seine Miene richtig deutete, verfehlte die Wäsche ihre Wirkung nicht. Jake hob sein Gesicht aus Cathys Ausschnitt. Er schien unverletzt und maß mich mit neugierigem Blick.

„Ich hab auch das passende Höschen an", sagte ich.

„Lass sehen", sagte Jake. Er lehnte sich auf dem Sofa zurück, und Cathy machte es sich zwischen seinen Beinen bequem. Jetzt starrte ich die beiden an. Ich musste mich daran erinnern, dass wir aus genau diesem Grund hier waren. Im Augenblick waren Willis und ich noch Zuschauer, aber schon bald dürften wir an diesem Spiel teilnehmen. Cathy öffnete

Jakes Hose und holte seinen halb erigierten Penis heraus. Dabei blickte Jake mich die ganze Zeit an. Er beobachtete Willis' Hände, die nun zu meinem Rücken wanderten, um den BH zu öffnen und ihn beiseitezuwerfen.

Jake leckte sich die Lippen. Cathy, deren Hand sich jetzt an seinem Penis auf- und abbewegte, blickte herüber und lächelte. „Hübsch", sagte sie.

Willis nahm einen meiner Nippel in den Mund, und ich sah zu, wie Cathy sich über Jakes Schwanz beugte und ihn mit der Zunge von den Eiern bis zur Spitze leckte. Er legte den Kopf in den Nacken und vergrub die Hände in ihren Haaren, während sie eifrig an ihrer eigenen Jeans herumnestelte und sie nach unten schob. Darunter trug sie einen String; der dünne Stoff verschwand zwischen ihren Arschbacken.

„Ich will dich nackt", sagte Willis. Ich konnte nur schwer die Unterströmung deuten, die uns alle beherrschte. Irgendwie wurde ich das Gefühl nicht los, dass zwischen den beiden Männern eine Art Wettbewerb lief – wer bekam die größten Titten, die tollste Unterwäsche, die gehorsamste Frau. Ich war wirklich nicht sicher, was gewann. Ich mochte es allerdings, beobachtet zu werden und mich zur Schau zu stellen, weshalb ich stöhnte, als Willis mich durch das Höschen im Schritt massierte. Und es gefiel mir noch besser, als Jake und Cathy innehielten und mich in meiner Nacktheit betrachteten.

Sie ließ sogar von Jakes Schwanz ab, der von ihrem Mund feucht glänzte, und hockte sich mit gespreizten Beinen auf die Fersen. Der String war winzig und mit Pailletten besetzt. Sie schien kein einziges Schamhaar zu haben.

Cathy lächelte, als sie meinen Blick bemerkte. Dann stand sie auf und schob ihren String hinunter. Ein schmaler Streifen Schamhaar war geblieben, den sie akkurat gekürzt hatte. Ansonsten war ihr Venushügel vollständig nackt und sanft gerundet.

„Hat das nicht wehgetan?“, entfuhr es mir.

„Jake mag es so. Also mag ich es auch.“ Ihre Hand strich an ihrem Körper hinab, bis sie ihren Schritt erreichte. Dort verharrten die Finger. Natürlich tat sie das nur, um Jake zu gefallen. „Ich bin sehr empfindlich, wenn wir es treiben.“

Jetzt war sie nackt. Jake saß neben ihr und bewunderte abwechselnd seinen Penis und ihren Körper, während sie sich langsam um die eigene Achse drehte. Dabei hielt sie die Arme nach oben.

„Scheiße, bist du geil“, sagte Willis. Ich glaube, damit meinte er nicht mich. Er kniff mich in einen Nippel, doch seine Aufmerksamkeit galt vor allem Cathy.

„Seid ihr Jungs nicht noch etwas zu angezogen?“, fragte ich. Irgendwie wollte ich mich auch für die „kleine Lady“ von vorhin rächen, und ich wollte gerne die beiden Männer nebeneinander sehen, um ihren Körperbau und ihre Schwänze zu vergleichen.

Kaum hatte ich meine Gedanken ausgesprochen, setzten beide Männer zu hektischer Betriebsamkeit an, um sich ihrer Kleidung zu entledigen. Hemden, Jeans und Unterhosen flogen auf den Boden, und beide Männer traten die Sachen achtlos beiseite. Sie grinsten. Willis war schon hart, und sein Schwanz zeigte nach oben. Er war länger und schlanker als der von Jake, dessen Penis wie sein ganzer Körper eher gedrungen und dicklich war. Jake hatte mehr Körperbehaarung. Neben ihm wirkte Willis jungenhaft und hübsch.

Irgendwie gab es wohl eine stillschweigende Übereinkunft, nach der Cathy und Jake als Erste ficken wollten. Ich fragte mich, ob ihre armselige Büchersammlung wohl auch einen Band über die Etikette bei einer Orgie enthielt. Und ob der erste Fick für die guten Gastgeber dazugehörte, damit sich die Gäste entspannten.

Jetzt war meine Neugier geweckt. Ich hatte noch nie andere Leute beim Sex beobachtet oder ein Paar gesehen, das gleichermaßen ganz in die Lust aufeinander vertieft war und trotzdem nicht vergaß, dabei eine gute Figur zu machen. Willis stand hinter mir und streichelte meine Brüste. Sein Schwengel rieb meinen Hintern. Eine seiner Hände wanderte nach unten und schlüpfte in meinen Slip. „Ich bring dich zum Höhepunkt“, flüsterte er mir zu.

Jake saß jetzt wieder auf dem Sofa, und Cathy hatte rittlings auf ihm Platz genommen. Beide schauten in unsere Richtung. Sie hatte sich auf seinen Schwanz gesetzt, während seine Hände ihre Brüste massierten und an den Nippeln zupften. Ich konnte ihre feuchte, erregte Muschi sehen, die nass glänzte. Ihre Klit war angeschwollen. Unter dem kleinen Streifen, der von ihrem Schamhaar geblieben war, konnte ich alles gut erkennen.

Sie hob und senkte sich auf seinem Schwanz. Mit den Händen stützte sie sich auf seinen Knien ab. Dann packte sie Jakes Hand und lutschte an seinen Fingern, ehe sie diese nach unten schob, damit er ihre Klit massierte. Beide stöhnten.

Ich fragte mich, ob sie die folgende Routine einstudiert hatten. Beinahe nahtlos wechselten sie von einer Stellung zur nächsten. Vom Boden wechselten sie aufs Sofa, vom Knien zum Stehen. Sie entwickelten diverse Variationen bei Tempo und Intensität. Beide sahen so schön aus und schienen vollkommen in ihr Liebesspiel vertieft zu sein. Schließlich kehrten sie zur Ausgangsstellung zurück. Das war ganz hübsch. Doch wie sie Willis und mich anschauten, als wollten sie uns herausfordern …

Mir war gerade sehr danach, eine Bewertungskarte nach oben zu halten.

„Leg dich hin“, sagte ich zu Willis.

Ich dehnte mich ein bisschen und zog den Slip aus, während Willis sich ein Kondom über den Penis streifte, das er der Schüssel entnahm, die unsere Gastgeber freundlicherweise zur Verfügung gestellt hatten. Dann stellte ich mich über ihn, ging mühelos in den Spagat über und rammte mir Willis' Penis in die Möse.

„Verdammt", sagte Jake.

Willis stöhnte.

Mit den Händen stützte ich mich ab. In dieser Haltung konnte ich mich kaum bewegen, und er ebenso wenig. Es ging vor allem um die Show. Ich schob ein Bein nach vorne und stellte meinen Fuß neben seine Schulter. Jetzt hatte ich mehr Hebelkraft und konnte mich etwas hochstemmen.

Cathy und Jake bewegten sich schneller. Sie stöhnten laut, und ihre Gesichter waren gerötet.

Willis und ich versuchten jetzt, endlich richtigen Sex zu haben. Kurz lösten wir uns voneinander, und er schob mich auf eine Ottomane, auf die ich mich auf allen vieren kniete, damit wir dem anderen Paar zusehen konnten. Er drang von hinten in mich ein. Seine Hände ruhten auf meinen Hüften. Das hier war nicht mehr bloß eine Vorstellung, das war echter Sex. Heiß und drängend. Seine Hüften klatschten gegen meine, seine Hoden schlugen gegen die Innenseite meiner Schenkel, und wir stöhnten beide haltlos.

Cathy und Jake achteten nicht länger auf uns. Sein Schwanz bewegte sich in ihrer Möse auf und ab, und bei jedem Stoß spannte er die Beinmuskeln an. Wenn dieser Moment nicht voller Erotik gewesen wäre, hätte ich es komisch gefunden. Aber die beiden hatten einen Punkt erreicht, an dem allein der Gipfel und der Weg dorthin zählten. Ich sah, wie sie kam. Das hatte ich noch nie gesehen, aber ich hörte, wie ihre Stimme sich zu neuer Höhe hob und wie sie nach Luft rang, ehe sie ganz starr wurde. Ihr Mund stand offen, ihr Blick ging in weite Ferne. Jake pumpte heftig in sie, und dort, wo sich ihre Körper trafen, wurde die Nässe von seinem Samen cremig weiß. Er stöhnte ein letztes Mal, und die beiden brachen zusammen. Sie sank in seinen Schoß und schloss zufrieden und schläfrig die Augen.

Allerdings nicht so zufrieden, wie man es sonst nach einem guten Fick war. Sie berührte sich, während sie uns nicht aus den Augen ließ. Ein leises Lächeln umspielte ihre Lippen, während sie mit einem manikürten Finger ihre Klit umkreiste. Ich wollte das auch. Dieser Moment gehörte uns, und wir kamen gleichzeitig. Ich rieb mich verzweifelt an Willis' Stößen, sie hingegen war geradezu amüsiert und genoss diesen langsamen Höhepunkt. Dieses Mal kam sie lautlos und erschauerte nur kurz, den Mund geöffnet und die Augen geschlossen. Meine Möse zog sich zusammen und krampfte sich um Willis' Schwengel.

„Verflucht!", rief Willis und sank danach auf mich. „Verdammt, das war gut."

Er ließ mich los, und ich sackte auf den Boden. Dann drehte ich mich auf den Rücken und spreizte die Beine. „Ich mag dich, Willis."

Er schüttelte den Kopf. „Du magst meinen Schwanz und Cathys Muschi, aber ich beklage mich nicht darüber."

„Natürlich mag ich ihre Muschi. Sie ist ein Kunstwerk."

„Vielleicht könnt ihr Mädels uns ja jetzt eine Show liefern", schlug Jake vor. Er hatte Cathy beiseitegeschoben und inspizierte die servierten Chips und Dips. „Was ist das denn?"

„Aubergine", antwortete Cathy. Sie nahm ein Stück Stangensellerie. „Möchte noch jemand ein Bier? Jo, für dich noch Wein?"

Ich unterdrückte ein albernes Kichern. Wir hatten den fließenden Übergang von nicht jugendfreien Aktivitäten zu den Snacks geschafft.

Nackt schlenderte Cathy durch den Raum zu einer der Ottomanen, die eigentlich eine gepolsterte Truhe war, und hob den Deckel. Dann bot sie uns Frotteebademäntel an, von denen ich einen nahm, auch wenn beide Männer ablehnten und lieber wieder in ihre Unterhosen schlüpften. Cathy zog auch einen Bademantel an und räumte ein bisschen auf. Sie versorgte uns mit Getränken und drängte uns, von den Snacks zu kosten. Was kam als Nächstes? Bridge? Scrabble?

Willis küsste mich. „Das hast du gut gemacht, Baby. Ich wusste, dass du gut bist. Hat's Spaß gemacht?"

Ich nickte und trank einen Schluck Wein. Wir unterhielten uns ein bisschen über unsere Jobs. Jake „machte in IT", und Cathy war Büroleiterin bei einem Bauunternehmen. Ich erzählte ihnen, ich sei in der Medienbranche.

Jake schaute sehnsüchtig die Fernbedienung an, aber Cathy schnappte sie ihm weg und versteckte sie in einer weiteren Polstertruhe. Ich fragte mich, ob sie wohl später die Ottomanen im Raum vertauschte, um Jake zu frustrieren, wenn er nach der Fernbedienung suchte. Sie setzte sich auf sein Knie, und er legte die Hand auf ihren Oberschenkel, wo der Bademantel aufklaffte.

„Und, was denkst du?", fragte Willis, an Jake gewandt.

„Ganz nett", antwortete dieser. Er stellte die Bierflasche auf den Tisch. „Tust du mir einen Gefallen, Jo? Komm mal her, Süße."

Ich schaute Willis an. Er lächelte mir aufmunternd zu.

Ich ging zum Sofa und stand direkt vor Jake und Cathy.

Jake streckte die Hand aus und zog am Gürtel des Frotteebademantels. Der Knoten löste sich, der Bademantel klaffte auf, und ich stand nackt vor ihnen. Ein kurzes Schweigen entstand, während Jake und Cathy mich eingehend musterten. Ihr prüfender Blick fühlte sich alles andere als erotisch an. Ich hatte das Gefühl, sie beurteilten mich und überlegten, ob ich es wert sei.

Jake nickte schließlich, und Willis trat hinter mich. Er zog mir den Bademantel aus.

„Du bist sehr fit und sehr gelenkig", sagte Jake, als wählte er mich für sein Team aus. Vielleicht tat er das sogar. Er stützte die Ellbogen auf die Knie. „Du brauchst nur noch ein paar kosmetische Verbesserungen."

„Ich werde auf keinen Fall meine Titten machen lassen“, sagte ich.

Er schmunzelte. „Das meine ich nicht, Süße. Ich spreche von deinem Busch.“ Dann berührte er mich. Sein Zeigefinger strich über mein Schamhaar.

„Verflixt, es steht ihr aber so gut“, wandte Cathy ein. „Sie ist eher der natürliche Typ, oder?“

Sein Finger glitt nach unten, verharrte kurz auf meiner Klitoris und wanderte dann zur Seite, wo sich Haar am Ansatz meiner Oberschenkel kräuselte. „Du könntest das wegwachsen lassen. Ich denke, das würde schon genügen.“

„Wofür genügen?“ Sie redeten über mich, als wäre ich nur ein Ding. Ein Objekt ihrer Begierde. Zugleich spürte ich seinen Finger, der mich reizte und meine Intimzone erkundete.

„Glaubst du, sie kann sich gegen die anderen behaupten?“, fragte Willis. „Die meisten sind jünger.“

„Hm. Wie alt bist du, Süße?“

„Neunundzwanzig.“

„Oh, hast du ein Glück!“, rief Cathy. „Du wirst immer jünger aussehen, als du bist. Ich wette, dich fragt man noch nach deinem Ausweis.“

„Manchmal.“ Ich öffnete leicht die Beine und hoffte, das war nicht zu offensichtlich. „Worüber redet ihr eigentlich die ganze Zeit?“

Cathy streichelte meine Flanke vom Brustkorb bis hinab zur Hüfte. „Du hast tolle Haut. Wie pflegst du sie?“

„Die braucht nichts Besonderes. Meistens nur Kakaobutter.“

Jake widmete inzwischen seine Aufmerksamkeit zunehmend meiner Klit. Sein Finger umkreiste sie ganz langsam. „Eine süße kleine Muschi“, murmelte er. „Da! Sie versteckt sich unter all den Haaren und wird richtig nass.“

Willis setzte sich zu den beiden aufs Sofa, um einen besseren Einblick zu haben, was Jake mit mir machte. „Alter, willst du sie zum Orgasmus bringen?“

„Klar“, sagte Jake. „Baby, würde dir das gefallen?“

Das war sein Daumen, der in mich hineinglitt, während Cathy meine Brüste verwöhnte.

„Warte!“, rief ich und riss mich gewaltsam von ihnen los. „Hört mal, ihr macht das hier doch nur, damit ich mich mit irgendwas einverstanden erkläre, richtig? Ich werde nichts tun, das irgendwas mit Drogen oder Prostitution zu tun hat. Oder irgendwas Verbotenes.“

„Hey, das Mädchen ist aber scharfsinnig! Also gut. Willst du vorher kommen oder danach?“

Trotz meiner Erregung lachte ich und griff nach meinem Bademantel. Ich setzte mich auf eine Ottomane, die etwas vom Sofa entfernt stand. Sowohl Jake als auch Willis hatten deutlich sichtbare Erektionen in der Unterhose, und ich lehnte mich auf der Kante der Ottomane zurück und öffnete die Beine ein wenig. Nur so weit, dass beide einen freien Blick auf meine Möse hatten. Ich war nicht sicher, was sie von mir wollten, aber sie versuchten schließlich auch, mich auszutricksen.

Jake und Willis wechselten einen Blick. „Sag du es ihr, Alter“, sagte Jake schließlich.

8. KAPITEL

„Na, das klingt aber wirklich interessant", sagte Mr D.

„Ich finde es eigentlich ganz vernünftig, wenn man mit mehr als einer Person herummachen will. Darum wurde der Club wohl gegründet. Die Leute fühlen sich dort sicher und haben eine diskrete Umgebung, in der sie sich austoben können. Ihre Beschreibung klang merkwürdig, aber … also, diese ganze Struktur und diese veralteten Regeln klangen wie ein Witz. Trotzdem kam es mir so vor, als würden sie daran glauben."

„Du hast also deinen Mitgliedsantrag unterschrieben?"

„Noch nicht. Der Vertrag macht auf mich einen viel ernsthafteren Eindruck, als ich zuerst gedacht habe. Ich werde jemanden bitten, vorher einen Blick darauf zu werfen."

„Sehr vernünftig." Er räusperte sich. „Du bist eine erstaunliche Frau."

„Willst du damit andeuten, du wüsstest schon, was als Nächstes passiert ist?" Ich war ein wenig enttäuscht. Ich stand gerade im Begriff, in gewisser Weise meine Seele zu verkaufen, und Mr D. wollte nur hören, wie die Geschichte weiterging. Ich vermute, so musste sich Scheherazade gefühlt haben, wenn sie einen schlechten Tag im Harem erwischt hatte oder wenn die Eunuchen sie geärgert hatten.

Also erzählte ich ihm den Rest der Geschichte.

Zuerst foppte ich ihn ein wenig, indem ich so tat, als hätten wir nach diesem Angebot das Rummachen unterbrochen und uns erst mal zusammengesetzt, um ausgiebig über die Rockies Investment Association zu reden, oder, wie sie es nannten, die „Gesellschaft, wo deine Rakete richtig abgeht". Es gab keinen Druck, versicherten mir alle drei, und selbst wenn es diese schriftliche Vereinbarung gab, beruhte doch alles, was im Club geschah, allein auf Vertrauen und gegenseitigem Respekt.

„Ich darf dir nicht mehr erzählen", erklärte ich Mr D. „Das ist vertraulich."

Er stöhnte auf. „Musst du mich so heiß machen, und dann kommt nichts? Du hast dich also angezogen, ihr habt noch eine Tasse Kaffee getrunken und euch unterhalten und dann bist du nach Hause gegangen?"

„Nicht ganz."

„Nun?"

„Also gut." Ich gab nach. „Du erinnerst dich: Ich war gerade dabei, Jake und Willis heiß zu machen. Und du weißt, dass ich dir von der Sammlung Dildos in einer Schüssel auf dem Couchtisch erzählt habe?"

Ich erklärte Jake, er könne mir eine Kopie des Vertrags zuschicken. Dann öffnete ich meine Beine etwas weiter und stützte mich mit nach hinten gelehntem Oberkörper auf die Hände.

Cathy, die neben Jake saß, beugte sich weiter nach vorne, um auch etwas erkennen zu können. „Sie ist wirklich ein böses Mädchen gewesen. Findest du nicht auch, Süßer?"

„Ja. Brave Mädchen behalten ihre Beine zusammen."

„Dann kann ich kein braves Mädchen sein."

Jake trat neben mich, und seine Hand glitt über mein Schlüsselbein. „Okay?", fragte er sehr leise. Seine anfängliche Grobheit war verschwunden, und ich erkannte, dass er um Erlaubnis bat, mich küssen zu dürfen. Er fragte nicht nur mich, sondern auch Willis.

Willis lag ausgestreckt auf der Couch und nickte.

Ich wandte Jake mein Gesicht zu. Seine Zunge strich über meine Lippen und zwang mich, den Mund zu öffnen. Irgendjemand – ich wusste nicht, ob Willis oder Cathy – öffnete meinen Bademantel und schob ihn von meinen Schultern. Dabei berührte dieser Jemand flüchtig meine Nippel.

Jakes Arm stützte mich, als unser Kuss inniger wurde und sich unsere Atmung beschleunigte und unregelmäßig wurde.

Sein Mund wanderte zu meinem Schlüsselbein und weiter zu den Brüsten. Mein Kopf sank in den Nacken. Jemand streichelte meinen Bauch und die Oberschenkel. Ich spürte etwas Hartes und Glitschiges, das meine Muschi anstupste.

„Ja, so ist's gut", murmelte Willis. „Oh ja, ist das geil."

Es war nicht sein Schwanz oder seine Finger, die in mich eindrangen und mich weiteten. Etwas summte dezent, und ich wäre fast aus der Haut gefahren, weil das Summen jetzt mehr war als nur ein Geräusch. Ich öffnete die Augen. Cathy kniete zwischen meinen gespreizten Beinen und schob einen Dildo in mich hinein. Mit der anderen Hand drückte sie einen kleinen, wie ein Lippenstift geformten Vibrator gegen meine Klitoris. Ich war völlig überrumpelt, aber nicht schockiert. Zumindest nicht sehr. Und irgendwie war es ein großartiges Gefühl, so im Mittelpunkt der Aufmerksamkeit zu stehen. Diejenige zu sein, die es gemacht bekam, die gefickt und verwöhnt wurde, ohne dass jemand Forderungen stellte, damit ich den Gefallen erwiderte.

„Gefällt dir das, Süße?", fragte sie. „Ich liebe es, wenn Jake das mit meinen Brüsten macht."

Jake streichelte und kniff derweil meine Nippel. Er hatte ein erstaunlich gutes Gefühl dafür, wann er zwischen den Brüsten abwechseln musste, wann er einen Nippel geradezu schmerzhaft verwöhnen sollte, obwohl der andere sich nach derselben Behandlung sehnte.

Willis saß derweil auf der Couch. Er hatte seine Unterhose runtergezogen, hielt seinen Schwanz umfasst und begann nun, sich zu streicheln.

„Ich will sehen, wie du kommst", sagte ich zu ihm. Inzwischen war ich meinem Orgasmus verflucht nahe. Ich beobachtete Jakes Hand auf meinen Brüsten und Cathys Verwöhnprogramm mit Dildo und Vibrator. Meine Beine waren weit geöffnet, und ich hatte sie in die Luft gereckt. Ich sah, wie Cathy den Silikonschwanz aus mir herauszog. Er glänzte vom Gleitgel und meinem Saft, und sie rieb ihn kurz an meiner Klit, während der Vibrator Pause hatte, ehe sie den Gummischwanz wieder in mich hineinrammte.

Willis' Gesicht war gerötet, und seine Hand bewegte sich schneller. „Ich komme gleich", keuchte er. Seine Beine verkrampften sich, er verzog beinahe schmerzlich das Gesicht.

„Warte auf Jo, Süßer", sagte Cathy. „Los, nimm dir ein Handtuch." Diese Anweisung ließ mich lachend aufgrunzen, trug aber nicht dazu bei, meine wachsende Erregung zu bremsen.

„Oh mein Gott!", sagte Willis. Heller Samen spritzte im hohen Bogen auf den Couchtisch.

„Oh, *Willis*!", sagte Cathy tadelnd. Als wäre sie eine brave Hausfrau und als habe er gerade Schlamm über den frisch geputzten Küchenboden verteilt. Noch mehr Samen schoss aus ihm heraus, aber dieses Mal gelang es ihm, vorher nach dem Handtuch zu greifen. Er stöhnte laut, und ein paar letzte Tropfen rannen von seinem Schwanz in seine Faust.

„Du bist so wunderbar", flüsterte Cathy mir zu. Sie legte ihre Lippen um den Nippel, der sehnsüchtig darauf wartete, wieder verwöhnt zu werden. Sie saugte daran. Hart. Und dann kam ich, und eine riesige Welle schlug über mir zusammen und schwemmte mich fort. Keuchend brach ich zusammen.

Als die Zuckungen nachließen, sank ich wieder in Jakes Arm. Cathy schob den Dildo jetzt etwas sanfter in mich hinein, und ich griff nach unten und schob den Vibrator beiseite. Nach diesem Orgasmus bereitete er mir beinahe Schmerzen. Ich hatte das Gefühl, ziemlich nass zu sein mit dem Gleitgel und meinem eigenen Saft. Ich war froh, dass Cathys Polstermöbel durch meinen Frotteebademantel geschützt wurde.

„Alles in Ordnung, Jo?" Willis war inzwischen bereit für Runde drei. Er war in Rekordzeit wieder hart geworden. Ich war nicht sicher, ob ich schon so weit war. Meine Beine fühlten sich wie Gummi an, und ich zitterte immer noch, weil der Orgasmus so intensiv gewesen war. Mein Mund war trocken vom Schreien und Keuchen, und ich konnte mich kaum bewegen.

„Toll", brachte ich mühsam hervor. Ich rollte mich von der Ottomane auf den Boden und sank zu einem würdelosen Häuflein zusammen. Ich beschloss, diese Runde auszusetzen und nur zuzusehen. Irgendwie schaffte ich es, zur Bar zu schwanken und mir Wein nachzuschenken. Dann setzte ich mich in einen großen Sessel. War ich jetzt sozial verpflichtet, ebenfalls zu masturbieren? Ich hatte eigentlich kein bisschen Energie mehr dafür, und nach dem hirnlosen Brummen des Vibrators war ich vermutlich völlig gefühllos da unten. Nein, ich brauchte wirklich eine Auszeit.

Cathy saß wieder auf Jakes Schoß und hatte ihren Bademantel ausgezogen. Sie küsste ihn. Er küsste recht gut, wie ich ja hatte herausfinden dürfen. Auch wenn ich ihn nicht besonders mochte (kleine Lady!), war ich doch irgendwie dankbar für die Zärtlichkeiten und Geschicklichkeit, mit der er mich verwöhnt hatte. Würde Cathy eine ähnlich gute Erfahrung machen dürfen?

Anscheinend nicht. Sie kicherte albern, während die beiden Jungs über der Schüssel mit Plastikschwänzen berieten. „Nicht den da! Ich kann sonst wieder eine Woche nicht aufs Klo gehen!"

„Wie wär's dann mit diesem kleinen, pinken hier?" Willis ließ einen der kleineren Analstöpsel zwischen zwei Fingern baumeln.

„Na gut." Sie stand auf und beugte sich nach vorne. Freiwillig spreizte sie mit den Händen ihre Pobacken. „Wehe, das Gleitgel ist nicht angewärmt. Ich ... Oh!"

„Herrlich", sagte Jake. Er sah zu, während seine Frau von einem Plug in den Arsch gefickt wurde. „Verdammt heiß, Mädchen."

Er stand auf und entledigte sich seiner Unterwäsche.

Es war gleichermaßen sexy und lustig, wie die beiden Männer mit ihren wippenden Schwänzen gleichzeitig versuchten, einen möglichst guten Blick auf die knallpinkfarbene Ausbuchtung in Cathys Arsch zu werfen. Ich fühlte mich ein bisschen unwohl, getrieben von Neugier und Abscheu, gemischt mit einem Schuss Verlangen. Ich hatte mich noch nie auf anale Spielereien eingelassen, mehr als einen kleinen, sorgfältig mit Gleitgel beschmierten Zeigefinger hatte ich nie zugelassen (und den auch nur bis zum ersten Knöchel – Hugh hatte große Hände). Wenn ich ihr gerötetes Gesicht und die geöffneten Lippen richtig deutete, hatte Cathy eine Menge Spaß dabei. Jake knetete ihre (oder seine) Geburtstagsgeschenke, und das war weit entfernt von den gezielten Liebkosungen, mit denen er meine Brüste bedacht hatte. Sie saß inzwischen auf Willis' Schoß und sank mit einem leisen Wimmern auf seinen Penis. Oh ja, ich konnte mir vorstellen, wie sie gedehnt wurde und sich doppelt aufgespießt fühlte. Jake und sie küssten sich heftig.

Ich hielt die Luft an. Wer musste sich wohl um Jakes harten Schwanz kümmern? Willis' Hände ruhten auf Cathys Hüften und führten sie. Für ihn war es leicht, Jake zu berühren. Aber es war Cathy; sie löste ihren Mund von Jakes und schob sich seinen dunklen glänzenden Schwanz in den Mund. Alle drei bewegten sich zusammen. Cathy verwöhnte Jake und bewegte sich auf Willis' Schwanz, während Willis entspannt auf dem Sofa saß und die Augen geschlossen hielt. Sie gaben eine ganze Sinfonie an Lauten von sich, es war ein Murmeln und Stöhnen, das leise Klatschen von verschwitzter Haut auf Haut. Drei Menschen, deren Verhältnis zueinander ich nicht annähernd verstand. Ich beneidete sie in diesem Moment um ihre Nähe und das Vertrauen, das sie verband. Diese Unbefangenheit …

Willis streichelte Cathys Haar, und kurz ließ sie von Jakes

Schwanz ab, um ihn anzulächeln. Es gab zwischen ihnen einen kurzen Moment der Nähe. Ich sah die Sehnsucht in Willis' Blick. Es war der Einblick in etwas, das nur ihm gehörte und ihn schmerzte. Und Cathy? Sie schenkte ihm ihre Zuneigung, als wollte sie sich bei ihm entschuldigen.

Ich trank meinen Wein aus und dachte darüber nach, dass ich an einige Risiken bei diesem Spiel gar nicht gedacht hatte. Ich meinte nicht die gesundheitlichen Risiken, sondern eher die Möglichkeit, dass sich irgendwann die Liebe von hinten an dich heranschlich und dich auf dem falschen Fuß erwischte. Dagegen war man vermutlich machtlos.

Meine Klamotten lagen verstreut auf dem Boden neben der Bar. Ich bewegte mich leise, um sie aufzuheben. Am Fuß der Treppe, die nach oben ins Erdgeschoss führte, zog ich mich an. Selbst wenn sie wissen wollten, wo ich steckte, konnten sie mich vom Partykeller aus nicht sehen. Mit den Schuhen in einer Hand schlich ich auf Zehenspitzen nach oben. Meine Jacke und die Handtasche fand ich an der Garderobe.

Eine Zeitschrift und ein paar Briefe lagen auf einem Regal im Flur, und so ermittelte ich die Adresse und rief mir ein Taxi. Ich glaube, ihnen fiel nicht mal auf, dass ich verschwand.

„Bist du beschäftigt?"

Jo lehnte in der Tür zu Patricks Apartment. Sie hatte einen großen Umschlag in der einen Hand und einen Teller mit Keksen in der anderen.

„Nein. Komm rein."

Sie blickte sich prüfend um, als fürchtete sie, in die Höhle eines Drachen gelangt zu sein.

„Kimberly hat bloß erwähnt, du wärst irgendwie Anwalt, und …"

„Ich bin so was Ähnliches wie ein Anwalt."

„Oh. Wo ist da der Unterschied? Kannst du dir für mich mal was ansehen?"

„Klar. Ich hab damals das Examen gemacht und keinen Job gefunden. Das Studium habe ich mir finanziert, indem ich Webdesign machte und wenig Schlaf hatte. Darum hab ich anschließend weiter in dem Job gearbeitet."

„Nicht zu schlafen zahlt sich also aus?" Sie betrat erst jetzt sein Zimmer und beäugte seine Computersammlung. Sie war barfuß, trug Jeans und ein Sweatshirt mit Loch am Ellbogen. Das Haar stand in alle Richtungen ab. Als fielen ihr die Kekse erst jetzt wieder ein, streckte sie ihm den Teller entgegen. „Für dich."

„Danke. Du brauchst mich aber nicht dafür …"

„Natürlich bezahle ich dich. Die Kekse sind ein Geschenk. Keine Angst, ich hab sie nicht gebacken."

Er nahm einen Bissen. „Die schmecken lecker. Kannst du keine Kekse backen?"

Sie schüttelte den Kopf. „Wenn im Rezept steht, man soll sie zu kleinen Häufchen aufs Backpapier geben, damit sie beim Backen zerfließen, bleiben sie unförmige Klumpen. Ich glaube, das könnte an der Höhe liegen." Die Katze stromerte durch die offene Tür in sein Apartment, und sie hob sie hoch. „Ich setze ihn vor die Tür."

„Ist schon in Ordnung."

Als er einige Papiere von einem Stuhl nahm, um ihr den Platz anzubieten, klingelte sein Handy. Er schaute drauf und drückte den Anrufer weg. Sie hob eine Augenbraue. „Eine meiner Kundinnen hat ihr Passwort vergessen. Sie fährt ihre Updates jeden Montagnachmittag, und jedes Mal hat sie ihr Passwort vergessen. Also zeig mal her, worüber du mit mir reden willst."

Sie reichte ihm einen Vertrag für etwas, das sich die Rockies Investment Association nannte, und saß still auf ihrem Stuhl, während er las. Der Kater auf ihrem Schoß schnurrte und bohrte seine Krallen in ihren Oberschenkel.

„Also gut", sagte er. „Du weißt schon, dass da eine Menge

hochtrabender Scheiß drinsteht?"

Sie lächelte. „Ja."

„Scheint mir eine merkwürdige Formulierung zu sein für einen Investmentklub. Diese Betonung auf Vertraulichkeit und so."

Sie kraulte das Kinn des Katers, der verzückt die Augen schloss und lauter schnurrte. „Ach so, ja. Es gab wohl vor einigen Jahren Probleme, weil jemand Insiderinformationen weitergegeben hat."

„Und das bereitet mir Sorge." Er zeigte auf einen Paragrafen. „Hier wirst du aufgefordert, den Regeln des Klubs zuzustimmen. Es gibt aber keinen Anhang mit den Regeln. Im Grunde stimmst du damit etwas Unbekanntem zu. Und sie benennen ebenso wenig die Höhe der Strafe, wenn du den Club ohne die dreißigtägige Kündigungsfrist verlassen willst."

„Mehr haben sie mir nicht geschickt."

Natürlich hatten sie das mit Kurier geschickt. „Also, ein Investmentklub. Hm. Ist ja nicht so, als verlangten sie von dir, nackt am Kristallleuchter zu hängen, oder?"

Etwas blitzte kurz in ihren Augen auf. Der Kater sprang auf und landete mit einem dumpfen Knall auf den Fußboden. „Wie bindend ist das, wenn ich es unterschreibe?"

Er schmunzelte. „Genauso bindend wie alles andere, was du unterschreibst. Aber wie ich schon sagte, juristisch betrachtet ist das Scheiße. Es soll dich nur einschüchtern und dir das Gefühl geben, an etwas Besonderem beteiligt zu werden." Er biss noch einmal vom Keks ab und wischte die Krümel vom Papier. „Du solltest nicht mehr als die verlangte Eintrittsgebühr von 100 Dollar investieren und erst mal abwarten, wie sich dein Geld macht. Und streich ein paar der Paragrafen einfach durch. Das ist ein Vertrag. Betrachte ihn als den Beginn eurer Verhandlungen, nicht als die zehn Gebote. Und du solltest eine Kopie aufbewahren."

„Danke." Sie lächelte. „Ich sollte dich für deine Zeit bezahlen."

Ich nehme einen Blowjob, wenn's recht ist.

Woher um alles in der Welt kam dieser verrückte Gedanke? Er hatte doch Kimberly, die Nacht für Nacht seinen Samenbestand dezimierte. Er verschluckte sich beinahe an seinem Keks.

Leicht besorgt musterte sie ihn. „Geht's dir gut?"

„Alles bestens." Ein Stift und ein paar andere Kleinigkeiten wurden vom Schreibtisch gewischt, als der Kater mit seinem mangelnden Feingefühl für Eigentum darüberlief und sich auf die Fensterbank setzte.

„Böser Kater. Komm sofort her."

„Lass ihn doch. Nein, um Himmels willen, du musst mich nicht bezahlen. Du hast im Grunde selbst herausgefunden, dass das Scheiße ist. Danke für die Kekse."

Sie klemmte sich den Vertrag unter den Arm und hob den Kater von der Fensterbank. „Das war sehr hilfreich für mich. Danke."

Sie verschwand wieder im Haus und ließ ihn aufgewühlt zurück. Er vermutete, die Rockies Investment Association war nicht das, was sie auf dem Papier vorgab zu sein. Aber das ging eigentlich nur sie etwas an. Es war ihre Entscheidung. Wenn er in seiner Beziehung mit Elise eines gelernt hatte, dann, lieber zweimal nachzudenken, ehe er sich einmischte und jemandem zur Seite sprang, der ihn gar nicht brauchte oder nicht gerettet werden wollte.

Selbst wenn dein Instinkt dir rät, dich einzumischen, weil du weißt, dass du recht hast.

„Und jetzt bin ich eingeladen, mit ein paar Leuten vom Komitee zu Mittag zu essen", erzählte ich Mr D.

„Ein Komitee. Mittagessen."

„Glaubst du, sie werden mich auf einer blütenweißen Leinentischdecke im Separee eines geschmackvollen und diskreten Restaurants ordentlich durchficken?"

„Du hast einfach diese wunderbare Angewohnheit, meinen Kopf mit höchst schockierenden Bildern zu füllen. Erzähl mehr!"

Darum erzählte ich ihm, dass ich natürlich kein Höschen tragen würde. Ich würde Strümpfe und einen Strumpfhalter tragen, und darüber ein strenges schwarzes Kostüm mit knielangem Rock. Die Jacke sollte nur ganz wenig Ausschnitt zeigen, und darunter würde ich rote Spitze tragen, die zu meinem Lippenstift passte. Keinen BH, nur ein Seidenmieder, und die Jacke wäre eng und dünn genug, damit man meine harten Nippel sah.

„Lippenstift?"

„Oh ja! Ich habe einen knallroten Lippenstift, der ist mein nuttigster Lippenstift."

Stell es dir vor, erzählte ich ihm …

Wir hatten ein angenehmes Mittagessen, das uns von zwei sehr respektvollen Kellnern serviert wurde, die allerdings immer wieder Blicke wechselten, wenn sie glaubten, ich würde es nicht bemerken. *Das ist also die Neueste …* Vielleicht hofften sie auch, dass ich es bemerkte. Das Essen war köstlich und sinnlich. Erst gab es einen Salat aus Roter Bete und Ziegenkäse auf grünen Blättern, die nach Frühling und Sonne schmeckten. Darüber waren geröstete Nüsse gestreut. Danach gab es englisch gebratenes Steak, das auf den Tellern einen blutigen Saft hinterließ. Natürlich wurde dazu Wein serviert; ein blasser, teurer und sehr komplex ausgebauter Weißwein.

Zum Nachtisch wurde in einem Martiniglas eine Schokoladenmousse serviert. Eine vorwitzige Spirale aus Schokolade ragte über den Rand, und dazu gab es Kaffee aus winzigen, zarten Porzellantässchen. Eine Platte mit kleinen süßen Erdbeeren wurde dazu gereicht, falls jemand noch etwas Hunger verspürte.

Willis und Jake waren da und behielten mich die ganze Zeit im Auge. Sie beobachteten meine Zunge und Lippen, während ich aß. Und dann war da der Vorsitzende – ein Mann mittleren Alters in einem wunderschönen Anzug, der wie Seide glänzte und steif wie beste Wolle war. Er war ein gut aussehender Mann und strahlte etwas Mächtiges aus. Sein dunkles Haar war mit silbrigen Fäden durchzogen, und die Gesichtszüge waren fein geschliffen und männlich. Seine braunen Augen waren stechend und lagen in tiefen Höhlen.

„Das warst du, Mr D.“

„Meine Liebe, du schmeichelst mir. Ich bin nicht annähernd so attraktiv.“

„Sie sehen, Miss Hutchinson, Vertrauen ist unabdingbar. Das verstehen Sie sicher.“

Ich betupfte meine Lippen mit der feinen Leinenserviette. „Natürlich.“

„Nun, also … Wie wär's, sagen wir, Donnerstagabend? Wir schicken Ihnen eine Limousine.“

Ich nickte. „Danke für das leckere Essen.“

„Es war mir ein Vergnügen. Aber ehe Sie nun gehen, Miss Hutchinson, wäre da noch etwas.“ Er winkte einem der Kellner, der einen Schritt nach vorne machte. „Eine Geste des guten Willens, wenn Sie so wollen.“

Ich stand auf. Natürlich wusste ich, was er wollte. Der Kellner war ziemlich jung; vermutlich ein Collegejunge, der sich ein bisschen was dazuverdiente. Dunkle Haare, eine kleine runde Brille mit Goldrand und ein goldener Ohrring. Er trat an mir vorbei, entschuldigte sich leise und räumte den Tisch ab. Ich nahm den Lippenstift aus meiner Handtasche und zog mir die Lippen nach. Jake nickte mir zu, und ich zog die Kostümjacke aus und zeigte den Männern mein Seidenmieder und die harten, erregten Nippel darunter.

Der Kellner fegte mit einem kleinen, silbernen Handfeger die Krümel vom Tischtuch in eine süße winzige und ebenfalls silberne Kehrschaufel. Dann trat er beiseite.

„Sie ist hübsch, finden Sie nicht auch?", fragte der Vorsitzende den Kellner. „Würden Sie sie gerne vögeln?"

Er blinzelte verwirrt und starrte erst den Vorsitzenden und dann meine Nippel an.

„Na los, berühren Sie sie."

Ich lächelte ihn aufmunternd an. Er trug eine lange weiße Schürze und eine schwarze Hose. Trotzdem war schon jetzt eine deutliche Beule unter der Schürze zu erkennen. Seine Hand strich über meine Nippel.

„Nur weiter so." Der Vorsitzende winkte auch den anderen Kellner heran, der für die drei Männer Brandy und passende Gläser servierte. Dazu stellte er ein kleines Silbertablett mit einem Kondom in die Mitte des Tischs. Er kehrte an seinen Platz auf der anderen Seite des Raums zurück und beobachtete.

Ich zog meinen Rock hoch und spürte die kühle Luft, die meine Oberschenkel und meinen Hintern streifte. Dann lehnte ich mich gegen den Tisch und stützte mich mit beiden Händen ab.

„Ich habe schon die High Heels erwähnt, die ich anhatte, oder?"

„Oh Gott. Sprich weiter."

Die Tischkante drückte sich in meine Möse. Ich spreizte die Beine und suchte mein Gleichgewicht.

Hinter mir entledigte sich der Kellner seiner Schürze. Ich hörte das Rascheln des gestärkten Stoffs und dann das leise Geräusch eines Knopfs, der geöffnet wurde, und das Sirren eines Reißverschlusses. Seine Hände packten meine Hüften. Eine Hand glitt zwischen meine Schenkel und erkundete meine Nässe. Er berührte meine Spalte und bereitete mich auf das Kommende vor.

Sein Finger stieß in mich. Ich beobachtete die Gesichter der drei Männer, die um den Tisch saßen. Obwohl sie alle drei entspannt zurückgelehnt waren und vor sich ein Glas Brandy hatten, waren sie angespannt. Der Vorsitzende hob eine Augenbraue. Ihm entging nicht die leichte Veränderung, als ich das Gewicht verlagerte.

„Ist bei Ihnen alles in Ordnung, Miss Hutchinson? Werden Sie uns mitteilen, was Ben gerade mit Ihnen macht?"

„Sein Finger ist in mir. Jetzt sind es zwei. Drei." Ich stöhnte leise.

„Ich versichere Ihnen, sein Schwanz ist sogar noch größer. Stimmt doch, Ben?"

„Ja, Sir."

„Zeig ihn uns doch mal, Ben. Miss Hutchinson, Sie bleiben bitte, wo Sie sind."

Der Kellner machte einen Schritt nach hinten. Seine Schuhe schlurften über den Teppich. Ich liebte die Vorstellung, wie er seinen harten Schwanz den anderen zeigte, obwohl ich ihn nicht sehen konnte. Am anderen Ende des Raums beobachtete der zweite Kellner, was passierte. Er bewegte sich unruhig, und seine Hand glitt zu seinem Schritt. Ganz unbewusst, wie Männer es tun, wenn sie sich mit einer Erektion herumplagen, die gerade ungelegen kommt. War es Bens stolze Präsentation, die ihn erregte, oder die Aussicht auf den Fick, der zwangsläufig folgte?

„Sehr ordentlich", kommentierte der Vorsitzende. „Doch, ich denke, das wird genügen. Was denken Sie, Gentlemen? Ihnen ist sicher nicht entgangen, dass er nicht beschnitten ist."

Das Geräusch, als er die Kondomverpackung aufriss und es herauszog. Dann rieb sich etwas Hartes und Glitschiges an meinem Hintern. Ich hielt den Atem an. Mein Mieder klaffte etwas auf, und meine Brüste und die harten Nippel waren für die Männer am Tisch und den Kellner auf der gegenüberliegenden Seite des Raums gut zu erkennen. Ich hob eine Hand und kniff meine Nippel, damit sie noch härter wurden.

Kleine Bewegungen ihrer Schultern und der Hände unterhalb des Tischtuchs verrieten mir, dass Jake und Willis masturbierten. Der Vorsitzende saß weiterhin reglos da und hatte beide Hände auf die Tischplatte gelegt.

Ben rieb immer noch seinen Schwanz an meinem Hintern und schob ihn manchmal probeweise zwischen meine Beine. Er packte meinen Nippel und kniff mich. An seiner Hand haftete ein schwacher Geruch nach Küche, nach Ölen und Fleisch, Zwiebeln und Rauch. Seine Finger waren von kleinen schwarzen Härchen überzogen.

Er schob sich in mich, und ich schnappte nach Luft. Ich hatte nicht damit gerechnet, dass er so groß oder eifrig war. Er ließ von meiner Brust ab und packte wieder meine Hüften. Hart trieb er seinen Schwengel in mich hinein. Auf der anderen Seite des Tischs hatte der andere Kellner inzwischen seine Schürze beiseitegeschoben und die Hose geöffnet. Er hielt seinen Schwanz in der Hand und rieb ihn wild. Jake und Willis waren knallrot im Gesicht und zeigten ihre Erregung nun ganz offen. Beide hatten die Hand im Schoß des anderen, um sich gegenseitig einen runterzuholen. Ich hätte ihnen dabei gerne zugesehen, aber das war nicht der richtige Zeitpunkt, um zuzusehen und zu genießen. Ich war hier schließlich die Hauptattraktion.

Willis war der Erste, der sich ergab. Er stöhnte laut und warf sich in seinem Stuhl zurück. Der Kellner an der Wand kam Sekunden später und fing seinen Samen mit der Schürze auf.

Ben rammte sich nun immer schneller in mich. Seine Hüften knallten gegen meinen Po. Er verharrte, wartete und keuchte. Seine Hände klebten auf meiner verschwitzten Haut. Dann sackte er erschöpft und bebend auf mir zusammen.

Ich rieb meine Muschi an der Tischkante. Ich verstand ja,

dass es bei dieser Übung nicht um meinen Orgasmus ging, aber das hinderte mich nicht daran, ihn zu wollen.

„Ich danke Ihnen, Ben. Miss Hutchinson", sagte der Vorsitzende. Außer einem gewissen Leuchten in seinen Augen schien er gänzlich ungerührt von meiner Vorstellung.

Ben glitt aus mir heraus, und ich hörte das Rascheln von Kleidung und das Sirren seines Reißverschlusses.

Der Vorsitzende schob seinen Stuhl nach hinten und spreizte die Knie. Eine beeindruckend große Beule zeichnete sich in seinem Schritt unter dem Stoff ab. „Wenn Sie möchten, Miss Hutchinson. Nein, der Rock bleibt, wo er ist."

Ich sank auf die Knie und kroch auf allen vieren zu ihm hinüber. Meine Möse war geschwollen, und ich wollte unbedingt einen Orgasmus haben. Vielleicht bekam ich ihn, wenn ich die Knie zusammendrückte …

Ungeschickte fummelte ich an seinem Reißverschluss herum und schob meine Hand in seine Hose. Ich konnte nicht anders, ich musste ihn ein bisschen hinhalten. O ja, ein warmer Stoff – natürlich Seide – und darunter eine riesige, klar definierte Beule. Ich öffnete den Verschluss und schob den Stoff beiseite. Dann wagte ich mich mit der Hand in seine Unterhose vor. Sein Schwanz sprang hervor. Er war kräftig und leicht gebogen, und aus dem leicht geöffneten Schlitz quoll ein Lusttropfen. Oh, da war aber jemand erregt … Sein salzig würziger Geruch stieg mir in die Nase.

Ich hörte Jake und Willis, die sich umsetzten, damit sie besser sehen konnten, was nun kam.

„Beine geöffnet, Miss Hutchinson", murmelte der Vorsitzende.

Verdammt. Meine Muschi und mein nackter Arsch waren schutzlos ihren gierigen Blicken ausgeliefert, ohne etwas zu meinem Vergnügen beizutragen. Ich beugte mich hinab und leckte seinen Schwanz. Ein wenig schüchterte mich seine Größe schon ein. Ich schmeckte ihn und fuhr die bläulichen

Adern, die ihn umschmiegten, mit der Zunge nach. Dann schloss ich den Mund um seine pflaumenförmige Spitze …

„Dunkelrot, nicht wahr, Mr D.?“

„Oh Gott, ja. Nimm mich jetzt in den Mund. So weit du kannst.“

Und das tat ich. Ich atmete durch die Nase, und sein krauses Schamhaar kitzelte mich. Sein Moschusgeruch umgab mich wie eine würzige Wolke. Mit großer Sorgfalt widmete ich mich der mir übertragenen Aufgabe. Ich umschloss seine Hoden mit der Hand und streichelte die empfindliche Stelle direkt darunter. Hin und wieder gönnte ich ihm ein sanftes Kratzen an der Stelle.

Er gab derweil keinen Laut von sich. Eine Hand legte er auf meinen Kopf. Die Berührung war zärtlich, doch zugleich bestimmt.

Hinter mir hörte ich das nasse, rhythmische Klatschen einer Hand auf einem Schwanz. Vielleicht war es auch mehr als eine Hand auf einem Schwanz; bestimmt schauten die anderen gerne zu, während der Vorsitzende es sich besorgen ließ. Und er ließ es sich wirklich mit großem Vergnügen besorgen. Er blieb vollkommen ruhig und beherrscht, und nur seine zuckenden Unterschenkel neben meinen Hüften oder eine plötzliche Bewegung seiner Hand auf meinem Kopf, damit ich etwas mehr Druck ausübte, verrieten mir, was in ihm vorging. Das war alles. Ich bezweifle, dass sein Gesichtsausdruck sich veränderte. Er atmete einmal scharf ein und hielt die Luft an, dann atmete er aus, während mein Mund mit seinem warmen Samen geflutet wurde.

Ich schluckte und zog mich zurück, nicht ohne ihm einen letzten, respektvollen Kuss auf die Spitze seines schlaffen Glieds zu geben. Mit größter Höflichkeit überreichte der Vorsitzende mir eine Serviette, damit ich mir den Mund abwischen konnte. Dann nahm er eine zweite, um sich trocken zu tupfen, ehe er seine Hose wieder schloss.

„Sehr gut. Noch etwas Wein, Miss Hutchinson? Oder lieber ein Glas Wasser?"

Ich lehnte beides ab. Ich wollte eigentlich nur eins: endlich selber kommen. Und ich glaube, das wusste er.

„Lassen Sie das arme Mädchen sich zum Höhepunkt bringen", sagte Willis. „Das würde dir doch gefallen, nicht wahr, Jo?"

„Miss Hutchinson?"

Ich räusperte mich. „Danke."

Ben trat vor und zog einen Stuhl vom Tisch, damit ich mich setzen konnte. Mein Rock hing noch immer um meine Taille, und ich legte meine Beine über die Armlehnen des Stuhls. So konnte jeder meine nasse und geschwollene Muschi sehen. Im Raum herrschte jetzt absolute Stille. Der Kellner stand wieder an die Wand gelehnt und hatte seinen Schwanz hervorgeholt, doch ein Blick vom Vorsitzenden genügte, dass er schluckte und verlegen errötete. Rasch steckte er den Schwanz wieder in die Hose.

Ich leckte meinen Finger. Das war eigentlich unnötig, ich war schon nass genug. Aber ich dachte, es sei eine erotische Geste, die die Männer im Raum zu schätzen wüssten. Dann streichelte ich meine Nippel. Ich wusste, die Seide klebte feucht an meiner Haut.

Und dann machte ich es mir selbst. Ich rieb mich hart und schnell, während die Männer dabei zusahen. Die meisten waren ungerührt. Einmal leckte Jake sich über die Lippen, und ich bebte lustvoll (er wusste, dass es seinetwegen war, denn er blinzelte mir zu), und Willis musste einmal seinen Schwanz in der Hose zurechtrücken. Er saß breitbeinig da, und seine Erektion drückte durch die Hose. Der Vorsitzende sah mit einem freundlichen Lächeln zu, und das kam mir in dem Moment vor, als sei es die erotischste Reaktion auf mein Tun.

Mein Orgasmus durchraste mich, und ich stöhnte laut. Der Vorsitzende hob die Augenbrauen und schaute mich leicht amüsiert an, während ich auf dem Stuhl herumzappelte und zuckte. Dann ließ das herrliche Gefühl nach, und ich sank schlaff und vollends befriedigt auf dem Stuhl zusammen.

„Ein wundervolles Mittagessen", verkündete der Vorsitzende. „Ich danke Ihnen, Miss Hutchinson."

Jake reichte mir die Hand, um mir aufzuhelfen. Ich schob meinen Rock nach unten und knöpfte meine Jacke zu, und dann verließen wir das Separee des Restaurants. Wir kamen an ein paar späten Lunchgästen vorbei. Ich fragte mich, ob sie eine Ahnung hatten, was gerade hinter der verschlossenen Tür passiert war.

Mr D. genoss meine unanständige Beschreibung so sehr (der Vorsitzende! So viele riesige Schwänze! Der Kellner, der auf einem Silbertablett das Kondom servierte! Ich war ziemlich stolz auf meinen Einfallsreichtum …), dass ich es nicht übers Herz brachte, ihm zu erzählen, dass der Vorsitzende in Wahrheit nur ein paar Jahre älter als ich war und rötliches Haar hatte. Er hieß Harry und arbeitete als Steuerberater. Wir trafen uns in einer Sportbar und aßen Hamburger und Fritten.

„Ach ja", sagte Harry. „Die Regeln. Darum musst du dir keine Sorgen machen, Jo. Es macht mehr Spaß, wenn du sie erst kennenlernst, während du schon dabei bist." Er zwinkerte mir zu. „Sicher, diskret, sexy. Mehr brauchst du im Moment nicht zu wissen. Noch ein Bier?"

9. KAPITEL

„Es schneit!"

Ich klappte das Notebook zu und klemmte das Telefon unter mein Kinn. „Kimberly, auf zweitausendfünfhundert Metern Höhe schneit es nun mal hin und wieder."

„Du kannst unmöglich mit dem Fahrrad nach Hause fahren. Wir kommen und holen dich ab. Aber nicht zu spät, ja? Heute Nacht ist doch deine Praktikantin da, oder? Du kannst also eine Sendung aufzeichnen, und wir holen dich um zehn ab."

Ich schaute zur Uhr. „Okay. Reicht auch halb elf?"

Kimberly schwieg. Dann fragte sie: „Was ist los? Du willst allen Ernstes länger als nötig bleiben?"

„Nein. Ja, ich meine, danke. Das ist wirklich aufmerksam von euch. Wirklich, ich weiß das zu schätzen."

Ja, ich wusste es tatsächlich zu schätzen, wenn die beiden mich abholten. Aber das hieß für mich auch, dass ich nicht mit Mr D. reden konnte. Außerdem musste ich meine erste Erfahrung bei der Rockies Investment Association verschieben, weil Mutter Natur mir einen Besuch abstattete. Ich hatte Krämpfe und einen riesigen Pickel am Kinn. Früh nach Hause zu kommen war im Moment genau das Richtige für mich.

Es schneite also. Der erste Schnee des Jahres. Ich ging vom Studio zu den Büros und schaute aus einem Fenster. Der Schnee blieb schon jetzt liegen. Er legte sich auf den Rasen und die Bäume und fiel ganz leise. Die Flocken waren winzig, was auf fallende Temperaturen hindeutete. Ich freute mich, denn jetzt konnte ich meine Skier und die Stöcke aus dem Keller holen. Ich lief zurück ins Studio, um einen ausgiebigen Wetterbericht aufzuzeichnen und programmierte den „Tanz der Schneeflocken" aus dem *Nussknacker* ein.

Arme Kimberly. Sie würde sich nie daran gewöhnen, dass es in dieser Höhe immer wieder schneite, und jeden Winter verbrachte sie in großer Angst. Sie gab ein Vermögen für Winterreifen, Kaschmirpullover und lammfellgefütterte Lederjacken aus. Ihre Vorstellung vom Skifahren sah vor, an der Bar einer Skihütte herumzuhängen. Ich hatte schon mehrfach versucht, sie vom Langlaufen zu überzeugen, aber ihr behagte es nicht, querfeldein zu laufen, und sie war geradezu entsetzt von der Vorstellung, draußen unter freiem Himmel pinkeln zu müssen. Ich hatte daraufhin gewitzelt, wenn es ein Klo gäbe, wäre es also in Ordnung. Sie hatte das nicht besonders lustig gefunden.

Ich programmierte drei Stunden Musik und Moderationen in den Computer ein und plauderte noch ein wenig mit der Praktikantin. Es war inzwischen zwanzig nach zehn, und ich wusste, dass Kimberly zu spät kommen würde. Darum machte ich mich noch daran, ein paar O-Töne für unsere Eigenwerbung zu schneiden. Wir hatten einige unserer langjährigen und ein paar neue Hörer, die sich bei uns gemeldet und unser Programm gelobt hatten, gebeten, uns zu sagen, was der Sender für sie bedeutete. Einige hatten kaum die Zähne auseinanderbekommen und sich vom Mikrofon einschüchtern lassen. Andere hatten ohne Ende geplaudert.

Wie zum Beispiel diese hier. Sechs Minuten lang eine haarkleine Beschreibung, wie die Hörerin morgens aus dem Bett kam, wie sie die Nachrichten hörte und damit den Tag begann (zusammen mit ihrem Mann, den zwei Hunden, der Katze und dem Baby). Ich kürzte die Litanei auf dreißig Sekunden und versuchte, dabei ihren Enthusiasmus zu erhalten. Markieren, ausschneiden. Markieren, bewegen. Ihre Atemzüge ließ ich drin, damit sie wie ein menschliches Wesen klang.

Das Telefon klingelte, aber es war ein Anruf vom Empfang. Kimberly und Patrick waren inzwischen eingetroffen. Ich bat die beiden, mir noch ein paar Minuten Zeit zu geben, um meine Arbeit zu beenden. Dann suchte ich meine Sachen zusammen.

Meine Praktikantin Ann übernahm das Studio, und ich machte mich durch das dunkle Gebäude auf den Weg zum Eingang. Zuerst dachte ich, Kimberly und Patrick seien nicht mehr dort, weil das Licht nicht brannte. Dann hörte ich ein Rascheln und ein leises Seufzen vom Sofa.

Ich verharrte mitten in der Bewegung. Meine Hand ruhte auf dem Lichtschalter, und ich überlegte, ob ich mich laut räuspern sollte, ehe ich den Schalter betätigte. Doch während sich meine Augen an das Dämmerlicht gewöhnten, das von einer einzelnen Straßenlaterne vor dem Studio rührte und vom Strahlen des fallenden Schnees verstärkt wurde, erkannte ich, was die beiden da trieben. Und ich erstarrte.

Ja, sie machten rum. Kimberlys blonde Haare fielen über Patricks Schultern, und ihre Handschuhe und der Schal lagen auf dem Boden. Ich beobachtete, wie er den Kopf hob und unterhalb ihres Ohrs knabberte. Ich hörte, wie sie einen kleinen lustvollen Laut von sich gab. Es war ein ähnliches Seufzen wie das, was ich vorhin gehört hatte. Seine Hände glitten hinab zu ihrer Bluse und knöpften sie auf. Ihre Haut schimmerte blass in der Dunkelheit. Sie sahen aus wie in einem alten Schwarz-Weiß-Film, keine Farbe. Nur monochrome Schattierungen, die sich langsam bewegten, als befänden sie sich unter Wasser. Vielleicht war auch ich diejenige, die die Szene vor ihren Augen wie in Zeitlupe wahrnahm. Es kam mir vor, als hörte ich jedes kleinste Geräusch.

Den Kopf nach hinten gelegt und mit geschlossenen Augen ließ Kimberly zu, dass Patrick seinen Mund über ihr Schlüsselbein wandern ließ. Und weiter hinab. Ein leises Rascheln war zu hören; dann das Wispern von Nylon auf Haut. Vermutlich öffnete er jetzt den BH. Ihre Hand glitt über seinen Kopf, und sie hob ein Knie, um ihre Wade an seiner zu reiben.

Ich erhaschte einen flüchtigen Blick auf ihre Brüste. Sie waren üppig und weiß, die Nippel groß und dunkel. Dann senkte er den Kopf zu ihren Brüsten.

Meine Güte!, war mein erster Gedanke. Ich konnte doch jetzt unmöglich zu den beiden gehen. Aber das wollte ich auch gar nicht. Das hier war viel erotischer als Jakes und Cathys beinahe professionell einstudierter Fick. Vielleicht lag es daran, dass ich die beiden kannte. Meine beste Freundin und mein oberster Mäusejäger vergnügten sich vor meinen Augen. Und sie wussten nicht, dass ich da war. Sie lieferten keine Vorstellung und zogen schon gar keine Show ab. Sie bereiteten einander Lust. Mir kam allerdings der Gedanke, dass beide es mochten, irgendwo rumzumachen, wo man sie erwischen könnte.

Patrick bewegte den Arm – auch wenn ich es nicht sehen konnte, vermutete ich, dass er Kimberlys Brust gehalten hatte, während er an ihr saugte – und schob die Hand über ihren Oberschenkel nach unten und dann zwischen die Beine unter den Rock. Sie trug Strümpfe, und ganz bestimmt auch einen richtigen Strapshalter dazu. Kimberly hatte mir nämlich mal erzählt, das mache sie so, wenn sie einen Mann hatte, denn wer wollte schon irgendwelche merkwürdigen Dellen in den Oberschenkeln haben, die halterlose Strümpfe nun mal hinterließen? In der Dunkelheit bewegte sich seine Hand in einem beständigen Rhythmus.

Er hob den Kopf und beobachtete ihr Gesicht. Ihr Mund stand leicht offen. Sie hatte diesen entrückten Blick, den wir alle bekommen, wenn wir auf dem Weg zu einem richtig guten Orgasmus sind. Als sie nach Luft schnappte, brachte das ihre befreite Brust zum Wippen. Oh mein Gott. Ich sah meiner besten Freundin zu, wie sie einen Orgasmus bekam. Aber ich konnte ebenso wenig nicht hinsehen oder aufhören, den Anblick zu genießen. Und ich lauschte auch, denn jetzt beschleunigte sich ihre Atmung, und sie keuchte etwas. Zugleich bewegten sich beide kaum. Sie schien wie erstarrt, während Patrick ganz still lag. Wenn ich nicht gewusst hätte, dass er seine Hand bewegte, hätte ich glauben können, eine

Statue vor mir zu haben.

Patrick murmelte etwas. Ich konnte die Worte nicht verstehen, aber was es auch war – es sandte sie über den Gipfel. Sein Mund umschloss wieder ihre Brust, als sie ihr Kreuz durchdrückte. Ich spürte ihren Orgasmus in meiner Brust und zwischen meinen Schenkeln. Dann wand sie sich und unterdrückte mühsam ihr Stöhnen. Dafür bewunderte ich sie. Ich war eigentlich überzeugt davon, dass meine Orgasmen für einen unbeteiligten Betrachter ein ziemlich würdeloses Zucken und Zappeln darstellten.

Sie sank zusammen und griff nach seiner Hand, um ihn zu bremsen. Dann hob sie seine Finger an den Mund und leckte sie ab.

Oh Kimberly, du böses, böses Mädchen!

Jetzt tastete sie nach seinem Reißverschluss.

Zu meiner Enttäuschung schob er ihre Hand beiseite und machte eine Bemerkung über die Zeit. Dann beugte er sich vor und küsste sie auf den Mund. Sie nickte und griff hinter ihren Rücken, um den BH zu schließen, während Patrick ihren Rock zurechtschob. (Und er rückte auch seinen Schwanz gerade. Das entging mir nicht.)

Kimberly lächelte ihn an, während er ihre Bluse zuknöpfte. Sie griff in ihre Handtasche und zog das Handy heraus. Ich erwachte wieder zum Leben, weil mein Handy gegen meine Hüfte vibrierte. Auf Zehenspitzen schlich ich ans andere Ende des Flurs. Ich war ziemlich sicher, dass die beiden mich nicht bemerkt hatten. Zudem brauchte ich erst noch einen Moment, um mich wieder zu sammeln. Und ich wollte den Anschein erwecken, dass ich gerade auf dem Sprung aus dem Studio war.

„Ich bin grad fertig geworden." Meine Stimme klang etwas heiser. „Wo seid ihr?"

Als ich wieder in den Eingangsbereich zurückkam, brannte das Licht. Kimberly redete und trug zugleich frischen Lippenstift auf. Sie beklagte sich lautstark über das Wetter. Sie war wieder die lebhafte, wenngleich etwas verängstigte Kimberly, und ich fragte mich kurz, ob ich mir die erotische Szene nur eingebildet hatte, deren Zeugin ich geworden war.

„Oh, das ist so schön!“, rief ich. „Wir haben schon fast drei Zentimeter Schnee da draußen.“

„Das wird morgen eine Katastrophe, wenn ich zur Arbeit fahren soll“, maulte Kimberly.

„Wo ist dein Fahrrad, Jo?“, fragte Patrick. „Ich fahre.“

Er hatte vermutlich inzwischen festgestellt, dass Kimberly beim Fall der ersten Schneeflocke nur noch im Schritttempo durch die Straßen schlich und dabei beide Fahrspuren vollends ausnutzte.

Draußen herrschte die stille Magie einer kalten Schneenacht. Unser Atem stieg in Wölkchen auf, und Schneeflocken legten sich auf meine Wimpern und Lippen, als ich in den Himmel aufblickte.

Hinter mir nahm Kimberlys gequälte Litanei darüber, wie schrecklich dieses Wetter sei, kein Ende. Patrick lud derweil mein Fahrrad in den Kofferraum von Kimberlys Wagen.

Ich kratzte eine Handvoll Schnee vom Boden, formte ihn zu einem Schneeball und warf ihn nach Kimberly.

„Das ist nicht lustig!“ Sie flüchtete sich auf den Beifahrersitz.

Ein Schneeball traf mich seitlich am Hals. Patrick grinste mich an. Seine Brillengläser glänzten feucht. „Du wirfst wie ein Mädchen“, bemerkte er.

„Ich bin ja auch eins.“ Ich kratzte noch mehr Schnee zusammen und schleuderte ihn in seine Richtung.

„Lasst uns endlich heimfahren!“, jaulte Kimberly, als sei eine Meute Wölfe hinter uns her. Oder als müssten wir entweder elendig hier verhungern oder uns auf Kannibalismus verlegen, um unser Überleben zu sichern.

Patrick und ich wechselten einen Blick, dann kehrten wir

zum Auto zurück und fegten den Schnee von unseren Jacken.

Kimberly gab mir ein Taschentuch. „Du bist so chaotisch."

„Das war doch lustig", widersprach ich und wischte mein Gesicht ab.

„Schnee ist nicht lustig. Oder, Patrick?"

„Ist er schon, aber nicht so sehr wie du", sagte er, woraufhin wir beide loskichern mussten. Er fuhr uns sicher durch den Schnee. Kimberly klammerte sich jedes Mal an seinen Arm und ihren Sicherheitsgurt, wenn er eine Kurve nahm, aber als wir schließlich bei mir zu Hause ankamen, lachte sie auch.

„Habt ihr schon was gegessen?", fragte ich, als ich mein Rad aus dem Auto hob. „Ich kann uns eine Flasche Wein aufmachen."

Ich führte sie in die Küche und machte mir ein Sandwich mit Grillkäse. Die beiden waren schon essen gewesen.

„Ich will deine Wohnung sehen, Patrick", verkündete Kimberly, während sie meine Weinsammlung kritisch durchging. Ich hatte nur noch wenige Flaschen im Haus; Hugh war immer derjenige gewesen, der den Wein gekauft hatte. Ich kaufte dafür Erdnussbutter. Sie zog eine Flasche aus dem Regal und runzelte die Stirn. „Ich denke, der wird's tun."

„Soll ich noch mal nach den Fallen gucken?", bot Patrick an.

„Herrje, sie hat dich echt dazu gebracht, sich um die Fallen zu kümmern? Du solltest die Miete mindern."

„Ach, ich denke, wir wohnen jetzt in einer mäusefreien Zone. Klar, komm mit nach oben, ich zeig dir meine Wohnung." Er nahm die Flasche und die Gläser und ging voran nach oben und durch die Verbindungstür in sein Apartment.

„Wo sind die Kerzen, die ich dir gegeben habe?", fragte Kimberly, während sie sich aus ihrem Kaschmirschal wickelte und ihn auf den Schreibtisch warf.

„Tut mir leid, ich bin kein Mann, der auf Kerzen steht." Aber er öffnete einen Schrank, kramte die Kerzen hervor und entzündete sie. Kimberly flatterte derweil durch den Raum und rückte Gegenstände zurecht. Mich machte es schier wahnsinnig, wenn sie das machte. Hier wurde ein Bilderrahmen zwei, drei Zentimeter nach links geschoben, dort ein paar Sachen neu sortiert. Dabei hatte Patrick gar nicht so viele Sachen, die man neu sortieren konnte. Trotzdem schaffte sie es auf mysteriöse Weise mit wenigen Handgriffen, dass der Raum gewann.

Sie schob einen Wandschirm beiseite. Dahinter kam ein Bett zum Vorschein, und sie zog die Decke glatt. „Du brauchst ein paar Zierkissen. Ich besorg dir welche. Findest du nicht auch, Jo?"

„Du sollst ihn nicht schikanieren", bemerkte ich und entkorkte den Wein. „Männer mögen keine Zierkissen. Sie setzen sich drauf, dann quillt die Füllung raus, oder sie werfen die Kissen einfach auf den Boden. Ist doch so, oder, Patrick?"

„Absolut." Patrick schob eins der Gläser beiseite und schüttelte den Kopf, als ich ihm einschenken wollte. „Für mich bitte nicht."

„Bist du sicher?"

„Ich kann Alkohol nicht so gut verstoffwechseln. Das sind die irischen Gene." Er öffnete seinen winzigen Kühlschrank und nahm sich eine Flasche Wasser.

„Das ist wirklich eine niedliche Wohnung!", rief Kimberly. „Sehr europäisch. Du hast den Platz so gut ausgenutzt. Hat Jo dir geholfen, die Sachen zusammenzubauen?"

„Nein, das war ihr, ähm, Freund."

„Hugh? Aber er war doch schon ausgezogen, als du eingezogen bist."

„Nein, ich meine den anderen. Jason."

Sie warf mir einen fragenden Blick zu. Ich kannte diesen Blick. Sie würde schier über mich herfallen, wenn sie mich das nächste Mal allein erwischte. Und dann würde sie mich ins Kreuzverhör nehmen, um jedes noch so kleine schmutzige Detail aus mir hervorzulocken.

„Kommt, setzt euch doch“, lockte sie uns beide an. Wir setzten uns aufs Bett. Erst jetzt ging mir auf, dass Kimberly zum Essen wohl eine gehörige Menge Wein getankt hatte.

Patrick strahlte. „Zwei schöne Frauen in meinem Bett. Bin ich etwa gestorben und in den Himmel gekommen?“

„*Auf* deinem Bett“, sagte ich. „Das ist ein himmelweiter Unterschied.“

„Ein Mann wird ja wohl noch träumen dürfen.“ Er hob seine Wasserflasche und prostete uns zu.

Kimberly kicherte. „Hast du schon mal einen Dreier gehabt?“

„Noch nicht“, sagte Patrick. „Aber frag mich das noch mal in fünfzehn Minuten.“

„Jo?“

Ich schüttelte den Kopf.

Kimberly zog einen Cowboystiefel aus und stellte ihren Fuß auf Patricks Oberschenkel. „Ich habe sogar noch nie ein Mädchen geküsst“, sagte sie. „Jedenfalls nicht mehr seit der Junior High.“

„Erzähl weiter“, forderte Patrick sie auf.

„Wenn ich jetzt ein Mädchen küssen wollte, wäre es auf jeden Fall Jo. Sie ist so süß.“ Sie blickte mich an und zwinkerte mir zu. „Du hast noch Dreck im Gesicht. Das kommt von eurer Toberei im Schnee. Süße ...“ Sie beugte sich zu mir herüber.

Ich beugte mich ebenfalls vor und fragte mich, was sie wollte. Sie küsste mich auf den Mund. Es war ein unbeholfener, trunkener Kuss.

„Ruhig, Cowgirl“, sagte ich und schob sie weg.

Sie sank in Patricks Schoß. „Und jetzt musst du sie küssen.“

„Vielleicht will er mich ja gar nicht küssen.“ Ich hoffte wirklich, dass Kimberly sich morgen früh nicht mehr an das hier erinnerte.

Patrick umfasste mein Kinn mit einer Hand und gab mir einen brüderlichen Kuss auf die Wange. Er grinste. „Zeit, eure Sachen auszuziehen, Mädels."

„Ich hab meine Tage", sagte ich ebenso scherzhaft.

Er verdrehte die Augen. „Wir können doch ein Handtuch drunterlegen."

„Iih, bist du eklig!", rief Kimberly. Eine Sekunde später schnarchte sie schon.

Patrick und ich sahen uns an. Sie war einfach eingeschlafen. Ihr Rock war nach oben gerutscht und man konnte den Halter an einem ihrer Strümpfe sehen.

Er schob den Rock nach unten und zog ihr den anderen Stiefel aus.

Ich nahm den Bettüberwurf, der am Fußende lag, und breitete ihn über sie. Morgen würde sie bestimmt toben, wenn sie aufwachte und feststellen musste, dass sie ihr allabendliches, striktes Ritual aus Abschminken und Eincremen nicht hatte durchführen können.

Ich löste ihre Ohrringe und legte sie auf das kleine Nachttischchen. „Lass sie nicht nach Hause fahren, falls sie aufwacht."

„Heute Nacht wird sie nicht mehr wach." Er stand auf und schaute auf Kimberly hinab. Ein merkwürdiger Ausdruck lag auf seinem Gesicht, fast wie eine Mischung aus Zärtlichkeit und Bedauern.

„Alles okay mit dir?"

„Was? Oh, natürlich, ja. Bin nur enttäuscht, weil wir jetzt gar nichts mehr über ihre wilde Zeit an der Junior High hören werden."

„Ich auch." Ich zögerte. „Du hast auch noch Dreck im Gesicht."

„Echt?" Er rieb sich im Gesicht herum.

Ich machte einen Schritt auf ihn zu und rieb mit dem Daumen den Dreck von der Wange.

„Nicht heute Nacht, Josephine", sagte er. „Das habe ich schon immer mal sagen wollen. Heißt du wirklich Josephine?"

„Ja. Ich habe den Namen jahrelang gehasst."

„Jo passt auch besser zu dir."

Wir schwiegen beide. Meine Hand ruhte noch auf seinem Gesicht, und ich machte hastig einen Schritt nach hinten. Ich fühlte mich wie eine Idiotin. „Gute Nacht."

Ich nahm die Flasche und die Weingläser und floh zurück in meinen Teil des Hauses. Diese kurze Berührung hatte mich völlig überrumpelt, und dann noch sein Blick … Mein Daumen schien immer noch die Wärme seines Wangenknochen zu spüren.

Was zum Teufel trieb ich da für ein Spiel?

„Hey, wach auf."

Ich konnte frischen Kaffee riechen und öffnete ein Auge. Kimberly saß auf meiner Bettkante. Sie hatte in jeder Hand einen Becher Kaffee und hatte sich ein Bündel Kleider unter den Arm geklemmt. Die Mascara war unter ihren Augen verschmiert, und sie trug einen schlichten Bademantel, der vermutlich Patrick gehörte.

„Danke." Ich nahm ihr einen Becher ab und setzte mich auf. Müde strich ich mir übers Gesicht und durch die Haare. „Alles in Ordnung mit dir?"

„Ja, bestens. Wir haben uns getrennt."

„Was? Wieso?"

„Ach, ich weiß schon, klingt jetzt furchtbar dramatisch. Ist es aber gar nicht. Ich war seine Lückenbüßerin, und außer dem Sex hatten wir nicht besonders viele Gemeinsamkeiten. Er ist aber echt ein netter Kerl." Sie schaute weg, als sie das sagte.

„Und dir geht's gut damit?"

„Ich glaube schon. Er hat sich ja von mir getrennt.“ Sie lachte. „Ich leide unter verletztem Stolz. Sonst bin ich doch immer diejenige, die Beziehungen beendet. Und dann hat er’s auch noch beendet, nachdem wir heute Morgen Sex hatten.“

„Arsch“, sagte ich.

„Nee. Ich war es ja, die ihn unbedingt haben wollte, und ich hab nicht lockergelassen. Ich glaube, er war einfach nur höflich. Also, richtig höflich. Sehr aufmerksam, sehr … Ich meine, der Junge weiß, was er tut, zumindest was das Vögeln betrifft.“ Sie warf ihre Sachen auf mein Bett. Die Cowboystiefel fielen dumpf auf den Boden, und sie trat ans Fenster und zog die Jalousie hoch. „Sie haben den Schnee geräumt. Müssen ungefähr fünfzehn Zentimeter gefallen sein heute Nacht. Hast du Augen-Make-up-Entferner?“

„Klar. Bedien dich, du weißt ja, wo alles ist.“

Sie ging Richtung Badezimmer, drehte sich aber noch mal um, die Hand schon an der Türklinke. „Was genau ist eigentlich gestern Nacht passiert? Ich war ja voll wie ’ne Strandhaubitze.“

„Nicht viel. Du bist eingeschlafen und hast leise vor dich hin geschnarcht.“

Sie verzog das Gesicht und verschwand im Badezimmer. Ich lauschte dem Rauschen der Dusche und seufzte erleichtert auf.

Nach einer halben Stunde tauchte sie wieder auf. Das Haar war nass, und sie hatte sich in ein Handtuch gewickelt. Ihr Gesicht glänzte rosig und sauber.

„Warum hast du mir nicht von Jason erzählt?“

Gute Frage. Und warum erinnerte sie sich noch so gut an mein peinliches Geständnis, nicht aber an ihr eigenes? Ich schwang die Beine aus dem Bett und marschierte Richtung Badezimmer. „Ich muss pinkeln“, murmelte ich.

Als ich wieder aus dem Bad kam, saß sie vor dem Spiegel

und bürstete ihr nasses Haar. Ihre Augen suchten im Spiegel meine.

„Wir haben keine Geheimnisse voreinander“, sagte sie. „Wir kennen uns jetzt seit fünf Jahren, Jo. Es ist nicht nur das, was jetzt mit Jason passiert ist. Ich fühle mich ausgeschlossen. Ich meine, was ist denn los? Du steckst doch nicht irgendwie in Schwierigkeiten, oder? Ist mit Willis alles in Ordnung? Du kannst es mir wirklich erzählen, wenn etwas nicht stimmt. Du kannst mir alles erzählen.“

„Ich weiß. Ich stecke jedenfalls nicht in Schwierigkeiten, Kimberly, und ich glaube auch nicht, dass ich mich noch länger mit Willis treffen werde. Er hat mich seit ein paar Tagen nicht angerufen. Er ist ein netter Kerl, aber ich steh einfach nicht auf ihn und er nicht auf mich.“

Sie zog ihre Cowboystiefel an. Von draußen drang das Scharren einer Schneeschaufel herauf.

„Du liebe Güte, Patrick räumt die Einfahrt“, murmelte sie.

„Und was Jason betrifft – also, wenn man es genau betrachtet, war es sexuelle Belästigung. Wir haben beschlossen, es für uns zu behalten, und da er es niemandem erzählt hat, konnte ich das schlecht tun. Mit ihm hatte ich eine Menge Spaß. Keine versteckten Piercings, obwohl er ein niedliches Tattoo auf der Schulter hat. Und ein Stehvermögen hat der! Sein Schwanz ist auch sehr hübsch.“

„Okay.“ Sie schien einigermaßen besänftigt.

„Möchtest du Frühstück?“

„Nein. Ich muss erst in Fahrt kommen, aber ich möchte kein Frühstück. Ich möchte nach Hause und mich für die Arbeit umziehen. Sicher, dass bei dir alles okay ist?“

„Mir geht’s gut. Dir auch?“

Sie zuckte mit den Schultern. „Ich glaube schon. Ich muss mir einfach einen netten Anwalt suchen – also, einen richtigen Anwalt. Oder einen Steuerberater.“

„Über Geschmack soll man nicht streiten", bemerkte ich trocken. Sie lachte, und ich war erleichtert. Sie schien nicht mehr sauer auf mich zu sein.

Ich begleitete sie nach unten und schenkte uns Kaffee nach, während sie ihren Kaschmirschal um den Hals knotete.

„Kimberly", sagte ich, als sie schon fast zur Tür raus war. „Also ... Hast du schon mal das Gefühl gehabt, dass deine Fantasien besser waren als das reale Leben?"

„Ich nehme an, wir reden über Sex, hm?" Sie schwieg, während sie ein Paar Ziegenlederhandschuhe anzog. Ich wusste, ohne sie anzufassen, dass sie butterweich waren. „Geht's darum nicht bei allen Fantasien?"

„Ich vermute schon."

„Süße!" Sie stupste mich in die Schulter. „Lass es mich wissen, wenn du für ein paar Stunden die Fantasien hinter dir lassen und wieder am echten Leben teilhaben willst, ja? Es gibt hier auch Freunde und reale Menschen, und es ist gar nicht so schlecht hier."

Sie wirbelte nach draußen, und Patrick machte eine Pause und stützte sich auf seine Schneeschaufel. Sie führten ein kurzes Gespräch und küssten sich auf die Wange. Soweit ich es erkennen konnte, waren sie ziemlich nett zueinander.

Er hatte mich auch auf die Wange geküsst. Gestern Nacht. Aber das hatte sich irgendwie viel intimer angefühlt, als es sollte. Ich erinnerte mich, wie sich seine Hand um mein Kinn schloss und dann dieser lange Augenblick folgte, während er mir in die Augen schaute und mein Daumen langsamer über seine Wange strich.

Der Junge weiß, was er tut. Das war aus Kimberlys Mund ein großes Lob.

Ich konnte es mir gut vorstellen.

„Brieftasche, Handy, Uhr. Das ist Ihre Schrankkombination." Die Frau musterte mich prüfend, als sie mir ein Stück

Papier gab. Sie sah aus wie Fräulein Rottenmeier in schwarzem Leder.

Ich nickte und prägte mir den Code ein. Dann schob ich das Handy in meine Jackentasche.

„Möchten Sie die Jacke nicht ausziehen, Süße? Sie mögen es, ihre Körper zu zeigen. Es geht da drin wie bei einem Wettbewerb zu. Die Schuhe müssen Sie auch ausziehen, im Haus gilt die Regel, dass keiner Schuhe trägt."

„Okay." Ich knöpfte meine Jeansjacke auf und stopfte sie in den Spind. Darunter trug ich einen zarten kleinen Body, der mich ein Vermögen gekostet hatte. Er war aus superweicher Baumwolle und hatte einen dezenten Spitzenbesatz.

Der Raum hatte einen Holzfußboden und weiße Wände. An einer Wand standen die Spinde. Das Licht war grell und kalt. Sonst gab es nur noch eine Holzbank. Als wir vorgefahren waren, hatte ich einen Blick auf das Anwesen aus der Zeit der Jahrhundertwende werfen können. Die imposante Eingangstür wurde von zwei Fenstern mit Bleibuntglas flankiert. Aber die Limousine war weitergefahren und hatte mich an einer kleinen Seitentür abgesetzt. Das war wohl die Tür, durch die früher die Dienstboten ins Haus gelangt waren.

Fräulein Leder-Rottenmeier betrachtete mich interessiert. „Sehr hübsch. Ah, da ist ja schon Harry. Er hat die Grundregeln für Sie."

Harry betrat den Raum. Als ich ihm zum ersten Mal begegnet war, hatte er einen Anzug getragen, aber heute Abend trug er Jeans und T-Shirt. Seine Füße waren nackt, und unter dem Arm hatte er einen Ordner und ein Klemmbrett. Er blickte mich prüfend an, und ihm schien zu gefallen, was er sah. Besonders meine Nippel, die sich bei der kühlen Raumtemperatur aufgestellt hatten.

„Willkommen!" Er küsste mich auf die Wange. „Schön, dass du dabei bist, Jo. Angela, ich kann ab hier übernehmen."

Fräulein Rottenmeier nickte knapp und verließ den Raum.

Sie bewegte sich sicher auf den Pfennigabsätzen, und das schwarze Leder knarzte leise. So viel zum Thema „keine Schuhe".

„Dumme alte Lesbe", flüsterte Harry. Dann fuhr er an mich gewandt fort: „Also, die Grundregeln. Du wirst zunächst mit den anderen im Großen Saal sein. Dort gibt es keine Penetration, keine Orgasmen. Das sind die wichtigsten Regeln. Es gibt also zwei Hauptregeln, sozusagen." Er blickte auf sein Klemmbrett. „Du hast gestern deine Untersuchung gemacht, das ist gut. Sobald wir die Resultate haben und wenn du sauber bist, kannst du darüber nachdenken, auch nach oben zu gehen. Es sei denn, es gefällt dir im Großen Saal. Du bist herzlich eingeladen, dort zu bleiben. Einige tun das, aber wenn du wirklich nach deinen eigenen Bedingungen gevögelt werden willst, solltest du darüber nachdenken, auch aufzusteigen."

„Keine Penetration? Keine Orgasmen?", wiederholte ich.

Er zwinkerte mir zu. „Ja, aber dafür wird in dem großen Zimmer verflucht viel rumgemacht. Wenn es zu mehr kommt, erfolgt die Bestrafung."

„Was für eine Bestrafung? Und durch wen wird sie vorgenommen?"

Er tätschelte meinen Arsch und gab mir den dicken Ordner. „Die Bestrafung ist schlimmer, als du dir ausmalen willst. Und alles, was du wissen musst, findest du hier drin. Bereit?"

Ich legte den Ordner in meinen Spind. Als wir zur Tür gingen, fragte ich: „Was genau bedeutet dieses ‚nach deinen eigenen Bedingungen gevögelt werden'?"

„Einer von uns wird dich vielleicht als Partner auswählen. Du musst dieses Angebot nicht annehmen, aber es ist eine Möglichkeit, voranzukommen. Um ehrlich zu sein, ist es ziemlich übel, wenn du jemanden ablehnst."

„Okay." Wir schritten durch einen dunklen Flur und stiegen eine Treppe hinauf. Im ersten Stock tippte er einen Code in eine kleine Tastatur.

„Du wirst das toll machen", versicherte er mir. „Denk nur immer daran: Wenn du gehen willst, wählst du auf dem Telefon die 01, aber ich denke, du solltest erst mal ein paar Stunden bleiben und dich umsehen. Zumindest bis Mitternacht. Gut möglich, dass sie dich zu Anfang herausfordern werden, aber Jake und Willis haben mir versichert, dass du auch gut austeilen kannst. Und du musst nichts tun, was du nicht tun willst. Glaub mir, das hier wird eine der spannendsten – und erotischsten - Nächte sein, die du jemals erlebt hast. Schade, dass du nicht schon eher zu uns gefunden hast, aber hey", und mit diesen Worten stieß er die Tür auf, „du gehörst jetzt zu den Jungs und Mädchen. Viel Spaß!"

10. KAPITEL

Die Jungs und Mädchen.

Ich betrat den Großen Saal und hatte irgendwie das unangenehme Gefühl, wieder zur Highschool zu gehen. Oder noch schlimmer: zum Tanzunterricht.

Im dem weitläufigen Raum hinter der Tür hielt sich eine Gruppe junger, gut aussehender Menschen auf, die auf Sofas und Sesseln ausgestreckt lagen, tranken und plauderten. Einige hatten sich um einen Tisch versammelt, auf dem ein besonders kniffliges Puzzle ausgebreitet lag; auf dem Teppich vor dem offenen Kamin war eine Partie Scrabble im Gange. Ein Paar saß an einem Tisch und spielte Schach, aber die meisten Leute drängten sich vor einem Fernseher, neben dem ein beeindruckender Stapel DVDs lag. An einer Wand stand ein Klavier, und eine Frau saß auf dem Hocker davor und klimperte eine Ragtime-Nummer von Scott Joplin.

Es hätte gut das Haus einer Studentenverbindung sein können. Ich habe zwar früher nie mit Verbindungsbrüdern herumgehangen, aber die schäbige, nachlässige Einrichtung verlieh dem Raum dieses jugendliche, etwas heruntergekommene Flair. Allerdings war es ein Verbindungshaus wie aus einer früheren, unschuldigeren Zeit ohne viel Elektronikschnickschnack. Obwohl … so wie die Leute angezogen – oder besser ausgezogen – waren, kam das mit dem unschuldig auch nicht so ganz hin.

Einer der Männer erhob sich von der Couch, wo er eng umschlungen mit einer Frau gelegen hatte, die bis auf BH und Höschen nackt war. Er trug eine Jogginghose, die ziemlich weit nach unten gerutscht war, und man brauchte keine große Beobachtungsgabe, um zu erkennen, dass er darunter nichts anhatte. Sein Schwanz war halb steif und wippte bei jedem Schritt gegen den Baumwollstoff.

„Nanu, was haben wir denn da?", fragte er. „Frischfleisch! Sehr hübsch."

Er umrundete mich und musterte mich unverhohlen, während ich versuchte, ein Grinsen zu unterdrücken. Dieser Junge hatte eindeutig zu viele Gangsterfilme gesehen. Er spielte die Rolle des Anführers fast zu perfekt.

Andere kamen jetzt hinzu und starrten mich an. Es kam mir vor, als würde ich beurteilt, und im Grunde war es so. Jemand drückte beim Fernseher die Pausetaste, und das Bild fror ein.

Der selbst ernannte Anführer fuhr fort: „Hübsche Titten. Ein bisschen klein vielleicht. Aber schöne Beine." Er schaute anzüglich meine Brüste an. „Wie heißt du?"

„Jo. Und du?"

Einen Moment lang glaubte ich, er werde mich jetzt anbrüllen, dass nur er hier die Fragen stellte, aber er lächelte und umrundete mich ein zweites Mal.

„Da hat sich aber jemand schick gemacht für heute Abend", sagte er nur.

Die anderen kamen langsam näher. Ich wusste, sie versuchten mit diesem Verhalten, mich einzuschüchtern. Ich blieb einfach stehen und lächelte. Fräulein Rottenmeier hatte schließlich gesagt, hier drin finde eine Art Wettbewerb statt, weshalb ich irgendwie darauf vorbereitet gewesen war, erst mal den Schikanen der anderen ausgeliefert zu sein. Die meisten sahen unglaublich gut aus und trugen Unterwäsche oder Baumwollpyjamas. Irgendwie hatte ich den Eindruck, auf einer Pyjamaparty gelandet zu sein.

Über uns bewegte sich etwas. Ich blickte hoch und sah ein Geländer und darüber im Dunkel schemenhafte Gestalten. Der ganze Raum war ein Stockwerk höher von einer Galerie umgeben.

„Sie beobachten uns", sagte der Typ an mich gewandt. „Sie suchen sich diejenigen aus, die sie später am Abend bei

sich haben möchten."
„Und wer sind sie?"
„Das wirst du schon noch früh genug herausfinden, Jo." Er trat hinter mich und öffnete die Verschlüsse meines Rocks. Es war derselbe gepunktete Rock, mit dem ich Willis verführt hatte. Als der Stoff sich leise wispernd um meine Knöchel bauschte, trat ich aus dem Rock.
„Ei, ei." Er beäugte mein exorbitant teures Höschen. Ihm gefiel, was er sah. Der Slip war aus Baumwolle und passte zu dem Mieder und war alles andere als züchtig geschnitten mit hohem Beinausschnitt. Der Stoff war so zart, dass man mein dunkles Schamhaar erahnen konnte. „Ich bin Pete. Leute, hört auf, sie anzustarren. Ihr werdet noch genug Zeit haben, eure neue Spielgefährtin kennenzulernen."
Die anderen trollten sich. Sie kehrten zu ihren Spielen und dem Film zurück, machten es sich wieder auf den Sofas oder den großen, üppig gepolsterten Sesseln bequem, die im Raum verstreut standen.
Pete führte mich herum. Er stellte mich den anderen vor und zeigte mir alles. Den Kühlschrank, in dem es Limonade und Wein gab, den Tisch mit den kleinen Knabbereien, Tellern mit Obst und Käse. Die Paare, die überall rummachten, ignorierte er einfach. Ich sah sogar eine Frau mit zwei Männern.
„Wie läuft das alles hier?", fragte ich.
„Wie das läuft? Wir sind alle total geil. Es gibt ein paar Sachen, mit denen wir uns beschäftigen können, und da oben", er wies mit dem Kinn zur Galerie, „beobachten sie uns. Darum machen wir uns einen Spaß daraus, ihnen eine Show zu liefern."
„Und was ist mit den Regeln? Kein Orgasmus? Keine Penetration?"
„Die gibt's wegen der Sicherheit, weil nicht jeder in diesem Raum sich hat untersuchen lassen. Und es ist eine Heraus-

forderung für uns. Was stört dich daran, Jo? Magst du keine Herausforderung?“ Bevor ich darauf antworten konnte, wirbelte er herum und sprach ein Paar an, das sich zusammen in einen Sessel gequetscht hatte. „Sehe ich da etwa ein nasses Höschen, Monica? Oh, oh! Und ist das Allans Hand in deinem Slip?“

„Halt die Klappe!“, gab sie mürrisch zurück. „Warum führst du dich hier auf, als wärst du der Diktator des Tages?“

Der Mann zog seine Hand mit einem reumütigen Grinsen aus ihrem Höschen.

Wir setzten unsere Runde durch den Raum fort. „Und was passiert, wenn es zu einem Orgasmus oder einer Penetration kommt? Und welche Art Penetration ist erlaubt oder verboten?“

„Wenn so was passiert, entscheiden wir über die Bestrafung. Der Täter wird zum Beispiel ausgepeitscht. Keine Penetration heißt keine Penetration. Wenn du es aber wörtlich nehmen willst, kann es schon mal passieren, dass ein Finger in eine Muschi gerät oder ein Schwanz in einen Mund. Aber meistens verhindert das der Gruppendruck. Lindy zum Beispiel war ein sehr, sehr böses Mädchen.“

Lindy war blond und sehr hübsch. Sie lächelte peinlich berührt, weil sie nicht bei den anderen war, sondern mit dem Gesicht zur Wand in einer Ecke des Raums stand.

„Erzähl Jo doch mal, was du angestellt hast, Lindy.“

Sie drehte sich um und trippelte unruhig. „Ich bin zur Toilette gegangen, um an mir herumzuspielen.“

„Das ist eigentlich sogar erlaubt“, fügte Pete hinzu. „Aber was ist dann passiert?“

„Ich hatte einen Orgasmus. Ich wollte das nicht, aber ich habe mich hinreißen lassen, und dann …“

„Darum bestrafen wir dich ja auch“, sagte Pete sanft. „Erzähl Jo, wie deine Strafe aussieht.“

„Ich weiß nicht“, sagte sie. „Ich muss hier einfach allein

stehen mit dem Gesicht zur Wand. Mir ist langweilig, Pete. Darf ich zur Toilette?"

„Ich glaube nicht", sagte er. „Man kann dir nicht mehr vertrauen."

„Aber ich muss pinkeln", jammerte sie.

„Ich fürchte, das muss warten", sagte Pete. Er führte mich wieder von ihr weg.

„Ich muss aber dringend", flehte sie und umklammerte ihren Schritt. „Bitte, Pete."

„Ist das nicht ungesund für sie?", fragte ich, als wir uns entfernten.

„Das Mädel hat eine Blase wie ein Elefant. Sie macht sich jetzt mal ein paar Gedanken über ihre Untaten, und dann ... ach, eine kleine, öffentliche Demütigung ist genau das Richtige für sie."

Ich warf einen Blick zurück zu Lindy. „Was hindert sie denn daran, einfach zur Toilette zu gehen? Ich meine, sie kann doch einfach hingehen?"

„Der Gruppendruck. Sieh doch nur."

Er drehte mich um, sodass wir nicht mehr direkt in Lindys Richtung schauten. Sie begann, sich ganz langsam seitwärts Richtung Tür zu bewegen, die am anderen Ende des Raums zu den Toiletten führte.

Einer der Scrabblespieler schaute auf und rief: „Was glaubst du, wo du hingehst, Lindy?"

„Ach, ihr seid so gemein!" Sie stapfte zurück zu ihrer Ausgangsposition.

„Siehst du?", sagte Pete. „Man muss schon vorsichtig sein. Das gilt vor allem für ein sexy Mädchen wie dich." Er strich mit dem Finger an meinem Gesicht hinab über den Hals und das Schlüsselbein und umkreiste einen Nippel. „Hübsch. Das gefällt dir, hm? Ich wette, du magst es, wenn man beim Vögeln mit deinen Titten spielt."

Ich spürte die Bewegung im Raum. Die anderen versammelten sich wieder um uns. Bis auf die Schachspieler, die in ihre Partie vertieft waren, und ein paar der Leute, die sich um den Fernseher stritten und statt eines neuen Videos jetzt das TV-Programm eingeschaltet hatten.

Ein anderer Mann mit Boxershorts und T-Shirt und langen braunen Haaren, die er zu einem Pferdeschwanz nach hinten gebunden hatte, kniete sich vor mich hin. Er drückte sein Gesicht gegen mein Knie und leckte über die Innenseite meines Oberschenkels. Ganz kurz stupste seine Nase gegen meinen Schritt. Dann wiederholte er das an meinem anderen Bein. Seine Hände legte er in meine Kniekehlen, damit ich besser das Gleichgewicht halten konnte.

Pete drückte sein Gesicht gegen meinen Hals. „Los, sag Ivan schon, dass er dich lecken soll, Jo. Die anderen Mädchen behaupten, er macht das sehr gut."

Ivans Atem strich warm und feucht über meine Muschi. Er rieb seine Nase gegen den Stoff meines Slips und blickte grinsend zu mir auf, als wollte er mich ermuntern, mit ihm darüber zu lachen.

Ein Mädchen sprang über die Rückenlehne eines Sofas und kam zu uns. „Hmmm! Magst du Mädchen, Jo? Ich bin tausendmal besser als diese Loser." Sie kam zu mir und küsste mich auf den Mundwinkel. „Hach, hübsche Titten! Verschwinde, Pete. Jetzt bin ich dran."

Pete zuckte mit den Schultern und trat beiseite. Sie senkte den Mund auf meine Brust und biss meinen Nippel zärtlich durch den Baumwollstoff. Ich blickte gierig auf Petes Schwengel, der jetzt härter war und gegen den Stoff drückte, und leckte mir die Lippen. Ich verstand mich auch auf dieses Spielchen. Ich ließ meine Hüften kreisen und stöhnte leise, als Ivan einen Finger in meinen Slip schob. Teils war es Show, aber irgendwie genoss ich auch die Aufmerksamkeit, den Hunger und die Geilheit, die um mich entstanden.

Ich winkte Pete heran. Gehorsam kam er wieder näher.

Behutsam befingerte ich den kleinen, goldenen Ring, der in seinem Nippel steckte. „Hat das wehgetan?“, fragte ich. „Es sieht jedenfalls verdammt sexy aus. Wie fühlt sich das wohl an, wenn ich daran ziehe?“

„Gut.“ Er räusperte sich.

Ein anderer Mann legte den Arm um Petes Schultern und legte seine Finger auf Petes Brust. „Heute stehst du also eher auf Mädchen, Liebster?“

„Oh ja. Sie hat einen kleinen, festen Arsch.“ Pete drehte mich um, wobei mein Nippel aus dem Mund des Mädchens rutschte. „Siehst du?“ Er gab mir einen Klaps auf den Hintern. „Fest wie eine Trommel. Toll, oder? Was denkt ihr, Jungs? Sollen wir sie zum Orgasmus bringen? Jennifer? Ivan? Jon?“

Jennifer kniff in den großen, dunklen Fleck, den ihr Mund auf meinem Mieder hinterlassen hatte. „Tja, wieso eigentlich nicht?“

„Klar.“ Ivans Finger erkundete mich. Er hatte mich bisher fast nicht berührt, sondern war nur mit dem Finger über mein Schamhaar gewandert und hatte die Linie meines Oberschenkels nachgezeichnet. „Wow. Da ist aber jemand nass.“

Ich stöhnte, weil es das zu sein schien, was sie von mir erwarteten. Ivans Finger stupste gegen meine Klit.

Pete beugte sich vor und knabberte an meinem Ohr. „Du weißt, dass du es willst. Du kannst vor unser aller Augen kommen. Das ist doch tausendmal besser, als es dir daheim im stillen Kämmerlein selbst zu besorgen. So viele Hände, Lippen und Zungen, die dir zu Diensten sein wollen. Ich wette, du siehst wunderschön aus, wenn du kommst.“

Ich schüttelte alle Hände ab. „Netter Versuch, Leute. Nur fürs Protokoll: Ich sehe wie eine demenzkranke Eule aus, wenn ich komme.“

Sie lachten, und die Gruppe stob auseinander. Oder besser gesagt: Sie brach auseinander und formierte sich neu. Bald fand ich mich auf einem Sofa auf Ivans Schoß wieder. Sein Schwanz drückte durch seine Flanellshorts gegen mich. Ich hatte die Beine gespreizt. Jennifer war direkt neben mir. Sie lächelte mich an und legte meine Hand auf ihre Brust. Pete lag auf dem Teppich, den Kopf in eine Hand gestützt. Hinter ihm war Jon. Anhand der kleinen Bewegungen, die beide machten, und weil Petes Beine sich unwillkürlich anspannten, rieb Jon vermutlich gerade seinen Schwanz durch den Stoff an Petes Kimme.

Jennifers Brust lag schwer und weich in meiner Hand. Der Nippel wurde sofort hart, als ich sie streichelte. Sie seufzte und schob eine Hand in ihren Schoß, um ihre Möse zu umfassen.

„Guckt mal, Jennifer spielt an sich herum", bemerkte Jon.

„Fick dich!", fuhr sie ihn an. „Du kannst das eben einfach nicht. Du könntest ja nicht mal eine Klit von einem Loch im Boden unterscheiden, du blöde Schwuchtel."

Jon lachte und streichelte Petes Hüfte. „Und du bist eine blöde Lesbe."

„Na, na. Zügelt euch mal. Wir könnten ja eine Amnestie erlassen", schlug Pete vor. „Wie wär's? Für jede Lady gibt's einen Orgasmus."

„Für jede Frau", sagten Jennifer und ich wie aus einem Mund.

Ihr Atem und ihr Haar kitzelten mein Ohr. „Glaub ihnen kein Wort. Wenn du kommen willst, können wir zusammen zur Toilette gehen. Ich würde liebend gern an deiner Klit saugen. Ich könnte dir zeigen, wie sich ein echter Orgasmus anfühlt."

Meine Klit zuckte voller Vorfreude.

„Würde dir das gefallen?", flüsterte sie. „Ich zieh deinen Slip runter und mach's dir mit dem Mund."

„Und ich drück dich nach vorne, Jennifer. Und dann fick ich dich in den Arsch", sagte Ivan. „Hey, passt auf! Die beiden führen nichts Gutes im Schilde. Ehrlich, Jo, ich bin enttäuscht von dir. Du bist noch keine zehn Minuten hier und versuchst schon, die Regeln zu brechen.“ Er versetzte mir einen kleinen Klaps.

„Sie hat mich dazu verführt“, sagte Jennifer mit weinerlicher Kleinmädchenstimme. „Sie war sehr, sehr böse mit meiner Titti. Mein Höschen ist ganz nass. Das ist alles nur ihre Schuld.“

„Na klar“, murmelte Pete.

Ich starrte Pete an. Dann glitt mein Blick hinab zu seinem Penis. „Hast du auch einen Ring um deinen Schwanz? Er wird gerade immer größer.“

Jon griff nach vorne und streichelte Petes Schwanz durch die Hose. „Nein, kein Ring. Aber er hat einen sehr hübschen Schwengel. Er zeigt ihn dir, wenn du dich benimmst.“

Pete stieß in Jons Hand. Er schloss die Augen, als habe er Schmerzen.

„Kommst du etwa?“, fragte Jon sanft.

Ivan stieß von unten gegen meinen Arsch. Seine Hände ruhten auf meinen Hüften. „Na los, Jon. Mach’s ihm. Er ist heute echt ein nerviger, autoritärer Blödmann. Geschähe ihm ganz recht. Außerdem will er’s doch. Oder?“

Jon senkte den Kopf und küsste Pete auf den Mund. Es war ein langer, genüsslicher Kuss, als müssten sie irgendwem etwas beweisen. Inzwischen waren die meisten Anwesenden zu uns gekommen und sahen zu, was wir trieben. Es war ziemlich leise; der Fernseher brabbelte vor sich hin, aber keiner nahm Notiz davon.

Jennifer schob meine Hand beiseite. Wir beobachteten die beiden Männer, die ganz mit sich beschäftigt waren. Ich rieb mich derweil an Ivans Schwanz, woraufhin er unter mir erbebte. Ich glaube, es war ein Lachen, auch wenn es genauso gut Anspannung gewesen sein könnte.

Pete stöhnte. Seine Beine zuckten, und er legte seine Hand

auf Jons, als wollte er ihn in die richtige Richtung führen.

Und dann drehte er sich weg und grinste. Seine Hose war ziemlich ausgebeult. „Du hast echt gedacht, ich könnte gleich kommen? Träum weiter. Ich brauch jetzt ein Bier."

Jon drehte sich auf den Rücken. Er keuchte. Sein Schwanz war vollständig steif und drückte gegen die dünne Baumwolle seiner Jogginghose. Er streichelte sich selbst. „Verflucht, dabei wär's einen Versuch wert gewesen. Oh ja." Ein Stöhnen. „Oh ja, ich … Hey Pete, holst du mir auch ein Bier?"

Wir lachten, und einige applaudierten sogar. Ein paar Klatscher kamen von der Galerie über unseren Köpfen. Ich blickte nach oben und sah eine Handvoll dunkler Gestalten, die sich dort versammelt hatten. Das spärliche Licht wurde von Pailletten und glänzendem Stoff reflektiert. Erst jetzt erkannte ich, dass die da oben Masken trugen.

„Komm, wir gehen aufs Klo", sagte Jennifer und zog mich an der Hand hoch.

„Ich gehe eigentlich immer allein", widersprach ich. Ich ging trotzdem mit. Irgendwie waren wir wohl wieder in der Mittelstufe und in der Pubertät angekommen.

Wir kamen an Lindy vorbei, die uns fragte, ob wir Pete wohl sagen könnten, dass sie inzwischen echt dringend aufs Klo musste. Jennifer machte ein lautes, zischendes Geräusch, was ich irgendwie ziemlich gemein fand. Die arme Lindy umklammerte verzweifelt ihren Schritt.

Oh ja, es war echt wieder so wie früher in der Schule. Es gab zwischen den Klos nur niedrige Trennwände und ein paar Urinale im selben Raum. Dafür lag aber teure, italienische Seife neben einem Waschbecken, das nur eine schwarze Glasschüssel auf einem Sockel war. Daneben stand eine üppig blühende Orchidee in einem Keramikübertopf. Jennifer drückte meine Finger gegen ihren Schritt. „Erzähl's niemandem", flüsterte sie. „Lass mich kommen, bitte!"

Sie rieb sich heftig an meiner Hand, und mein Daumen

fand ihre Klit, die sich weich und groß anfühlte.

„Was ist denn hier los?" Ivan kam herein. „Du kleine, dreckige Schlampe, Jennifer. Darf ich zusehen?"

„Nein. Du verrätst uns sonst noch", antwortete Jennifer. Sie trat an eines der Urinale und schob ihren Slip beiseite. Fröhlich summend erleichterte sie sich.

„Ich lass mich jedenfalls mit dir nicht auf einen Pinkelwettbewerb ein", sagte Ivan. Trotzdem stellte er sich vor das Becken neben ihrem. „Das nennst du einen Penis? Der ist erbärmlich. Hey Jo, hast du Lust, Scrabble zu spielen? Oder willst du lieber einen Film gucken?"

„Klar, ich bin gleich wieder da." Ich zog mich in eine der alles andere als privaten Kabinen zurück und pisste wie ein Pferd. Entweder aus Mitgefühl mit Lindy oder aus unerfüllter Sehnsucht nach einem Orgasmus.

„Das klingt wirklich sehr verdorben", sagte Mr D. am nächsten Abend. Auf dem Monitor beobachtete ich die tanzenden Linien von einem Stück von Mahler. „Und was ist dann passiert? Hat … Lindy? So hieß sie doch. Hat sie es ausgehalten?"

„Ach ja, Lindy. Pete – er war es, der sich an diesem Abend aufspielte, als gehörte ihm der Laden – hat nach einem großen Krug Wasser und ein paar Gläsern geschickt. Sie musste jedem von uns ein Glas einschenken. Und dann ist sie aufs Klo gerannt, die Hände zwischen die Beine gepresst."

Arme Lindy. Diese Episode war gleichermaßen grausam und faszinierend gewesen. Auf jeden Fall auf eine düstere Art komisch. Sie war den Tränen nahe gewesen, aber zugleich hatte sie beinahe hilflos gekichert, weil sie in dieser Zwangslage steckte. Der Krug hatte in ihrer Hand gezittert. Und ich glaube, einmal hat sie sich ein bisschen in die Hose gemacht, als sie den Krug auf einen Tisch knallte und so entsetzt wirkte. Sie hatte die Schenkel fest zusammengedrückt, und ihr Gesicht war knallrot angelaufen. Aber sie hatte die Beherrschung zurückerlangt und alle Gläser mit Wasser gefüllt, während Pete und die anderen sie verspotteten.

Als sie zur Toilette rannte, hatte sich einer der Männer ihr mit ausgebreiteten Armen in den Weg gestellt, als wollte er sie aufhalten. Sie hatte ihn angeschrien und einfach geschlagen. Ich konnte es ihr kaum verdenken.

„Und hast du den Abend dort genossen?", fragte Mr D.

„Ja. Aber ich habe mich die ganze Zeit so gefühlt, als ob …" Ich suchte nach den richtigen Worten. „Danach war ich unglaublich geil und erregt, aber ein Teil dieser Erregung rührte allein daher, dass ich mich so schamlos verhalten durfte. Es hat mir gefallen, den Männern beim Rummachen zuzusehen. Ich habe es gemocht, im Mittelpunkt zu stehen und zu wissen, dass ich jemanden quälen durfte und mich wie eine Schlampe verhalten konnte. Aber das ist nicht das echte Leben. Es ist, als würde ich mit anderen ungezogenen Kindern spielen. Das ist nicht mehr als eine Fantasie." Ich musste wieder an Kimberlys Worte denken. *Lass es mich wissen, wenn du für ein paar Stunden die Fantasien hinter dir lassen und wieder am echten Leben teilhaben willst, ja?*

„Aber es klingt nach einem sicheren Ort, an dem man sich so verhalten darf", wandte Mr D. ein.

„Vermutlich. Aber was mich am meisten beunruhigt, ist, dass ich einen Orgasmus haben wollte, um zu sehen, was sie dann mit mir machen würden."

„Und dann auch noch vor den Augen aller Anwesenden zu kommen … Ich kann mir vorstellen, wie reizvoll die Vorstellung für dich ist."

„Ja, genau. So bin ich." Ich musste lachen.

„Ist auf dem Weg nach Hause irgendwas passiert?"

Ich wusste, was er meinte. „Nein, aber es hat Spaß gemacht, mit einer Limo abgeholt und herumkutschiert zu werden."

„Du musst dich ja geradezu danach verzehrt haben, endlich kommen zu dürfen."

„Das habe ich. Ich bin mitten in der Nacht aufgewacht, weil ich ein Zucken meiner Möse spürte. Kein Orgasmus, sondern eher das Entstehen von Erregung." Ich drückte meine Hand in den Schritt und spürte, wie die Muskeln in mir sich zusammenzogen.

„Du meinst", er räusperte sich, „du willst doch nicht behaupten, du wärst seitdem nicht gekommen? Du bist seit fast vierundzwanzig Stunden in diesem Zustand? Es klingt, als würdest du irgendeine fernöstliche Religion praktizieren."

„Nein. Ich wollte für dich kommen. Ich wollte warten, bis du mich darum bittest. Bis du mir sagst, was ich tun soll." Meine Stimme wurde zu einem Flüstern.

Und er sagte mir, was ich tun sollte.

Ich gehorchte.

11. KAPITEL

Kimberly antwortete weder auf meine E-Mails noch auf meine SMS, und im Sender war die Tür zu ihrem Büro die meiste Zeit geschlossen. Ich vermisste sie, aber es gab so vieles, das ich ihr nicht sagen konnte oder wollte. *Ach ja, ich hatte übrigens kürzlich Telefonsex. Ich weiß schon, das ist voll achtziger. Noch dazu im Sender mit einem Typen, den ich noch nie getroffen habe und nie treffen will. Und ich bin einem Sexklub beigetreten, wo richtig heiße Leute miteinander rummachen und sich wie Kinder benehmen und total albern sind. Und das nur, um dem Typen am Telefon davon zu erzählen.*

Andererseits gab es da noch jemand anderen, mit der ich mich treffen konnte, falls ich mich nach Gesellschaft sehnte. Ein paar Tage lang hatten wir das Katz-und-Maus-Spiel aus Anrufen und Rückrufen gespielt, ohne einander zu erreichen – bis wir beide aufgaben. Aber ich hatte sie von Anfang an gemocht: Liz Ferrar, die ich in der Sinfonie kennengelernt hatte. Und ich war mir ziemlich sicher, dass sie mich nicht einladen würde, mit ihr zusammen aufs Klo zu gehen, damit sie mein Höschen runterziehen und es mir mit dem Mund besorgen konnte. Ich brauchte wieder etwas mehr Wirklichkeit. Die Begegnung mit Erwachsenen, nicht mit halb nackten Sexbesessenen (ich konnte es kaum erwarten, wieder hinzufahren).

Ich schrieb ihr eine E-Mail und lud sie zum Mittagessen oder zu einem Kaffee ein, je nachdem, was ihr Terminplan erlaubte. Sie rief mich kurz darauf zurück, und wir glichen unsere Terminpläne ab. Mittags war sie meist beschäftigt, und ich konnte weder zum Frühstück noch zum Abendessen Zeit freischaufeln, weil ich bis spät nachts im Sender war.

„Oder wir können es diesen Samstag machen“, schlug sie vor. „Magst du Kinder?“

„Klar. Aber eigentlich sagen die Leute nie, wenn sie Kinder nicht mögen."

Sie lachte. „Manchmal wünschte ich, die Leute würden das tun. Ich gehe Samstagnachmittag mit ein paar Kindern aus dem Frauenhaus in den Park, damit ihre Mütter mal durchschnaufen können. Es ist lustig, und wir können ganz in Ruhe reden, wenn die Kinder spielen. Danach könnten wir auch noch einen Happen essen. Patrick kommt manchmal auch mit und spielt mit den Kindern."

„Patrick?" Ich war nicht sicher, warum mich das so sehr überraschte.

„Die Kinder vergöttern ihn. Sie vermissen ihre Väter. Es ist egal, wie schlecht sie von diesen Männern behandelt wurden, sie vermissen sie. Und für die Kids ist es gut, wenn sie Kontakt zu einem anständigen Mann haben."

Ich nahm ihre Einladung hocherfreut an. Ich konnte mir kaum etwas Heilsameres und Bodenständigeres vorstellen, auch wenn Patrick vielleicht ebenfalls dort war (ihm war ich zuletzt auch aus dem Weg gegangen).

Samstag war ein heller, strahlend sonniger Tag, und obwohl ich eigentlich gerne mit dem Fahrrad die paar Meilen zum Park gefahren wäre, nahm ich das Auto. Liz und ich wollten anschließend ja noch essen gehen. Als ich ankam, waren ein paar Frauen mit ihren Kindern auf dem Spielplatz. Es war ein ziemlich neuer Spielplatz mit großem Klettergerüst und mit Holzschnitzeln statt Sand, damit die Kinder weicher fielen. Außerdem gab es Schaukeln und eine Rutsche.

Ich spazierte zu dem angrenzenden Gemeindezentrum und schaute, ob jemand da war. Meine Erfahrung mit kleinen Kindern beschränkte sich darauf, dass sie ausnahmslos sofort aufs Klo mussten, wenn man irgendwo mit ihnen ankam, egal wie kurz die Fahrt gewesen war. Der Gestank von Chlor, der vom Schwimmbecken heraufdrang, war stechend, und die Leute strömten mit ihren Sporttaschen in der Hand rein und raus.

Ein Kerl kam mir bekannt vor. Er war groß und schlaksig und hatte das lange, braune Haar zu einem Pferdeschwanz gebunden. Für einen Moment konnte ich ihn nicht einordnen; erst dann erkannte ich ihn als Ivan von der besagten Nacht. Unsere Blicke trafen sich. Er lächelte leicht, zwinkerte mir kurz zu und ging dann wortlos an mir vorbei, als wären wir Fremde. Natürlich befolgte er nur die Regeln der Gesellschaft.

Ein großes Fenster bot einen Blick in die Turnhalle. Ein paar Leute arbeiteten mit Gewichten oder an den Maschinen, und in der Ecke drosch ein Typen unablässig auf einen Boxsack ein.

Ich schaute ein zweites Mal hin. Es war Patrick. Er trug ein T-Shirt und eine dieser Hosen, die Männer gerne zum Sport anziehen und die wie eine Mischung aus Shorts und Jogginghose aussehen. Er schwitzte leicht, als er zurücktrat und sich duckte. Seine Hände steckten in Boxhandschuhen und trafen zielsicher auf den Boxsack. Ich beobachtete, wie er leichtfüßig wieder an den Boxsack herantänzelte und eine rasche Folge von kurzen, schnellen Schlägen landete. Seine Arme waren nur verschwommen zu erkennen, so schnell bewegte er sich. Bisher hatte ich ihn nicht als einen besonders sportlichen Typen betrachtet. Er machte einen ganz fitten Eindruck, und ich hatte geglaubt, er sei einer von der Sorte, die von Natur aus eher schlaksig sind. Mir gefiel, was ich sah. Ich bewunderte seine eleganten Bewegungen und seine ordentliche Fußarbeit. Den Ausdruck höchster Konzentration auf seinem Gesicht.

Er blickte auf und ließ von dem Boxsack ab, der auf ihn zuschwang. Jetzt entdeckte er mich.

Ich war davon überzeugt, der Boxsack würde ihm direkt ins Gesicht knallen, aber er hob eine Hand und fing den Sack mit einer präzisen, knappen Handbewegung auf. Er grinste und hob grüßend die andere Hand. Dann ließ er den Sack los, der sich sanft im Kreis drehte.

Ich hörte das Lärmen von Kindern und entdeckte nun Liz, die mit einer anderen Frau und einem halben Dutzend schnatternder Kinder in das Gemeindezentrum kam. Liz hob grüßend eine Hand und zeigte Richtung Toiletten. Wie ich es mir gedacht hatte.

Nach ein paar Minuten ging die Tür zur Turnhalle auf, und Patrick gesellte sich zu mir. Er hatte einen Rucksack in der Hand. „Liz hat mir erzählt, du wärst heute hier", sagte er.

„Ich wusste nicht, dass du boxt." Er roch nach männlichem Schweiß. Ich fand diesen Geruch beunruhigend anziehend.

„Das mach ich eigentlich gar nicht. Es ist toll, so ein bisschen die Spannung abzubauen, indem ich auf ein regloses Objekt einschlage. Ich mach manchmal auch Gewichte."

Ich sah seine muskulösen Arme jetzt mit ganz anderen Augen. Er zog einen Kapuzenpulli aus seinem Rucksack und zog ihn über den Kopf. In diesem Moment strömten die Kinder aus der Toilette und liefen auf Patrick zu. Sie schlangen die Arme um seine Beine, zogen an seinem Pulli und redeten alle auf einmal auf ihn ein. Er hob ein kleines Mädchen hoch, das eine ganze Sammlung pink- und lilafarbener Spangen im Haar hatte. Umringt von den anderen Kindern ging er nach draußen.

„Er ist so süß mit den Kindern", sagte Liz. Wir folgten der Gruppe nach draußen. „Wirklich schade, dass ich zu alt für ihn bin." Rasch fügte sie hinzu: „Und verheiratet bin ich auch. Das darf ich nicht vergessen."

„Und er ist mein Mieter", sagte ich halb im Scherz. „Er war eine Zeit lang mit meiner besten Freundin Kimberly zusammen."

„Das war Kimberly? Er ist wirklich sehr diskret", sagte Liz. „Sie kann sich glücklich schätzen."

Sie stellte mich der anderen Frau vor. Sharon arbeitete auch im Frauenhaus. Patrick stellte seinen Rucksack auf einer Bank ab und ging mit den Kindern aufs Klettergerüst.

Wir unterhielten uns derweil. Ich erzählte Liz, dass ich eine Zeit lang mit Willis ausgegangen sei, doch ich verschwieg ihr alle entsetzlichen Details. Sie lachte verlegen und verzog das Gesicht.

„Er ist gar nicht so schlimm, wenn man ihn erst mal kennenlernt", versicherte ich ihr. „Ein Großteil seiner Prahlerei ist schlicht und ergreifend Show."

„Hat Kimberly ihm inzwischen Geld abpressen können?"

„Ich glaube nicht. Erwartest du noch jemanden?" Mir entging nicht, wie ihre Augen herumhuschten.

„Tut mir leid. Macht der Gewohnheit." Sie lachte. „Man gewöhnt sich so schnell daran, immer auf der Hut zu sein, damit nicht plötzlich ein Elternteil auftaucht, dem der Umgang mit den Kindern verboten ist. Manchmal erzählt eine der Frauen ihrem Mann sogar, wo das Frauenhaus ist. Und dann kommt es meistens zu Problemen. Für die Frauen ist es schwer, eine schreckliche Beziehung zu beenden und zugleich mit der Trauer und Wut ihrer Kinder umzugehen."

Patrick winkte mir vom Klettergerüst aus zu. Er hielt sich nur mit einer Hand fest, während die Kinder an seinen Beinen zogen.

Ich lief zu ihnen hinüber, sprang ebenfalls auf das Gerüst und schwang meine Beine über eine Stange, um kopfüber zu hängen.

„Das ist meine Freundin Jo", sagte Patrick und ratterte die Namen der Kinder herunter, die mich anstarrten.

„Die Lady ist ganz schön albern", bemerkte das Mädchen mit den bunten Spangen im Haar nach kurzem Nachdenken.

„Ich will das machen, was die Lady macht!", quengelte ein kleiner Junge. Patrick rutschte gehorsam auf den Boden, um den Jungen hochzuheben.

Ich schwang mich ebenfalls vom Gerüst, um die Kinder nach oben zu heben und sie festzuhalten, während sie herumschwangen. Schon bald drängten sie sich um mich und brachten mir überraschend große Zuneigung entgegen. Auch wenn diese Kinder unglaublich viel durchgemacht hatten, konnten sie Fremden doch immer noch mit Vertrauen und Zuneigung begegnen.

Ich nahm ein paar Kinder mit zu den Schaukeln, wo Liz sich zu uns gesellte. Wir stießen ein paar fröhlich kreischende Kinder bis hoch in den Himmel.

„Oh Scheiße", sagte sie plötzlich leise.

Ich folgte ihrem Blick. Ein Wagen hielt auf dem Parkplatz. Er stand schräg und der Motor lief noch. Zwei Typen stiegen aus, und kurz fürchtete ich, die beiden könnten bewaffnet sein.

Aber das kleine Mädchen mit den Haarspangen rannte auf die Männer zu. „Daddy!"

Sharon lief zu dem Klettergerüst und trieb die Kinder zusammen, während Liz und ich die Schaukeln ausbremsten.

„Ruf 911 an", sagte sie an mich gewandt. „Er verstößt gerade gegen seine einstweilige Verfügung. Kinder! Kommt, wir gehen jetzt ins Gemeindehaus. Yolanda! Sag Hallo zu deinem Daddy, und komm dann bitte auch her."

Während ich wählte, beugte sich einer der Männer in den Wagen und holte ein riesiges Stofftier heraus, das so groß war wie seine Tochter. „Baby", lockte er. „Schau mal, was dein Daddy für sein kleines Mädchen mitgebracht hat."

Yolanda blieb stehen. Ich glaube, die Größe und die riesigen Knopfaugen des Kuscheltiers erschreckten sie.

Der Fahrdienstleiter in der Notrufzentrale bat mich, zu warten, und während ich redete, ging ich langsam Richtung Parkplatz. Liz rannte vor mir her, aber es war Patrick, der zuerst dort ankam. Er legte eine Hand auf Yolandas Schulter. „Sag Hallo, und komm dann mit. Die anderen sind auch schon drinnen."

„Mein Daddy." Yolanda steckte den Daumen in den Mund.

Aber jetzt war ich nahe genug herangekommen, um zu sehen, dass sie verängstigt wirkte.

„Mr Harris, Sie verstoßen gerade gegen die gegen Sie erlassene einstweilige Verfügung. Wir haben die Polizei gerufen", erklärte Liz. „Wenn Sie jetzt verschwinden, bekommen Sie keine Schwierigkeiten."

„Halt die Klappe, du dreckige Schlampe. Das ist mein kleines Mädchen." Harris taumelte auf das Mädchen zu. Das monströse Stofftier hielt er in einer Hand von sich gestreckt. Ich fragte mich, ob er high oder doch eher betrunken war. „Daddy hat ein Geschenk für dich, kleines Mädchen. Du kannst mit Daddy ein kleines bisschen im Auto rumfahren."

„Halten Sie sich von ihr fern!" Patricks Stimme war scharf und hatte einen Befehlston angenommen, der mich überraschte. Er schob sich vor Yolanda und nahm seine Brille ab. Er steckte sie in die Hosentasche.

„Wer zum Teufel bist du denn, Alter?" Harris schien ihn erst jetzt zu bemerken.

„Daddy!" Yolanda heulte, als Liz sie hochhob. Verzweifelt wand sie sich in Liz' Armen.

„Gib sie wieder her, Schlampe!"

„Lass sie in Ruhe!", befahl Patrick. Harris wollte sich auf Liz und Yolanda stürzen.

Ich hörte die Sirenen in der Ferne und beschwor die Polizei in Gedanken, sich zu beeilen. Liz drehte sich mit der heulenden Yolanda in den Armen um und rannte auf das Gebäude zu. Das Mädchen versuchte, sich ihrem Griff zu entwinden.

Harris' Kopf drehte sich zur Seite. Jetzt hörte er die Sirenen auch.

„Fick dich!", brüllte er und holte mit einem muskulösen Arm aus. Patrick fiel auf den asphaltierten Parkplatzboden und lag reglos da. Harris und sein Begleiter sprangen wieder in den Wagen und fuhren mit quietschenden Reifen davon.

„Er hat jemanden niedergeschlagen! Sie fahren jetzt weg!"

Ich klappte mein Telefon zu und rannte zu Patrick, der sich aufzusetzen versuchte. Sein Gesicht war blutüberströmt.

„Verdammt", sagte er und wischte durch das Blut.

„Geht es dir gut?", fragte ich. Das war vermutlich eine der dümmsten Fragen, die ich in meinem Leben bisher gestellt hatte.

Die Sirenen wurden lauter. Ein Polizeiwagen und ein Rettungswagen fuhren vor. Ein anderes Polizeiauto schoss mit kreischenden Sirenen am Park vorbei. Vermutlich machten sie sich an die Verfolgung von Harris. Rettungshelfer schoben mich beiseite und begannen, Patrick mit Fragen zu bombardieren. Er stand auf und weigerte sich, von ihnen auf die Trage verfrachtet zu werden, die sie rasch ausluden.

Liz tauchte wieder aus dem Gebäude auf. „Ich muss die Kinder zurück ins Frauenhaus bringen", sagte sie. „Geht's Patrick gut?"

Ich schaute ihn an. Er saß auf der Trittstufe des Rettungswagens und drückte ein Kühlpack gegen sein Gesicht, während die Rettungshelfer um ihn herumstanden. „Er ist gerade noch gelaufen. Also vermute ich, er ist okay."

„Das tut mir so leid, Jo. Wir holen das Essen ein andermal nach, einverstanden?"

Ich umarmte sie und versicherte ihr, dass es keinen Grund gab, sich für irgendwas zu entschuldigen. Yolanda stand neben Liz. Sie klammerte sich an sie und hatte den Daumen wieder im Mund.

Liz redete kurz mit dem Polizisten und gab ihm ihre Karte. Dann gingen Sharon und sie mit den Kindern zum Minivan, mit dem sie gekommen waren. Einige Kinder weinten.

Jemand zupfte an meinem Arm. Ich versuchte, mich an den Namen des Jungen zu erinnern. Maurice, genau. Maurice hatte als Erster kopfüber vom Klettergerüst hängen wollen. „Der böse Mann hat Patrick Aua gemacht."

„Ja. Aber es geht ihm wieder gut."

„Wird sich seine Momma um ihn kümmern?"

„Ich glaube, seine Momma wohnt sehr weit weg. Aber ich bin seine Freundin. Ich werde mich um ihn kümmern."

Maurice schien beruhigt und rannte zu den anderen.

Ich holte Patricks Rucksack von der Bank und ging zu ihm. Er diskutierte immer noch mit den Rettungshelfern.

„Scheiße, nein! Meine Nase ist nicht gebrochen, und ich war auch nicht bewusstlos. Es geht mir gut, und ich werde auf keinen Fall ins Krankenhaus gehen. Danach würde mein Kassenbeitrag nur in die Höhe schießen."

„Sie könnten eine Gehirnerschütterung haben, Sir. Sie haben da eine ziemlich üble Beule am Hinterkopf, und Sie dürfen auf keinen Fall selber nach Hause fahren."

Ich legte die Hand auf seinen Arm. „Ich bringe dich nach Hause, Patrick. Aber ich finde auch, dass du ins Krankenhaus mitfahren solltest."

„Auf keinen Fall."

Ich überließ ihn dem Streit mit den Sanitätern und ging wieder ins Gemeindehaus. Dort machte ich meine Aussage und ärgerte mich über meine Dummheit. Warum war ich eigentlich nicht auf die Idee gekommen, mir das Nummernschild zu merken?

„Wir haben sie sechs Blocks die Straße runter erwischt, Ma'am", berichtete der Polizist mir. „Wir kennen Harris. Wir können ihn ein paar Tage wegsperren, weil er gegen die Auflagen der einstweiligen Verfügung verstoßen hat. Aber dann ist er sofort wieder draußen und macht in Kürze wieder Probleme. Viel mehr können wir leider nicht tun."

Ich dankte ihm trotzdem und ging wieder nach draußen. Patrick drückte jetzt ein Kühlpack gegen den Hinterkopf und unterschrieb mit der anderen Hand ein Formular. Er sah mich an. „Ich übernehme grad die volle Verantwortung, wenn ich nicht ins Krankenhaus gehe", sagte er. „Wenn ich tot umfalle, kann keiner es ihnen zum Vorwurf machen."

„Großartig, dann kann ich deine Kaution behalten. Können wir los? Deinen Rucksack habe ich schon geholt."

Er nickte und stand auf. Ich umfasste seinen Ellbogen. Die Sanitäter gaben mir noch seine Durchschrift vom Formular mit, auf dem eine beängstigende Liste der Symptome stand, die eine Gehirnerschütterung mit sich bringen konnte. „Passen Sie die nächsten vierundzwanzig Stunden bitte gut auf Ihren Freund auf. Es wird ihm vermutlich gut gehen, aber wir sind lieber vorsichtig, wenn sich jemand eine Kopfverletzung zuzieht."

„Ja, natürlich. Danke." An Patrick gewandt sagte ich: „Warte hier. Ich hole den Wagen."

Er sah mich perplex an und blinzelte. „Machst du Witze? Das sind doch nur zehn Meter. Ich kann die auch laufen."

Er schüttelte meine Hand ab und zog die Brille aus der Hosentasche.

Jetzt wurde mir auch klar, warum er die Brille vorhin abgenommen hatte. Ich schloss die Beifahrertür auf. „Du hast gewusst, dass er dich schlagen würde."

„Ich dachte, es sei durchaus wahrscheinlich. Eine Brille kostet viel Geld." Er sank in den Sitz. „Deine Windschutzscheibe ist dreckig."

„Ja, ich weiß." Ich hob die Hand. „Wie viele Finger sind das?"

„Sieben. Himmel, Weib! Nun fahr schon."

Ich kicherte, weil er mit breitem, irischem Akzent sprach. „Ich glaube, ich habe noch ein paar Tiefkühlerbsen zu Hause."

Er blinzelte mich verwirrt an. „Warum erzählst du mir das?"

„Damit du weiter kühlen kannst."

„Ach so, okay. Danke."

Wir fuhren schweigend, bis ich ein paar Minuten später zu Hause in der Einfahrt hielt. „Ich kann das Feuer im Kamin anmachen. Möchtest du dich aufs Sofa legen? Ich habe eine ziemlich große DVD-Sammlung und …“

„Willst du für mich etwa jetzt die Florence Nightingale geben?“

„Ich kann mich nicht erinnern, ihnen erzählt zu haben, dass du mein Freund bist. Freund im Sinne von Partner, meine ich. Aber jemand anderes hat das getan.“

„Stimmt.“ Er berührte seinen Hinterkopf und verzog schmerzlich das Gesicht. „Na ja, also es war so, sie haben so sehr darauf beharrt, mich mitzunehmen, weil sie dachten, ich lebe allein. Darum habe ich ihnen ein bisschen was vorgeflunkert.“

„Ein bisschen was vorgeflunkert.“ Ich stieß die Fahrertür auf. „Warum hast du mich nicht einfach gefragt, ob ich für dich da bin?“

Er stieg aus und reckte sich, als seien seine Muskeln in den wenigen Minuten im Wagen steif geworden. „Es war eine spontane Eingebung. Tut mir leid. Mir fiel auf die Schnelle nichts Besseres ein.“

Jetzt kam ich mir undankbar vor. „Nein, ist schon in Ordnung. Ich hätte es ohnehin angeboten. Aber eigentlich wollte ich heute Abend noch ausgehen … Egal. Das sage ich ab.“

„Nein, bloß nicht! Du brauchst nicht meinetwegen deine Pläne über den Haufen zu werfen. Ich brauche erst mal eine Dusche.“ Er nahm seinen Rucksack und stieg die Treppe hinauf.

„Wirst du … also, glaubst du, dass das gut geht?“

Patrick blieb stehen. „Du kannst gerne mit nach oben kommen und mir den Rücken schrubben. Aber es geht mir wirklich gut. Das Feuer im Kamin und die Filme klingen echt super. Danke für das Angebot.“

Er kam später wieder nach unten. Jetzt trug er eine saubere Trainingshose und ein Flanellhemd. Ich schob ihn aufs Sofa und deckte ihn mit einem Quilt zu. Dazu gab es zwei Packungen Tiefkühlerbsen, und ich präsentierte ihm meine

DVD-Sammlung. Er wirkte irgendwie still, aber das war schwer zu beurteilen. Patrick war sonst auch eher von der ruhigen Sorte.

In der Küche suchte ich im Tiefkühlfach nach dem Rest Suppe, den ich vor einigen Wochen eingefroren hatte, und einem Rosinenbrot. Ich wollte nicht die ganze Nacht damit verbringen, Patricks Pupillen zu beobachten, falls sie irgendwann unnormal groß wirkten. Aber ich konnte ihm wenigstens was zu essen machen.

Als ich das Tablett ins Wohnzimmer brachte, drang vertraute, leichte Klaviermusik an meine Ohren.

Er blickte auf. Mit einer Hand streichelte er Brady, dessen zufriedenes Schnurren ich noch am anderen Ende des Raums hören konnte. „Es macht dir doch nichts aus, oder?" Er zeigte auf den Fernseher. Von allen Videos und DVDs, die er hatte aussuchen können, hatte er sich ausgerechnet für ein altes Privatvideo entschieden.

Ich schüttelte den Kopf und stellte Suppenschüsseln, Brot und Butter auf den Tisch. Ich versuchte, nicht auf den Bildschirm zu schauen. Aber als ich mich setzte, gingen meine Füße automatisch in die Ausgangsposition, tippten und bewegten sich. Auch meine Finger bewegten sich im Rhythmus der Schritte.

„Das war die Aufführung im ersten Studienjahr", sagte ich. Und dann fügte ich hinzu: „Warum hast du nicht zuerst zugeschlagen?"

Er setzte sich auf und schob Kater und Quilt beiseite. Seine Fäuste waren geballt. „Weil kein Kind sehen will, wie sein Vater blutend auf dem Boden liegt. Selbst wenn er ein Arschloch ist und besoffen wie ein Stier."

Anscheinend hatte ich die Büchse der Pandora geöffnet. „Tut mir leid. Ich wollte nicht …"

Er sank nach hinten, und Brady setzte sich sofort wieder auf seine Knie und tretelte ihm schnurrend auf den Oberschenkeln herum. Er streichelte den Kater, und das Schnurren wurde lauter.

„Hier. Hühnersuppe mit Nudeln." Ich gab ihm eine Schüssel.

Er lächelte. „Lecker. Du bist wirklich gut auf schlecht gelaunte Kranke eingestellt. Tut mir auch leid. Ich wollte nicht so eklig zu dir sein. Und ja, irgendwie hast du da wohl einen wunden Punkt erwischt. Aber das konntest du ja nicht wissen." Er drückte auf der Fernbedienung Pause. Die kleine Gestalt auf dem Bildschirm erstarrte in einem wilden Flackern. „Und? Willst du die Geschichte hören?"

12. KAPITEL

Er hatte gewusst, dass sie Ja sagen würde. Aber er hatte sich einlullen lassen von dem bequemen Sofa und dem Schnurren des Katers. Sie hatte ihn quasi überrumpelt. Er wusste nicht, wo er anfangen sollte, denn es war wichtig, wie er die Geschichte begann. Damit bestimmte er, wie sie den Rest sah, und das Ende vom Ganzen wurde entscheidend davon beeinflusst, was er zu Beginn sagte. Er war nicht mal sicher, ob die Geschichte schon zu Ende war, denn die Sache ging immer noch weiter. Man tat, was man konnte, und hoffte einfach, dass man es dieses Mal nicht vollkommen versaute.

Er rührte in der Suppe herum. „Lecker."

„Danke."

„Es ist jetzt nicht so wie in *Die Asche meiner Mutter* oder so. Eine kleine, nette Mittelklassefamilie aus der Nähe von Dublin, das waren wir. Lebten in einem alten Haus aus dem 18. Jahrhundert, das mit seiner bröckelnden Schönheit und einem Geist auf dem Dachboden einen besonderen Reiz hatte. Wir hatten auch ein bisschen Land. Meine Schwestern besaßen Ponys. Mein Da war ein Stipendiat am Trinity College gewesen, meine Mum Ärztin. Beides kluge, hochgebildete Leute. Mein Da ist echt ein feiner Kerl. Es sei denn, er trinkt; dann ist er ein ziemlicher Scheißkerl. Ein gewalttätiger Scheißkerl. Und auch wenn meine Mutter so klug war und gebildet und all das – sie unterschied sich im Grunde nicht von den Frauen, die sich ins Frauenhaus flüchten, die armen, dummen Seelen. Sie wusste auf der rationalen Ebene, was er tat. Und sie akzeptierte es. Ich hingegen lernte schnell, mich zur Wehr zu setzen, damit er seinen Frust nicht an mir ausließ, wenn er betrunken war. Und das war ein Fehler."

„Warum?" Sie wartete auf seine Antwort. Ihr Löffel verharrte auf halbem Weg zum Mund.

„Wenn er einen von uns Kindern geschlagen hätte, hätte

sie ihn vielleicht eher verlassen."

„Das glaubst du wirklich?"

„Ich habe ihn einmal niedergeschlagen, und sie warf sich verrückt kreischend auf mich, als hätte ich ihn umbringen wollen." Er schmierte Butter auf ein Stück Brot. „Sie hat ihn verlassen, und ich ging kurz darauf in die Staaten. Ein Jahr vorher hatte ich Elise kennengelernt, und wir wollten heiraten. Ich dachte, ich hätte einen klaren Schnitt gemacht. Aber du schaffst es nie, einen klaren Schnitt zu machen, wenn's um die Familie geht."

„Das tut mir sehr leid." Es war die angemessene Antwort, aber hinter den Worten glaubte er, eine tiefe Zuneigung zu spüren.

„Danke."

„Darum engagierst du dich also ehrenamtlich für das Frauenhaus", fügte sie hinzu.

„Ja. So eine Art Abbitte für die Sünden meines Vaters. Und ich mag die kleinen Kinder. Ich vermisse es, meine Nichten und Neffen beim Aufwachsen begleiten zu können. Es sind inzwischen acht. Wir sind ein fruchtbarer Haufen."

„Und darum trinkst du nicht."

„Genau. Alkohol trinken ist nicht gerade klug, wenn man meine Gene hat."

„Weißt du, es gibt Selbsthilfegruppen für erwachsene Kinder, deren Eltern Alkoholiker …"

„Nein. Kommt nicht infrage." Er zeigte mit dem Finger auf sie. „Hör zu, Jo, ich habe das versucht, und es gab nur einen zweiten Mann in der Gruppe. Die Hälfte der Frauen hat mich angebaggert."

Sie kicherte. „Nun bilde dir bloß nichts ein."

„Ich fand es irgendwie obszön. Und erwachsene Kinder … Du meine Güte. Ich hasse diesen Begriff." Er sah einen Ausdruck über ihr Gesicht huschen, den er nicht recht deuten konnte. „Es gibt so Phasen im Leben, da muss man sich einfach zusammenreißen und allein drüber hinwegkommen. Jeder ist auf die eine oder andere Art verkorkst." Er legte die Tüte mit Tiefkühlerbsen wieder in seinen Nacken. Der Kater inspizierte seine Suppenschüssel, bis Jo ihn beiseiteschob. Dann stieg er auf Patricks Brust und kuschelte sich warm, schwer und schnurrend an ihn.

„Du kannst ihn auch einfach wegschieben, wenn er dich nervt. Noch mehr Suppe? Ich geb dir auch eine saubere Schüssel", fügte sie hinzu. „Wie wär's mit Tee? Ich habe einen, der heißt Irish Breakfast."

Er nahm den Tee, auch wenn er nicht wusste, ob das eine gute Idee war. Elise hatte immer behauptet, dass er ein Teesnob war. Dabei stimmte das gar nicht. Einmal hatte sie ihn in ein Geschäft mitgenommen, das außergewöhnliche Teesorten aus aller Welt anbot, und er hatte festgestellt, dass Tee, je teurer er war, umso mehr nach feuchtem Keller stank. Er mochte die Teesorte, die er sein Leben lang schon trank: stark genug, dass sich die Haare auf der Brust aufstellten, und mit einem ordentlichen Schuss Milch versetzt, der ihm die perfekte, cremige Färbung verlieh. Seine Großmutter hatte das immer „eine richtig gute Tasse Tee" genannt.

Erstaunlich war, dass sie es wirklich richtig hinbekam. Sie servierte den Tee mit einem eleganten Knicks, der fließend in einen Schneidersitz überging, als sie sich auf dem Teppich niederließ. Das Mädchen musste echt gewaltige Oberschenkelmuskeln haben.

„Ach, es geht doch nichts über eine irische Teezeremonie", sagte sie, als er den ersten Schluck nahm.

„Der schmeckt großartig, danke. Erzählst du mir jetzt von deiner schrecklichen Vergangenheit?"

Sie grinste. „Ich glaube, ich habe eher eine schreckliche Gegenwart."

„Nein, ich meine das da." Er zeigte auf den Fernsehschirm, der inzwischen nur noch blau war und leise rauschte. „Erzähl mir über deine Vergangenheit als Tänzerin."

„Ach ... Warum glaubst du, das sei Teil meiner schrecklichen Vergangenheit?"

„Dein Gesichtsausdruck, als du vorhin ins Zimmer gekommen bist, hat dich verraten. Die Anspannung in deinem Körper. Und mal ehrlich, ich war zu neugierig. Ich glaube, ich hätte lieber Casablanca einlegen sollen."

Sie stand auf und nahm die Fernbedienung von der Sofalehne. „Scheiße. Ich hab mich schon gefragt, wo die Casablanca-DVD ist." Sie erweckte den Videorekorder zu neuem Leben. Die verschwommene Figur tauchte wieder auf dem Bildschirm auf. Sie wirbelte, sprang und streckte sich.

„Du warst gut", sagte er.

„Nicht gut genug für New York. Und das ist im Grunde das Einzige, was zählt. Aber es hat gereicht, um hier zu studieren. Die Universität hier hat einen der besseren Lehrer außerhalb von New York." Sie ahmte die Gestalt auf dem Bildschirm nach, machte winzige Bewegungen, die genauso präzise und grazil waren wie in dem Video. „Das ist das Gedächtnis eines Tänzers. Manchmal glaube ich, die Schritte sind mir in die Knochen eingraviert. Aber ich hatte nicht den richtigen Körper fürs Tanzen."

Für mich sieht dein Körper absolut in Ordnung aus. Er hielt den Mund, weil er nicht wusste, ob sie dann beleidigt wäre oder glaubte, er habe doch einen zu heftigen Schlag an den Kopf bekommen.

„Ich habe eine zu lange Taille. Ja, das geht. Die Drehung meiner Füße war immer scheiße." Sie stellte ihre Füße mit den Fersen nach innen und den Zehen nach außen, sodass sie eine gerade Linie bildeten. „Und ich war zu schwer."

„Echt?" Er schaute sie an und blickte dann auf die Gestalt in dem Video.

„Ich hatte fünf Pfund zu viel. Immer. Und darum habe ich aufgehört." Sie flog durch den Raum, ihre Arme waren elegant in die Luft erhoben. Dann machte sie eine Drehung und schaltete den Videorekorder aus. „Ich habe hart dafür gearbeitet, aber ich habe vorher nie in einer Gemeinschaft wie dieser gelebt, in der die Mädchen so getrieben waren. Für sie gab es nur Tanzen und Kotzen. Ihre Version eines ernsten Gesprächs drehte sich allein darum, wie sie ihre Spitzenschuhe am besten pflegten oder welches Abführmittel besser wirkte. Und am Tag nach dieser Aufführung ertappte ich mich dabei, wie ich einen Riegel Schweizer Schokolade anschaute und dachte, dass ich ihn ja essen konnte, wenn ich ihn danach sofort wieder auskotzte."

„Hast du das gemacht?"

„Nein, aber es war ein schrecklicher Moment. Ich aß ihn nur, um mir zu beweisen, dass ich ihn essen konnte. Dann rief ich zu Hause an und erzählte meiner Familie, dass ich das Hauptfach wechseln wollte. Ich ging am nächsten Tag zu meinem Studienberater und wechselte zu Geschichte und im Nebenfach Kommunikationswissenschaft. Und dann ...", sie lachte, „dann aß ich wieder Schokolade und Brot. Mein Gott, das war nach all den Jahren, in denen ich mir das verwehrt hatte, eine echte sinnliche Offenbarung. Heute wiege ich zehn Pfund mehr als damals."

„Ich finde, du siehst großartig aus." Es klang ehrlich und nicht anzüglich.

„Danke." Sie setzte sich wieder. „Ich habe nur auf den Gruppendruck reagiert, und das kann schon manchmal beängstigend sein. Wir haben also etwas gemeinsam: Wir hatten beide schon mal mit Süchten zu tun. Ist also nichts Besonderes."

„Stimmt."

Sie kicherte erneut. „Vielleicht sollten wir jetzt eine Gruppenumarmung anberaumen, wie sie bei Gruppentherapien üblich sind."

Sofort fühlte er, wie sein Schwanz zum Leben erwachte.

Hastig schob er den Quilt auf seinen Schoß und wartete, was sie als Nächstes tat. Himmel, warum hatte er bei dieser Frau nur ständig das Gefühl, wieder ein Teenager zu sein?

Das Telefon klingelte. Sie lauschte eine Weile. „Oh, hallo. Nein, er ist hier, bei mir." An Patrick gewandt erklärte sie: „Es ist Liz. Sie hat sich Sorgen gemacht, weil sie dich weder übers Handy noch übers Festnetz erreicht."

„Grüß sie von mir und sag ihr, dass es mir gut geht."

„Klar." Sie lauschte wieder. „Sie sagt, Fred und sie können mit einer Pizza vorbeikommen, wenn du Lust hast. Dann können sie auf deine Pupillen aufpassen."

„Toll." Obwohl er die Gesellschaft von Liz und ihrem Mann genoss, war er ein bisschen enttäuscht, weil er keine Gruppenumarmung oder irgendwas anderes von Jo bekam.

„Und wir können *Stolz und Vorurteil* gucken", fuhr Jo fort. „Einverstanden, Patrick?"

Er nickte und wünschte im selben Moment, er habe nicht auf beide Seiten seines Kopfs schmerzhafte Schläge bekommen.

Sie legte das Telefon zurück auf die Basisstation. „Das ist doch in Ordnung? Oder hast du auf *Casablanca* spekuliert?"

„Nein, das passt schon. Ich mag Jane Austen. Und Filme sowieso."

„Wow. Ein Mann, der Austen mag." Sie schenkte ihm wieder ihr breites, strahlendes Lächeln.

„Und vermisst du es?"

„Was soll ich vermissen?" Sie sammelte seinen Teebecher auf und blickte dabei prüfend in seine Augen. Er hoffte, es ging ihr nicht nur um die Größe seiner Pupillen. „Das Ballett? Es war der größte Verlust meines bisherigen Lebens. Ich habe danach monatelang geheult. Und weißt du, was das Schlimmste war? Ich habe die fünf Pfund in der Zeit sogar verloren. Aber wie du schon sagtest, irgendwann kommt man darüber hinweg und macht einfach weiter."

Kurz darauf kamen Liz und Fred. Sie waren ehrlich besorgt um ihn, und kurz fühlte er sich daran erinnert, wie es gewesen war, wenn er mit seinen Schwestern und deren Familien zusammen war. Ein richtiger Mädchenabend stand ihm bevor, und dazu gehörte auch ein *Stolz und Vorurteil*-Marathon. Aber es machte ihm nichts aus.

„Nein, du sollst deine Pläne für heute Abend nicht ändern!", rief Liz. „Wenn du ein Date hast, geh gefälligst hin. Wir bleiben so lange bei Patrick."

„Also, ihr müsst wirklich nicht …" Er war verlegen. Aber dann erinnerte er sich an das Einzige, was er aus seiner einzigen, schrecklichen Sitzung bei der Selbsthilfegruppe mitgenommen hatte: dass er keine Angst davor haben sollte, um Hilfe zu bitten. Das bedeutete wahrscheinlich auch, dass er keine Hilfe ausschlagen sollte, wenn sie ihm schon mal angeboten wurde.

Jo pickte etwas von ihrem Stück Pizza und ertappte ihn dabei, dass er sie beobachtete. „Ich will nicht nach Knoblauch riechen", sagte sie entschuldigend, als bereute sie es schon, ihm von ihrem Flirt mit der Bulimie erzählt zu haben.

„Und wer ist der Glückliche, Jo? Du hast mir nicht erzählt, dass du dich im Moment mit jemandem triffst", sagte Liz.

Sie zuckte die Schultern. „Nur ein paar Freunde. Nichts Besonderes."

Kurz darauf verließ sie das Wohnzimmer. Er hörte das Wasser in den Leitungen rauschen und versuchte, sich nicht vorzustellen, wie sie nackt unter der Dusche stand. Er gähnte und war plötzlich ziemlich müde. Er vermutete, das waren die Nachwehen vom Schock, nachdem bisher so viel Adrenalin durch seine Adern gerauscht war.

„Geht's dir gut, Patrick?", fragte Liz und tätschelte seine Hand.

„Mir geht's gut. Ich fall schon nicht ins Koma oder so. Habe mich nur gerade gefragt, ob ich gegen Yolandas Vater

Anzeige erstatten soll. Die Cops wollten mich dazu überreden."

„Ja, das solltest du wirklich tun."

„Das arme Schwein steckt schon in genug Schwierigkeiten, ohne dass ich noch mehr Probleme mache. Wenn Yolanda mein Kind wäre, würde ich vermutlich auch ausrasten."

„Dann wärst du aber wahrscheinlich weder high noch gewalttätig." Liz richtete ihre Aufmerksamkeit wieder auf den Fernseher. „Ach, ich liebe einfach diese Szene, wenn Mr Collins in die Kutsche steigt."

Jo kam wieder nach unten. Sie trug Jeans und ein schwarzes T-Shirt und dazu glitzernde Ohrringe, die vermutlich keine Diamanten waren. Aus irgendeinem unerfindlichen Grund fühlte er sich an Aschenputtel erinnert. An die ältere Version, bei der Aschenputtel von der guten Fee die beiden Armreifen geschenkt bekommt. Die Ohrringe schienen nicht zu dem restlichen Outfit zu passen. Aber was wusste er schon, er war schließlich nur ein Mann.

Ihr Handy klingelte. Der Klingelton war eine klassische Melodie, die ihm bekannt vorkam. Sie winkte zum Abschied und war aus der Tür.

„Na, wollen wir mal gucken." Fred spähte durch die Lamellen des Rollos vom Fenster neben der Tür. „Aha. Eine Stretchlimousine."

„Cinderella geht zum Ball", sagte Liz. „Sie sah aber nicht so aus, als ginge sie zu einer Veranstaltung, bei der man mit der Stretchlimousine vorfährt."

„Sie kann schon auf sich aufpassen." Patrick wusste, dass Liz an Drogen und das Rotlichtmilieu dachte. Also an die Art Probleme, mit der die Frauen in ihrer Unterkunft zu kämpfen hatten. Die meisten von ihnen endeten schließlich auf dem Strich. Und er wusste, wie wenig die Herkunft aus einer Mittelschichtfamilie und eine Bildung halfen. Selbst gute Freunde, die einen unterstützten, konnten kaum helfen, wenn eine Frau sich auf die falsche Sorte Mann einließ.

Ihm missfiel der Gedanke, dass Jo in Schwierigkeiten stecken könnte. Und auch wenn es ihn vielleicht nichts anging, konnte er den Wunsch nicht ganz unterdrücken, ihr als Ritter auf dem weißen Pferd zu Hilfe zu eilen. Aber so was würde er nicht mehr tun. Er drängte den weißen Hengst zurück in den Stall, schloss die Tür und wandte sich wieder den vornehmen Problemen der Bennetschwestern zu.

13. KAPITEL

„Hey Jo."

Ich sah nicht, wer mir im dunklen Innenraum der Limousine gegenübersaß. Aber ich erkannte seine Stimme.

„Ivan?"

„Ja, ich bin's."

Er legte die Hand auf mein Knie. Ich fühlte mich unbehaglich. Gab es nicht diese eiserne Regel, dass wir uns außerhalb des großen Raums nicht zu erkennen geben durften? Wir hatten uns heute Nachmittag gesehen und waren aneinander vorbeigegangen, als seien wir Fremde. „Freust du dich schon auf heute Abend?"

„Ich glaube schon." Ich rutschte von ihm weg und versuchte, aus dem verdunkelten Fenster zu schauen. Wir machten noch einen Halt und nahmen eine Frau namens Judy mit, die sich sofort an Ivan kuschelte und für den Rest der Fahrt mit ihm flüsterte. Wir fuhren westwärts in die Berge. Das spürte ich, denn meine Ohren knackten leise, als wir an Höhe gewannen. Ich fragte mich, ob jemand schon mal versucht hatte, ein GPS-Gerät in die Limousine zu schmuggeln, um die genauen Koordinaten unseres Ziels herauszufinden. Das war vermutlich gar nicht so schwer, wenn man ein GPS-Gerät hatte. Ich hatte es schon mit meinem Handy versucht, aber das hatte bald keinen Empfang mehr gehabt. Ich fragte mich nicht zum ersten Mal, was wohl im Obergeschoss des Hauses abging.

Die Limousine fuhr weiter hinauf in die Berge und bog dann in eine Einfahrt. Sie rollte am Haus vorbei und ließ uns vor dem Dienstboteneingang raus. Wir gingen in den kalten Umkleideraum, wo schon ein paar andere waren und sich umzogen. Die meisten schwiegen. Es war ein bisschen so, als bewahrten wir die abfällige und widerliche Persönlichkeit für den Moment, wenn wir uns im großen Raum versammelten. In diesem kalten Umkleideraum ging es nur darum, sich darauf vorzubereiten. Ivan ließ den Gummizug seiner Boxershorts schnalzen und stolzierte vor einem mannshohen Spiegel auf und ab. Judy beugte sich vor einem anderen Spiegel nach vorne, um sich die Wimpern zu tuschen.

Ich zog die Jeans, Socken und Turnschuhe aus. Dieses Mal trug ich wieder etwas hübschere Unterwäsche: rote Seide mit schwarzer Spitze und keinen BH unter dem schwarzen T-Shirt. Irgendwie sehnte sich ein Teil von mir danach, zu Hause zu sein und mit Patrick, Liz und ihrem Mann auf dem Sofa herumzuhängen, Videos zu gucken und zu lachen. Ich hoffte, dass es Patrick gut ging, dass die kleine Yolanda sich von dem Zwischenfall erholt hatte, zumindest für den Moment. Das Mädchen tat mir leid.

„Los, beweg dich, Jo." Die Tür wurde von Pete aufgerissen. „Wenn du zu spät kommst, droht dir eine saftige Strafe."

„Leck mich", antwortete ich. Schon regte sich wieder mein trotziger Widerspruchsgeist. Ich schlenderte durch die Tür, die er ungeduldig aufhielt.

Ich ließ mir mit Absicht Zeit.

Es waren zum Großteil dieselben Leute da wie beim letzten Mal. Sie saßen aber in anderen Grüppchen zu zweit oder dritt beisammen. Das Feuer prasselte einladend, und auf dem kleinen Tisch mit Erfrischungen gab es heute eine überwältigende Auswahl Obst und Käse. Als wir eintraten, war eine Frau vom Personal in einer schwarzen Dienstmädchenuniform gerade damit beschäftigt, letzte Hand anzulegen. Sie schenkte uns keine Aufmerksamkeit.

Ich nahm mir Wein und gesellte mich zu Pete, Ivan und Lindy, die heute Abend Scrabble spielten. Ausgerechnet Lindy, die bei meinem ersten Abend in diesem Raum zutiefst gedemütigt worden war. Sie trug nur einen String und ein durchsichtiges Mieder. Pete schien heute eher heterosexuell gestimmt zu sein. Er streichelte Lindys Brüste und Schenkel, während sie ihn und Ivan die meiste Zeit ignorierte und die Hände immer beiseiteschob, wenn sie Buchstabenplättchen auf das Spielbrett legen wollte. Ich fragte mich, ob das ihre Taktik war, um unbemerkt die Spielsteine der anderen auszuspähen, oder ob sie – was wahrscheinlicher war – dieses Spiel spielten, um jemanden – mich zum Beispiel – zu einer Dummheit zu verleiten.

„Findest du nicht, Jo könnte sich ein bisschen ausgeschlossen fühlen?", fragte Pete irgendwann.

Ich lächelte nur und legte ein Wort mit Q und dreifachem Wortwert. Manchmal war eine hohe Punktzahl beim Scrabble die beste Rache.

„Ich glaube, du solltest lieber auf sie aufpassen", erwiderte Lindy.

Ivan umrundete den Tisch und stellte sich hinter mich. Er lachte, weil ich meine Spielsteine mit den Buchstaben nach unten auf die Tischplatte legte. „Baby, wovor hast du denn Angst? Du gewinnst ohnehin. Und es sind echt nicht deine Spielsteine, an denen ich so interessiert bin."

Er schnupperte an meinem Nacken. „Die beste Verteidigung ist übrigens, sich vorher um den Verstand zu masturbieren. Komm her, dann zeig ich's dir."

„Du weißt nicht gerade besonders viel über die weibliche Sexualität, kann das sein?" Ich schaute auf das Spielbrett. „Das ist doch kein Wort, Lindy."

„Ist es wohl!"

Pete schob seinen Finger unter ihren String. „Hmmm. Da wird aber jemand nass."

„Willst du sie etwa herausfordern, Jo?" Ivan schob nun seine Hand unter mein T-Shirt.

„Denkst du, das sollte ich wirklich tun?" Durch den dünnen Baumwollstoff seiner Hose massierte ich seinen Schwanz. „Vielleicht sollte ich lieber dich zum Orgasmus bringen."

Lindy ignorierte uns. Petes Finger waren in ihrem Stringtanga verschwunden, und ihre Münder verschmolzen zu einem innigen Kuss.

Einige Leute kamen herüber, weil sie sehen wollten, was bei uns los war. Jennifer, die mich beim letzten Mal aufgefordert hatte, mit ihr aufs Klo zu gehen, kniete sich neben Lindy und liebkoste ihre Brüste. Pete unterbrach den Kuss. Gemeinsam mit Jennifer zog er Lindy das Mieder über den Kopf. Um ihre vollen Brüste schlängelte sich ein Drachentattoo.

„Hübsch", bemerkte Ivan.

Lindy sank mit gespreizten Beinen rücklings auf das Scrabblebrett, und die Spielsteine fielen herunter. Pete und Jennifer knabberten an ihren Nippeln. Petes Finger bewegten sich derweil unter ihrem knappen String vor und zurück. Der Stoff war dunkel von ihrer Nässe.

Ivans Schwengel wurde unter meiner Hand hart, und als er seine Hand in mein Höschen schob und meine Klit massierte, hielt ich ihn nicht davon ab. „Verdammt", sagte er leise. Sein Atem kitzelte mein Ohr. „Ich will echt verdammt sein, wenn sie es nicht schaffen, sie zum Orgasmus zu bringen. Soll ich's dir machen? Wenn du still bleibst, kommst du ungeschoren davon."

„Ich trau dir nicht." Meine Hüften hoben sich ihm rhythmisch entgegen. „Hm, ich nehme das von vorhin zurück. Du kennst dich ja doch mit weiblicher Sexualität aus. Aber eins wirst du feststellen müssen: Ich komme nicht."

„Doch, wirst du." Er leckte meinen Hals und knabberte unterhalb meines Ohrs. „Das wirst du auf jeden Fall, Süße. Lass einfach los. Du wirst keine zweite Chance bekommen. Schau dir doch mal Lindy an. Sie ist ja völlig entfesselt."

Das stimmte. Jennifer küsste jetzt Pete, während beide jeweils einen von Lindys steinharten Nippel bearbeiteten. Lindys Finger bewegte sich über ihre Klit. Sie hatte die Beine aufgestellt und gespreizt. Ihren durchnässten String hatte sie beiseitegeschoben. Jeder konnte die dunklen, rosigen Falten ihrer Möse sehen.

„Oh Gott“, wisperte ich. Ivan musste sofort aufhören, aber ich wollte auch, dass er weitermachte. Ich wollte die Augen schließen und mich ganz dem Orgasmus hingeben, der mich erwartete. Zugleich musste ich Lindy, Jennifer und Pete zusehen. Sie forderten meine ganze Aufmerksamkeit.

Ivans Mund lag leicht an meinem, seine Zunge schlüpfte zwischen meine Lippen. Zärtlich saugte er an mir. Seine andere Hand kniff meinen Nippel, und zugleich bearbeitete er meine Klit. Immer so weiter … „Komm schon“, flüsterte er. „Komm, zeig's mir.“

Ich riss mich von seinem Kuss los, weil ich sehen wollte, was die anderen taten. Die meisten Leute im großen Raum hatten sich um uns versammelt und sahen zu. Jennifer kniete jetzt zwischen Lindys Schenkeln und rammte ihr die Finger in die Möse. Pete kniete über Lindy. Mit einer Hand streichelte er ihre Brüste. Die andere drückte er gegen seinen Schwanz.

„Er kommt gleich auf ihren Titten“, flüsterte Ivan. „Und sie wird auch kommen. Sie ist ein richtig lautes Mädchen. Sie werden es gar nicht bemerken, wenn du kommst. Mein Gott, du bist so nass. Du tropfst geradezu. Gefällt dir das?“ Er schob den Finger in mich. „Möchtest du mehr davon?“

Seine Finger bewegten sich in mir, während sein Daumen meine Klit bearbeitet. „Tu es einfach“, flüsterte er. „Niemand wird es mitbekommen.“

Meine Oberschenkel verkrampften sich. Ich wusste, Ivan durfte ich nicht vertrauen. Ich durfte niemandem trauen. Ich konnte mir nicht vorstellen, was mit mir passierte, wenn ich mir erlaubte, zu kommen. Aber mit jeder Berührung seiner Hand und jedem Kniff in meine Nippel kam ich dem Höhepunkt näher und scherte mich weniger um die Konsequenzen.

Dann kam ich wieder zu Verstand und drehte mich von ihm weg. „Du Mistkerl!“, kreischte ich und griff nach dem nächstbesten Wurfgeschoss. Es war ausgerechnet der Samtbeutel mit den Spielsteinen.

Er duckte sich, als ein Regen aus Buchstabenplättchen auf ihn niederging. Dann lachte er, und um uns brach Applaus aus. „Na, da hätte ich dich fast so weit gehabt, Jo.“

Jennifer, Pete und Lindy hatten sich derweil aus ihren Verschlingungen gelöst. Sie waren alle knallrot im Gesicht und atemlos. Aber sie grinsten zufrieden.

„Und dabei hätte ich gewonnen! Seht nur, was aus dem Spielbrett geworden ist!“, beklagte ich mich.

„Sieh dir lieber an, was du mit den Buchstaben gemacht hast, Süße“, erwiderte Pete. „Wenn du auch nur einen verlierst, muss ich dir ordentlich den Hintern versohlen.“

Auf allen vieren sammelte ich die Spielsteine auf und wackelte verführerisch mit dem Hintern. „Wie lange muss ich eigentlich die Neue spielen? Mich nervt es jetzt schon.“

„Ach komm, sei nicht so“, sagte Jennifer. „Du …“

Eine Glocke ertönte. Sofort war Pete auf den Füßen. „Los, Leute. Präsentiert euch.“

Sofort suchte sich jeder eine möglichst erotische Position auf den umliegenden Sofas. Ich saß mit gekreuzten Beinen auf dem Fußboden. Um mich waren immer noch die Reste des Scrabblespiels verstreut, während ich meinen Wein austrank. Ich wusste, ich sah nicht besonders hübsch aus. Ich war mieser Laune und knallrot im Gesicht. Meine Haare standen vermutlich in alle Richtungen ab.

Angela oder auch Fräulein Rottenmeier öffnete in ihrer schwarzen Lederkluft eine Tür, die ich bisher nicht bemerkt hatte. Sie lag meinem Sitzplatz ziemlich nah, und es handelte sich nicht um die Tür, durch die wir aus dem Umkleideraum in dieses Zimmer gelangten. Diese Tür verfügte über ein kleines Nummernfeld. Erst jetzt ging mir auf, dass sie wohl zum

Rest des Hauses führte.

Pete ging zu Angela und redete mit ihr. Dann winkte er Lindy, die sich geschmeidig erhob. Sie zog sich das Mieder über den Kopf. Sie war stolz und aufgeregt, und die Leute im Raum brachen in Applaus aus. Einige pfiffen sogar anerkennend.

„Auf geht's, Lindy!", rief einer, während Ivan zum Klavier ging und begann, eine improvisierte Version von dem Stück von Elgar zu spielen, das bei jeder Collegeabschlusszeremonie ein fester Bestandteil war.

Pete küsste Lindy auf die Wange und tätschelte ihr liebevoll den Hintern. Angela fuhr Lindys durchs Haar und richtete ihr mit gerunzelter Stirn das Mieder. „So wird's gehen. Jetzt komm, Süße."

Ich beobachtete Angela, als sie eine Nummernkombination in das Tastenfeld eingab. Irgendwie fand ich es lustig, weil es dieselbe Nummernfolge war, die wir auch als Code für die sendereigene Bibliothek benutzten, seit es einige Zwischenfälle gegeben hatte, weil Leute in der Bibliothek eingesperrt wurden, wichtige persönliche Gegenstände dort vergaßen oder – noch schlimmer – einfach ein Stück Karton zwischen Tür und Rahmen klemmten. Diese Nummernfolge beruhte nicht auf den einzelnen Ziffern, sondern auf einem Muster. Von oben rechts nach unten links und dann die beiden anderen Zahlen zur Seite. Dieses Wissen könnte sich später als hilfreich erweisen.

Lindy winkte uns zum Abschied und streckte Pete die Zunge raus. Dann verschwand sie mit Angela.

Ivan stand von der Klavierbank auf und holte aus dem Fach unter dem Hocker ein Notenheft. Als er sich wieder setzte, spielte er eine Nocturne von Chopin. Es war eine beruhigende Begleitmusik, während ich weiter die Scrabblesteine suchte, sortierte und zählte. Kein einziger fehlte. Vorsichtig ließ ich sie zurück in den Beutel gleiten. Die anderen hatten wieder ihre Tätigkeiten aufgenommen. Ich ging zum Klavier und beobachtete Ivans Hände, die über die Tasten tanzten. Obwohl ich keine Musikerin war, wusste ich doch genug, um den Noten zu folgen, die er spielte.

Ich griff über seine Schulter und blätterte für ihn um.

Er blickte auf und schenkte mir ein überraschtes, flüchtiges Lächeln.

Irgendwas war an Ivan, das mir gefiel, obwohl er vorhin versucht hatte, mich aufs Kreuz zu legen. Vielleicht lag es daran, dass er der Einzige war, dem ich außerhalb dieses Raums im echten Leben schon mal über den Weg gelaufen war. Und ich mochte sein Lächeln (und seine Berührungen auch). Bevor das alles seinen Lauf genommen hatte, also meine Aufnahme in die Gesellschaft und die Sache mit Mr D., wäre Ivan ein Typ Mann gewesen, mit dem ich vielleicht ausgegangen wäre. Außerdem spielte er sehr gut Klavier, und ich hatte einfach eine Schwäche für Musiker.

Er beendete das Stück. „Du spielst auch?“, fragte er.

„Nein. Du bist ziemlich gut.“

„Danke schön.“

Ich fragte mich, ob ich ihm vertrauen konnte, und entschied mich, das Risiko einzugehen. Zumindest, solange seine Finger auf den Klaviertasten ruhten und nicht über meinen Körper spazierten. „Erzählst du mir, wie das alles hier funktioniert, Ivan? Wie schafft man es, aufzusteigen?“

Er spielte ein paar Tonleitern. „Du musst es schaffen, dir einen gewissen Kredit zu erwerben. Die da oben“, er nickte zur Galerie hinauf, „werden es bemerken, wenn du hervorstichst. Wenn du aktiv bist, wenn du dich mit uns anderen abgibst. Sie mögen es, wenn wir bestraft werden, aber da gibt es klare Grenzen. Es gibt Leute, die stehen total auf Bestrafung. Wenn du drauf stehst, ist das in Ordnung.“

„Wie lange dauert es, bis man aufsteigt?“

Er zuckte mit den Schultern. „Einige schaffen es innerhalb

weniger Tage. Eine Woche, vielleicht zwei.“

„Was passiert oben?“

„Zuerst das, was sie wollen. Dann wirst du eine von ihnen und darfst selbst Entscheidungen treffen.“

„Und wenn man aufsteigt, bleibt man oben?“

„Manche mögen es hier unten. Pete zum Beispiel liebt es, sich als Chef aufzuspielen. Er wird hier unten bleiben, solange er kann. Also bis er zu alt wird. Sie mögen es nicht, wenn jemand hier im Raum über dreißig ist, und er ist inzwischen knapp neunundzwanzig.“ Wieder ein paar Akkorde. Eine Melodie von Ellington, erkannte ich.

„Warst du schon mal oben?“

„Ja.“ Seine Hände ruhten auf den Tasten. „Ich … das war für mich keine gute Erfahrung. Jetzt bleibe ich lieber hier unten.“

„Das tut mir leid.“

„Baby, verschwende bloß nicht deine Zeit damit, mich zu bemitleiden. Ich werde schon früh genug wieder versuchen, dich reinzulegen. Und du wirst mir im Gegenzug eine andere Gemeinheit antun.“

Ich musterte ihn prüfend und fragte mich, welchen Schmerz er so sorgsam verbarg. Ob wir wohl Freunde werden konnten? Ich setzte mich neben ihn auf den Klavierhocker. „Ich mag dich, Ivan.“

„Hey, ich mag dich auch. Zumindest glaube ich das. Die Frage ist doch, ob wir uns genug mögen, um die Regeln zu brechen?“

„Du weißt genauso gut wie ich, dass die Regeln rein rechtlich betrachtet Müll sind“, erwiderte ich.

„Wenn du lange genug hier bist, wirst du diese Regeln sehr ernst nehmen“, antwortete er. „Und nach einer Weile kann das, was hier drin abgeht, dir manchmal realer vorkommen als alles, was da draußen passiert.“

Ich blickte über seine Schulter hinweg in den Raum und auf

die anderen Leute. „Stimmt. Aber ich find's hier unten langweilig. Nur ein bisschen rummachen reicht mir eben nicht."

„Es ist darauf ausgelegt, dich zu langweilen." Er lächelte mich an. „Wenn wir Internetzugang und unsere Handys hier hätten, würden wir die anderen ignorieren. Schon ein Kabelanschluss würde genügen, dass hier nichts passiert."

Er blätterte durch das Notenheft und spielte eine weitere Nocturne von Chopin, während ich mich fragte, ob mir irgendwie auf die Stirn geschrieben stand, dass man mir heute ruhig sein Herz ausschütten konnte. Erst Patrick und jetzt auch noch Ivan ...

Ich schlenderte zum Bücherregal und suchte einen zerfledderten Mysterythriller raus. Dann setzte ich mich in einen der überdimensionalen Sessel, genehmigte mir einen Teller mit Käse und Crackern und ein zweites Glas Wein. Schon bald hockte Jennifer auf der Sessellehne.

„Was liest du da?"

Ich zeigte ihr das Buchcover.

„Ist das gut?" Weil ich sie ignorierte, beugte sie sich vor und berührte meine Brust. „Komm, wir ziehen unsere Oberteile aus und machen rum."

„Nein. Ich will lesen."

„Frigide Schlampe!" Sie rauschte davon, während ich mir ein Lachen verbeißen musste.

Wenn ich das richtig sah, war das bewusste Brechen der Regeln zum rechten Zeitpunkt die beste Garantie, um möglichst rasch nach oben aufzusteigen. Am besten, wenn genug Leute oben auf der Galerie zusahen, und der Regelbruch musste so eklatant sein, dass er eine Bestrafung nach sich zog. Und ich wollte definitiv nach oben aufsteigen, um voranzukommen. Das war ein Konkurrenzdenken, von dem ich eigentlich angenommen hatte, es ruhe seit meiner Zeit als Tänzerin. Selbst wenn ich keine Ahnung hatte, was mich „oben" erwartete, wollte ich mich auf jeden Fall der Herausforderung stellen.

Natürlich, es war nur ein Spiel. Aber allmählich begann ich, dieses Spiel ernst zu nehmen.

Mr D. würde mich verstehen, wenn ich es ihm erklärte. Aber wenn ich ehrlich war, waren die Erfahrungen, die ich im großen Raum machte, viel lebendiger und viel realer als alles, was ich mit ihm bisher erlebt hatte. Dasselbe traf auf meine Freundschaft mit Liz und meinen … Wasauchimmer Patrick zu. Ich vermisste Kimberly gerade sehr. Das war lächerlich. Sie war alles andere als prüde, aber ich fragte mich, was sie hierüber denken würde. Ich beschloss, bei nächster Gelegenheit unser Schweigen zu brechen. Irgendwer musste es ja machen.

Ich warf erneut einen Blick auf die verbotene Tür und fühlte mich wie so eine dumme Heldin in einem Märchen. Erst Scheherazade, jetzt König Blaubart. Aber ich konnte das. Ich konnte mich einfach oben umsehen und gucken, was dort los war. Dann konnte ich immer noch entscheiden, ob ich wirklich in der Gesellschaft bleiben wollte. Was sollte das mit den Masken eigentlich? Ich hätte Ivan danach fragen sollen. Er war vorhin in redseliger Stimmung gewesen.

Das Klavierspiel war verstummt. Er saß dicht neben Pete auf dem Klavierhocker, und als ich zu ihnen hinüberschaute, löste Pete gerade die Lederschnur, die Ivans Haar zusammenhielt. Es fiel wie ein Vorhang über seine Schultern.

Die beiden Männer standen auf, und Pete legte den Arm um Ivans Schulter, während sie zu einem Sofa am anderen Ende des Raums gingen. Ich erwartete eigentlich – und hoffte insgeheim darauf –, dass sie dort heftig rummachen würden. Aber sie hielten nur Händchen und redeten leise miteinander, als gebe es um sie herum niemanden. Als wären sie nicht von all diesen wunderschönen Körpern umgeben. Unerschütterlich und ziemlich schamlos präsentierte Jennifer sich den beiden und versuchte, sie zu verführen.

Ihre Bemühungen zeigten erst Wirkung, als zwei andere

Typen auftauchten. Der eine hatte eine polierte Glatze und ein Piercing in der Augenbraue. Ohne Umschweife zerrte er sie an ihrem String auf ein anderes Sofa. Sie ritt auf seinem Oberschenkel und drückte dem anderen Typen ihre Brüste ins Gesicht.

Sie sorgten für ein wenig Aufregung und zogen die anderen mit ihrer kleinen Show an. Ich blickte rasch zur Galerie hinauf. Ein paar dunkle Gestalten standen dort, und soweit ich es erkennen konnte, richtete sich ihre Aufmerksamkeit auf das andere Ende des Raums.

Ich stand auf und rekelte mich ausgiebig. Meine Hände strichen über meine Brüste. Auf der Galerie rührte sich niemand. Ich war so unsichtbar wie nur möglich.

Ich schlenderte zu der versteckten Tür, gab den Nummerncode ein und öffnete die Tür gerade so weit, um hindurchzuschlüpfen. Blaubarts Frau betrat die verbotene Kammer. Leise klickte die Tür hinter mir ins Schloss.

Ich befand mich am Ende der Eingangshalle. Der glänzende Dielenboden war mit Seidenteppichen belegt. Mir gegenüber befand sich die imposante Tür, die von Bleiglasfenstern flankiert war. Zu meiner Rechten gab es eine Treppe, deren Stufen und Geländer aus ebenfalls glänzendem Holz gearbeitet waren. Aus dem Obergeschoss konnte ich gedämpfte Geräusche hören. Während ich barfuß und nur in Unterwäsche dastand, fühlte ich mich unglaublich auffällig. Und irgendwie fühlte ich mich auch dumm. Hatte ich wirklich erwartet, hier finde in jedem Stockwerk eine Orgie statt, in die ich hineinplatzen würde?

Ich sah die Schatten einiger Leute vor der Eingangstür. Der Türknauf drehte sich. Hektisch schaute ich mich um und entdeckte einen Korridor unter der Treppe. Ich schlüpfte dort hinein. Als meine Augen sich an die Dunkelheit gewöhnten, sah ich einen Garderobenständer. Ich verbarg mich dahinter, als sich die Haustür auch schon öffnete und ich vertraute Stimmen hörte.

„... und ich sage ihm noch, wenn du keinen Überspannungsschutz hast, riskierst du, dass deine Festplatte dabei draufgeht. Und überhaupt: Denkt er auch mal dran, ein Backup zu machen? Er hat einfach keine Ahnung. Nicht mal einen USB-Stick hat er. Ich meine, diese Leute sind doch echt dämlich." Ich erkannte die Stimme. Es war Jake. Als Nächstes hörte ich das leise Rascheln, als er seine Jacke auszog.

„Ach, jetzt denk doch nicht ständig an die Arbeit, Süßer. Wir wollen uns doch entspannen." Cathy, die ihren Ehemann besänftigte. Ich sah ihre Hände und die knallrot lackierten Fingernägel, als sie sich streckte, um seine Daunenjacke an einen Haken zu hängen. Ich drückte mich gegen die Wand, als sie eine Bomberjacke aus Leder neben seine hängte.

„Du riechst so lecker, Baby." Jakes Stimme war nur noch ein Knurren.

Oh nein.

Oh doch ...

„Süßer!" Sie kicherte. „Willst du nicht wenigstens warten, bis wir oben sind?"

Er gab knurrende, gierige Laute von sich, die ihr verdeutlichten, dass er nicht gewillt war, noch länger zu warten. Stoff raschelte. Ein Reißverschluss wurde geöffnet.

Eine von Cathys Händen tauchte zwischen den Mänteln auf und griff fast nach meiner Nase.

Ich duckte mich.

Ihre Hand tastete und packte nach dem Garderobenständer. Ich versuchte, mich möglichst weit von ihr wegzudrücken.

Jake kommandierte seine Frau derweil bereits herum: „Leg das Bein um meine Taille. Ja, Baby. Oh Gott, ja, das fühlt sich so gut an. Hm, oh. Ja, massier meine Eier, Baby. So, genau so."

Feuchte, klatschende Laute erfüllten die Dunkelheit. Ich konnte die beiden riechen – seinen Schweiß und ihre Säfte.

Es war jetzt wohl etwas zu spät, um mich noch bemerkbar zu machen, oder? Was sollte ich auch sagen? Ach, hallo! Ich hab euch gar nicht kommen gehört ... Schön, dass wir uns unter diesen Umständen wiedersehen.

Zum Glück handelte es sich wohl nur um einen Quickie. Ihre Bewegungen wurden immer schneller, und ich hörte Jake grunzen. Cathy ließ ein paar wimmernde Laute hören, die mich eher an einen Besuch im Zoo beim Primatengehege denken ließen als an Sex, und dann verkündete Jake, er komme. In diesem Moment fiel klappernd etwas zu Boden.

Ein Pumps war gefährlich nahe neben meinem Fuß gelandet. Ich trat ihn unter dem Garderobenständer weg.

„Süßer, ich brauch ein Taschentuch", sagte Cathy. „Wo ist meine Handtasche?"

„Ich hab eins." Jakes behaarte Hand wühlte zwischen den Mänteln. Er war nur wenige Zentimeter von mir entfernt.

„Wir kommen zu spät." Sie steckte den Fuß wieder in den Schuh, und ich entspannte mich etwas. Ihre Hände tauchten unterhalb der Mäntel auf, und sie zog Jakes Hose wieder hoch, die ihm um die Knöchel schlackerte. Wenn sie jetzt nach unten und etwas zur Seite schaute, müsste sie mich entdecken.

Oh, Mr D. wäre begeistert, wenn ich ihm davon erzählte. Er liebte die Details, die ich ihm über die heißen Körper im großen Raum erzählte, und es erregte auch mich, wenn ich ihm beschrieb, wie Pete und Ivan rummachten (ich übertrieb natürlich ein bisschen. Bei mir quoll ein Lusttröpfchen aus der Schwanzspitze, es gab feuchte Flecken in ihren Hosen, und ihre Finger streichelten Hoden und Brustwarzen). Aber diese Episode hinter dem Garderobenständer hatte genau diesen besonderen, ironischen Zug, den Mr D. so gerne mochte.

Jake zog seinen Reißverschluss hoch und grollte, weil er immer noch hart war. Er fragte Cathy, ob sie ihm nicht einen blasen könnte.

Zu meiner Erleichterung – ich hatte einen Hang zu Platzangst, und die Mäntel kitzelten meine Nase – kicherte sie nur und erklärte ihm, dass er noch warten müsse. Wieder raschelten sie mit den Mänteln. Ich hielt den Atem an, als sein Mantel hin und her schwang, ehe er auf dem Haken blieb. Er griff in die Innentasche und zog etwas heraus. „Ich hasse dieses verfluchte Ding", murmelte er.

„Du siehst damit aber so sexy aus", sagte Cathy. Sie war wieder die muntere Cheerleaderin im Sexrausch. „Wie Zorro."

„Na gut. Bist du so weit?"

Sie waren jetzt also maskiert. Etwas Licht fiel in den Raum, als sie die Tür öffneten. Cathy trug ein kleines, silbern glitzerndes Kleid aus Lamé. Es saß so eng, dass ich mich fragte, wie sie es wohl an- und auszog. Da es zudem ziemlich kurz war, glaubte ich, dass sie es nicht ausziehen musste, wenn sie nicht wollte. Sie zupfte es nach unten, als sie den Raum verließen. Selbst jetzt bedeckte es kaum ihren Arsch.

Ich schob die Tür einen Spaltbreit auf, nachdem Cathys klappernde Schritte verklungen waren. Die Treppe knarrte leise unter den Schritten der beiden. Ich inspizierte die Jacken auf dem Garderobenständer. Ich brauchte etwas, das ich anziehen konnte, um halbwegs normal zu wirken. Offensichtlich musste man oben angezogen eintreffen, auch wenn man nicht lange so bleiben wollte. Ich fand ein Schultertuch aus schwarzer Seide, das mit Silberfäden durchwirkt war, und band es mir wie einen Sarong um die Hüften. Außerdem fand ich auf dem Fußboden eine staubige, vergessene schwarze Maske, die ich mit einem anderen Schal notdürftig abwischte. Ein paar Federn lösten sich und schwebten zu Boden, aber die Maske würde ihren Zweck erfüllen.

Ich hoffte nur, niemandem fielen meine nackten Füße auf.

Ich spähte um die Ecke. Die Luft war rein. Als gehörte ich nach oben, schritt ich aus dem Garderobenzimmer und die Treppe hinauf, den leisen Geräuschen entgegen. Auf dem oberen Treppenabsatz zögerte ich.

Die Stufen gingen rechts und links weiter. Direkt vor mir befand sich eine Tür, von der ich ziemlich sicher war, dass sie zur Galerie über dem großen Raum führte. Ich öffnete auch diese Tür einen Spaltbreit. Einige Leute standen am Geländer und beobachteten die Szene, die sich unten abspielte. Jennifer betätigte sich inzwischen als Stangentänzerin an einer der Säulen, während Ivan am Klavier saß und eine Hip-Hop-Parodie klimperte.

Ich zog mich wieder zurück und schloss die Tür. Dann blickte ich mich suchend um.

Schließlich nahm ich nach kurzem Zögern die rechte Treppe. Essensgeruch hing in der Luft. Ein satter und köstlicher Duft, der meinen Magen knurren ließ. Ich wünschte, ich hätte zu Hause mehr Pizza gegessen, und erinnerte mich wieder an Patricks Sorge, weil ich so wenig Appetit gezeigt hatte, und wie befangen und kratzbürstig ich darauf reagiert hatte. Aber irgendwie hatte es mir auch gefallen, dass er sich um mich sorgte. Wie lange war es schließlich her, seit sich jemand Gedanken gemacht hatte, was ich aß und ob ich gut aß?

Ein Flur führte am oberen Ende der Treppe in beide Richtungen. Ich schaute mich prüfend um. Der Essensduft war inzwischen stärker. Während ich dastand, hörte ich ein gedämpftes Poltern und ein Klingeln. Zwei Holzpaneele glitten zur Seite. Dahinter befand sich ein Fahrstuhl. Kellner tauchten mit einem Wägelchen mit Essen auf. Sie nahmen keine Notiz von mir, sondern schoben den Wagen mit den abgedeckten Speisen in ein Zimmer. Ich schaute durch die Tür. Maskierte Leute hatten sich dort versammelt, und ich entdeckte Jake und Cathy unter ihnen. Sie saßen an einer langen Tafel mit einem sehr schönen Tafelaufsatz. Sie plauderten angeregt und lachten viel.

Ich schaute mir den Tafelaufsatz genauer an. Denn dieser

Tafelaufsatz war keine Geringere als Lindy. Ihre Haut war vergoldet, und Blumen waren über ihren nackten Körper verstreut. Eine riesige Orchidee prangte zwischen ihren Schenkeln. In diesem Moment beugte sich jemand vor und nahm eine der Erdbeeren, die mit anderen Früchten rund um ihren Körper verteilt lagen, und streichelte abwesend ihre nackte Haut. Mein Blick wurde im nächsten Moment von den Kellnern verstellt, die den Gästen ihre Teller hinstellten.

Einer von ihnen trat beiseite und bedeutete mir, ich solle eintreten, aber ich schüttelte den Kopf.

Am Tisch saß auch ein Mann mit einer Maske, die ihm das Aussehen eines Löwen gab. Er stand auf und kam in meine Richtung. Er hielt ein Handy ans Ohr gedrückt. Er war groß und schlank, und ein paar graue Strähnen durchzogen sein dunkles Haar. Als er an mir vorbeiging, hörte ich ein paar Worte. Zu meiner Überraschung ging es tatsächlich um finanzielle Transaktionen.

„Aber natürlich …“ Er klang leicht verärgert.

Seine Stimme war mir vertraut. Sogar sehr vertraut.

„Mr D.?“ Meine Stimme klang piepsig.

Er drehte sich um und sah mich an. Durch die Löwenmaske war es unmöglich, seinen Blick zu deuten. Bildete ich mir das nur ein, oder zögerte er tatsächlich?

Ich konnte mich nicht bewegen. Es fühlte sich an, als wäre ich zu Eis erstarrt.

In diesem Augenblick hielt der Fahrstuhl erneut rumpelnd hinter mir an und ließ ein leises Pling hören. Der Mann – Mr D., ich wusste, dass er es war – quetschte sich an einem halben Dutzend Kellnern und noch mehr Wagen mit Tellern vorbei. Sie drängten beiseite, um ihn durchzulassen, und blockierten den Korridor. Die Wagen mit den Tellern standen zwischen uns, als ich ihm nachrief und mir die Maske vom Gesicht riss. „Ich bin's! Ich bin's, Jo!“

Die Fahrstuhltüren schlossen sich, und einige Gäste, die

von meiner erhobenen Stimme alarmiert worden waren, tauchten aus dem Speisesaal auf. Einen erkannte ich an seiner schlaksigen Gestalt und den rötlichen Haaren.

„Scheiße, Jo!“, rief Harry, der Vorsitzende. „Jetzt steckst du aber so richtig in Schwierigkeiten.“

14. KAPITEL

„Deine Bestrafung ist eine ziemlich ernste Angelegenheit." Angela, das in Leder gekleidete Fräulein Rottenmeier der Gesellschaft, musterte mich prüfend. Sie trug eine sehr teuer wirkende schwarze Ledermaske mit Nieten und Pailletten. Etwas an ihrem Erscheinungsbild zerstörte den finsteren Effekt, und ich kicherte nervös.

Sie schaute auf ihre pinkfarbenen Plüschpantoffeln. „Diese hochhackigen Schuhe sind einfach Gift für meine Fußballen. Bereit?"

„Wofür soll ich bereit sein?"

Sie gab keine Antwort, sondern hielt die Tür auf, die in den Raum führte, in dem ich die letzte Stunde damit verbracht hatte, unruhig auf und ab zu tigern. Ich wusste nicht, ob ich lachen, weinen oder wütend sein sollte. Ich fühlte mich verarscht. Manipuliert und aufs Kreuz gelegt.

Warum? Warum hatte er mir das angetan? Warum hatte ich keinen Verdacht geschöpft, als alles so perfekt ineinandergriff? Die einzige Schwäche seines Plans – und ich war eigentlich nicht sicher, ob es eine Schwäche war oder nicht, vielleicht hatte er ja auch das geplant – war, dass ich ihn entdeckt hatte.

„Wer ist er?", fragte ich Angela.

Sie blickte auf den unberührten Teller mit Essen und das Weinglas, das sie mir – wie zivilisiert von ihnen! – hatten bringen lassen. Dann zuckte sie mit den Schultern. „Die Taubenbrust war wirklich köstlich. Schade, dass Sie keinen Hunger hatten. Kommen Sie jetzt."

Ich folgte ihr. Wir gingen am Speisesaal vorbei, der sich inzwischen geleert hatte bis auf ein paar Kellner, die die Tischtücher in Wäschesäcke stopften. Sie drückte den Rufknopf für den Fahrstuhl, der Mr D. so rasch von mir fortgebracht hatte. Schweigend fuhren wir nach unten. Es war nur logisch, dass der Fahrstuhl direkt in einer Küche hielt, wo einige Mitarbeiter uns neugierig musterten. Angela führte mich durch verschiedene Flure zurück in den Umkleideraum.

„Werde ich jetzt rausgeworfen?“ Das war eine schreckliche und unehrenhafte Vorstellung, und ich spürte Tränen in meinen Augen brennen.

„Noch nicht.“ Sie drehte an einem Schrank die richtige Kombination und öffnete ihn. „Zieh dein Oberteil aus.“

Ich zog das T-Shirt über den Kopf und verschränkte die Arme vor meinen Brüsten, weil ich sie vor der kalten Luft und Angelas interessiertem Blick beschützen wollte. Sie reichte mir ein schwarzes aufgeschnürtes Lederbustier, das ich mir über den Kopf streifte.

„Andersrum“, sagte sie. Meine Begriffsstutzigkeit schien sie wütend zu machen. Sie drehte mir das Top um, sodass die Schnürung am Rücken saß.

Dann zerrte sie an den Schnüren. Meine Brüste wurden zusammengequetscht und nach oben gedrückt. Sie schnürte mich fest, und ich schnappte verzweifelt nach Luft.

„Nippel raus!“

„Was?“

Sie schnaubte ungeduldig. „So.“ Dann kniff sie mich in die Brüste und zog die Nippel über den Rand des Bustiers. „Und jetzt ziehen wir noch diese hier an.“

Diese hier waren zwei Nippelklemmen, die spitz und bewehrt waren wie Krokodilmäuler. Sie befestigte die Klemmen an meinen harten Nippeln, die sofort dunkler und länger wurden. Zwischen den Klemmen verlief eine Kette, an der sie probeweise zog. Das Gefühl, das mich durchschoss, war eine Mischung aus Lust und Schmerz. Ich fuhr fast aus meiner Haut, so schrecklich war es. Ich war inzwischen sterbensneugierig, was als Nächstes kam, aber ich würde den Teufel tun, Angela danach zu fragen. Sie holte jetzt ihre nietenbewehrten Stiefel aus einem anderen Spind. Nur widerstrebend zog sie die Plüschpantoffeln aus.

Während sie fluchend an den Stiefelreißverschlüssen zog und zerrte, betrachtete ich mich in dem Ganzkörperspiegel. Ich drückte das Kreuz durch und richtete mich auf, als ich mein Spiegelbild sah. Meine Nippel standen wie kleine Knöpfe vor, meine Augen glänzten, und mein Haar war zerzaust. Die Kette zwischen den beiden Nippelklemmen baumelte bis hinab zu meinem Schritt.

Nachdem sie ihre Stiefel angezogen hatte, fuhr Angela mit einem Kamm durch mein Haar. Nachdem sie mich gefragt hatte, ob ich einen Lippenstift hatte – was ich verneinte –, holte sie aus ihrem Spind einen und trug dunkelrote Farbe auf meine Lippen auf. Sie trat zurück und betrachtete bewundernd ihre Arbeit. Schließlich gab sie winzige Mengen Lippenstift auf meine Nippel, um das Bild zu vervollständigen.

„Sehr hübsch", sagte sie. „Nasses Höschen?"

„Wie bitte?" Ich war mir nicht sicher, ob sie ihr Höschen meinte oder meins, aber sie schob ungerührt einen Finger in mein Höschen und nickte zufrieden.

„Du dreckige, kleine Hure", murmelte sie. Ihre Finger streiften meine Klitoris, und das Gefühl durchzuckte mich bis in meine harten Nippel. „Sie werden eine Menge Spaß mit dir haben."

„Wer?"

„Das wirst du schon früh genug sehen." Sie zog ihren Finger aus meinem Höschen. „Es ist vermutlich das Beste, wenn du vorher noch mal aufs Klo gehst."

Das klang entweder unheilvoll oder verdorben, so genau wusste ich es nicht zu deuten. Aber während ich pinkelte, zupfte sie an ihrer Frisur herum und verlieh ihr mit einer großzügigen Wolke Haarspray den letzten Schliff, ehe sie auch ihren Lippenstift auffrischte. Nachdem ich mir die Hände gewaschen hatte, nahm sie das Ende der Kette und zerrte daran. Ich wimmerte vor Schmerz. Aber es war nicht nur Schmerz … Wenigstens lenkte es mich von Mr D. ab, der mir größere Schmerzen zugefügt hatte, als es alle Nippelklemmen dieser Welt vermochten.

Angela schritt rasch aus. Es lenkte sie anscheinend von ihren schmerzenden Füßen ab, wenn sie mir Schmerzen zufügen konnte. Ich trottete brav hinter ihr her. Wie erwartet gingen wir zurück in den großen Raum, wo ich laut ausgebuht wurde. Einige jubelten mir aber auch zu und rissen begeistert die Fäuste in die Luft. Angela zerrte an der Kette und ließ mich anschließend in der Mitte des Raums stehen.

Sie versammelten sich sofort um mich, und ich packte das Ende der Kette, bevor jemand anderes danach greifen konnte.

„Ah, hübsch. Wirklich sehr hübsch." Pete schnurrte geradezu voller Vorfreude. Sein Schwanz drückte hart gegen seine Boxershorts. „Die kleine Jo, für den Anlass angemessen gekleidet. Du bist ein böses Mädchen gewesen, stimmt's? Hey, Ivan! Was denkst du, was sollen wir mit ihr machen?"

„Hmm." Ivan schnippte gegen einen meiner Nippel. „Wir müssten etwas tun, um ihr dieses dümmliche Grinsen auszutreiben."

„Ich grinse nicht dümmlich!"

Ivan hob spöttisch die Augenbrauen. „Habe ich dir etwa erlaubt zu reden? Habe ich, Pete? Ich glaube nicht. Ich glaube, sie steckt schon jetzt in richtig großen Schwierigkeiten. Sie sollte lieber kein Risiko eingehen. Sonst müssten wir ihr noch eine zusätzliche Strafe auferlegen. Nicht wahr, Jo?"

Ich zuckte mit den Schultern.

Pete zerrte an der Kette zwischen den Nippelklemmen, und ich japste schmerzerfüllt auf. „Wenn Ivan oder ich dir eine Frage stellen, antwortest du gefälligst. Ansonsten sagst du keinen Ton. Verstanden?"

„Ja." Und dann, als er mich finster anstarrte, fügte ich hinzu: „Ja, Sir."

Er lächelte wohlwollend.

Irgendwas an diesem Spiel gefiel mir, und es war nicht nur dieser angenehme Druck auf meine Nippel und dieses Pochen zwischen meinen Schenkeln. Es gefiel mir, der Gnade dieser beiden Männer ausgeliefert zu sein und zugleich zu wissen, dass sie gewissermaßen auch meiner Gnade ausgeliefert waren, wenn ich das, was sich da in ihren Hosen regte, richtig deutete. Ich konnte, wie Ivan es mir prophezeit hatte, das, was im großen Raum vorging, sehr ernst nehmen. Ich konnte mein Leben rund um das, was in diesem Raum geschah, einfach leben, und alles außerhalb dieses Hauses versank in Bedeutungslosigkeit. Es gab auch noch diesen Reiz des Unbekannten. Ich würde irgendwie einer Art Bestrafung unterzogen, aber ich wusste nicht, was genau mich erwartete.

Erleuchtung kam in der Gestalt von Jennifer, die ein abgenutztes Lederköfferchen brachte. „Warum muss immer ich das holen?" Sie stellte das Köfferchen vor Ivans Füße und griff in die Kette. Ich machte rasch einen Schritt nach hinten.

„Komm, sei brav." Pete gab ihr einen Klaps auf den Hintern.

Sie kicherte. „Warte nur, bis sie die Klemmen runternehmen, Jo. Dann spürst du sie erst richtig." Sie griff in die Tasche und zog einen ziemlich ramponierten Lederschlappen hervor. „Ihh, der stinkt ja. Wem gehört der?"

„Mir." Pete nahm den Pantoffel und schlug ihr damit auf den Arsch. „Finger weg. Setz dich da hinten hin. Und ihr anderen setzt euch auch hin."

Ivan kramte in der Ledertasche. „Wie wär's hiermit?" Er hielt einen Rohrstock hoch.

Pete nahm ihn und bog ihn zwischen den Händen, ehe er damit ein paarmal zischend durch die Luft fuhr. „Ich weiß nicht. Du warst ein ziemlich böses Mädchen, nicht wahr, Jo? Was denkst du?"

„Das fragst du mich? Sir?"

„Mhhh." Er strich mit dem Rohrstock über einen meiner

Nippel. „Das würde ziemlich wehtun. Aber ich glaube, es wird dir gefallen." Er zog dem Stock über meine Brust nach unten und über meinen Bauch. Dann stupste er mit der Spitze zwischen meine Beine. „Du bist doch nicht etwa nass?"

Ich öffnete die Beine ein wenig. „Ich kann nichts dagegen tun."

Er klemmte sich den Stock unter einen Arm, um gleichzeitig meine Klitoris und einen meiner vorstehenden Nippel zu streicheln. „Es wäre wirklich sehr unartig, wenn du im Verlauf deiner Bestrafung kommen würdest. Das würde dir vermutlich ein paar Extrahiebe einbringen. Und das wollen wir doch nicht, oder?"

Ich gab einen atemlosen, erregten Laut von mir.

„Willst du das?", wiederholte er und zerrte an der Kette.

„Nein, Sir", schaffte ich es schließlich zu antworten. Meine Beine zitterten vor Aufregung.

„Dann hast du wohl Pech gehabt." Sein Finger auf meiner Klit bewegte sich kaum. Ich glaube, jeder um uns konnte das leise, feuchte Geräusch hören, das er erzeugte. Im Raum war es jetzt sehr still. Jeder saß einfach da und sah zu. Ich wusste, dass sich oben auf der Galerie zahlreiche Beobachter im Schatten versammelt hatten.

„Nein, das ist zu viel", meinte Ivan. Er zog den Rohrstock unter Petes Arm weg und durchbrach den spannungsgeladenen Moment.

Peter lachte und verschränkte die Arme.

Ivan fuhr fort: „Wir wollen ja nicht, dass sie ohnmächtig wird. Für den Anfang brauchen wir etwas, das nicht so heftig ist. Wie wär's hiermit?" Der Gegenstand, den er jetzt aus der Tasche zog, sah auch schmerzhaft aus: eine kleine schwarze Peitsche. Er strich damit über meine Nippel. „Es wird ein bisschen wehtun. Ehrlich gesagt wird es sogar ziemlich wehtun. Aber du solltest danach auch noch stehen können. Was meinst du, Pete?"

Pete nahm die Peitsche und schlug damit versuchsweise gegen sein Bein. „Doch, die geht. Na gut, lasset die Spiele beginnen.“ Dann hob er die Stimme, als trete er vor Publikum auf. „Jo war ein sehr, sehr böses Mädchen, weshalb sie zehn Hiebe bekommt.“

Er zog an der Kette. Das kam für mich so überraschend, dass mir ein Geräusch entfuhr, das mehr einem Quieken als etwas anderem glich. Es war nicht gerade das erotische Stöhnen, das ich gerne von mir gegeben hätte. Ivan grinste.

„Höschen runter“, befahl Pete.

In diesem Raum, in dem Kleidung einfach beiseitegeschoben wurde oder Hände unter Stoff abtauchten, war dies eine ziemlich ungewöhnliche Bitte. Ich schob ganz langsam mein Höschen nach unten. Wenn ich hier eine Show abliefern sollte, dann wollte ich auch mein Bestes geben (und hoffte insgeheim, in Zukunft nicht mehr so zu quieken). Jetzt lieferte ich eine Vorstellung für die reglosen Beobachter oben auf der Galerie. Und vor allem wollte ich Pete und Ivan gefallen. Sie waren gewissermaßen meine Beichtväter, meine Mitverschwörer. Ich trat mein Höschen mit einem Mindestmaß an Eleganz beiseite, obwohl ich inzwischen verdammt nervös war.

Pete stolzierte herum und ließ die Peitsche durch die Luft zischen. Seine Erektion drückte gegen den Stoff seiner Hose. Jennifer und eine andere Frau hatten eine Schranktür geöffnet (wieder so eine versteckte Tür in der Wandvertäfelung wie diejenigen, hinter denen der Fahrstuhl im oberen Stockwerk verborgen war) und zogen eine Vorrichtung aus Rädern hervor. Sie erinnerte mich an Illustrationen aus der Zeit der Inquisition oder an Turnhallengeräte. Was es auch war, man konnte es in alle Richtungen drehen und neigen, um denjenigen, der darauf festgeschnallt wurde, bestens in Position zu bringen. Und dieser Jemand war ich.

Ivan strich mit beiden Händen über meinen nackten Hintern. „Es wird echt wehtun, Süße", flüsterte er mir ins Ohr. „Schrei, so laut du willst. Danach werde ich dafür sorgen, dass du dich richtig gut fühlst."

Sogar in meinem aktuellen Zustand der Erregung war ich nicht so dumm, seinen Worten zu glauben. „Wie du wünschst."

Er griff in die Tasche und zog eine Handvoll Lederriemen mit Schnallen hervor. Breite Manschetten, mit denen sie mich fesseln konnten.

Jennifer arretierte die Räder des Geräts, das einem Seitpferd nicht unähnlich war. Sie setzte sich geschmeidig im Schneidersitz auf den Boden und blickte mich interessiert und geradezu hungrig an. Die anderen ließen mich ebenfalls nicht aus den Augen. Genauso hatten wir Lindy beobachtet, als sie gezwungen gewesen war, Wasser in ein Dutzend Gläser zu schütten, und darum gekämpft hatte, nicht die Beherrschung zu verlieren.

Die Lederriemen in der einen Hand, führte Ivan mich zu dem Seitpferd und drückte mich darauf nieder. Er tat es sehr zärtlich. Seine Hände strichen an der Innenseite meiner Schenkel hinauf, damit ich die Beine öffnete, ehe er meine Knöchel festband. Meine Brüste drückten gegen das hölzerne Gitter, und er befestigte meine Nippelkette mit einem kleinen Karabinerhaken an dem Rahmen. Als er meine Hände über meinem Kopf fesselte, erkannte ich, mit wie viel Können und Souveränität er vorging. Ich konnte mich bewegen – zumindest ein bisschen. Aber jedes Mal, wenn ich Oberkörper oder Arme bewegte, übte ich damit Druck auf die Kette und damit auch auf meine Nippel aus.

Er beschäftigte sich noch ausgiebig mit den verschiedenen Einstellmöglichkeiten, bis der Winkel und die Neigung passten. Erst dann nickte er zufrieden.

„Du solltest tief einatmen, Baby." Er beugte sich über mich und küsste mich auf den Mund. Dann verschwand er aus meinem Sichtfeld.

Nichts passierte. Hinter mir konnte ich die leisen Geräusche hören, die Leute machten, wenn sie sich bewegten. Ich hörte sie miteinander flüstern. Und dann erschrak ich mich fast zu Tode, als etwas Kaltes über meinen Hintern glitt. Ich drehte den Kopf zur Seite, aber ich konnte nichts erkennen. Das Einzige, wozu diese ruckartige Bewegung führte, war ein ziehender Schmerz in meinen eingeklemmten Nippeln. Pete hatte die Peitsche einmal über meine Hinterbacken gleiten lassen. Ein Vorspiel für das, was als Nächstes kam.

Als Nächstes kam ein pfeifendes Geräusch, dem ein lautes Klatschen folgte, als die Peitsche auf meine Haut traf. Himmel! Das tat richtig weh. Pete meinte es anscheinend ernst. Mir sprangen die Tränen in die Augen, und mein Körper zuckte unkontrolliert und wand sich. Ich rang nach Luft.

Der nächste Hieb ging auf mich nieder.

Ich hatte mir geschworen, auf keinen Fall zu weinen, aber jetzt tat ich es. Die Tränen flossen aus meinen Augen, und es war mir unglaublich peinlich. Ich würde nicht schreien, schwor ich mir. Sie hatten mir erklärt, ich könnte das gerne tun, aber das wollte ich nicht.

Stille. Das war nicht gut, denn so konnte ich mich nicht auf den nächsten Schlag einstellen. Bisher waren es zwei gewesen, blieben acht weitere. Es folgten zwei weitere Schläge dicht hintereinander, die herrlich schmerzhaft waren. Die Peitsche landete an Stellen, die sie vorher noch nicht erreicht hatte.

Ich kniff die Augen zu und biss die Zähne zusammen.

Wieder ging ein stechender Schmerz durch meinen Hintern, doch diesmal war er tiefer angesetzt und traf bislang unberührte Hautpartien. Die Hälfte war geschafft.

Beim nächsten Schlag schrie ich auf. Irgendwie hatte ich wohl die absurde Vorstellung, wenn ich nur genug Lärm machte, würde Pete vielleicht seine Meinung ändern und aufhören. Ich wand mich in den Fesseln, und der Schmerz in meinen Nippeln ließ mich laut aufschluchzen. Ich versuchte, die Kontrolle über meinen Körper zu behalten. Ich atmete tief durch, wie Ivan es mir geraten hatte, entspannte meine Muskeln und atmete den Schmerz einfach weg …

Drei. Zwei. Eins.

Fertig. Ein Geräusch stieg um mich auf. Applaus, der mir galt. Früher war ich diese extremen Schmerzen gewohnt gewesen, denen nach ihrem Abklingen eine Ekstase folgte, während man mir applaudierte. Aber das schien ein ganzes Lebensalter hinter mir zu liegen.

„Du hast deine Sache gut gemacht." Ivans warmer Atem auf meinem Gesicht. „Mach die Augen auf. Es ist vorbei. Du hast es wirklich sehr gut gemacht."

Ich öffnete die Lider und blickte in seine grüngrauen Augen. „Habe ich?"

„Oh ja. Sie haben es geliebt." Er tupfte mein Gesicht mit einem Papiertaschentuch ab.

„Oh, na toll."

Er küsste mich erneut. Dieser Kuss war inniger und sanfter, während eine Hand meine Nippel streichelte und er die Kette losmachte. „Wir werden dir die beiden hier bald abnehmen. Dein Hintern hat ein paar sehr hübsche Streifen."

„Ich weiß. Ich kann sie spüren."

Er hob die Hand, um mich loszuschnallen. „Bleib ruhig."

„Warum?" Warum sollte ich nicht ruhig sein? Schließlich peitschte mich jetzt keiner mehr aus.

Er ließ eine Hand durch eine Lücke des Gitters schlüpfen und streichelte mich. Es waren kleine, geschickte Berührungen. „Du bist ziemlich nass. Los, komm für mich."

Meine Beine zitterten. Ich umfasste den Rahmen des Seitpferds, und er legte seinen Mund auf meinen, als ich kam. Oh Gott, und wie ich kam! Ein enormer Schmerz rauschte durch mich, als sich alles in mir anspannte und ich endlich Erlösung fand. Meine Nippel brannten.

„Unser Geheimnis", flüsterte er und löste die anderen Fesseln. „War das gut?"

Ich nickte. „Unglaublich. Ich wusste gar nicht, dass es so ist, wenn man geschlagen wird …"

„Baby, es ist so. Selbst wenn es eigentlich noch nicht die volle Dröhnung war, die Pete dir zuteilwerden ließ."

„Nicht?"

„Pete ist in diesen Dingen ein echtes Weichei. Er hat dich geschont. Halt still, ich will deine Beine losbinden."

Er umrundete den Tisch oder Bock oder was es auch war und öffnete die Fesseln um meine Knöchel. Dann platzierte er einen zärtlichen Kuss auf meinen Hintern. Seine Hände lagen um meine Hüften, um mich zu stützen. „Sei vorsichtig."

Ich brauchte seine Unterstützung tatsächlich. Meine Beine zitterten, und mein Hintern fühlte sich bereits steif an. Ich schrie vor Schmerz auf. Er nahm mich in die Arme und trug mich zu einer Couch, auf die er mich mit dem Gesicht nach unten legte. Die anderen scharten sich um mich und küssten mich oder gaben bewundernde Kommentare zu Petes Handwerk ab. Sie boten mir sogar an, meinen Hintern in einem kleinen Spiegel zu betrachten.

Ich lehnte es ab, meinen Hintern im Spiegel zu betrachten. Doch das Angebot, die Nippelklemmen zu entfernen, nahm ich dankbar an. Ich quiekte, als Ivan zwei Handvoll Eis gegen meine armen, geschundenen Brüste drückte.

Danach folgte eine Weile liebevolles Umsorgen, das ich wie durch einen Nebel wahrnahm. Ivan trug eine Lotion auf meinen wunden Hintern auf. Im ersten Moment wimmerte ich, als die kühle Creme meine empfindliche Haut berührte, aber nach diesem ersten Schmerz war es beruhigend und angenehm. Seine Finger schlüpften in meine Kimme und zwischen meine Schenkel. Ich hätte allein von diesen winzigen Berührungen ohne Weiteres ein zweites Mal kommen können, stattdessen blickte ich über die Schulter und sagte ihm, er solle damit aufhören.

Sein verdorbenes Grinsen verriet mir, dass er genau wusste, wie erregt ich noch immer war, und dass er überhaupt nichts dagegen hätte, mich noch mal kommen zu lassen und mich anschließend der neuerlichen Bestrafung auszuliefern. Er bearbeitete auch meine Beine mit der Lotion, und ich stöhnte lustvoll, als er begann, meine Füße und Zehen zu massieren.

Pete fütterte mich derweil mit Weintrauben und lobte mich. „Du bist ein böses Mädchen, Jo. Aber das hast du gut gemacht."

„Ehrlich? Ivan hat nämlich behauptet, du hättest mich geschont."

„Jedenfalls hattest du es bei mir leichter als bei ihm. Hätte er dich bestraft, hättest du viel lauter geschrien."

Ich fand es schwierig, mir das bei Ivan vorzustellen, der in diesem Moment so friedlich und zärtlich meine Füße und Waden eincremte.

Pete küsste mich auf die Wange. „Er hat dich zum Höhepunkt gebracht, stimmt's?"

„Hm?" Ich glaube, er ließ sich von meiner gespielten Unschuld nicht täuschen. Er grinste jedoch nur und sagte Jennifer, sie solle mir Wein und mein Höschen holen. Außerdem sollte sie etwas suchen, das ich mir überwerfen konnte.

Ich döste unter der weichen Decke ein wenig ein, denn auch wenn meine Nippel empfindlich waren und das Lederbustier nicht gerade geeignet, um darin zu schlafen, fühlte ich mich warm und geborgen. Ich drehte mich auf die Seite und spürte, wie empfindlich auch mein Hintern war. Meine Muskeln waren verspannt, aber ich war zugleich so sehr von Endorphinen überflutet, dass ich meilenweit vom Schmerz entfernt war.

Ich konnte sogar Mr D.s Verrat inzwischen mit etwas weniger Wut betrachten. Und vielleicht, nur vielleicht … Waren Regelverstöße und die anschließende Bestrafung nicht eine

Möglichkeit, um nach oben zu gelangen? Vielleicht rief der König heute Nacht seine Scheherazade zu sich. Ich machte mir zwar etwas Sorgen um meinen wunden Hintern, aber dann mussten wir die Stellungen halt klug wählen. Dann käme die Geschichte zu einem guten Ende.

Irgendwer spielte im Hintergrund leise Klavier. Vermutlich Ivan.

Jennifer, die sich derweil zu meiner Beschützerin aufgeschwungen hatte, saß neben mir und unterhielt sich flüsternd mit denen, die zu uns kamen. Sie sagte, ich müsste mich ausruhen und würde später Scrabble spielen oder mit den anderen reden. „Geht's dir gut, Jo?", fragte sie jedes Mal leise, wenn ich mich bewegte. „Brauchst du irgendwas?"

Was springt für dich dabei raus? Ich überlegte, ob ich sie bitten sollte, mir ein paar Weintrauben zu schälen, aber mir war zu warm und gemütlich, um mich auf ein Kämpfchen mit ihr einzulassen. Ich vermutete, sie wolle sich einfach neben mir im rechten Licht präsentieren, solange ich so hoch in der Gunst stand. Außerdem käme sie vielleicht wirklich auf die Idee, mir die Weintrauben zu schälen, denn sie war in einer sehr unterwürfigen Stimmung. Und ich wollte nicht darüber nachdenken müssen, wo sie an diesem Abend mit ihren Fingern schon gewesen war.

„Jennifer? Wenn sie einen nach oben schicken, was passiert dann?"

„Es bedeutet, dass jemand dich ausgewählt hat. Und du musst das machen, was sie von dir verlangen. Was mich aber interessiert, ist die Frage, wie du die Nummernkombination für die Tür herausgefunden hast."

„Ich hab einfach geraten."

„Wow." Sie schien ehrlich beeindruckt. „Ich glaube, das hat vor dir noch keiner geschafft. Wie ist es da oben?"

„Toll. Das ist ein großartiges Haus. Es muss mindestens hundert Jahre alt sein."

„Nein, das meine ich nicht. Was machen sie da oben?“ An Architektur war Jennifer nicht interessiert.

„Sie essen. Lindy lag ausgestreckt auf dem Tisch, wie ein Tischaufsatz. Sie war mit Blumen und Obst überhäuft.“

„Krass!“ Sie zog die Nase kraus. „Haben sie das Zeug einfach so von ihr gegessen?“

„Nein. Es war einfach ein formelles Dinner.“

Die Türklingel schrillte, und Jennifer zog mir die Decke weg und knüllte sie zusammen. „Sieh sexy aus!“, zischte sie mir zu, während sie sich in eine verführerische Pose warf.

„Welchen Unterschied macht das denn? Glaubst du nicht, dass sie wissen, für wen sie hier reinkommen?“

„Ja schon, aber … na ja, so machen wir das eben.“

Ich legte mich auf die Seite. Was auch immer in der Creme gewesen war, es hatte den Schmerz beträchtlich zu lindern vermocht.

Angela kam in den Raum und küsste Pete auf die Wange, als er sie begrüßte. Dann nickte sie in meine Richtung. „Die da“, sagte sie verächtlich. An mich gewandt fügte sie hinzu: „Du siehst schrecklich aus.“

Ich stand auf und streckte mich etwas, während sie mich mit verschränkten Armen beobachtete und mit dem Fuß trommelte. „Als ob ich nicht ohnehin genug zu tun hätte“, fügte sie hinzu.

„Was machst du denn?“, fragte ich. „Außer für die großen Jungs irgendwelche Aufträge zu erfüllen, meine ich.“

Sie wandte sich an Pete. „Das nächste Mal soll Ivan ihr diese Dreistigkeit mit ein paar saftigen Hieben austreiben, ist das klar? Bereit, Jo?“ Sie hielt die Tür für mich auf, und ich winkte den Anwesenden zum Abschied zu. Dann verließ ich mit vorsichtigen, nicht zu schnellen Schritten den Raum.

Das Erste, was Angela tat, nachdem wir in den Umkleideraum zurückkehrten, war, wieder in ihre pinkfarbenen Plüschpantoffel zu schlüpfen. Sie fluchte dabei leise. Dann machte sie sich daran, mich zu säubern. Sie schminkte mein Gesicht ab und versorgte die Haut anschließend mit einer teuren, dezent duftenden Feuchtigkeitscreme. In einem Plastikkulturbeutel suchte sie nach Foundation und Rouge, die zu meiner Haut passten. Sie verwendete teure europäische Marken, nach denen ich bei nächster Gelegenheit Kimberly fragen wollte. Dann wählte sie einen grüngrauen Lidschatten, den ich mir nie im Leben ausgesucht hätte, fügte ein silbriges Highlight unterhalb der Augenbrauen hinzu und betonte die Wimpern mit dunkelgrauem Eyeliner.

„Schau nach *oben*!“ Sie wedelte mit einem Mascara-Applikator vor meinen Augen.

„Ich trage keine Mascara.“

„Heute Nacht tust du es, Süße. Nicht blinzeln.“

Sie bestäubte mein Gesicht mit einem glitzernden Puder und vollendete ihr Werk mit einem knallroten Lippenstift. Ich war erschrocken und zugleich erfreut, als sie mir endlich gestattete, mein Spiegelbild zu bewundern. Ich sah hübsch aus. Und ich sah nicht gerade oft hübsch aus – zumindest nicht so hübsch wie jetzt. Außerdem sah ich mehr wie eine Hure aus als je zuvor in meinem Leben.

„Ich denke, das wird genügen“, bemerkte sie verärgert.

„Wow, du bist wirklich gut“, sagte ich. „Wo hast du das gelernt?“

Sie zuckte mit den Schultern. „Ich war mal Model. Ist lange her. Da lernt man so was eben. Hier, du musst noch ein anderes Höschen anziehen.“

„Ich mag mein Höschen.“

Sie schaute mich abfällig an. „Inzwischen ist das vermutlich ziemlich durch, nach dem, was du heute getan hast. Außerdem hat er ausdrücklich nach diesem Slip gefragt.“

„Wer?“

Sie ignorierte meine Frage und fischte ein weißes Baumwollhöschen aus einem Wäschekorb, der in der Ecke stand.

Jemand hatte sich sogar die Mühe gemacht, es zu bügeln. Das war nicht gerade das Model „Schulmädchentraum", aber es war ziemlich züchtig und ungefähr die Art Unterwäsche, die ich gerne trug, wenn ich nicht gerade als Sexsklavin benutzt wurde oder Mr D.s Träume erfüllte. Ich fand, es sah in Kombination mit dem Lederbustier bizarr aus. Aber ich wurde ja nicht nach meiner Meinung gefragt.

„Wie heißt er?", fragte ich.

„Es steht mir nicht zu, dir seinen Namen zu nennen." Sie schob meine Brüste über dem Bustier zurecht.

„Du hast wirklich einen anstrengenden Job", bemerkte ich gespielt ernst. Das entlockte ihr ein leichtes Lächeln.

Sie führte mich in die Küche, wo immer noch ein paar Küchenhelfer arbeiteten und die Arbeitsplatte schrubbten. Wir stiegen in den Fahrstuhl und fuhren ins Obergeschoss hinauf. Dort führte sie mich einen spärlich beleuchteten Flur entlang. Weicher Teppich, dunkelrote Wände, behangen mit vereinzelten Gemälden und Spiegeln in opulenten Rahmen. Schließlich blieb Angela vor einer Tür stehen und klopfte.

Sie öffnete die Tür und schob mich ins Zimmer. „Da ist sie."

Ich betrat den Raum und blieb wie erstarrt stehen, als ich den Mann auf dem Bett erblickte.

Hinter mir schloss sich die Tür mit einem leisen Klicken.

15. KAPITEL

Die Limo kam vor meinem Haus zum Stehen, und ich schob mich aus der Tür hinaus in die kalte Nachtluft. Inzwischen tat mir alles weh. Die Limo entfernte sich mit einem leisen Schnurren, und ich blickte ihren Rücklichtern nach.

Jetzt fiel mir auch wieder ein, wo ich meine Haustürschlüssel liegen gelassen hatte. Auf der Küchentheke.

Scheiße. Ich kramte in der kleinen Handtasche, mit der ich unterwegs war, um meinen Verdacht bestätigt zu sehen. Keine Schlüssel.

Über der Garage brannte noch Licht. Ich zückte mein Handy und wählte seine Nummer, die immer noch unter „Apartment" abgespeichert war. Das sollte ich wohl als Nächstes ändern. Ich hoffte, dass er noch wach und vor allem allein war, denn ich wollte einfach nur duschen und dann ins Bett fallen, ohne mit irgendwem reden zu müssen.

Nach dem dritten Klingeln nahm er ab. Als ich sprach, klang meine Stimme kratzig. Er schien nicht sonderlich begeistert zu sein, mein Anliegen zu hören, aber er klang auch nicht besonders angefressen.

Ich seufzte erleichtert, als die anderen Lichter im Haus angingen und ich sah, wie er durch das Haus wanderte. Die Haustür wurde geöffnet. Er trug eine Jogginghose und ein T-Shirt. Seine Haare waren zerzaust.

„Herr im Himmel, Frau! Was ist denn mit dir passiert?"

Ich drängte mich an ihm vorbei. „Mir geht's gut. Tut mir leid, dass ich dich gestört habe."

„Soll ich die Polizei rufen?"

„Wie bitte?" Meine Beine fühlten sich schwach und zugleich bleischwer an. Ich sank erschöpft auf die Treppe im Hausflur.

Sie sah verdammt mies aus. Ihre Augen waren schwarz umrandet. Zuerst hatte er geglaubt, das Schwarze seien Veilchen, aber zu seiner Erleichterung war es wohl nur verschmierte Mascara. Sie ging schwerfällig, als würde ihr ganzer Körper schmerzen. Die Hände hatte sie tief in den Jackentaschen vergraben, und die Stimme klang erschöpft und heiser.

Er war verdammt wütend und machte sich schreckliche Sorgen um sie.

„Ich rufe die Polizei", wiederholte er stur.

„Nein. Nein, mir geht's gut, ehrlich. Ich ..." Sie hievte sich hoch und klammerte sich dabei ans Geländer. Ihre Jacke klaffte auf, und er erhaschte einen kurzen Blick auf ihre Nippel, die über einer Art schwarzem Lederkorsett hervorspitzten. Das passte gar nicht zu ihr, und ebenso wenig zu ihrer Jeans. Aber es erklärte eine Menge.

Er blickte betreten beiseite, damit sie sich wieder bedecken konnte. „Ich mache dir eine Tasse Tee."

Es war die Art Angebot, wie es seine Oma oder seine Schwestern hätten machen können, und es kam ihm gegenüber jemandem, der offenkundig eine Nacht mit ziemlich heftigem Sex hinter sich hatte, besonders lächerlich vor. Aber zu seiner Überraschung nickte sie und lächelte sogar leicht. „Danke."

Sie gingen in ihre Küche. Jo saß am Tisch, während er den Wasserkocher in Gang setzte und nach ihrem Vorrat an Teebeuteln forschte.

Sie schlurfte zum Kühlschrank. „Willst du auch ein paar Eier?"

„Klar. Ich mach das schon. Setz dich einfach hin."

Während er ihnen Rühreier machte, verließ sie die Küche. Er hörte Wasser laufen. Sie kam zurück und hatte sich in der Zwischenzeit das Gesicht gesäubert und trug jetzt einen ausgeleierten grauen Pullover, der vermutlich ein Überbleibsel ihres letzten Freunds war. Sie setzte sich wieder an den Tisch und schlang ihre Hände um den Teebecher, während er die Rühreier auf Toastscheiben verteilte und ihr einen Teller hinstellte.

Sie nahm die Gabel mit einem Seufzen und starrte auf das Essen, ehe sie begann, es in sich hineinzuschaufeln. Sie aß ihren Teller vollständig leer. Als sie ihn von sich wegschob, hatte sie sogar wieder etwas Farbe im Gesicht.

„Danke, das war lecker. So was hab ich jetzt gebraucht."

„Mach ich doch gerne. Tut mir leid, wenn ich vorhin überzogen reagiert habe."

„Ist nicht schlimm. Ich sah ja auch wie ein Wrack aus." Sie ließ den letzten Schluck Tee im Becher kreisen. „Mir geht's gut. Tut mir leid, wenn ich dir Angst eingejagt habe. Und danke hierfür. Für das Essen und die Gesellschaft."

Er zuckte nur mit den Schultern und räumte die Teller in die Geschirrspülmaschine. „Gerne."

Sie stand auf und trat neben ihn an die Spüle. „Komm schon, ich kümmere mich um den Abwasch. Wie geht's deinem Auge?"

Er hörte fast auf zu atmen, als sie seine Wange und die Schläfe mit ihren kühlen Fingern berührte. Ihr Gesicht war seinem so nahe, dass er den winzigen schwarzen Fleck unter dem einen Auge erkennen konnte, den sie dort übersehen hatte. Und er roch ihr Parfüm, das sich mit ihrem Schweiß vermischte. „Tut's noch weh?"

„Überhaupt nicht. Brauchst dir keine Sorgen zu machen." Ein Messer rutschte ihm aus der Hand und klapperte in die Spüle.

Sie schmunzelte. Der Moment war vorbei. „Wir können eigentlich die ganze Nacht hier stehen und einander versichern, dass es uns gut geht. Lass das Geschirr stehen, Patrick. Ich kümmere mich morgen drum. Tut mir leid, dass ich dich so spät noch gestört habe."

„Ich war ohnehin wach, ist also kein Problem."

Sie nickte. „Ich gehe jetzt ins Bett."

Er folgte ihr die Treppe nach oben. Es war unglaublich erotisch, so hinter ihr herzugehen, obwohl ihm keine andere Wahl blieb, wenn er zurück in sein Apartment wollte. Er wollte sich lieber nicht vorstellen, wie Jo sich aus dem schwarzen Lederkorsett schälte. Aber er fragte sich insgeheim, ob das Bustier wohl Spuren auf ihrer Haut hinterlassen hatte. Er wollte eigentlich auch nicht an den flüchtigen Blick auf ihre Nippel denken, die im schwachen Licht so dunkel wie das Leder gewirkt hatten. Er wollte überhaupt nicht so an sie denken; sie unterhielten eine Geschäftsbeziehung, verflucht noch mal! Er war ihr Mieter. Und sie war Kimberlys beste Freundin.

Am oberen Treppenabsatz blieb sie stehen. „Heute Abend habe ich einen Fehler gemacht. Mehr nicht. Es ist schlimm, aber nicht so, wie du vermutlich denkst."

Und sie wandte sich in Richtung Schlafzimmer. Sie überließ es ihm, den Rest der Nacht über ihre kryptische Bemerkung nachzudenken.

Ich kann mich nicht erinnern, wann zuletzt jemand für mich gekocht hat oder wann ich zuletzt einen Fremden in meine Küche gelassen habe, der sich ohne meine Hilfe darin zurechtfand und instinktiv wusste, wo ich den Pfannenwender und die Teller aufbewahrte oder wo er die Eierschalen wegwerfen konnte. Bei jedem anderen hätte ich mich verletzlich gefühlt. Bei Patrick war es wie eine Wohltat. Ich musste ihm keine Anweisungen geben. Ich brauchte nur zuzusehen und mich geborgen zu fühlen.

Ja, geborgen. Ich war mir gar nicht bewusst gewesen, wie schrecklich ich aussah, bis ich den Ausdruck auf seinem Gesicht sah und er darauf beharrte, die Polizei zu rufen. Obwohl er meine Versicherung, dass es mir gut ging, hinnahm, ohne eine weitere Erklärung zu verlangen. Ich glaube, er hat einmal sogar meine Nippel gesehen und war Gentleman genug, es sich nicht anmerken zu lassen. Obwohl er sie natürlich bereits kannte.

Ich hatte die Gesellschaft ziemlich rasch verlassen, nachdem ich nach unten in den Umkleideraum gestürmt war. Meine Hände hatten so heftig gezittert, dass ich nur mit Mühe das Zahlenschloss öffnen konnte (und für einen panischen Moment glaubte, ich hätte die Zahlenkombination vergessen). Jeans an, Jacke übergeworfen, T-Shirt zusammengeknüllt und in die Tasche gestopft, so stürzte ich wieder raus und verlangte nach der Limousine. Ich wartete an der Seitentür und hatte die ganze Zeit Angst, sie könnten mir folgen oder mich entdecken.

Niemand kam. Sie sagten, ich müsse zwanzig Minuten auf den Wagen warten, und das waren die mit Abstand längsten zwanzig Minuten meines Lebens, ehe ich die Limousine vorfahren hörte. Ich sank in den Ledersitz und weinte den ganzen Weg zurück in die Stadt. Ich war frustriert, wütend, fühlte mich betrogen und war so traurig, dass mir die Worte fehlten.

Kein Wunder, dass ich so scheiße aussah. Ich duschte ausgiebig, und als ich ins Bett kroch, war schon fast wieder Morgen.

„Kimberly?“ Ich balancierte einen Latte macchiato auf dem zweiten, als ich an ihre Bürotür klopfte. Ich wusste, dass sie heute früh keine Termine hatte, und war neugierig, warum sie die Tür geschlossen hatte.

Vorsichtig öffnete ich. Kimberly sprang auf und nahm mir den oberen Becher ab.

„Im Zirkus wirst du nie einen Job bekommen.“

„Verflixt! Und ich hatte mir gerade erst überlegt, mit dem nächsten Zirkus durchzubrennen.“ Ich hob den Deckel von meinem Latte. „Hast du zu tun?“

„Ein paar Minuten hab ich Zeit.“ Sie lächelte fast. „Du bist für einen Montag aber ziemlich früh da.“

Ich setzte mich. „Wie geht's dir so?"

„Ganz gut. Ziemlich viel zu tun. Und dir?"

„Ach, auch gut. Auch viel zu tun." Ich atmete tief durch. „Kimberly, tut mir leid, wenn ich zuletzt so … distanziert war. Ich habe versucht, ein paar Dinge in Ordnung zu bringen."

„Und hast du die Dinge in Ordnung gebracht? Bist du bereit, wieder am echten Leben teilzuhaben?"

„Ja."

Sie runzelte die Stirn. „Gestern hat mich Patrick angerufen. Er hat sich Sorgen um dich gemacht."

„Oh."

„Es war morgens um acht. An einem Sonntag!" Sie nahm einen Schluck Kaffee. „Ich hatte Gesellschaft. War irgendwie eine komische Situation."

„Das tut mir wirklich leid." Noch vor einer Woche hätte sie mir sofort erzählt, wer er war. Aber ich wollte unseren zerbrechlichen Burgfrieden nicht sofort wieder auf die Probe stellen. „Was hat er gesagt?"

„Patrick? Er dachte, du hättest dich da in etwas ziemlich Ungesundes gestürzt, weil du mitten in der Nacht heimkamst und ausgesehen hast, als hätte dich jemand zusammengeschlagen. Er dachte, du bräuchtest vielleicht Hilfe." Sie schaute auf die Uhr. „Ich muss jetzt zu diesem Meeting. Lass von dir hören, Jo! Lass es mich wissen, wenn du unter der Woche freihast, dann können wir was unternehmen. Und vielen Dank für den Kaffee."

Sie stolzierte in ihren Cowboystiefeln hinaus; Handtasche, Geldbörse und Kaffee hielt sie irgendwie mit beiden Händen fest, und über einen Arm hing noch eine Wildlederjacke mit Fransen.

„Ist die neu?" Ich streichelte das Wildleder. „So ein schönes Teil!"

„Danke. Und? Brauchst du im Moment Hilfe?"

Ich zögerte und hoffte, dass es ihr nicht auffiel. „Nein, mir geht's gut. Ich bin nur zu spät und ziemlich müde heimgekommen. Ich glaube, das hat Patrick einfach ein wenig verschreckt."

Sie nickte und kramte in ihrer Handtasche nach den Autoschlüsseln. „Wir sehen uns, Süße."

Ich sah ihr nach, als sie das Foyer durchquerte und nur kurz stehen blieb, um ein paar Worte mit dem Senderchef Bill zu wechseln, ehe sie an der Rezeption vorbeiging und das Gebäude verließ.

Ich spazierte in meinen Bürowürfel und widmete mich der Leserpost und ein paar neuen Aufnahmen, die uns von den Plattenfirmen zugeschickt wurden. Ich war unruhig und unzufrieden. Ich wünschte, ich hätte Kimberly alles erzählen können. Wenn ich mich auf das beschränkte, was Samstagnacht passiert war, ergab die Story allerdings keinen Sinn. Und ich war noch nicht bereit, ihr oder sonst jemandem die komplette Geschichte zu erzählen. Die Geschichte, wie man mich überlistet und reingelegt hatte.

Es war erst zehn Uhr in der Früh. Unter anderen Umständen wäre ich vermutlich den ganzen Tag bis spät in der Nacht im Sender geblieben. Es gab immer genug zu tun – Projekte mussten geplant und durchgeführt werden, zum Beispiel.

Aber heute ging das nicht. Ich verließ den Sender durch die Hintertür und spazierte über den Radweg, den ich sonst immer auf dem Weg zur Arbeit entlangfuhr. Ich dachte intensiv über die Ereignisse von Samstagnacht nach. Was passiert war, nachdem Angela mich sanft in den Raum geschoben hatte.

Ich fühlte mich zu dem Zeitpunkt noch wütend und verletzt, glaubte aber auch, dass ich Mr D. durchaus verzeihen konnte. Ich verstand, dass seine Handlungen von der komplizierten und beinahe überbordenden Komplexität getrieben wurden, die er am menschlichen Verhalten so sehr schätzte. Ich war zumindest darauf eingestellt, nun endlich seine Erklärungen anzuhören, und ich wappnete mich, ihm meine Wut entgegenzuschleudern. In diesen wenigen Sekunden, während ich den Raum betrat, sah ich, dass durchaus die Chance bestand, dass ich ihm vergab. Und dass sich neue Möglichkeiten auftaten.

Im Raum hing ein süßer, köstlicher Duft. Der Hauch eines teuren Parfüms. Meine nackten Füße sanken in den Perserteppich, der von höchster Raffinesse und bester Qualität war. Eine Lampe auf einer großen Truhe verströmte ein warmes Glühen. Irgendwo links neben mir bewegte sich etwas, und nach den Ereignissen dieses Abends zuckte ich ängstlich, ehe ich erkannte, dass es mein eigenes Abbild in einem großen Spiegel war. Natürlich.

Vor mir stand ein niedriges breites Bett. Und auf dem Bett lag unter dem weißen Laken ein Mann. Den Kopf hatte er in eine Hand gestützt. Sein Gesicht lag im Schatten.

„Hey Jo."

„Jake?" Meine Hände fühlten sich eisig an. Ich verschränkte die Arme vor meinen entblößten Brüsten.

„Hast du jemand anderen erwartet?"

Ich nickte.

„Das ist meine Belohnung, weil ich dich rekrutiert habe", sagte er. „Du musst mir angemessen dafür danken."

„Warum sollte ich dir danken, wenn du dich selbst belohnst?"

„Gute Frage. Stellen wir uns einfach vor, es ist eine Entschuldigung."

„Eine Entschuldigung?"

„Du hast meine Gastfreundschaft missbraucht. Und die von Cathy auch. Sie war danach ziemlich verärgert."

„Was habt ihr denn gedacht, was ich tun würde? Ich bin vielleicht früher gegangen, aber ihr wart ja auch irgendwie beschäftigt, und kann ja sein, dass ich mich nicht angemessen bedankt habe …"

Er bewegte sich ein bisschen. Jetzt war sein Gesicht ins Licht getaucht, und ich konnte seine Miene erkennen. „Du hast echt keine Ahnung, stimmt's? Du hättest dich mal sehen sollen, wie du mein Haus angesehen hast. Ich habe diesen Keller mit eigenen Händen gebaut!"

„Ist ein toller Keller. In meinem feiern die Mäuse Partys."

„Siehst du? Du machst es schon wieder. Du merkst ja nicht mal, wie du's machst." Er schob das Laken beiseite und zeigte mir seine Erektion. Auf mich wirkte sie wie eine Drohung. Ich hatte noch nie erlebt, wie ein Kerl seinen Schwanz als Waffe benutzte, und das jagte mir Angst ein. „Was zum Teufel lässt dich eigentlich glauben, du wärst besser als wir? Siehst mein Haus und meine Frau mit dieser herablassenden Art an, als wärst du eine Prinzessin. Fragst sogar, ob wir *Bücher* besitzen." Er spie das Wort geradezu aus, als wäre es etwas Obszönes. „Und jetzt beweg deinen Arsch hier rüber."

Ich blickte ihm fest in die Augen. „Nein. Ich will nicht."

„Du hast zugestimmt, dich den Regeln der Gesellschaft zu unterwerfen. Und hier gilt die Regel, dass du tust, was ich von dir verlange."

„Sieht ganz so aus, dass die einzige Regel so lautet, dass man mir sagen kann, was ich zu tun habe. Und davon habe ich die Schnauze voll. Tut mir leid, Jake, aber ich werde jetzt gehen."

Er lehnte sich zurück und verschränkte die Hände hinter dem Kopf. „Ich würde das nicht empfehlen."

„Wer ist Mr D.?", fragte ich.

„Wer?"

„Der Mann, der eigentlich hier sein sollte. Der Mann, der mich in Wahrheit rekrutiert hat. Ich glaube, du weißt, wen ich meine."

„Ich habe keine Ahnung." Er setzte sich auf und schwang die Beine über die Bettkante.

Ich wandte mich von ihm ab und verließ den Raum. Ich wollte ihm nur ungern den Rücken zukehren, aber ich wollte ebenso wenig vor ihm zurückweichen. Er sollte nicht den Eindruck bekommen, ein König zu sein, oder als traute ich mich nicht, den Blick von ihm zu lassen. Meine Hand zitterte, als sich meine Finger um den Türknauf schlossen. Zu meiner Erleichterung war die Tür nicht abgeschlossen.

„Du wirst dir noch wünschen, du wärst geblieben“, rief er mir nach, als ich die Tür öffnete.

„Das bezweifle ich. Du bist einfach nicht mein Typ.“ Ich schloss die Tür hinter mir. Dann rannte ich zurück in den Umkleideraum. Ich floh.

Und darum spazierte ich jetzt einen Radweg entlang und hatte die Fäuste geballt. Ich fluchte leise vor mich hin und war immer noch etwas steif und verspannt nach der Bestrafung. Ein Radfahrer zischte an mir vorbei. Ich blickte zu den kahlen Ästen hinauf, die in den Himmel ragten. Dahinter erhob sich das reine Weiß der Berge vor einem klaren blauen Himmel. Ich hob mein Gesicht der wärmenden Sonne entgegen und genoss die eisige, brennend kalte Luft. Ich musste mich von der Enttäuschung und den negativen Gefühlen reinigen.

Danach kehrte ich in meinen Bürowürfel zurück und verschickte ein paar E-Mails, um meine Schichten für die kommenden Tage abzudecken. Ich erledigte einen ganzen Eingangskorb Papierkram und plante das Programm der nächsten Sendungen. Ich räumte richtig auf. Ich wollte nämlich ein paar Tage Urlaub nehmen und Überstunden abfeiern. Endlich wieder ausruhen und entspannen. Ich schaute im Internet, wie hoch der Schnee oben in den Skigebieten lag und wie die Bedingungen waren. Es sah richtig gut aus. Ich dachte sehnsüchtig an meine eiserne Wachsreserve daheim im Keller und freute mich auf den Moment, wenn ich die Skier mit nach unten nahm und sie vorbereitete. Ich überlegte sogar schon, welchen Wollpullover und welche Daunenweste ich anziehen konnte, welche Handschuhe und welche Mütze.

„Kann ich helfen?"

Ich sah über die Schulter. Patrick stand hinter mir. Er schien belustigt, und ich fragte mich, wie lange er wohl schon den Anblick meines Hinterns bewundert hatte. Ich kniete auf dem Boden und kramte die Sachen aus dem Wandschrank im Flur.

„Alles in Ordnung." Endlich fand ich meine Skistiefel und wenigstens einen Handschuh, den ich über die Schulter nach hinten warf.

Er sah auf meine Skier und die Skistöcke, die auf dem Boden lagen. „Wo willst du denn hin?"

„Ich weiß es noch nicht. Irgendwo oberhalb der Schneefallgrenze jedenfalls."

„Ja, stimmt. Hab gehört, die haben mindestens fünfzehn Zentimeter. Schnee", fügte er hinzu, als merke er erst im Nachhinein, dass ich seine Worte doppeldeutig verstehen könnte.

„Möchtest du mitkommen?" Ich fand einen anderen Handschuh. Leider keinen, der zum ersten passte, aber es ging auch so. „Skifahren, meine ich." Jetzt machte ich es auch schon.

„Klar. Wann?"

„Morgen. Ich fahre."

„Toll." Er legte einen Umschlag auf das Tischchen im Flur. „Die Miete."

Unsere Unterhaltung wurde etwas weniger verkrampft und nicht so einsilbig, als wir vereinbarten, wann wir losfahren wollten, und über die richtige Skistrecke diskutierten. Noch während wir redeten, bedauerte ich meine Einladung bereits. Ich hatte mich nach Einsamkeit gesehnt und wollte nachdenken und abschalten. Ich wollte mich nicht verpflichtet fühlen, mit jemandem Konversation zu machen, den ich kaum kannte. Aber sofern er keinen Rückzieher machte – und das würde mich genauso verstören –, war ich wohl oder übel gezwungen, mit ihm zu fahren.

Ich fühlte mich schlecht, weil ich Vorbehalte hatte. Schließlich war er mir zur Hilfe gekommen, als ich mich gestern Nacht ausgesperrt hatte. Und inzwischen waren wir schon ein bisschen miteinander vertraut. Und das war auch so ein Thema, mit dem ich mich nicht wohlfühlte – dieses körperliche Interesse, das gelegentlich zwischen uns aufflammte.

Verflixt, ich war quasi eine Orgien- und BDSM-Veteranin! Warum ließ ich mich von so einem kleinen, unbedeutenden Flirt aus der Ruhe bringen?

Die Sonne schien strahlend hell durch die Fenster, während wir am nächsten Morgen den Highway hinauf ins Hochland fuhren. Patrick saß neben mir und fummelte am Radio herum, bis wir das Signal verloren. Er sagte nicht viel. Wir hatten beide einen großen Becher Kaffee und schafften es unabhängig voneinander, uns mit den Kaffeespritzern einzusauen. Keiner von uns sah so aus, als sei er soeben dem neuesten L.L.Bean-Katalog entstiegen, obwohl meine Daunenweste, die ich bei einem Garagenverkauf ergattert hatte (und die nach ein paar Flickarbeiten wieder tipptopp war), von ihrem Vorbesitzer genau dort bestellt worden war. Ich trug meine Radlerhose und Seidenunterwäsche, damit ich nicht auskühlte, und dazu den Pullover mit dem Loch am Ellenbogen, den Hugh bei mir gelassen hatte. Patrick trug ein wirklich schreckliches kariertes Wollhemd mit Farbflecken, dazu eine Cordhose und knallrote Gamaschen.

„Wir werden auf keinen Fall irgendwelche Modelwettbewerbe gewinnen", bemerkte er.

„Ist ja nicht so, als wollten wir in einer Bar in Aspen rumhängen", gab ich zurück. „Wir haben keinen Radioempfang mehr. Willst du eine CD aussuchen?"

Er kramte in meiner Sammlung. „Hast du auch was anderes als Opern?"

„Nein."

Er zuckte die Schultern. Die nächste Stunde hörten wir Verdi. Ich versuchte, nicht ängstlich das Lenkrad zu umklammern, wenn Lastwagen an uns vorbeidonnerten. Ich glaube, Patrick bemerkte meine Sorge, aber er war so taktvoll, nichts dazu zu sagen. Als wir vom Highway abfuhren, kämpfte er mit der Karte.

„Okay. Die nächste links."

„Links?" Ich schaute skeptisch auf die schmale Straße.

„Recht so." *Rechtsooo.*

„Rechts?"

„Nein, links. Da vorne."

Wir verließen die gepflasterte Straße und fuhren ein paar Meilen, ehe wir den Parkplatz zu der Skistrecke erreichten. Dort füllten wir unsere Taschen mit Studentenfutter und schnallten die Skier unter. Wir waren die einzigen Menschen in dieser Einsamkeit. Die Strecke war eine alte Bergbautrasse, die sich zwischen den Bäumen dahinschlängelte. Sie war vollkommen unberührt und makellos.

Ich stürzte mich darauf. Manchmal mochte ich es, einfach herumzustapfen, in die Baumwipfel hinaufzublicken und die Spuren der Tiere im Schnee zu suchen oder die winzigen Krallentupfer der Vögel. Heute wollte ich mich bewegen. Ich wollte mich der Freiheit hingeben, durch unberührten Schnee zu schießen, wollte das Ziehen meiner Muskeln ebenso spüren wie die kalte, beißende Luft auf meiner Haut. Und ich glaube, ein bisschen wollte ich Patrick auch beeindrucken. Wollte ihm zeigen, wie stark und geschickt ich auf Skiern war.

Hinter mir zischten Patricks Skier durch die Spur, die ich erschuf, was es ihm leichter machte, mir zu folgen. So konnte er immerhin mithalten. „Ich kann auch jederzeit übernehmen und die Spur fahren", bemerkte er hinter mir. Er war kaum außer Atem.

„Nein, ist schon in Ordnung." Der Weg führte abwärts und beschrieb einen Bogen. Ein Blauhäher, der sich grell vom

Schnee abhob, flog durch mein Sichtfeld. Ich schob meine Sonnenbrille nach oben, als der Weg durch eine schattige Senke verlief. Als die Sonne mir wieder in die Augen stach, verlangsamte ich mein Tempo, um die Brille wieder aufzusetzen.

Anschließend fuhr ich langsamer weiter, weil ich wieder daran dachte, dass ein Teil des Vergnügens beim Skilanglauf (abgesehen davon, dass man seine abgerissensten Klamotten dabei tragen konnte) darin bestand, die Natur zu beobachten und zu genießen. Nach einem Stück bergauf, das wir skatend nahmen, erreichten wir eine große Lichtung. Ich erinnerte mich an mein Picknick mit Willis, das erst wenige Wochen her war. Damals waren wir nicht so hoch oben, weshalb es dort noch angenehm warm gewesen war. Der Himmel hatte das gleiche stechende Blau gehabt. Ich verlangsamte das Tempo und blickte zu den schneebedeckten Bergen am Horizont hinauf. Die Gipfel waren in Wolken gehüllt, und direkt darunter gab es eine Schonung Espen, die zu dieser Jahreszeit keine Blätter mehr trugen und deren Stämme sich dunkel vom Schnee abhoben.

„Ich bin angemessen beeindruckt“, bemerkte Patrick. Er hielt neben mir an. „Verflixt, jetzt habe ich die Kamera vergessen.“ Er griff in seine Jackentasche und bot mir eine Handvoll Studentenfutter an. „Du bist ziemlich gut in Form.“

„Gut genug hierfür.“ Ich war mit meinem Körper zufrieden, der sich erstaunlich schnell von den Strapazen meiner Bestrafung erholt hatte. „Es wird auf dem Rückweg Spaß machen, wieder nach unten zu fahren. Wie lange fährst du schon Ski? Ich kann mir eigentlich nicht vorstellen, dass es in Irland allzu oft schneit.“

„Seit letztem Jahr. Die Skier waren ein Weihnachtsgeschenk von Elise.“ Er zeigte auf die Skier und die passenden Stöcke. Er sah traurig aus, und ich wünschte mir augenblicklich, ich hätte nicht gefragt.

„Du bist ziemlich gut."
„Danke. Und seit wann fährst du Ski?"
„Seit meiner Kindheit." Ich nahm einen Schluck aus meiner Wasserflasche. „Meine Mom hat es mir beigebracht, und dann sind wir mit dem großen Affen aufgebrochen, um im Schnee zu picknicken."
„Der große Affe?"
„Mein Stiefvater. Er heißt Abe und sieht aus wie ein Affe. Lange Arme, haariger Rücken. Er ist ein feiner Kerl."
„Was machen die beiden sonst so?"
„Mom töpfert, und Abe hat eine Autowerkstatt. So richtig typisch für Vermont. Sie sind dort vor meiner Geburt hingezogen, damals war Land dort noch ziemlich billig. Meine Mom ist irgendwie ein Hippie. Sie ruft hin und wieder an und gesteht mir quasi unter Tränen, dass der Kapitalismus sie korrumpiert, weil sie inzwischen ihre Töpferwaren verkauft, statt sie gegen Ziegenkäse einzutauschen."
Er lachte. „Wenn man dich so reden hört, merkt man, wie sehr du sie magst."
„Und wie. Zu Weihnachten werde ich die beiden besuchen."
Patrick verteilte etwas mehr Sonnenschutz auf seinem Gesicht, ehe wir uns wieder auf den Weg machten und über den unberührten Schnee glitten. Ich überließ ihm die Führung und betrachtete seinen Arsch in der ausgebeulten Cordhose. Erst jetzt fragte ich mich, ob er mir vorhin auch auf den Arsch geguckt hatte. Unser Tempo und das leise Zischen der Skier auf dem Schnee waren geradezu hypnotisierend.
„Schöne Strecke", sagte er, nachdem wir einige kleine Hügel und Kurven bezwungen hatten. „Wie hast du sie gefunden?"
„Auf Facebook. Es gibt da eine Gruppe für Leute, die am liebsten querfeldein fahren."
Wir machten eine zweite Pause, teilten das Studentenfut-

ter, tranken Wasser und trugen noch mehr Sonnencreme auf. Die Schatten wurden bereits länger, und in der Luft hing eine beißende Kälte. Wir beschlossen umzukehren. Die meiste Zeit ging es nun bergab, und als ich das erste Mal versuchte, eine Kurve mit den Skiern in der Telemarkhaltung zu nehmen, machte ich einen spektakulären Abgang in die nächste Schneewehe.

Patrick stützte sich auf seine Skistöcke und lachte. „Alles okay?"

„Jep." Ich kämpfte mich aus der Schneewehe und setzte meine Mütze wieder auf. Als ich zurück auf dem Weg war, beugte er sich vor und klopfte den Schnee von meinem Rücken. Es waren freundliche, hilfreiche Klapse, und ich war irgendwie erleichtert. Vielleicht war viel Bewegung an der frischen Luft die beste Möglichkeit, irgendwelche ungesunden Gedanken zu vertreiben. Das zeigten doch schon die Pfadfinder, oder?

Warum starrte ich dann schon wieder auf seinen Arsch?

Ich stieß mich mit gebeugten Knien ab und überholte ihn. Ich gewann schnell an Fahrt und genoss es, einfach in der Spur dahinzugleiten, die ich auf dem Hinweg gebahnt hatte. Die Stöcke klemmten unter meinen Armen, und ich ging tief in die Hocke. Das war das reinste Vergnügen.

Besser als Sex?

In dem Moment schon.

Ich erreichte das Auto und wartete auf Patrick. Nach wenigen Minuten kam auch er an. Er hatte ein breites, glückliches Grinsen auf dem Gesicht. Das hatte ich noch nie bei ihm erlebt. Ich fragte mich, ob es ihm früher genauso viel Spaß gemacht hatte, wenn er mit Elise Skifahren war. Wenigstens hatte seine Trennung ihm dieses Vergnügen am Schnee nicht verleidet.

„Klasse", sagte er und schnallte die Skier ab. „Ich muss mal pinkeln." Er verschwand zwischen den Bäumen und tauchte schon nach wenigen Minuten wieder auf und klopfte sich den Schnee von der Hose.

Ich lehnte derweil am Wagen. Eigentlich wollte ich noch nicht zurück in die Stadt, aber die dunklen violetten Schatten wurden immer länger. Zwischen den Bäumen bewegte sich etwas. Ein Hund?

„Sieh nur." Ich berührte Patrick am Arm.

Ein Kojote tauchte aus dem Dickicht auf. Er stand still da und beobachtete uns einen Moment neugierig. Aber er war auf der Hut, und nach diesem winzigen Moment verschwand er wieder zwischen den Bäumen.

„Wow", sagte Patrick. „Danke dafür."

„Ich müsste eher *dir* danken. Ich glaube, du hast sein Revier markiert, und er ist hervorgekommen, um sich darüber zu beklagen."

Patrick gähnte. „Ich glaube, das war wohl ein Kompliment? Willst du irgendwo noch anhalten und zu Abend essen?"

„Es war nur eine Beobachtung, mehr nicht. Und nein, keinen Zwischenhalt mehr. Aber lieb, dass du fragst. Ich habe was im Schmortopf. Wenn ich dran gedacht habe, ihn einzuschalten. Du kannst gerne mitessen, wenn du magst."

„Schau mal, du bist gefahren, und jetzt bietest du auch noch an, mich durchzufüttern. Darf ich dich wenigstens ein andermal zum Essen einladen, damit ich mich nicht völlig entmannt fühle?"

„Einverstanden." Ich nahm die Ausfahrt vom Highway. „Wir können ja gucken, ob sich ein paar andere Leute anschließen wollen."

Er räusperte sich geräuschvoll. „Ähm. Ich dachte eigentlich daran, also … nur du und ich."

„Wie bei einem Date?" Ich hielt gerade noch rechtzeitig an einer roten Ampel.

„Also, nee. Aber … hättest du denn so ein Problem damit? Wenn ich dich zu einem Date einladen würde, das wirklich ein Date wäre?"

Ich schaltete das Radio ein, während ich über meine Antwort nachdachte. „Aber du hast mich ja nicht gefragt, ob ich mit dir ausgehe. Ausgehen im Sinne von Date."

„Mir würde nicht im Traum einfallen, dir vorzuschlagen, dass es ein Date wäre. Ich wollte dich eigentlich beim Essen fragen, ob du eine Webseite von mir designt haben willst. Dann könnte ich es als Geschäftsessen absetzen."

Ich fand, das klang gut. Wenige Minuten später waren wir zu Hause.

Die Skier und die dicken Klamotten ließen wir im Flur einfach fallen. Ein köstlicher Duft hing in der Luft – ich hatte also doch daran gedacht, den Schmortopf einzuschalten. Schon bald gab es was zu essen. Ich überließ es ihm, das Feuer im Kamin anzuzünden, und ging in die Küche. Dort kontrollierte ich, ob der Fleischeintopf ordentlich gewürzt war. Er brauchte noch etwas Salz, schmeckte ansonsten aber nicht schlecht. Zwei Portionen gab ich in Schüsseln und schnitt dazu ein paar dicke Scheiben Baguette, rieb die Brotscheiben mit Knoblauch ein und butterte sie, ehe ich sie unter den Grill schob. Inzwischen lief mir das Wasser im Mund zusammen.

Ich lächelte, als ich mit einem voll beladenen Tablett ins Wohnzimmer kam. Das Feuer hatte sich prächtig entwickelt, und Patrick lag auf dem Teppich vor dem Kamin. Er war eingeschlafen. Wie ein Hund, der zu viel Auslauf bekommen hatte und dem daheim sofort vor Erschöpfung die Augen zufielen. Immerhin: Die Brille hatte er auf dem Couchtisch abgelegt.

„Hey." Ich stupste ihn mit dem Fuß an. „Aufwachen!"

Er grunzte und drehte sich auf den Rücken. In seiner Hose ragte unübersehbar eine Erektion auf. Dann war er plötzlich hellwach, richtete sich blitzschnell auf und wurde sich wohl seines Zustands im selben Moment bewusst wie ich. „Tut mir leid", murmelte er und nahm seine Brille. „Wow, das riecht lecker."

Ich stellte das Tablett auf den Couchtisch. „Gabel oder Löffel? Die Suppe ist nicht besonders dick geworden."

„Löffel. Ich mag es, darin herumzuwühlen." Er nickte zustimmend, als ich ihm fragend die Flasche mit alkoholfreiem Bier hinhielt, und nahm eine Scheibe Knoblauchbrot. „Und das meine ich als Kompliment. Du hast ja keine Ahnung, wie toll das alles für mich ist. Jemand bekocht mich."

„Kochst du gerne?"

„Manchmal. Aber nicht nur für mich allein. Es wird irgendwann langweilig, oder man ist gezwungen, tagelang dasselbe zu essen."

„Oh ja", sagte ich mit vollem Mund. „Hugh war auch irgendwie ein kleiner Feinschmecker. Er kannte sich auch ziemlich gut mit Wein aus. Er wäre vermutlich ziemlich sauer, wenn er wüsste, dass ich eine seiner wertvollen Flaschen einfach als Kochwein missbraucht habe."

„Hugh war dein … hm … Freund?" Er war sehr taktvoll.

„Ja. Und es tut mir echt leid, was damals passiert ist. Hugh und ich hätten vorsichtiger sein müssen."

„Ach, ist nicht so schlimm." Seine Brillengläser blitzten irgendwie ziemlich frech, fand ich. „Ich habe mich auch schon manchmal von der Leidenschaft mitreißen lassen."

„Und?", fragte ich nach ein paar weiteren Bissen. „Triffst du dich im Moment mit jemandem?"

„Scheiße, ich bin ja noch nicht mal geschieden. Warum? Bist du interessiert? Sollen wir das Date, das kein Date ist, noch mal überdenken?"

Mein Löffel klapperte laut in der Schüssel. Er war direkt zu dem Punkt gekommen, um den wir schon den ganzen Tag kreisten.

„Nein, ich …"

„Es gibt dieses Kribbeln zwischen uns", sagte er. „Heißt ja nicht, dass wir irgendwas deswegen unternehmen sollten. Aber es ist da. Und irgendwie fühlt es sich komisch an. Wenn man's genau nimmt, bin ich immer noch verheiratet, außerdem bin ich dein Mieter und völlig pleite. Und manchmal bin ich auch ein bisschen deprimiert. Ich bin nicht gerade eine gute Partie. Und du …?"

„Ich hab da was mit jemandem laufen", sagte ich nach kurzem Zögern. „Zumindest dachte ich, dass es so wäre. Jetzt bin ich mir gar nicht mehr so sicher. Es sind Probleme aufgetaucht, die wir bisher nicht klären konnten."

„Hugh?"

„Nein, nicht Hugh."

„Aha." Er kratzte den letzten Löffel voll Eintopf aus seiner Schüssel. „Ich glaube, du hast ein ziemlich kompliziertes Liebesleben."

„Und das schreckt dich ab?"

„Nein. Du wirst es schon in Ordnung bringen. Ich werde mein Leben auch in Ordnung bringen. Ich kann zum Ende des Studienjahrs das Haus verkaufen, vielleicht auch etwas früher, wenn Elise mich ausbezahlt. Und ich könnte nicht mehr so deprimiert sein. Ich bin eigentlich ein ziemlich fröhlicher Typ. Zumindest war ich das. Aber eins mache ich nicht: Ich rette keine Frauen in der Not. Nicht mehr. Lass es mich wissen, sobald du dein Leben auf die Reihe gebracht hast. Dann können wir weiterreden."

Ich lachte. „Du bist aber ziemlich überzeugt von dir. Und bist dir meiner ziemlich sicher. Also, was genau ist mit Elise und dir passiert?" Hastig fügte ich hinzu: „Du musst es mir natürlich nicht erzählen, wenn du nicht willst. Möchtest du noch mehr Eintopf?"

Ich holte uns beiden einen Nachschlag. Patrick starrte eine Weile ins Feuer, ehe er antwortete. „Elise", sagte er schließlich. „Wir haben uns entliebt. Ich weiß gar nicht, wie das passieren konnte. Wie kann man damit rechnen, eines Morgens jemanden, den man schon so lange kennt, anzusehen und zu denken, dass dein Gegenüber einfach nur eine Person ist, die man vielleicht sogar mag. Aber sonst ist da nichts geblieben. Wie geht das? Ich weiß nicht. Ich vermute, ich war einfach eine Zeit lang der Ritter auf dem weißen Pferd, und sie ließ einfach ihr langes, blondes Haar herunter. Und dann stellte ich fest, dass sie enttäuscht war, weil ich kein großer Anwalt werden wollte. Und sie war nicht länger die Prinzessin aus dem Märchen für mich, sondern nur eine ganz normale Frau. Sie mochte mich drüben in Irland, aber nach dem Export war's nicht mehr so toll."

„Du klingst immer noch traurig." Ich berührte seine Hand.

„Ach, das werde ich auch noch eine Weile sein." Er klang

recht heiter, während er seine Schüssel mit einem Stück Brot auswischte. „Und jetzt lass uns über dieses Kribbeln sprechen."

„Was gibt's da zu besprechen?"

„Ich glaube, du bist noch nicht vollends davon überzeugt. Nur gut, dass wir beide Knoblauch hatten." Er stellte die Suppenschüssel beiseite und rückte näher.

„Was machst du da, Patrick?" Es gelang mir leider überhaupt nicht, pikiert zu klingen.

„Ich küsse dich. Oder werde es zumindest in Kürze tun."

„Ich glaube nicht ..."

„Das ist nur im Dienst der Wissenschaft." Und dann küsste er mich. Es war ein süßer, knoblauchhaltiger Kuss. Sein Mund blieb geschlossen und übte sehr sanften Druck auf meine Lippen aus. Und in mir wuchs die Anspannung, sodass ich, als seine Unterlippe sich zwischen meine Lippen drängte, mich ihm trotz meiner Vorbehalte öffnete. Aber nur ein bisschen. Gerade so weit, um mit meiner Zunge über seine Unterlippe zu streicheln, ehe ich mich zurückzog und den Kopf schüttelte.

„Also?" Er hatte wieder diesen Blick drauf, aber das Funkeln war tief in seinen Augen und hatte nichts mit den Brillengläsern zu tun.

„Ich erkläre das Experiment hiermit für beendet." Ich stand auf und sammelte die Suppenschüsseln ein.

„Aha! Du willst mir nur nicht sagen, dass du nicht von der Leidenschaft fortgerissen wurdest. Dass ich kein guter Küsser bin." Er stand ebenfalls auf und nahm mir das Geschirr ab. „Ich wasche ab. Es ist nicht so gut, wie dich zu küssen, aber wenigstens kann ich dir so beweisen, dass ich kein Macho bin."

Und schon hatte er diesen wunderbaren Moment beendet. Ich sah ihm nach, als er das Wohnzimmer verließ. Meine Fingerspitzen berührten meinen Mund, wo seiner noch vor wenigen Sekunden geruht hatte.

„Patrick? Du hast recht. Ich habe ein kompliziertes Liebesleben."

Er schaute über die Schulter. „Ich weiß."

Ich folgte ihm in die Küche. Ich war beinahe versucht, ihm die ganze Wahrheit zu sagen. Aber ich entschied mich dagegen. Hatte er nicht selbst gesagt, er habe es sich abgewöhnt, Frauen zu retten?

Außerdem war ich mir ziemlich sicher, dass ich nicht gerettet werden musste.

Am nächsten Tag trafen Kimberly und ich uns zum Lunch. Dort unterhielt sie mich mit einem Bericht über ihr letztes Date mit jemandem, den sie online kennengelernt hatte.

„Ich hätte es wirklich besser wissen müssen. Die Dreadlocks waren eine Warnung", sagte sie. „Es gibt nichts Armseligeres als einen weißen Mittvierziger mit Dreads. Außerdem trug er eine Lederhose, und ich schwöre dir: Er hatte ein Gürteltier in der Hose. Und wollte den ganzen Abend nur über Wurzelbehandlungen reden."

„Er ist nach einer Wurzelbehandlung noch zum Date gegangen?"

„Nein. Er ist Zahnarzt. Eine ganz neue Art Zahnarzt, so einer, der mit der Harley herumgurkt und auf Winterextremsport steht. Ach ja, und Buddhist ist er auch noch."

„Und hast du ihm von deiner Aversion gegen Schnee erzählt?"

„Darauf kannst du wetten." Sie knallte die Gabel in den Salat. „Und ehe du fragst, ich habe nicht nach dem Gürteltier geforscht. Triffst du dich eigentlich mit jemandem? Wie geht's meinem Kumpel Patrick?"

„Ich werde mal lieber die Tatsache ignorieren, dass du gerade zwei völlig unterschiedliche, voneinander unabhängige Fragen gestellt hast. Bitte bring den Zahnarzt mit Dreads nicht zum Thanksgiving-Essen mit. Aber über Cranberryrelish würde ich mich freuen." Ich schob ihr meinen Teller rüber. „Hier, bedien dich. Warum bestellst du keine Fritten, wenn du Hunger hast?"

„Gemopste Fritten schmecken einfach besser." Sie blickte verstohlen zu unserem Kellner hinüber. „Ich wette, ich kann ihm seine Telefonnummer abschwatzen."

„Und wozu?" Ich blinzelte sie unschuldig an. Der Kellner bemerkte unser Interesse an ihm und kam an unseren Tisch.

„Wir möchten noch auf die Nachtischkarte gucken, Süßer", sagte Kimberly. „Hmm, leckere Pobacken", fügte sie hinzu, als er ging.

„Die stehen vermutlich nicht auf der Speisekarte. Also. Wenn der Wintersportzahnarzt nicht der Richtige war, wer war dann letztens über Nacht bei dir?"

„Ach, nur so ein Typ."

„Und? Bringst du den zum Thanksgiving-Essen mit? Ist es jemand, den ich kenne?"

Sie hob die gekreuzten Finger. „Vielleicht bringe ich ihn zum Thanksgiving mit, und vielleicht ist es jemand, den du kennst. Aber ich sage nichts. Er ist einfach toll, auch wenn er etwas älter ist als ich. Aber ich werde nicht drüber reden, weil ich abergläubisch bin. Wenn ich drüber rede, ist es vielleicht schon vorbei. Lass uns lieber über Patrick reden."

Ich dachte intensiv darüber nach, wer dieser geheimnisvolle Mann sein konnte, gab aber schnell auf. Kimberly kannte viele Männer. „Patrick geht's gut. Ich bin gestern mit ihm Skifahren gewesen. Und es war irgendwie ganz einfach. Ich suchte meine Sachen zusammen, wir kamen ins Gespräch und ich habe ihn eingeladen. Tja, und für Thanksgiving habe ich ihn auch gleich eingeladen. Ich meine, er ist ohnehin immer in meinem Haus, und schließlich lade ich eine Menge Leute ein."

„Aha."

„Er ist mein Mieter. Ich war einfach freundlich. Und bevor du fragst: Nein, die Vorzüge der irischen Vorhaut habe ich noch nicht erkundet – oh, danke." Der Kellner warf mir einen neugierigen Blick zu, als er die Dessertkarte auf den Tisch legte.

Wir dachten laut und ausgiebig über den Nachtisch nach. Dann bestellte ich uns Kaffee und einen Möhrenkuchen mit zwei Gabeln. Ich wusste, Kimberly würde mindestens die Hälfte vom Kuchen essen.

„Kimberly, findest du, ich bin dumm?"

„Was, du? Auf keinen Fall." Sie strahlte den Kellner an, der den Teller mit Möhrenkuchen in die Mitte des Tischs stellte. „Du bist ein bisschen verrückt. Du gehst nicht in Klubs oder so. Du stehst so richtig auf klassische Musik. Aber dumm bist du nicht."

„Es ist nur so …" Ich drehte den Teller so, dass sie die Glasur besser abkratzen konnte. „Hugh war mir untreu. Er hat mich betrogen. Und dann war da dieser andere Typ, und er hat dasselbe gemacht."

„Willis?" Sie starrte mich an. Ein Stück Glasur klebte an ihrer Lippe. „Ihr hattet doch nur ein paar Dates."

„Nein, ich rede nicht von Willis." Ich zögerte. Es widerstrebte mir, ihr die ganze Geschichte zu erzählen. Oder zumindest das, was ich wusste. „Es gab da noch jemand anderen. Nein, auch nicht Jason. Jemand, den ich seit sechs Monaten kenne und den ich wirklich mochte. Ich dachte, ich würde ihn kennen und dass er es ehrlich mit mir meint."

„Du meinst, du hast ihn kennengelernt, während du noch mit Hugh zusammen warst?"

„Es begann ungefähr zu der Zeit, als das mit Hugh immer schlechter lief. Weißt du, dieser komische Scheiß, der passiert, wenn eine Beziehung zerbricht. Wenn er verschwindet, weil er was erledigen will, wofür er sonst nur zehn Minuten braucht und erst nach vier Stunden zurückkommt. Die Meetings, die bis spät in die Nacht gehen, und solche Sachen."

„Du hast mir nie erzählt, dass du dich mit einem anderen Mann triffst!“

„So war es auch gar nicht. Ich wusste wirklich nicht, was das für eine Beziehung war, die wir da unterhielten. Sie war platonisch. Also meistens. Aber was ich eigentlich sagen will, ist Folgendes: Was sagt das über mich aus? Dass zwei Männer mich unabhängig voneinander so kurz hintereinander betrogen haben?“

„Du hast dir einfach die falschen Typen ausgesucht. Das erzähle ich dir schon seit einer Ewigkeit.“ Sie schaufelte sich noch eine Gabel Kuchen in den Mund. „Und wer war nun dieser geheimnisvolle Typ?“

„Genau das. Ein geheimnisvoller Typ.“

Mein Handy klingelte. Ich schaute auf das Display. Wieder ein Anruf von Harry. Ich beschloss, Kimberly mit ein paar schmutzigen Details abzulenken. „Gestern Abend habe ich eine Erektion gesichtet.“

„Etwa die von Patrick?“ Kimberly schmunzelte. „Manchmal sind diese schlaksigen kleinen Jungs so gut bestückt, dass ich mir vorkomme, als träumte ich oder sei im Himmel. Wie hast du das denn geschafft?“

„Er schlief vor dem Kamin ein, nachdem wir vom Skifahren zurück waren.“

„Klingt wie ein alter Jagdhund. Hat er dich danach abgeschlabbert?“

„Nein.“

„Lügen haben kurze Beine“, trällerte sie.

„Also gut. Wir haben uns geküsst. Es war aber nur ein Experiment. Könntest du also bitte mit diesem Mittelstufenquatsch aufhören?“

„Und?“

„Naja, und es war nett. Sexy. Aber er ist nun mal mein Mieter.“

„Er wird ja nicht für alle Zeiten dein Mieter bleiben. Elise hat das Haus inzwischen angeboten, und rate mal, wer … Oh mein Gott, sieh nur! Oder nein, sieh nicht hin! Ganz vorsichtig nur."

Aber ich brauchte gar nicht hinzusehen. Ein vertrautes Aftershave wehte heran und kündigte mir die Ankunft von Willis Scott III. an. Das Letzte, was ich von ihm gesehen hatte, war sein nackter Arsch gewesen, während er eine Frau fickte, in die er sich nicht verlieben sollte oder durfte. Ich wollte gar nicht wissen, wobei er mir beim letzten Mal zugesehen hatte.

„Ladys! Kimberly." Er beugte sich hinab und küsste ihre Wange. „Schön wie immer. Hallo Jo, wie geht's denn so?" Er nahm eine Serviette und wischte mir zu meinem Entsetzen irgendwas aus dem Gesicht. Ich hoffte nur, es handelte sich um Glasur. Trotzdem hatte ich das Gefühl, wieder fünf Jahre alt zu sein. „Du solltest lieber mal Harry zurückrufen", bemerkte er leise. Dann richtete er sich wieder auf und zeigte auf die Frau, die an seiner Seite stand. „Kennt ihr schon Elise Delaney?"

Elise war atemberaubend schön. Klein und schlank und mit glänzend blonden Haaren und großen blauen Augen. Ihre Hand fühlte sich in meiner wie etwas Zartes, Zerbrechliches an, und ihre Lippen (weich und rosig) bebten, als würde sie im nächsten Moment losheulen, statt eine Begrüßung zu murmeln.

Willis legte besitzergreifend den Arm um ihre Schultern, als müsste er sie vor den Gefahren beschützen, die beim Durchqueren eines Restaurants auf sie lauerten – so viel Porzellan, allzu scharfe Messer und heiße Flüssigkeiten. Er geleitete sie zu einem Tisch, wo sich sogleich unser Kellner mit zwei anderen auf sie stürzten und darum wetteiferten, sie vor der Brutalität zu bewahren, die es für sie anscheinend bedeutete, außer Haus zu essen.

„Ist das zu fassen?", fragte Kimberly. „Ich meine, sie muss jedes Mal, wenn sie einen Raum betritt, erst durch ein Gewühl aus Schwänzen schreiten, die ihr zuwinken. Und sie hat vermutlich keine Ahnung, welche Wirkung sie auf Männer hat. Oder doch?“ Sie drehte sich um und schaute nach unserem Kellner. Sie beobachtete ihn, wie er Elises und Willis’ Tisch umschwirrte wie eine Biene den Honigtopf. Elises Charme sagte ihm anscheinend mehr zu als meine kleinen, obszönen Gesprächsschnipsel.

Elise stand auf und brach aus dem Gedränge der ihr treu ergebenen Kellner aus. Sie flanierte durch das Restaurant zur Damentoilette.

Ich legte meine Kreditkarte auf den Tisch, um damit jegliche Diskussion mit Kimberly darüber, wer bezahlte, zu unterbinden. „Kannst du ihm die hier geben, wenn er sich mal wieder an uns erinnert? Ich muss mal wohin.“

Ich bezweifelte, dass Elise überhaupt in der Lage war, etwas so grässlich Menschliches zu tun wie pinkeln. Tatsächlich stand sie vor dem Spiegel und zog eine Bürste durch ihr wunderschönes Haar.

„Hi. Tut mir leid, aber es könnte jetzt etwas peinlich werden. Patrick lebt im Apartment über meiner Garage.“

„Ich weiß“, hauchte sie.

„Ach so, ja dann … Noch was. Kennen Sie Willis schon lange?“

Sie zwinkerte. Sogar ein Zwinkern sah bei ihr schön aus. „Er ist mein Makler.“

„Okay.“ Ich klang echt dämlich. „Haben Sie schon mal seine Freunde kennengelernt? Falls er irgendwann die Rockies Investment Association erwähnt, sollten Sie auf der Hut sein.“

„Oh, aber ich habe schon jemanden, der sich um meine Geldanlage kümmert“, murmelte sie. „Wie geht’s Patrick?“

„Gut.“ Ich hatte es wenigstens versucht. Was konnte ich jetzt noch sagen?

„Armer Patrick.“ Sie seufzte. „Er wird nie was aus sich

machen. Ich mache mir so schrecklich große Sorgen um ihn."

„Aber Sie haben sich doch von ihm getrennt." Ich wusste, von außen betrachtet war es unmöglich, eine Beziehung zu beurteilen. Außerdem war ich für Patrick voreingenommen. Aber einen winzigen Moment lang verspürte ich das Bedürfnis, ihr wunderschönes Haar um ihren Hals zu schlingen und sie damit zu erwürgen.

„Das *musste* ich tun. Es war zu seinem eigenen Besten." Sie riss die Augen weit auf, und ich fürchtete schon, sie würde ihre Worte mit ein paar perfekten Krokodilstränen unterstreichen.

Patrick, du Idiot, dachte ich so erbost, dass es mich erschreckte. „Ja, stimmt."

Ich ging in die Kabine, knallte die Tür zu und setzte mich auf die Klobrille, um lange und geräuschvoll zu pinkeln. Als ich wieder in den Waschraum trat, war ein einzelnes blondes Haar im Waschbecken alles, was von Elise geblieben war.

„Ich hab's bezahlt", verkündete Kimberly und gab mir meine Karte zurück, als ich wieder an unseren Tisch kam. Weil ich lautstark protestierte, fügte sie hinzu: „Ich denke, ich gehe lieber wieder in den Sender. Was ist mit dir? Hast du noch Urlaub?"

„Ja, aber ich fahre auch zum Sender. Es gibt etwas, das ich noch erledigen muss."

Vor dem Restaurant schloss ich mein Fahrrad auf und setzte den Helm auf den Kopf, während Kimberly mir ein letztes Mal winkte, als sie in ihrem Wagen davonbrauste.

Im Sender war es angenehm ruhig. Musik erklang leise aus den Lautsprechern, als ich die Eingangshalle durchquerte. Ich begrüßte die paar Leute, die da waren, nahm mir aber keine Zeit für ein längeres Gespräch. Ich wusste nur zu gut, dass ich dann in irgendeine Diskussion hineingezogen würde, um ein Problem zu lösen, oder dass man mich um Rat oder Ähnliches fragte. Als ich an ihrem Büro vorbeikam, sah ich

Kimberly, die über ihrem Telefon hing und hastig etwas in ihre Tastatur eintippte. In meinem Bürowürfel wässerte ich meine einzige Zimmerpflanze, die mit unerschütterlich grüner Tapferkeit zwischen den CD-Stapeln und Papierbergen auf meinem Schreibtisch wuchs. Ich zog die Schublade auf. Nach einigem besorgtem Suchen fand ich den zerknitterten Zettel, den ich aufgehoben hatte. Ich faltete ihn zusammen und schob ihn in die Jackentasche. Dann fuhr ich nach Hause.

Ich musste mich wappnen, und dafür war Training das Beste. Vor langer Zeit war diese Reihe geradezu tödlicher Aerobic-Übungen mein tägliches Brot gewesen, meine Religion. Während ich mich in einem Trikot und der Leggings beugte und streckte und schwitzte, leerte sich mein Kopf allmählich, und ich wurde zu einem rein körperlichen Wesen. Der Schweiß floss in Strömen, und meine Muskeln wurden leicht und geschmeidig.

Um mich danach wieder runterzubringen, machte ich ein paar Yogaübungen. Mein Atem wurde tiefer, und ich kehrte an einem Ort ein, an dem Stille und Ruhe herrschten.

Ein paar letzte Dehnübungen, dann war ich bereit. Ich ging nach oben und rief zum ersten und, wie ich hoffte, letzten Mal Mr D. an.

Er klang überrascht und etwas beunruhigt, als er meine Stimme hörte. Ich fragte mich, ob er vielleicht gar nicht allein war. Aber irgendwie war mir das jetzt auch egal.

„Sag mir nur, warum du bei der Gesellschaft vorgegeben hast, mich nicht zu kennen", verlangte ich. „Sag mir einfach die Wahrheit, okay? Ich will nur das, was du mir längst hättest sagen müssen."

„Meine Liebe, ich habe dich völlig falsch eingeschätzt. Es tut mir schrecklich leid, aber ich dachte, du wüsstest, welche Rolle ich die ganze Zeit gespielt habe."

„Das wusste ich eben nicht. Nicht, bis ich dich da oben bei der Gesellschaft getroffen habe. Bis ich deine Stimme gehört habe.“ Meine Hand verkrampfte sich im Handtuch, auf das ich mich gesetzt hatte. Ich war zu verschwitzt, um auf dem Bettlaken zu sitzen. „Du hast mir eine Falle gestellt.“

„Das habe ich, stimmt. Aber du willst damit sagen, dass Willis und Jake nie ein Wort gesagt haben? Hm. Dann hab ich die beiden wohl unterschätzt. Natürlich ist keiner von den beiden besonders klug.“

„Ich glaube, ich bin auch nicht besonders klug. Und warum hast du mich an Jake weitergereicht? Das war für mich das Schlimmste.“

„Sei nicht sauer auf mich. Ich war da.“

„Wo?“

„Der Spiegel ist ein Spionspiegel. Das sind die meisten in diesem Haus. Eigentlich war es so geplant, dass …“

„Ich scheiß auf den Plan. Los, sehen wir den Tatsachen ins Gesicht. Du hast Scheiße gebaut. Ich bin raus. Ich hab genug von dir und der Gesellschaft. Harry und den anderen kannst du meinetwegen gern ausrichten, dass sie mich mal kreuzweise können.“

„Ich fürchte, so einfach ist das nicht, Jo.“

Ich war kurz davor, aufzulegen, aber er klang so ernst, dass ich zögerte.

„Was meinst du damit?“

„Rede mit Harry“, sagte er. „Und bitte, Jo … Ich weiß, du bist wütend. Aber zwischen uns war etwas, das haben wir beide gespürt. Wir spüren es jetzt noch. Kannst du mir noch ein bisschen länger vertrauen? Ich will nicht, dass du in Schwierigkeiten gerätst.“

„Ich bin ja schon längst in Schwierigkeiten“, erwiderte ich. „Du und deine perversen Spiele, das ist mein Problem. Ich glaube, du bist nicht gut für mich. Und ich wollte das hier wirklich durchziehen, Mr D. Ich wollte eine Lösung finden, um das, was wir haben …“

„Wenn ich mich recht entsinne, warst du es, die mich nicht

treffen wollte." Endlich hatte ich ihn so weit. In seiner Stimme schwang Ärger mit.

„Damals wollte ich das nicht, stimmt. Jetzt würde ich es auch nicht wollen. Aber die Vorzeichen haben sich geändert."

„Ich habe dir schon einmal gesagt, ich würde alles tun, was du von mir verlangst." Jetzt klang er nicht mehr verärgert, sondern traurig.

„Aber jetzt weiß ich leider nicht mehr, ob ich dem, was du sagst, überhaupt noch glauben kann. Ich habe genug von irgendwelchen sexuellen Experimenten. Und mit dir bin ich auch fertig, Mr D."

„Gibt es jemand anderen? Einer von den Jungs im Großen Saal etwa?"

„Keiner, den du kennst." Ich atmete tief durch. „Wir werden ab heute nicht mehr miteinander reden, Mr D. Du warst für mich ein Freund und hast mir während meiner Trennung von Hugh wirklich sehr geholfen. Dafür danke ich dir. Ich weiß nicht, ob du schon damals geplant hast, mich irgendwann in die Gesellschaft einzuführen und mich zu verführen. Das ist im Grunde egal. Ich habe den Telefonsex mit dir genossen, aber das ist jetzt auch vorbei."

„Ich verstehe. Ich werde dich auch nicht kränken, indem ich dir sage, dass ich dich liebe und bewundere. Dafür ist es jetzt zu spät, und du hast recht: Ich hab Scheiße gebaut. Pass gut auf dich auf, Jo."

Das war also unser letztes Gespräch. Aber ich hatte mich schon vorher so gefühlt, und der Schmerz war irgendwie einerseits ziemlich echt und andererseits wie eine Parodie dieses Schmerzes.

Ich hatte nie sein Gesicht gesehen.

Ich legte auf und stopfte nach kurzem Zögern den Zettel mit seiner Telefonnummer und der Mail-Adresse in meine Nachttischschublade. Dann zog ich meine verschwitzten Trainingsklamotten aus und ging unter die Dusche. Danach zog ich meine pinkfarbenen Plüschpuschen, die Jogginghose und Hughs Pullover mit dem Loch am Ellbogen an und ging nach unten in die Küche, um mir was zu essen zu suchen.

Patrick war auch da. Er rührte in einer großen Schüssel herum. In der Luft hing der süßliche Geruch von Hefe.

„Ich backe Brot für Thanksgiving. Ich kann es einfrieren, damit ich am Tag selbst nicht in deiner Küche im Weg stehe." Er blickte mich prüfend an. „Alles okay mit dir?"

„Alles bestens, danke der Nachfrage." Ich durchquerte die Küche und trat an die Spüle, um meine Hände zu waschen. „Ich mach mir einen entkoffeinierten Kaffee für Mädchen. Willst du auch einen?"

„Klar. Danke." Er tauchte die Hand in die Mehltüte und stäubte eine Handvoll auf die Arbeitsfläche.

Während die Kaffeemaschine lief, beobachtete ich ihn. Er kippte eine riesige, fluffige Teigmasse auf die gemehlte Arbeitsfläche und kratzte die Schüssel mit einem Holzlöffel aus. Ein paar große Blasen platzten auf der Oberfläche des Teigbergs, während er sich ausbreitete. Aber es war eigentlich noch kein richtiger Brotteig, er war noch zu flüssig und unkontrolliert.

Patrick gab großzügig Mehl auf den Teig und begann zu kneten. Er klappte die Masse immer wieder zusammen und vergrub die Hände bis zu den Handgelenken darin. Er hielt die Hände hoch, von denen der Teig in großen, hellen Klumpen riss, und machte einen unbeholfenen Schritt in meine Richtung.

„Fleisch … Fleisch …", stöhnte er.

„Irische Zombies sind mit Abstand die schlimmsten." Ich holte die Kaffeebecher aus dem Schrank.

Patrick widmete sich wieder seinem Teig und walkte ihn ordentlich durch. Er schaufelte und knetete, drückte und ließ Teigblasen platzen, stäubte ihn mit Mehl ein. Die Masse leistete zuerst erbitterten Widerstand und breitete sich immer wieder aus. Aber unter seinen Händen wurde sie ruhiger und schließlich sogar richtig fügsam. Die Oberfläche war mehlig, als er einen Spatel nahm und die letzten Reste von der Arbeitsfläche kratzte und sie ebenfalls unter den Teig knetete.

Dann gab er ein zufriedenes Seufzen von sich und ließ kurz vom Teig ab, nur um ihn dann mit neuer Kraft zu kneten und zu falten. Jetzt hatte er in einen Rhythmus gefunden: mit der Handfläche drücken, falten, umdrehen.

„Jetzt sieht es nach Brot aus“, sagte er.

Ich konzentrierte mich darauf, uns Kaffee einzuschenken. Aber eigentlich wollte ich nur seinen Händen zusehen, die den Teig mit so viel Selbstvertrauen bearbeiteten, dass es mir Bewunderung abrang. Irgendwie war es auch ein sehr intimer Moment; ich sah einem Mann dabei zu, wie er ein Wunder vollbrachte. „Es ist ein bisschen spät, um jetzt noch zu backen, oder?“

„Störe ich dich? Ich kann den Teig auch in den Kühlschrank packen und morgen weitermachen, wenn dir das lieber ist.“

„Nein, ist schon in Ordnung. Ich dachte nur … Na ja, ich denke, der wird noch viel Zeit brauchen, wenn er noch aufgehen muss und so weiter.“

„Ja, stimmt. Ich schlafe im Moment nicht besonders gut. Ich kann die Zeit genauso gut sinnvoll nutzen.“ Er lächelte. „Ich finde diese Arbeit einfach sehr befriedigend. Weißt du, es funktioniert immer. Jedes Mal. Du gibst die Hefe in warmes Wasser, fügst etwas Zucker hinzu, und die Hefe erwacht zum Leben. Es gibt keine Zweifel, keine Unsicherheiten.“

Seine Ärmel waren bis zu den Ellbogen hochgekrempelt. Ich sah die Sehnen an den Handgelenken arbeiten, während er den Teig durchwalkte. Die kupferfarbenen Härchen auf dem Handrücken waren mit Mehl bestäubt.

„Ich hab heute Elise getroffen“, stieß ich hervor und fragte mich im selben Moment, ob ich ihm damit das letzte bisschen Schlaf raubte.

„Ach, tatsächlich?" Seine Hände ruhten nicht, und ich bemerkte kein Zögern in seinen Bewegungen. „Sie ist ein nettes Mädchen, nicht wahr?"

Na ja, immerhin hatte er sie geheiratet. Er hatte sie einmal geliebt. Ich machte ein Geräusch, das irgendwie höflich sein sollte, und goss Milch in die Kaffeebecher.

Er klappte den Teig zusammen und schlug darauf ein. Das Geräusch klang satt und voll. „Sexy, stimmt's?"

„Ja, findest du?" Ach, ich war so eine schamlose Lügnerin. Ich musste mich daran erinnern, dass er nur Brot buk und keine sinnliche Vorstellung lieferte, die nur mir galt.

„Ja. Wunderschön." Wieder ein Schlag auf den Teigklumpen. „So weich und schimmernd und *lebendig*."

Das Telefon klingelte, und ich griff nach dem Hörer. Dabei wandte ich mich von ihm ab, um meine verräterisch errötenden Wangen zu verbergen. „Jo?" Es war Harrys Stimme.

„Ja."

„Wir müssen reden."

„Ich glaube nicht." Ich legte auf. An Patrick gewandt sagte ich: „Ich hasse Telefonverkäufer."

Er schaute auf die Uhr und dann mich an, und nach kurzem Zögern sagte er: „Ich auch."

Er wusste genauso gut wie ich, dass kein Telefonverkäufer abends um zehn anrufen würde.

Ich ging ihm aus dem Weg, damit er zur Spüle gehen und seine Rührschüssel auswaschen konnte. Anschließend wusch er sich die Hände.

„Du siehst so aus, als hättest du noch nie jemanden gesehen, der selbst Brot backt." Er gab etwas Öl in die Schüssel und verteilte es mit den Fingerspitzen. Ich erbebte. Wenn ich mir vorstellte, wie diese Fingerspitzen, vom Öl glitschig und kühl, ganz andere Dinge machten. Mit mir zum Beispiel.

„Natürlich habe ich das. Ich mag es einfach, zuzusehen, wenn jemand etwas macht, das er gut beherrscht."

„Ich bin nur mittelmäßig darin. Wie gesagt, die Hefe ist diejenige, die die ganze Arbeit macht." Er warf den massigen Teigklumpen in die Schüssel und wendete ihn im Öl. Anschließend bedeckte er das Ganze mit einem feuchten Tuch. „Und jetzt darf die Hefe sich ein bisschen ausruhen und ihre Arbeit tun. Wer kommt denn noch alles zum Thanksgiving-Essen?"

„Die meisten Leute kenne ich von der Arbeit beim Sender. Kimberly kommt, aber sie wusste noch nicht, ob sie einen Mann mitbringt. Liz mit ihrem Mann. Und jeder bringt was zu essen mit. Es wird bestimmt lustig. Wenn es da jemanden gibt, den du einladen möchtest, kannst du das gerne tun, aber sag mir vorher Bescheid." Ich beschmierte eine Scheibe Brot mit Erdnussbutter. „Ich bin von sechs bis eins auf Sendung an dem Abend, darum essen wir früh."

„Es macht dir nichts aus, an Thanksgiving zu arbeiten?"

„Nein, ich mag es. Die Leute rufen an und sind gut drauf. Das ist der einzige Tag im Jahr, an dem sie sich nicht über alles beklagen. Und ich kann meinen Glauben an die Menschheit runderneuern."

Er blickte vom Spülbecken auf, wo er gerade den Spatel vom Teig befreite. „Du machst auf mich nicht gerade den Eindruck, besonders zynisch zu sein. Wenn überhaupt, würde ich sagen, du bist gewissermaßen unschuldig."

„Das bin ich nicht."

„Unschuldig bedeutet ja nicht dämlich. Du vertraust den Leuten. Das mag ich an dir."

Ich nickte. Ja, ich vertraute den Menschen. Vielleicht zu sehr. Ich hatte Hugh vertraut, und Mr D. auch. Und Patrick … war er der Nächste? „Aber wenn du den Menschen nicht vertraust, wirst du irgendwann paranoid und verrückt. Ich vertraue lieber meinen Instinkten. Manchmal liege ich damit falsch, aber meistens sind sie richtig."

Er legte den Spatel auf das Abtropfgestell. „Und was sagen deine Instinkte über mich?"

„Dass du versuchst, mich mit nur einer Schüssel Brotteig zu verführen." Ich versuchte, es wie einen Scherz klingen zu lassen, aber seine Miene verriet mir nicht, ob ich damit Erfolg hatte. Er wirkte unbeeindruckt. Und ich konnte ihm ja kaum sagen, dass ich mir vorgestellt hatte, wie seine Hand meinen Hintern klapste oder seine Finger meine Haut streichelten und tätschelten. Wie er mich erkundete …

Er schmunzelte. „Wenn ich den Brotteig einsetzen wollte, um dich zu verführen, würde ich dir eher Frühstück ans Bett bringen, inklusive frisch gebackenem Brot. Ein luftiges, köstliches, süßes Brot."

„Köstlich, süß und luftig … Das klingt wie die Männer in meinem Leben. Obwohl die meisten eher unzuverlässig waren, das hat ihre anderen Vorzüge meist überwogen." Ich aß das Erdnussbutterbrot auf. „Ich geh jetzt schlafen. Gute Nacht."

Er nickte. An die Spüle gelehnt stand er da, die Arme vor der Brust verschränkt. So ließ ich ihn allein, mit einem Blick, der mich maß und den ich beim besten Willen nicht zu lesen vermochte.

Als ich am nächsten Morgen aufwachte, umgab mich eine Wolke Wohlgerüche – Hefe, Süße, Zimt und Kaffee. Es war noch ziemlich früh, viel früher, als ich gewöhnlich aufwachte, aber ich hatte die Vorhänge nicht komplett zugezogen, und Licht fiel durch den Spalt herein. Brady lag neben mir auf dem Kopfkissen, eine raumgreifende Masse schlafendes Fell. Als ich mich umdrehte, hörte ich Schritte auf der Treppe. Brady blinzelte, rekelte sich und setzte sich mit gespitzten Ohren auf.

Ich erinnerte mich an Patricks letzte Bemerkung am Vorabend. Frühstück im Bett. Mein Herz hämmerte wie wild, und mein Magen knurrte.

Etwas klimperte, als die Schritte innehielten. Er klopfte leise an die Tür.

Brady sprang vom Bett und lief mit nach oben gerecktem Schwanz zur Tür. Er war kein dummer Kater und wusste genau, dass eine reelle Chance bestand, gefüttert zu werden, wenn seine Menschen morgens aufstanden. Er klemmte eine Pfote zwischen die angelehnte Tür und Türrahmen und schob sie auf. Dahinter stand Patrick mit einem Tablett, von dem köstliche Gerüche aufstiegen.

Er grinste. „Ich bin wohl sehr direkt. Aber ich kann es auch einfach dalassen und gehen. Oder ich nehme es wieder mit nach unten. Es liegt ganz bei dir, ich will keinen Druck ausüben. Aber du siehst wie eine Frau aus, die viel zu selten Frühstück ans Bett bekommt."

Ich setzte mich auf. „Wow, ich bin echt beeindruckt. Das ist wirklich lieb von dir. Komm rein." Mir kam durchaus der Gedanke, dass ein Mann mit Frühstückstablett und reumütigem Lächeln, der sich dafür entschuldigt, forsch rüberzukommen, womöglich die Erwartung hegt, später flachgelegt zu werden. Aber ich wollte das Angebot einfach erst mal nur als Frühstückseinladung begreifen.

Brady strich um Patricks Beine herum und machte, anders als ich, den Eindruck, als würde er alles – und zwar wirklich *alles* – für einen Happen geben. Patrick schob ihn mit einem Fuß sanft beiseite. „Unten steht was für dich zu fressen, du dicker Depp", sagte er. Das fand ich sehr lieb von ihm.

Ich machte Platz, damit er das Tablett auf die Matratze stellen konnte, ehe ich ihm bedeutete, sich zu mir zu setzen. Ich wollte mir nicht zuerst nehmen, er sollte ja nicht denken, dass ich so gierig war wie mein Kater.

Er reichte mir einen Becher Kaffee (er hatte zwei mitgebracht, aber ich schrieb das seinem Optimismus zu, dass ich ihn einladen würde, sich zu mir zu setzen). Es gab einen Teller mit einem goldenen, herrlichen Gebäck, das nach Butter roch und mit Rosinen gespickt und mit Zimt bestäubt war.

„Ein bisschen aufgedonnerter Brotteig", sagte er. „Ich habe ihn in einigen Pfund Butter und Zimt gewälzt und ein paar Rosinen eingearbeitet. Ich hoffe, es schmeckt dir."

Mit vollem Mund und einem Krümelregen, der auf meine Brust niederging, nickte ich begeistert. „Du bist ein Genie, das ist wirklich lecker. Warst du die ganze Nacht auf?"

„Nein, ich hab ungefähr eine Stunde geschlafen, während der Teig aufgegangen ist. Ich habe heute ziemlich früh einen Termin, darum bin ich wach geblieben, während das Brot im Ofen war." Er beugte sich herüber und brach ein Stück vom Gebäck ab.

„Das war jedenfalls sehr süß von dir. Vielen Dank."

Er zuckte die Schultern und wirkte etwas verlegen. „Ach, du bist einfach eine nette Frau. Ich will ja jetzt nicht, dass du denkst, so was gibt's jeden Tag oder jede Woche. Oder dass ich mich jetzt immer wie ein Gentleman verhalte. Ich habe nur niedere Motive, aber damit werde ich wohl lieber warten, bis du bereit dafür bist."

„Und woher weißt du, wann ich bereit dafür bin?"

„Du wirst es mir schon sagen."

„Du scheinst dir da sehr sicher zu sein." Ich brach ein Stück Brot ab. „Ich weiß nicht, ob ich zu irgendeiner Entscheidung gedrängt werden will."

„Dann fühl dich nicht bedrängt", sagte er leichthin. „Nimm das hier als das, was es ist. Ich bin interessiert, du bist interessiert. Aber wir wissen beide, dass der Zeitpunkt noch nicht der richtige ist. Ich bringe dir Frühstück ans Bett, aber ich bin vollständig bekleidet und muss in fünf Minuten los, daher werde ich mich auch nicht ausziehen. Wenn ich gekommen wäre und außer einer Rose hinterm Ohr nichts angehabt hätte und mir eine halbe Stunde Zeit geblieben wäre, hättest du damit rechnen müssen, dass ich andere Pläne habe. Okay?"

„Nur eine halbe Stunde?" Bei der Vorstellung, wie Patrick mit der hinters Ohr geklemmten Rose in der Tür stand, prustete ich Krümel über die Bettdecke. „Das war großartig, danke. Ich hoffe, dein Termin verläuft gut."

„Wir sehen uns dann später." Mit dem Kaffeebecher in der Hand verließ er das Schlafzimmer, und kurze Zeit später hörte ich seine Autotür zuschlagen und das sanfte Brummen, als er den Motor startete.

17. KAPITEL

Ich ignorierte weiterhin Harrys Anrufe und blockierte seine E-Mails.

Mit der Gesellschaft war ich ein für alle Mal fertig.

Ich nahm die Zusagen zum Thanksgiving-Essen an, ich kaufte das Essen ein und putzte das Haus. Man hätte kaum glauben können, dass ich mal eine Sexklub-Novizin gewesen war. Patrick und ich umkreisten einander behutsam. Wir waren nett zueinander, flirteten auch ein bisschen. Die ganze Zeit waren wir uns der Gegenwart des anderen ein bisschen zu sehr bewusst. Zumindest war es bei mir so. Immer wieder ertappte ich mich dabei, wie ich ihn beobachtete. Momente, die sich mir einbrannten, wenn ich ihn vor der Waschmaschine und dem Trockner traf oder in der Küche. Oder draußen, wo ich mein Fahrrad aus der Garage schob, um zur Arbeit zu fahren, und er zufällig auch gerade da war.

Wenn ich durch die eisige Stille nach Hause fuhr, freute ich mich bereits darauf, das Licht in seinem Apartment brennen zu sehen. Er kam selten nach unten, um mich zu begrüßen. Ein paarmal fragte er mich abends per Mail, als die Temperaturen signifikant fielen, ob er mich nicht lieber abholen sollte, aber ich lehnte jedes Mal dankend ab. Ich liebte die Einsamkeit, die kalte, klare Luft und meinen Atem, der wie eine Wolke um mich aufstieg. Das Schnurren der Reifen auf dem Radweg. Ich fühlte mich unbesiegbar, wenn ich durch die Dunkelheit sauste.

Den Abend vor Thanksgiving nahm ich mir frei, um früh am nächsten Morgen die Sachen schon erledigen zu können, die ich bis dato vergessen hatte: Servietten zusammensuchen, die Truthahnfüllung anrühren und das Gemüse vorbereiten. Ich wusste, niemand von den Gästen würde einen Gedanken daran verschwenden, etwas so Triviales wie grüne Bohnen mitzubringen.

Patrick kam in die Küche und ertappte mich dabei, wie ich bis zum Handgelenk im Truthahn steckte. Er fragte, ob ich seine Hilfe brauchte. Er war im Fitnessstudio gewesen, und ich versuchte, nicht allzu auffällig zu schnuppern, weil er männliche Pheromone verströmte.

„Ich habe jemanden aus dem Studio eingeladen", sagte er. „Ich hoffe, das ist für dich in Ordnung. Wir haben im Gemeindezentrum gemeinsam Gewichte gehoben und sind dabei ins Gespräch gekommen."

„Das ist toll. Je mehr wir sind, desto besser." Ich attackierte den Truthahn mit der nächsten Handvoll Füllung.

„Er hat mich angesprochen. Meinte, er würde dich kennen. Er heißt Ivan."

Mein Löffel fiel klappernd zu Boden. „Was? Wer?"

„Tut mir leid, seinen Nachnamen hat er mir nicht verraten." Er hob den Löffel vom Boden auf und betrachtete die Katzenhaare, die jetzt daran klebten. „Soll ich vielleicht noch den Küchenboden wischen?"

„Nein, nein. Ich habe noch viel zu viel Zeit, irgendwelche Sachen fallen zu lassen." Ich rammte beide Fäuste in den Truthahn, weil ich hoffte, so meine Hände vom unkontrollierten Zittern abzuhalten.

Ivan. Natürlich Ivan. Ich hatte ihn an jenem Tag im Gemeindezentrum getroffen. Es war bestimmt kein Zufall, wenn er sich zu Thanksgiving hierher einladen ließ. Ich war so eine Idiotin! Wenn ich Harry irgendwann zurückgerufen hätte, wüsste ich jetzt, was los war. Ich wäre dann kein nervöses Wrack, nur weil Patrick jemanden eingeladen hatte, den er vermutlich regelmäßig im Fitnessstudio traf, wo beide trainierten. Und ich machte hier so einen Aufriss und witterte gleich eine Verschwörung.

Ich zog die Hände aus dem Truthahn. Geschafft.

Patrick schmunzelte und drehte das Wasser für mich auf.

„Ich … muss mal eben telefonieren“, murmelte ich, wischte die feuchten Hände nach dem Waschen nur flüchtig an der Jeans trocken. „Bin gleich wieder da.“

Ich lief nach oben und fand Harrys Nummer. Zu meiner großen Erleichterung ging er ans Telefon.

„Hi Jo, wie geht's? Wir haben dich vermisst.“

Sein freundlicher Tonfall beruhigte mich. „Tut mir leid, ich war zuletzt wohl ziemlich schwer zu erreichen. Ich …“

„Ach, ich würde wirklich liebend gerne mit dir plaudern, aber wir haben Familienbesuch. Lass uns nächste Woche übers Geschäft reden, einverstanden? Ich wünsche dir ein tolles Thanksgiving.“

Nun gut. Also spielte er weiter mit mir. Ich legte auf und ging wieder nach unten, wo Patrick den Truthahn zunähte wie ein geübter Schönheitschirurg. Der Tisch war inzwischen mehr oder weniger sauber, und Brady fraß irgendwas Kleines und Blutiges vom Boden.

„Oh mein Gott, was hat er da?“, kreischte ich.

„Ich hab ihm ein Stück Leber gegeben. Der Rest ist auf dem Herd, daraus mache ich Fond.“

„Verdammte Scheiße, hörst du gefälligst auf, in meiner Küche den verfickten Superkoch zu spielen!“ Ich zitterte vor Wut und stapfte zum Herd, um in den Topf zu gucken. Das sah alles sehr professionell aus, mit den restlichen Truthahninnereien, Lorbeerblättern, Sellerie und zerdrückten Pfefferkörnern. Am liebsten hätte ich das Ganze quer durch die Küche geworfen.

Patrick verließ den Raum ohne ein Wort. Ich hörte seine Schritte auf der Treppe Richtung Apartment verklingen.

Ich schob den Truthahn in den Kühlschrank und machte flüchtig sauber. Dann schaltete ich den Herd aus und stellte den Fond ebenfalls in den Kühlschrank. Dabei machte ich einen großen Schritt über die Blutschlieren, die von Bradys Leckerbissen auf dem Fußboden geblieben waren.

Patrick hörte das Wasser in den Leitungen rauschen. Vermutlich nahm Jo ein Bad.

Er versuchte, sie sich nicht nackt vorzustellen.

Er war ein Idiot. Er hätte letzte Woche dieses Meeting am frühen Morgen verschieben und mit ihr ins Bett gehen sollen, statt den freundlichen Bäcker zu spielen. Ob er sich was vormachte, wenn er sich einredete, dass sie schlechte Laune hatte, weil sie geil auf ihn war? Viel wahrscheinlicher war doch, dass sie von den geheimnisvollen weiblichen Hormonen und der Nervosität gepackt war, die es mit sich brachte, wenn man das Haus voll Gäste hatte. Es gab viele andere Gründe für ihre Launen. Er hatte ihr gesagt, er würde warten, bis sie ihm ein Zeichen gab. In dem Moment war es der logische Schritt gewesen und zudem sehr ritterlich und edel und so, aber das ließ theoretisch die Möglichkeit offen, dass sie gar kein Interesse an ihm hatte und ihn nie in ihr Bett bitten würde.

Allerdings hatte sie Interesse. Das wusste er.

Nachdenklich schaltete er den Computer ein und loggte sich mit seinem sogenannten Wichsaccount ein. Es war die Art Benutzerkonto, über das Jungs in der Bar gern Witze rissen. Mehr als einmal hatte Patrick seinen Kumpels Tipps geben müssen, wie sie den Cache leerten oder eine Partition ihrer Festplatte vornahmen, falls ihre Freundinnen oder Ehefrauen gern herumschnüffelten.

Er hatte gerade seine Hose geöffnet, als die Tür aufging – Himmel, dieser Kater war aber vielleicht stark! Brady, der Verteidiger von Recht und Ordnung, marschierte in sein Apartment. Sein Blick war vorwurfsvoll.

„Himmel“, murmelte Patrick, schob seinen Penis zurück in die Hose und zog den Reißverschluss zu. Er war schrecklich verlegen. Er hatte tatsächlich nicht daran gedacht, die Tür vorher abzuschließen. Nicht, nachdem die Atmosphäre im Haus so frostig war.

Brady fiel vor ihm einfach auf den Boden. Sein Schwanz zuckte auf dem Teppich.

„Was willst du?", fragte Patrick. „Ich nehme doch mal an, dass sie dich hat kastrieren lassen, alter Junge, du brauchst also nicht mehr zu wichsen. Oder hat sie dir auch einen Anschiss verpasst?"

Brady kam wieder auf die Füße, durchquerte den Raum und sprang auf Patricks Bett. Dort starrte er ihn aus großen gelben Augen an.

„Ja, los, richte dich ruhig häuslich ein bei mir." Patrick fuhr den Computer runter. „Hast mich ja schon überzeugt. Ich mach mir stattdessen lieber eine Tasse Tee."

Obwohl ich wegen der Gesellschaft und Ivans Gegenwart in meinem Haus später an diesem Tag besorgt war, stand ich am nächsten Morgen mit der üblichen Vorfreude auf den Thanksgiving-Tag auf. Großartiges Essen, wunderbare Freunde, anregende Gespräche und die Stille einer nächtlichen Schicht standen mir bevor, wobei Letzteres die Festlichkeiten meist abrundete. Ich hievte den riesigen Truthahn aus dem Kühlschrank und schob ihn in den Ofen, ehe ich mir Kaffee kochte. Es war noch zu früh, um zu Hause anzurufen, aber ich loggte mich bei Facebook ein, und mit dem Notebook auf den Knien saß ich auf dem Fenstersims und genoss die Stille im Haus. Es war noch dunkel. Außer seine in Folie gewickelten Brotlaibe, die zum Auftauen auf der Arbeitsfläche lagen, gab es von Patrick keine Spur. Wieder fühlte ich mich schlecht, weil ich ihn gestern Abend so angefaucht hatte.

Brady kam in die Küche getrabt und sprang auf meinen Schoß. Ich kraulte sein Fell und fragte mich, was ich mit Patrick machen sollte. Und wann und überhaupt! Oh, und ich dachte über seinen Schwanz nach, der nicht nur eine Vorhaut, sondern auch das Kimberly-Gütesiegel hatte. Wie gemein von ihm! Er war einfach in mein Schlafzimmer gekommen und hatte sofort verkündet, er habe nur fünf Minuten Zeit! Er hatte so gut ausgesehen. Aber das tut ein Mann immer, wenn er dir Frühstück im Bett serviert.

Die Außentür zum Apartment öffnete und schloss sich. Ich hörte Patricks Schritte auf der Metalltreppe und dann in der Einfahrt. Ich schob eine Lamelle der Alujalousie nach oben. Jetzt konnte ich ihn auch sehen. Er stand, einen Fuß auf die Treppe gestützt, und dehnte das ausgestreckte Bein. Schicker Arsch, dachte ich, doch dann ließ ich die Lamelle los, damit er mich nicht beim Spannen erwischte. Sie knallte gegen das Fenster. Ich war sicher, *das* hatte er zumindest gehört.

Ich stellte den Küchenwecker auf dreißig Minuten, damit ich nicht vergaß, den Truthahn zu begießen. Dann setzte ich mich wieder ans Fenster. Brady gesellte sich zu mir, er schnurrte und stank nach Katzenfutter. Es vergingen noch Stunden, in denen es im Haus völlig still war, warm und zunehmend vom Geruch guten Essens erfüllt. Später, sobald ich den Truthahn servierte, würde es noch mal hektisch werden, weil ich die Bratensoße anrühren und den Vogel tranchieren musste. Aber jetzt konnte ich einfach ein paar Momente Ruhe genießen und mich auf den Tag freuen.

Gegen zwei Uhr kamen die ersten Gäste, und eine Stunde später gab es was zu essen. Diejenigen, die sich das Spiel anschauen wollten, konnten jederzeit mit ihren Tellern ins Wohnzimmer gehen. Oder sie setzten sich an den Tisch im Esszimmer, den ich mit ein paar Klapptischen verlängert hatte. Den Raum nutzte ich selten, allenfalls dann, wenn ich größere Gästescharen erwartete.

Zu meiner Enttäuschung kam Kimberly alleine. Sie brachte eine Schüssel mit ihrem Relish mit und überreichte mir einen riesigen Blumenstrauß. Liz und ihr Mann brachten Nachtisch mit. Andere kamen mit Beilagen, Wein, Bier und Limonade.

Patrick tauchte in der Küche auf, schnitt sein Brot und legte es in einen Korb, über den er ein Geschirrtuch breitete. Eine

Scheibe bestrich er mit Butter und bot sie mir an.

„Tut mir leid. Ich war eine Zicke", sagte ich zu ihm.

„Ist schon in Ordnung." Er beobachtete, wie ich ins Brot biss.

„Superlecker. Soll ich es aufwärmen?"

„Jo!"

Oh nein. Es war Ivan. Er kam rasch auf mich zu. Ich hatte nicht mal bemerkt, wie er ins Haus gekommen war. Aber zu diesem Zeitpunkt war die Haustür vermutlich nicht mehr verschlossen, weil ständig Neuankömmlinge hereindrängten.

Er stellte eine Kasserolle und eine Flasche Wein auf die Theke und schlang den Arm um meine Taille. Sein Kuss landete auf meinem Mund. „Du siehst großartig aus."

„Danke." Ich drückte ihm den Korkenzieher in die Hand. „Bedien dich. Ich muss noch …"

„Danke für die Einladung", unterbrach Ivan mich. Sein Arm lag wieder um meine Taille. Er versetzte Patrick mit der anderen Hand einen freundschaftlichen Klaps auf die Schulter. „Ich sollte wohl eher Patrick danken. Jo und ich kennen uns schon lange."

„Sozusagen." Ich entzog mich ihm. „Freut mich jedenfalls, dich wiederzusehen. Willst du dir das Spiel angucken?"

„Ich würde lieber bei dir bleiben und helfen. Wir haben eine Menge aufzuholen."

Das war genau das, was ich hatte vermeiden wollen.

„Jo wollte mich gerade einspannen", sprang Patrick mir bei. „Du weißt ja, was man über zu viele Köche sagt."

Kimberly kam wieder in die Küche. „Ich brauche eine größere Vase." Sie strahlte Ivan an und stellte sich ihm vor. „Du bist echt groß. Kannst du mir wohl die Vase von da oben runterholen?" Sie zeigte auf das obere Bord in der Speisekammer.

Ich beugte mich zu ihr herüber, während Ivan ihrer Bitte Folge leistete, und flüsterte: „Tu mir einen Gefallen. Beschäftige ihn ein bisschen."

„Aber gerne." Sofort pirschte Kimberly sich wieder an ihre Beute heran. „Wow, du bist total groß. Und seht euch nur die ganzen Muskeln an!" Sie befühlte die „Ware", während sie ihn anpries. „Ich weiß, was so ein großer, gut aussehender Typ wie du wirklich gut kann. Blumen arrangieren! Du kommst jetzt mal mit, Süßer, und trägst mir diese hübsche Vase rüber ins Wohnzimmer."

Zu meiner Belustigung ließ Ivan sich widerspruchslos von Kimberly aus der Küche führen.

Patrick sah mich an. Seine Augenbrauen waren leicht angehoben. „Mir war ja nicht bewusst, dass ich einen Rivalen eingeladen habe."

„Das hast du auch nicht. Er ist total eingebildet. Ich kenne ihn nicht besonders gut." Das war vermutlich keine allzu kluge Bemerkung. Jetzt dachte Patrick wahrscheinlich, dass ich Typen, die ich kaum kannte, irgendwelche Freiheiten gestatte. „Uns bleiben noch zehn Minuten, ehe es hier richtig rundgeht. Ich gehe mich mal umziehen."

Er nickte. Er war so festlich gekleidet wie immer, nämlich in Stoffhose und Hemd. Keine Krawatte. Er sah gut aus. Ich mochte, wie sich die Hose um seine ... ah, nein. Lieber nicht darüber nachdenken, was sich darunter befand. Ich lief nach oben. Bisher hatte ich mir noch keine großen Gedanken darüber gemacht, was ich anziehen wollte, und ich schnappte mir einfach eine Seidentunika, die bis zu meinen Knien reichte und dunkelrot mit Goldstickerei war. „So ein Kleid hatte ich 1969 auch", hatte meine Mutter mal gemeint, als sie mich darin sah. Ich hatte mit ihr und dem großen Affen ausgiebig geplaudert, ehe die ersten Gäste eingetroffen waren. Ein bisschen heimwehkrank war ich jetzt, und neidisch: Sie hatten schon dreißig Zentimeter Schnee da drüben.

Schwarze Strumpfhose, große, baumelnde Ohrringe und noch mal kurz durchs Haar gewuschelt. Schon war ich zu jeder Schandtat bereit.

Ich lief nach unten und direkt in Ivans Arme. Er hob die Augenbrauen. „Du siehst heiß aus."

„Danke." Ich ging in die Küche, schnappte mir eine Schürze und die Ofenhandschuhe und zog den Truthahn aus dem Ofen.

Patrick bewegte sich mit stiller, unauffälliger Effizienz. Er schob etwas in den Ofen, legte etwas anderes in die Mikrowelle und stellte die Schüsseln nebst Löffeln auf die Theke. Wir arbeiteten Hand in Hand. Ein gutes Team.

Die nächsten fünfzehn Minuten konnte ich mir wirklich keine Gedanken um Ivan oder was er unter Umständen heute sagen oder tun könnte machen. Ich musste die Bratensoße anrühren.

Ich saß am Kopfende des Tischs und sah in die Gesichter zufrieden lachender Menschen, die aßen und tranken. Allmählich entspannte ich mich. Alles war gut. Es gab leckeres Essen, genug Wein, und viele Freunde waren gekommen – und ein paar Leute, die ich nicht besonders gut kannte, die aber gut zu uns passten.

„Wir haben gar kein Tischgebet gesprochen", sagte Kimberly. Sie saß zu meiner Linken. Den Platz am Kopfende hatte ich nur gewählt, damit ich zur Not schnell in die Küche laufen und etwas holen konnte. Neben ihr saß Patrick. Ivan hatte es irgendwie geschafft, den Platz zu meiner Rechten zu ergattern. Ich fand das ärgerlich, weil ich lieber mit den Menschen geplaudert hätte, die ich gut kannte. Aber er redete mit den Leuten, die auf seiner anderen Seite saßen, und nahm kaum Notiz von mir.

„Dafür ist es jetzt ein bisschen spät", wandte ich ein. Die meisten hatten den Teller zum ersten Mal geleert. „Außerdem denke ich, einige von uns sind vielleicht Juden oder Buddhisten. Es könnte Stunden dauern, wenn wir für jede Glaubensrichtung das richtige Tischgebet sprechen wollen."

„Dann machen wir es so, wie meine Momma es gerne macht." Sie strahlte alle Gäste an.

Oh nein, bloß nicht. „Jedes Jahr versuchst du aufs Neue, uns in ein Gemälde von Norman Rockwell zu entführen."

Aber sie war nicht mehr zu bremsen. „Also los. Reihum sagt jeder am Tisch, wofür er dieses Jahr besonders dankbar ist. Wir können das auch machen, während wir essen. Jo, du bist die Gastgeberin. Du darfst anfangen."

„Als Gastgeberin will ich von meinem Vetorecht Gebrauch machen. Wo ist eigentlich die Truthahnfüllung abgeblieben? Ich hab noch nichts davon bekommen."

Patrick stand auf, beugte sich über den Tisch und fand die von allen Seiten belagerte Schüssel mit der Füllung. Mit einem Lächeln reichte er sie mir.

„Na los, fang schon an." Kimberly schenkte mir ihr strahlendstes Lächeln.

Ich streckte ihr die Zunge heraus. „Also gut. Ich bin dankbar für die Gesellschaft von euch allen und für das leckere Essen – ich glaube, in genau der Reihenfolge. Ich danke Patrick, der mir in der Küche geholfen hat. Und ich habe nicht genug Bratensoße bekommen. Wo ist die denn hin? Ich bin dankbar für meine Freunde, für Bratensoße und den Schnee, die Berge und diesen wirklich köstlichen Wein."

„Den Wein habe ich mitgebracht", warf Ivan ein.

„Danke schön. Also los, Kimberly, jetzt bist du dran."

„Gut." Sie faltete die Hände und begann ihren gewöhnlich langen Monolog über Freunde, gute Zeiten und wie viel Glück sie doch hatte und wie sehr sie ihre Familie drüben in Texas liebte. Als ich diese Litanei das erste Mal hörte, fand ich sie bewegend, doch seitdem hatte ich sie unzählige Male in den darauffolgenden Jahren über mich ergehen lassen und feststellen müssen, dass Kimberly alles in der Erinnerung verklärte, je mehr Alkohol sie getrunken hatte. Auch wenn das zynisch klang, war sie immer noch meine Freundin, und ich liebte sie dafür, wie sie sich in herzlichen Gefühlswallungen verlor.

Als Nächster war Patrick dran. Er hob sein Glas. „Auf Jo. Danke, dass du uns heute aushältst."

Die Anwesenden hoben ebenfalls ihre Gläser und prosteten mir zu. In diesem Moment liebte ich sie allesamt, obwohl viele auf der Brust Flecken von Bratensoße hatten oder mit vollem Mund sprachen oder so unglaublich fette Soßenspritzer auf meiner uralten bestickten Leinentischdecke hinterließen.

„Ich hatte ein ziemlich hartes Jahr", fuhr Patrick fort. „Aber jetzt bin ich einfach glücklich, hier zu sein und ein paar neue Freunde gefunden zu haben. Einige sind für mich etwas ganz Besonderes." Dabei blickte er mich direkt an, und mir stockte der Atem. „Und zum ersten Mal seit Monaten bin ich optimistisch, wenn ich in die Zukunft blicke." Er hob erneut sein Glas etwas an, in meine Richtung. Es war eine so subtile Andeutung, dass ich mich fragte, ob es jemand anderes bemerkt hatte. Einen Moment lang verschwanden die anderen Gäste um uns herum; Patrick und ich sahen uns in die Augen. Ich verspürte die gegenseitige Zuneigung und das Verlangen, das uns beherrschte.

Dann war der Moment vorbei, und Ann erzählte von ihren jungen Kätzchen und ihrem Freund. Sie arbeitete als Praktikantin beim Sender und hatte nicht genug Geld, um mit ihm zu seinen Verwandten an die Westküste zu fahren, aber dieses Fest war im Grunde fast genauso gut. Obwohl sie ihre Mom, ihren Dad und ihre Schwester vermisste, fügte sie hinzu. Und brach in Tränen aus.

Patrick reichte ihr fürsorglich eine Serviette und umarmte sie freundschaftlich. Andere versammelten sich um sie und nahmen sie in den Arm, und jemand schaufelte noch mehr Kartoffelbrei auf ihren Teller, weil er glaubte, das sei das ultimative Essen, um Kummer zu vertreiben.

„Ich hab dir ja gesagt, dass das keine gute Idee ist“, sagte ich zu Kimberly. „Pass nur auf, gleich gibt’s eine Kettenreaktion und wir haben nur noch Heulsusen am Tisch sitzen.“

„Ach, erzähl keinen Scheiß. Darum geht’s doch bei Thanksgiving, oder? Football und plumpe Amerikanismen und sich wie ein Schwein vollstopfen und sich im Selbstmitleid suhlen. Wann gibt’s denn Kuchen?“

„Nachdem wir deine Runde Heulsusenalarm hinter uns gebracht haben.“

„Dabei dachte ich, du wärst meine Freundin“, sagte sie. „Wo ist die Soße?“

So ging es reihum am Tisch. Es gab ein paar Tränen, aber nicht den Sturm, den ich befürchtet hatte. Ein paar unglückliche Geschichten, gute Neuigkeiten bei der Arbeit oder in den Familien meiner Gäste. Sie sprachen von Freunden, die weit weg wohnten.

Als wir zu Ivan kamen, hatte ich schon ziemlichen Heißhunger auf den Nachtisch und fragte mich, was wohl später an diesem Abend nach meiner Rückkehr von der Arbeit passierte. Wenn nur noch Patrick und ich im Haus waren.

Ivan hob sein Glas. „Auf Jo, die eine wunderbare Frau ist. Und auf Neuanfänge. Jo und ich haben nämlich eine komplizierte Geschichte, und ich glaube, dieses Thanksgiving-Essen markiert den Anfang von etwas ganz Besonderem zwischen uns beiden. Darum, liebe Jo, bin ich dankbar, dass es dich gibt.“ Er nahm meine Hand. Meine Gabel fiel klappernd auf den Teller.

Ich entzog ihm die Hand und wurde vor Verlegenheit knallrot. Am Tisch brachen die Gäste in Applaus aus und seufzten verzückt. Neben mir lächelte Patrick verkrampft.

„Das war er? Dein geheimnisvoller Mann?“, flüsterte Kimberly mir zu. „Er ist großartig. So süß! Er hat mir alles über …“

„Höchste Zeit für den Nachtisch!" Ich sprang auf, und mein mit Bratensoße beschmiertes Messer fiel vom Tisch und rutschte an meinem Kleid nach unten. „Sammelt doch bitte die Teller ein und gebt sie zu diesem Ende des Tischs weiter."

„Natürlich, Süße", sagte Ivan, obwohl ich absichtlich nicht in seine Richtung schaute.

Zu meiner Verärgerung bot sonst niemand seine Hilfe an. Sie glaubten vermutlich alle, Ivan und ich würden in der Küche heftig rummachen oder etwas ziemlich Unanständiges mit der Schlagsahne anstellen, während sie nicht hinschauten. Stattdessen knallte ich meine dreckigen Teller auf die Arbeitsplatte, sobald wir die Küche betreten hatten, und zischte ihm zu: „Was zum Teufel hast du dir dabei gedacht?"

„Ach, nun komm schon, Jo! Sei nicht so. Das war doch nur ein Witz!"

„Das war kein Witz. Ich werde meinen Freunden da draußen jetzt eine Menge erklären müssen. Wer hat dir gesagt, dass du so einen Scheiß machen sollst?"

„Beruhige dich, Süße! Oder hast du Angst, dein kleiner Loverboy könnte wütend werden?"

„Sei nicht lächerlich. Da du schon mal hier bist, kannst du dich auch nützlich machen. Die Spülmaschine ist da vorne rechts, und das Spülmittel unter der Spüle."

„Okay, okay, ich habe verstanden."

Ivan pfiff zu meinem Missfallen vergnügt vor sich hin, während er die Teller abspülte und die Spülmaschine einräumte.

Ich schaltete die Kaffeemaschine an und füllte ein Tablett mit Tassen und Untertassen. Heute benutzte ich das Porzellan, das ich sonst nur selten aus dem Schrank holte. Vorher hatte ich bereits eine Thermoskanne Kaffee vorbereitet. Ich fügte Kaffeesahne, Zucker und Teelöffel hinzu und trug das Tablett ins Esszimmer. Einige der Jungs waren schon ganz kribbelig, weil sie fürchteten, das Spiel zu verpassen.

Kimberly beobachtete mich. Ich wusste, was sie wollte: Ich sollte ihr alles erzählen. Ich strahlte sie an. „Kannst du mir grad helfen?"

„Klar." Sie begleitete mich in die Küche. Gemeinsam mit Ivan trugen wir eine große Auswahl Kuchen ins Esszimmer und servierten sie mit Schlagsahne.

Obwohl einige sich beklagten, niemand könne so große Mengen Kuchen vertilgen, versuchten wir es zumindest. Beziehungsweise alle anderen versuchten es. Ich stocherte auf meinem Teller herum und schob ihn schließlich weg. „Ich bin satt", erklärte ich an niemand Bestimmten gewandt.

Ivan wurde in der Zwischenzeit von allen Seiten mit Fragen über unsere angebliche Beziehung bestürmt. Ich saß schweigend daneben und überließ ihm das Reden. Er war wirklich gut darin; er vermittelte den Eindruck, wir würden uns schon eine Weile kennen, bis ein geheimnisvolles Zerwürfnis uns auseinandergebracht hatte.

„Ach, das ist wirklich zu schade", sagte Liz.

„Ja, das muss damals gewesen sein, als diese Aliens mit Tentakeln mich in ein anderes Sonnensystem entführten, damit ich ihre Göttin wurde", fügte ich sauer hinzu und erntete für diese Bemerkung nur Gelächter.

„Dann war das vor deiner Zeit mit Hugh? Bevor du das Haus gekauft hast?", fragte Kimberly. „Jo, ich dachte, du hast dich damals mit diesem Bergwanderer getroffen."

„Ach ja, der Typ", sagte Ivan gedehnt. „Erzähl ihnen die ganze Geschichte, Süße."

„Ich habe echt ein tolles Talent, mir richtige Arschlöcher auszusuchen", bemerkte ich.

„Wie schön, dass ihr jetzt wieder zusammen seid." Das kam von Liz, die bisher doch immer Patricks größter Fan gewesen war.

„Ach, dafür ist es fast noch zu früh." Ivan griff nach meiner Hand.

„Mein Gott, seht nur, wie spät es schon ist. Ich muss dringend in den Sender.“ Ich lächelte Kimberly an, die sich angeboten hatte, als Gastgeberin einzuspringen, wenn ich wegmusste. „Ihr könnt bleiben, solange ihr wollt. Esst bitte alles auf. Kimberly wird euch sonst die Reste aufdrängen.“

Kimberly folgte mir in die Küche, als ich mein Geschirr dorthin brachte. „Du bist also mit diesem süßen Kerl Ivan schon um die Häuser gezogen, während du noch mit Hugh zusammen warst.“

„Nein.“

Sie blickte mich prüfend an. „Und ich habe dir all meine Sympathien entgegengebracht. Du hättest mir davon erzählen können, weißt du? Wäre ja kein großes Ding gewesen. Ich dachte eigentlich, wir hätten diese Geheimniskrämerei hinter uns, aber das scheint wohl nicht der Fall zu sein.“

„Ich bin Ivan erst vor einer Woche oder so das erste Mal begegnet.“

„Ach, wirklich?“ Sie stippte ein paar Kuchenkrümel von meinem Teller auf. „Und wieso erzählt er dann diesen ganzen Scheiß?“

„Um mich auf die Palme zu bringen.“

„Dann sag ihm, er soll verschwinden. Was ist denn bloß los mit dir? Patrick ist echt angepisst, weil Ivan dich behandelt, als wärst du sein Eigentum. Du solltest wirklich mal klarstellen, wer hier der Chef im Ring ist.“

Ich schüttelte den Kopf. „Aber da wir schon über Geheimnisse reden. Wo ist dein geheimnisvoller Mann? Ich dachte, du bringst ihn mit?“

„Er ist bei seiner Familie“, erwiderte sie ziemlich ruhig.

„Er ist verheiratet?“

„Geschieden. Er ist bei seinen Kindern und Enkeln. Wir wollten es ihnen nicht schon jetzt erzählen.“

„Ach so.“ Meine kraftlosen Versuche, wieder die moralische Oberhand zu gewinnen, waren kläglich gescheitert. „Ich muss mich umziehen."

Ich lief nach oben und zog mir die dicken Wintersachen an, die ich beim Fahrradfahren trug. Als ich wieder nach unten kam, verlor ich noch eine Menge Zeit dabei, mich von meinen Gästen zu verabschieden, während ich mir in der Küche ein Truthahnsandwich machte.

Ich packte das Sandwich und einen Apfel in meinen Rucksack und holte den Fahrradhelm und das Fahrrad aus dem Wandschrank im Flur. Normalerweise stand es einfach offen im Flur, aber mit so vielen Gästen im Haus wäre es im Weg gewesen. Als ich das Rad an meine Hüfte lehnte und den Helm aufsetzte, kam Ivan aus dem Wohnzimmer, wo sich inzwischen die meisten Männer vor dem Fernseher versammelt hatten, um das Spiel zu gucken.

„Ich will nicht, dass du noch hier bist, wenn ich zurückkomme", sagte ich. „Und ich will dich hiernach nie wieder in meinem Haus sehen."

„Herrje, Jo! Ich dachte, das zwischen uns lief ganz gut."

„Ganz gut? Die Hälfte meiner Freunde glaubt jetzt, ich hätte nebenher mit dir rumgevögelt, während ich noch mit meinem letzten Freund zusammen war."

„Ich hab einfach das Gefühl, zwischen uns besteht eine ganz besondere Verbindung, Jo."

„Nicht hier. Nicht im echten Leben. Wir sollen uns doch im echten Leben ignorieren, schon vergessen? Oder hat Harry dir aufgetragen, herzukommen?"

Er lehnte sich an die Wand. „Ja, er meinte, das wäre eine gute Idee."

Ich zog meine Handschuhe an und schob das Fahrrad zur Haustür. „Tschüss, Ivan. Denk daran, was ich dir gesagt habe."

Er öffnete die Tür für mich. In dieser Geste lag etwas Spöttisches. „Pass auf dich auf, Jo. Und sprich mit Harry."

Er beugte sich vor, weil er mich küssen wollte, aber im

selben Moment senkte ich den Kopf und rammte sein Gesicht mit meinem Helm. Das verschaffte mir wenigstens ein gewisses Maß an Befriedigung. Ich radelte durch die stille Nacht und sah den warmen Lichterglanz hinter den Fenstern der Häuser, wo andere Menschen den Feiertag begingen. Ich fuhr in der Mitte der Straße, um den größeren Wagen auszuweichen, die am Straßenrand parkten. Dann lenkte ich mein Rad auf den Radweg, und die einzigen Geräusche waren das Schnurren der Reifen und mein Atem. Ich stand auf den Pedalen und trat schneller, spürte das leise Ziehen in meinen Waden und Oberschenkelmuskeln und das Gefühl von Macht und Freiheit, das ich immer dann verspürte, wenn ich im Dunkeln auf dem Rad unterwegs war.

Der Sender war wie eine zweite Heimat für mich. Ich packte das Sandwich und den Apfel in den Kühlschrank und ging ins Studio, wo sich der Ansager freute, weil er bald gehen und zu seiner Familie fahren konnte. Ich programmierte die Musik, überprüfte den Wetterbericht und die Nachrichtenlage und schaltete die meisten Lichter aus. Nur um mich gab es eine kleine Lichtinsel, während ich am Pult saß und durch die Sendung führte.

Natürlich hatte ich genug zu tun. Es gab Papierkram, der erledigt werden musste, das Programm musste geplant und die Einsatzpläne abgestimmt werden. Aber heute war Feiertag, und ich konnte es ruhiger angehen lassen. Ich hatte ein paar Musikstücke einprogrammiert, aber ich hatte auch angekündigt, dass ich Wünsche entgegennahm. Einige Zeit verging damit, dass ich Anrufe annahm und mit gewissem Taktgefühl Anfragen abblockte, wenn jemand seltsame Musikwünsche äußerte. Ich fragte mich auch, ob Mr D. wohl anrufen würde. Oder Harry. Aber zu meiner Erleichterung – zumindest glaube ich, dass es Erleichterung war – passierte nichts von beidem.

Um ein Uhr in der Früh beendete ich meine Arbeit und

fuhr mit einem kribbeligen Gefühl im Bauch nach Hause. Dort würde ich einiges zu erklären haben. Als ich das Sendegebäude verließ, fiel mir ein Wagen auf, der auf dem Parkplatz vor dem Sender stand. Merkwürdig; die Parkplätze wurden hier eigentlich immer sorgfältig überwacht, weil der Unicampus in der Nähe war und immer Parkplatzmangel herrschte. Es musste sich also um jemanden handeln, der in der Nähe zu Besuch war und einfach ohne Erlaubnis hier parkte. Als ich in den Wagen spähte, bemerkte ich eine Bewegung auf der Fahrerseite.

Ich schwang das Bein über den Sattel und fuhr los. Ich trat kräftig in die Pedale, um schnell Tempo aufzunehmen, und fuhr vom Parkplatz auf den Radweg. Es gab für mich keinen Grund, Angst zu haben. Überhaupt nicht. Ich bezweifelte sogar, dass ich wirklich jemanden im Auto gesehen hatte. Und wenn da jemand war, konnte es dafür eine völlig harmlose Erklärung geben.

Und dann, während ich die prickelnde Luft einatmete, die nach Holzfeuern roch, und davonraste, vergaß ich das Auto und dieses unlogische Gefühl der Bedrohung. Weil ich nach Hause fuhr.

Heim zu Patrick.

18. KAPITEL

Ich kam zu meinem Haus und sah das Licht, das über der Garage brannte. Patrick war also noch wach. Ich hoffte, dass er auf mich wartete.

Ich öffnete die Haustür und schob mein Fahrrad ins Haus, während ich zugleich meinen Helm öffnete und ihn über den Haltegriff hängte. Brady tauchte auf und machte die wohlwollenden Geräusche, die er immer von sich gab, wenn er hungrig war. Ich begleitete ihn in die Küche, um seine Näpfe zu kontrollieren. Die Küche glänzte vor Sauberkeit. Alles war aufgeräumt, auch wenn noch immer der Duft des Thanksgiving-Essens in der Luft hing.

Ich verließ das Haus und zog die Haustür hinter mir ins Schloss. Die Schlüssel ließ ich in die Jackentasche gleiten. Als ich die Stufen zu Patricks Apartment hochstieg, konnte ich leise Jazzmusik hören. Ich klopfte an die Tür.

Patrick öffnete. „Jesus, Maria und Josef!" Er zog mir die Sturmmütze herunter. „Du siehst mit diesem Ding wie ein verfluchter Terrorist aus."

Das zu meinem Versuch, einen erotisch aufgeladenen Besuch bei ihm abzustatten. Das war irgendwie schade, denn er sah mit der Jogginghose aus Baumwolle und dem T-Shirt, das die Muskeln seiner Oberarme zeigte, verdammt gut aus. Das alles erinnerte mich an die Jungs im Großen Saal. Aber daran wollte ich jetzt nicht denken. Er war barfuß und ein wenig zerwuschelt. Er sah einfach wunderbar aus, und ich wollte, dass er mir mehr auszog als nur die Sturmhaube. Kaum zu glauben, dass ich ihn vor gar nicht allzu langer Zeit als irischen Kobold bezeichnet hatte.

„Tut mir leid, ich hatte wohl vergessen, dass ich die noch aufhabe."

„Dann komm doch erst mal rein. Du brauchst nicht in der offenen Tür zu stehen und die Kälte reinzulassen."

Oh ja, das ist mal richtig sexy, Patrick. Ich betrat trotzdem sein Apartment.

„Ich habe mir gerade eine Tasse Tee gemacht. Warte, ich gieße dir auch welchen auf."

Das wurde ja immer schlimmer. Immerhin hatte ich es in sein Apartment geschafft. Ich öffnete die Jacke und hängte sie an einen Haken an der Tür über eine von Patricks Jacken.

„Die Sendung heute Abend hat mir gefallen", sagte er mit dem Rücken zu mir. Er stand in seiner winzigen Küche und stellte den Wasserkocher an.

„Es gab da diese angenehmen, freundlichen Schwingungen. Ich hatte viele Anrufer. Nur einer flippte aus, und das nur, weil ich mich geweigert habe, Charles Ives zu spielen. Wir haben uns dann auf ein Stück von Copland geeinigt."

Der Wasserkocher piepste. Ich hörte das Klappern des Löffels, weil er den Teebeutel im Becher bewegte. Dann konnte ich in aller Ruhe seinen Arsch bewundern, als er sich bückte, um einen Tetrapak Milch aus dem Kühlschrank zu holen.

„Setz dich, Weib", sagte er, als er sich mit dem Becher in der Hand umdrehte. Jetzt sah ich, warum er mit dem Rücken zu mir gestanden hatte: Er hatte in dieser weiten Baumwollhose eine riesige Erektion bekommen.

Natürlich tat ich so, als fiele es mir nicht auf, und nahm einfach nur den Becher von ihm entgegen. Ich setzte mich in den Sessel, auf den er deutete. Ich konnte hinter dem Wandschirm sein Bett sehen, das bereits zerwühlt war. Als hätte er schon geschlafen oder sei erst vor Kurzem aufgestanden. Zwischen meinen Beinen entwickelte sich eine schmerzliche Spannung, die ungefähr so heftig war, als säße ich auf einem Vibrator.

Aber ich war hergekommen, um mit ihm zu reden, ermahnte ich mich.

Den Becher in der einen Hand, zog Patrick mit der anderen einen Sessel heran, der meinem ähnelte. Mit dem Fuß schob er einen Hocker zwischen uns. Er hob die Sitzfläche an und drehte sie um 180 Grad. Schon stand ein Kaffeetischchen vor uns.

„Ich habe mich noch nicht für das Essen heute bedankt“, sagte er.

„Es war mir ein Vergnügen. Danke für deine Hilfe.“ Ich musste wirklich aufhören, meine Worte jedes Mal wieder als Anspielung zu begreifen. Es dauerte nicht mehr lange, bis ich nicht mehr in der Lage wäre, überhaupt ein Gespräch mit ihm zu führen. „Und danke, dass du die Küche aufgeräumt hast.“

„Kimberly hat das alles organisiert. Sie hat Ivan dazu gebracht, die meiste Arbeit auf sich zu nehmen.“ Er schmunzelte.

Das war mein Stichwort. „Gut, dass du ihn ansprichst. Ich wollte dir ohnehin noch was über ihn erzählen.“

Er hob die Augenbrauen. „Ach, das musst du aber nicht.“

„Aber ich finde, du solltest das wissen.“

Er winkte ab. „Ist nicht nötig.“

Er hatte schon wieder dieses böse Funkeln in den Augen. Ihm gefiel es geradezu, wenn ich mich unwohl fühlte! Zuerst hatte Ivan mich auf die Palme gebracht, und jetzt Patrick. Ich ignorierte seinen Einwand und fuhr fort: „Egal, was er dir erzählt hat, das meiste stimmt nicht. Wir kennen uns noch nicht so lange, auch wenn er was anderes behauptet. Und wir haben auch keine irgendwie längere Beziehung gehabt. Und zwischen uns besteht keine wie auch immer geartete Verbindung.“

„Aha.“ Patrick nahm einen Schluck Tee. „Kann es denn sein, dass Ivan eine gewisse Verbindung zu der Nacht hat, als du nach Hause kamst und aussahst wie ein Bonustrack aus einem Pornofilm? Also, das ist jetzt nur wilde Spekulation, aber …“

„Ja.“

„Aha!“ Er stellte seinen Becher mit einem leisen Knall auf

den provisorischen Kaffeetisch.

Ich wartete. Ich wollte ihn nicht in das ganze Ausmaß meines Debakels mit der Gesellschaft einweihen. Nicht jetzt schon. Sollte ich ihm einfach für den Tee danken und gehen? Ich schaute auf die karamellfarbene Flüssigkeit in meinem Becher und fragte mich, wie viel Koffein der Tee wohl enthielt. Ich wollte heute Nacht nicht zittrig und in jeder Beziehung unbefriedigt wach liegen.

„Ich wollte dir nur sagen … Du meintest, wenn ich bereit bin, sollte ich dir … Und heute beim Essen, da …" Ich verstummte, weil mir jetzt erst so richtig bewusst wurde, was ich zu tun im Begriff stand. Erst vor ein paar Wochen hatte ich Mr D. erklärt, ich wolle lieber allein sein, weil ich nicht den Ballast auf mich nehmen wollte, die eine neue, echte Beziehung mit sich brachte. Oder den Schmerz und die Trauer, die nach dem Scheitern einer Beziehung unweigerlich folgten. Und jetzt hatte ein anderer Mann mir öffentlich seine Gefühle gestanden – und in jenem Moment hatten Patricks und mein Blick sich über dem Tisch im Esszimmer getroffen, und wir hatten gewusst, was wir wollten. Aber jetzt konnte es schon zu spät sein, und ich könnte ziemlich enttäuscht werden …

Er schob den Hocker achtlos beiseite und zog den Sessel weiter nach vorne. „Pssst", machte er. Seine Knie berührten meine. „Beruhige dich, sonst hyperventilierst du noch. Tief durchatmen."

Patrick nahm mir den Teebecher aus der Hand. Ich konnte mich kaum bewegen. Verlangen und Angst hatten mich geradezu paralysiert. Ich atmete aus und sog tief die Luft ein, wie ich es immer machte, wenn ich auf dem Fahrrad beschleunigte. Aber dieses Mal schmeckte die Luft nach Patricks Duft und seiner Wärme.

Sein Mund berührte meinen. Eine sanfte, verführerische Berührung. Die Lippen waren etwas rau, und obwohl ich ihn verschlingen und von ihm verschlungen werden wollte, wartete ich ab. Ich überließ es ihm, sich zu bewegen, seinen Mund auf meinen zu drücken und meine Lippen zu liebkosen. Er konnte gut küssen, aber das wusste ich bereits. Ich wollte mehr wissen. Wollte seine geheimen Aromen kosten und die Haut unter den Kleidern erkunden, wollte seinen Atem schmecken und ihn meine Nässe spüren lassen. Seine Zunge schob sich zwischen meine Lippen, und er gab einen leisen, kehligen Laut von sich, der mich voller Sehnsucht erbeben ließ. Es schien Stunden zu dauern, aber in Wahrheit verstrich nur die kurze Zeit, die es brauchte, bis seine Zunge zwischen meine Lippen drang.

Er zog sich zurück und blickte mich prüfend an. „Alles okay?"

Ich nickte. Anscheinend hatte ich vergessen, wie man sprach.

„Nun ja, dann ..." Und er zog mich einfach auf seinen Schoß. Ich saß rittlings auf ihm und wurde gegen seine beeindruckend große Erektion gedrückt. Er fuhr mit dem Daumen an der Außenseite meines Oberschenkels auf und ab, und alle Nervenenden unterhalb meiner Taille erwachten plötzlich zum Leben.

Ich bewegte mich, berührte sein Gesicht und seinen Hals und die angespannten Muskeln auf seiner Brust, bis er meine Hände mit seinen packte und den Mund wieder auf meinen legte. Dieser Kuss war feucht und gierig und etwas unbeholfen. Unsere Zähne stießen gegeneinander, und irgendwann schob ich seine Hände zu meinen Brüsten hinab. Seine Berührung war selbst durch die Schichten meiner langen Seidenunterwäsche (praktische Unterwäsche für den Winter, nicht die sexy Sachen) und den Rollkragenpulli aus Baumwolle im ersten Moment wie eine Offenbarung. Sein Mund bewegte sich nach unten, er küsste mich unterhalb meines Ohrs, er knabberte und saugte an mir, bis ich mich in seinen Armen wand.

„Du lieber Himmel!", rief er nur und legte seine Brille beiseite.

„Nicht aufhören." Ich war irgendwie stolz auf mich, weil ich es geschafft hatte, einen vernünftigen Satz zu sagen. Auch wenn er nur aus zwei Worten bestand.

„Ich finde, wir sollten erst hierüber nachdenken."

„Warum?" Ich presste mich gegen seine Erektion. Insgeheim fragte ich mich, ob ich schon meinen Slip durchnässt hatte. Ich fühlte mich jedenfalls warm, feucht und sehr erregt. Und ob er auch schon feucht war? Gute Frage.

Seine Hände umschlossen meine Hüften, und er schob mich ein Stück von sich weg. „Du weißt, ich bin aufgeschlossen, fühle mich geschmeichelt und bin dankbar ..."

„Oh. Ich dachte, das war nur eine Erektion."

„Klugscheißer!" Er räusperte sich. „Das passiert ständig, wenn du in meiner Nähe bist. Und ziemlich oft, wenn du es nicht bist. Die Natur ist schon was Tolles. Aber es bleiben immer noch diese unterschwelligen Probleme. Zum Beispiel bin ich dein Mieter. Du kämpfst noch mit den Überbleibseln eines komplizierten Liebeslebens. Ich bin immer noch verheiratet, auch wenn diese Ehe auf direktem Weg einer Scheidung entgegensteuert."

Scheiß drauf. Komm, wir ziehen uns jetzt aus!

Als sei das seine Antwort auf meinen gedachten Kommentar, berührte er meinen Schritt durch das Elasthan meiner Fahrradhose. Ich drehte fast durch.

„Ich finde", sagte er, „wir sollten es langsam angehen lassen. Wir sollten uns kennenlernen. Uns verabreden. Und manchmal rummachen. Viel rummachen."

„Du hast dich bei Kimberly nicht mit irgendwelchen Dates aufgehalten." Ich klang so jämmerlich, dass es mir ziemlich peinlich war.

„So habe ich ja auch nicht für Kimberly empfunden. Klar, ich habe sie gemocht. Ich mag sie auch jetzt noch. Aber wir wussten beide, dass es uns nur um den Sex ging. Eine begrenzte Zeit, die wir mit wildem Sex zubrachten, ohne dass dabei echte Intimität entstand. Aber mit dir ist es anders. Ich will, dass das hier länger hält, und irgendwie bin ich abergläubisch. Ich will's diesmal nicht versauen."

„Also gut. Ich bin grad nicht sicher, was ich dazu sagen soll. Aber was passiert, wenn wir uns besser kennenlernen und einer von uns beschließt, wir sollten lieber nicht vögeln?"

Er grinste. Ohne die Brille sah er anders aus – erwachsener. Ernsthafter. „Glaubst du, das ist sonderlich wahrscheinlich?"

„Nein."

„Und es gibt noch ein paar andere Dinge, die wir bedenken sollten. Zum Beispiel die praktische Seite. Ich habe gerade kein Kondom im Haus."

„Wie bitte?" Und dann wurde mir erst bewusst, dass ich auch keins dahatte. Jason mit seinem ständig harten Schwanz hatte meinen letzten Vorrat aufgebraucht. „Ich auch nicht. Okay, damit hat sich das für heute Nacht wohl erledigt, obwohl ich einen Drugstore kenne, der die ganze Nacht geöffnet hat. Aber was ist der andere Grund?"

Er lehnte sich im Sessel zurück und verschränkte die Hände hinter dem Kopf. „Ach, na ja. Ich dachte, wir könnten vorher noch ein paar erotische Spiele spielen. Ich glaube, das würde dir gefallen. Viel rummachen und jede Menge feuchte Orgasmen. Jede Menge nasse Höschen. Für uns beide. Bist du Frau genug, dich darauf einzulassen? Das ist jedenfalls eine gute Möglichkeit, jemanden kennenzulernen, und wir werden früher oder später einfach zum Vögeln übergehen. Dann gibt es keine Verlegenheit oder Peinlichkeiten. Oder in meinem Fall keinen zu frühen Samenerguss."

„Hast du damit Probleme?"

„Heute Nacht vermutlich schon." Er sagte es ganz locker, als sei es ihm überhaupt nicht peinlich. „Du bringst mich dazu, wie ein verfluchter Vulkan in die Luft zu gehen,

Jo. Wir werden das ziemlich bald erleben, wenn wir so weitermachen."

„Hmmm. Du meinst, wenn ich so was mache?" Ich legte die Hand auf die beachtliche Beule in seiner Hose. Er war darunter nackt, das spürte ich. Sein Schwanz zuckte gegen meine Handfläche.

Er schloss die Augen, während meine Fingerspitze über die Spitze seines Glieds glitt und dann hinab zu den harten Hoden. „Bitte, mach das nicht. Ich habe schon jetzt einen Haufen Dreckwäsche."

Ich lachte und zog die Hand weg. „Also gut. Was dann?"

Er erwiderte mein Lachen, und mich erfüllte eine angenehme Wärme. Eine Wärme, die von meiner Lust befeuert wurde und von der Vorstellung feuchter, heißer Orgasmen, die er mir anbot. Ich war aufgeregt, als begäben wir uns auf eine gemeinsame Reise in die Fremde. Was wir vermutlich tun würden.

„Was empfindest du für mich?", fragte er.

„Ich weiß nicht. Ich habe Angst. Bin beschwingt, neugierig und empfinde große Zuneigung."

„Zuneigung!" Er schnaubte. „Du weißt jedenfalls, wie man das Ego eines Mannes aufbaut. Und wie um alles in der Welt kannst du gleichzeitig Zuneigung und Angst empfinden?"

„Das weiß ich nicht. Ich fürchte mich vor der Nähe und den damit verbundenen Schmerzen."

Er zuckte die Schultern. „Du wirst es überleben. Es liegt in der Natur des Menschen, findest du nicht? Wir sehnen uns alle nach Nähe und fürchten uns vor dem Schmerz. Manchmal muss man eben dieses Risiko eingehen."

„Und ich finde dich sehr sexy."

„Na endlich. Ich finde dich auch sehr sexy." Dieses Mal wanderte seine Fingerspitze von meiner Kehle hinab zu meinem Nippel. Ich wäre fast von seinen Knien gerutscht.

„Hey", flüsterte er mir zu. „Möchtest du gerne mit mir … zärtlich werden?"

„Oh ja, und wie."

Er zog mich wieder an sich. „Lass es uns langsam angehen."

„Ach ja. Wir wollen ja nicht unnötig viel Dreckwäsche produzieren." Ich sagte es in seinen Mund, weil er mich wieder küsste. Das machte diese banale Bemerkung unerträglich erotisch, und ich wand mich auf seinem Schoß, weil seine Daumen über meine Nippel strichen.

„Keine Berührung der Genitalien", erklärte er steif. Es klang, als zitiere er aus einem verklemmten Sexhandbuch aus dem vorletzten Jahrhundert.

„Aber deine Hand auf meinem Arsch ist erlaubt?"

„Absolut." Und er zog mich näher zu sich. Der Sessel ächzte.

Und dieser Mann konnte wirklich küssen, mein Gott! Er machte erstaunliche Dinge mit meinen Kleidungsschichten, und das nur mit den Händen! „Patrick, mir ist heiß."

„Oh ja." Er legte den Kopf in den Nacken und blickte lächelnd zu mir auf. „Du *bist* heiß."

„So meine ich das nicht. Ich muss mal eine Schicht ausziehen."

„Okay. Mach ganz langsam."

Ich zog den Rollkragenpullover über meinen Kopf. Wie jedes Mal blieb mein Kopf im Halsausschnitt stecken, und ich musste mich mühsam hervorkämpfen. „War das sexy genug für dich?", fragte ich, als ich wieder auftauchte.

„Ich nehme, was ich kriegen kann. Ist es jetzt besser?" Er starrte meine Nippel an, die sich unter dem Seidenunterhemd hart abzeichneten.

Dann senkte er den Kopf, und seine Lippen umschlossen einen Nippel. Er saugte hart daran, und erneut spürte ich dieses Ziehen in meiner Klit. Inzwischen war meine Klit schon ziemlich vertraut mit der harten Beule in seiner Hose, an der ich mich rieb. „Gefällt dir das?“, fragte er.

„Hör nicht auf. Mach das auch mit der anderen. Bitte.“ Ich rieb mich an ihm. „Wenn du so weitermachst, komme ich gleich.“

Patrick murmelte etwas und umschloss den anderen Nippel mit dem Mund, während sein geschickter Zeigefinger an meinem Schritt herumspielte. Er reizte mich durch den eng anliegenden Stoff, und ich packte seine Schultern. Keine Kondome im Haus. Das war eine Katastrophe. Und doch wieder nicht. Es war …

Er küsste mich hart, seine Zunge stieß dabei in meinen Mund, und seine Hände drückten meine Brüste zusammen, als ich kam. Dass ich nicht schreien oder irgendein anderes Geräusch von mir geben konnte, machte den Moment nur noch erotischer, noch intensiver und intimer. Und dann legte er den Kopf in den Nacken und gab einen Laut von sich, der irgendwo zwischen Lachen und Stöhnen war.

„Noch mehr Dreckwäsche“, bemerkte er fröhlich. „Und wie war's für dich?“

„Toll“, sagte ich. „Oh Gott, war das toll.“

„Dann trinken wir jetzt noch eine Tasse Tee.“ Er schob mich von seinem Schoß und nahm seine Brille vom Hocker. Ich sah den großen, feuchten Fleck im Schritt seiner Hose. Die Beule unter dem Stoff war sichtlich geschrumpft.

Ich fühlte mich geschmeichelt und war nicht im Geringsten beleidigt von seiner Direktheit. Es kam mir vor, als werde er von gutem Sex energiegeladener, und er pfiff fröhlich vor sich hin, während er den Wasserkocher wieder aufsetzte. Ich stand auf und legte die Arme um ihn. Mein Kopf ruhte unterhalb seines Kinns. Er hielt mich einfach fest. Wir sprachen nicht, während er mit einer Hand den Tee kochte und darauf achtete, dass das heiße Wasser mir nicht zu nahe kam.

„Die meisten Männer brauchen nach Sex erst mal Ruhe“, sagte ich.

„Ach komm, das war doch nur ein Orgasmus. Für den ich mich übrigens bei dir bedanken muss. Wenn wir gevögelt hätten, hätte ich danach vermutlich tagelang zwischen den kaputten Möbeln und auf dem durchgewetzten Teppich gelegen." Mit einem Teelöffel stocherte er in seinem Becher herum, die Arme immer noch um mich gelegt. „Aber ich bin nicht abgeneigt, danach noch ein bisschen zu kuscheln. Darf ich was vorschlagen? Lass uns am Samstagabend ausgehen. Ein richtiges Date, ja? Ich muss noch ein Projekt fertig machen, und du wirst morgen vermutlich arbeiten. Aber du bist natürlich nach der Arbeit jederzeit eingeladen, zu mir zu kommen und rumzumachen. Ich werde noch wach sein, wenn du heimkommst." Er hörte auf, in seinem Becher zu rühren, und blickte mich ernst an. „Himmel, ich kann das einfach nicht glauben. Dass wir Sex hatten und doch wieder nicht. Wie Teenager. Und wir planen ein Date wie Erwachsene. Komm schon, Jo. Sprich mit mir. Du bist so schrecklich still."

„Ich bin glücklich. Ich bin aber auch überrascht. Ich hätte nicht gedacht …"

„Dich hat meine Technik überrascht?"

„Du redest zu viel." Ich legte meinen Finger auf seinen Mund.

19. KAPITEL

Er befand sich unter demselben Dach, zumindest mehr oder weniger. Das machte mich schier verrückt, aber zugleich liebte ich dieses verrückte Gefühl und die Sehnsucht nach ihm. Ich konnte es am nächsten Abend kaum erwarten, nach der Arbeit nach Hause zu kommen. Patrick führte mich sogleich in die Küche und erklärte, ich müsse dringend was essen. Aber der Topf Nudeln blieb einsam und verlassen auf dem Tisch, die Pfanne mit der Soße auf dem Herd, da wir unzählige Entschuldigungen fanden, warum wir einander berühren und küssen mussten.

„Du lieber Himmel!“ Patrick stellte die Pfanne ins Spülbecken und drehte das Wasser auf. Heißer Dampf hüllte ihn ein. Er tauchte aus den Schwaden auf und rieb die Brillengläser an seinem Hemdzipfel trocken. „Du bist eine Gefahr für mich. Wir hätten beinahe das Haus abgebrannt.“

„Bin ich das? Du bist schließlich derjenige, der mir unbedingt was kochen wollte.“

„Du musst doch wieder zu Kräften kommen, nachdem du dich im Studio so verausgabt hast.“ Er bückte sich, um in einem Schrank etwas zu suchen. „Himmel, Weib! Nimm deine Hände von meinem Arsch.“

„Du hast einen tollen Arsch.“

„Du auch. Und ich werde mich eingehend mit deinem Arsch beschäftigen, sobald wir erst mal Sex haben. Es sei denn, wir werden bis dahin einen Fetisch entwickeln, bei dem es um verbranntes Essen geht. Thunfisch?“

„Du willst einen Thunfischfetisch entwickeln?“ Ich ließ meine Hände über seinen Hintern gleiten.

„Nein, ich meinte, ob du ein Thunfischsandwich haben willst.“

„Klar, gerne.“

Er richtete sich auf, eine Dose Thunfisch in der Hand, und

drehte sich zu mir um. „Ich schlage vor, wir gehen irgendwohin, wenn wir das erste Mal Sex haben."

„Du bist ja so romantisch! Was stört dich denn an meinem Bett? Oder an deinem?"

„Ich möchte, dass es etwas Besonderes ist."

Er wirkte so unglaublich ernst, dass ich ihm nicht erklärte, wie mädchenhaft das war. Außerdem war er alles andere als ein Mädchen; seine Erektion drückte sich sehr angenehm gegen meine Hüfte und lenkte mich vorzüglich ab.

„Wie passt das in deine Vorstellung davon, einfach irgendwann richtigen Sex zu haben?" Ich stellte mir gerne vor, wie dieser beeindruckend große Schwanz in mich hineinglitt. „Vergiss den Thunfisch. Ich esse eine Banane."

„Wunderbare Idee." Patrick lehnte sich an den Küchentisch und grinste breit.

„Ich *liebe* Bananen." Ich streichelte die Banane lüstern. „Liebe, liebe, liebe sie!"

Er räusperte sich.

„Heute habe ich Kondome gekauft", fuhr ich fort. Ich zog den ersten Streifen Bananenschale ganz vorsichtig nach unten. „Oh, sieh nur! So eine schöne, große und feste Banane!"

„Ich habe auch welche gekauft." Seine Stimme klang etwas gepresst.

„Aber natürlich bedeutet das nicht, dass wir sie tatsächlich benutzen werden. Noch nicht." Ich schälte gefühlvoll weiter die Banane. „Hmmm. Ich frage mich, ob ich die ganze Banane auf einmal in den Mund kriege?"

Patrick schnellte vor. Er riss mir die Frucht aus der Hand und drückte mich gegen die Küchenzeile. „Verdammt, dann lass uns halt ins Bett gehen. Lass es uns tun. Wir ziehen einander aus und machen rum. Weißt du eigentlich, wie sehr ich mir wünsche, dich endlich nackt zu sehen? Wie sehr ich danach lechze, dich überall zu küssen und zu lecken?" Er verstummte und biss von der Banane ab.

„Daran hätte Freud bestimmt seine Freude gehabt." Obwohl ich mich so frivol gab, war ich heiser und bebte vor Verlangen. Ich klammerte mich an ihn. „Dann komm. Mein Bett ist größer."

Wir liefen nach oben, und als wir mein Schlafzimmer betraten, war ich mir plötzlich wieder schmerzlich der Unordnung bewusst, die hier herrschte. Nicht mal das Bett war gemacht. „Warte, ich zieh nur schnell neue Bettwäsche auf …"

„Nein. Ich will von deinem Geruch eingehüllt werden."

Das war so ziemlich das Erotischste, was jemals jemand zu mir gesagt hatte. Patrick knöpfte sein Hemd auf und ließ es einfach neben ein Paar dreckige Socken auf den Boden fallen.

Ich fasste meinen Pullover am Saum und wollte ihn mir über den Kopf ziehen.

„Halt!" Patrick öffnete seine Jeans und zog die Socken aus. „Ich will dich ausziehen. Warum kicherst du?"

„Ich mag deine Boxershorts."

Er schaute nach unten und entdeckte das Muster aus knallgrünen Fröschen. „Ich wusste, dass dir die hier gefallen. Und jetzt aufs Bett mit dir."

Oh Gott, ich hatte vergessen, meinen Vibrator wegzupacken. Er lag irgendwo zwischen den Decken. Ich versuchte, ihn zu finden, aber Patrick war schneller. „Und was soll das hier bedeuten, junge Dame? Habe ich dir nicht letzte Nacht angemessen zu Diensten gestanden?"

„Na ja, schon. Aber heute Morgen …" Es war mir schrecklich peinlich, aber zugleich erregte es mich, von ihm dabei erwischt zu werden.

Er schaltete den Vibrator ein und ließ ihn über einen Finger gleiten. „Wir werden später eine Demonstration dieses Hilfsmittels zur Luststeigerung bekommen. Zunächst solltest du dich für das wappnen, was nun kommt."

Er zog seine Boxershorts aus, und ich wurde mit dem ersten ausgiebigen Blick auf seinen Schwanz belohnt. Er war kräftig und bereits vollständig steif, und ich wollte ihn so gerne in den Mund nehmen. Ihn lecken und küssen. Patrick schubste mich behutsam weg. Erst jetzt wurde mir das volle Ausmaß seines Könnens bewusst. Dieser Mann war ein Meister der Sinnlichkeit.

Er nahm sich Zeit und liebkoste jeden Quadratzentimeter meiner Haut, während er meinen Pullover nach oben schob. *Warte nur, bis du meinen BH siehst, Patrick.* Es war nicht unbedingt der bequemste BH, wenn man auf dem Rad durch die Stadt brauste, aber ich war jetzt doch froh, ihn heute früh angezogen zu haben. Patrick verharrte mitten in der Bewegung und starrte mich an. Dann erkundete er durch die zarte Spitze meine Nippel und beugte sich schließlich darüber, um sie zu küssen.

Nach einer Ewigkeit griff er hinter meinen Rücken, um den Verschluss zu öffnen. Dann starrte er meine Brüste geradezu ehrfürchtig an.

„Ich will dich berühren", sagte ich, aber er schüttelte den Kopf. Nein.

Er schob meine Fahrradhose nach unten, dann meine Baumwollunterhose. Auch wenn ich gerne das passende Höschen zum BH getragen hätte, wusste ich doch, dass ich mir damit die Mutter aller wunden Hintern eingebracht hätte. Und schließlich traf wieder Haut auf Haut. Wir lagen gemeinsam auf meinem Bett, waren beide nackt und küssten und berührten uns.

Seine Haut war sogar noch heller als meine. Im gedämpften Licht meines Schlafzimmers wirkte sie beinahe silbrig, und auf seiner Brust kräuselte sich rötliches Haar. Das war mir schon aufgefallen, als er sich entkleidet hatte, denn jetzt gab es nur diese Berührungen, das Gefühl von Haut auf Haut und dieses herrliche Gefühl. Ich schloss die Hand um seinen Schwanz, und er legte seine Hand auf meine, um mich zu führen. Er zeigte mir, wie er gerne berührt werden wollte.

Es war nicht irgendwie peinlich, sondern von großem Vertrauen geprägt.

„Die Kondome sind …" Ich schnappte nach Luft, als sein Mund von meinem abließ und sich kitzelnd einen Weg entlang meines Schlüsselbeins und wieder hinauf zum Ohr bahnte, wo er an mir knabberte.

Mir gefiel, was er mit mir machte. Sogar sehr. Aber zugleich bereitete es mir Schwierigkeiten. Die Intensität, die in mir entflammt wurde, sobald er mich berührte, war so viel mehr als alles, was ich bisher als Lust hatte kennenlernen dürfen. Ich wurde in eine Welt geführt, in der ich völlig neue Empfindungen entdeckte. Erst wenn wir vögelten – sobald er den Zeitpunkt für gekommen hielt, denn wir wussten beide, dass es längst nicht mehr meine Entscheidung war –, würde ich wieder auf sicherem Terrain sein. Ich dachte, ich wüsste alles darüber, wie man einander Lust bereitete und dieses Spiel spielte, nachdem ich einige Zeit im Großen Saal verbracht hatte. Aber in Patricks Armen war ich wieder eine Novizin, die sich ungeschickt verhielt und vollkommen verstört war.

„Was ist los?" Er hatte sich inzwischen weiter nach unten geschoben und machte etwas Herrliches mit meinem Hüftknochen, von dem ich nie gedacht hätte, dass er eine erogene Zone sein konnte.

„Ich habe einfach das Gefühl, ich sollte mehr für dich tun", sagte ich kleinlaut. Sein Schwanz war für meine Hände im Moment außer Reichweite.

„Ach, mach dir keine Sorgen. Das hier ist schließlich Sex und kein Tauschhandel."

„Ja, das ist mir auch schon aufgefallen." Ich klang nicht mal sarkastisch, sondern allenfalls jämmerlich.

Er seufzte und stützte das Kinn auf meinen Venushügel. „Ist es denn so wichtig, dass wir vögeln? Wenn es das für dich ist, tun wir's nämlich einfach."

Das war vermutlich das erste Mal, dass ich einen Typen

hatte, der nur widerstrebend den Akt vollzog. „Ich weiß nicht. Ich habe einfach keine Ahnung, woran ich bei dir bin."

„Scheiße", sagte er nur und brachte seinen Kopf wieder auf gleiche Höhe mit meinem. „Mach dir einfach keine Sorgen. Genieße es. Was möchtest du, dass ich für dich mache?"

„Ich hasse es, wenn Männer so was fragen."

„Wirklich? Warum?"

„Ich habe dann das Gefühl, als müsste ich ihnen eine Einkaufsliste geben."

„Aha. Ein halbes Pfund Cunnilingus, bitte. Und ich nehme noch ein bisschen vom Finger im Arsch, aber nur, wenn es wirklich frisch ist. Nicht diesen schmutzigen, gefrorenen Kram. Meinst du das?"

„Ja, so ähnlich. Wenn ich dich fragen würde, was dir gefällt, was würdest du mir antworten?"

„Ich bin ein Mann. Für mich ist das einfacher. Lutsch meinen Schwanz, bearbeite meine Hoden mit den Fingernägeln – aber ganz vorsichtig. Spiel mit meinem Arschloch ... Hast du Gleitmittel hier? Jo ..."

Ich hatte ihn beim Wort genommen und war nach unten gerutscht, um seinen Schwanz zu packen. Ich schob ihn in meinen Mund. Das hier konnte ich gut; ich befand mich wieder auf vertrautem Territorium. Ja, genau so. Ich leckte ihn von den Eiern bis zur Spitze, lutschte an der Vorhaut und seiner harten Eichel, und dann ...

Oh ja, er stöhnte. Seine Hand glitt zu meinem Kopf und führte mich. Er zeigte mir, was ihm gefiel. Ich fuhr mit einem Finger in die Spalte zwischen seinen Pobacken. Das gekräuselte Haar fühlte sich warm und feucht an. Ich entspannte mich, um ihn bis zur Schwanzwurzel in mich aufzunehmen. Ein tiefes Beben und seine Hände, die sich fester um meinen Kopf schlossen, warnten mich, dass er dem Orgasmus verdammt nah war. Seine Hüften kamen mir entgegen, und dann flutete er bereits heiß und salzig meinen Mund.

„Also …“ Er wischte mit dem Daumen einen Tropfen seines Samens aus meinem Mundwinkel. „Das war was. Das war wirklich schön. Ich werde mich dafür revanchieren, wenn's recht ist.“

Er küsste mich. Mein Mund war noch immer salzig und mein Kinn nass von seinem Orgasmus. Dann drehte er mich auf den Rücken. Zu diesem Zeitpunkt war ich einfach nur begierig darauf, zu kommen. Egal wie. Einer seiner geschickten Finger wanderte über meine Klit.

„Patrick, nun tu es doch einfach! Ich brauche jetzt nichts Raffiniertes mehr.“ Ich litt Höllenqualen.

Aber er lachte und umschloss meine Oberschenkel mit den Armen. Er knabberte und leckte an meiner Klit. Seine Finger glitten tief in mich hinein, und mein Orgasmus kam wie ein Blitz über mich, der mich vollkommen auslaugte und überraschte. Ich konnte mich nicht beklagen, als Patrick sich anschließend vom Schlüsselbein langsam nach unten vorarbeitete, um mir einen zweiten, total geilen Orgasmus zu bescheren.

Ich öffnete die Augen. Ich konnte kaum glauben, wie schwer sich meine Lider anfühlten. Wie tief mein Körper in die Matratze sank und sich entspannte. Patrick hockte neben mir auf den Fersen und schaute auf seine Erektion – bewundernd, aber auch voller Bedauern. Hart und dunkelrot drückte sein Schwanz gegen seinen Bauch.

„Du bist einfach unglaublich“, sagte ich.

„Sollte ich das nicht zu dir sagen?“ Er umfasste seinen Schwanz und begann, ihn zu streicheln. „Ich werde jetzt was absolut Krasses tun.“

„Inwiefern?“

„Ich will auf dir kommen. Tut mir leid, ich bin ein dreckiger Mistkerl, und du bist auch einfach unglaublich. Stell dir einfach vor“, sagte er und pumpte mit geschlossener Faust seinen Schwanz, „ich würde mein Territorium markieren.

Ich weiß nicht warum, aber irgendwie … Ich verspüre den Drang, auf dich zu kommen. Ist das okay? Sag einfach Nein, dann höre ich sofort auf."

„Oh nein, bitte! Bitte, mach es." Ich streichelte meine Brüste und sah, wie seine Kiefermuskeln zuckten. „Na los. Mach schon."

„Ja, berühr deine Brüste. Massier sie." Seine Hand bewegte sich gleichmäßig auf seinem Schwanz. „Öffne die Beine. Ich will deine Muschi sehen."

Ich gehorchte. Irgendwie empfand ich Stolz, ihm meinen Schoß zeigen zu dürfen. Ich bewunderte seine Hemmungslosigkeit und wurde vom Ausdruck auf seinem Gesicht erregt. Ich erkannte die Geräusche, die er von sich gab. Die Atmung veränderte sich, seine Oberschenkel bebten. Gleich würde er kommen.

Seine Hand verschwamm, und dann klatschte ein Strom warmen Samens auf meine Brust und meinen Bauch. Patrick stöhnte und beugte sich vor. Mit einer Hand stützte er sich neben meinem Körper ab, sein Gesicht ruhte an meiner Brust.

„Gott", sagte er. „Oh mein Gott, Jo! Ich weiß nicht, ob ich mich jetzt entschuldigen oder schnell ein Handtuch holen soll. Das war so verflucht geil."

Ich kicherte. „Wir haben schon in der zweiten Nacht so ziemlich alles gemacht, was nicht jugendfrei ist, ohne miteinander zu vögeln."

Er seufzte zufrieden und legte sich zwischen meine Beine. Ganz entspannt knabberte er an meinem Nippel. „Und welche verkommene Praktik wird uns als Nächstes einfallen? Ich finde ja, du solltest mir mal demonstrieren, wie dieser berüchtigte Vibrator funktioniert."

„Welchen meinst du?"

„Wie, welchen ich meine? Wie viele hast du denn?"

„Einen ganzen Stall voll", erwiderte ich stolz. „Schau doch

mal in die Holzkiste."

Er öffnete die Kiste und schüttelte den Kopf. „Und ich dachte, du würdest darin deine nostalgischen Erinnerungen an die Teenagerzeit aufbewahren. Das Korsett vom Abschlussball und dergleichen."

„Das *sind* die nostalgischen Erinnerungsstücke an meine Teenagerzeit."

Er schaltete einen Vibrator ein und schrie überrascht auf, weil er so laut brummte. „Jetzt sag mir bitte nicht, dass du den hier benutzt, wenn das Fenster offen steht. Ich habe Elektrowerkzeuge, die leiser sind. Deine Nachbarn müssen ja glauben, dass du ziemlich viel am Haus herumbastelst."

„Den habe ich mir nicht ausgesucht. Er war ein Weihnachtsgeschenk."

„Ich hoffe, du hast ihn nicht im Beisein deiner Familie unterm Weihnachtsbaum ausgepackt."

Ich holte meinen Lieblingsvibrator aus der Kiste. „Das hier ist der Rolls-Royce unter den Vibratoren. Sehr teuer, sehr sexy und gibt nur ein ganz dezentes Schnurren von sich."

„Bei dir sorgt er hoffentlich für laute Schreie." Er legte den Kopf auf seinen Arm und kratzte mit der freien Hand seine Brust. „Du darfst dir jetzt ein paar Orgasmen gönnen, und danach überlegen wir uns, welche Sauerei wir uns als Nächstes einfallen lassen."

Ich liebte es, zu beobachten, wie er mich dabei beobachtete. Zumindest anfangs. Dann knabberte er an meinem Ohr und flüsterte mir versaute Sachen ins Ohr, die mich richtig heiß machten. Das erinnerte mich aber irgendwie an Mr D. An Mr D. hatte ich zuletzt gar nicht mehr gedacht.

Ich schaltete den Vibrator aus.

„Was ist los?"

„Ich glaube, ich bin für heute mit den Orgasmen durch. Tut mir leid."

„Dann gönn dir eine Pause." Er nahm die Brille vom

Nachttisch. „Was ist los, Jo? Ich habe das Gefühl, du entgleitest mir."

Ich schüttelte den Kopf. „Ich bin nur müde."

Das war eine Lüge, und ich glaube, das wusste er auch. Irgendwann musste ich ihm von Mr D. erzählen und darüber, wie Sex etwas geworden war, auf das ich mich mit Entzücken stürzte. Und stets dabei diesen Gedanken im Hinterkopf hatte: *Warte nur, wenn du Mr D. davon erzählst. Mr D. wird es lieben, wie ich diese Geschichte mit ein paar zusätzlichen Details würze.*

Aber ich sammelte hier kein Material für eine Geschichte. Es ging nur um Patrick und mich, und das machte mir irgendwie Angst. Deshalb machte ich einen Rückzieher. Ich hatte schon fast vergessen, wie es sich anfühlte, unter die Haut einer anderen Person zu kriechen. Wie es war, wenn die Grenzen zwischen zwei Körpern und zwei Seelen verschwammen.

„Dann schlaf jetzt." Er schloss mich in die Arme. Mein Hintern drückte gegen seinen Schwanz. Er legte das Bein über meines. Dann griff er über mich hinweg, um seine Brille wieder auf das Nachttischchen zu legen.

„Du bist immer noch hart", murmelte ich und fragte mich, ob ich ihm anbieten sollte, es ihm noch mal mit der Hand zu machen.

„Wie ich bereits sagte, das bin ich immer, wenn du in der Nähe bist. Ignorier ihn einfach. Ich bin sicher, er wird sich irgendwann schon wieder beruhigen."

Ich griff hinter mich und streichelte ihn.

Er seufzte. „Ah, das fühlt sich gut an. Aber du brauchst das nicht zu machen. Komm, ich zeig dir, wie du mich schnell zum Höhepunkt bringst." Seine Hand umschloss meine, und gemeinsam packten wir zu. Sein Atem beschleunigte sich, bis er das Gesicht an meinem Hals barg und eine warme Nässe über meinen Rücken floss.

„Du hast schon wieder dein Territorium markiert“, sagte ich.

Er küsste meinen Nacken. „Ist das so?“

Ich antwortete nicht; es gab nichts, das ich sagen konnte, ohne mich wieder auf völlig unbekanntes und gefährliches Terrain zu begeben.

Dann sagte er in die Stille hinein: „Ich vermute, es ist noch zu früh, um über Liebe zu reden.“

Einer der Vorteile, wenn man Brillenträger war, war wohl diese besondere Freude, wenn man die Brille nach der ersten gemeinsamen Nacht auf dem Nachttischchen im Schlafzimmer der Frau erblickte. Oder nach etwas so Ähnlichem wie der ersten Nacht. Schließlich hatten sie noch nicht miteinander gevögelt. Aber da lag seine Brille. Neben einem Taschenbuch, das mit dem Cover nach oben aufgeschlagen neben der Lampe lag. Sie las Ursula K. LeGuin, und er überlegte, dass er sich irgendwann gerne mit ihr über diese Autorin unterhalten würde, obwohl er dieses Buch bisher noch nicht gelesen hatte. Er nahm sich vor, das nachzuholen. Es gab so vieles, über das er gerne mit ihr reden würde. Aber er wusste, dass er behutsam vorgehen musste. In seiner Gegenwart war sie immer auf der Hut, und wenn er ehrlich war, fand er das klug. Hatte er sie nicht gewarnt, dass er immer alles kaputt machte? Außerdem war er in ihrer Nähe auch vorsichtig. Zum Beispiel mit seinem Vögelverbot. Das war eine ziemlich blöde Idee von ihm gewesen, wenn er bedachte, wie sein Schwanz schon wieder gegen die Bettdecke klopfte.

Er steckte bereits tief genug in dieser Sache, dass das Einführen seines Steckers *A* in ihren Steckplatz *B* (oder *C*) im Grunde nicht mehr viel an seinen Gefühlen für sie ändern würde. Himmel, er hatte letzte Nacht über Liebe geredet. Kein Wunder, dass sie heute früh nicht da war, um ihn und seine Morgenlatte mit freudigen Ausrufen zu begrüßen. Aber er hoffte, dass sie zu dem Zeitpunkt schon geschlafen hatte und ihr darum diese postorgasmische Idiotie entgangen war.

Er setzte die Brille auf und schaute sich im Schlafzimmer um. Ein schöner, friedlicher Ort. Nichts Außergewöhnliches. Ein paar Bilder an den Wänden, die er sich später genauer anschauen wollte, jede Menge Kerzen (die sie gestern Nacht nicht angezündet hatten, weil sie zu sehr darauf aus waren, einander auszuziehen) und ein Bücherregal, das er einer genaueren Untersuchung unterziehen würde, weil er wissen wollte, welche Autoren sie noch beide mochten. Ihr Mac stand auf einem kleinen Schreibtisch in der Zimmerecke.

Die Tür wurde geöffnet, und er setzte sich auf. Er hatte Jo erwartet, aber es war nur ihr Kater, der ihn vorwurfsvoll anschaute und dann aufs Bett sprang, wo er mit peitschendem Schwanz den Quilt mit den Vorderpfoten bearbeitete.

„Ja, alter Junge, ich habe hier letzte Nacht geschlafen", sagte Patrick. „Finde dich damit ab!" Er kraulte Bradys Kopf, und der Kater schnurrte wie einer von Jos leiseren Vibratoren.

„Hey." Jo stand in der Tür. Sie trug einen Bademantel und hatte in jeder Hand einen Kaffeebecher. Ihre Haare waren nass. Sie lächelte schüchtern, als sie ihm einen der Becher reichte. „Gut geschlafen?"

„Viel besser als sonst. Komm wieder mit ins Bett."

„Tut mir leid, aber ich habe keine Zeit. Ich treffe mich mit einem Freund zum Brunch."

Er fragte sich, ob (und hoffte insgeheim, dass) sie Ivan den Laufpass gab. Oder einem anderen Typen.

Sie sagte: „Ich würde dich ja einladen mitzukommen, aber es ist was Geschäftliches, deshalb …"

„Nein, ist schon in Ordnung. Ich habe auch einiges zu erledigen." Beim besten Willen konnte er sich nichts vorstellen, das wichtiger war, als bei ihr zu bleiben. Er wollte Jo küssen und streicheln, wollte sie zum Orgasmus bringen und dabei ihr Gesicht betrachten …

Er zog am Gürtel ihres Bademantels. Wie erhofft, war sie darunter nackt.

Ermutigt berührte er einen Nippel und beobachtete, wie er hart wurde. Ihre Brust war nicht mehr spitz, sondern wohlgerundet.

„Oh“, sagte sie ganz leise. Sie stellte ihren Kaffeebecher auf das Nachttischchen und setzte sich neben ihn. Wenn es überhaupt ein Anzeichen gab, dass er weitermachen sollte, dann war es das wohl. Sie nahm ihm ebenfalls den Kaffeebecher ab.

Er mochte, wie sie neben ihm saß. Ihr Körper war ihm zugewandt, sie genoss es, von ihm betrachtet und berührt zu werden. „Bist du sicher, dass du keine Zeit hast?“

Vielleicht sollte er sie lieber fragen, wo die verfluchten Kondome waren. Denn er wollte sie. Sein Schwanz bohrte sich fast durch die Bettdecke. Sie roch sauber und angenehm, und das enttäuschte ihn irgendwie. Er wäre so gerne mit ihr nackt unter die Dusche gegangen und hätte sie dort mit dem Duschkopf befriedigt, bis ein Orgasmus ohne Pause in den nächsten überging. Ihre Haut war unter seinen Lippen samtweich, als er erst ihre Brüste und dann ihre Lippen küsste. „Ich schulde dir noch was für gestern Nacht“, flüsterte er und berührte sie zwischen den Beinen. Sie fühlte sich seidig und nass an.

„Oh“, sagte sie erneut. Ihre Schenkel öffneten sich für ihn.

Er befreite sich aus dem Bettzeug. Sein Schwanz war schwer und mehr als bereit für sie. Jo streichelte ihn; Gott, sie hatte verflucht schnell gelernt, wie er's gerne hatte. Aber jetzt ging es um ihre Lust. Er lauschte ihrem Atem, der einen Moment stockte, als sein Finger ihre Klitoris massierte.

„Hier“, murmelte sie und führte seine Hand. Das gefiel ihm. Wie offen sie sich ihrer Lust hingab … Er erinnerte sich nur zu gut daran, wie sie letzte Nacht ihre Nippel gestreichelt hatte, während er auf ihr abspritzte. Er konnte selbst kaum glauben, wie grob er gewesen war, aber sie fuhr anscheinend darauf ab. Sein Schwanz zuckte in ihrer Hand. Er war nicht unbedingt ein Jünger des gleichzeitigen Orgasmus, aber er fragte sich, ob ihr Orgasmus schon genügte, damit auch er kam. Irgendwie hoffte er, dass es nicht so war.

„Ich liebe es, zu sehen, wie du kommst", murmelte er und biss sie in den Nippel. Nicht zu heftig, aber immerhin heftig genug, um ihr zu zeigen, dass er das konnte.

Sie wimmerte. Er hatte inzwischen begriffen, dass sie bis zum Schluss nicht allzu viel von sich gab, doch dann wurde sie ziemlich laut und bebte am ganzen Körper. Es war daher schwierig, das Maß ihrer Erregung abzuschätzen. Er hatte aber keinen Zweifel, dass es möglich war und er irgendwann auch gut darin wäre.

Genau jetzt kam sie. Ihre Hüfte hob sich ihm entgegen, und ihr Gesicht nahm einen Ausdruck tiefer Konzentration an. Ihre Klitoris schien sich beinahe zurückzuziehen in diesem Moment – er wusste, dass sie das nicht tat, es war einfach das Blut, das ihr in die Muschi schoss. So einfach war das. Das letzte Aufbäumen vor ihrem Orgasmus. Und da kam sie schon. Sie schrie laut auf, drückte sich an ihn. Ihre Hand packte seinen Schwengel und bewegte sich hektisch.

Jetzt, jetzt! Er sah seinen Samen, der herrlich aus dem Schwanz strömte und auf das Laken und ihr Handgelenk floss. Gott, was für ein Durcheinander. Was für ein herrlicher Orgasmus. Ein wunderbarer, gemeinsamer Orgasmus.

„Tut mir leid, dass ich die Wäsche dreckig mache", sagte er danach.

Sie schmunzelte und wischte sich die Hand am Laken ab. „Das ist nicht der erste Fleck, den wir da reinmachen."

Wir. Es gefiel ihm, dass sie seinen Samen als etwas betrachtete, für das beide verantwortlich waren. „Elise hat sich darüber immer beklagt."

„Über Sperma?"

„Ja. Sie ist danach immer unter die Dusche gegangen."

„Das ist doch verrückt“, sagte Jo. Sie streckte sich. Ihre Vulva war rosig und glänzte. Sie drehte sich um und nahm den Becher vom Nachttisch. Dabei rutschte der Bademantel herunter und entblößte die Rundung ihres Hinterns. Seine Hände wanderten automatisch dorthin. Sie passten auf ihre Pobacken, als gehörten sie dahin.

„Du bist einfach wunderbar“, sagte er. „Wunderschön. Schau nur, was für einen tollen Arsch du hast.“

„Danke.“ Sie nahm einen Schluck Kaffee. „Ich zieh mich lieber mal an.“

Er zog die Boxershorts an und sah ihr mit genauso viel Vergnügen beim Anziehen zu, wie er es getan hätte, wenn sie sich jetzt ausziehen würde. Sie spazierte nackt durchs Schlafzimmer, ohne im Geringsten verlegen zu sein, und zog zuerst ein Paar Socken an. Irgendwie sah auch das sexy an ihr aus. Aber vermutlich sah alles sexy aus, was Jo anzog. Sie zog ein weißes Baumwollhöschen und ein Hemdchen an. Keinen BH. Darüber einen Pullover, der aussah, als sei er handgestrickt. Jeans. Sie kniete am Boden und kramte die Wanderstiefel hervor. Dann setzte sie sich hin, um sie zuzubinden. Sie nahm eine Wildlederjacke und einen langen, weichen, bunten Schal vom Haken an der Tür.

„Fährst du mit dem Auto?“

„Ja. Es ist zu kalt fürs Fahrrad, und im Restaurant würde ich vor Hitze umkommen, wenn ich mich in meine Radlerkluft werfe.“

Er konnte nicht sagen, ob sie sich so anzog, um jemanden zu verführen, oder um ihn eifersüchtig zu machen. Vielleicht zog sie sich auch einfach so an, weil ihr danach war, sich so zu kleiden. Auch wenn das irgendwie verrückt klang.

„Ich geh lieber nach oben und erledige meine Arbeit“, meinte er und sammelte seine restlichen Sachen zusammen. Ein letztes Mal blickte er bedauernd zu dem wohlig warmen Bett.

„Vielleicht lade ich dich ja wieder ein, bei mir zu übernachten“, sagte sie grinsend.

Er drückte sie gegen die Wand und küsste sie innig, damit sie ihn nicht vergaß, solange sie unterwegs war. Sie entwand sich ihm kichernd.

„Sieh doch nur, was du wieder angerichtet hast“, sagte sie gespielt ernst.

Sein Schwanz drückte gegen die Frösche auf seiner Unterhose. „Ich werde gut darauf aufpassen“, versprach er.

Er sah ihr nach, als sie die Treppe runterlief, und hörte das heisere Keuchen ihres Wagens beim Anlassen. Er sollte sie lieber daran erinnern, den Wagen winterfest zu machen.

Nein, das sollte er nicht. Er war nicht dafür verantwortlich. Es ging ihn ja auch nichts an, mit wem sie sich heute früh traf.

20. KAPITEL

„Du siehst gut aus“, sagte Harry.

Ich wickelte den Schal vom Hals. Es war ein bitterkalter, windiger Tag, und der Schal diente nicht nur dazu, mich modisch zu kleiden.

Das Restaurant war nicht unbedingt eines, das ich unter anderen Umständen besucht hätte. Überall saßen gebräunte Leute, die ihre Skiliftpässe an den teuren Jacken baumeln hatten. Die Einrichtung sollte sich wohl am Zen orientieren, es gab ein paar Zimmerspringbrunnen, die dezent plätscherten, und riesige Steine, Orchideen und jede Menge Farne. Einen Schieferfußboden und viel dunkles, poliertes Holz.

Harry betrachtete die Speisekarte. „Sie machen hier frische Omeletts ganz nach deinen Wünschen, die kann ich empfehlen. Wie wär's für den Anfang mit Sekt plus Orangensaft?“

Nachdem wir bestellt hatten und auf unser Essen warteten, kam Harry direkt zur Sache. „Du warst ein sehr böses Mädchen, Jo. Du hast alle Rekorde gebrochen, so böse warst du. Wie war dein Thanksgiving?“

„Gut, wenn man davon absieht, dass Ivan aufgetaucht ist. Was du vermutlich längst weißt.“

„Dieser Junge hat wirklich ein Talent dafür, Unfrieden zu stiften.“ Er nippte an seinem Sekt. „Er hat mir erzählt, dein irischer Untermieter sei ziemlich ausfallend geworden.“

„Er ist kein … ach, ist ja auch egal.“

„Du hast offensichtlich keine Zeit damit verschwendet, mal unser Handbuch zu lesen.“

Da mein Handbuch – der große, bedrohlich wirkende Ordner – sich noch immer in meinem Spind befand, zuckte ich bloß mit den Schultern. „Ich verlasse die Gesellschaft, Harry.“

„Du musst erst die komplette Prozedur durchlaufen. Anderenfalls wird man von dir ein saftiges“, er zwinkerte mir zu, „Bußgeld verlangen. Was du wissen solltest."

Ich blieb ruhig und widmete mich dem Obstsalat, den ich bestellt hatte.

Harry goss Sirup über seine Waffeln. „Wenn du jetzt die Gesellschaft verlässt, wäre das keine gute Idee, Jo. Aber wenn du unbedingt willst … nun, dann kündige schriftlich. Dazu steht alles im Handbuch. Es tut mir leid, wenn wir dich verlieren. Aber das passiert. Paare trennen sich oder kommen zusammen, manche wollen nur noch einen Partner haben. Aber es ist eigentlich ungewöhnlich, schon zu gehen, während man noch im Großen Saal ist. Wenn ich ehrlich bin, empfehlen wir es nicht. Und dann war da ja noch diese, ähm, unglückliche Episode mit Jake."

„Ich bin mit niemandem zusammen."

„Nicht? Wenn ich Ivan richtig verstanden habe, gab es eine Menge heißer Blicke zwischen dir und diesem Patrick." Er schaufelte sich Waffeln in den Mund. „Jake ist deshalb ziemlich angepisst."

„Ich bin von ihm auch ziemlich angepisst."

„Nun, auf jeden Fall möchte die Gesellschaft sich vielmals für all die Unannehmlichkeiten entschuldigen, die dir unter Umständen widerfahren sind. Und wenn man's genau nimmt", fuhr er fort und warf einen weißen Umschlag auf den Tisch zwischen uns, „bist du doch ein sehr glückliches Mädchen."

„Was meinst du damit?" Ich öffnete den Brief.

„Eine Beförderung", sagte er und grinste breit. „Du darfst ab sofort ins obere Stockwerk, meine Liebe."

„Du bist echt ein Arschloch", erwiderte ich bloß. Ich las, dass ich von nun an Gäste zu den Nächten mitbringen durfte, in denen Gäste erlaubt waren. Ich durfte den Pool benutzen, den Umkleideraum, das Fitnessstudio, den Golfplatz und den Wellnessbereich. Und vermutlich durfte ich jetzt – auch wenn das nicht explizit erwähnt wurde – aus den Reihen der jungen, heißen Körper im Großen Saal frei wählen. Es gab eine Hochglanzbroschüre mit Bildern der Anlage, eine fast pornografisch wirkende Nahaufnahme von einer Vorspeisenplatte mit fast undefinierbaren Speisen, die von einer Orchidee geziert wurde, sowie ein Foto von einem Golfplatz.

„Meinen Glückwunsch." Harry legte das Besteck aus der Hand und betupfte seinen Mund mit der Serviette. Er wirkte ziemlich mit sich zufrieden. Beinahe väterlich, als habe ich das alles allein ihm zu verdanken. „Und was denkst du jetzt? Ach, übrigens. Heute Abend ist wieder so ein offener Abend. Warum kommst du nicht zusammen mit deinem neuen Macker?"

„Ach, na klar." Ich konnte es förmlich vor mir sehen, wie verächtlich Patrick auf das Treiben im Großen Saal reagierte. Ich hatte mich bis zu diesem Moment nicht geschämt. Ich wollte aber, dass Patrick nur Gutes über mich dachte. Ich wollte …

„Nein, ich meine natürlich oben. Bring ihn heute Abend zum Dinner mit. Ihr könnt über Nacht bleiben, wenn ihr wollt. Ich empfehle euch sogar, zu bleiben. Das wird bestimmt klasse. Ich weiß, du hast bisher keine allzu guten Erfahrungen mit uns gemacht, und ich will dir zeigen, was du bisher verpasst hast. Leckeres Essen, gute Gespräche und eine wunderbare Zeit mit klugen, interessierten Menschen. Es geht uns nicht nur ständig um Fetischkram. Wenn du es aber so haben möchtest, kriegst du das natürlich, wir haben damit kein Problem. Aber das ist nur eine Möglichkeit unter vielen. Wir zwingen niemanden zu irgendwas, und wenn du bei Jake den Eindruck gehabt hast, er habe dich zu etwas drängen wollen, tut es mir leid. Wirklich. Ich werde mit ihm darüber reden. Ich weiß, manchmal kann er einen ziemlich überrumpeln mit seiner Art. Also, was denkst du, Jo?"

Ich zögerte. „Das klingt zu schön, um wahr zu sein, Harry. Was vermutlich bedeutet, dass es tatsächlich zu schön ist, um wahr zu sein.“

„Ihr bekommt ein richtig schönes Zimmer“, versprach Harry. Wusste er etwa, dass Patrick und ich bisher noch nicht gevögelt hatten?

„Ich muss darüber nachdenken. Ich bin nicht sicher, ob er heute Abend nicht schon was anderes vorhat.“ Ich hoffte, er würde es mir irgendwie endlich besorgen. Er hatte aber erwähnt, er wolle auch mal mit mir essen gehen. Warum sollten wir nicht bei der Gesellschaft essen und unser mädchenhaftes „auswärts übernachten und vögeln“ dort stattfinden lassen?

„Also gut“, sagte ich. „Wenn ich ihn mitbringe, geht es aber nur um das Dinner? Und wir bleiben über Nacht, aber kein Gruppensex und keine SM-Spielchen oder so was, verstanden?“

„Ich schwöre bei Gott, Jo, das findet bei uns alles in anderen Räumlichkeiten statt, die extra dafür eingerichtet sind. Es ist ein riesiges Haus, in dem man den unterschiedlichsten Aktivitäten nachgehen kann. Wenn du es manchmal etwas härter magst, wirst du das dort bekommen. Wenn du mehr auf Romantik stehst, wird es Rosenblätter auf dem Bett geben, Duftkerzen und solchen Kram. Eine Massage gefällig? Also, nicht *so* eine Massage, du kleines, verdorbenes Mädchen! Die Massage gibt es im Wellnessbereich. Also, wie wär's? Ihr kommt zum Dinner, bleibt über Nacht und müsst euch zu nichts gezwungen fühlen.“

Er wirkte so normal und ernst, dass ich ihm beinahe vertraute. Aber nur fast. „Ja nee, schon klar.“

„Denk einfach darüber nach.“ Er ignorierte meinen Sarkasmus, tätschelte meine Hand und schaute auf die Uhr. „Hoppla! Jetzt aber schnell. Gegen drei rufe ich wegen heute Abend noch mal an, und ich schicke euch einen Wagen.“ Er gab unserem Kellner ein Zeichen, damit er die Rechnung brachte.

Ich wickelte den Schal um meinen Hals, als wir in die bittere Kälte hinaustraten. Schneeregen hatte eingesetzt.

„Brrr, kalt. Wir sehen uns heute Abend, Jo. Ich hoffe es zumindest.“ Harry beugte sich zu mir herunter und küsste meine Wange. Er schlüpfte in seine Daunenjacke. „Ach ja, noch was. Es gibt einen Dresscode.“ Zwei schwarze Masken baumelten von seiner Hand.

Ich nahm sie und stopfte sie in die Jackentasche. „Danke für die Frühstückseinladung.“

Einen Augenblick saß ich im Wagen und dachte über diese unerwartete Entwicklung nach. Dann las ich den Brief ein zweites Mal. Es war wirklich ein verlockendes Angebot. Patrick hatte schließlich für unser erstes Mal etwas Besonderes organisieren wollen. Aber ich vertraute weder Harry noch den anderen Leuten dort. Ich warf den Brief und die Hochglanzbroschüre auf den Rücksitz und fuhr nach Hause. Unterwegs überlegte ich, dass ich genauso gut noch beim Supermarkt anhalten und ein paar Lebensmittel einkaufen konnte.

Im Supermarkt schob ich gerade meinen Einkaufswagen um ein Regal, als ich plötzlich Angela gegenüberstand. Im ersten Moment erkannte ich sie nicht. Sie trug statt der schwarzen Lederkluft eine ausgeleierte Jeans und eine Daunenjacke und hatte aufs Make-up verzichtet. Am meisten überraschte mich aber das Baby, das in der Babyschale in ihrem Wagen saß.

„Hi!“, begrüßte ich sie erstaunt. Womit ich wieder mal gegen die Etikette der Gesellschaft verstieß.

Ein kleiner Junge lief mit einer Schachtel Frühstücksflocken zu ihr. „Gramma, ich hab sie!“

„Gut gemacht“, rief sie mit der hellen, überschwänglichen Stimme, die Leute gern benutzten, wenn sie mit kleinen Kindern sprachen. Sie legte die Schachtel in den Einkaufswagen. „Devlin? Sag Hallo zu Miss Jo.“

Der kleine Junge wurde sofort von Schüchternheit überwältigt und drückte das Gesicht in ihre Daunenjacke.

„Das sind deine Enkelkinder?“ Ich konnte es gar nicht glauben.

„Ja. Devlin ist vier, und dieser kleine Spatz ist Suzie. Sie ist fast ein Jahr alt.“ Sie wackelte mit dem Fuß des Babys. „Kannst du Hallo sagen, mein süßer Keks?“

Suzie versuchte, die Schachtel Frühstücksflocken an sich zu reißen.

„Die beiden sind sehr süß“, sagte ich.

„Kommst du heute Abend?“, fragte sie.

„Ich weiß noch nicht. Wahrscheinlich nicht.“

„Aber das solltest du“, erwiderte sie ernst. „Es wird dir gefallen. Bei der letzten Nacht der offenen Tür habe ich auf die Kleinen aufgepasst, und meine Tochter ist mit ihrem Mann hingegangen. Sie waren nicht mehr dort gewesen seit der Nacht, in der sie sich verlobt hatten. Und du musst keinen Freund mitbringen. Manchmal nehme ich eine meiner Freundinnen vom Gartenklub mit. Die Gärten dort sind im Sommer wirklich eine Augenweide.“

Ich fragte mich insgeheim, ob wir über dasselbe Haus sprachen.

Sie entwand dem Baby die Schachtel Frühstücksflocken, weil Suzie eifrig an einer Ecke der Schachtel zu kauen begann. „Es gibt nicht oft die Gelegenheit, sich einfach mal eine entspannende Pause vom Alltag zu können.“

„Das glaube ich gern“, gab ich zu. „Ich denke darüber nach.“

„Es hat mich jedenfalls gefreut, dich zu treffen. Wir müssen jetzt die restlichen Einkäufe erledigen. Devlin, weißt du, wo meine Liste ist?“ Schon war sie mit ihren Enkeln fort, ganz vertieft in den Einkauf. Das Baby schenkte mir ein letztes, zahnloses Grinsen, ehe sie um die nächste Ecke verschwanden.

Als ich nach Hause kam, war Patrick unterwegs, und ohne ihn fühlte sich das Haus irgendwie leer an. Ich ging nach oben und wechselte die Laken, denn inzwischen war das wirklich nötig. Dann putzte ich das Bad und räumte überall auf. Ich schuf die Atmosphäre, die ich mir letzte Nacht gewünscht hätte. Das wäre dann Plan B, falls Patrick keine Lust hatte, zur Gesellschaft zu fahren. Ich hatte inzwischen beschlossen, ihn nicht allzu sehr dazu zu drängen. Wenn wir nicht zum Dinner gingen, verführte ich ihn eben hier. Außerdem wusste ich gar nicht, wann er nach Hause kam. Es war noch nicht so eine Beziehung, in der man den anderen ständig auf dem Laufenden hielt. Ich wollte auch gar nicht so eine Beziehung haben. Oder?

Um halb drei gab ich nach und rief ihn auf dem Handy an.

„Ja?“ Er klang abgelenkt.

„Ich habe für heute Abend eine Essenseinladung, und ich hab mich gefragt, ob du mitkommen möchtest.“

„Klar. Wohin denn? Jemand, den ich kenne?“

„Nein, es ist eine Einladung meines Investmentklubs. Wir wurden außerdem eingeladen, über Nacht zu bleiben, wenn wir wollen.“

„Wollen wir das denn?“ Seine Stimme hatte sich verändert.

„Ja, es ist ein großes Haus. Ein wunderschönes altes Anwesen mit Fitnessstudio und Wellnessbereich.“

„Du meinst also, heute ist die Nacht aller Nächte?“

„Ja, das finde ich schon. Was meinst du?“

„Ja.“ Er lachte. „Oh ja, sehr gerne. Bis später.“

Ich rief Harry an und sagte ihm, wir würden kommen. Er versprach, die Limousine zu schicken, und ich verbrachte den Rest des Nachmittags damit, mich auf diesen Abend vorzubereiten. Ich unterzog den Inhalt meiner Wäschekommode einer ausgiebigen Musterung. Was würde Patrick gefallen? Blutrot mit schwarzer Spitze? Züchtiges Rosa? Schlangenhaut? Jungfräuliches Creme mit Spitze? Jedenfalls kein String, beschloss ich. Oder sollte ich das Höschen weglassen, damit ich ihn mit meiner nackten Möse überraschen konnte, falls nötig? Das einzige Problem, das ich damit hatte, war wohl, dass ich eher zufällig bereits tiefe Einblicke gewährte, wenn ich mich fürs falsche Kleid entschied.

Ich hängte das Kleid – schwarz, kurz und aufreizend – im Badezimmer an den Haken. Während ich duschte, schwanden die Knitterfalten im Stoff im Wasserdampf. Nachdem ich auch die Haare gewaschen hatte, wickelte ich mich in ein Handtuch, ließ Wasser in die Wanne und gab einen großzügigen Schuss Badeöl hinein. Höchste Zeit, sich zu entspannen.

Ich ließ mich in das dampfende Wasser gleiten. Ich wünschte, ich könnte Harry vertrauen. Wenn, wie er behauptete, sie von mir lediglich verlangten, dass ich zum Dinner kam und über Nacht blieb (was, wie er gesagt hatte, nicht zwingend war), konnte das ja nicht schaden. Die Einladung und die Annahme derselben waren Zeichen des guten Willens und zeugten von zivilisiertem Umgang miteinander. Viel mehr beruhigte mich aber der Einblick in Angelas Leben als die Großmutter aus der Vorstadt, die bekräftigt hatte, wie schön die offenen Nächte seien.

Ich hörte eine Tür aufgehen und anschließend Schritte. „Jo? Wo bist du?“

„Ich bin hier oben. Komm rein.“

Patrick trat ein. Er hielt einen Strauß Iris in der Hand. „Für dich. Ich lege sie ins Waschbecken, einverstanden? Ich dachte mir …“ Seine Stimme wurde gedämpft, weil er sich den Pullover auszog. „Wir sollten vielleicht ein paar Grundregeln aufstellen. Ich lebe über deiner Garage und du lebst hier unten und …“

„Patrick, du kannst unmöglich einfach hier reinmarschieren und ein Gespräch über Grenzen anfangen, während du dich ausziehst. Darf ich an den Blumen riechen?“

„Ja, natürlich.“ Er reichte sie mir. „Darf ich mich zu dir in die Badewanne setzen, und wir reden?“

Ich atmete tief den subtilen Geruch der Iris ein. Ein beinahe kühler, leicht süßlicher Geruch. „Die sind wirklich schön. Ich danke dir. Und ja, du darfst in die Wanne kommen.“

Er legte die Blumen wieder ins Waschbecken und knöpfte sein Hemd auf. Ich beobachtete ihn, während er sich auszog. Mir gefielen die kupfrigen Locken auf seiner hellen Haut, die harten Muskelstränge darunter und sein Schwanz, der leicht wippte.

„Gefällt dir, was du siehst?“, wollte er wissen.

„Ja, das gefällt mir sogar sehr. Du siehst wie eine schlankere Version von Michelangelos David aus.“

„Nur mit Brille und viel größerem Schwanz.“ Er schob mit dem Fuß seine Klamotten beiseite. „Ich habe über dich nachgedacht. Heute früh hatte ich einen Termin bei einem Kunden, aber ich konnte mich nicht auf die Arbeit konzentrieren. Ich musste immer an dich denken. Deinen Geschmack. Wie du klingst, wenn du kommst.“

Er stieg in die Wanne.

Ich lehnte mich zurück und bewunderte sein Fahrgestell, während er auf dem Badewannenrand saß. „Ich habe auch an dich gedacht“, gab ich zu.

Er ließ sich in das warme Wasser gleiten und setzte seine Brille ab, die sofort beschlug. Er legte sie in die Seifenschale, die ihm der richtige Platz dafür zu sein schien.

„Das ist angenehm“, meinte er. „Aber ich werde nachher wie ein Mädchen riechen.“

„Das bezweifle ich. Wir haben über Grenzen gesprochen“, erinnerte ich ihn. „Ich vermute, du meinst damit, dass jeder seinen eigenen Wohnbereich behält? Und sein eigenes Leben? Ich bin absolut dafür. Du musst arbeiten, und ich schlafe manchmal tagsüber. Wir können ein paarmal unter der Woche gemeinsam essen, wenn du magst. Es ist irgendwann langweilig, immer nur für eine Person zu kochen.“

„Und du wolltest bestimmt noch ergänzen, dass du gelegentlich meine Gesellschaft genießt, nehme ich an. Wir können ja abwechselnd kochen.“ Er zwinkerte mir zu. „Das war viel einfacher, als ich befürchtet habe.“

„Du hast geglaubt, ich würde mehr von dir verlangen?“

„Ich habe befürchtet, du könntest weniger verlangen. Wie oft sollen wir deiner Meinung nach miteinander schlafen?“

„Ich erstelle einen Stundenplan und hänge ihn an die Kühlschranktür“, neckte ich ihn und versuchte, dabei möglichst ernst zu bleiben und nicht in haltloses Gelächter auszubrechen.

Er runzelte die Stirn. „Wer steht denn noch so auf deinem Stundenplan?“

Ich hob den Fuß und bohrte meine Zehen in seine Brust. „Du wirst dich schon an deine Termine halten müssen wie die anderen auch.“

Er grinste. „Also gut. Diese Brüste da sehen so aus, als bräuchten sie mal eine ordentliche Abreibung.“

Ich lehnte mich entspannt zurück und genoss seine Hände auf meinen Brüsten, den Schultern und meinem Nacken.

„Warum bist du so verspannt?“

„Das ist die Vorfreude“, gab ich zu. Ich nahm ihm den Waschlappen weg. „Jetzt wasche ich dich.“

Er neigte den Kopf und knabberte an meinem Hals direkt unter meinem Ohr und arbeitete sich bis zum Schlüsselbein vor. Dann seufzte er. „Ich bin ganz vernarrt in dich, Jo.“

Diese altmodische Formulierung ließ mich grinsen. „Ich bin auch ziemlich vernarrt in dich, Patrick Delaney.“

„Aber ich habe das Gefühl, du verbirgst irgendwas vor mir.“

Meine Hand verharrte auf seinem Rücken. „Wir verbergen beide etwas vor dem anderen.“

„Ich meinte nicht das Vögeln. Du distanzierst dich von mir, und das spüre ich. Sag mir etwas, Jo. Erzähl mir ein Geheimnis. Eines, das du vor mir noch keinem anderen Menschen erzählt hast.“ Er richtete sich auf und küsste meine Lippen. Dann lehnte er die Schulter an den Wannenrand und beobachtete mich aufmerksam.

„Ich war schwanger.“

„Wie bitte?“

„Als Hugh und ich uns trennten. Er wusste nichts davon. Ich hab damals die Pille genommen, aber hatte sie ein paar Tage vergessen, und dann … Wir haben damals ein paar falsche Entscheidungen getroffen. Niemand trägt daran die Schuld. Ich hatte mich gerade gedanklich darauf eingestellt, es abzutreiben, aber … ich brauchte es nicht zu tun. Ich habe unglaublich viel Blut verloren, es war heftig und sehr beängstigend. Hugh war nicht in der Stadt. Kimberly holte mich ab und brachte mich in die Notaufnahme.“

Ich tauchte meine Hand ins Wasser. Er war Ire, höchstwahrscheinlich sogar Katholik. Wenn ich diese Beziehung nicht schon jetzt total vor die Wand gefahren hatte, dann würde ich es wohl mit meinen nächsten Worten schaffen.

Zum Teufel damit. Ich richtete mich auf und erwiderte seinen Blick. „Und hier ist das Geheimnis. Ich war erleichtert, weil ich keine Entscheidung treffen musste. Und ich war ebenfalls erleichtert, weil die Leute mich bedauerten und mich unterstützten, statt mich für das, was ich tun wollte, zu verurteilen.“

Er schloss mich ungeschickt in die Arme, und das Wasser schwappte dabei über den Wannenrand. „Herrje, mein armes Mädchen. Du armes, kleines Ding. Es tut mir so leid.“

Ich war ihm dankbar für seine Reaktion, und es bereitete mir so viel Spaß, von ihm als „armes, kleines Ding“ bezeichnet zu werden, dass ich lachend schnaubte.

„Nicht weinen“, sagte er.

„Ich weine gar nicht.“

„Dann danke ich Gott dafür. Und wo war dein Kerl bei

der ganzen Sache?“

Ich zuckte die Schultern. „Es tat ihm natürlich leid, zumindest hat er so getan, als er zurückkam und erfuhr, was passiert war. Tut mir leid, das war vermutlich nicht gerade die Art Geheimnis, die du erwartet hast.“

Er schüttelte den Kopf. „Und ich hatte gedacht, du servierst mir eine versaute Geschichte, in der Schuluniformen und Ähnliches vorkommen.“

„So was könnte ich dir natürlich auch erzählen. Aber so eine Schule habe ich nie besucht. Kimberly schon. Hat sie dir erzählt, wie sie mich geküsst hat?“

„Oh ja, ich weiß alles über ihre entsetzliche, lesbische Vergangenheit.“ Er ließ mich los. „Ich fühle mich geehrt, dass du mir das erzählt hast. Geht's dir gut? Ich wollte dich damit nicht aufwühlen, hörst du?“

Ich schüttelte den Kopf. „Das hast du nicht. Ich glaube, es hat dich mehr aufgewühlt als mich.“

„Elise wollte nie Kinder.“

„Und du wolltest welche?“

Er zuckte die Schultern. „Ich wollte es einfach nie ganz ausschließen. Aber ich möchte jetzt nicht über Elise reden. Willst du jetzt mein düsteres Geheimnis hören? Also zunächst einmal wichse ich ziemlich oft.“

Ich täuschte ein Gähnen vor. „Das ist wohl kaum ein Geheimnis, das machen alle Männer. Was nennst du denn viel? Zehnmal pro Tag?“

„Ich hätte nicht viel Zeit für anderes, wenn es zehnmal pro Tag wäre.“ Er packte meinen Fuß und streichelte ihn behutsam und zupfte an den Zehen. Eigentlich hätte es kitzeln müssen. Aber es fühlte sich unglaublich erregend an. „Sieh mal, ich will nicht einer von diesen Typen sein, die ständig über ihre Ex reden. Aber eins muss ich noch loswerden. Nachdem wir nämlich verheiratet waren, hat sie angefangen, den Sex zu rationieren. Sie mochte keinen Oralsex, und sie konnte eine ganze Woche schmollen, wenn ich auch nur andeutete, Interesse an ihrem Arsch zu haben. Darum habe ich selbst für mich gesorgt und mich von ihr zurückgezogen. Sie verhielt sich, als würde sie mich nicht mehr mögen. Ich bin in gewisser Weise ein Experte darin, was es heißt, Intimität zu vermeiden. Und das, liebe Jo Hutchinson, erkenne ich bei dir. Du ziehst dich vor mir zurück. Und ich erkenne das, weil ich selbst so gut darin bin."

„Ach ja. Da kommt jetzt wieder der Anwalt durch."

Ich hatte es als Scherz gemeint, doch er runzelte die Stirn. „Und es gab noch einen anderen Grund. Elise und ihre Familie übten Druck auf mich aus, und ebenso mein Da. Sie wollten, dass ich Anwalt werde. Das ist nix für mich. Auf keinen Fall werde ich mich in einen Anzug zwängen und als Jurist arbeiten. Niemals. Ich will mein Leben nicht als Arsch weiterführen."

„Das tut mir leid. Ich wollte dich nicht verletzen. Aber du brauchst dich nicht wie ein Arsch zu verhalten, um als Jurist zu arbeiten. Liz hat mir erzählt, du würdest den Frauen im Frauenhaus mit Rat zur Seite stehen."

„Das kann man nicht vergleichen. Es war eine kostenlose Beratung. So wird man nicht mal ein reicher Arsch." Aber er blickte immer noch finster drein, und seine Arme und Schultern spannten sich an.

Ich beugte mich vor und streckte den Arm aus, um den Stöpsel aus der Wanne zu ziehen.

Er saß gebeugt vor mir. „Mein Da kommt für ein paar Tage in die Stadt. Geschäftlich. Du kannst ihn kennenlernen, wenn du magst."

„Ist das deine Art, um Hilfe zu schreien?" Ich stand auf und nahm mir ein Handtuch.

„Eher der Ruf nach moralischer Unterstützung. Und darauf bin ich nicht besonders stolz, ehrlich gesagt. Er wird sich charmant geben und nicht zu viel trinken oder mir große Vorhaltungen machen, wenn du dabei bist."

„Klar, können wir machen. Aber findest du es nicht ein bisschen früh, um … na ja. Um die Familie kennenzulernen?"

Er stand auf, und das Wasser strömte an ihm hinab. „Wir sollten die Gelegenheit nutzen. Er ist nicht oft auf dieser Seite des Atlantiks. Gott sei Dank! Aber wir beide spielen dieses Spiel auch nicht unbedingt nach den allgemeingültigen Spielregeln, oder?"

Ich tat das jedenfalls nicht. Ich wischte Wasserdampf vom Spiegel und massierte Feuchtigkeitscreme in mein Gesicht, während sich Patrick oder besser gesagt Patricks Erektion von hinten gegen mich drückte.

„Ich könnte es dir hier und jetzt besorgen." Seine Hände ruhten auf meinen Hüften und schoben mich gegen ihn. Er knabberte an meinem Ohr, meinem Hals.

Ich lehnte mich an ihn. Ich wollte ihn, und sein Schwanz drückte gegen meinen Hintern. Im Spiegel sah ich, wie er die Hand um meine Brust schloss und meinen Nippel kniff, bis er hart und dunkel wurde.

Auch meine Augen wirkten dunkel und groß. Mein Blick traf im Spiegel seinen. Selbst jetzt, da meine Knie zitterten und ich den Mund weit öffnete, hielt er mich fest. Er hielt mich eng an sich gedrückt. Bei ihm war ich sicher.

21. KAPITEL

Orgasmen können dich entspannen. Manchmal sogar zu sehr.

Nach meinem Bad und Patricks Aufmerksamkeiten konnte ich nur murmeln, dass ich für alles andere zu müde sei. Ich ließ mich von ihm ins Bett stecken und machte ein Nickerchen. Stunden später wachte ich auf. Ich war immer noch müde und desorientiert, und mein Verstand war völlig durcheinander. Ich duschte noch mal rasch und zog mich an. Wacher und halbwegs munter ging ich nach unten, wo Patrick mich erwartete.

Er hatte sich verändert. Er trug einen dunklen Anzug und ein blendend weißes Hemd, das am Hals offen stand. Keine Krawatte. Das Haar hatte er zurückgekämmt, was seinem Gesicht etwas sehr Ernsthaftes verlieh. Früher hatte ich in ihm einen irischen Kobold gesehen, danach war er ein Typ gewesen, der ganz okay aussah. Bis heute war er für mich nie richtig attraktiv gewesen. Begehrenswert, das schon, aber das lag an unserer Entwicklung. Aus Fremden waren Liebende geworden. Ich vermute, das waren wir jetzt. Und nach dieser Nacht würden wir es erst recht sein.

Er beobachtete mich, als ich die Treppe hinunterschritt, und ich verlangsamte meine Schritte, damit er mich eingehend mustern konnte. Das Kleid umschmeichelte meine Oberschenkel, die Nylonstrumpfhose flüsterte, während meine Beine einander berührten.

„Handelt es sich da etwa um halterlose Strümpfe?“

„Möglicherweise.“

„Ich möchte nur mal anmerken, wie viel Überwindung es mich kostet, jetzt nicht zufällig einen Vierteldollar fallen zu lassen, um dir ganz unverhohlen unter den Rock zu gucken.“

„Ich glaube, für dieses ehrenwerte Verhalten wird man dir keinen Orden verleihen.“ Ich drehte mich um die eigene Achse, damit er mich von allen Seiten bewundern konnte.

Dann zog ich das Handy aus meiner Handtasche. „Ich rufe unseren Fahrdienst."

Er hob die Augenbrauen. „Sehr nobel. Da wären wir also, jeder die perfekte Partybegleitung für den anderen."

Als die Limousine eintraf, verdeckten wir unsere prächtige Kleidung. Patrick wickelte sich einen dicken Wollschal um den Hals, und ich schlüpfte in einen Daunenmantel, in dem ich aussah, als wäre ich aufgebläht. Dafür hielt er mich angenehm warm, während wir vom Haus zum Wagen eilten. Wir hatten außerdem Rucksäcke für die Übernachtung dabei.

Ich hatte vorher befürchtet, wir würden noch irgendwo einen Zwischenhalt machen, um Ivan oder jemand anderen mitzunehmen, den ich kannte. Aber es schien, als wären wir die einzigen Passagiere.

„Und wohin geht die Reise nun genau?"

Ich legte eine Hand auf Patricks Knie. „Das wirst du schon noch herausfinden."

„Hmmm. Ich weiß aber gerne, wo ich bin." Er fummelte an seinem Handy herum. Ich wusste, dass er versuchte, unsere Position per GPS zu lokalisieren. Aber ich wusste ebenfalls aus eigener Erfahrung, dass das Funksignal während der Fahrt hinauf in die Berge immer schwächer wurde und irgendwann vollständig verschwand. Erneut begab ich mich auf eine Reise ins Unbekannte, aber dieses Mal hatte ich Patrick an meiner Seite. Es war ein Abenteuer, auf das wir uns gemeinsam begaben.

Ich drückte den Knopf, und zwischen uns und dem Fahrer hob sich eine Trennscheibe. Patrick blickte mit hochgezogenen Brauen von seinem Handy auf. „Was hast du vor?"

„Ich muss dir ein paar Dinge im Vorfeld erklären."

„Erzähl."

„Ich bin von dir besessen." Das stimmte, aber ich wollte ihm von Mr D. erzählen. Hier, im Schutz der Dunkelheit.

„Ich bin auch von dir besessen."

„Ich habe gehört, was du letzte Nacht gesagt hast. Ich weiß nicht. Ich will eigentlich Nein sagen. Nein, es ist nicht zu früh, aber ich kann dir auch noch keine Antwort geben. Ich muss noch einige Dinge vorher erledigen. Ein bisschen Ordnung in mein Gefühlschaos bringen. Darum kann ich noch nicht von Liebe sprechen." Ich atmete tief durch. „Und ich mache meine Arbeit nicht mehr mit der Leidenschaft, die ich gewohnt bin. Das war mir früher immer sehr wichtig. Aber jetzt ... Es ist Routine geworden. Ohne große Aufregung. Ich meine, der Job bringt unglaublich viel Verwaltungsarbeit mit sich, aber für mich war es immer wie eine Belohnung, wenn ich auf Sendung gehen konnte. Ich hatte das Gefühl, was Bedeutendes zu machen. Was Wichtiges. Und nun ... Es ist nicht nur, dass ich die meiste Zeit an dich denke und mit dir zusammen sein will. Ich sollte vielleicht die Möglichkeit ins Auge fassen, dass ich ausgebrannt bin. Dass es Zeit ist, sich was Neues zu suchen."

„Klar, warum nicht? Du solltest dich nicht zur Arbeit zwingen, Jo. Manchmal ist es das Beste, wenn man aus dem Spiel geht, solange man noch gut darin ist."

„Ich habe seit meiner Collegezeit beim Sender gearbeitet." Jetzt klang ich etwas panisch. „Scheiße, tut mir echt leid. Ich wollte nicht jammern."

„Und du denkst wahrscheinlich darüber nach, was um alles in der Welt du jetzt tun sollst, richtig? Und wie dieser komische Job sich in deinem Lebenslauf macht?"

„Genau."

Er nahm meine Hand und rieb sie zwischen seinen, als wollte er sie aufwärmen. „Du musst ja nicht sofort eine Entscheidung treffen. Dir bleibt genug Zeit, und wenn du mich fragst, klingst du großartig. Jedes Mal, wenn ich dich höre, kriege ich einen Ständer."

„Ach, das ist ja echt beruhigend." Obwohl ich wegen meiner Arbeit und des bevorstehenden Abends nervös war, kicherte ich. „Ich glaube nicht, dass bei der Zuhörerquote auch die Menge der Erektionen erfasst wird."

Er legte meine Hand auf seinen Schritt. „Wonach fühlt es sich denn an?"

„Oh, es fühlt sich an, als wäre die Quote ziemlich hoch. Oder sollte ich lieber sagen: eine harte Quote? Ich hoffe, du hast das nicht schon gehabt, als wir gebadet haben. Vielleicht sollte ich den Fahrer anweisen, uns zur nächsten Notaufnahme zu bringen."

Er grinste. „Nein, der Ständer ist neu. Ich fürchte, ich musste ihn wieder ganz von unten aufbauen."

„Du hast gewichst?" Ich verstärkte den Druck und strich mit den Fingerspitzen über seine gesamte Länge.

„Tja. Ich hab dir ja gesagt, dass ich ziemlich oft wichse."

Ich öffnete seine Hose und ließ die Hand unter die Unterhose schlüpfen. Er trug eine Seidenboxershorts. „Sag mir bitte, dass du an mich gedacht hast, während du es dir besorgt hast."

Er beugte sich zu mir herüber. Seine Zunge streifte mein Ohr, er knabberte an meinem Hals. „Das habe ich. Ich habe mir vorgestellt, was ich heute Nacht mit dir tun werde. Ich glaube, ich werde dich erst fesseln und meinen Spaß mit mir haben, während du nackt und mir völlig ausgeliefert einfach daliegst. Also, fast nackt."

Oh Gott. Ein Schauer durchrann mich und erfasste meine Nippel und meinen Schritt. Ich presste die Beine zusammen. „Was ist, wenn ich nicht will, dass du mich fesselst?" Ich rieb den Seidenstoff gegen seinen Schwanz.

„Dann werde ich es trotzdem tun. Du wirst meiner Gnade vollkommen ausgeliefert sein." Er schob meinen Rock nach oben. „Sieh dir nur dieses Höschen an. Und diese Strümpfe! So ein Leckerbissen!"

Ich blickte nach unten, weil ich gerne sah, wie er mich durch den schwarzen Satinstoff streichelte. Meine Beine hatten sich ohne mein Zutun weit gespreizt. Ich hatte überhaupt keine Macht mehr über meinen Körper. Im schwachen Licht wirkte die Haut oberhalb der Strümpfe sehr weiß, und sie wurden von den Strumpfhaltern in zwei Hälften geteilt. Ja genau, ich trug richtige Strapse, die Männer zu hilflosen, sabbernden Idioten machten. Das einzig Wahre waren nun mal Strapse und schwarze Spitze.

„Kimberly sagt, es ist ernst, wenn man Strapshalter trägt", sagte ich. „Dann erleidet man sehr tapfer jede merkwürdige Anwandlung und alle Demütigungen."

Er schob seine Boxershorts nach unten. „Wappne dich für einige Demütigungen. Das wirst du nämlich die ganze Nacht anbehalten."

„Ich liebe es, wenn du den Macho raushängen lässt." Ich streichelte langsam und sehr vorsichtig seinen Schwanz. Feuchtigkeit überzog meine Finger, als ich seine Vorhaut nach hinten schob.

„Dreh dich in meine Richtung. Zieh dein Höschen aus. Einen Fuß auf den Sitz stellen und Beine auseinander."

Ich gehorchte seinem Befehl. Dieser Tonfall erregte mich ungemein. Mr D. würde es gefallen, wenn ich …

Ich zog meine Hand so abrupt zurück, als stünde sein Schwanz in Flammen.

„Was ist los?"

„Nichts." Und ich hatte wirklich geglaubt, ich würde nicht mehr an Mr D. denken? War das etwa auch der Grund, warum ich keinen Spaß mehr an meiner Arbeit im Radio hatte? Weil Mr D. nicht mehr dort war, um diese Freude zu teilen?

Er schüttelte den Kopf, packte den Schwanz weg und schloss die Hose.

„Tut mir leid", fügte ich eine Sekunde zu spät hinzu.

„Im einen Moment bist du noch die Sexgöttin, und im nächsten zeigst du mir die kalte Schulter. Du bist ziemlich unbeständig. Was stimmt denn nicht? Ist dir plötzlich eingefallen, dass du zu Hause den Herd angelassen hast oder so was?" Er bückte sich und hob mein Höschen vom Boden auf.

Die ganze Sache war mir jetzt entsetzlich peinlich. Ich zog das feuchte Höschen an und strich das Kleid glatt. „Ich kann …"

„Nein!" Er klang erschöpft. „Wenn du mir erzählen willst, was dich so abgetörnt hast, dann erzähl es mir einfach. Wenn ich irgendwas gesagt oder getan habe, dass du so reagierst, lass es mich wissen. Dann passiert es kein zweites Mal." Er schüttelte den Kopf. „Tut mir leid, diese aufgeschobene Belohnung macht mich ziemlich fertig."

„Es war schließlich deine Idee."

„Ich weiß." Er starrte aus dem Fenster und zog wieder das iPhone aus der Hosentasche.

Irgendwie entging mir die Ironie nicht; wir hatten unseren ersten Streit – wenngleich es eher ein kleiner war –, und dabei hatten wir noch nicht mal gevögelt. Wenn wir schon vorher gevögelt hätten, wären wir vermutlich satt und zufrieden, und es wäre nicht zu diesem Streit gekommen. Oder doch. Den Rest der Fahrt verbrachten wir schweigend.

Die Stimme des Fahrers meldete sich über die Gegensprechanlage. „Ma'am, Sir. Wir treffen in fünf Minuten ein."

Patrick blickte mich von der Seite an und zwinkerte „Wie überaus diskret."

Ich griff in meinen Rucksack. „Da ist noch was." Ich überreichte ihm eine der Masken, die Harry mir gegeben hatte.

„Was soll das, zum Teufel? Wie soll ich mir die denn aufsetzen mit meiner Brille?" Er versuchte es ungeschickt, setzte die Brille ab und steckte sie in die Jackentasche. „Warum tun sie so geheimnisvoll?"

Ich zuckte die Schultern. „Ist wohl irgendeine Tradition."

Er nahm meine Hand, als wir aus der Limousine stiegen, und drückte sie. „Tut mir leid. Ich war ein Stinkstiefel."

„Ich doch auch.“ Wir küssten und stiegen die imposante Freitreppe zur Haustür hinauf, die von Steinlöwen flankiert wurde.

Patrick wusste, dass irgendwas an dieser ganzen Sache stank, aber er spielte mit, weil es für Jo anscheinend sehr wichtig war. Irgendeinen Hintergedanken gab es bei der Sache, aber inzwischen war er so schwanzgesteuert, dass er sich mit allem einverstanden erklärt hätte. Anzug? Klar. Eine alberne schwarze Maske? Natürlich. Unterhaltungen mit Fremden? Süße, für dich würde ich alles tun.

Weil er danach endlich flachgelegt wurde. Dafür würde er sogar über glühende Kohlen wandeln oder durch einen Reifen springen, wenn es sein musste.

Und sie sah so toll aus in diesem verführerischen Kleid. Wenn sie sich schnell bewegte, wirbelte es hoch und ließ die Strapse aufblitzen und den Saum ihrer Strümpfe, die sich dunkel von der hellen Haut ihrer Oberschenkel abhoben. Und darüber gab es dieses schwarze Spitzenhöschen, und bestimmt trug sie dazu einen passenden BH. Beides würde er ihr schon bald ausziehen, und dann blieben ihr nur Strapshalter und Strapse. Ja, er war eindeutig ein Narr. Sein Verstand war ihm in die Eier gerutscht. Aber zur Hölle mit den Konsequenzen!

Der Ort machte auf ihn den Eindruck eines Hotels – groß und verschnörkelt, vermutlich einst im neunzehnten Jahrhundert von einem Minenarbeiter erbaut, der zu Geld gekommen war. Er nahm Jos Hand, als sie die Treppe Seite an Seite hinaufgingen und durch eine große, mit überladenen Schnitzereien verzierte Haustür schritten, die aussah, als habe man sie in jener Zeit, als die Neureichen in Europa ausschwärmten, um Schätze der alten Welt an sich zu reißen, aus einer mittelalterlichen Burg geklaut.

Im Innern war das Haus nicht wie ein Hotel eingerichtet,

aber es war auch kein Privathaus. Eine Rezeptionistin, die eine Maske und ein enges, kurzes schwarzes Kleid trug, begrüßte die beiden, hakte ihre Namen auf einer Liste ab und händigte ihnen den Schlüssel zu ihrem Zimmer aus. Es war ein echter Messingschlüssel, nicht bloß eine Schlüsselkarte. „Die Cocktails werden in der Bibliothek serviert, das Dinner beginnt um acht. Sir, Sie werden eine Krawatte brauchen."

Ein anderer Bediensteter, ein schlanker Mann mit krausen, dunklen Haaren, nahm ihm den Schal und Jo den Mantel ab. Er nahm sich auch der Rucksäcke an und ließ sie so schnell verschwinden, als könnten sie die makellose Eleganz des Vestibüls mit den Antiquitäten und den teuren Teppichen beschmutzen.

Patrick zog seine Krawatte aus der Tasche.

„So gefällst du mir viel besser. Wenn man dein Brusthaar sieht." Jo berührte ihn dort, wo sein Hemd offen stand. Ihre Fingerspitze fühlte sich auf seiner Haut kühl an.

Er band die Krawatte um und klappte den Kragen hinunter. „Benimm dich. Ich habe für diese Krawatte eigentlich andere Pläne. Ich bezweifle, dass sie einem hier Handschellen zur Verfügung stellen."

„Sei dir da nicht so sicher." Ihre Augen strahlten, ihr Mund war leicht geöffnet. Sie rückte seine Krawatte zurück. Eine erstaunlich besitzergreifende Geste.

Sie folgten einigen anderen Leuten die imposante Treppe hinauf. Zu diesem Zeitpunkt hatte Patrick sich bereits daran gewöhnt, dass alle Masken trugen. Die meisten anderen Gäste (oder was auch immer sie waren), trugen schlichte schwarze Masken, die nur die Augen umrahmten und die vollen Lippen der Frauen betonten. Er hatte nicht erwartet, wie raffiniert die Masken wirkten. Oder wie die Augen dahinter funkelten, wenn man einem der anderen näher kam. Er war weitsichtig und konnte das Ganze gut überblicken. Auch wenn Jo, der er so nah wie möglich sein wollte, für ihn leicht verschwommen wirkte.

Die Bibliothek wirkte auf ihn wie ein Filmset, aber er bezweifelte, dass die deckenhohen Regale mit den in Leder gebundenen Büchern wirklich echt waren. Kellner – ohne Masken, weil die Aushilfen anscheinend nicht dazugehörten – kreisten mit Tabletts und servierten Drinks und Häppchen. Jo blickte sich um und zuckte mit den Schultern. „Ich würde dich den Leuten ja vorstellen, aber ich kenne hier niemanden", sagte sie. „Das ist das Problem, wenn man sich mysteriös gibt und vor allem auf einen dramatischen Effekt abzielt."

„Jo! Liebes! Das ist also dein Hauptmacker." Ein Typ mit rötlichem Haar tauchte auf und küsste Jo auf die Wange. Patrick beobachtete ihn scharf. Sollte seine Hand zu lange auf ihrer Taille ruhen, würde er sofort einschreiten. „Hi, ich bin Harry. Freut mich, dass Sie kommen konnten. Alles in Ordnung? Warte, ich besorge euch was zu trinken." Er nahm zwei Gläser von einem vorbeischwebenden Tablett. „Ihr habt ein großartiges Zimmer. Ich hoffe, es gefällt euch hier. Wir erwarten, in Zukunft mehr von Ihnen zu sehen, Patrick. Wir sehen uns später."

Patrick nahm einen Schluck und schmeckte den Alkohol in Kombination mit einem zitronigen Aroma. Keine große Überraschung. Er wog die Vor- und Nachteile ab. Was konnte schon passieren, wenn er heute eine Ausnahme machte und ein bisschen trank? Er musste nicht mehr fahren oder schwere Maschinen bedienen (er fand, Jo ging nicht als solche durch). Er wollte aber auch alle Sinne beisammenhaben, wenn er mit Jo endlich allein war (und sie nackt war und erregt wurde und endlich kam). Aber der Alkohol von ein paar Schlucken wäre vermutlich gar nicht so schlimm. Es könnte ihn sogar ein wenig bremsen. Er machte sich eigentlich keine Sorgen um seine Leistungsfähigkeit, und schließlich blieb ihnen die ganze Nacht. Und viele weitere Nächte.

„Ich dachte, du trinkst nicht." Jos Stimme. Sofort hieb sie in die Kerbe.

„Das tue ich auch nicht. Das hier scheint aber ziemlich harmlos zu sein."

„Okay." Sie starrte hinter Harry her, der sich durch den Raum bewegte, Wangen küsste, Schultern tätschelte und auf alle Welt den Eindruck eines Politikers im Wahlkampf machte.

Er nahm noch einen Schluck. „Alles in Ordnung?", fragte er.

In diesem Moment stürzte sich ein Pärchen auf Jo und ihn, und Patrick starrte einen Moment auf die erstaunlich großen Brüste der Frau, ehe sie vor seinen Augen zu rosigen Halbmonden über dem Ausschnitt ihres Kleids verschwommen. Sie trug ein silbernes enges Stöffchen, das knapp unterhalb ihres Pos endete. Sie stellten sich als Jake und Cathy vor.

Jake drängelte sich vor und küsste Jo. Sie machte zugleich einen Schritt beiseite und drehte den Kopf so, dass sein Kuss ihre Wange traf und nicht den Mund, wie er es beabsichtigt hatte.

Interessant.

Patrick küsste Cathys dargebotene Wange und nutzte die Gunst des Augenblicks, in ihren Ausschnitt zu starren. Ihre Brüste sahen aus wie zwei rosa Melonen. Faszinierend, aber irgendwie auch leicht abstoßend.

Jake stieß ihm den Ellbogen in die Rippen. „Sind die nicht großartig? Du solltest Jo dazu bringen, ihre auch vergrößern zu lassen."

„Müsste das nicht eigentlich Jos Entscheidung sein?" Was zum Teufel wusste der Kerl über Jos Brüste? Er war irgendwie hin- und hergerissen zwischen Wut und einer gewissen Verlegenheit, weil Cathys Mann ihn beim Starren erwischt hatte.

„Ist schon okay, Alter." Jake klopfte ihm auf die Schulter. „Schau sie dir ruhig an, das ist nur gerecht."

„Benimm dich“, warnte Cathy ihren Mann. Sie zupfte an ihrem Kleid herum, das über ihren Arsch nach oben gerutscht war. „Komm, Süßer, wir schauen uns mal um. Wir sehen uns später, Leute.“

„Darauf kannst du wetten.“ Jake lachte laut. Seine Hand ruhte auf Cathys Hüfte, und er führte sie davon.

„Sind das Freunde von dir?“, fragte Patrick. Er blickte sich suchend um, weil er noch einen Drink wollte.

„Nein, ich kenne sie nur flüchtig.“

Der nächste Mann stürzte sich auf Jo, um sie abzuküssen.

„Hi. Willis Scott – hach nein. Wir sollen doch unsere Nachnamen nicht nennen. Wie geht's denn so?“ Bevor die beiden antworten konnten, wurde seine Aufmerksamkeit bereits von jemand anderem gefesselt. „Muss schon wieder los. Ich seh euch später.“

Keine Nachnamen. Auch interessant. Und warum ließ jeder diese kryptischen Bemerkungen fallen, als würde später noch irgendwas Besonderes passieren? Patrick rückte ganz nah an Jo heran und legte den Arm um ihre Taille. „Irgendwie nervt es mich, wenn ich sehe, wie jeder dieser Typen hier dich betatscht“, murmelte er.

„Übertreibst du nicht? Im Übrigen glaube ich nicht, dass ich hier sonst jemanden kenne außer die vier.“ Aber sie schaute sich suchend um, als erwartete sie, dass noch ein Bewunderer auftauchte. Oder irgendwas anderes passierte. Dann glitt ihre Hand zu seinem Po, und sie drückte ihn an sich und er vergaß all die anderen Männer und die Frage, ob er noch was trinken wollte. Jo war da, sie gehörte zu ihm, und er hatte sich in sie verliebt.

Ein hallender, blecherner Laut, den er als lautere Version des Essensgongs erkannte, den seine Gran immer geschlagen hatte, rief die Gäste zum Dinner.

Der Speisesaal war ein weiterer imposanter Raum. Die lange Tafel war mit Blumen und Kandelabern dekoriert. Er wollte am liebsten neben Jo sitzen, aber es gab sogar Platzkärtchen. Er fühlte sich wie bei der Hochzeit seiner Schwester (und dann war da noch eine andere Erinnerung. An seinen Da, der betrunken weinte und lauter unkluges, melancholisches Zeug von sich gab, wie schwer es ihm fiel, sein kleines Mädchen ziehen zu lassen). Wie viele von diesen verfluchten Drinks hatte er inzwischen intus? Er konnte sich nicht erinnern, und das war ein schlechtes Zeichen. Er konnte alles ganz scharf und beinahe funkelnd sehen – daran erinnerte er sich noch allzu gut von den wenigen Gelegenheiten, wenn er ernsthaft getrunken hatte. Die Geräusche im Raum waberten und wurden als Echo zurückgeworfen. Er war außerdem durstig. Eine Warnung, dass er das giftige Gebräu lieber verdünnen sollte.

Er stürzte das Wasserglas herunter, das neben seinem Teller stand, und nahm ein Stück Brot.

„Hungrig?", fragte die Frau zu seiner Rechten leise. Ihre Augen funkelten hinter der Maske. Die Stimme war heiser und sexy und erinnerte ihn an Jo.

Er hob sein leeres Wasserglas, als wollte er einen Toast ausbringen. Insgeheim fragte er sich, ob er ihr schon mal begegnet war, oder worüber er mit ihr reden sollte. Wenn es ihm überhaupt gelang, ein vernünftiges Gespräch zu führen. Er kniff die Augen zusammen und starrte auf ihre Platzkarte. Kurz überlegte er, seine Brille aufzusetzen.

„Tut mir leid, ich kann mich nicht erinnern, ob wir schon mal gevögelt haben", sagte die Frau plötzlich.

Was? Er starrte sie an. Sie hatte „getroffen" gesagt, ganz bestimmt. Ob sie sich schon mal getroffen haben. Genau.

„Ich glaube nicht. Ich bin das erste Mal hier. Mein Name ist Patrick."

„Ich heiße Jackie. Freut mich, dich kennenzulernen." Sie reichte ihm die Hand. „Oh, du bist *der* Patrick."

Das musste der Schnaps sein, der sein Gehör trübte. „Ja,

ich bin Patrick. Ist das irgendwie von Bedeutung?"

Sie kicherte und legte die Hand auf sein Knie. „Ich kann es kaum erwarten, was nachher kommt."

„Tatsächlich? Was hast du denn vor?"

„Das kommt drauf an, was *du* vorhast, Süßer." Ihre Finger strichen auf seinem Oberschenkel rauf und runter.

Er schob ihre Hand beiseite und griff nach dem Brotkorb. „Nimm doch ein Stück Brot."

„Oh, du bist so gemein!" Sie zog einen hübschen Schmollmund. „Also, was magst du?"

„Was ich mag?"

„Ja! Worauf stehst du?"

„Skifahren, Musik. Ich fange gerade an, mich mit Klassik zu beschäftigen, aber ich mag Jazz. Ich boxe und gehe ins Fitnessstudio. Und du?" Aber sie hatte sich schon abgewandt und redete mit dem Mann zu ihrer Rechten.

Ich wünschte, Patrick und ich könnten nebeneinandersitzen. Er war in ein angeregtes Gespräch mit der Frau zu seiner Linken vertieft, und ich war eifersüchtig, weil sie seine ganze Aufmerksamkeit bekam. Aber nachher hätte ich ihn ganz für mich allein.

Das Essen war köstlich und ich war schier am Verhungern. Ich hatte es in der Bibliothek nur mit Mühe geschafft, mir ein paar Hors d'Œuvres zu genehmigen, um den extrem starken Cocktails eine Grundlage zu verschaffen. Patrick hatte auch einige Gläser gekippt, ohne dass der Alkohol eine besonders starke Wirkung auf ihn entfaltete. Jetzt beobachtete ich, wie er Wein trank. Ich erinnerte mich noch recht gut daran, wie er betont hatte, er würde nichts trinken, und ich war jetzt schon ein wenig in Sorge, dass er mich entweder angelogen hatte oder dass er übertrieb. Vielleicht ging er einfach nur ein Risiko ein. Aber er war ein erwachsener Mann, und ich vermutete, er wüsste ganz genau, was er da tat.

„Du bist also Jo", sagte der Mann neben mir. Er nahm meine Hand und küsste die Fingerknöchel.

Ein paar Plätze weiter unten an der Tafel saß Patrick auf der anderen Seite des Tischs. Irgendwie schien er zu spüren, was bei mir los war, denn er starrte zu uns herüber. Ich lächelte ihn an. Sollte er ruhig ein bisschen schwitzen. Wenn er später noch irgendwelche Spielchen mit mir spielen wollte, konnte ich das schon längst.

„Ja, ich bin Jo", bestätigte ich meinem Sitznachbarn. „Warum habe ich nur das Gefühl, dass ich bei allen schon berüchtigt bin?"

„Oh, aber das bist du. Du bist das böse Mädchen unten aus dem Großen Saal und aus dem Heer der Drohnen. Du bist die Einzige, die so klug war, nach oben zu entwischen."

„So schwer war das nun auch wieder nicht." Vor mir tauchte ein Teller auf mit einer Köstlichkeit, die wunderschön arrangiert war. Mir kam der Gedanke, dass vermutlich jeder in diesem Raum zugesehen hatte, als ich ausgepeitscht wurde und danach einen Orgasmus bekam. Ich hoffte nur, niemand würde Patrick gegenüber etwas Indiskretes sagen.

„Und nach dem heutigen Abend …“ Er zuckte mit den Schultern. „Es geht das Gerücht, du seist damit erfolgreich gewesen.“

Ich nickte und fragte mich insgeheim, ob sich die Leute vor allem deshalb der Gesellschaft anschlossen, weil es hier nicht nur um Sex ging, sondern weil man sich so geheimnisumwittert geben konnte. Ich wollte meinen Nachbarn gerade fragen, ob er Mr D. kannte, aber ich hatte ja schon früher feststellen dürfen, dass er unter diesem Namen hier nicht bekannt war. Ich schaute mich am Tisch um, ob ein großer schlanker Mann mit dunklem Haar unter den Gästen war. Natürlich gab es mehrere, auf die diese Beschreibung zutraf. Das Summen der Gespräche und das Klappern von Besteck auf den Porzellantellern machte es mir leider unmöglich, seine Stimme herauszuhören. Aber ich musste ohnehin aufhören, an Mr D. zu denken. Diese Nacht war allein Patrick vorbehalten.

Das Dinner dauerte ziemlich lange. Vielleicht kam es mir auch nur so vor, weil ich endlich mit Patrick allein sein wollte. Zugleich war mir die Verzögerung aber ganz recht, weil dadurch die Vorfreude wuchs. Dass ich ihn nur sehen und nicht berühren konnte, verstärkte diese Vorfreude nur. Er brachte die Frau neben sich zum Lachen; mir fiel auf, dass er nur mit der einen Sitznachbarin redete. Nicht aber mit der Frau, die rechts von ihm saß.

Ich plauderte während des Dinners mit meinen beiden Nachbarn ausgerechnet über Geldanlage, und ich hatte den Eindruck, ich hätte von beiden viel lernen können, wenn ich mir Notizen gemacht hätte.

„Du klingst irgendwie so ähnlich wie das Mädchen im Radio“, sagte einer von ihnen, als wir zwischen zwei Gängen das Thema wechselten. „Du weißt schon, dieses Mädchen, das nur nachts auf Sendung geht.“

Ich bin eine Frau, die auf Sendung geht. Bitte. „Ach, wirklich?“

Der Nachtisch wurde serviert: winzige, dunkle Schokoladentrüffel, Zitronenküchlein und frische Himbeeren, garniert mit einem Minzblättchen und gekrönt von einem Häubchen Schlagsahne.

Ich lehnte den angebotenen Kaffee ab. Ich wollte wach sein, aber nicht *so* wach. Stattdessen bestellte ich mir grünen Tee. Einige Leute standen auf, versammelten sich in Grüppchen und plauderten. Langsam verließen alle den Speiseraum. Ich fragte mich, ob sie jetzt zur Galerie gingen, um das Geschehen im Großen Saal zu beobachten, oder ob sie woanders ähnliche Zerstreuung suchten.

Patrick erhob sich und blickte mich quer über den Tisch an. Sein Blick war regelrecht anklagend. Er nickte Richtung Tür, und ich stand ebenfalls auf. Bei meinen Tischnachbarn entschuldigte ich mich und erklärte, man würde sich ja später noch mal sehen. Sie grinsten breit und stießen einander an, als wüssten sie mehr als ich. Aber das unangenehme Gefühl vergaß ich sofort wieder, als Patrick auf mich zukam. Nein, er stolzierte geradezu, und seine Bewegungen waren raumgreifend und besitzergreifend. Er riss sich die Maske herunter.

„Komm“, sagte er und setzte seine Brille auf. „Ich habe genug gesehen.“ Er machte auf mich keinen betrunkenen Eindruck. Er stand sicher auf den Beinen, seine Augen blickten mich so direkt und scharfsichtig an wie immer. Trotzdem erlebte ich gerade eine andere Seite an Patrick, die mir bisher noch nicht begegnet war.

Was um alles in der Welt hatten die ihm erzählt? „Wo gehen wir hin?“

„Nach oben.“ Er zog den Zimmerschlüssel aus der Hosentasche und ließ ihn vor meinem Gesicht hin und her baumeln. „Ich hab's satt, mit anderen Frauen als mit dir zu reden."

„Für mich sah es so aus, als ob du deine Sache ziemlich gut gemacht hast."

Sein Lächeln wirkte humorlos. „Sie arbeitet auch im Bereich Webdesign." Er schaute sich um. „Und wie zum Teufel kommen wir jetzt in den dritten Stock?"

„Es gibt hier einen Fahrstuhl." Sobald wir in der Kabine standen, nahm ich meine Maske ab. Ich spürte Patricks Blick, der mich schier durchbohrte.

Er hob die Hand und zerrte an seinem Krawattenknoten und zog die Krawatte langsam herunter. Ich beobachtete seine Hände, als er sie zusammenrollte und in der Tasche seines Jacketts verstaute.

Die Fahrstuhltüren glitten auf, und wir betraten einen spärlich beleuchteten Flur, der mich an die stille Anonymität eines Hotels denken ließ. Es war vollkommen ruhig, und meine Befürchtungen, diesen Abend betreffend, die während des Dinners kaum nachgelassen hatten, rührten sich wieder. Aber was konnte uns hier schon passieren?

Patrick schaute auf dem Messingplättchen am Schlüsselring nach der Zimmernummer und führte mich dann den Flur entlang. Er blieb stehen und schloss eine Tür auf.

Hinter ihm betrat ich unser Zimmer. Harry hatte sein Versprechen wahr gemacht. Uns erwartete ein wahrhaft romantischer Raum, der in goldenes Kerzenlicht getaucht war. Das große Himmelbett war mit Rosenblättern übersät. Im Kamin knackten und brannten dicke Holzscheite. Eine Flasche Champagner stand neben dem Bett in einem Sektkühler. Unsere Rucksäcke standen diskret an einer Wand. Sie wirkten ziemlich schäbig und fehl am Platz.

Patrick ging an mir vorbei und sah sich zufrieden um, obwohl ich glaube, dass er sich vor allem für die Größe des Betts und des Spiegels an der gegenüberliegenden Wand interessierte. Er zog das Anzugsjackett aus und setzte sich in einen Sessel. „Komm her."

Ich ging langsam auf ihn zu, obwohl ich zu ihm laufen und mich auf seinen Schoß kuscheln wollte. Doch seine ernste Miene verriet mir, dass heute Nacht er derjenige war, der Befehle erteilte. Ich hatte nur zu gehorchen. Ich stand vor ihm, und er bedeutete mir, mich um die eigene Achse zu drehen. Der Reißverschluss meines Kleids flüsterte, und die Seide glitt zu Boden. Ich drehte mich um. Er hielt jetzt die Krawatte in beiden Händen.

„BH ausziehen. Höschen auch."

Ich trug danach nur noch Strapse und Strapshalter. So hatte er es gewollt. Sein kühler, lustvoller Blick ließ mich erschauern.

„Darf ich dich ganz ausziehen?", bat ich.

„Nein. Aber du kannst nachsehen, ob im Kühlschrank eine Flasche Wasser ist, und sie mir bringen."

Er wollte mir dabei zusehen, während ich in meinen schwarzen Strapsen und dem Strapsgürtel wie ein wahr gewordener feuchter Traum auf hohen Absätzen durchs Zimmer stolzierte. Nun, das gönnte ich ihm. Ich tänzelte durch den Raum und stellte die Beine weit auseinander, als ich mich nach unten beugte und den Inhalt der kleinen Minibar inspizierte. Ich wusste, dass er so meine nackte Möse und meinen Arsch ebenso betrachten konnte wie meine Brüste.

Ich kehrte mit einer Flasche Wasser zu ihm zurück und stand brav vor ihm, während er trank. Erneut musterte er schamlos und schweigend meinen Körper.

Ein Holzscheit fiel knackend im Kamin in sich zusammen. Funken stoben auf.

Er stellte die leere Flasche auf den Boden. „Streck deine Hände vor."

Ich hielt ihm meine Handgelenke hin, und er stand auf und wickelte die Krawatte um beide Handgelenke und machte einen festen Knoten. Er war mir jetzt ganz nah, und ich sehnte mich so sehr danach, ihn zu berühren. Oder dass er mich berührte. Sein Schritt berührte mich, und ich spürte deutlich seine Erektion. Ich drückte meine Hüfte gegen ihn.

„Nein!“, sagte er durchaus freundlich, aber immer noch ernst. „Ich glaube nicht. Noch nicht. Erst wenn ich es dir erlaube. Hast du verstanden?“

„Ja, Patrick.“

„Aufs Bett mit dir. Ich möchte, dass du dich quer auf die Matratze legst und die Beine so weit spreizt, wie du kannst.“ Er ging vor und warf die Kissen und den Quilt aus cremefarbener Wildseide vom Bett. „Leg dich hin. Die Arme über den Kopf gestreckt.“ Ich spürte das Ziehen und Zerren an meinen Handgelenken, als er die Seidenkrawatte am Bettpfosten festknotete. Die weichen Laken waren kühl und glatt unter meinem Körper, und der schwache Geruch nach Rosen erfüllte den Raum.

Patrick lehnte am Bettpfosten und verschränkte die Arme. So betrachtete er mich sehr ernst und stumm. Er veränderte ein paarmal die Haltung, und ich vermutete, dass er die Schuhe und Socken abstreifte. Dann setzte er sich neben mich auf die Bettkante, ohne mich eines Blickes zu würdigen, und knöpfte die Hemdmanschetten auf. Ich könnte genauso gut unsichtbar sein. Aber die Anspannung seiner Schultern verriet ihn. Seine Atmung hatte sich beschleunigt. Er war ebenso erregt wie ich.

Er stand wieder auf und knöpfte das Hemd auf, während er mich ansah. Er ließ sich absichtlich Zeit, und ich glaube, irgendwann stöhnte ich frustriert auf. Seine Hände verharrten augenblicklich, und seine Augenbrauen schossen hoch. „Ich möchte, dass du die Beine noch weiter spreizt“, sagte er nur, ehe er die letzten Knöpfe öffnete.

Ich spreizte die Beine und zeigte ihm meine Möse. Er konnte mich sehen. Ich war ihm völlig ausgeliefert. Meine

Möse war geschwollen und nass, die Klit hart.

Er war inzwischen mit seiner Hose beschäftigt oder besser gesagt damit, sie ganz langsam und in aller Ruhe zu öffnen. Er hielt inne, um ein Päckchen Kondome aus der Hosentasche zu nehmen und neben dem Bett auf ein Tischchen zu legen. Er verzögerte die Sache zusätzlich, indem er den Korb einer genauen Untersuchung unterzog, den jemand auf das Tischchen gestellt hatte. Er hielt die Gegenstände einzeln hoch, um sie mir zu zeigen: noch mehr Kondome, eine Tube Gleitgel, ein kleiner Vibrator in einer versiegelten Plastikverpackung. „Sehr nett“, bemerkte er.

Erst dann zog er den Reißverschluss seiner Hose herunter und zog sie aus. Sein Schwanz drückte gegen die schwarzen Seidenboxershorts. Ich wollte ihn so gerne sehen, wollte von ihm berührt werden ... Doch er ließ die Boxershorts noch an und legte sich neben mich aufs Bett. Sein Kopf ruhte dicht neben meinem.

„Jo“, hauchte er. Jetzt sah ich wieder den Patrick, den ich kannte. Den Patrick, den ich liebte. Nicht länger den herrischen, aufregenden Fremden, den er mir heute Nacht bisher gezeigt hatte. „Jo, du bist so hübsch. Gib mir dein Safeword.“

„Ich vertraue dir. Du wirst mir nicht wehtun.“

„Du könntest irgendwann einen üblen Muskelkrampf bekommen.“

„Also gut. Mein Safeword ist ... Scheherazade.“ Ich war außer Atem. Er hatte mich noch immer nicht berührt, und nur wenige Zentimeter trennten unsere Körper.

Seine Fingerspitzen streiften mein Haar, berührten meine Wange und dann, endlich, küssten wir uns. Gott sei Dank. Die Küsse waren feucht, gierig und voller Hunger, wir flüsterten zusammenhangloses Zeug, wie sehr wir den anderen wollten und brauchten, und vielleicht sprachen wir sogar von Liebe. In diesem Moment sprach das Verlangen aus uns in einer mir völlig fremden Sprache. Nur widerstrebend löste er sich von mir.

„Ich werde jetzt tun, was ich will", erklärte er. „Und du wirst tun, was ich dir sage."

„Ja", sagte ich. Ich wollte ihn am liebsten auf der Stelle vögeln, aber er schob sich nach unten und kniete zwischen meinen gespreizten Beinen. Die Boxershorts hatte er inzwischen ausgezogen.

„Deine Muschi ist einfach wunderschön", sagte er bewundernd. Er streichelte dabei seinen Schwanz. Zuerst nur ganz leicht, dann immer heftiger. „Du bist so nass und glänzt. Wie rosa Seide. Als wäre sie ein Kissen, das nur für meinen Schwanz aufgeschüttelt wurde." Er berührte meine Brüste und ging vor mir auf alle viere. „Aber zuerst ..."

Seine Zunge kroch über meine Klit und glitt kurz in mich hinein. Ich wand mich unter ihm. Ich hatte geglaubt, ich würde bei der leisesten Berührung von ihm kommen, doch obwohl ich mich anspannte und unter seinem Mund und seinen Lippen erbebte, hielt sich mein Körper irgendwie zurück. Patrick murmelte zustimmend und legte die Hände auf die Innenseiten meiner Schenkel, um meine Beine weit offen zu halten und mich daran zu hindern, mich zu bewegen.

Er kam zu mir nach oben und küsste mich auf den Mund. „Schmeckst du deine Möse?", keuchte er. Ja, ich schmeckte sie. Wir küssten uns weiter, unsere Beine umschlangen einander. Doch er hielt mich nieder, sobald er bemerkte, dass ich versuchte, mich an ihm zu reiben. Ich wollte ihn so sehr, dass ich anfing, mich würdelos zu verhalten. Verflixt, ich trug ein Outfit, das jedem Mann feuchte Träume bescherte, und er hatte mich mit seiner Krawatte gefesselt. Wie viel Würde konnte ich da überhaupt noch besitzen? Und ich hörte mich, wie ich ihn erregt anflehte, mich zu ficken. Mich hart zu ficken. Er sollte diesen wunderschönen, unbeschnittenen irischen Schwanz in mich hineinrammen und mich endlich kommen lassen. Bitte, Patrick.

„Oh Gott, ja." Er nahm ein Kondom vom Nachttisch.

„Nein. Du brauchst keins zu benutzen."

„Wie bitte?"

„Scheherazade. Nimm kein Kondom. Ich will dich spüren. Und ich nehme die Pille. Bitte." Ich schnappte nach Luft.

Er zögerte mit dem Kondom in der Hand. „Ach, verdammt. Also gut."

Das Kondom wurde achtlos beiseitegeworfen, und er drückte sich an mich, und dann war er in mir. Er war sehr hart und sehr groß.

Ich glaube, in dem Moment gab ich ein paar erstickte Laute von mir. Er verharrte in der Bewegung und zögerte. Seine Hände umschlossen mein Gesicht. „Alles in Ordnung, Jo?"

„Ja. Bitte, nicht aufhören."

Er zog sich leicht zurück und stieß wieder zu. „Entspann dich einfach, ja? Es ist nur ein Schwanz."

Ich musste kichern und bewegte mich unter ihm. Ich suchte nach dem richtigen Winkel, dem richtigen Maß Druck. Und ich fand, wonach ich suchte. Oh *ja!* Er ließ sich von mir führen, stellte sich auf die Bitte meines Körpers an. Zog sich erneut fast bis zur Spitze aus mir zurück. Er hielt den Atem an und verharrte so einen Moment, dann drang er ganz langsam wieder in mich ein. Sein Brusthaar kitzelte meine Nippel.

Ich konnte meine Hände nicht einsetzen, aber meine Beine standen mir zur Verfügung. Ebenso die Hüften, mit denen ich ihn ermunterte und uns beide antrieb. Ich rieb meine Klit an ihm und zwang ihm meinen Rhythmus auf, mein Verlangen und mein Ziel. Wenn er in mich hineinstieß, kam ich ihm entgegen. Ich biss ihn ins Schlüsselbein und fauchte ihn an – *warte, warte! – Halt, nein, ich will mich bewegen* – und schließlich kam ich und verströmte eine Menge nasser Hitze. *Kannst du das spüren? Spür nur, wie ich komme.* Und ich überraschte mich selbst, denn es passierte nicht allzu oft in dieser Stellung. Irgendwie erfüllte mich das mit irrationaler, dümmlicher Dankbarkeit und Liebe.

„Gutes Mädchen“, sagte er, und zum ersten Mal machte es mir gar nichts aus, als Mädchen bezeichnet zu werden. „Oh, gutes Mädchen, wunderbares Mädchen, Himmel! Du machst so wunderbare Dinge mit meinem Schwanz.“ Er legte meine Beine auf seine Schultern, und ich fürchtete einen Moment, er könnte mich verletzen, während er sich in mich rammte. Ich wusste, dass er schon bald kommen würde; seine Atmung ging jetzt schneller, er bewegte sich in fieberhafter Eile. Sein Schwanz versteifte sich, dann zuckte er und verströmte seine Hitze in mir. Er stöhnte und legte seinen Kopf auf meine Brüste. „Oh Gott. Geht’s dir gut, Jo? Ich konnte nicht mehr …“

„Mir geht’s gut. Es war wunderbar.“

Er lachte und ließ meine Beine los. Sein Schwanz rutschte aus mir und verteilte unsere Nässe auf dem Laken. Er löste den Knoten in der Krawatte und massierte fürsorglich meine Arme. „Beweg die Arme, sonst sind die morgen steif wie ein Brett. Und es gibt doch nur eine Art Steifheit, die wir gerne haben.“

Ich streckte meine Arme und genoss das Gefühl, mich frei zu bewegen. Zugleich war es wunderbar, sein Gewicht auf mir zu spüren. Die Nässe und der Geruch unseres Schweißes vermischten sich. Selbst die nicht unerhebliche Menge Feuchtigkeit auf dem Laken und an der Innenseite meiner Schenkel fühlte sich nicht unangenehm an.

Eine Tür öffnete sich, und der Raum wurde von Licht und Geräuschen geflutet. Ich hörte Stimmen und Applaus.

„Das hast du gut gemacht, Jo“, hörte ich eine vertraute Stimme.

23. KAPITEL

Patrick warf laut fluchend den Quilt über mich, um das letzte Bisschen Würde zu wahren, das mir noch geblieben war – und das war nicht besonders viel. Er sprang auf die Füße. Selbst jetzt war ich mir der Schönheit seines schlanken Körpers nur allzu bewusst. Sein halb erigierter Schwanz wippte leicht.

Neben dem Spiegel hatte sich in der Wand eine Tür geöffnet, durch die ungefähr ein Dutzend maskierter Leute in das Zimmer strömten.

„Wirklich gut gemacht", wiederholte Harry. „Du warst toll, Jo. Ich ..."

Ich sah nicht, wie Patrick ihn schlug. Ich hörte nur einen merkwürdig dumpfen Laut. Patrick stand jetzt dort, wo vor wenigen Augenblicken noch Harry gewesen war.

Ich wollte Patrick irgendwie unterstützen, weshalb ich mich vom Bett rollte und neben ihn trat.

Er drehte sich zu mir um. „Geh weg!" Und dann schrie er die Leute im Zimmer an. „Verdammt, haut doch alle ab!"

Er glaubte, ich hätte ihn reingelegt. „Patrick, ich habe nichts ..."

„Halt die Klappe!" Er zog hastig Hemd und Hose an. Hilflos sah ich zu, wie er sein Jackett und den Rucksack nahm und die Füße in die Schuhe rammte. In kürzester Zeit hatte er das Zimmer verlassen.

Harry stand auf und ging zum Bett, wo er sich setzte. Ein Auge schwoll bereits zu. „Dein Freund benimmt sich echt wie ein Höhlenmensch, Süße."

„Ich habe dir vertraut!" Ich trug nur Strapsgürtel und Strümpfe, und Patricks Samen rann an der Innenseite meiner Schenkel hinab. Ich war den Tränen nahe, aber zugleich war ich so wütend, dass mir das alles scheißegal war. „Du Arschloch! Du hast mich belogen!"

Eine der Frauen drückte Harry eine Handvoll Eis aus dem

Sektkühler in die Hand, damit er sein Auge kühlen konnte. Dann setzte sie sich neben ihn aufs Bett und legte eine Hand auf seinen Oberschenkel. Er zuckte bloß mit den Schultern. „Die Gesellschaft kommt für uns alle an erster Stelle, Jo. Das ist etwas, das mir so besonders gut an dir gefällt: wie vertrauensvoll du im Grunde bist. Eine kleine Bondageeinlage und kein Schutz beim ersten Sex mit dem Iren – wirklich, das war richtig gut. Ich habe außerdem noch nie gehört, wie jemand sein Safeword eingesetzt hat, um den Partner daran zu hindern, ein Kondom zu benutzen. Das war eine erstklassige Vorstellung."

Jemand legte etwas Warmes und Weiches auf meine Schultern – einer der Bademäntel, die man uns hingelegt hatte. Dieser einfache, menschliche Akt ließ mir Tränen in die Augen schießen. Ich kämpfte mit dem Bademantel, bis ich es schaffte, die Hände in die Ärmel zu stecken. Ich band ihn zu. „Würdet ihr jetzt bitte alle gehen?"

„Ach, komm schon, Jo. Sei nicht albern", beschwichtigte Harry mich.

Ein anderes Paar setzte sich aufs Bett. Die Frau saß rittlings auf dem Schoß des Mannes und ihr Rock war bis zu den Hüften hochgeschoben. Nur langsam wurde mir bewusst, dass die beiden vögelten.

„Jetzt schaut euch das mal an", rief Harry, öffnete seine Hose und holte seinen harten Schwanz raus. „Wer könnte mir denn mal helfen, etwas dagegen zu tun? Jo?"

Die Frau, die ihm das Eis gebracht hatte, ging vor ihm auf die Knie, um es ihm mit dem Mund zu besorgen.

Ein Typ setzte sich in den Sessel und schaute ihnen zu. Auch er hatte seinen Schwanz in der Hand.

„Harry", sagte ich. „Das war's. Ich verlasse die Gesellschaft. Ich will nie wieder irgendwas von dir oder deinen Freunden hören. Du hast mich ein Mal zu oft aufs Kreuz gelegt."

„Ich hab's begriffen", erwiderte er. Inzwischen atmete er schwer. Seine Hände ruhten auf dem Kopf der Frau.

Ich schob ein Pärchen beiseite, das an die Wand gelehnt fickte, um an meinen Rucksack zu kommen. Ich verließ fluchtartig das Zimmer. Der Flur war still und leer. Die Tür schloss sich mit einem leisen Klicken hinter mir. Die nächste Tür stand offen, und ich erhaschte einen Blick auf den Zuschauerraum. Die Luft darin war schwer vom Geruch nach Schweiß und Samen, und auf dem Flur standen ein paar Weingläser zwischen achtlos weggeworfenen Kleidungsstücken. An der einen Wand war der Einwegspiegel angebracht. Dahinter erblickte ich ein Durcheinander aus halb nackten, ineinander verkeilten Körpern …

Die meisten Spiegel sind Einwegspiegel …

Zu spät erinnerte ich mich an das, was Mr D. mir erzählt hatte. Wie dumm ich gewesen war!

Ich öffnete die Strapshalter, rollte die Strümpfe nach unten und warf sie einfach weg. Dann zog ich die Jeans und den Pullover nebst Unterwäsche aus dem Rucksack, die ich für den nächsten Tag eingepackt hatte. Ich ließ den Bademantel fallen und zog mich an. Dann trat ich wieder in den Flur, schloss die Tür hinter mir und ließ die Geräusche und diesen widerlichen Anblick hinter mir. Als ich mich hinkniete, um meine Sneakers zuzubinden, fiel die erste Träne aus meinem Auge.

„Jo." Die Stimme war tief und mir nur allzu vertraut. Früher war es mal die Stimme gewesen, die ich von allen auf der Welt am liebsten hörte.

„Fick dich!" Ich wischte die Tränen weg und stand auf. „Du warst es, der mir den Bademantel um die Schultern gelegt hat, stimmt's?"

Er neigte zustimmend den Kopf.

Ich stand Mr D. von Angesicht zu Angesicht gegenüber. Der Moment, nach dem ich mich so gesehnt hatte, war da. Der Moment, vor dem ich mich gefürchtet hatte. Ich fühlte nur noch erschöpfte Verzweiflung.

Er reichte mir ein Taschentuch. Ein richtiges Stofftaschentuch aus gestärkter Baumwolle. Ein Kavalier alter Schule. Ich sah ihn an. Der Mann stand vor mir, der meine Fantasien befeuert und meine Geheimnisse so lange bewahrt hatte (hatte er das wirklich?). Ich kannte seine Stimme, ich hatte ihn ja schon einmal gesehen und wusste daher, dass er groß und schlank war. Dass er dunkles Haar hatte, das von erstem Silber durchzogen war. Er trug keine Maske. Seine Augen waren unter den geraden schwarzen Brauen dunkelbraun, die Haut etwas olivfarben. Er war attraktiv, die Gesichtszüge fein ziseliert und die Wangenknochen wunderschön. Die Nase war ganz leicht gebogen. Er war nicht mehr jung, ich schätzte ihn auf fast fünfzig. Aber die Fältchen um seine Augen verliehen seiner Schönheit eine gewisse Tiefe und gaben ihm etwas Geheimnisvolles.

Trotzdem ließ er mich in diesem Moment völlig kalt.

Ich sprach zuerst. „Sag mir nicht, du hast geglaubt, ich wüsste, was hier abgeht. Damit würdest du meine Intelligenz beleidigen."

„Ich habe dir Schmerzen bereitet. Ich kann dir gar nicht sagen, wie leid mir das tut."

„Dann versuch es erst gar nicht." Ich nahm meinen Rucksack und schwang ihn über die Schulter. Meine Daunenjacke hatte ich im Zimmer vergessen, aber dafür war es jetzt zu spät. Wahrscheinlich wurde sie bereits als Unterlage für einen wilden Fick missbraucht.

„Jo", setzte er erneut an. „Willst du denn gar nicht wissen, wie unsere Geschichte zu Ende geht?"

Seine leisen Worte trafen bei mir einen wunden Punkt. Ich lehnte das Gesicht an die Wand und weinte um all das, was ich verloren hatte. Um Mr D. und Patrick, einfach um alles. Sogar um den kleinen Blutklumpen, den ich vor einem Jahr einfach verloren hatte.

Er besaß wenigstens so viel Feingefühl, nicht den Versuch zu unternehmen, mich zu trösten oder zu streicheln. Er stand einfach wartend neben mir, bis ich mich ausgeweint hatte und schwarze Streifen von meinem Augen-Make-up sein strahlend weißes Taschentuch versaut hatten.

„Unsere Geschichte?", fragte ich. „Nein, nicht unsere Geschichte. Es war die ganze Zeit nur deine. Du warst der Geschichtenerzähler, aber das habe ich nicht gesehen. Ich war nur ein ... ja, ein Ding, das du manipuliert hast."

„Jo, tu das nicht." Er streckte jetzt doch die Hand nach mir aus.

„Also gut. Ja, sag mir doch, wie unsere Geschichte endet", sagte ich. „Wir treffen uns am Dienstag um vier im Brown Palace Hotel in Denver. Keine Geheimnisse, keine Hintergedanken, keine Clowns, die aus irgendwelchen Kästen oder hinter Spiegeln hervorspringen. Nur du und ich. Und dann ist es ein für alle Mal vorbei."

Ich drehte mich um und ging. Ich hoffte, dass er mir nicht folgen würde. Mit dem Fahrstuhl fuhr ich bis in die Küche, wo ich den Fahrdienst bestellte. Die Taubheit setzte wieder ein. Patrick war nirgends zu sehen, und ich fühlte mich ohnehin nicht stark genug, mich ihm zu stellen. Obwohl ich natürlich hoffte, dass er sicher nach Hause kam.

Die Nachtluft war eisig, die Sterne von Wolken verdeckt. Zu kalt für Schnee und so dunkel, ach so dunkel. Ich stieg in die Limo und wurde von drei Leuten begleitet, die ich aus dem Großen Saal kannte, an deren Namen ich mich aber nicht erinnerte. Sie nahmen kaum Notiz von mir, sondern kuschelten sich aneinander, flüsterten und küssten sich. Ich kroch förmlich in den Schalkragen meines Pullovers und lehnte meine Stirn an das kühle Glas. Die Arme legte ich um meinen Körper, um mich zu wärmen. Ich döste auf der Rückfahrt in die Stadt ein wenig und versuchte, das Stöhnen und Seufzen meiner Mitfahrer auszublenden.

Im Apartment brannte Licht. Patrick war also zu Hause. Ich schloss die Haustür auf und betrat das Haus, warf den Rucksack im Flur einfach auf den Boden. Es wäre schön gewesen, wenn Brady mir entgegengelaufen wäre, damit ich ihn hochheben und an mich drücken konnte. Sein weiches Fell und seine schnurrende, schwere Wärme könnten mich jetzt ein wenig trösten. Aber das Haus war verlassen und still.

Ich ging in die Küche und drehte den Wasserhahn auf.

„Du bist also nach Hause gekommen."

Ich war so überrascht, Patricks Stimme zu hören, dass mir beinahe das Glas ins Spülbecken fiel. Ich hatte nicht mal bemerkt, dass er ganz still auf dem Fenstersitz saß und den treulosen Brady auf dem Schoß hatte.

„Warum sitzt du hier im Dunkeln?", fragte ich vorsichtig. Ich hatte nicht erwartet, Patrick in meinem Teil des Hauses zu treffen, und ich hatte auf keinen Fall damit gerechnet, dass er so ruhig klang. Ich hatte Wut, Feindseligkeit und Härte erwartet. Ich streckte die Hand zum Lichtschalter aus.

„Mach das Licht nicht an."

„Okay." Ich setzte mich mit dem Glas Wasser an den Küchentisch. „Wie bist du nach Hause gekommen?"

„Ich hab die Leute in der Küche gefragt, und sie haben für mich den Limousinenservice bestellt."

„Ich bin froh, dass du gut heimgekommen bist."

„Ich bin nicht sicher, ob ich das bin." Ich erschauerte. Seine Stimme klang so kalt … „Ich hatte ungeschützten Verkehr mit einer Frau, die mich in einen Sexklub eingeladen hat, ohne mir zu sagen, dass es sich um einen Sexklub handelt."

„Es geht dir gut", bekräftigte ich. „Ich …"

„Du scheinst dir da sehr sicher zu sein. Ich bin's nicht." Er bewegte sich, und Brady sprang auf den Boden und trabte zu seinem Futterschälchen.

„Ich wusste nicht, dass sie uns zugesehen haben. Das schwöre ich. Ich wollte dich nicht reinlegen, Patrick."

Daraufhin schwieg er lange. „Ich würde das so gerne glauben. Vielleicht kann ich das morgen. Keine Ahnung … Was hast du mir noch alles nicht über dich erzählt, Jo?“ Er gab mir keine Gelegenheit, darauf etwas zu antworten, sondern fügte noch hinzu: „Gute Nacht“ und verließ die Küche. In der Tür blieb er stehen. „Mit wie vielen von diesen Männern hast du geschlafen? Oder kannst du dich nicht erinnern?“

Und dann ging er und ließ mich sprachlos zurück. Die Gehässigkeit seiner Worte tat so weh, obwohl ich wusste, dass er recht hatte. Er hatte keinen Grund, mir zu vertrauen, vor allem keinen Grund, mir irgendwas von dem zu glauben, was ich zu meiner Verteidigung vorbringen konnte. So vieles blieb ungesagt. Ich lauschte seinen Schritten auf der Treppe und wie sie in seinem Apartment verklangen. Die Tür fiel laut ins Schloss.

Ich konnte es ihm nicht verdenken, dass er versuchte, mir so wehzutun, wie ich ihm wehgetan hatte. Aber ich wünschte, er hätte es nicht getan.

In dieser Nacht schlief ich nicht besonders gut, und um sechs Uhr am nächsten Morgen, als es noch völlig dunkel war und ich fand, ich hätte mich lange genug von einer Seite auf die andere geworfen, schickte ich Patrick eine SMS.

Können wir reden?

Ich duschte und zog eine Jeans und ein Langarmshirt an. Vom Sex letzte Nacht hatte ich noch Schmerzen, was mich besonders traurig machte, weil ich nicht wusste, ob ich jemals wieder mit ihm schlafen würde. Ich hatte gar nicht bemerkt, wie sehr ich an meinen Fesseln gezerrt hatte – zuerst, um mich zu befreien, und später dann, um mich dem Orgasmus näher zu bringen.

Ich schaute erst wieder auf mein Handy, als ich mich angezogen hatte. Zu meiner Erleichterung hatte er geantwortet.

Einverstanden.

Nicht unbedingt die redseligste Antwort, und ich konnte wohl kaum etwas in die knappe Reaktion hineininterpretieren. Wenigstens wollte er reden, und wenn es nur war, um die Beziehung mit mir zu beenden. Ich wusste, dass das die wahrscheinlichere Option war.

Ich ging in die Küche und kochte Kaffee, den ich als Friedensangebot mitbringen wollte. Dann ging ich mit zwei Bechern, der Kaffeekanne und Milch nach oben. Ich stützte das Tablett auf meine Hüfte, als ich bei ihm klopfte.

„Ist offen. Komm rein."

Patrick saß vor einem seiner Computer und tippte auf die Tastatur ein. „Ich muss das hier gerade noch fertig machen."

Ich lud die Sachen vom Tablett und setzte mich. Ich wartete. Als er sich auf seinem Bürostuhl umdrehte, erschrak ich, weil er so müde aussah. Die Augen waren gerötet und von tiefen Schatten umgeben, und er war unrasiert. Ich sah vermutlich kaum besser aus. Ich hatte es vermieden, heute früh in den Spiegel zu blicken. Er nahm den Kaffeebecher mit einem halben Lächeln und einem Nicken.

Ich fragte mich, was ich sagen sollte, doch dann ergriff er das Wort. „Du siehst echt scheiße aus."

„Danke, gleichfalls."

„Ich hab einen ziemlichen Kater. Ist aber mein eigener Fehler. Ich sollte einfach nichts trinken. Egal." Er starrte in seinen Becher und blickte dann zu mir auf. „Hier stehe ich also. Ich liebe dich. Ich fühle mich verdammt blöde, weil ich nicht sofort begriffen habe, dass die Gesellschaft ein Sexklub ist. Kannst du dir vorstellen, dass eine Frau mich beim Dinner gefragt hat, worauf ich stehe, und ich ihr erzählt habe, ich würde Jazz mögen? Warum hast du mir vorher nichts gesagt, Jo? Ich wäre mit ein bisschen Gruppensex vielleicht klargekommen, wenn ich gewusst hätte, dass du darauf stehst. Jetzt sag du, was du denkst."

„Ich schwöre, ich hatte absolut keine Ahnung, dass wir die Attraktion des Abends sind. Tut mir schrecklich leid, dass ich dich in diese peinliche Situation gebracht habe." Ich heulte schon wieder und fuhr mit dem Ärmel durch mein Gesicht. „Ich hab's geliebt, mit dir zu schlafen. Und ich hasse den Gedanken, dass wir es nie wieder tun. Es tut mir so leid. Ich trete aus der Gesellschaft aus. Nicht wegen uns beiden, sondern weil ich schon vorher entschieden hatte, dass die Gesellschaft für mich nicht gut ist. Und das war, bevor ich wusste, dass ich dich liebe. Aber ich habe wirklich gedacht, ein letzter Besuch wäre in Ordnung."

„Um Himmels willen, hör doch auf zu weinen." Er rutschte von seinem Stuhl und kam zu mir, um die Arme um mich zu legen. „Tu das nicht, sonst muss ich auch anfangen. Und ich bin eine schreckliche Heulsuse. Ich komme mir so dumm vor. Die Leute haben ständig diese Anspielungen fallen lassen. ‚Man sieht sich später' haben sie gesagt, und ich habe es nicht kapiert. Und ich hätte nicht einfach verschwinden und dich dort zurücklassen dürfen."

„Ist schon in Ordnung. Es ist nichts passiert." Ich schniefte an seiner Brust. „Ich hatte … nein, ich habe da noch eine unerledigte Sache. Es hat mit dem Mann zu tun, der mich in die Gesellschaft eingeladen hat. Er ist nämlich mein kompliziertes Liebesleben. Ich habe ihn am Telefon kennengelernt. Wir hatten Telefonsex, während ich noch spätabends auf Sendung war."

„Du meine Güte", sagte Patrick. Er rieb sein Gesicht an meinem Haar. „Sag mir bitte, dass es sich nicht um Harry oder Jake handelt."

„Weder noch. Es war auch nicht Willis. Obwohl ich ihn

eine Zeit lang gevögelt habe." Allein es auszusprechen, bereitete mir Übelkeit. „Ich glaube, Harry wird heute Morgen ein ziemlich übles Veilchen haben."

„Das ist gut. Ich meine das Veilchen, nicht die Sache mit Willis." Er hielt mich weiter in den Armen und griff nach seinem Kaffeebecher. „Und was passiert jetzt?"

„Ich weiß nicht. Trennen wir uns jetzt?"

„Vielleicht sollten wir das tun."

„Ich erzähl dir ..." Ich wollte ihm sagen, dass ich ihm die ganze Geschichte erzählen könne, aber ich war nicht sicher, ob ich schon bereit dafür war. Nicht so unmittelbar nach der letzten Nacht.

„Ich will keine Geständnisse hören. Weil ich dir keine Absolution erteilen kann. Du wirst das schon irgendwie alleine regeln müssen, Jo." Er sah jetzt wütend aus und ließ mich los. Er trat einen Schritt zurück und knallte den Kaffeebecher auf den Schreibtisch.

Das machte wiederum mich wütend. Ich trat zu ihm und nahm sein Gesicht in beide Hände. Seine Bartstoppeln fühlten sich unter meinen Handflächen hart an, und wir küssten uns. Und küssten uns. Ich war entsetzt und zugleich freudig erregt. In mir wallten Verlangen und Wut auf.

Wir lösten uns voneinander. Er starrte mich ungläubig an und schüttelte den Kopf. „Ich glaube nicht, dass wir uns trennen werden. Stimmt's?"

„Nein, werden wir nicht."

„Komm her." Er zog mich wieder an sich, und wir küssten uns erneut. Ein süßer Kuss, der nach Kaffee schmeckte und in meinem ganzen Körper kribbelte. Als sprächen wir mit unseren Küssen eine völlig andere Sprache. Ich streichelte die Muskeln seines Rückens und ließ eine Hand in seine Hose gleiten, um seinen Arsch zu umfassen.

„Ich werde dich wieder und wieder zum Orgasmus bringen." Er saugte an meinem Hals, meinem Schlüsselbein. Seine

Hände umschlossen meine Brüste. Seine Erektion drückte gegen meinen Bauch.

Er führte mich zu seinem Bett, wo wir uns gegenseitig mit zittrigen Fingern auszogen. Wir hatten es eilig. Das hier war viel mehr wie ein erstes Mal, bei dem man die Haut und die Erhebungen und Täler des anderen erkundete und die Empfindsamkeit erforscht. Wir taten es bei Tageslicht auf einem zerwühlten Bett. Wir waren ungeschickt. Wir waren schüchtern und waren uns beide der Zerbrechlichkeit unseres Waffenstillstands bewusst. Wir wussten, dass wir hiermit auch großen Schaden anrichten konnten. Heute trug keiner irgendwelche schicke Unterwäsche – wir trugen beide alte Baumwollunterwäsche. Meine war fast schon in Fetzen, seine Boxershorts etwas zerknittert. Keine ausgefeilte Choreografie. Zumindest jetzt noch nicht.

Wir küssten uns, streichelten und berührten einander. Er machte es mir nicht mit dem Mund, und ich fragte ihn auch nicht, ob er das tun wollte. Ich wollte seine Lippen und seinen Atem spüren, wollte sein Gesicht ganz nah an meinem. Wollte ertrinken in den geflüsterten Liebesworten im Mund des anderen. Als er einen Finger zwischen meine Beine schob, öffnete ich mich ihm. Ich liebte den leisen Laut, der ihm entfuhr, als er spürte, wie nass ich bereits war. Er machte etwas Zauberhaftes und Außergewöhnliches mit den Fingern in meiner Möse – ich glaube, es waren zwei – und dem Daumen auf meiner Klit. Ich kam, und er lachte leise. Als die Zuckungen langsam verklangen, schob er die beiden Finger in meinen Mund. Ich saugte daran und schmeckte mich.

Sein Blick verengte sich. „Ich muss dich jetzt ficken."

Mit einem einzigen, meisterhaften Stoß war er in mir. Ich legte ein Bein auf seine Schulter und schlang das andere um seine Hüfte. Ich lag nicht auf dem Rücken und auch nicht auf der Seite. Sondern irgendwie dazwischen; ich schob meine Hand nach unten und rieb meine Klit. Er flüsterte mir was

Versautes ins Ohr. Dass ich es mir selbst besorgen sollte, weil ich eine kleine, verdorbene Schlampe war. Ich musste dagegen ankämpfen, nicht in lautes Lachen auszubrechen.

„Lass mich nach oben“, keuchte ich.

Gehorsam drehte er uns um. Wir waren immer noch miteinander verbunden, und ich setzte mich auf ihn und begann, mich langsam und fließend zu bewegen. Ich streichelte seinen Oberkörper, und meine Finger umkreisten seine Nippel.

„Gefällt dir das?“, fragte ich.

„Oh ja. Küss mich.“

Ich stützte beide Hände neben seinem Kopf ab. Wir küssten uns. Ich bewegte mich so, wie ich es brauchte, und begann, langsam auf meinen nächsten Orgasmus hinzuarbeiten. Ich legte seine Hände auf meine Brüste. Dann legte ich den Kopf in den Nacken, weil ich sehen wollte, wie seine Finger mich kniffen und zwirbelten. Und wie sein Schwanz im Gekräusel meines Schamhaars verschwand. Und herauskam, nass glänzend von meinem Mösensaft. Die Spannung baute sich langsam auf und wurde unerträglich; jetzt gab es kein Zurück mehr. Als ich kam, sah ich ihm in die Augen, und er erwiderte meinen Blick. Sein Blick bohrte sich förmlich in mich.

„Auf Hände und Knie, Weib.“ Er schob mich von sich herunter, und ich kroch auf allen vieren in Position.

Er atmete heftig hinter mir aus. Sein Schwanz drückte gegen meinen Arsch. Er streichelte die Innenseite meiner Schenkel, meine Klit, meinen Hintern. Ich wollte ihn wieder in mir spüren. Ich wollte mit ihm spielen, wollte seinen Schwanz in mir spüren, und ausgerechnet jetzt meinte er, mich hinhalten zu müssen. Er drang ein wenig in mich ein und zog sich dann wieder zurück.

Ich stöhnte, den Kopf auf die verschränkten Arme gelegt. „Du bist gemein.“

„Ich werde gleich noch gemeiner sein.“ Er griff über mich

hinweg nach etwas auf seinem Nachttisch. „Habe ich dir eigentlich schon oft genug gesagt, was für einen geilen Arsch du hast?“ Er schob einen Finger zwischen meine Pobacken. „Ja, das willst du doch, oder?“

Etwas Kaltes tropfte auf mich, und ich kreischte.

„Gleitgel“, sagte er. „Es muss erst angewärmt werden.“ Ich spürte einen schmerzhaften Druck auf meinen Hintereingang. „Entspann dich, das ist nur ein Finger.“

„Nur ein Finger? Es fühlt sich wie der verfickte Eiffelturm an.“

„Weiteratmen. Du wirst das schon schaffen. Hat Kimberly dir nicht erzählt, wie gut ich das hier kann?“

„Du hast doch nie im Leben Kimberly in den Arsch gefickt!“

Er lachte und fuhr damit fort, sanft in mich einzudringen. Und nach einer Weile kam es mir weniger wie eine Invasion vor, sondern eher wie ein willkommener Besuch.

„Nun, dieses Gleitgel wird sich viel angenehmer anfühlen“, versprach er mir. „Ich habe es auf meinen speziellen Gleitgelwärmer aufgetragen.“

„Autsch! Könnte dieser spezielle Gleitgelwärmer zufällig dein Schwanz sein?“

Er drückte sich vorsichtig, aber trotzdem beharrlich in mich hinein. Ich konzentrierte mich darauf, zu atmen. Ich wollte mich entspannen und mich ihm öffnen. Ich wusste, wie groß er war, und es tat wirklich etwas weh. Ich wimmerte etwas, während er mir zuflüsterte, dass wir uns so viel Zeit nehmen konnten, wie wir wollten, aber es änderte nichts an der Tatsache, dass er mich in den Arsch ficken würde. Mich richtig heftig in den Arsch ficken würde. Und dass es mir bestimmt gefiel, obwohl es besser wäre, wenn ich ein bisschen an mir herumspielte, damit es einfacher ging.

„Du willst also, dass ich eine kleine, verdorbene Schlampe bin?“, keuchte ich.

„Auf jeden Fall." Er stöhnte. „Und du solltest dich lieber beeilen."

Er bewegte sich kaum. Jetzt nicht mehr. Aber ich bewegte mich. Ich nahm ihn in mich auf, tief in diesen verbotenen Ort. Ich wurde langsamer, wenn ich es langsamer brauchte, um den Schmerz und die Scham zu überwinden. Patrick bebte und packte meine Hüften mit beiden Händen.

Wir lösten uns voneinander, und Patrick reichte mir ein Handtuch. Er grinste mich stolz an. Wir mussten uns nach dieser heftigen Nummer beide erst mal säubern. „Also, ich bin ja kein Mann, der dafür ist, immer gleichzeitig zum Höhepunkt zu kommen. Ich mag es zu wissen, was abgeht. Aber das hier war verflixt gut."

„Das war es", stimmte ich zu und fragte mich, ob ich mich an dieses Ereignis wohl später noch in eher unpassenden Momenten schmerzlich erinnern würde. Wenn ich mit dem Rad unterwegs war, beispielsweise. „Ich bin nicht sicher, ob ich in nächster Zeit dazu in der Lage bin, geradeaus zu laufen."

„Du brauchst nirgendwo hinzugehen. Du bleibst einfach in meinem Bett, und ich hole dir eine Tasse Tee."

„Irischer Sex ist schon merkwürdig. Aber schön", kommentierte ich. Er sprang aus dem Bett. „Nach dem Analsex gibt's erst mal eine Tasse Tee."

„Die Kirche erlaubt Analsex am Sonntag, solange du danach zur Beichte gehst." Er betrachtete mich, während er den Wasserkocher unter den Wasserhahn hielt. „Ich weiß, ich habe vorhin gesagt, ich wolle dein Geständnis nicht hören. Aber wenn du darüber reden willst, werde ich dir zuhören."

„Nicht jetzt."

Er nickte.

Ich konnte ihm nicht all das über Mr D. erzählen. Noch nicht. Nicht, solange ich die Sache nicht zu Ende gebracht hatte.

Obwohl wir Tee und Kaffee hatten, hielten wir danach ein paar Stunden Nickerchen. Abwechselnd in den Armen des anderen, um uns zu küssen und zu streicheln. Am Nachmittag schlüpfte ich schließlich aus dem Bett.

„Was ist los?", murmelte Patrick.

„Ich sollte lieber mal im Sender vorbeischauen."

Er blinzelte und tastete nach seiner Brille. „Heute ist Sonntag. Musst du heute auf Sendung gehen?"

„Nein. Ich hab einiges aufzuarbeiten."

„Okay. Ich mach uns Abendessen."

Ich küsste ihn und ging wieder in mein Bad. Ich duschte und zog mir meine Winterklamotten fürs Radfahren an. Draußen war es immer noch eiskalt, der Himmel war grau, und ein eisiger Wind pfiff. Ich wusste, dass es für Schnee eindeutig zu kalt war, aber die Luft fühlte sich ziemlich feucht an. Das war ungewöhnlich für das Winterwetter in Colorado.

Beim Sender legte ich beim Moderator einen kleinen Stopp ein und plauderte mit ihm, ehe ich in mein Büro ging. Als ich am Büro unseres Managers Bill vorbeikam, hörte ich drinnen ein Geräusch. Bill war am Wochenende im Büro? Das war ungewöhnlich. Ich klopfte an die Tür.

„Ich wollte nicht stören", fing ich an. „Ich hörte nur …" Ich verstummte, als mir bewusst wurde, dass sein Büro leer war. Die Kartons stapelten sich in einer Ecke. „Bill, was ist passiert?"

Er schüttelte den Kopf. „Ich wollte es eigentlich für mich behalten. Ich kündige. Sieh mich nicht so an, Jo. Es ist höchste Zeit, findest du nicht? Ich war hier seit … na ja. Seit Jahrzehnten. Zu lange jedenfalls." Er hielt ein gerahmtes Foto in den Händen, das die Senderbelegschaft in den frühen Siebzigern zeigte. Bill war gut erkennbar, weil er so groß und massig war. Er hielt zwei Finger zum Peacezeichen hoch und hatte lange Haare.

„Damals hatten wir noch große schwarze Plastikscheiben

mit Loch in der Mitte, von denen wir die Musik abspielten. Wir sind zugedröhnt auf Sendung gegangen. Das waren noch Zeiten. Längst vergangene Zeiten“, fügte er hinzu und legte das Foto behutsam in einen Karton. „Und wenn man erst anfängt, so zu denken, ist es höchste Zeit, zu gehen.“

„Ich werde dich vermissen.“

„Kimberly und ich haben beschlossen, das Ganze möglichst diskret zu handhaben.“ Er schmunzelte. „Und jetzt müssen wir nicht mehr so vorsichtig sein.“

„Du und Kimberly?“

„Aber ja. Wir dachten, du wüsstest es?“

„Ich wusste es nicht. Meinen Glückwunsch. Ich … na ja, ich freu mich für euch, aber ich wünschte, du würdest nicht gehen. Wer weiß noch, dass du bald weg bist?“

„Ach.“ Er lehnte sich an seinen Schreibtisch. „Wann hat Neil dir das letzte Mal etwas erzählt, das wirklich wichtig war?“

„Ich weiß nicht. Zwei oder drei Monate müsste das her sein. Ich kann mich nicht mal erinnern, wann ich das letzte Mal von ihm eine Mail bekommen habe.“

„Du weißt, was es bedeutet, wenn sie dich im Dunkeln lassen.“ Er nahm das letzte Foto aus dem Regal. Es zeigte seine Enkel. „Neil wird fürs Erste meinen Job übernehmen. Obwohl es bestimmt ein ausgiebiges Verfahren gibt mit zig Bewerbern, weißt du, dass man am Ende ihn für den Job nehmen wird. Du weißt auch, was er über klassische Musik denkt. Du solltest deinen Lebenslauf mal auf den neuesten Stand bringen, Jo. Du kannst mich jederzeit als Referenz angeben.“

„Du meinst, er wird grundlegende Veränderungen am Format vornehmen?“

„Ich denke, das ist mehr als wahrscheinlich. Irgendwie hat er natürlich auch recht. Diese Stadt braucht einen ernsthaften lokalen Radiosender.“ Er verschloss den Karton mit Klebeband. „Zum Teufel damit. Ich bin hier fertig. Ich gehe heim, Kimberly macht heute ihr berühmtes Chili. Peace, Jo.“

„Peace.“ Wir umarmten uns. „Grüß Kimberly ganz lieb von mir. Sag ihr, dass ich erwarte, alle schmutzigen Details eurer verbotenen Beziehung zu erfahren.“

Ich ging in meinen Bürowürfel. Meine Gedanken drehten sich im Kreis. Bill ging. Das war das Ende einer Ära. Und er war mit Kimberly zusammen. Sie hatte mir gesagt, ich würde ihren neuen Freund kennen, aber auf Bill wäre ich nie im Leben gekommen.

Ich rief meine Mails ab und schaute die Post auf meinem Schreibtisch durch. Meine Lust auf Papierkram war versiegt. Neil hatte mir eine E-Mail geschickt und erinnerte mich daran, dass es Zeit für mein Jahresgespräch sei. Er schlug einige Termine vor, wann er Zeit hatte, und alle waren vor zehn Uhr morgens. Für mich war das eine Zeit, zu der ich unmöglich in den Sender kommen konnte. Weil mir Bills Warnung noch lebhaft in Erinnerung war, beschloss ich, dieses Gespräch so lange wie möglich hinauszuzögern. Ich schickte Neil keine Antwort.

Ich zog mich in die dunkle Stille eines Studios zurück und schnitt die Sendung für Dienstagabend zusammen. Wenn ich es klug anstellte, brauchte ich sie am Dienstag nicht. Mein gesunder Menschenverstand sagte mir, dass ich mich besser nicht mit Mr D. traf. Aber ich traf Vorkehrungen; ich fand, das konnte nicht schaden. Die Musik und die Moderationen waren allgemein gehalten; wenn ich die Sendung nicht am Dienstag nutzte, konnte ich sie an jedem beliebigen Tag einsetzen. Ich bestellte einen der Moderatoren als Ersatz her, damit er auf die Technik aufpasste. Und dann zog ich wieder meine Bikerkluft an und fuhr durch die kalte windige Nacht zurück ins Warme. Heim zu Patrick.

24. KAPITEL

„Heute Abend werde ich dir eine besondere Behandlung angedeihen lassen“, versprach ich Patrick beim Abendessen.

„Was für eine Behandlung schwebt dir denn vor?“ Er stand auf und räumte die leeren Teller ab.

Verliebt schaute ich auf seine Jogginghose und versuchte herauszufinden, ob er darunter eine Unterhose trug oder nicht. „Es hat mir gefallen, von dir gefesselt zu werden. Ich dachte, dir könnte das auch gefallen. Hat dich schon mal jemand gefesselt?“

Dann wurde ich knallrot. Ich wollte ihn bestimmt nicht an seine Wut und die Demütigung erinnern, die er bei der Gesellschaft erlitten hatte. Aber er antwortete gewohnt gut gelaunt und humorvoll.

„Nicht mehr, seit ich acht war und vor meinen Schwestern beim Cowboy-und-Indianer-Spielen den Cowboy abgab. Ich kann jetzt nicht behaupten, dass es mir viel gebracht hat. Ich wäre aber bereit, es noch mal zu versuchen. Bin ich dein Nachtisch? Oder willst du noch etwas Eiscreme?“

„Zuerst das Eis. Wie hast du den Nachmittag verbracht?“

Er schaute auf, während er Eis in die Schälchen schaufelte. „Sport. Rechnungen überwiesen. Was willst du zu deinem Eis? Nüsse, Schokoladensoße, Himbeeren, Schlagsahne? Oder wolltest du die Schlagsahne lieber für später aufheben?“

„Ich möchte von allem etwas, aber nur aufs Eis. Ich hab das Bett grad frisch bezogen.“

„Verständlich.“ Er stellte mir eine Schüssel Eis hin. „Was hast du auf dem Herzen?“

„Woher weißt du, dass ich etwas auf dem Herzen habe?“

„Du spielst herum.“

Ich zog die Hände zurück, die eine Papierserviette in kleine Fetzen gerissen hatten.

Während wir das Eis vertilgten, erzählte ich ihm, was im

Radiosender gerade los war und wie traurig ich war, dass Bill den Sender verließ. Ich erzählte ihm nicht von Mr D. oder dass ich ihn aufgefordert hatte, mich Dienstagnachmittag zu treffen. Ich wusste einfach nicht, wie ich das Thema anschneiden sollte. Außerdem war ich gar nicht sicher, ob er in dem Hotel auftauchte. Und ob ich hinging, war auch noch nicht sicher.

Patrick hörte aufmerksam zu und sagte nichts, bis ich fertig war. „Das klingt nicht besonders gut. Wie sieht deine Strategie aus?"

Ich blinzelte verwirrt. „Ich glaube, ich habe keine. Vermutlich werde ich ihm weiter ausweichen."

„Du weichst ihm aus und verschickst Bewerbungen."

„Das sollte ich tun. Sagt zumindest Bill." Ich schob meine Schüssel beiseite.

„Sonst noch was?"

„Na ja, das ist ziemlich peinlich. Ich habe ein Problem."

„Inwiefern?"

Ich seufzte und fuhr mit dem Zeigefinger durch die Dessertschale, um den letzten Rest Eiscreme zu erfassen. Ich hob den Finger zum Mund und leckte ihn langsam ab. „Ich hab da … in meinem Schlafzimmer diese Seidenschals. Sie sind alle total ineinander verknotet. Ich brauche jemanden, der mir dabei hilft."

„Das glaube ich auch." Patrick schnappte sich die Dessertschalen und Löffel und räumte sie hastig in die Spülmaschine. „Ich bin dein Mann für diese Aufgabe, Süße. Etwas entwirren ist meine Spezialität. Geh vor."

Ich ging vor ihm nach oben. Ich war erregt und ein bisschen besorgt, weil Patrick bereit war, mir so viel Macht über ihn zu gestatten.

Wir erreichten mein Schlafzimmer. Ich schaltete die Nachttischlampe ein und warf einen Schal darüber, um das Licht zu dämpfen.

Brady lief an uns vorbei, sprang aufs Bett und tretelte auf dem Quilt. Er schnurrte laut.

„Muss die Katze hier bleiben? Gehört das zu unserem Spiel?“, fragte Patrick.

Ich kicherte und setzte Brady vor die Tür. Dann drehte ich mich zu Patrick um. Ich räusperte mich.

„Sag mir, was ich tun soll“, sagte er leise.

Ich blickte erneut prüfend auf seinen Schritt. Ach du meine Güte. „Ich hätte gern, dass du dich … ausziehst.“

„Ja, Herrin.“

Wir blickten uns an und brachen in lautes Gelächter aus.

„Scheiße. Los, wir versuchen es noch mal. Patrick, zieh dich aus. Bitte.“ Ich saß auf der Polsterbank am Fußende meines Bettes. „Und mach langsam.“

Gehorsam neigte er den Kopf und zog das T-Shirt aus, das er trug. Kurz fragte ich mich, ob ich ihn nicht erst fortschicken sollte, damit er mehr anziehen konnte. Er trug jetzt nämlich nur – ein Socken ausgezogen, dann der andere – seine Jogginghose.

Er schob einen Finger unter das Bündchen und schob die Hose zentimeterweise nach unten. Dabei grinste er mich frech an. Noch ein Zentimeter.

Ich sprang auf und stieß ihn gegen die Brust. Er fiel rückwärts aufs Bett und grunzte überrascht. Schon war ich über ihm und umklammerte seine Handgelenke. „Du Scherzkeks!“

„Ich dachte, du wolltest es so.“ Unschuldig blinzelte er mich an. „Und was ist jetzt mit den Dingern, die ich für dich entwirren sollte?“

Er hatte sich immer noch nicht rasiert, obwohl er nach dem Sport geduscht hatte. Ich konnte das Pfefferminzshampoo riechen, das er so gerne benutzte. Ich rieb mein Gesicht an den Bartstoppeln.

„Das fühlt sich bestimmt gut auf deinen Nippeln an. Nur

so ein Vorschlag." Er schob seine Waden über meine und drückte sich gegen mich, damit ich seine Erektion spüren konnte.

„Du bist zu schnell. Wir machen das hier in meinem Tempo." Ich legte meinen Mund auf seinen. Ich kontrollierte sogar diesen Kuss. Den Druck, die Intensität. Ich war diejenige, die ihn führte, die ihn ermunterte, sich zu öffnen. Meine Zunge streichelte seine, neckte ihn und zog sich zurück. Er gab tief in der Kehle einen Laut von sich, als gefiele ihm, was ich tat.

Ich ließ ihn los, aber nicht lange. Ich wollte nur die Seidenschals aus dem Korb auf meiner Kommode holen. Als ich mich umdrehte, hatte er die Jogginghose ausgezogen. Er lag ausgestreckt auf meinem Bett. Auf meinem Laken. Er wartete auf mich und wünschte sich, dass ich bestimmte, wie es weiterging. Sein Vertrauen rührte mich. Seine sehnige Schönheit war fast zu viel für mich. Sein Schwanz war vollständig erigiert und drückte hart gegen seinen Bauch.

Ich stand einfach da und sah ihn an. Ich glaubte nicht, dass es mir gelang, ebenso kühl und ernst zu sein, wie er es gewesen war, als er mich gefesselt hatte. Es machte mich einfach glücklich, ihn anzuschauen und zu wissen, dass er mir gehörte. Ich glaube, das erkannte er an meinem Gesichtsausdruck, denn er lächelte mich an.

Zuneigung. Da war es wieder. Und Verlangen. Oh ja. Das Verlangen wurde gerade übermächtig.

Er sah voraus, was ich als Nächstes von ihm verlangen würde, und spreizte die Beine, damit ich sie an die Scharniere der Banktruhe am Fußende des Betts fesseln konnte. Ich hoffte, dass er die Scharniere nicht rausriss, wenn er sich gegen die Fesseln wehrte.

„Brauchst du ein Safeword?", fragte ich.

„Brauche ich eins?"

„Ich weiß nicht. Ich habe keine Ahnung, was hier gleich

passiert." Die Unsicherheit fühlte sich für mich eher wie ein Geheimnis an. Wie ein Segler, der sich auf eine Reise begab, bei der nur die Sterne ihm den Weg wiesen. „Ich denke, du wirst eins brauchen."

„Ellington. Wie Duke Ellington."

„Okay." Ich kniete zwischen seinen Beinen und streckte mich, um seine Handgelenke ans Kopfteil des Betts zu fesseln. Ich liebte, wie vertrauensvoll er die Arme nach oben streckte. Wie er lächelte und wie sein Kopf nach vorne schnellte, um durch den Stoff meine Brüste zu küssen, während ich die Schals verknotete.

Er ruckelte versuchsweise mit den Armen an den Fesseln und versuchte, die Beine wegzuziehen.

Ich schob ihm ein Kissen unter den Kopf, damit er keinen steifen Hals bekam. Und weil ich wollte, dass er sah, was ich tat. In meiner Fantasie ging ich bereits die verschiedenen Möglichkeiten durch.

„Du bist mein", sagte ich. Mir war kaum bewusst, dass ich es laut aussprach.

„Das bin ich", antwortete er.

Ich trug immer noch meine Bikerkluft: Rollkragenpullover, Radlerhose und ein Paar Wollsocken. Ich zog zunächst die Socken aus, dann den Pullover und den Sport-BH, den ich darunter trug. Mein Körper war so gut in Form, dass ich nur mit der hautengen Hose immer noch richtig gut aussah. Ich streichelte meine Nippel leicht und lächelte ihn an.

Er erwiderte das Lächeln.

Ich nahm aus der Kiste eines meiner Lieblingsspielzeuge: ein teurer, skurriler Vibrator, der nicht nur einen speziellen Aufsatz für die Klitoris hatte, sondern auch eine geriffelte, rotierende Spitze. Ich führte ihn an meine Nippel und kniete mich dann zwischen seine Oberschenkel.

Als ich den Vibrator gegen seinen erigierten Penis drückte, zuckte er zusammen und schrie überrascht auf.

„Gefällt dir das?“, fragte ich.

„Es fühlt sich … interessant an.“

„Wie ist das?“ Ich umkreiste seine Nippel mit der Vibratorspitze, der auf niedrigster Stufe summte.

Er wand sich unter mir. „Ich weiß nicht … Ich bin nicht sicher, ob es kitzelt oder ob es mich erregt. Halt ihn noch mal an meinen Schwanz.“

Dieses Mal ließ ich den Vibrator über seinen Schwanz tanzen, und seine Hüften bewegten sich unkontrolliert. Er schloss die Augen. „Mach nur so weiter, und ich komme bald“, murmelte er.

Ich schaltete den Vibrator aus. „Das wäre ja zu einfach.“

Ich schlüpfte aus der Radlerhose und meinem Slip. Jetzt waren wir beide nackt. Ich liebte es, wie er mich anschaute. Er sehnte sich nach meinen Berührungen und danach, dass ich ihn liebte.

Und genau das tat ich. Ich streichelte und küsste ihn, rieb mein Gesicht an seiner Haut und erkundete das krause Haar auf seiner Brust, das weichere, duftende Haar in seinen Achselhöhlen, die Senken seines Brustkorbs und seiner Flanken. Den erdigen Geruch seiner Hoden und seines Schwengels. Manche Teile von ihm kannte ich bereits. Andere, wie die weiche Haut an der Innenseite seines Oberschenkels und die Sehnen in seinen Kniekehlen oder die harte Struktur seiner Fußknöchel, war mir bisher unbekannt gewesen. Ich rieb meine Nippel an seinem rauen Brusthaar und seinen Bartstoppeln. Seine Zunge schnellte vor und erwischte meine Nippel kurz, bevor ich mich ihm entziehen konnte.

Ich hob seinen Schwanz leicht an und schob die Vorhaut zurück, um meine harten Nippel nacheinander mit seiner Eichel zu liebkosen. Danach waren sie feucht und glänzten. Er wimmerte leise und seufzte.

„Schmeck dich.“ Ich erlaubte ihm, an meinen Nippeln zu saugen, während ich mich an seinem Oberschenkel rieb.

„Du treibst mich in den Wahnsinn“, murmelte er.

„Das ist gut.“ Ich saß jetzt rittlings auf ihm. Er spannte sich unter mir an, als ich seinen Schwanz mit der Hand umfasste. Ich streichelte ihn, dann drückte ich die Eichel gegen meine Klit. „Ich bin ziemlich nass. Spürst du das?“

„Oh Gott, ja. Bringst du dich jetzt zum Orgasmus?“

Genau das tat ich. Schamlos benutzte ich seinen Schwanz, um mir Lust zu schenken. Ich brauchte ihn nicht in mir; es genügte, dass sein seidiger, feuchter Schwanz sich an meiner Klit rieb. Mit gespreizten Beinen hockte ich über ihm und hielt meine Vulva mit der anderen Hand auf, sodass er jedes Detail sehen konnte – mein krauses Haar, die Falten und das rosige, erregte Fleisch. Die schimmernde Perle meiner Klit. Er stieß nach oben, stöhnte und fluchte. Ich lachte nur. Ich neckte ihn. Und dann kam ich, und ich musste immer noch lachen und sank auf ihm zusammen. Sein Schwanz drückte hart gegen meinen Bauch.

„Hast du jetzt Gnade mit mir, mein hübscher, böser Geist?“ Seine Stimme klang heiser. Er drückte seinen Schwengel gegen mich, weil er nach Erlösung und etwas mehr Druck suchte.

„Ach, mir geht's hier oben eigentlich ganz gut. Gefällt mir.“

„Miststück.“ Er klang ziemlich zufrieden. „Lass dir ruhig die ganze Nacht Zeit, und mach mit mir, was du willst.“

„Oh, das werde ich.“ Ich schob mich nach oben, bis mein Schoß auf Höhe mit seinem Mund war. „Oder, um es korrekt auszudrücken: Du wirst tun, was ich will. Leck mich.“

Er stöhnte und machte sich an die Arbeit. Seine Zunge umkreiste und bespielte meine Klit, während ich mich wand und mich gegen ihn drückte. Ich musste vorsichtig sein, schließlich sollte er noch Luft kriegen – und dann kam ich ein zweites Mal dank seiner klugen Zunge und geschickten Lippen. Ich glaube, dieses Mal habe ich geschrien. Ich weiß, ich war ziemlich laut, und meine Beine zitterten und ich brach zusammen und fiel neben ihn und rollte mich am Kopfteil ein. Mein Bein ruhte auf seiner Brust. Er küsste mein Knie. Es war ein ziemlich feuchter Kuss. „Und? Gefällt dir das?"

„Oh ja. Und dir?"

„Es ist phänomenal. Gibt's für mich in naher Zukunft eventuell die Möglichkeit, auch zu kommen?"

„Vielleicht." Ich drehte mich um und nahm den Vibrator wieder an mich. Dann streckte ich mich neben Patrick aus und legte meinen Kopf auf seinen Oberschenkel, während ich den Vibrator an seinem Schwanz auf und ab gleiten ließ. Ich fand bald heraus, wo er besonders empfindlich war: unterhalb der Eichel, wo die Haut rosig und herrlich feucht glänzte. Dann drückte ich die unnachgiebige Spitze des Vibrators genau dorthin. Er keuchte und wand sich, schnappte nach Luft und rief: „Ja, genau so, nicht aufhören, Jo, ich komme gleich." Sein Körper krampfte sich zusammen. Seine Eichel schwoll an, dann öffnete sich der Schlitz, und sein Samen spritzte auf seinen Bauch und bis hinauf zur Brust.

Danach wurde er ganz schlaff. Patrick lachte. Ich löste seine Fesseln, aber er war so entspannt, dass er sich kaum rührte. Ich ging ins Badezimmer und holte einen Waschlappen. Als ich zurückkam, hielt er die Arme in die Luft und ließ die Handgelenke kreisen. „Ich bin zu nichts zu gebrauchen. Wow. Das war echt geil. Hat's dir auch gefallen?"

„Oh ja, und wie." Ich wischte den Samen von seinem Bauch. „Danke."

„Immer wieder gern. Also, fast immer. Wir sollten das vielleicht einmal pro Woche oder so machen." Er gähnte. „Bin ich ein Weichei, wenn ich jetzt schon schlafen gehen will?"

„Dann sind wir beide Weicheier." Ich zog den Quilt über uns und schaltete das Licht aus.

Brady sprang aufs Bett und legte sich zwischen uns. Wir schliefen zum Klang seines Schnurrens ein.

Dieses Mal fühlte es sich angenehm vertraut an, in ihrem Bett aufzuwachen. Ihre Sachen lagen noch verstreut auf dem Boden, und dazwischen standen Schüsseln mit Löffeln. Gestern Nacht hatten sie nach etwa einer Stunde Schlaf befunden, dass es Zeit für noch mehr Eiscreme sei. Und dann führte wieder eins zum anderen, und es war ziemlich spät, als Jo schließlich verkündete, sie bräuchte ihren Schlaf, und beide noch mal aufstanden, um die Zähne zu putzen und so weiter. Das Merkwürdigste war aber, dass seine Schlaflosigkeit gar nicht auftrat, wenn er bei ihr war. Ihm war also vergönnt, nach tiefem, erholsamem Schlaf aufzuwachen und langsam an die Oberfläche aufzusteigen, wo bereits der neue Tag angebrochen war. Vielleicht war das so, wenn man liebte. Vielleicht war er nach dem Sex auch einfach nur völlig entspannt. Und vielleicht hatten sie so großartigen Sex, weil sie sich liebten. Der Gedanke gefiel ihm sehr. Die Katze war zwischen ihnen eingeklemmt. Als Patrick die Augen öffnete, hatte er Schnurrhaare im Gesicht, und Brady starrte ihn aus grünen Augen an.

Was ihn aber geweckt hatte, war das unablässige Zwitschern seines Telefons, das in der Hosentasche seiner Jogginghose steckte. Er hatte anscheinend eine SMS bekommen. Für einen Kunden war es noch zu früh, aber er setzte die Brille auf, beugte sich aus dem Bett und hangelte nach seinem Handy. Oh Mist, es war sein Da. Er schrieb, er werde morgen mit dem Flieger landen und in welchem Hotel er übernachtete.

Er stieß Jo mit dem Fuß an. „Sag mal, was magst du essen?“

„Haferbrei“, murmelte sie. Im Moment sah er nur ihren Scheitel. Sie hatte den Quilt bis zu den Ohren hochgezogen.

„Das meine ich nicht. Zum Dinner.“

„Ich kann unmöglich vor dem Aufwachen schon ans Dinner denken.“ Sie zog die Decke etwas nach unten und blinzelte ihn müde an.

„Mein Da kommt morgen in die Stadt. Wohin wollen wir mit ihm essen gehen? Irgendwohin, wo’s hip und neu ist.“

„Ach so. Dann ins Gillian's."

„Also kommst du mit?"

„Klar. Ich lass mich einfach vertreten. Das Beste ist, wenn wir uns früh mit ihm verabreden. Am frühen Abend wird ein Radiokonzert gesendet, das geht bis neun. Ich kann jemanden bestellen, der kommt und mich für ein paar Stunden vertritt, und anschließend kann ich dort noch vorbeifahren, falls derjenige nicht bis zum Ende meiner Schicht bleiben kann." Sie setzte sich auf, und der Quilt rutschte nach unten und entblößte ihre Brüste. Ihre Nippel wurden in der kalten Luft hart. „Ich muss pinkeln."

Er sah ihr gerne dabei zu, wie sie den Raum durchquerte. Obwohl sein Vater sein morgiges Kommen angekündigt hatte, entwickelte er unter dem Quilt bereits wieder eine steinharte Erektion.

Sie redete weiter mit ihm, während sie im Badezimmer war. Die Tür stand offen. „Sieben oder halb acht wäre eine gute Zeit."

„Ich bin so froh, dass du mitkommst. Du solltest dir meine Gene gut angucken, damit du weißt, worauf du dich einlässt. Und er kann ein ziemlich netter Kerl sein, wenn er will."

„Für mich klingt er wie ein Idiot", sagte sie. Er hörte Wasser rauschen.

„Das ist er auch. Kommst du wieder her? Ich muss dir was zeigen."

Sie kam wieder ins Schlafzimmer und streckte sich. Dabei beobachtete sie seine Reaktion. Er liebte es, wie wohl sie sich in ihrem nackten Körper fühlte. Das war für amerikanische Frauen ziemlich ungewöhnlich. Ihr Anblick ließ seinen Schwanz unter dem Quilt zucken.

„Du bist so wunderschön", sagte er und fühlte sich im gleichen Augenblick wie ein Dummkopf.

Sie blickte sich prüfend im Spiegel an. Sofort stand sie etwas gerader und hob das Kinn. „Danke."

Er wartete, dass sie jetzt die Liste angeblicher Mängel aufzählte, denn das passierte unweigerlich, sobald er einer Frau ein Kompliment machte. Aber sie kam wieder zu ihm ins Bett und schob ihre kalten Füße zwischen seine Waden. Das war wieder etwas, das er so nicht gewohnt war: eine Frau, die mit ihrem Körper im Reinen war.

„Nur deine Füße … Die sind überhaupt nicht schön. Sie sind eiskalt."

„Und meine Hände erst." Sie legte die Hände auf seinen Brustkorb. Er zuckte zusammen. „Es hat zu lange gedauert, auf warmes Wasser zu warten."

„Wage es nicht, meinen Schwanz mit diesen Händen zu berühren. Er wird sofort zu einem Nichts zusammenfallen."

Sie ging nicht auf diese Steilvorlage ein, sondern kuschelte sich an ihn. Ihr Kopf ruhte unter seinem Kinn, und es fühlte sich recht angenehm an – wenn man davon absah, dass er mit jeder Sekunde geiler wurde. Und zugleich war er zunehmend besorgt, weil sie über irgendetwas nachdachte. Und sie dachte nicht über ihn nach und hatte anscheinend nicht vor, ihn in ihre Gedanken einzuweihen.

„Alles in Ordnung?", fragte er.

Sie gab einen verschlafenen Laut von sich, den er ihr aber nicht abnahm. Ihr Körper hatte sich angespannt. Wie eine gespannte Feder, die jeden Moment losgehen konnte. Nicht so entspannt und schwer wie jemand, der gerade kurz davor stand, wieder einzuschlafen.

Er schob die Hand zu ihrem Brustkorb hinauf und kitzelte sie.

„Hör auf damit!" Jetzt war sie hellwach. „Wenn du unbedingt gefickt werden willst, fängst du es völlig falsch an."

„Ich wusste ja nicht, dass du daran interessiert bist."

„Ich hab jedenfalls kein Interesse daran, durchgekitzelt zu werden."

„Worüber denkst du nach, Jo?"

„Über nichts Bestimmtes. Ich bin einfach aufgewacht.“ Ihre Hand glitt an seinem Körper hinab. „Wolltest du mir das hier vorhin zeigen?“

Er trat den Quilt weg, um in den Genuss zu kommen, ihre Hand um seinen Schwanz zu sehen. Sie knurrte missbilligend und zog sich den Quilt wieder bis an die Ohren.

„Ich will deine Titten sehen.“

„Hör auf rumzujammern.“

„Also gut.“ Er zog den Quilt über ihre Köpfe und schloss sie beide in einer dunklen, duftenden Höhle ein. Er küsste ihren Mund, ihren Hals, die Brüste.

Sie unterbrach den Kuss, um seinen Schwanz in den Mund zu nehmen. Auch wenn er ihr Vorgehen durchaus zu schätzen wusste – sogar mehr als das –, fühlte er sich einen kurzen Moment beschämt, weil er sich so leicht ablenken ließ.

„Jo“, flüsterte er. „Jo, bitte, tu das nicht …“

„Was soll ich nicht tun?“ Sie blickte herausfordernd zu ihm auf. „Ist irgendwas nicht in Ordnung?“

„Hör nicht auf“, sagte er, obwohl das nicht unbedingt das war, was er ihr hatte sagen sollen.

Verlass mich nicht.

25. KAPITEL

Es würde nichts passieren. Mr D. und ich würden uns an der Hotelbar treffen, wir würden was zusammen trinken und dann etwas für beendet erklären, das nie richtig angefangen hatte. Dann würde ich wieder zu Patrick fahren und mich mit ihm und seinem Vater zum Dinner treffen.

Aber wenn nichts passierte, warum konnte ich Patrick dann nichts davon erzählen? Über all das, was passiert war? Er hatte mich nie nach der Gesellschaft gefragt. Hatte nicht wissen wollen, was ich dort getrieben hatte, und ich hatte ihm nie angeboten, ihm mehr zu erzählen. Ansonsten war es mit ihm einfach großartig, wir hatten tollen Sex, und er war sehr süß zu mir. Nach wenigen Tagen schon hatten wir unser häusliches Zusammenleben wunderbar eingerichtet; er wartete Montagnacht auf meine Heimkehr und verwöhnte mich wieder mit einem köstlichen Essen. Wir teilten meine Badewanne und lachten und fickten wie zwei selbstvergessene Kaninchen. Aber hin und wieder ertappte ich ihn dabei, wie er mich nachdenklich anblickte. Und sein Gesichtsausdruck wirkte dann so traurig und fast ein bisschen argwöhnisch.

Ich würde ihm alles erzählen. Danach. Und ich hoffte, er würde dann verstehen, warum ich dieses letzte Puzzleteil ganz allein für mich hatte einsetzen müssen.

„Du siehst hübsch aus“, meinte er, als ich Dienstag das Haus verließ. „Ein bisschen wie eine Sekretärin aus einem dieser alten Hollywoodfilme. Trotzdem hübsch.“

„Ich gehe nach der Arbeit noch in ein Restaurant.“ Ich trug Pumps mit Pfennigabsätzen und einen Bleistiftrock. Dazu einen engen Kaschmirpullover, den Kimberly mir mal geschenkt hatte und den zu tragen ich mich bisher noch nie getraut hatte. So ein Pullover schien doch förmlich danach zu schreien, dass man ihn bekleckerte.

„Hey“, sagte ich und knuffte seinen Arm. „Sieh nicht so besorgt aus.“

„Du hast recht. Ich habe absolut keinen Grund, besorgt zu sein.“ Er küsste mich. Ich erwartete eigentlich einen freundschaftlichen, flüchtigen Kuss. Was ich bekam, war einer von der heißen und erregenden Sorte mit viel Zunge und einer ausgiebigen Untersuchung, was ich unter dem Rock trug. „Ich nehme an, die Strümpfe trägst du meinetwegen“, bemerkte er, als wir wieder zu Atem kamen.

„Es sollte eigentlich nachher eine Überraschung für dich sein.“ Ich zupfte den Rock zurecht.

„Solange es keine Überraschung für alle anderen ist, sobald du dich hinsetzt, ist es in Ordnung.“

Ich seufzte. „Ich werde meine Beine brav zusammendrücken, versprochen. Und jetzt geh arbeiten.“

Ich nahm meinen Daunenmantel und den Schal und verließ das Haus. Ein letztes Mal drehte ich mich um. Patrick stand in der Tür. In der alten ausgeblichenen Jeans und mit Pullover sah er so sexy und ein bisschen zerzaust aus, und ich war einen winzigen Augenblick lang versucht, zu ihm zurückzulaufen und ihm alles zu erzählen. Ich winkte ihm und stieg in meinen Wagen. Bei der Gelegenheit achtete ich darauf, ihm etwas mehr Einblick unter meinen Rock zu gewähren.

Er grinste und streckte beide Daumen nach oben.

Gott, es war so kalt! Eisige Luft fuhr unter meinen Rock, und das nur, um Patrick dieses billige Vergnügen zu gönnen. Ich wusste doch genau, dass es mindestens zehn Minuten dauerte, ehe die Heizung im Auto warme Luft verströmte. Zitternd startete ich den Motor und fuhr los. Zunächst in Richtung Sender – nur für den Fall, dass er mir nachblickte.

Ich fühlte mich wie eine Betrügerin.

Weniger als zwei Stunden später bahnte ich mir einen Weg durch den Verkehr in der Innenstadt von Denver und suchte nach einem Parkplatz. Ich erwog gerade die verschiedenen

Möglichkeiten – im hoteleigenen Parkhaus für teures Geld parken oder lieber ein Knöllchen riskieren, was dann auch bedeutete, ganz blau gefroren zum Treffen mit Mr D. zu erscheinen. Ich gab der Bequemlichkeit nach, drehte auf der Tremont und fuhr auf den Parkplatz, der zu dem roten Sandsteingebäude gehörte. Ich betrat die Hotellobby durch die Drehtür, wickelte den Schal ab und öffnete den Mantel. Inzwischen fühlte ich mich wie eine Idiotin. Ich hatte absolut keine Garantie, dass Mr D. tatsächlich auftauchen würde. Er hatte sich schon früher nur zu gerne irgendwelcher Halbwahrheiten bedient und war mir immer wieder entglitten. Außerdem war ich nicht sicher, wo er auf mich warten würde, wenn er kam. Hatte ich ihm nicht gesagt, wir würden uns in der Bar treffen?

„Jo?“

Ich drehte mich um. Mr D. erhob sich aus einem der Sessel, die in der Lobby zu Grüppchen arrangiert waren. Er trat zu mir, lächelte und küsste mich auf die Wange, als seien wir miteinander bekannt. Obwohl ich mir geschworen hatte, nicht noch einmal seinem Zauber zu erliegen, waren die herzliche Begrüßung und seine dunkle Attraktivität geradezu entwaffnend.

„Du siehst wunderschön aus“, sagte er. „Möchtest du einen Drink? Etwas essen? Wir können auch den Tee hier einnehmen – er ist hier wirklich exquisit.“

Ich erklärte mich mit dem Tee einverstanden, und er führte mich ins Restaurant. Ein Kellner nahm meinen Mantel und den Schal, und wir setzten uns in zwei Sessel. Eine Harfenistin spielte leise. Schwarzer Tee erinnerte mich unweigerlich an Patrick, weshalb ich mich für Oolong entschied, und Mr D. bestellte dazu Scones und kleine Sandwiches.

„Sehr zivilisiert“, bemerkte er mit einem Lächeln.

„Woher kommst du? Deinen Akzent konnte ich nie einordnen.“

„Ach, ich bin ein Mischling. Mein Vater stammte aus Griechenland, und meine Mutter war Schottin. Ich wuchs zum Großteil in den Staaten auf. Du siehst, eine wilde Mischung."

„Ich weiß eigentlich gar nichts über dich."

Ein Kellner brachte die silbernen Teekannen, heißes Wasser und zarte Stoffteebeutel sowie Teller und Tassen aus feinem Porzellan. Eine Etagere mit Scones und kleinen köstlichen Sandwichs, dazu Streichrahm und Marmelade in kleinen Fässchen.

„Oh, du weißt eine Menge über mich", widersprach Mr D. „Warum nennst du mich nicht Dimitrios?"

„Ich weiß eine Menge über deine Fantasien. Aber nichts über dich." Ich zögerte. Es sollte nicht weinerlich oder anklagend klingen, obwohl es mir im Grunde egal sein konnte, wie ich klang. „Wann hast du beschlossen, mich für die Gesellschaft zu rekrutieren?"

„Dich zu rekrutieren? Das ist eine grässliche Formulierung, finde ich. Ich kenne Willis gut, und er hat mir erzählt, dass er sich mit dir trifft. Es war wirklich seine Idee. Ich war sogar ziemlich eifersüchtig, als er dich vorschlug. Ich wollte dich nur für mich allein, aber du hast so sehr darauf beharrt, dich nicht mit mir zu treffen."

„Siehst du, und das verstehe ich einfach nicht. Du wolltest dich mit mir treffen oder hast es zumindest behauptet. Und dann hast du mich mit Jake zusammengebracht. Du hast gesagt, du hättest einen Dreier mit ihm und mir geplant. Aber wenn du hinter diesem Spiegel gestanden hast, warum bist du nicht einfach hinzugekommen?"

Er schnitt mit geradezu perfekter Präzision ein Scone auf. Bisher hatte ich nicht bemerkt, wie schön seine Hände waren. „Das ist eine ziemlich peinliche Angelegenheit … Ich habe die Nerven verloren. Ich denke, das kannst du verstehen."

„Es gibt aber nun mal keine Entschuldigung dafür, dass

du mich mit einem Arsch zusammengebracht hast, der einen Groll gegen mich hegte. Ich mochte Jake nicht mal dann, wenn er sich nicht wie ein Arschloch verhielt."

Er berührte meine Hand, und ich spürte ein Kribbeln, das mein Rückgrat hinabwanderte. „Du warst nicht in Gefahr. Ich hätte nicht zugelassen, dass dir irgendwas passiert."

„Das sagst du jetzt", erwiderte ich und entzog ihm ruckartig die Hand. Es kam leider etwas zu spät. „So fühlte es sich damals nämlich überhaupt nicht an. Ich glaube eher, es war dein perverser Sinn für Humor, dass du Jake deinen Platz einnehmen ließest. Und ich glaube, du warst verärgert, dass ich dich erkannt habe, als ich das erste Mal oben war. Dein Plan ging nicht auf."

Er nahm einen Schluck Tee. Wie ich erwartet hatte, bestätigte er meine Vermutung nicht. Aber er leugnete sie auch nicht. Sein tiefes Selbstvertrauen verunsicherte mich wie schon früher. „Es ist ein Spiel, Jo. Es geht nur um dieses Spiel. Du warst selbst gar nicht so schlecht darin, findest du nicht auch? Im Großen Saal warst du eine Favoritin."

„Ich bin mit der Gesellschaft fertig."

„Das ist eine Schande."

Ich hob ein Stück Scone an meine Lippen und hoffte inständig, dass ich keine Marmelade auf meinen Pullover kleckerte. „Ich muss wissen, was das alles sollte."

„Weil du es deinem jungen Freund erklären willst?"

„Ich kann es niemandem erklären, solange ich es selber nicht verstehe. Ich weiß nicht mal, ob du mir im Moment die Wahrheit sagst. Was wolltest du die ganze Zeit von mir, Mr D.?"

„Liebe."

Das überraschte mich. Doch die seltenen Momente, in denen er ehrlich zu mir war, hatten mich schon immer völlig entwaffnet. „Tja, das hast du dann wohl versaut", erklärte ich und versuchte zugleich, mich selbst von meinen Worten zu überzeugen. „Ich kann niemanden lieben, der mich belügt. Und ich liebte dich, weißt du? Bevor ich entdeckt habe, wie du mit mir spielst."

„Das wird mir langsam bewusst, ja." Er sagte es so würdevoll und schlicht, dass ich ihm glaubte.

Eine Weile saßen wir schweigend beisammen. Ich knabberte an einem Minisandwich. „Ich würde gern glauben, dass es nicht deine Idee war, mich und Patrick zur Attraktion des Abends zu machen. Darum werde ich dich nicht fragen, ob es so war."

„Ihr zwei seid wirklich ein hübsches Paar", sagte er. „Ihr passt gut zusammen. Ich hoffe, er ist der Richtige für dich."

„Das ist er. Vielen Dank."

„Weiß er, dass du mit mir hier bist?"

Ich schüttelte den Kopf. „Nein."

„Und habe ich deine Fragen ausreichend beantwortet?"

„Nicht wirklich. Aber ich bin froh, dass wir uns getroffen haben."

„Bist du immer noch wütend auf mich?"

Wieder schüttelte ich den Kopf. „Das Leben ist zu kurz, um lange auf jemanden sauer zu sein. Was vorbei ist, ist vorbei."

Er steckte die Hand in die Tasche. Einen Moment lang dachte ich, er wollte jetzt den Kellner rufen, um die Rechnung zu bezahlen. Stattdessen legte er eine kleine, rechteckige Plastikkarte auf den Tisch, die sich weiß vom dunklen Holz abhob.

Eine Schlüsselkarte.

Ich starrte die Schlüsselkarte ziemlich lange an. Dann blickte ich auf und sah in seine Augen.

Das war nicht das Ende der Geschichte – noch nicht.

„Und wo steckt nun deine junge Dame?", fragte sein Vater. Er schnippte mit den Fingern, und die Kellnerin tauchte auf.

Stumm zeigte sein Vater auf das leere Scotchglas. „Ich nehm noch so einen, und die Weinkarte können Sie uns auch bringen.“ Er blickte ihr nach, als sie verschwand. „Sieh dir nur den Arsch dieses Mädchens an.“

„Frau“, korrigierte Patrick ihn automatisch, während er zugleich sein Handy auf neue SMS überprüfte. „Benimm dich, alter Säufer. Sie spucken dir in die Suppe, wenn du dich nicht politisch korrekt verhältst. Dieses Restaurant ist der Inbegriff der politischen Korrektheit.“

Die Konzertübertragung lief im Radio, als er seinen Vater im Hotel abgeholt hatte, und er hatte eigentlich erwartet, dass Jo im Restaurant auf sie warten würde. Seit ihrer Ankunft hatten sie fast eine Stunde auf sie gewartet. Sein Vater trank Scotch und ignorierte die Vorspeisen, die sie bestellt hatten. Langsam machte Patrick sich ernsthaft Sorgen.

„Und wie geht's Gran?“, fragte er.

„Sie ist dieselbe alte griesgrämige Kuh wie immer“, gab sein Vater zurück. „Du solltest sie mal anrufen.“

„Das tue ich, und sie erzählt mir die ganze Zeit nur, wie deutlich sie mich durch die Leitung hören kann. Als würde ich von nebenan anrufen. Und sie redet übers Wetter. Sie stellt sich außerdem gerne vor, wie ich zu Elise zurückkehre.“

„Ein liebes Mädchen, ein wunderbares Mädchen“, bemerkte sein Vater. „Und? Gehst du zu ihr zurück? Du könntest die andere ja immer noch nebenher laufen lassen. Dann könntest du die Vorteile beider Seiten genießen. Wir sind eigentlich nicht für die Monogamie geschaffen.“

„Wir? Meinst du die Delaneys? Oder die Iren? Komm schon, Da, sei nicht so ein Idiot.“ Er grinste seinen Vater liebevoll an. Das war sein Problem. Irgendwie mochte er den alten Herrn, wenn er nüchtern war. Was er im Augenblick mehr oder weniger war. „Ich bin gleich zurück. Will nur mal versuchen, Jo zu erreichen.“

Er ging in den Eingangsbereich des Restaurants, wo der Empfang besser war, und rief beim Sender an. Jemand musste ja da sein, und wenn es nur der Nachrichtensprecher war. Aber er wusste, dass die Leute beim Sender zu dieser Zeit manchmal nicht ans Telefon gingen.

Das Telefon klingelte und klingelte, und er wollte schon fast auflegen, als jemand dranging. Eine Frau, aber es war nicht Jo. Sie erklärte ihm, Jo sei nicht da.

„Hier ist Patrick. Ihr Freund", fügte er hinzu. „Wann ist sie denn weggefahren?"

„Sie war heute gar nicht da. Sie rief vor etwa einer Stunde an und meinte, sie komme später."

Sie kam später? Woher denn? Und was sollte das heißen, sie war noch nicht dort gewesen? Wieso hatte sie ihn nicht angerufen? Das war doch albern. Er dankte der Frau und schickte Jo eine SMS. In der Zwischenzeit hatte sein Vater den nächsten Scotch gekippt und vermutlich schon eine Flasche Wein bestellt. Er ging zurück zum Tisch, wo sein Vater mit der Kellnerin plauderte und ihr dabei ungeniert auf die Brüste starrte.

„Warum bestellen wir nicht schon mal?", schlug er vor.

„Möchten Sie, dass ich das dritte Gedeck abräume, Sir?"

„Nein, sie wird bald da sein. Was möchtest du essen, Da?"

Sie bestellten das Büffelsteak, und Patrick wies die Kellnerin an, den Wein zusammen mit dem Essen zu servieren.

Sein Vater griff in die Innentasche seines Jacketts und holte Fotos von Patricks Neffen und Nichten hervor. Patrick tat so, als habe er die Fotos nicht bereits bei Facebook gesehen, und gestattete so seinem Vater, ein bisschen den stolzen Großvater zu spielen.

„Und wann wirst du die ersten Enkelkinder zeugen? Damit die Familie weiter besteht?"

„Du meinst, die Bemühungen meiner Schwestern waren bisher vergebens?"

„Sie tragen nun mal nicht den Namen Delaney“, betonte sein Vater. „Nun ja, und wenn du und Elise …“

„Es ist vorbei, Da. Vergiss es. Wir haben uns getrennt und werden das Haus verkaufen.“

Ihr Essen wurde serviert. Die Speisen waren kunstvoll auf dem Teller angerichtet, auch wenn der blühende Rosmarinzweig irgendwie mädchenhaft aussah. Sein Vater schnitt das Steak an und winkte die Kellnerin sofort wieder zurück. „Ich habe mein Steak blutig bestellt, Süße. Sieh dir das an! Nimm das wieder mit.“

Sie entschuldigte sich bei ihm und nahm rasch seinen Teller weg.

Patricks Vater goss sich ein Glas Wein ein. „Ich nehme an, du willst mal wieder nichts trinken“, sagte er.

„Ich könnte wohl ein Glas vertragen.“ Patrick nahm die Weinflasche und schenkte sich zwei Fingerbreit Wein ein.

Sein Vater schnaubte. Sie hoben die Gläser und stießen an. „Hast du noch mal über deine Karriere nachgedacht?“

„Mein Leben gefällt mir so, wie es ist, Da.“

„Du spielst also lieber mit Computern?“

„Wenn du es so ausdrücken willst … Ich mache ziemlich gutes Geld mit der Arbeit. Außerdem habe ich ehrenamtlich eine juristische Beratertätigkeit angenommen.“ Er blickte ständig auf sein Handy, ob Jo ihm inzwischen zurückgeschrieben hatte.

„Ehrenamtlich! Kein Wunder, dass sie dich verlassen hat.“

„Nein, Da. So war das nicht. Ich habe sie verlassen.“

„Für diese Jo? Die Frau, die sich nicht mal bemüht, pünktlich zu sein, um den Vater ihres Freunds kennenzulernen?“

„Nein. Damals kannte ich sie noch gar nicht.“

Sein Vater winkte der Kellnerin erneut mit dem Scotchglas.

„Du wurdest heute Abend versetzt, mein Kleiner.“

„Sieht ganz danach aus“, erwiderte Patrick fröhlich, obwohl ihm nicht danach zumute war.

„Verfluchte Weiber, hm?“

„Richtig.“

Zu seiner Erleichterung wurde nun das neue Steak seines Vaters serviert, und es wurde für zufriedenstellend befunden, nachdem er es anschnitt und das Blut den Teller flutete. Das Essen schien seinen Vater etwas zu ernüchtern, der nun über die Konferenz redete, an der er kürzlich teilgenommen hatte. Er lieferte ein paar richtig böse, vermutlich zutreffende Parodien seiner Forscherkollegen.

Patrick bestellte eine Flasche Mineralwasser und versuchte, nicht ständig auf die Uhr oder aufs Handy zu gucken. Sein Vater hatte inzwischen fast die ganze Weinflasche geleert und verlangte noch einen Scotch.

Oh Scheiße.

Patrick rief die Kellnerin zu sich und bestellte ihnen beiden einen extra starken Kaffee.

Sein Vater saß inzwischen zusammengesunken auf seinem Stuhl. Dann beugte er sich vor und stützte beide Ellbogen auf den Tisch. Besteck fiel klappernd zu Boden. Mit dem Ellbogen stieß er den Kaffee, den die Kellnerin ihm gebracht hatte, hinterher.

„Ich hole Ihnen gleich einen neuen, Sir“, sagte sie und hockte sich hin, um die Scherben aufzusammeln.

„Das ist ein echt schöner Arsch, den du da hast, meine Liebe“, sagte sein Vater.

„Halt den Mund, Da!“

„Das ist übrigens mein Sohn“, fuhr sein Vater ungerührt fort. „Kann weder eine Frau noch einen Job behalten. Ist ein verfluchtes Muttersöhnchen.“

Andere Gäste blickten auf und starrten zu ihnen herüber. Ein Kellner kam mit Kehrschaufel und Handbesen an den Tisch. Ebenso trat ein Mann in einem dunklen Anzug zu ihnen, stellte sich als Geschäftsführer vor und fragte, ob es ein Problem gebe.

„Er ist das Problem.“ Sein Vater zeigte auf Patrick. „Mein verfluchter, nutzloser Sohn. Seine Mutter war eine nutzlose Schlampe, die nur herumgehurt hat, darum ist das wohl kaum eine Überraschung.“

Patrick stand auf und reichte dem Geschäftsführer seine Kreditkarte. „Ich übernehme die Rechnung.“ Außerdem steckte er der Kellnerin zwei Zwanzigdollarnoten zu. „Vielen Dank für Ihre Geduld. Es tut mir schrecklich leid. Das hier“, er warf zehn Dollar auf den Tisch, „ist für dich, Da. Nimm dir ein Taxi zurück ins Hotel. Ich will dich nicht in meinem Auto haben. Bestimmt werden wir eines Tages mal ein vernünftiges Gespräch führen können, aber das wird nicht heute Abend passieren.“

Nachdem er den Kreditkartenbeleg unterschrieben hatte, verließ er das Restaurant. Es hatte ihn ein bisschen erstaunt, wie hoch die Rechnung war; allerdings hatten die alkoholischen Getränke einen großen Posten ausgemacht. Er bat jemanden vom Personal, für seinen Vater ein Taxi zu rufen. Sie versprachen ihm, darauf zu achten, dass sein Vater das Taxi zurück ins Hotel nahm, und er wünschte ihnen Glück. Als er nach draußen trat, atmete er tief die beißend kalte Luft ein. Er gratulierte sich dazu, wieder mal einen Abend voller Beleidigungen und Peinlichkeiten seines Vaters überstanden zu haben. Vielleicht würde er sich in ein paar Tagen nicht mehr so enttäuscht und verletzt fühlen.

Und da er schon über Enttäuschungen nachdachte: Wo um alles in der Welt steckte Jo? Er war wütend, weil sie nicht aufgetaucht war. Weil sie nicht wenigstens angerufen hatte und offenbar ihr Handy ausgeschaltet war. Er machte sich Sorgen, dass ihr irgendwas passiert sein könnte. Und sie hatte ihn angelogen. Sie war nicht zur Arbeit gefahren, und einen Moment lang hatte er die schreckliche Vorstellung, dass sie mit dem Wagen von der Straße abgekommen war und irgendwo kalt und verängstigt lag und auf Hilfe wartete.

Der Abend wäre vollkommen anders gelaufen, wenn sie auch da gewesen wäre. Sein Vater hätte nicht so viel getrunken und wäre nicht so wütend geworden. Er hätte lieber den charmanten Iren und Geschichtenerzähler gespielt und wäre eine angenehme Gesellschaft gewesen.

Sobald er im Wagen saß, versuchte er es erneut auf Jos Handy, während der Motor warmlief. Er versuchte es zu Hause, aber dort war sie auch nicht.

Dann fuhr er zum Sender und klingelte an der Hintertür. Nur dort gelangte man außerhalb der Geschäftszeiten ins Sendergebäude. Vorausgesetzt, dass jemand die Tür aufmachte.

„Wer ist da?“ Er erkannte die Stimme aus der Gegensprechanlage. Sie gehörte zu der Frau, mit der er vorhin telefoniert hatte.

„Patrick Delaney. Jos Freund.“

„Sie ist erst vor fünf Minuten hier eingetroffen.“ Die Tür sprang summend auf.

Er schritt durch den Flur, der das ganze Gebäude umrundete, und traf die Nachrichtensprecherin. Vage erinnerte er sich an sie; es war das Mädchen, das beim Thanksgiving-Essen in Tränen ausgebrochen war. Er bedankte sich, dass sie ihn reingelassen hatte.

Sie war aufgeregt und ziemlich wütend. „Das sieht Jo überhaupt nicht ähnlich. Sie kam mehr als eine Stunde zu spät. Mein Freund ist ziemlich sauer, wenn ich um diese Zeit noch arbeiten muss.“

Er sah über ihrem Kopf das rote Licht aufflammen, das darauf hindeutete, dass Jo gerade on air war. Die Studiotür stand offen. Sie saß vor dem Mischpult und wurde von einer Lampe angeleuchtet. Der restliche Raum war in Dunkelheit gehüllt, ihre Stimme klang ganz ruhig und gleichmäßig. Sie sah ihn hinter dem Fenster und stockte mitten im Satz.

Doch sie erholte sich rasch von dem Schreck und sprach weiter.

Als die Musik einsetzte, trat er durch die offene Tür und drückte einen Schalter daneben. Helles Licht durchflutete den Raum.

„Was zum Teufel ist hier eigentlich los, Jo?“

26. KAPITEL

Ich nahm den Kopfhörer ab und drehte mich auf dem Stuhl zu ihm um.

Er sah schrecklich aus. Zu Recht, und dabei kannte er nicht mal die halbe Wahrheit.

„Ich hab's vermasselt. Wie war das Dinner mit deinem Vater?"

„Schrecklich. Wo hast du nur gesteckt? Und warum hast du dein Handy ausgeschaltet?"

Ich schaute auf die Uhr. Mir blieben ungefähr zwanzig Minuten, um ihm zu erklären, was ich getan hatte. „Heute Abend habe ich jemandem gesagt, dass ich ihn nicht lieben kann, weil er mich belogen hat. Und ich will dich nicht anlügen oder der Wahrheit ausweichen. Erinnerst du dich, wie ich dir erzählt habe, dass da noch etwas Unerledigtes auf mich wartet?"

Er nickte mit grimmiger Miene. Schob die Hände in seine Hosentaschen und sagte: „Weiter."

„Ich habe mich irgendwie verliebt. In einen Mann, dem ich nie begegnet bin. Der Typ, mit dem ich Telefonsex hatte. Hier. Und ich habe mehr oder weniger zufällig herausgefunden, dass er derjenige war, der hinter meiner Einladung in die Gesellschaft steckte.

Und nachdem du Samstagabend gegangen warst, bin ich ihm zum ersten Mal begegnet. Ich meine damit, dass ich ihm zum ersten Mal gegenüberstand. Er wollte mir nicht sagen, warum er mich angelogen und mich wie eine Schachfigur in einem grotesken Spiel benutzt hatte. Und ich wollte ihm zu dem Zeitpunkt ohnehin nicht zuhören. Darum habe ich ihm vorgeschlagen, mich heute zu treffen und alles zu erklären. Er war damit einverstanden und fand wohl auch, dass ich eine Erklärung verdiente. Ja, und heute war dieses Treffen."

„Diese Erklärung", sagte Patrick langsam, „beinhaltete die

auch zufällig seinen Schwanz?"

Ich wünschte, ich hätte ihn anlügen können. Aber ich musste ihm jetzt alles erzählen. Absolut alles. „Ja."

„Wirklich bewundernswert, dein Streben nach Wahrheit. Du hast ihn also gevögelt, und alle Geheimnisse des Universums haben sich dir mit einem Mal enthüllt."

„Es tut mir leid", sagte ich hilflos. Ich sah, wie seine Gesichtszüge sich verhärteten, und ich liebte ihn in diesem Moment mehr, als ich jemals für möglich gehalten hätte. „Wenn ich dich nicht lieben würde, hätte ich dir nichts davon gesagt. Es tut mir so schrecklich leid."

„Natürlich." Er kam auf mich zu, und ich bekam Angst. Seine Haltung und der schmerzliche Ausdruck auf seinem Gesicht bereiteten mir ebenfalls Schmerzen. „War es gut, Jo?"

„Hör auf damit. Bitte." Ich wich vor ihm zurück.

„Ich will dir mal was sagen. Wenn du mich wirklich lieben würdest, hättest du nicht mit einem anderen Mann rumgevögelt. Und du würdest mir jetzt auch nicht davon erzählen oder dir selbst einreden, warum du das unbedingt hast tun müssen. So einfach ist das." Er legte seine Hände ganz vorsichtig um meinen Hals. Seine Daumen streichelten mein Schlüsselbein. „Hat er dich zum Orgasmus gebracht?"

„Bitte fass mich nicht an, Patrick."

Er ließ die Hände sinken. Plötzlich wirkte er aschfahl, als sei ihm übel. „Die Strapse waren also für ihn. Und das sexy rote Spitzenhöschen auch. Himmel, ich habe dir wirklich geglaubt, als du behauptet hast, du würdest sie für mich tragen. Bist du bei ihm nass geworden, Jo?"

„Hör auf damit!"

„Bist du gekommen?"

„Ich weiß, wie schrecklich das für dich ist …"

„Bist du gekommen? Los, Jo. Sag mir die Wahrheit. Geht es nicht die ganze Zeit um die Wahrheit? *Bist du gekommen?*"

„Ja", wisperte ich verletzt.

„Und hat er dich in den Arsch gefickt?“

Ich schüttelte den Kopf. Ich stand kurz davor, in Tränen auszubrechen. Er sollte nicht sehen, wie ich zusammenbrach.

„Verlogene Schlampe.“ Er wandte sich ab und ging.

Ich sank zu Boden und heulte, sobald er verschwunden war. Ich hatte ihn verloren und bebte kummervoll und voller Schmerzen. Ich hasste mich, weil ich so dumm und grausam war. Als ich das nächste Mal aufblickte, sah ich, dass mir noch zehn Minuten blieben, ehe ich wieder auf Sendung ging. Ich wischte mein Gesicht trocken und stand auf. Dann schaltete ich das grelle Licht aus, als könnte ich im Halbdunkel den Schaden, den ich angerichtet hatte, verbergen.

Und dann sah ich zwei Dinge.

Beide waren rot, und beide blinkten.

Das eine waren die Telefonleitungen, die direkt ins Studio durchgestellt wurden. Aber gut möglich, dass ich das Klingeln nicht gehört hatte, das hätte mich nicht gewundert. Denn wenn das Mikro an war, wurden die Telefonanrufe im Studio stumm gestellt.

Das andere rote Licht zeigte an, dass jemand auf Sendung war. Dass das Mikro eingeschaltet war.

Ich hechtete zum Mischpult und betete stumm, dass ich den Schieberegler nach unten geschoben hatte. Aber er war noch immer in seiner normalen Position. Jedes ätzende, obszöne Wort, das Patrick und ich gewechselt hatten, war in unserem kompletten Sendegebiet zu hören gewesen. Ich riss den Regler nach unten und schaltete ihn ganz aus. Dann saß ich völlig gelähmt auf meinem Stuhl und sah die Telefone blinken, hell, dunkel, hell, dunkel, weil sie immer wieder klingelten. Das Klingeln gellte mir in den Ohren.

Ich konnte nicht wissen, wie viel die Leute da draußen gehört hatten. Wir waren nicht so nah am Mikro gewesen, dass sie unbedingt alles gehört hatten. Aber offensichtlich genug.

Dann nahm ich behutsam einen Schluck Wasser, gurgelte

ein wenig damit und bereitete die nächste CD vor. Ich atmete tief durch und schaltete das Mikro wieder ein und schob den Regler nach oben. Ich teilte den Zuhörern kühl und in aller Ruhe mit, welches Stück wir gerade gehört hatten und was als Nächstes kam sowie die Uhrzeit und die Außentemperatur. Regler nach unten, Mikro ausschalten, Musik einsetzen lassen. Fertig.

Ich nahm mein Handy aus der Handtasche und schaltete es ein. Sechs Anrufe von Patrick sowie drei SMS von ihm. Drei Anrufe vom Sender – vermutlich von Ann – und einer, der vor wenigen Minuten von Kimberly gekommen war. Ich löschte alle aus der Liste und rief sie zurück.

„Süße, was um alles in der Welt ist da bei dir los?" Ihre Stimme klang hoch und verzweifelt. „Bleib wo du bist, ich bin in fünf Minuten bei dir."

„Nein, das musst du nicht tun. Es ist spät. Ich …" Aber sie hatte schon aufgelegt, und fünf Minuten später klingelte jemand an der Hintertür, und ich ließ sie herein. Sie trug einen herrlichen Ledermantel, darunter einen Pyjama mit einem Muster aus flauschigen Häschen sowie Cowboystiefel. Ich lachte, als ich sie so sah, und musste sofort wieder losheulen.

„Du steckst bis zum Hals in der Scheiße", erklärte sie und stellte ihre große Lederhandtasche auf den Boden. „Wow, es ist so, wie sie sagen, man hat einfach heutzutage keine großen Dramen mehr im Radio. Jetzt müssen wir aber erst mal Schadensbegrenzung betreiben. Kennst du das Passwort für den Anrufbeantworter, auf dem alle Anrufe eingehen? Großartig. Du gehst jetzt dorthin und löschst jede einzelne Nachricht, die aufgesprochen wurde. Dasselbe machst du mit deinem Anrufbeantworter. Ich kümmere mich um den Rest."

„Was ist mit ihren Passwörtern?"

„Ich kenne ihre Passwörter. Frag lieber nicht, das ist quasi Bills Schuld. Dann kümmern wir uns um die E-Mails. Wir bleiben besser noch eine Weile hier und schauen, ob weitere Anrufe und Mails reinkommen. Ich hab uns was zu essen mitgebracht.“ Sie nickte zu der Tasche, in der Obst, Käse und Cracker waren. „Und du hörst dir auf keinen Fall eine dieser Nachrichten an. Davon fühlst du dich bestimmt nicht besser.“

„Nach dieser Sache muss ich auf jeden Fall kündigen, egal wie gut es uns gelingt, die Sache zu vertuschen. Das kommt bestimmt irgendwann raus.“

„Ich weiß, Süße. Aber du wirst dann kündigen, wenn für dich der richtige Zeitpunkt gekommen ist. Das hier verschafft dir zumindest ein paar Tage Zeit. Ich bin bloß froh, dass Neil im Moment nicht in der Stadt ist.“ Sie umarmte mich noch einmal. „Okay, Süße, auf geht's.“

Der Anrufbeantworter war inzwischen voll, und die Anrufe hatten nachgelassen. Ich löschte alle eingegangenen Anrufe und machte dasselbe mit meinem Anrufbeantworter. Dann löschte ich die Mails, die auf meinem Account aufgelaufen waren, und machte dasselbe mit dem offiziellen Mail-Account des Senders.

Etwas später kam Kimberly zurück in mein Studio. Sie schnitt Käse und Obst klein und fütterte mich damit. Sie war ganz behutsam, aber zugleich unnachgiebig, weshalb ich gleich noch mal losheulte. Wir überprüften regelmäßig, ob neue Mails oder Anrufe eingingen. Die meisten gingen an Bill, nur wenige an Neil, und wir löschten sie alle. Aber nach einer Stunde war schließlich alles ruhig. Oder, wie Kimberly sagte, die Leute waren jetzt wohl wieder mit ihren Internetpornos oder dem Footballspiel befasst, das heute Abend übertragen wurde. Ich musste direkt dankbar sein, dass es Sport gab.

Sie blieb bei mir im Studio, bis ich mit meiner Schicht durch war. Dann nahm sie mich mit in ihr Apartment, wo Bill auf ihrer Couch eingeschlafen war, während er auf uns wartete. Ich heulte schon wieder und erzählte Kimberly zusammenhanglos die ganze Geschichte. Bill wachte auf und machte mir eine heiße Milch mit Honig und bot mir etwas Gras an. Er meinte, das sei sein übliches Betthupferl. („Und kleine, blaue Pillen“, fügte Kimberly mit einem Zwinkern hinzu.) Ich lehnte das Gras ab, aber einen ordentlichen Schuss Likör in die Milch nahm ich an, und dann fiel ich in Kimberlys Gästezimmer ins Bett und sofort in tiefen, erschöpften Schlaf.

„Hey, Schlafmütze.“ Kimberly saß auf der Bettkante. „Wie fühlst du dich? Möchtest du Frühstück?“

Ich setzte mich auf, rieb mir den Schlaf aus den Augen und fragte mich, warum sich alles so merkwürdig anfühlte und warum ich in Kimberlys Gästezimmer geschlafen hatte. Ich trug ein großes gestreiftes Flanellhemd, vermutlich das Oberteil eines Herrenpyjamas. Und vermutlich gehörte dieser Pyjama Bill. Fünf Sekunden später kam die Erinnerung an den vergangenen Abend mit voller Wucht zurück.

„Nicht weinen“, sagte Kimberly. „Ach, verflixt. Heul doch, wenn du willst. Du bist entschuldigt. Du hast diesmal richtig große Scheiße gebaut, Süße.“

„Ich weiß.“ Ich tastete nach meinem Handy, das auf dem Nachttischchen lag.

„Oh, oh! Nein! Du wirst ihn auf keinen Fall anrufen.“

„Das hatte ich nicht vor. Ich wollte meine Mom anrufen.“

„Ruf sie später an, wenn du nicht so völlig durch den Wind bist.“ Kimberly nahm mir das Handy ab und legte es außer Reichweite. „Ich gehe gleich zur Arbeit, um noch mehr Schadensbegrenzung zu betreiben. Möchtest du Frühstück? Bill macht dir was. Du kannst aber gerne noch ein Weilchen schlafen.“

„Erzähl mir die Sache mit Bill.“ Ich wischte mit dem Ärmel mein Gesicht ab. „Ich will einfach mal etwas Gutes hören.“

„Einverstanden. Also … ich wurde es langsam leid, im Internet diese verrückten Typen kennenzulernen. Du weißt schon. Zahnärzte mit Dreadlocks und solche Männer. Und ich dachte einfach, hey, da gibt es doch diesen gut aussehenden Typen bei mir auf der Arbeit. Er ist zwar etwas älter, aber verflixt! Das heißt doch wohl auch, dass er ein bisschen mehr Erfahrung hat. Darum habe ich ihn angemacht."

„Ein *bisschen* älter?", wiederholte ich ungläubig.

„Süße, ich habe dir nie gesagt, wie alt ich bin. Und du warst zu höflich, um mich zu fragen. Ich bin fünfundvierzig. Ich hab einfach gute Gene, und außerdem habe ich ein bisschen was machen lassen." Sie tippte sich unter das Kinn und unter die Augen. „Und ich passe gut auf mich auf. Ja meine Güte, er ist ein bisschen älter. Und? Er ist im Bett echt ein wildes Tier, so viel sei verraten. Braucht eigentlich diese blauen Pillchen gar nicht, und er ist wirklich gut darin, den Toilettensitz runterzuklappen und ist überhaupt sehr gut erzogen. Wir mussten es beim Sender erst mal geheim halten, weil uns sonst noch jemand mit sexueller Belästigung und Vetternwirtschaft und dem ganzen Scheiß gekommen wäre. Aber jetzt haben wir uns zueinander bekannt."

„Das finde ich toll", sagte ich. „Glaubst du, ihr werdet heiraten?"

Sie zuckte die Schultern. „Vielleicht. Ich muss jetzt los. Bill kann dich nachher zum Sender fahren, damit du dein Auto holen kannst. Du hältst jetzt erst mal die Füße still und kommst bitte zu deiner Schicht wie die Unschuld in Person, hörst du? Ich kümmere mich um die Briefpost. Ich hab ja schon immer gesagt, dass es nur von Vorteil ist, wenn niemand auf das hört, was die Leute in ihren Briefen schreiben. Wenn man mal von Neil absieht, und der ist im Moment nicht da. Aber Bill mag deine Sendung. Das hat er schon immer. Nur deshalb habe ich dich gestern Nacht gehört."

„Aber ist das nicht illegal, Kimberly? Wenn wir die Mails und die Post verschwinden lassen?"

Sie stand auf und grinste. „Darauf kannst du wetten. Vergiss nicht Alamo, Süße. Wir sehen uns."

Ich stand etwas später ebenfalls auf und zog eine von Kimberlys topschicken Yogahosen an. Ich ließ mich von Bill mit einem riesigen Berg Pfannkuchen füttern. „Liebeskummer lässt sich mit vollem Magen immer besser ertragen", erklärte er und überflutete meinen Teller mit Sirup. „Allerdings hätte ich dich für die Sache auch gefeuert. Ist aber nicht das Schlimmste, was einem passieren kann."

Das war es auch nicht. Trotzdem fühlte ich mich beim Gedanken daran, meinen Job zu verlieren, nicht besonders gut. Im Moment fühlte ich mich gar nicht gut, und das betraf eigentlich alle Lebensbereiche. Ich fuhr nach Hause, und der Himmel war angemessen grau. Ein trostloses Wetter. Unterwegs hörte ich im Radio irgendeinen unablässig fröhlichen Rocksender und lauschte den tröstenden Oldies, an die ich mich noch aus meiner Kindheit erinnerte. Als ich den Wagen in die Einfahrt lenkte, schaute ich zum Apartment hoch. Ich wusste, dass Patrick ausgezogen war, obwohl es keine Anzeichen dafür gab.

Als ich zur Haustür ging, sah ich jemanden, der aus einem großen dunklen Fahrzeug auf der anderen Straßenseite stieg.

„Ma'am?"

Ich drehte mich um. Oh Gott, jetzt wurde ich auch noch ausgeraubt. Großartig. Ich schob meine Schlüssel so in die Hand, dass ich sie als Waffe gegen den Angreifer einsetzen konnte – das hatte ich in einem Selbstverteidigungskurs gelernt. Der Mann kam auf mich zu. Er hielt ein Klemmbrett in der Hand. Vielleicht wurde ich doch nicht ausgeraubt. Ich hatte noch nie von einem Straßenräuber gehört, der mit einem Klemmbrett kam.

„Miss Hutchinson?", fragte der Typ. Er hielt mir einen großen braunen Umschlag und einen Kuli hin. „Unterschreiben Sie bitte hier. Vielen Dank. Schönen Tag noch."

Ich klemmte mir den Briefumschlag unter den Arm und betrat das Haus. Brady lief auf mich zu und scharwenzelte um meine Beine herum. Er gab seine liebevollen, vom Hunger getriebenen Maunzer von sich. Ich folgte ihm in die Küche. Jemand hatte ihn erst kürzlich gefüttert – in seiner Schüssel waren noch ein paar Futterreste.

Ich ging nach oben und klopfte an die Tür, die das Apartment vom Rest des Hauses trennte. Keine Antwort. Ich öffnete und betrat einen komplett leeren Raum. Er hatte sogar staubgesaugt, weshalb das Apartment makellos war. Auf der Arbeitsfläche der winzigen Küchenzeile lag eine von Patricks Visitenkarten mit seiner Postfachadresse, die er für Geschäftspost nutzte, und seiner Handynummer.

Ich drehte die Karte um, weil ich hoffte, er habe irgendwas auf die Rückseite geschrieben. Sie war leer. Er war einfach verschwunden.

Inzwischen konnte ich nicht mehr heulen. Ich war schockiert und konnte mich kaum bewegen oder einen klaren Gedanken fassen. Der Umschlag rutschte unter meinem Arm weg und fiel zu Boden. Ich hob ihn auf und öffnete ihn.

Er enthielt einen Brief. Eng beschriebene Seiten, und der Briefkopf stammte von einer großen örtlichen Anwaltskanzlei. Ich überflog den Brief. Manche Formulierungen sprangen mir sofort ins Auge. Vertragsbruch. Eine Zehntausenddollarstrafe wurde von der Gesellschaft erhoben. Am nächsten Montag war ein Treffen anberaumt, zu dem ich einen Scheck über diese Summe mitbringen sollte.

Und ich hatte geglaubt, es könne nicht noch schlimmer kommen. Ich stopfte den Brief in meinen Rucksack, verließ das Apartment und legte mich wieder ins Bett, wo ich den Rest des Tages ungestört schlafen und weinen konnte.

Schlafen und weinen war so ziemlich das Einzige, was ich in der kommenden Woche machte. Abgesehen davon gelang es mir – Ironie des Schicksals –, großartige Sendungen abzuliefern. Vielleicht weil ich wusste, dass ich den Sender bald verließ. Ich klang fantastisch, war kompetent und zugleich freundlich, informativ und unterhaltend. Und die Musik passte immer. Ich wusste das, weil ich ein paar Mitschnitte machte. Ich glaubte, dass es vielleicht nicht schlecht war, ein paar Demotapes zu haben, falls mein Name in der wunderbaren Welt des Klassikradios noch was bedeutete. Niemand wäre darauf gekommen, dass die Moderatorin haltlos in Tränen ausbrach, sobald die Sendung vorbei war, und dass sie von Erdnussbuttertoasts und Kaffee lebte.

Kimberly verbrachte ein paar Abende mit mir und saß mit ihrem Notebook in meinem Studio. Sie brachte mir die Reste vom Abendessen mit, das Bill regelmäßig für sie kochte. Aber ich konnte nichts essen. Ich nahm die Tupperschüsseln mit nach Hause und fütterte Brady damit. Keine gute Idee, wie ich feststellen durfte, nachdem ich das erste Mal in Katzenkotze mit Texmex-Resten getreten war.

Nachts lag ich wach und fragte mich, was ich machen sollte. Ohne Job, ohne Mieter, und vermutlich musste ich mein Rentenkonto anzapfen, um die Zehntausenddollarstrafe aufzubringen. Vielleicht vergaßen sie mich ja, wenn ich nicht auf die Forderung reagierte. Ja, ich beschloss, dass das die beste Vorgehensweise war. Und dann warf ich mich die ganze Nacht im Bett hin und her, das noch immer nach Patrick roch, und weinte, bis ich wieder einschlief. In dieser Woche sah ich nur wenig Tageslicht.

Ich rief meine Vertretungen für die kommende Woche an und behauptete, es gebe einen Notfall, weshalb ich nicht kommen könnte. So schaffte ich es, schon im Voraus alle Sendungen abzudecken. Ich war mit den Werbeeinblendungen und den Ankündigungen auf dem neuesten Stand. Ich räumte die Musikdatenbank auf. Ich, die sich so unglaublich unprofessionell verhalten hatte, hinterließ alles geordnet. Neil sollte mir dafür dankbar sein.

Am Freitag packte ich meine wenigen Sachen in eine Kiste,

die Kimberly für mich mit nach Hause nahm. Ich war mit dem Rad gekommen, weil die Geschwindigkeit und die brennende Kälte auf meinem Gesicht in diesen Tagen das Einzige waren, woran ich etwas Freude hatte. „Du bist bitte vorsichtig“, erklärte sie mir. „Ich glaube, es gibt einen Eissturm.“

„Wir bekommen hier nie Eisstürme. Dafür ist es nicht feucht genug.“

„Im Moment haben wir aber eine hohe Luftfeuchtigkeit.“ Sie öffnete die Kofferraumklappe. „Ruf mich an, wenn du nach Hause gebracht werden willst. Und ...“

„Und was?“

„Ich will dich ja nicht mit schlechten Nachrichten belasten, aber Patrick ist wieder bei sich zu Hause eingezogen. Falls du dich fragst, wo er jetzt ist.“

„Er wohnt mit Elise zusammen?“ Ich legte den Karton in den Kofferraum.

„Verdammt, ich hab keine Ahnung. Soweit ich weiß, wohnt sie noch da. Es ist ja auch sein Haus. Und muss ja nicht gleich bedeuten, dass sie's wieder treiben. Viele Leute sind mit einem Ex und einem gemeinsamen Haus geschlagen und wohnen für eine Weile unter einem Dach.“ Sie umarmte mich. „Das alles ist einfach scheiße, Süße. Ruf mich morgen an, dann unternehmen wir am Wochenende irgendwas Schönes. Wir könnten ins Museum gehen oder so was. Oder wir gucken, ob wir irgendwelche Typen am Beerdigungsinstitut aufreißen können.“

„Klar. Danke.“ Ich erwiderte die Umarmung. Leider fing ich schon wieder an zu heulen. So langsam war ich es leid. „Du bist meine beste Freundin. Ich hab dich so lieb.“

„Scheiße, wir können auch in eine Lesbenkneipe gehen und Weiber aufreißen, wenn dir das lieber ist. Und jetzt zurück ins Studio mit dir. Erzähl den Leuten was Schönes.“

Ich ging wieder ins Sendergebäude. Mir fiel ein anderer Wagen auf, der noch auf dem Parkplatz stand. Einen Moment lang fragte ich mich, wem er gehörte. Dann war ich zurück im Studio, putzte mir die Nase, gurgelte mit Wasser und ging wieder auf Sendung.

Während ich mein Kündigungsschreiben aufsetzte, spielte ich Bruckner. Traurig, würdevoll, ernst. Genauso war mein Brief, den ich ausdruckte, gefaltet in einen Umschlag steckte und in Neils Postfach legte. Jetzt blieb nicht mehr viel Zeit. Eigentlich hatte ich noch im Radio verkünden wollen, dass dies mein letzter Abend beim Sender war, aber ich konnte es nicht. Ich dachte an meine Hörer. An die Schlaflosen und Einsamen da draußen, die Traurigen und Besorgten, die mir immer wieder gesagt hatten, dass die Musik, die ich spielte, ihr Leben etwas erträglicher machte. Ob sie mich vermissen würden? Würden sie anrufen, um zu fragen, wohin ich gegangen war?

Ich legte mir das Material für die nächste Moderation zurecht. Sponsoren und das Wetter, das ich immer live ansagte. Kimberly hatte recht. Es gab eine Unwetterwarnung für Eisregen nach Mitternacht.

Und dann spielte ich das letzte Musikstück meiner Zeit beim Sender. *Scheherazade* von Rimski-Korsakow. Irgendwie war das mein ironischer Tribut, den ich meinen schlechten Taten zollte. Und dann tat ich etwas, das ich viel zu selten im Studio getan hatte. Ich setzte den Kopfhörer auf und lauschte jeder einzelnen Note, jedem Anschwellen und Seufzen der Musik. Ich verlor mich in der Geschichte, die dieses Stück mir erzählte.

Dann war es vorbei. Ich schob den Mikrofonregler nach oben und verabschiedete mich. *Es war mir ein Vergnügen. Gute Nacht und Auf Wiedersehen.* Ich schloss das Studio ab und legte meine Schlüssel in mein Postfach. Dann schaute ich nach, ob ich alles dabeihatte, und rollte mein Fahrrad nach draußen. Die Tür knallte hinter mir ins Schloss.

Als ich das Bein über den Sattel schwang und losfuhr, hörte

ich etwas, das mir seit meiner Kindheit in Vermont vertraut war. Das leise Klirren von Eisregen und das Knarren und den lauten Knall, als ein Ast unter der Last des Eises nachgab. Ich bemerkte, dass die nackten Äste im Licht der Parkplatzbeleuchtung gespenstisch glänzten.

Aber ich hatte keine Zeit, dieses Schauspiel zu bewundern, das aus einer anderen Welt zu stammen schien. Es war auch keine Zeit, Angst zu bekommen vor dem, was die Natur da angerichtet hatte. Zwei Frontscheinwerfer flammten auf, und das Auto auf dem Parkplatz beschleunigte und hielt direkt auf mich zu. Der Fahrer verlor die Kontrolle, der Wagen rutschte seitlich weg.

Ich stand in den Pedalen und flehte still, dass der Asphalt unter den Reifen wie durch ein Wunder eisfrei war. Dann schoss ich vor. Meine Oberschenkelmuskeln protestierten, während ich auf den Radweg und die relative Sicherheit zuhielt. Irgendwie hielten die Reifen den Kontakt mit dem Asphalt, bis ich den Parkplatz hinter mir ließ. Ich war jetzt nicht mehr in Gefahr, vom Auto gerammt zu werden. Aber ich spürte, wie das Rad unter mir wegrutschte, und auf dem Radweg vor mir lag ein Ast, der unter dem Gewicht des Eises nachgegeben hatte.

Zusammenrollen. Den Kopf schützen. Ich versuchte, mich an all das zu erinnern, was ich darüber gelernt hatte, wie man richtig von einem fahrenden Rad fiel. Nicht die Arme ausstrecken. Nicht …

Das Rad und ich wurden voneinander getrennt. Die Bäume und der Himmel drehten sich über mir. Mein behelmter Kopf prallte mit einem schrecklich lauten Knall auf den Boden, und der Rest von mir folgte. Ich stürzte auf den unnachgiebig harten Asphalt. Aber wenigstens konnte ich den freien Fall aufhalten. Ich war ziemlich froh, dass ich einfach still daliegen konnte. Neben mir hörte ich ein tickendes Geräusch, das erst langsamer wurde und dann ganz verstummte. Die Räder meines Fahrrads, die sich drehten. Auf dem Parkplatz heulte der Motor des Wagens auf, dann hörte ich das dunkle Brummen, als der Fahrer zurücksetzte. Das Motorengeräusch verklang in der Ferne. Jetzt war es ganz still. Ich hörte nur das Knacken der Äste und das eisige, hohe Klirren des Eisregens. Jetzt waren nur noch ich und das Eis hier draußen.

Scheiße.

Sobald ich versuchte, mich zu bewegen, wusste ich, dass irgendwas mit mir nicht stimmte. Teile meines Körpers ließen mich ziemlich nachdrücklich wissen, dass sie verletzt waren; ich vermutete Schürfwunden und Prellungen. Am besten untersuchte ich erst mal, wie viel Schaden angerichtet war. Zuerst sollte ich mich aufsetzen. Ich versuchte, mich auf die Seite zu drehen und in eine aufrechte Position zu hieven, was mir gründlich misslang. Ein Arm ließ sich einfach nicht bewegen, und dann, als ich es schaffte, tat er höllisch weh. Ich gab die Hoffnung auf, mich aufsetzen zu können. Doch der Schmerz war da und erfasste meinen ganzen Körper.

Handy. Ich musste jemanden anrufen. Es war so eiskalt, dass ich hier erfrieren konnte. Und ich war verletzt. Das war ungerecht. Ich hatte bereits eine beschissene Woche hinter mir, und jetzt hatte auch noch so ein Arsch versucht, mich von der Straße oder vom Parkplatz abzudrängen. Ich fing an zu weinen, dann griff ich nach hinten und versuchte, aus der Seitentasche meines Rucksacks das Handy zu holen.

Nein, da war es nicht. Es steckte in der Innentasche meiner Jacke. Das glaubte ich zumindest. Es dort herauszuziehen, war leichter. Doch dafür musste ich den verletzten Arm bewegen, der sich wie brennende Götterspeise anfühlte. Ich umfasste den verletzten Arm mit der anderen Hand und bewegte ihn. Der plötzliche Schmerz ließ mich fast kotzen. Ich hätte eigentlich auch meinen Handschuh ausziehen müssen, aber das schaffte ich nicht mit nur einer Hand. Ich zog das Handy hervor, und es gelang mir gerade noch, es aufzuklappen. Dann glitt es mir aus der Hand und landete neben mir auf dem Boden.

Scheiße.

Ich legte mich wieder hin. Ich wusste, eigentlich sollte ich jetzt Kimberly anrufen. Immerhin hatte sie angeboten zu kommen, und das war wirklich ein guter Grund, sie um Hilfe zu bitten. Aber mein Verstand war nicht gerade dazu angetan, sich in diesen Tagen auch nur annähernd vernünftig zu verhalten.

„Patrick anrufen“, sagte ich ins Telefon. Ich dankte Gott und der modernen Technologie für die Spracherkennung.

27. KAPITEL

Patricks Telefon klingelte fünfmal, ehe er dranging. Dieses fünffache Klingeln dauerte für mich eine Ewigkeit, und ich erschrak trotzdem, als ich schließlich seine Stimme hörte. Er klang kalt und misstrauisch.

„Was willst du noch, Jo?"

„Ich bin verletzt." Es schien das Vernünftigste, es einfach auszusprechen. Direkt und ohne Umschweife. Auf den Punkt.

„Es ist halb zwei in der Früh, verdammt. Gute Nacht."

„Nein, ich bin *verletzt*." Es kostete mich viel Kraft, nach den richtigen Worten zu suchen. „Ich glaube, ich hab mir das Handgelenk gebrochen."

„Wie bitte?"

Mir fehlten die richtigen Worte. „Mein Fahrrad."

„Du hattest einen Unfall?"

„Ja."

„Jo, wo um alles in der Welt steckst du?"

„Der Radweg ... in der Nähe des Senders."

„Himmel!" Ich konnte jetzt Geräusche im Hintergrund hören, als bewegte er sich, während er redete. „Du fährst bei Eisregen mit dem Fahrrad?"

„Jetzt nicht mehr." Allmählich kostete es mich zu viel Kraft, dieses Gespräch aufrechtzuerhalten. Ich fragte mich einen Moment, ob ich mich etwa schon der Kälte ergab. Auf meiner Kleidung sah ich eine dünne Eisschicht. „Ich bin gestürzt."

„Halte durch. Ich bin gleich bei dir."

Ich glaube, ich war eingeschlafen, denn das Nächste, was ich hörte, war Patrick, der meinen Namen rief.

„Hallo, Patrick."

„Ich habe einen Krankenwagen gerufen. Die sind leider grad mit einem schrecklichen Unfall auf dem Highway befasst, darum komme ich jetzt zu dir. Beweg dich nicht, hörst du?"

„Kann mich nicht bewegen."

Er redete, und ich hörte ihm zu. Manchmal schrie er mich an, und dann musste ich mich zusammenreißen, damit ich mich nicht in dieses verführerische Dunkel gleiten ließ, in dem ich nichts mehr spürte. Ich sagte dann immer nur, dass ich ihn hörte.

Und plötzlich war er nicht nur am Telefon, sondern direkt neben mir. Er berührte mich, und der fallende Eisregen glitzerte im Licht der Scheinwerfer seines Autos. „Wo bist du verletzt? Der linke Arm? Wo noch?"

„Ich bin so müde."

„Ich weiß, dass du müde bist. Aber ich muss dich jetzt irgendwie ins Auto kriegen." Er richtete mich auf, bis ich sitzend an ihm lehnte. Allein diese Bewegung und der Schmerz ließen mich aufschreien. „Halt weiter deinen Arm fest. Ich stelle dich jetzt auf die Füße. Und dann machen wir die paar Schritte zum Auto. Dort ist es warm und sicher für dich."

Es tat höllisch weh. Besonders, als wir beide ausrutschten und Patrick mich fluchend aufrecht hielt. Es war schwierig, in den Wagen zu steigen, aber irgendwie schafften wir es. Patrick zog seine Daunenjacke aus und legte sie über mich, nachdem er mich angeschnallt hatte. Dann griff er auf die Rückbank und legte außerdem noch etwas Großes, Dickes über mich. Einen Daunenschlafsack.

„Das ist nicht dein Auto", stellte ich fest. Ich hatte ein wunderbares Talent für Irrelevantes.

„Es gehört Elise. Hat Allradantrieb, darum."

„Sag Elise, dass es mir leidtut, wenn ich ihr Auto vollkotze."

„Mach dir darum keine Sorgen." Er löste eine Hand vom Lenkrad und stopfte den Schlafsack um mich fest. „Wird dir langsam warm?"

Ich schloss die Augen und kämpfte gegen die Übelkeit und den Schmerz an. Neben mir murmelte er etwas, und ich spürte, wie der Wagen langsamer wurde. Durch meine geschlossenen Augen sah ich das Blinken eines Rettungswagens.

„Auf den Straßen ist der Teufel los“, meinte er. „Du bist nicht die einzige Idiotin, die heute unterwegs war, aber vermutlich die Einzige, die mit dem Rad gestürzt ist. Hey, Jo? Jo? Sag was, bitte.“

„Tut mir leid.“

Seine Hand glitt beruhigend über mein Knie. „Ich weiß nicht, wo ich dich anfassen darf. Bleib einfach hier, ja?“

Ich hatte ohnehin beschlossen, mich nie wieder auch nur einen Zentimeter zu bewegen, aber ich öffnete die Augen und sah noch mehr Blaulicht. Wir standen vor der Notaufnahme, und es sah ganz so aus, als sei dort heute eine Menge los. Patrick kam mit einem Rollstuhl durch die Tür zurück, und als er die Beifahrertür öffnete, eilte eine Krankenschwester zu ihm und meinte, das könne er nicht tun.

Er hob mich in den Rollstuhl, und ich schrie erneut auf. Mir wurde langsam warm, und mit der Wärme setzte der Schmerz ein. Alles tat weh, sogar die kleinen Schürfwunden und Prellungen, die ich mir zugezogen hatte.

„Jo, wo ist deine Versichertenkarte?“ Ich wurde in einem lauten, hellen Raum auf eine Trage gelegt. Um mich herum herrschte Hektik, ich hörte ein beständiges Klappern und Knallen. Wie um alles in der Welt sollte es Menschen hier besser gehen als da draußen in der Kälte?

„Wie heißen Sie, Sir?“, bellte eine Stimme.

„Sie ist ein Mädchen“, sagte Patrick. Er öffnete meinen Fahrradhelm und zog mir die Sturmmaske vom Gesicht.

„Frau“, flüsterte ich. „In meinem Rucksack.“

Patrick stellte den Rucksack neben mir auf die Trage und wühlte darin herum. Er förderte ein paar zerknautschte Tampons zutage, ein Taschenbuch, einen Apfel. Dann hielt er den Brief in der Hand. „Was zum Teufel ist das, Jo?“

„Nichts.“

„Darüber reden wir später noch.“ Er fand die Klarsichthülle mit meinen Kreditkarten und übergab meine Versichertenkarte.

Jemand zupfte an meinem Ärmel, und ich hörte das scharfe Geräusch einer Schere, die meine extrem teure, extrem dünne Winterjacke einfach kaputt schnitt. Ich verlor das Bewusstsein und tauchte immer wieder auf, während Leute um mich herumstanden und irgendwelche Sachen mit mir machten; manche waren ziemlich schmerzhaft und unangenehm. Hin und wieder wachte ich in einem anderen Raum auf, der ebenso laut war, aber weiße Wände hatte. Oder ich sah über mir die Deckenplatten eines Flurs vorbeifliegen, als sie mich hierhin und dorthin fuhren. Manchmal hörte ich teure Maschinen piepen, und dann war ich wieder weg.

Patrick saß an Jos Bett und beobachtete sie beim Schlafen. Er wusste, dass er sie noch immer liebte.

Wenn er heute Nacht nicht ans Handy gegangen wäre, als sie anrief, hätte sie in der Kälte sterben können. Als ihm das bewusst wurde, fing er vor Angst an zu zittern. Dass er sie gerettet hatte, war einfach nur die Tat eines vernünftigen Menschen. Er dankte Gott (oder einer anderen Kraft, nicht dem göttlichen Wesen, mit dem er während seiner katholischen Erziehung bekannt gemacht worden war), dass er nicht einfach aufgelegt hatte. Jetzt spielte er wieder den guten Samariter, obwohl er sich in der Rolle nicht gefiel. Er hatte noch nie jemanden gesehen, der so blass und blau um die Lippen war, als er ihr endlich die Sturmhaube vom Gesicht zog. Und dann waren da schon die Schwestern gewesen, die ihn aus dem Weg geschoben hatten und ihr einen Zugang legten. Die Leute hier arbeiteten schnell und benutzten den medizinischen Fachjargon, den jeder aus dem Fernsehen kannte. Er hatte einen Moment lang Angst gehabt, er habe sie verloren.

Gab es nicht dieses Sprichwort, dass man für das Leben eines anderen in Zukunft verantwortlich war, wenn man es einmal gerettet hatte? Er gähnte, kratzte seine Bartstoppeln und sehnte sich nach Schlaf, Bequemlichkeit und Ruhe. Um ihn herrschte ein beständiger Lärm, Menschen weinten und schrien in den Behandlungsräumen der Notaufnahme, während Jo friedlich schlief.

Auf der Trage sah sie so winzig aus. Blass und hilflos. Er bekam Angst.

Ich bin verletzt.

Aber auch er war verletzt, und er wusste, dass er verschwinden sollte. Jetzt und für immer. Er musste sich von ihr fernhalten. Wovor sollte er sie in Zukunft denn noch retten? Welche Dramen und mitternächtlichen Anrufe und Lügen waren noch zu erwarten? Er hatte inzwischen Zeit gefunden, den lächerlichen Brief zu lesen, der zusammengeknautscht am Boden ihres Rucksacks gelegen hatte. Er fragte sich, ob sie schon jemanden dazu überredet hatte, ihr aus dieser Zwickmühle zu helfen. Vielleicht schuldete sie wirklich jemandem zehn Riesen. Vielleicht steckte sie in Schwierigkeiten, die er nicht ermessen konnte.

Er hätte von Anfang an vorsichtiger sein müssen. Hinterher war man immer schlauer … Die Nacht im Sexklub oder was genau das gewesen war, hätte ihm eigentlich Warnung genug sein müssen. Hätte er damals bloß das Weite gesucht und wäre nicht so schnell wie möglich wieder mit ihr ins Bett gestiegen. Aber schon davor hatte es zahlreiche Hinweise gegeben: dass sie spätabends von einer Limousine abgeholt wurde oder einmal, als sie nach einer Nacht mit ziemlich grobem Sex heimkam; dann noch, dass er immer das Gefühl hatte, sie hätte irgendwelche Geheimnisse vor ihm. Aber dann dachte er wieder an ihr Lächeln. Ihren Duft, ihr Lachen und wie sie aussah, wenn sie kam. Und dann hatte nichts davon mehr eine Bedeutung. Absolut keine Bedeutung.

Hatte er völlig den Verstand verloren?

Mein Gott …

Er beugte sich vor und berührte ihre Hand.

Keine Frage, er war hier, weil er wollte, dass ihre Beziehung etwas wurde, das Bestand hatte.

Er hatte sich geschworen, nie wieder eine Frau zu retten (es sei denn, sie drohte zu erfrieren, weil sie mit gebrochenem Arm im Eissturm lag; das war vermutlich eine der rühmlichen Ausnahmen, die ihm diese Regel gestattete). Jetzt musste er vor allem sich selbst retten.

Ich wachte von dem dringenden Bedürfnis auf, zu pinkeln.

„Was machst du da?“ Patrick stand von dem Plastikstuhl auf, der neben meinem Bett stand. Wir waren auf drei Seiten von Vorhängen eingeschlossen und wurden von dem grellen Krankenhauslicht beschienen. Über uns waren wieder die hässlichen Deckenplatten, und irgendwie hing in der Luft der typische Krankenhausgeruch.

„Ich muss aufs Klo.“

Er half mir aus dem Bett und nahm meinen Infusionsständer mit. Mein gebrochener Arm steckte in einer Schlinge, und ein Knie fühlte sich ziemlich steif und wund an. Als ich mich bewegte, merkte ich, dass fast alles wehtat. „Warte“, sagte er. „Mit dem Hemdchen sieht man deinen nackten Arsch.“ Er stützte mich mit einer Hand und suchte in einer Schublade, bis er ein zweites Krankenhaushemd fand, das er mir um die Schultern legte. So verließen wir mein Eckchen der Notaufnahme. Meine Beine waren schwach und wund, und so taumelte ich – während Patrick mich stützte – zum nächsten Klo.

„Lass die Tür offen“, riet er mir.

Nachdem ich gepinkelt hatte, schaute ich mich im Spiegel an. Ich sah echt schrecklich aus. Die Augen lagen in dunklen

Höhlen, und ich war sehr blass. Ich fühlte mich, als wäre ich mindestens hundert.

„Mit dir da drin alles okay, Jo?“, rief Patrick.

„Ich komme jetzt raus.“ Ich spritzte kaltes Wasser in mein Gesicht und schlurfte zur Tür. Patrick half mir zurück ins Bett, wo ich sofort wieder einschlief.

Als ich aufwachte, war er immer noch da. Ich fand heraus, dass ich nach Hause durfte, sobald der Arzt zurückkam und die notwendigen Papiere unterzeichnete. Es war inzwischen neun Uhr in der Früh, und ich entdeckte noch weitere Verletzungen, die ich zusätzlich zum gebrochenen Arm davongetragen hatte. Ein Knie, das dringend gekühlt werden musste, sowie gezerrte Muskeln und Schürfwunden. Nach einer weiteren Stunde verließen wir bewaffnet mit einer Liste Anweisungen und einem Fläschchen Schmerzmittel endlich die Notaufnahme.

„Ich habe ihnen erzählt, ich würde auf dich aufpassen“, erklärte Patrick, als er mir in den Wagen half.

„Warum?“

Er zuckte die Schultern und schwieg, bis wir zu Hause ankamen. Der Sturm war vorbei, und der Himmel hatte eine wunderschöne, knallblaue Färbung angenommen. Das Eis schmolz. „Das ist so schön!“, rief ich überwältigt. Ich war glücklich und erleichtert. Auf der anderen Straßenseite war mein Nachbar damit beschäftigt, die Weihnachtsbeleuchtung aufzuhängen. Ich winkte ihm. „Guck mal, die Weihnachtsketten hängen auch schon!“

„Freut mich ja, dass du mit deinem Schmerzmittel so viel Spaß hast“, bemerkte Patrick trocken. Er schloss die Haustür auf. „Willst du dich aufs Sofa legen oder lieber ins Bett?“ Er schaute beiseite, als er das fragte.

„Ich will erst mal duschen.“

Er nickte und ging in die Küche. Ich hörte ihn murmeln, er müsse eine Plastiktüte für meinen Gips suchen.

Die Vorteile einer Dusche – Sauberkeit und Hitze – wurden von meiner Ungeschicklichkeit und der schmerzhaften Entdeckung aufgewogen, dass jede noch so einfache Handbewegung kompliziert war. Als ich es endlich geschafft hatte, mir das einzige Kleidungsstück über den Kopf zu ziehen, das ich tragen konnte – ein kurzärmeliges T-Shirt und dazu eine Jogginghose (weil ich auf keinen Fall in meiner Unterwäsche vor Patricks Nase durchs Haus torkeln wollte) –, war ich schon wieder völlig erschöpft.

Patrick hatte zu meinem Ärger die Bettwäsche gewechselt. Im Schlafzimmer herrschte ein einziges Chaos; Klamotten lagen dort, wo ich sie in den letzten Tagen ausgezogen hatte, und überall standen Teller und Tassen. Er reichte mir eine Schüssel Haferbrei mit braunem Zucker, aber ich wollte jetzt nur noch schlafen. Meinen verletzten Arm legte ich auf einem zusätzlichen Kissen ab. Patrick war freundlich, zugleich aber zurückhaltend. Ich glaubte, dass er sicher lieber woanders gewesen wäre, und als ich später am Tag aufwachte und mein Arm entsetzlich schmerzte, fand ich Kimberly neben meinem Bett im Sessel sitzend.

Sie gab mir Schmerztabletten und ein Glas Wasser. „Warum hast du mich nicht angerufen, damit ich dich nach Hause bringe? Ich wäre für dich bei Eisregen gefahren."

„Du fährst doch nicht mal, wenn eine Schneeflocke fällt", sagte ich.

„Für dich würde ich es tun. Du hast mich fast zu Tode erschreckt!"

„Das tut mir leid. Ich möchte mich bei dir bedanken. Für alles, was du diese Woche für mich getan hast."

„Als ich vorgeschlagen habe, wir könnten es uns dieses Wochenende gemütlich machen, habe ich aber nicht an das hier gedacht." Sie zeigte auf meinen Arm. „Und jetzt mache ich dir was zu essen."

„Das brauchst du nicht. Ich werde gleich ganz selig sein,

sobald die Wirkung des Schmerzmittels einsetzt. Aber mir wird davon ein bisschen übel, darum kann ich unmöglich was essen."

„Du musst essen, sei doch nicht dumm! Und bevor du fragst: Patrick ist nach Hause gefahren. Morgen kommt er wieder. Und jetzt komm mit mir nach unten. Ich mach uns Abendessen, und wir gucken einen Film. Ich habe uns Eis mitgebracht. Das Kalzium ist gut für deinen Arm."

Ich gehorchte. Ich hatte ja kaum eine Wahl, und auch wenn ich nach der Hälfte des Films einschlief, war es schön, sie bei mir zu haben.

Aber ich war es leid, Schmerzen zu haben und dass man auf mich aufpassen musste. Die Aussicht darauf, noch ein paar Tage auf die Hilfe anderer angewiesen zu sein und nicht mal selbst die Zahnpasta aus der Tube drücken zu können, war sogar noch schlimmer. Und ich hasste die Vorstellung, dass Patrick mich so hilflos und bedürftig und elend sah. Er war zuletzt auch nicht gerade strahlender Laune gewesen. Ich konnte es ihm kaum verdenken.

Er kam am nächsten Morgen, nachdem Kimberly mich und meinen Arm – ich dachte an diesen verfluchten Arm inzwischen als ein Wesen mit eigenen Rechten – in die Badewanne gesteckt hatte, um mir die Haare zu waschen. Die zahlreichen Prellungen erschreckten mich; sie schillerten in allen Farben des Regenbogens, die ich im Licht des frühen Morgens sah, das durch die Dachfenster ins Badezimmer fiel. Ich hatte diese Dachfenster bisher nie besonders zu würdigen gewusst, was vermutlich daran lag, dass ich zu dieser Tageszeit so selten wach war. Ich vermute, das Schmerzmittel leistete auch seinen Beitrag zu meiner Begeisterung.

Ich ging wieder ins Bett, genehmigte mir ein Ginger Ale und nahm ein Buch mit. Brady schlief neben mir. Unten hörte ich Kimberly und Patrick reden, und dann hörte ich, wie die

Haustür ins Schloss fiel.

Patrick kam die Treppe hoch. Er brachte einen Aktenkoffer und einen Strauß Margeriten mit. „Die sind aber schön", sagte ich. „Danke."

„Die sind von Elise. Kann ich dir irgendwas holen?" Er stellte die Blumenvase auf mein Nachttischchen und trat von einem Fuß auf den anderen.

„Nein, danke."

„Ich hab mir Arbeit mitgebracht." Er wies mit einem Nicken auf die Aktentasche.

„Du kannst meinen Schreibtisch benutzen, wenn du magst."

„Danke." Er setzte sich, schaltete sein Notebook ein und steckte einen USB-Stick in den Port.

„Woran arbeitest du?"

Er hielt inne und sah mich an. „Wo ist deine Geldbörse?"

„Da drüben. Warum?"

Er brachte mir die Geldbörse. „In Ordnung. Gib mir einen Dollar."

„Warum?", wiederholte ich.

„Wenn ich dich vertreten soll, brauche ich einen Vorschuss."

„Mich vertreten?"

Er zog den Brief von der Gesellschaft aus einem braunen Briefumschlag. Inzwischen war er ziemlich zerknittert, weil ich ihn achtlos in meinen Rucksack gestopft hatte. „Das hier ist totaler Schwachsinn, und das weißt du vermutlich auch. Aber du brauchst jemanden, der ihre Sprache spricht, damit sie dich in Ruhe lassen. Und jetzt gib mir einen Dollar."

Ich öffnete das Scheinfach und gab ihm einen Dollar. „Danke."

Vermutlich hätte ich dankbarer klingen sollen. Er nickte nur und stopfte den Dollar in die Hosentasche. „Ich komme morgen mit zu diesem Treffen, obwohl ich lieber versuchen würde, es zu verschieben, bis du dich ein bisschen besser fühlst."

„Mir geht's gut", log ich.

Er zog einen gelben Juristenblock und einen Bleistift aus der Aktentasche und setzte sich an meinen Schreibtisch. „Dann erzähl mir jetzt davon. Ich muss alles wissen."

„Du meinst die Gesellschaft?"

„Ja. Wie du dort reingeraten bist. Wer, wann, wo. Einfach alles."

Ich redete. Ich erzählte ihm, was ich ihm vermutlich schon zu Beginn unserer Beziehung hätte erzählen sollen. Aber jetzt war ich seine Klientin, die mit ihrem Anwalt sprach, und das machte mich unendlich traurig. Zugleich schämte ich mich, weil ich nun meine Abenteuer aufzählen musste.

Hin und wieder unterbrach er mich und stellte eine Frage. *Geschah das mit deiner Einwilligung? Kennst du die Namen der Zuschauer? Haben sie dich vorher gewarnt, was passiert, wenn du dich weigerst? Wie oft? Wessen Vorschlag war das?*

Sein Stift huschte über den Block, und wenn er umblätterte, raschelte das Papier.

Dann hielt er inne. „Dieses Regelwerk. Das hast du nicht zufällig hier?"

„Nein, es ist in meinem Spind."

„Ach, zu schade. Erzähl weiter."

Ich erzählte bis zu dem Punkt, als er und ich zum Dinner eingeladen wurden.

Er nickte und ging noch einmal seine Notizen durch. „Du hast ein Auto erwähnt, das dir mehrmals vor dem Sender aufgefallen ist. Und letzte Nacht hast du gesagt, ein Wagen hätte dich abgedrängt. Ich vermute, du weißt nicht zufällig, was für ein Fahrzeugtyp das war? Farbe? Du hast wohl kein fotografisches Gedächtnis und kannst mir das Kennzeichen nennen?"

„Nein, tut mir leid. Du denkst doch nicht, dass sie mich bedrohen wollten?“

„Es wäre gut möglich. Sie lassen ihre Muskeln spielen. Aber vermutlich kann ich das nicht gegen sie verwenden.“ Er legte den Block auf den Schreibtisch. „Warum hast du das getan, Jo?“

Er meinte Mr D. „Es war wie eine Reise oder eine Geschichte, die man zu Ende bringen muss. Wir standen uns sehr nahe, und es war unsere Art, voneinander Abschied zu nehmen. Das klingt vielleicht dumm, aber in dem Augenblick hat es für mich Sinn ergeben.“

Er schwieg eine Weile. Schließlich war er wieder brüsk und unvoreingenommen, wie man es von einem guten Anwalt erwartete. „Gut. Gibt es sonst noch etwas?“

Ich schüttelte den Kopf. „Ich muss mein Schmerzmittel nehmen.“

Ich klemmte das Pillenfläschchen zwischen meine Knie, damit ich es mit einer Hand aufdrehen konnte. Als ich eine Pille nahm, kippte das Fläschchen, und die Pillen wurden auf der Bettdecke verstreut.

„Meine Güte.“ Patrick saß sofort neben mir auf dem Bett. Die Schwingung schoss schmerzhaft in meinen Arm.

„Hör auf damit!“, rief ich, weil ich mir nicht schon wieder helfen lassen wollte. Sofort tat mir der Ausbruch leid.

Er ignorierte mich und sammelte die Tabletten auf. Seine Hände zitterten.

„Patrick, es tut mir so leid. Geht’s dir gut?“

Er schüttelte den Kopf, nahm die Brille ab und kniff sich in den Nasenrücken. Seine Stimme klang gepresst, als er schließlich sprach. „Ich ertrage es nicht, in deiner Nähe zu sein, aber nirgends wäre ich lieber. Es tut so verdammt weh, Jo. Das ist die Wahrheit.“

„Patrick.“ Ich berührte seine Schulter, und er verzog das Gesicht.

„Es tut mir so leid“, sagte ich. „Du warst so großzügig, und ich bin dir wirklich dankbar, und ...“

„Aber du liebst mich nicht.“

„Glaubst du das wirklich?“

„Ich weiß es nicht.“ Seine Augen waren gerötet, und er rieb sie heftig. Er saß neben mir, die Ellbogen auf die Knie gestützt, und starrte ins Leere.

Ich lehnte mich zurück und zwang mich, nicht in Tränen auszubrechen. Doch, ich liebte ihn. Dafür war es jetzt wohl zu spät.

Vielleicht auch nicht.

Ich berührte seine Schulter. „Patrick, liebe mich. Jetzt.“

28. KAPITEL

„Bist du verrückt?", fragte Patrick.

Mein Gesicht wurde heiß. „Ach, vergiss es. Ich dachte nur …"

„Du bist nicht zurechnungsfähig, wenn du Schmerzmittel nimmst. Du kannst kaum gehen. Du hast ein gebrochenes Handgelenk in Gips, das vermutlich besser in der Schlinge bleibt."

„Und?", forderte ich ihn heraus. „Hast du etwas gegen Leute mit einem Handicap, oder hast du einfach nur was gegen mich?"

Zu meiner Erleichterung musste er unwillkürlich lächeln. „Scheiße, aber ich glaube, wir könnten es wirklich tun."

Gott sei Dank. Erst jetzt merkte ich, wie angespannt ich war. „Das ist wirklich groß von dir, werter Herr Rechtsberater. Ich sollte dich aber vielleicht vorher warnen, dass ich ein paar äußerst beängstigende Prellungen habe."

„Das ist wirklich ein verflucht unprofessionelles Verhalten, das ich da zeige." Mein Anwalt zog sich den Pullover über den Kopf. Er öffnete seine Jeans. „Brauchst du meine Hilfe bei deinen Klamotten?"

Ich wand mich aus meiner Jogginghose und begann mit der mühsamen und heiklen Aufgabe, die Schlinge zu öffnen und mein T-Shirt abzustreifen. Ich legte mein Handgelenk auf einem Kissen ab. „Küsst du mich jetzt? Bitte?"

Ihn zu küssen war, als kehrte ich endlich heim. Sein Kuss war süß und schmerzlich, und dann war er nur noch heiß und wild. Mein ganzer Körper erwachte trotz der Drogen zu Leben, und meine Nervenenden flammten auf. Mir kam der flüchtige Gedanke, dass die Schmerzmittel, die ich trotz der leichten Übelkeit gerne zu mir nahm, vielleicht die ganze Sache noch zusätzlich befeuerten. Aber es war vor allem Patrick. Patrick, der mich küsste und leise über meine

Schürfwunden klagte und mich so berührte, wie nur er mich berühren konnte.

„Warte." Er griff in meine Nachttischschublade. Vermutlich war es nur Zufall, dass er zuerst dort suchte, aber er fand meinen kleinen Kondomvorrat dort.

Ich protestierte nicht, als er eine Verpackung aufriss. Mr D. und ich hatten uns geschützt, aber es stand Patrick durchaus zu, mich nicht danach zu fragen. Oder mir nicht zu glauben. Nicht nach dem, was ich ihm bereits angetan hatte.

Wir legten uns irgendwie so, dass wir halb seitlich, halb in der Löffelchenposition waren. Patrick meinte, diese Stellung werde mich am wenigsten beeinträchtigen.

Trotzdem schnappte ich nach Luft; gefangen zwischen Schmerz und Lust. Ich schrie auf, als er sich in mich hineinschob. Er bewegte sich kaum und gestattete mir, das Tempo zu bestimmen.

„Gefällt dir das?" Er berührte meine Brüste.

„Ja. Mehr davon."

„Und das hier?" Er legte den Finger auf meine Klit. Dann: „Hat er das mit dir gemacht, Jo? Hat es dir gefallen?"

„Tu das nicht." Ich konnte die Trauer in seiner Stimme nicht ertragen.

„Hat er deine Nippel gestreichelt? Sie gezwirbelt?" Sein Gesicht drückte sich tränennass gegen meine Schulter. „Hat er dir gesagt, wie schön deine Brüste sind?"

„Bitte tu das nicht." Ich fing auch an zu weinen.

Irgendwie hatte ich wohl erwartet, dass er besonders grob sein würde. Um mich zu quälen oder weil es meine wohlverdiente Strafe war. Aber er tat nichts dergleichen. Wir bewegten uns, zunächst ganz vorsichtig. Aber Vorsicht und Zurückhaltung steigerten unser Verlangen nur, und wir erreichten schon bald eine Welt in uns, in der nichts zählte außer Berührung, Hitze und das Gefühl des anderen.

Als ich kam, sagte ich ihm, dass ich ihn liebte.

Er zog seinen Schwanz aus mir heraus und nahm sich ein Taschentuch. „Ich weiß echt nicht, ob das der beste oder schlimmste Sex ist, den ich jemals gehabt habe."

„Danke."

Er seufzte, legte sein Gesicht in meinen Nacken und schwieg einen Moment. „Es gibt da noch was, das ich dir sagen muss. Ich habe wieder mit Elise geschlafen."

„Du Mistkerl", sagte ich nicht besonders überzeugend. „Wahrscheinlich sagst du mir das jetzt nur, weil du mich verletzen willst? So nach dem Motto, was dem einen recht ist …"

„Ich glaube schon. Aber es war schrecklich. Das werden wir nicht noch einmal tun, glaube ich. Sie hat sogar den Orgasmus vorgetäuscht."

„Das will ich gar nicht wissen, Patrick."

„Ich hab den Orgasmus auch vorgetäuscht."

Ich fing an zu lachen und wünschte, ich hätte stillgehalten, denn der Schmerz schoss durch meinen Arm ins Handgelenk. „Das ist wirklich erbärmlich, Patrick. Wenn du schon eine andere fickst, solltest du es wenigstens genießen."

„Du musst es ja wissen", gab er zurück.

„Hör zu." Ich drehte mich zu ihm um, soweit es möglich war, ohne meinen Arm zu belasten. „Ich weiß, was ich getan habe, ist unverzeihlich. Es tut mir leid. Aber ich kann mich nicht für den Rest meines Lebens dafür entschuldigen, und du kannst mir nicht bis ans Ende meiner Tage Vorhaltungen machen deswegen."

„Ich weiß." Er räusperte sich. „Sieh mal, ich bin eben eifersüchtig. Nicht so sehr auf diesen Mr D., sondern auf die ganzen Sachen, die du gemacht hast. Den Gruppensex und das alles. Ich weiß nicht, ob ich so mutig oder abenteuerlustig sein könnte."

„Oder so dumm."

„Ja, oder so dumm. Ich meine, das Versauteste, was ich jemals gemacht habe, war vermutlich, als ich auf deinen Bauch abgespritzt habe, und das ist mir jetzt noch peinlich. Ich habe nie Telefonsex gehabt. Darum habe ich so lange gezögert, mit dir richtigen Sex zu haben; ich habe einfach gedacht, du wärst viel erfahrener als ich."

„Mit dir hatte ich Analsex und die kleine Bondagenummer, falls du dich erinnerst."

Er schaute mich finster an. „Genau. *Klein*. Jetzt fühle ich mich richtig minderwertig."

„Du hast keinen Grund, dich minderwertig zu fühlen", widersprach ich. Jetzt war ich diejenige, die ihn runterputzte. „Und wenn du mich gefragt hättest, was ich von deinem Können im Bett halte, hätte ich gedacht, du würdest mir eine Falle stellen. Also lass es lieber."

„Also gut." Er zog sich von mir zurück. Eine Weile lagen wir einfach nur schweigend nebeneinander.

„Ich glaube, ich mache uns jetzt ein Schinkensandwich", sagte Patrick schließlich.

Ich hatte zwar keinen Hunger, aber ich war einverstanden. Wir hatten Frieden geschlossen. Es war ein zerbrechlicher Frieden, und ich hatte absolut keine Ahnung, was als Nächstes passierte.

Vielleicht war es für uns auch schon zu spät.

Neil rief mich am nächsten Morgen sofort an und klang fast wie ein menschliches Wesen. Aber es war zu wenig – und es kam zu spät. Allerdings hatte ich das unbestimmte Gefühl, dass Kimberly vor ihm stand und Karten hochhielt, damit er wusste, was er mir sagen sollte. Natürlich hatte er inzwischen von meiner riesigen Indiskretion erfahren.

„Du bist auf YouTube", sagte er als Erstes.

„Echt?" Ich hoffte, er würde mir sagen, welches Videomaterial sie mit dem Mitschnitt untermalt hatten, aber er ging nicht ins Detail.

„Tut mir echt leid, dass du gehst. Aber unter diesen Umständen ist es vermutlich das Beste. Obwohl wir erstaunlich wenige Rückmeldungen von unseren Hörern bekommen haben, und nicht alle waren negativ. Einige Zuhörer haben sogar vorgeschlagen, wir sollten mehr Drama im Radio bringen."

Ich gab ein unbestimmtes Schnauben von mir.

„Oder Sendungen, bei denen die Leute anrufen können", fuhr Neil fort. Er räusperte sich. Jetzt hielt Kimberly vermutlich die Karte hoch, auf der „Zeige Mitgefühl!" stand. „Tut mir leid, dass du einen Unfall hattest."

„Mir geht's schon besser. Der Arzt sagt, es ist ein glatter Bruch, der sollte ganz gut heilen." Ich ignorierte den gemeinen Gedanken, dass Neil vermutlich ziemlich froh war, dass der Unfall nicht auf dem Gelände des Senders passiert war.

„Und wir zahlen dir natürlich drei Monatsgehälter als Abfindung. Du warst schließlich sehr lange beim Sender, und du hast hervorragende Arbeit geleistet. Ich find's auch toll, dass du alles so geordnet hinterlassen hast. Deine Einschaltquoten waren für eine nächtliche Klassiksendung wirklich bemerkenswert."

„Danke. Das ist sehr großzügig." Ich legte auf und humpelte ins Badezimmer, um mich für das Treffen mit der Gesellschaft fertig zu machen. Patrick war es immerhin gelungen, den Termin auf vier Uhr nachmittags zu verschieben. Es stimmte, mir ging es besser. Ich bewegte mich nicht mehr wie eine Neunzigjährige, sondern eher wie eine Sechzigjährige mit kaputtem Knie. Außerdem trug Patrick nur eine Boxershorts, unter der sich eine wachsende Erektion abzeichnete. Ich fürchtete, wir entwickelten beide allmählich einen merkwürdigen Fetisch, in dem Plastik eine nicht unwesentliche Rolle spielte.

Er wusch sehr behutsam und gründlich meine Haare und half mir, sie zu föhnen. Das Ganze ging nett und asexuell über die Bühne, wenn man mal von seinem Ständer absah, den wir beide ignorierten.

Zurück in meinem Schlafzimmer sah ich das schwarze Kostüm mit Rock, das er für mich rausgelegt hatte. Ich verzagte, denn wie um alles in der Welt sollte es mir gelingen, den Reißverschluss zuzuziehen? Oder den BH anzuziehen? Ich kramte mit einer Hand in meiner Unterwäscheschublade und entschied mich für etwas Hübsches, Konservatives – cremefarbene Spitze – und den passenden BH. Und eine Strumpfhose, ich brauchte eine Strumpfhose. Aber die einzige, die ich fand, hatte ein riesiges Loch. Ich warf sie in den Müll und wählte ein Paar halterlose Strümpfe.

„Ich fürchte, ich brauche Hilfe beim Anziehen."

Patrick trug nur Hemd und Boxershorts. Er seufzte schwer. „Wenn's sein muss ..."

„Guck doch, ich hab schon die Hälfte geschafft."

„Findest du? Für mich siehst du noch ziemlich nackt aus."

„Ich hab ein Höschen an. Das ist nicht nackt. Du brauchst nur den BH zuzuhaken. Die Strümpfe schaffe ich allein, aber der Reißverschluss vom Rock ..."

„Okay, ich habe verstanden. In weniger als einer Stunde muss ich deinen Anwalt spielen, aber das werde ich nicht in diesem Zustand tun."

„Ist das irgendwie ein Wink mit dem Zaunpfahl?"

„Zieh dich einfach an, dann geht's mir schon besser." Er zog seine Hose an und schloss den Reißverschluss.

Ich hatte mir nie bewusst gemacht, wie erotisch es sein konnte, sich anziehen zu lassen. Ausziehen, okay. Das war ja offensichtlich. Aber das hier fühlte sich etwas pervers an – sich verhüllen zu lassen, statt die Haut zu enthüllen. Ich bemerkte, wie Patricks Hände auf meinen Oberschenkeln verharrten, nachdem er die Strümpfe hochgeschoben hatte, obwohl er mich zugleich ermahnte, ja niemandem allzu tiefe Einblicke zu gestatten. „Und du musst bitte den Mund halten. Lass mich das Reden übernehmen. Keine altklugen Kommentare. Nicht mal lächeln." Er runzelte die Stirn, als er meine Pumps sah. „Nein, lieber auch keine Fickmichschuhe. Was hast du sonst noch?“

Weil ich mal wieder auf einer Wattewolke aus Schmerzmitteln schwebte, versuchte ich vergeblich, ernst auszusehen. Aber als wir zu dem Bürohaus fuhren, wo das Treffen stattfinden sollte, wurde ich nervös. „Was ist, wenn es nicht funktioniert?“

„Das wird es schon.“

„Was wirst du ihnen sagen?“

„Kommt drauf an.“

„Worauf?“

„Wir sind da.“ Er parkte das Auto vor einem altehrwürdigen roten Sandsteingebäude, das mich irgendwie an das Anwesen der Gesellschaft erinnerte. „Warte in der Eingangshalle auf mich, ja? Sprich mit niemandem.“

„Ich will noch so eine Schmerzpille.“

„Die kriegst du nicht.“ Er stieg aus dem Wagen und hielt mir die Tür auf. „Ich brauche dich wach, auf beiden Beinen und ohne ein Wort. Verstanden? Und humple ruhig ein bisschen offensichtlicher, geht das? Falls sie dir ein Glas Wasser anbieten, nimmst du es nicht an.“

„Warum? Glaubst du, sie könnten versuchen, mich unter Drogen zu setzen?“ Aber ich folgte ihm ins Innere des Gebäudes. Meine Anzugjacke und ein Schal waren über meine Schultern drapiert, und ich lehnte das Angebot der strahlenden Empfangsdame ab, mir Kaffee oder Wasser zu bringen.

Als Patrick sich zu mir gesellte, sah er anders aus. Ernst und distanziert, obwohl ich fast ein bisschen belustigt war, weil ich sah, wie er sich eine Krawatte umband. Die Aktentasche hatte er sich unter den Arm geklemmt.

„Miss Hutchinson?“ Er nickte mich so kühl an, dass keiner hätte glauben können, dass er noch vor einer halben Stunde vor mir gekniet hatte, um meine Strümpfe hochzuziehen. „Wie geht es Ihnen?“

„Ganz gut“, brachte ich jämmerlich hervor.

„Mr Berg und Mr Seales können Sie jetzt empfangen“, sagte die Empfangsdame. Sie schenkte Patrick ein strahlendes Lächeln. Er musterte sie von oben bis unten, doch seine Miene blieb ungerührt. Wir folgten ihr durch das Bürogebäude zu einem Konferenzraum. Nachdem wir den Raum betreten hatten und die Tür sich hinter uns geschlossen hatte, umfasste Patrick meinen Arm und half mir, mich zu setzen.

Die beiden Männer, die am Fenster standen und sich leise unterhielten, kamen zu uns an den langen ovalen Tisch und stellten sich uns vor. Sie waren beide noch recht jung, wirkten erfolgreich und trugen ziemlich teure Anzüge.

Patrick setzte sich direkt neben mich, die beiden Anwälte nahmen auf der gegenüberliegenden Seite des großen glänzenden Tischs Platz. Ich erkannte die beiden nicht, aber ich war mir ziemlich sicher, dass sie mir noch nie begegnet waren. In ihren Mienen lag nichts Anzügliches, wenn sie mich anschauten. Sie konnten uns natürlich auch was vorspielen. So wie Patrick und ich ihnen etwas vorspielten.

Patrick zog einen dicken braunen Umschlag aus seiner Aktentasche, außerdem einen Juristenblock und einen goldenen Füller. Er legte alles vor sich auf den Tisch und lehnte sich entspannt zurück. Er wartete.

„Wenn Sie uns den Scheck übergeben könnten, Miss Hutchinson? Dann bräuchten wir nicht länger Ihre Zeit und die Ihres Anwalts zu verschwenden“, begann Berg. „Die Papiere haben wir zur Unterschrift vorbereitet.“

„Meine Klientin wird Ihnen keinen Scheck überreichen“, sagte Patrick.

„Miss Hutchinson hat mit der Gesellschaft einen Vertrag geschlossen, Mr Delaney. Und dieser Vertrag ist ziemlich eindeutig.“

„Ganz im Gegenteil, meine Herren. Das Einzige, was eindeutig ist, ist die Tatsache, dass Miss Hutchinson von der Gesellschaft aufs Übelste getäuscht wurde. Man hat sie mehrfach belogen, und sie hat im guten Glauben einen Vertrag unterzeichnet, in dem ziemlich wenig steht. Trotzdem verwenden Sie diesen Vertrag jetzt gegen sie. Wenn jemand hier irgendwem einen Scheck übergeben sollte, würde ich eher vorschlagen, dass Miss Hutchinson die Empfängerin ist.“ Er öffnete den Umschlag und zeigte auf ein Blatt Papier.

Und dann begann er zu reden.

Ich war beeindruckt. Ich musste schwer an mich halten, um nicht zufrieden zu grinsen, während er aus dem Stegreif sprach. Er bezog sich auf diesen Fall und jenen Fall, während Berg und Seales sich zunehmend unwohl in ihrer Haut fühlten. Ich hatte keine Ahnung, worüber er da redete, aber ich bekam irgendwie den Eindruck, dass er richtig gut war. Gott, war er sexy!

Berg und Seales fingen sich wieder. Sie brachten Gegenargumente vor, die in meinen Ohren wie Geschwafel klangen, aber Patrick dachte darüber nach, diskutierte die Argumente und schmetterte jedes einzelne ab.

Mitten im Satz trampelte er mir ziemlich heftig auf den Fuß und verstummte. „Miss Hutchinson? Meine Klientin braucht ein Glas Wasser.“

Seales eilte zum Buffet auf der anderen Seite des Raums und goss aus einem Krug Eiswasser in ein schweres Kristallglas, das er mir mit einer Serviette brachte, während Patrick sich besorgt über meinen Zustand äußerte und fragte, ob ich eine Pause brauchte. Ich sagte, es gehe mir gut.

Seales und Berg hatten sich in der Zwischenzeit ans Fenster zurückgezogen. Patrick gesellte sich zu ihnen, und die drei redeten leise miteinander. Irgendwann hatte ich den Eindruck, die ganze Angelegenheit sei inzwischen wohl gütlich beigelegt, aber dann brachte Patrick einen weiteren Punkt vor, und sie stritten noch ein wenig herum.

„Wahrscheinlich ist das kein Hindernis“, sagte Patrick

laut. „Ich werde meine Mandantin fragen."

Er kam zu mir und flüsterte mir so laut zu, dass auch die beiden Männer am anderen Ende des Raums es hören konnten: „Ich fürchte, sie werden Ihnen nicht die Startinvestition zurückerstatten, Miss Hutchinson. Aber sie sind einverstanden, die Forderung über zehntausend Dollar fallen zu lassen. Ist das für Sie akzeptabel?"

„Ich denke schon", sagte ich möglichst ernst. Wir redeten hier schließlich nur über hundert Dollar.

„Dann haben wir einen Vergleich", sagte Patrick. Reihum gaben sich alle die Hand, um den Vergleich zu besiegeln. „Bitte schicken Sie per Boten einen neuen Entwurf der Vereinbarung an Miss Hutchinson und mich." Er übergab den beiden eine sehr schlichte cremefarbene Visitenkarte, die er vermutlich heute früh durch den Laserdrucker gejagt hatte.

Er half mir aufzustehen und stützte mich, als wir den Konferenzraum verließen. Er führte mich in den Empfangsbereich. Als wir das Gebäude verließen, lockerte er seine Krawatte und öffnete den obersten Hemdknopf. Als sein Wagen vor uns auftauchte, hatte er die Krawatte schon in die Jackentasche gestopft.

Patrick half mir auf den Beifahrersitz. Dann schlug er mit beiden Händen aufs Lenkrad ein. „Du bist frei, Jo."

„Was hast du denen erzählt? Es klang in meinen Ohren wie juristischer Sonderabfall."

Er schloss meinen Gurt. „Das war es auch. Es ging dabei nur um die abrechnungsfähigen Stunden."

„Wie bitte?"

„Sie wussten, dass ich bereit war, sie zu Tode zu quatschen, und sie verloren mit jeder Minute Geld. Darum haben sie klein beigegeben."

„Du meinst, es waren gar nicht die genialen juristischen Winkelzüge, die uns den Sieg gebracht haben?"

„Na ja, zu fünf Prozent vielleicht."

„Ich fand dich brillant. Wir sollten das feiern."

„Du feierst eigentlich schon hübsche Partys mit deinem Schmerzmittel." Er lenkte den Wagen auf den Parkplatz eines Supermarkts, wo ich immer die Erdnussbutter für meine Mäuse kaufte. „Du brauchst ein paar Lebensmittel, die du mit einer Hand zubereiten und essen kannst."

„Gute Idee", behauptete ich, doch meine Stimmung sank. Obwohl er so freundlich und hilfsbereit klang, machte er zugleich deutlich, dass er nicht länger in meiner Nähe sein würde. Er schob den Einkaufswagen, während ich ein paar Sachen aussuchte, aber ich war nicht bei der Sache. Schließlich suchte er für mich aus. Ich entschuldigte mich bei ihm für mein mangelndes Interesse und schob es auf mein gebrochenes Handgelenk.

Er fuhr mich nach Hause und trug die Papiertüten ins Haus. Ich saß auf dem Fenstersitz in der Küche, Brady auf meinem Schoß, während er die Lebensmittel einräumte. In einer halben Stunde wollte Kimberly kommen, und Patrick hätte kaum deutlicher zeigen können, wie sehr es ihn drängte, endlich zu verschwinden.

„Wie fühlst du dich?", fragte er.

„Ganz gut. Also nicht richtig gut. Aber in einer Stunde darf ich das nächste Schmerzmittel nehmen." Ich zögerte. „Erinnerst du dich an die Szene, als Mr Bennet in *Stolz und Vorurteil* herausfindet, dass Darcy die Familie vor dem Ruin bewahrt hat? Wie schockiert er da reagiert? So fühle ich mich jetzt auch. Als könnte ich dir für das, was du heute für mich getan hast, niemals angemessen danken."

„Oh ja, ich erinnere mich an die Filmszene. Kommst du an den Schrank da oben? Du solltest lieber nicht auf Stühle steigen."

„Ich habe eine Trittleiter."

„Na gut. Ich hol nur noch meine Sachen." Ich hörte ihn nach oben laufen, und als er wieder runterkam, trug er wieder Jeans und Pullover. Den Anzug hatte er in einer Kleiderhülle verpackt, den Rucksack trug er auf einer Schulter. „Grüß Kimberly von mir."

Ich folgte ihm zur Haustür. „Patrick? Was passiert jetzt mit uns beiden? Oder wird überhaupt was passieren?"

Er öffnete die Tür. „Ich vermute, das hängt jetzt ganz von dir ab, Jo. Du wirst schon herausfinden, was richtig ist." Er gab mir einen flüchtigen, freundschaftlichen Kuss auf den Mund und ging. Ich sah ihm nach, als er davonfuhr. Dann ging ich wieder ins Haus und entdeckte bald, wie schwierig es doch war, einen Joghurtbecher mit nur einer Hand zu öffnen. Es war eine ziemliche Sauerei.

Und dann passierten Dinge, die mich erst mal von dem Gedanken an Patrick ablenkten.

Zuerst setzte ich das Schmerzmittel ab. Ich genoss es zwar, auf watterosa Wölkchen zu schweben, aber ich war die Übelkeit allmählich leid und nahm stattdessen Ibuprofen. Mein Verstand wurde mit einem Schlag viel klarer. Ich war auch nicht unglücklich, obwohl ich jedes Mal, wenn ich daran dachte, wie Patrick zu seinem Auto ging und seinen Rucksack und den Kleidersack auf den Rücksitz legte, einen schmerzlichen Stich verspürte. Er war nicht unfreundlich oder verbittert gewesen. Trotzdem war ich ratlos. Ich schuldete ihm so viel, und ich wusste nicht, wie ich mich dafür revanchieren konnte – wenn das überhaupt möglich war. Ich liebte ihn, und ich war mir absolut sicher, dass er mich auch liebte. Trotzdem wusste ich nicht, was ich als Nächstes tun konnte.

Weil ich nur mit einer Hand tippen konnte – was mir zu mühselig war –, verzichtete ich auf E-Mails und Facebook. Ich rief einfach meine Freunde an und machte die wunderschöne Erfahrung, wie angenehm es sein kann, sich richtig zu unterhalten. Ich rief meine Mom und den Großen Abe an und erzählte ihnen, ich hätte mein Handgelenk gebrochen und meinen Job beim Radio gekündigt. Ich ging nicht ins Detail, aber meine Mom war im ersten Moment entsetzt und sehr besorgt. Aber sie sagte genau die richtigen Dinge, damit ich mich besser fühlte. Sie bot mir sogar an, meine Fahrtkosten nach Hause zu übernehmen, wenn ich sie über Weihnachten besuchte. Ich begann, mich auf die Feiertage zu freuen.

Dann lud Kimberly mich ein, mit ihr und Liz Ferrar zu Mittag zu essen. Nachdem wir ein bisschen erzählt hatten, ließ Kimberly die nächste Bombe platzen.

„Ich kündige beim Sender", erklärte sie. „Ohne Bill macht es einfach keinen Spaß mehr, und ich habe da inzwischen lange genug gearbeitet."

„Und was machst du in Zukunft?", fragte ich.

Kimberly und Liz blickten einander an und kicherten. „Ich werde für das Frauenhaus Spendengelder sammeln", erklärte sie. „Und da kommst du ins Spiel."

„Ich?"

Liz beugte sich vor. „Ich brauche jemanden, der sich mit den Medien und dem richtigen Marketing auskennt und gut mit Kimberly zusammenarbeitet. Sie wird die Arbeit koordinieren, und ich hab gehört, dass du gerade verfügbar bist."

„Das stimmt schon, aber ich bin doch nur … also, ich war eine Moderatorin bei einem Klassiksender. Ich kann doch nicht …"

„Darf ich auch was dazu sagen?", fragte Kimberly, während sie die Fritten von meinem Teller futterte. „Du hast die Nachrichten gemacht. Du hast Pressekonferenzen abgehalten. Du hast unzählige Male die Pressemitteilungen an dich gerissen und sie umgeschrieben und …"

„Aber …"

„Hast du schon mal erlebt, dass sich jemand so sehr bemüht hat, einen Job *nicht* anzunehmen, Liz? Noch dazu, da wir ihn ihr auf dem Silbertablett servieren? Hör zu, Jo. Du schickst Liz nachher als Erstes deinen Lebenslauf, sobald du wieder zu Hause bist. Und ich will keine Entschuldigung hören, dass du nicht tippen kannst. Du benutzt die Hand bereits wieder ein bisschen und trägst keine Schlinge mehr."

Liz lächelte mich an. „Jo, ich fände es super, wenn du darüber nachdenken würdest. Vielleicht könntest du nach Neujahr anfangen? Dann fängt Kimberly auch an. Wir zahlen nicht besonders viel, aber du arbeitest ja jetzt auch schon bei einem gemeinnützigen Sender, du weißt also, wie das ist."

„Ich bin überwältigt", erklärte ich. „Ich würde liebend gern für euch arbeiten. Wirklich. Das ist eine großartige Chance. Ich danke euch beiden."

„Nicht weinen", ermahnte Kimberly mich. „Ich glaube, ich will keinen, aber was möchtest du denn als Nachtisch?"

Als ich wieder nach Hause kam, ging ich auf Socken durchs Haus. Ich freute mich sehr, dass sich alles so viel besser entwickelt hatte als erhofft. Ich würde nicht verhungern oder das Haus verlieren, ich musste nicht betteln. Ich vermisste es immer noch schrecklich, jeden Abend auf Sendung zu gehen, aber vielleicht konnte ich in ein paar Wochen das Radio einschalten und der Musik lauschen, ohne darüber nachdenken zu müssen, ob der Moderator seine Arbeit gut machte. Ich ging in das Apartment über der Garage. Patricks Apartment. Erneut freute ich mich über diese hübsche kleine Wohnung. Ohne Bitterkeit erinnerte ich mich daran, wie viel Spaß es Hugh und mir gemacht hatte, diesen Raum zu renovieren. Und hier hatten Patrick und ich uns das erste Mal richtig geküsst.

Ich sollte vielleicht eine Annonce aufgeben, dass ich einen Mieter suchte. Am besten bald.

Ich hatte großes Glück. Ich hatte wunderbare Freunde, eine Familie, die mich liebte, und Aussicht auf interessante Arbeit für einen guten Zweck. Und ich hatte ein wunderschönes Haus.

Die Sonne fiel durch die Fenster und zeichnete helle warme Quadrate auf den Teppich, auf denen sich Brady immer besonders gern ausstreckte, um stundenlang dort zu schlafen. Ich trat ins Sonnenlicht und zog meinen Pullover aus. Ich dachte wieder daran, wie Patrick mich küsste. Wie er mich hier zum ersten Mal zum Orgasmus gebracht hatte. Dann legte ich mich auf den Teppich und genoss, wie sich mein Körper entspannte und streckte. Ich fühlte mich wieder ganz und heil, obwohl mein Knie und das Handgelenk nicht vollständig wiederhergestellt waren.

Bradys Idee war gar nicht mal so schlecht. Ich zog die Jeans aus und sah erst jetzt, dass ich heute früh das abgerissene Weihnachtshöschen trug, das ich bei meiner ersten Begegnung mit Patrick angehabt hatte (oder auch nicht, wenn man's genau nahm). Und dann zog ich auch die Socken aus, denn sie waren ebenso alt und grau wie der Slip. Dann noch das T-Shirt. Ich trug im Moment keinen BH, weil der Verschluss in Kombination mit meiner mangelnden Fingerfertigkeit eine ziemlich üble Mischung ergab.

Ich streckte mich aus und griff nach dem Handy in meiner Hosentasche.

„Patrick anrufen", sagte ich und hob die Hüfte, um auch das Höschen abzustreifen. Das Telefon legte ich neben meinen Kopf auf den Boden.

Er ging ans Telefon. „Jo?"

„Was machst du gerade?", fragte ich und ärgerte mich schon wieder, weil ich es nicht schaffte, ihm zu sagen, dass ich nackt war.

„Ach, nichts Besonderes. Tut mir leid, dass ich einfach so verschwunden bin. Es war komisch; ich hatte richtig Spaß daran, den Blödmann im Anzug zu spielen, und darüber musste ich erst mal gründlich nachdenken. Ich übernehme in Zukunft für Liz ein paar Aufgaben, für einen Hungerlohn, aber was soll's. Das ist schon mal ein Anfang. Du siehst, ei-

gentlich ist hier sogar eine Menge los."
„Das klingt toll. Es ist schön, deine Stimme zu hören." Kurz überlegte ich, ihm zu erzählen, dass ich jetzt auch für Liz arbeitete, aber dann kämen wir nie dahin, wo ich ihn haben wollte.
„Ich find's auch schön, von dir zu hören. Wie geht's dir? Was macht das Handgelenk?"
„Mir geht's super. Bist du allein?"
„Hm, ja." Er klang verwirrt.
„Ich bin in deinem Apartment und liege in der Sonne."
„Wie Brady es immer macht."
„Ja." Ich atmete tief durch. „Was trägst du, Patrick?"
„Wie bitte? Na ja, Jeans und so. Wieso?"
„Patrick", sagte ich und senkte meine Stimme. „*Was hast du an?*"
„Oh." Jetzt verstand er.
„Ich bin nackt", sagte ich bloß.
Und ich hörte ein Geräusch, das mich mit Erleichterung, Liebe und großer Freude erfüllte. Das metallische Sirren eines Reißverschlusses.
Er sagte: „Erzähl mir mehr."

– ENDE –

Danksagungen

Ich bedanke mich bei Lucienne Diver,
Susan Swinwood, Emily Ohanjanians und all
meinen Schreibfreunden aus nah und fern.

„Alison Kent – Mit ihren prickelnden Liebesgeschichten und den spannenden Thrillern schrieb sich Alison Kent auf Anhieb in die Herzen der Leser. Ihre Romane wurden mehrfach ausgezeichnet – unter anderem mit dem Romantic Times Award für das beste Romandebüt.“

Taschenbuch mit Schutzumschlag

Alison Kent
Sündige Sommernächte

„Sehr sexy und berührend! Diese Geschichte hat wunderbare, starke Charaktere, die man nicht vergisst.“ *Romantic Times*

Band-Nr. 35042
9,99 € (D)
ISBN: 978-3-86278-308-3
eBook: 978-3-86278-392-2
288 Seiten

Taschenbuch mit Schutzumschlag

Alison Kent
Sex oder Lüge

„Leidenschaft, Sinnlichkeit und dunkle Faszination.“
Romantic Times

Band-Nr. 35036
9,50 € (D)
ISBN: 978-3-89941-843-9
eBook: 978-3-86278-038-9
256 Seiten

„Sandra Henke ist wirklich eine Meisterin ihres Fachs!“
lovelybooks.de

Sandra Henke
Flammenzungen

Amy soll sich von Lorcan fernhalten! Er saß im Gefängnis und lebt auf der Straße. Doch da ist etwas im Blick des sexy Bad Boys, das sie wie nie zuvor erregt …

Band-Nr. 35045
9,99 € (D)
ISBN: 978-3-86278-456-1
304 Seiten

Sandra Henke
Jenseits aller Tabus

Lucille muss sich als Dienstmädchen tarnen – und entdeckt dabei die Lust an Unterwerfung …

Band-Nr. 35039
9,99 € (D)
ISBN: 978-3-89941-895-8
448 Seiten